·全译本·

平家物语

〔日〕佚名⊙著
王新禧⊙译

上海译文出版社

目录

第三卷

第四卷

第五卷

第六卷

第七卷

第八卷

第九卷

第十卷

第十一卷

第十二卷

灌顶卷

附　录

译序

一、波澜壮阔的古典史诗巨著——《平家物语》

物语文学，是日本古典文学的一种体裁，产生于平安时代前期，由口头说唱发展为文学作品。它脱胎于日本神话故事和民间传说，并受到中国六朝志怪、隋唐传奇的启发，最终演变成为一种独立的文学形式，对后世日本文学的发展有着重大影响。

著名的物语文学作品，早期有《竹取物语》、《落洼物语》、《伊势物语》、《大和物语》等。到了平安时代中期、镰仓时代前期，《源氏物语》和《平家物语》相继诞生，将物语文学推上了最高峰。

《源氏物语》作为世界上第一部长篇小说、日本的"国宝"，承继盛唐遗韵，行文带着江南的细腻幽微与缠绵，如樱花烟雨，在日本开启了"物哀"时代。如果将它比作《红楼梦》的话，那么波澜壮阔、气势恢宏的《平家物语》则可比作《三国演义》。这两大名著一文一武，并列为日本古典文学双璧，千百年来双峰并峙于日本文坛，互相辉映，光耀万代。

《平家物语》的诞生，与时代的发展演变有着密不可分的关系。《源氏物语》在华丽绚烂的平安时代备受关注，但当日本历史进入由武家执掌军政的幕府时期后，《源氏物语》这类描写宫廷和贵族阶层靡靡情事的情爱物语，受到了新兴武士阶层的鄙夷。相反地，充满热血激情、金戈铁马，反映时代本质与武士阶级统治特征的军记物语，则得到了全面的发展，空前繁荣，成为镰仓、室町时代主流的文学体裁。

军记物语又称"战记物语"，直白来说，就是战争小说。它以描述战争为主要内容，全景式展现日本中世纪战焰滔天的豪壮场面，通过对战事的具体描写，反映武士的生活、性格和忠义行为。它同古代物语无论在内容还是形式上都有着本质的不同，它不但是历史转换期的产物，也是武士阶级代替公卿贵族掌权的革命性产物。此前哀婉静雅的“柔情类物语”垄断着日本文坛，这时被军记物语一举打破，也是必然之事。

相对于平安朝文学的贵族化、女性化，作为物语文学的新样式，军记物语所呈现的武士化、男性化特质，吸引了大批武士和庶民。由于是在长期动荡中产生，战争的苦难经历使军记物语的作者们思索了诸多深层次问题。因此军记物语大篇幅描写了人的尊严，父子兄弟的亲情、妇女儿童的蒙害以及战乱带来的悲剧等等，以超越敌我、超越胜负的视点来洞察历史、观照社会，表达了希望和平安宁的心愿。它以铿锵有力的文字，一扫平安朝文学的繁丽纤弱与无病呻吟。虽有文饰、附会、夸张等弊病，但应承认其根本意图是以关心大众利益、强调人的主观意志以及追求建设新世界为主导的，而且都真实而生动地反映了当时的社会历史发展面貌。这与以往只注重个人生活情调的“柔情类物语”，形成了鲜明的对比。

镰仓时代的《平家物语》、《保元物语》、《平治物语》、《源平盛衰记》以及室町时代的《太平记》，合称为日本五大军记物语。这其中《源平盛衰记》是《平家物语》的异本，《保元物语》、《平治物语》则是模仿《平家物语》而成，文学性与艺术性都相对较低。所以军记物语的代表作就是《平家物语》和《太平记》。《平家物语》更因其极高的文学、历史、思想价值，被日本文学史家誉为“民族的英雄叙事诗”、“镰仓文学的最高成就”、“日本的国民文学”。它的问世，不但将军记物语推向了高峰，更是日本文学史上的一次重大变革，是日本古典文学发展到新阶段的重要标志，具有里程碑式的划时代意义。

二、《平家物语》内容及作者简介

12 世纪末，平安王朝已走到了尾声，天皇与贵族掌握实权的中央集权制日益衰落，拥有领地和私人武装的封建武士集团全面抬头。源氏和平家作为在朝廷和地方都握有重权的两大武士集团，因盘根错节的复杂恩怨，以及对统治权力的觊觎，终于在公元 1156 年至 1185 年爆发了激烈的战争。《平家物语》以史书编年体为主轴，站在平家的角度，详细叙述了源氏和平家争夺权力的全过程。

作为一部长篇史诗巨著，《平家物语》版本众多，其中 13 卷本是公认的通行本，约在 1201 年至 1221 年这段时间初步成形，然后不断得到补充完善，流传至今。全书的内容大致可分为四部分：

1～5 卷讲述平忠盛发迹，由武将擢升为朝廷重臣。后来其子平清盛当上太政大臣，平家满门荣华，显赫一时，令世人钦羡赞叹。但平家在掌权之后，迅速腐化堕落，骄奢霸道、为所欲为，上不敬天皇、下不恤百姓，破坏佛法、凌夷朝威，恶事做尽做绝，引来朝野上下极大不满。法皇和旧贵族密谋倒平，但因事机不密而失败。

6～8 卷讲述平清盛因热病辞世，由于长子平重盛已先于他死去，只好由资质平庸的三子平宗盛继承家业。平宗盛的魄力和才干远不及父兄，更缺乏强悍的个性，无力应付此起彼伏的反乱，平家开始盛极而衰。这时身负血海深恨的各地源氏后裔，经过多年积蓄力量，蜂起举事。除镰仓源赖朝外，有“旭将军”美誉的木曾义仲也在北陆崛起，起兵讨平，以风卷残云之势率先攻入京都，迫使平家举族撤往西国。

9～11 卷讲述志得意满的木曾义仲，俨然以为天下在握，于是骄横粗暴、飞扬跋扈，在京中胡作非为，民心丧尽。镰仓源赖朝趁机命令弟弟源范赖、源义经讨伐义仲。义仲众叛亲离，迅速败亡。全书的重点由此转向被视为战神的源义经身上。义经进京后，受到了后白河法皇的信赖，奉命进击平家。他一路势如破竹，一之谷合战、屋岛合战，屡战屡胜，直逼平家盘踞的大本营。鼙鼓雷响，雅乐无用。颓废腐朽的平家完全无力抵抗，最后坛之浦化为修罗炼狱，海为血染、地为尸覆，幼帝安德天皇投海，平家全族败亡。源氏从此独揽朝政，日本进入幕府时代。但源义经也因为功高震主，受到源赖朝的猜忌，不得不远遁避祸。

12～13 卷作为结尾，讲述源赖朝为绝后患，如何搜捕残害平家血脉；以及安德天皇生母建礼门院在绝望中出家为尼，最后于大原寂光院中了却余生。

《平家物语》的主体叙事线，侧重于平家兴衰和源平争霸两方面，对之前的重大历史事件“保元之乱”和“平治之乱”，以及源氏的家世均仅以略写一笔带过。作者既对平家强盛时的专横跋扈表示不满，又对其失势后的悲惨境遇表达了同情，同时在书中加入了自身对历史事件的看法。相对于其他军记物语，其价值观、历史观、伦理观，都带有一定的先进性。全书在结构上尽量避免了单调的直线性展开剧情，在情节的布置上变化多端，军事、政治、歌咏、恋情穿插其中，加以文词生动，雅俗共赏，又有琵琶师到处传唱，所以流行非常广泛，后来出现的能乐、净琉璃、歌舞伎等，也多选取其中的故事编为台本，其主要情节和人物在日本家喻户晓、深入人心。

关于《平家物语》的作者，长期以来一直没有定论。由于吉田兼好在《徒然草》的第二百二十六段中，记载着：“後鳥羽院の御時、信濃前司行長、稽古の譽ありけるが……此の行長入道、平家物語を作りて、生佛といひける盲目に教へて語らせけり。”所以有研究者据此认为作者是信浓前司行长（信浓是国名；前司是官名，前国司之意；行长是名字；姓氏未知），他写了 3 卷本或 6 卷本的《平家物语》后，再传授给一位名叫生佛的盲琵琶师弹唱、传诵。这成为了平曲的开端，风靡后世。后来又有研究认为，12 卷本《平家物语》的作者是参议吉田资经。然而此二说在数百年的漫长岁月里，逐渐无法取信于研究《平家物语》的学者。原因在于《平家物语》与中国古典名著《三国演义》、《水浒传》、《西游记》相类，属于素材长期累积型作品，其版本浩繁、差异明显，在流传过程中内容不断变动，卷数越来越多，再加上用典丰富、行文风格多样，所以学界通常将《平家物语》视为集体创作的结晶作品。信浓前司行长、吉田资经只是这众多创作者中的一员，不过他们的名字有幸流传了下来，而其他参与创作的人，都湮没在了逝去的历史长河中。

三、《平家物语》的文学思想价值

日本一向擅长于对外来文化进行吸收和改造，其社会文明的发展长期受到源远流长的中国文化的泽被。《平家物语》的成书时期，相当于中国南宋嘉定年间，比《源氏物语》晚问世二百年左右，所汲取的中华文明的养分，自然比《源氏物语》更为深厚。

首先，《平家物语》全文以日语假名、汉字混合使用，众多段落采用“七五调”和对仗工整的骈辞俪句，再与散文体相融合，注重声调的节奏，形成了独特的韵散交错、音律铿锵的文体。读来节奏分明、语句协调，令人击节赞赏。

其次，《平家物语》将中国历史与全书内容进行了巧妙的衔接。全书的主线，以源平争霸的史实为依据，用文学化的加工合理添加虚构成分，同时熟练而准确地引用佛教传说、本土传奇，并且大量借鉴化用了中国历史典籍，令作品散发出古色古香的动人魅力。书中经常出现“史例先言”的描写方式，即为了呼应当下发生的事件，往往先举中国或日本的类似史例加以说明，借此强化叙事主题。由此可见古代日本人对中国历史相当熟悉，往往将之当作有典可查的宝贵经验。据统计，全书引用中国诗文典故共 124 处，直接引用原典文句的有 72 处，借用汉文典故的 52 处。引文有确切出典的 108 处，所涉及的古籍范围极广，从先秦到唐代，经史子集无所不包。《礼记》、《周易》、《吕氏春秋》、《史记》、《汉书》、《贞观政要》等，都能在书中找到直接引用的例子。所涉及的中国历史人物，古圣先贤、文臣武将有七十余人。此外，尚有四十余则被引用的中国史事。所有这些引用，经过取舍润色后，穿插糅合于各章节中，以古喻今、以史为鉴，使读者阅读兴味大增，对历史的体会也更深一层。

平家一族既是武人，同时也是贵族、歌人。因而戎马倥偬之际，仍不忘游山玩水、观花赏月。或赋诗作歌、或丝竹管乐，以抒衷肠、以寄幽怀。是以书中随处飘溢着人文的风雅和物哀的悲调。这些吟咏的作品，除了本土优雅绚丽的和歌、俳句外，亦有不少中国古诗，其中白居易诗句被引用最多，达23处。《长恨歌》和《新乐府》都被活用到书中，与故事情节的展开和人物形象的塑造紧密结合，浑然一体。

《平家物语》不但在文字方面典雅考究，作为军记物语，它对武士阶层和战争的描写，也有独到的一面。平家虽然来自武士阶层，但掌权后奢靡浮华的生活，使其逐渐脱离了武士的刚勇血性，终日沉醉于风雅温柔中，与平安朝以来的腐化公卿如出一辙。他们已丧尽了武士作为新兴阶级的进取精神。而武勇善战的源氏，则完全不屑于效仿公卿的举止打扮，始终保持着质朴刚健、视死如归的武家精神。作品有意识地突出这一点，并在富士川一战中，对源、平二氏的精神面貌作了强烈的对比，在客观上道出了“贵族化”才是平家走向衰败、被源氏吞没的症结所在。

《平家物语》的时代，尚无“武士道”一说，书中所反映的武士价值观较为简单，主要表现在忠贞报主、重视声名；武艺高强、智勇双全；刚毅坚忍，又不失人性温情这三方面。无论所侍奉的主君是善是恶，只要武士自身能恪守伦理准则，捍卫忠义节烈的精神；同时以巨大的勇气和无畏的牺牲，冲锋陷阵，建功立业，就一概加以褒赞。反之，若是卑怯乞怜、临阵退缩，不管属于何方，一律加以唾弃。武士们的精神世界在此得到了全面展示。缜密思考、信仰神佛、注重文事，这些原本与武人不相干的事，如今作为武士必备的素质修养，在书中随处可见。这寄托了作者对武士成长为一个新的社会阶层所寄予的强烈期待，希望从气宇轩昂的武士那里看到以往企求不到的新道德与强大实力，即承认武士有力量承担起捍卫世间正义、维护行将灭亡的王法的重任。为此，作者不惜笔墨，着力塑造出一批大放光彩的武士形象，例如宇治川合战中争当先锋的佐佐木四郎高纲、一之谷奇袭时的熊谷次郎直实与平敦盛、屋岛合战中一箭射落绘扇的神射手那须与一、坛之浦合战时孤身奋战的平教经，以及用兵如神的源九郎义经等，纷纷跃然纸上，处处给人以非凡之感。骁勇的武士、僧兵取代了贵族的位置，成为英姿勃发、披坚执锐的英雄人物。这些形象的出现，开创了与王朝文学迥然有异的新传统，为军记物语的成功助力良多。

既有无数名将豪杰登场，那么征战杀伐势所难免。全书以适当的艺术加工连缀历史，用七实三虚的手法，将平安末镰仓初大小百余场战役，做了全景式的描写。每场战役都各有千秋，或排兵布阵，正面鏖战；或兵行险着，出其不意；或运筹帷幄，决胜千里。不论是时间的长度、战场的广度、内涵的深度，还是战略的安排、计谋的使用、战术的实施，皆安排有致、详略得当，真实地再现了那个时代血与火的惨烈激斗，令人观之振奋昂扬、心潮澎湃，并在刀光剑影中领悟生命的意义。

在这群雄混战、纲纪紊乱的大乱世中，礼崩乐坏、事不稽古，道德的约束力几乎荡然无存。然而越是在如此骚动不宁的境况中，《平家物语》越是着力强调儒家的道德观。通过平重盛这个典型的“忠孝仁义”俱全的正面人物，将儒家礼治、德政，以及仁恕之道尽可能多地展现在作品中。一句“积善之家必有余庆，积不善之家必有余殃”，就是对儒家思想影响力的极好概括。

在倡导仁、德、礼的同时，《平家物语》还突出赞美了“爱”的力量。这种爱，表现在君臣、父（母）子、夫妻之间的人类亲情、义理中，对立于残酷的战争环境下，使征伐屠戮的阴惨场景或心境，变得清澄、明亮、柔和起来。令残厉的人生，得以超越乱世的迷雾，走向所谓的“安乐净土”。

除了儒家思想外，佛家的无常思想和宿命论的人生观，也深深地烙印在这部由始至终都贯穿着日本民族特有的物哀情绪的作品中。对此，让我们先来看看能剧《敦盛》中一段著名的唱词：

思へば、この世は常の住み家にあらず。
草葉に置く白露、水に宿る月よりなほあやし。
金谷に花を詠じ、栄花は先立て、無常の風に誘はるる。
南楼の月を弄ぶ輩も、月に先立つて、有為の雲にかくれり。
人間五十年、下天のうちを比ぶれば、夢幻の如くなり。
一度生を享け、滅せぬもののあるべきか。

日文“人间”，有“人生”之意。这首名垂后世的佳作，正是后人为纪念源平合战时，慷慨赴难的平敦盛所创。它吟唱出了世事的变幻无常，唏嘘感慨浮生如梦幻泡影，自问世之日起就受到历代英雄豪杰、文人公卿的推崇与赞赏。敦盛死后四百年，这段唱词的后半段更作为战国霸主织田信长的辞世歌而广为流诵。将它翻译为汉语，意为：

常思人世飘零无常，
如置于草叶之朝露、映照水中之明月。
金谷咏花，叹荣华似锦，尽随无常之风凋谢；
南楼弄月之名流，亦随月色隐没于浮云。
人间五十年，放眼天下，去事如梦又似幻。
虽一度受享此生，焉能不灭而长存！

这首歌与全书开头的《祇园精舍》一起，极其精确地概括了《平家物语》的主题思想：诸行无常、荣枯转瞬。此一思想高度地浓缩了整部小说的发展脉络和必然结局，作者要表达的观点，也艺术性地展现其中。

纵观日本文学史，确乎有一种透过死亡和黑暗来观察人生的习惯。《平家物语》的"盛者必衰"、《方丈记》的"流水泡沫"、《徒然草》的"虚无"、松尾芭蕉的"寂灭"，历历在目。樱花最美的时候，并不是它盛开时的漫天红云，而是它壮丽的凋零之期。看着飞舞的花瓣落满大地，就像目睹着豪杰之士慨然赴死，没有丝毫的悲伤留恋，赞叹之感油然而生。明知死亡不可避免，又何需为之神伤？譬如樱花，从生到死，壮美至终。物哀之美、毁灭之美、虚幻之美，如同浩荡幽暗的流水，构成了日本文学最宏大深沉的血脉，向人们提醒着生命的真相。作者将凡常的人生感受融于贵族及武士的人物命运中，如实地展现出悲哀、痛切、凄绝的人生境况，使作品具有了十分强烈的生命感染力，并与日本民族的审美情趣保持了一致。

无常观之所以频频出现在日本古典文学中，在于古代的日本灾害频仍、战祸不断，特别是在《平家物语》所处的时代，矛盾尖锐、冲突频繁。保元以来的连场兵戈，令人民饱受苦难。战士血流尽、百姓泪流干，人们命如微露、祸福难料，对人生苦短、生命无常的认识尤其深刻，却又无可奈何，唯有将希望寄托在佛教的因果宿命论中，寻求解脱。

与不可名状的无常观相伴而生的，是衰退史观的出现。在动荡不安中苟延残喘的人们，亲身感受到公家的衰落、世风的萎靡，遂认定所处的便是末世，而视上古为盛世心向往之。于是衰退史观成为当时普遍的历史观。

"夫物盛而衰，乐极则悲；日中而移，月盈而亏。"世间万事万物尽皆如此。有光方有影，有生斯有死，有繁华兴盛就必有没落衰微。平家在平清盛在世时享尽了荣华富贵，大纳言平时忠甚至狂妄地扬言：“不入平家休为人。”但骤兴的繁华背后掩盖不住急速衰败的必然，书中随处援引、穿插的历史故事也多贯彻了这一思想。祇园精舍钟声悠悠，暗示着时间的不可挽回；娑罗双树花色荣枯，包含着多少静寂伤感。无论繁华也好、荒芜也罢，最终都将埋没于时间的流沙中。

但是，《平家物语》并没有对衰亡的悲哀置之不理，任其自然。它在最后准备了一条救赎之路，那就是彼岸的欢乐、实现往生的夙愿。祇王、阿佛、建礼门院都超脱了恩仇，共同怀抱往生净土的喜悦。甚至被认为是佛敌、法敌的平家后裔，最后也实现了九品托生。今世的哀愁和罪恶即使无法逃避，也能得到来世的欢乐。小说在悲苦之中，也能使人感到若有若无的温暖，就是因为有这条救赎之路的缘故。这里面交织着作者的爱与恨、喜与悲，解脱的兴奋与内省的孤寂，令文学的感动得到了最大限度的升华。

四、《平家物语》版本略述

与中国的古典名著相类，《平家物语》也属于素材积累型小说，并非一般书籍那样以原作者所著的原貌流传于世，而是经过民间艺人和文人的集体创作、反复加工才最后写定。正因为它具有复杂的形成过程，并随着年代演进而不断衍生、增删、改写，不同作者的叙事语境及意图不同，造就了不同的文字内容，所以不但其作者及定型年代众说纷纭，在流传的版本上也相当繁杂，各版本间的内容差异十分明显。仅就其版本源流的考据、演变过程的研究，即可单独写出一部著作来。本节只扼要略述《平家物语》诸版本的异同，作为读者阅读本书时的辅助参考。

《平家物语》各种版本曾经达到 200 多种，经过时间的汰选，其现存数量，根据 1990 年代日本学者的研究，能够确定在 50 种以上。按照作品的流传方式和写作形式，可将诸种《平家物语》归入唱本系、读本系这两大系统中。此外，在当代日本，为了让看不懂古文的读者能够流畅阅读，又出现了白话译本系、改写本系的《平家物语》。

① **唱本系统**

唱本系又可称为“语本系”，顾名思义，它指的是口诵性质的文本。《平家物语》最早是通过琵琶师的说唱在民间流传的，信浓前司行长传授给生佛的版本，应是唱本系的始祖。学唱“平曲”是旧时琵琶师们的必修课，其台本在不同的琵琶师之间互相传抄，各自随意增删，日久年深，在所弹唱的内容不断丰富的同时，也形成了多种演出台本。由于这些台本是建立在弹唱的基础上，讲求的是琅琅上口的音律美，所以口语化是其主要特点。体现在文本上，就是表音假名多、汉字极少。

现存的唱本系主要版本，根据内容又分为“八坂系”和“一方系”。八坂系诸本为12卷本，内容只到平家绝嗣灭亡为止；而一方系诸本则多出“灌顶卷”，讲述建礼门院在出家后的凄苦生活。八坂系有屋代本、百二十句本、平松家本、镰仓本、佐佐木本、中院本、城一本等；一方系则有觉一本、高野本、下村时房本、流布本等。

② **读本系统**

读本系即文字阅读性质的文本。随着《平家物语》的流传范围和影响力的不断扩大，仅仅通过琵琶师的弹唱来欣赏、感受这部恢弘的史诗巨著，已不能满足社会各阶层的需求。于是开始有文人和僧侣将唱本《平家物语》用书面语翻写，以方便刊印成书，供民众阅读。由于平安时代的日本，正处于积极吸收中国文化、效仿汉风唐韵的全盛时期，所以汉字是正式的官方书面文字。掌握汉字的文人、僧侣们，用典雅优美的文言文汉字，大面积取代了原始唱本中质朴无华的表音假名，经过精心的加工雕琢，去除了口语唱本的粗糙疏漏，可谓“脱胎换骨”，使全书雅俗共陈、和汉交融。特别是其中增补的大量中国历史典故、诗词、古籍引用，都直接用汉字表述，这是唱本系的口述耳闻所无法比拟的。据《醍醐杂抄》中的《平家作者事》一文记述，读本系的始祖，当系民部少辅时长和源光行合著的版本。

由于读本系的增删及改变幅度较大，所以各版本的卷数差异也较大。现存的读本系主要版本，有延庆本 6 卷 12 册、四部合战状本 13 卷、龙谷大学本 13 卷（周作人即据此本翻译）、长门本 20 卷、源平盛衰记 48 卷（异本）等。这些专供阅读用的《平家物语》，以其文字精妙、韵味深邃，数百年来风行不衰。后世对《平家物语》进行翻译、改写，也多依据读本系施行。

③ 白话译本系统

古本《平家物语》的原文，系混合了汉文、佛语、古日语而写就。有四分之一左右的内容，用汉语文言文书写，语意通顺，这固然在一定程度上方便了中文版的翻译，译者只须照搬汉文原文即可，但也加深了当代日本读者的理解难度。如无汉学根基和佛教知识，不谙熟古中国的文言文和历史典故，即使当代日本人阅读起此书也会觉得晦涩吃力，较难通顺地理解全书。因此便有了用现代日语翻译的白话版本。类似于今日中国流行的，将文言文史籍译为白话文。

白话译本的《平家物语》数量也不少，既有由日本著名作家翻译，以正式出版物的面貌行世，如中山义秀、杉本圭三郎等人的译本。又有热心的网友自行翻译，免费发布在网络上供人阅读的译本。两者都对《平家物语》在当代日本的普及，起到了一定的推进作用。

④ 改写本系统

明治维新以来，日本社会全盘西化，汉学渐渐式微，和汉交融的古典文学在日本一度陷入低谷。二战结束后，反思与追溯成为社会潮流，越来越多的日本人希望借助历史这面镜子，进行深刻的思索与洞察。同时期日本文坛也涌现出一批优秀的历史小说作家，创作出众多脍炙人口的历史题材作品。这其中既有作家自己的原创小说，又有将古典文学进行改编，糅合现代感觉加以再创造的“当代改写本古典小说”。《三国志》作为读者百看不厌的母题，在日本是被改编最多的古典小说，而《平家物语》的改编则相对较少，以吉川英治的《新·平家物语》和宫尾登美子的四卷本《平家物语》最为有名。

改写本与白话翻译本虽然都用现代日语书写，但却有着本质的不同。改写本仅是借用了《平家物语》原著的框架，小说大部分情节与对白都是原创。吉川英治的《新·平家物语》共十六卷，于 1950 年到 1957 年在《周刊朝日》杂志连载。这部作品并没有单单从高踞权力宝座者的视角来描写，而是力图从平民的角度，重新描绘出人类历史的前进道路。吉川英治以饱储情感的笔触，结合广博的人文历史知识，全面勾织出源平纷争时期各色人物的真实面貌，细致描摹了他们的内心世界，使《平家物语》中上百个历史人物永恒地跃然于纸上。就像迸发的山泉，穿山越谷，变成浩森的大河，开辟出一股将读者引向历史巨大洪流的浪潮。

《新·平家物语》的重头戏是源平争战的过程，以“刚”为主，颇符合《平家物语》的原质。但物语中还有许多悲怆柔情的女性，她们大多是平家眷属，在淫威和战祸下经历了种种人生苦难，痛彻心扉。然而原著对她们的着墨并不多，只是将她们作为附属人物而存在。为此，善于诠释人文之美，以典雅氛围与女性意识见长的日本女作家宫尾登美子，用七年时间，以其特有的女性直觉、婉约笔调，重新诠释了《平家物语》。在分别名为青龙、白虎、朱雀、玄武的四卷作品里，她为身处乱世、命运由人的各阶层女性发声，将她们的喜怒哀乐栩栩如生地呈现在当代读者面前。女性的柔美、温情大行其道，使得《平家物语》刚中带柔，让本属于阳刚的杀伐舞台，有了一片属于女性的天空。

五、《平家物语》新译本琐言

在拙译《平家物语》之前，就译者目力所及，已知的中文译本有如下五个版本：

① 周作人译《平家物语》，中国对外翻译出版公司 2001 年 1 月版。该书系《苦雨斋译丛》中的一部，也是周作人最后一部译作，根据周作人的原稿复印件编排，不过并非足本，仅有前六卷内容。

② 周启明、申非译《平家物语》，人民文学出版社 1984 年 6 月版。译者署名中的周启明，即周作人。此版前六卷系整理自周作人译本（其实与周氏原文比照，可发现译文与注释均改动较大），后七卷由申非独力译出。

③ 申非译《平家物语》，北京燕山出版社 2000 年 12 月版。此版校对极不认真，错字漏字比比皆是。

④ 云南某出版社 2002 年 3 月版。经比照，此版本系在申非译本上略作改动而成，译文及注释与申非译本几乎一模一样，但译者署名却不是申非。也不知如此做法，是否得到过申非老先生的授权？

⑤ 申非译《平家物语图典》，上海三联书店 2005 年 8 月版。这是一个节选本，系叶渭渠主编的《日本古典名著图读书系》中的一本。全书以图片为主，译文内容仅为原著的十分之一左右。

综上可见，在拙译之前，《平家物语》其实只有一个周、申系统的中文译本。该译本的译文质量，见仁见智，译者不敢置喙。但周、申译本却存在着不少硬伤，也就是种种翻译细节上的错误（非校对错误）。这些错误主要集中在日期、人名、地名、佛教名词等方面，试举数例如下：

保延四年四月，错为“四年七月”（第一卷第十六章）；

轮池道，错为“林池道”（第二卷第二章）；

安倍晴明，错为“安信晴明”（第三卷第十五章）；

日本天德四年是公元 960 年，错为 954 年（第十一卷第十四章）；

“东父”的注释错误，东父不是指东方朔（第十一卷第十八章）。

诸如此类硬性错误，经笔者逐一校勘，多达近百处。有些是因为周作人译稿本来就是错的，而申非并未仔细与日文原文核对，就直接照搬，跟着一起错；有些则可能因为早年可供查阅的资料较少，所以难予核实。拙译已经对此进行了全面订正。

拜当今互联网发达所赐，通过网络，译者得以收罗到各版本的《平家物语》原著。拙译新版《平家物语》，以读本系13卷《平家物语》为底本，参校"国立国会图书馆本"以及读本系统的延庆本、长门本等，认真翻译、注释。在译文风格上，尽量遵循读本系文白并用的特点；书中人物的对话，根据其身份和所处的环境，或半文言、或白话，力求使译文既古雅又不失畅晓。对于书中需要注释的地方，逐条查阅相关书籍及互联网，细心勘证，务求做到没有任何差错。

上文已经提及，诸版《平家物语》在内容上存在着较大差异，某些文字段落此本有而彼本无，某些对白情节又是彼本有而此本无。所以译者在初稿译完后，又集合读本系各版《平家物语》，逐句逐段进行了合校。合校主要是针对各本中有差异的内容，先比较、考证，再去除讹误、衍脱，最后拾遗补缺、择善而从，以使拙译成为真正意义上的13卷全译足本！合校内容主要为以下几方面：

① 文字差异

文字差异是诸版《平家物语》中最常见的。校勘时根据上下文的文意和所处语境，选取最合适的文字。例如第六卷第九章《慈心坊》中有一句偈语："示现最胜将军身。"有版本作"示现最初将军身"。经过考订，在"最胜"和"最初"中取"最胜"。因"最胜"系佛家用语，与章节内容相吻合。

② 人名差异

因日文中的汉字存在音读和训读两种读法，部分人名因训读相同，所用汉字存在差异，例如藤原邦纲，有版本写作藤原国纲，便是因"邦"与"国"的训读都是"くに"之故。此外尚有如"资方"与"资贤"、"定隆"与"定高"等，像这种人名汉字存在差异者，全书有数十处，本译文取日本史籍中较常见者。

③ **章节划分差异**

各版在章节的划分上也存在不同。如第六卷第十章《祇园女御》，该章节其实是讲了“祇园女御、邦纲辞世、州俣合战”等三个故事，部分版本却将这三个故事合于一章，未单独分立；而另有部分版本，则将三个故事分别各立一章，此举甚为妥当。故而合校时，拙译本定取后者，也按故事内容，将“祇园女御、邦纲辞世、州俣合战”分别各立一章。

④ **段落划分差异**

诸版《平家物语》在段落划分上也存在着差异，某些版本在一个段落中同时叙述多件事情仍不分段，给读者带来了一定的阅读障碍。拙译尽量按照中文阅读的停顿习惯，以事件发展、地点转换、表述角度转换等进行自然段的划分，务求令译文各章节做到层次分明，叙述清晰。

⑤ **情节对话差异**

《平家物语》不同版本间的情节和对话，存在着少量差异。某些版本缺少小部分情节，对话也略有缩减。校勘时依据完整本予以补全。

以上数方面的合校，涉及的文字十分琐细，故而径直增补校订于正文中，不再另出校注。

由于本人水平有限，《平家物语》又是大部头著作，所以此书的翻译过程相当艰难，不但需要查阅大量的词典、史籍、佛经，更要忍受长期伏案所带来的病痛折磨，故而翻译耗时颇长，一再拖延交稿时间。幸得本书责编姚东敏给予了译者极大的支持和理解，在此深深致谢。

最后要说明的是，本书所采用的插图作品，分别选自《明星大学藏〈平家物语〉绘本》、《源平合战绘图》、《源平合战屏风绘》、《安德天皇缘起绘图》，以及部分相关浮世绘。这些绘画作品以画面为叙事语言，形式多样，物语绘、屏风绘、白描绘、扇面绘等，应有尽有；其内容多以人物群像为主、自然景物为辅，场面壮观、描绘雅致，可帮助读者直观感受这部恢弘壮伟的史诗巨著。

王新禧

2010年10月序于福州

第一卷

一、祇园精舍

祇园精舍之钟声①，
响诸行无常之妙谛；
娑罗双树之花色②，
显盛者必衰之道理。
骄奢者绝难长久，
宛如春夜梦幻；
横暴者必将覆亡，
仿佛风前尘埃。

---

① 祇园精舍：全称“祇树给孤独园”，是天竺舍卫国的著名寺院，佛教圣地之一。相传由“给孤独长者”（又名须达多，意为善授）花费大量黄金于舍卫城南郊，购置祇陀太子的园林而建造。祇陀太子也多有奉献，故以二人名字命名。

祇园精舍是佛陀的北方传教中心，佛陀在此安居长达二十余年，现今流传的经典，约有七、八成是在祇园精舍讲说的。例如《阿弥陀经》、《金刚经》、《药师经》等。

据《祇园图经》载，祇园精舍中有一所“无常院”，安置四面大钟，其响声似在诉说《涅槃经》中的四句偈语：诸行无常，是生灭法，生灭灭已，寂灭为乐。《平家物语》作为战记小说，由始至终贯穿着“诸行无常”的思想和宿命论的人生观，所以全书以《祇园精舍》作为引子开篇。

② 娑罗双树：传说释迦牟尼涅槃时，东西南北四方，各有两株娑罗树，每一方的双树都是一荣一枯，一株青绿，另一株枯白。东方双树意为“常与无常”，南方双树意为“乐与无乐”，西方双树意为“我与无我”，北方双树意为“净与无净”。常，指佛法身常住，永恒不变；乐，指佛法身无诸苦，安住大乐；我，指佛法身超然时空，来去无碍；净，指佛法身远离惑业，清净不染。茂盛繁荣之树意示涅槃本相：常、乐、我、净；枯萎凋残之树显示世相：无常、无乐、无我、无净。佛祖在这八境界间入灭，意为非枯非荣，非假非空。

远者，求考异国史例，秦之赵高、汉之王莽、梁之朱异①、唐之安禄山，此等人皆因背逆旧主先皇之政，穷奢极欲，又不听贤人良言规谏，不悟天下兵革将起之警兆，不恤民间愁苦，遂致骤亡旋灭。近者，察观本朝故事，承平之平将门、天庆之藤原纯友、康和之源义亲、平治之藤原信赖②，此等人每每心怀骄纵，凭恃权势，飞扬跋扈之情状、霸道强横之恶行，虽不尽相同，然而覆灭之结局却是一般无异。至于如近世之六波罗入道相国、前太政大臣平清盛公③所作所为，仅据传闻而言，便非想象之所能及，虽千言万语亦难描述形容。

寻源溯流，清盛公先祖，乃桓武天皇④第五皇子。清盛公系一品式部卿葛原亲王⑤第九代后裔、赞岐守正盛⑥之孙、刑部

---

① 朱异（483～549）：中国南北朝时期梁朝佞臣，官至中书通事舍人。其善于阿谀取宠，专以巧言令色取悦梁武帝，深受梁武帝宠信。公元547年，北朝东魏大将侯景欲降梁朝，梁武帝犹豫不决。朱异揣摩圣意，力主受降。于是梁武帝不顾多数朝臣的反对，纳降侯景，为次年的“侯景之乱”埋下祸根。

② 承平、天庆是朱雀天皇的年号；康和是堀河天皇的年号；平治是二条天皇的年号。平将门、藤原纯友、源义亲、藤原信赖等人，都曾举兵作乱，最终败亡。

③ “六波罗”指京都东山区六波罗寺一带，平清盛建府邸于此。官阶在三位以上的官员出家，尊称为“入道”。太政大臣，是律令制度下最高官位，居三公之首，位阶为正一位或从一位，相当于唐代的相国。清盛以太政大臣的身份出家，但仍然掌握大权，故称为“入道相国”。

④ 桓武天皇：日本第50代天皇，781～806年在位。

⑤ 日本古制，亲王分为一至四品。式部省：担任文官任免等一般人事的部门，负责调查文官的事务成绩，上报太政官，以及指导国家典礼等工作。长官称为“式部卿”，由亲王担任。平氏是桓武天皇的四个皇子——葛原亲王、万多亲王、仲野亲王、贺阳亲王的子孙降为臣格而形成，其中又以葛原亲王一系最为活跃。

⑥ 平正盛（？～1121）：平清盛的祖父，是促使平氏在日本当权的武将。他本是地方豪族，在伊势地区有着雄厚的实力。1108年，朝廷任命他为追讨使，赴出云讨伐叛乱的源义亲。正盛仅仅一个月就讨伐成功，天皇大喜之下，升他为但马守，并将他收为心腹，想藉此抑制源家的气焰。以此为开端，酿成了日后源平两家百余年的血腥争霸。

卿忠盛①之嫡长子。葛原亲王之子高见王无官无职，其子高望王时，始由天皇赐姓平氏，并授以上总介②官职。由斯脱离皇族，列位人臣。高望王之子乃镇守府将军良望，后更名为国香。自国香迄于正盛，传历六代，虽都受领为诸国国守③，却未蒙天恩准予登殿，皆不曾名列“殿上人”的仙籍④。

二、殿上的暗算

当忠盛还是备前国⑤国守时，遵依鸟羽上皇⑥曾许下的大誓愿，敕建了“得长寿院”。该寺计有佛堂三十三间，供奉佛像一千零一尊，于天承元年⑦三月十三日隆重举行了奉安典礼。礼毕后，上皇甚为喜慰，

---

① 平忠盛（1096～1153）：平清盛之父，智勇兼备。在正盛死后，他继续协助天皇征讨反乱，征讨过程中有许多势力归附平家，使得平家进一步壮大，并更加接近权力中枢，为他的儿子平清盛在实质上掌握全国政权奠定了基础。《平家物语》即从忠盛发迹讲起。

② “上总”是国名，现在日本千叶县南部。“介”是国司的次官。

③ 国守：国司的长官。“国司”是置于各国的地方官，相当于现在的知事，总管该国的一切政务。

④ 官阶在六位以上的官员，才被允许上清凉殿（天皇日常起居之所），称为“殿上人”或“云上人”。三位以下六位以上的“殿上人”称为“大夫”，三位以上的“殿上人”称为“公卿”。仙籍，指许可登殿者的名簿。

⑤ 此处地名中的“国”，并非“国家”之意，而是指行政分区名词“令制国”。一国，行政上相当于中国的一个州或县。全日本共分为六十六国。备前国，现在日本冈山县东部。

⑥ 天皇退位后号为“上皇”。鸟羽上皇，日本第74代天皇，1107～1123年在位。1123年1月，白河法皇令鸟羽天皇禅位给5岁的显仁亲王，是为崇德天皇，但实权掌握在白河法皇手中。直到1129年白河法皇去世，鸟羽上皇才夺回实权，开始自己的院政时代。1141年，鸟羽上皇出家为法皇。

⑦ 天承，崇德天皇之年号。天承元年，即公元1131年。

论功行赏，下诏奖勉忠盛建寺之功，特赏其“逢缺即补”。适逢但马国[①]国司一职出缺，便让忠盛递补了这一缺额。上皇恩宠有加，又破格许可他登殿奏事。当其时，忠盛年仅三十六岁。满殿公卿大夫，个个心生嫉恨，这些原来的“殿上人”们，私相谋议，商定在同年十一月二十三日的五节之一“丰明节会”[②]当晚，暗杀忠盛。

忠盛风闻此事，自忖：“吾本非援笔属文之吏，既生武勇之家，一旦横遭意外羞辱，于家于己，皆是可耻可恨。然避而不朝，则恐得怯懦之讥。古书有云：存身保命，以报君王。吾须早做准备方为上策。”于是他事先备好一把短刀，看似随意地挂在朝服的束带上。上殿之后，忠盛故意在灯光幽暗处，缓缓拔刀出鞘，举至鬓边。那刀明晃雪亮，犹如春水融冰，泛出阵阵寒光。一干“殿上人”凝目而望，胆战心惊，栗栗而抖。又有忠盛家家将左兵卫尉家贞——乃同族木工助[③]平贞光之孙，进三郎大夫季房之子——身着淡蓝色狩衣[④]、下束浅黄色腰甲、佩挂系着弦袋的太刀[⑤]，在大殿的庭院中一丝不苟地守候着。贯首[⑥]座下有人

---

① 但马国，俗称但州，现在日本兵库县北部。

② “丰明节会”是五节舞会之一。五节舞会于每年十一月间的第二个丑、寅、卯、辰四日间举行。丑日，天皇在常寗殿观看五节舞的试演，称为“帐台试”；寅日于清凉殿观看五节舞的试演，称“御前试”；在卯日的“新尝祭”、辰日的“丰明节会”上正式表演五节舞。

③ 木工助，木工寮的次官。木工寮是负责营造、维修宫殿，并采集木材、制作工艺品的部门。

④ 狩衣，即猎衣，以麻布制成，为武家独创，用于野外狩猎时穿着。为方便起见，衣袖与衣体未完全缝合。狩衣后来发展成为公家的日常服装。

⑤ 弦袋，装弓弦的袋子；太刀，特指具有较大弯曲度，刀身长二尺以上、不足三尺的弯刀。此外，二尺以下的称为小太刀，三尺以上的称为野太刀。

⑥ 贯首，又称贯主、管主。贯，籍贯之意；首，第一之意。贯首本指户籍簿上第一位列名者，后引申为一宗一派之领袖。这里的“贯首”，指的是在内廷奔走的内侍们的头目。下文的“六位藏人”，“六位”是官阶，“藏人”即指这些内侍。

见了心生疑虑，便派了个“六位藏人”近前问道：“在空柱[①]旁靠近铃索处，穿布衣的是何人？擅闯内禁，其罪非轻，速速离去！”家贞庄严肃容、恭恭敬敬地答道：“听闻今夜有人欲对吾家主公备前守大人，图谋不轨。吾专程在此护卫，要查探个切实究竟，绝不能离开。”说罢，依旧端凝跪坐。“殿上人”们眼见形势不妙，情知暗杀之密已泄，当夜只好作罢。

随后忠盛被鸟羽上皇召至御前起舞，有人乱打拍子，阴阳怪气地叫道：“伊势平氏真是个醋瓶子[②]！”其实平氏一族原是桓武天皇的后裔，只因有些年头没住在京里，便成了“地下人”[③]，不能登殿议事。由于他们久居伊势，故而用那里的特产烧酒瓶，借物代名，自称为伊势平氏；又因忠盛眇目，所以被人借谐音讥讽为醋瓶子[④]。忠盛虽怫然不悦，却也莫可奈何，遂于歌终舞罢前悄悄退离御宴。他来到紫宸殿北侧，当着那些殿上人的面，解下悬挂腰间的短刀，交予主殿司[⑤]，随即拂袖而去。在外守候的家贞见到主公，关切地问道：“殿中是何情形？”忠盛本欲告知受辱一事，但见家贞拔刀欲试的模样，怕他上殿闹事，便答道：“无甚要紧事。”

五节会上素来有个惯例，人们一边唱咏着“薄纱纸、紫染纸、缠丝笔，画着巴纹[⑥]的笔杆”等有趣的事物，一边欢快起舞。昔日有一位太宰权帅[⑦]季仲，因为面庞黝黑，被人戏称为“黑帅”。在他担

---

① 空柱：位于清凉殿南面的柱子，柱内掏空，便于排放雨水。
② 伊势所产的烧酒瓶，质量粗劣，无法盛酒，只能装醋。而“平氏”与“瓶子”在日语中的读音相同，此处一语双关。
③ “地下人”，指平民百姓，与能够登殿的“云上人”相对。
④ 这里也是一语双关，“眇”与“醋瓶”在日语中读音相同。
⑤ 主殿司：专职负责宫中灯油、薪炭的女官，日本宫廷十二司之一。
⑥ 巴纹：由三个勾玉组成的传统图案，寓意大地旋转、宇宙之力。常在家纹、神纹或寺纹中使用。
⑦ 太宰权帅：太宰府设于筑前国，是治理西海道九州九国二岛的部门，担当九州的一切政务。其长官称为帅，次官称为大贰、少贰。权帅只是名誉性的帅，大贰是实际上的长官。

任藏人头[①]时，于五节会上跳舞，也有人怪叫道："呀，好黑啊，如此黑头[②]，是让何人涂上了黑漆呢！"又有花山院前太政大臣忠雅，尚未十岁时因父亲中纳言忠宗辞世，而成了孤儿。已故的中御门藤中纳言家成，其时任播磨国守，招他为婿，令他得享富贵荣华。也是在五节会上，家成被人们冷嘲热讽："播磨米乃木贼草？抑或粗叶树之叶？为何要替他人磨光去垢[③]！"

"这些古时发生的事例，最终都没有闹出大事来。不过如今佛法衰微，在这种人心不古的末世，可就说不准了。"人们议论纷纷，担心因为讥讽忠盛而引出祸乱来。

果不其然，五节盛会刚过，全体殿上人齐向上皇参奏，禀道："查历代先例，带剑上殿饮宴，或随带佩武家臣出入宫禁，须严守'格式'[④]，并经皇命敕许，方能行之。如今朝臣忠盛，擅召自家带甲武士，私入内庭；忠盛自身亦腰佩短刀，列席节会。此二者俱是前所未有、历朝罕闻之重罪，大不敬于上皇。请上皇将忠盛两罪并罚，削去殿上仙籍，罢黜官职。"鸟羽上皇闻奏，震惊异常，遂传忠盛到殿前质问。

忠盛答道："家将于殿庭守候一事，微臣实不知情。但近日坊间风传，有人意欲暗害微臣，臣之家将追随臣多年，亟欲助臣免受意外之辱，因此擅闯大内，非臣所能预知，亦无从阻止。若见责此事，可即召

---

① 藏人头：官阶从四位下，负责诏敕的传宣、殿上机密文书的处理等工作。

② "黑头"既嘲笑季仲脸黑，也双关"藏人头"。

③ 播磨国，俗称播州，现在日本兵库县西南部。播磨产米，木贼草和粗叶树之叶像砂纸一样，可用来打磨物件。由于家成是播磨国守，故而将他比作播磨米；"磨光去垢"指的是他提携女婿。

④ 格式：在弘仁、贞观和延喜年间以诏书形式颁布的各种政令。这些政令都是对原有律令的修改和完善，修改后的律令称为"格"，具体的实施细则叫"式"，两者统称为"格式"。

该名家将质询。至于臣所佩短刀，前已交由主殿司寄存，请降旨提取，验看短刀真相，再定臣罪不迟。”上皇以为有理，即刻命人取来短刀，当场御览检视。原来那刀鞘表面涂着一层漆，鞘内却是木刀，刀身上贴着银箔。上皇道：“卿为免当殿受辱，假作带刀之状；为防日后责罚，以木刀代真刀。心思缜密，殊堪慰勉。凡操弓矢之良将，皆当有此等智谋。至于家将擅进殿庭守候，那是武士侍奉主公的惯习，与卿无关。”如此一来，忠盛不但没有受到任何处罚，反而博得了上皇的好感。

三、鲈 鱼

未几，忠盛有三个儿子受封为诸卫①的佐官，并因此拥有了登殿的资格②。公卿贵族出身的“殿上人”们，对平家父子再也无可奈何。某日，忠盛由任所备前国返京，鸟羽院③问他：“明石浦④景色如何？”

忠盛作歌答道：

“明石海岸边，岁岁浩荡风频频。

残月微明夜，海风拥浪潮翻涌，奔腾推波势滔天⑤。”

---

① “诸卫”是三大卫府的统称。近卫府：负责护卫天皇，警备皇居内周，朝会时任警卫和仪仗；兵卫府：负责警备皇居外周区域，行幸和行启之际担任警备和杂务；卫门府：负责镇守皇居诸门，管理人员、资材的进出。这三大卫府又各分左右两部，“佐”是各卫府的次官。

② 忠盛的儿子中，清盛、忠度是左兵卫佐，赖盛是右兵卫佐。官阶是从五位上，所以都有了登殿的资格。

③ 鸟羽院，即前文的鸟羽上皇，因处于院政时期，故称“鸟羽院”。“院政”是指天皇让位后，以上皇的身份“总天下政”的制度。上皇居所称为“院”。

④ 明石，位于日本兵库县南部，隔明石海峡与淡路岛相对，当时属播磨国。明石浦，就是明石的海岸。

⑤ 原文为短歌，字数格式为“五七五七七”。“残月”与明石的地名双关。

鸟羽院赞赏不已，下令将这首歌收入《金叶集》中。

忠盛有一位红颜知己，是在内廷当值的女官，忠盛经常暗地里与她幽会。有一回，不慎在女官的香闺中遗下一把扇面绘有月亮的折扇，同僚女官见了，打趣道："这是何处洒漏的月光呀？来头相当可疑哦！"那女官便作歌答曰：

"月光也寻常，只是漏自云霄间①；
若问何方来，受答无因非等闲。"

忠盛知悉此事后，对女官的感情愈发深厚了。这位女官便是萨摩国国守忠度②的生母。俗语云：琴鸣瑟和。忠盛是如此倜傥，女官自也不逊风雅。后来忠盛官至刑部卿③，于仁平三年④正月十五日辞世，终年五十八岁。因清盛是平家的嫡长子，便继承了父亲的官职。

保元⑤元年七月，宇治左大臣藤原赖长⑥叛乱，其时，清盛为安艺守，誓言效忠天皇，旋以勋功擢升为播磨国守，保元三年再晋升

---

① 此处字义双关，表面上回答月光，其中却隐含了忠盛的名字。因为"只是"与"漏"，合起来的读音，正是"忠盛"。

② 平忠度（1144～1184），平忠盛第六子。他身为武将，却雅擅吟诗作文。于治承四年（1180）出任正四位下萨摩国国守。治承八年（1184）的"一之谷合战"，平忠度战死，得年41岁。萨摩国，俗称萨州，现在日本鹿儿岛县西部。

③ 刑部卿：官阶正四位下，刑部省的长官。刑部省是负责诉讼的审理、判决以及执行刑罚的部门。

④ 仁平，近卫天皇的年号。仁平三年，即公元1153年。

⑤ "保元"是日本第77代后白河天皇的年号，时在1156年4月至1159年4月。

⑥ 藤原赖长（1120～1156）：日本平安后期公卿，1149年任左大臣，因有别庄在宇治，故名"宇治左大臣"。其自幼奋发，博览群书，收藏了大量书籍，建有"赖长文库"，被誉为一代大学者。后在"保元之乱"中拥护崇德上皇，事败战死。

为太宰大贰①。平治元年十二月，藤原信赖谋反，清盛竭力平叛，肃清逆贼②。皇诏敕云：“屡建殊勋，恩赏宜厚”，乃于次年正月叙正三位。陆续升迁为参议、卫府督、检非违使别当、中纳言、大纳言③，直至太政大臣的高位。清盛越级高升，未任左右大臣④之职，便由内大臣直接升为从一位太政大臣。此际，他虽非近卫大将，却下赐兵仗，随带扈从，敕许乘牛车、辇车出入宫禁。如此恩遇，地位已与摄政关白⑤无异了。

“太政大臣为天皇师表，四海垂范，经邦论道，调和阴阳，若无其人，则可从阙。”⑥

由此可知，这太政大臣又叫作“宁缺勿滥之官”。既然是“如果没有适当人选，就可以保持缺位”的官职，那么“一天四海”尽归其掌握，也就无可非议了。

---

① 太宰大贰，官阶从四位下，太宰府实质性的长官。

② 平治元年(1159)，在“保元之乱”中立功的源氏首领源义朝，因未受重用，与平清盛结怨。十二月四日，源义朝乘平家离开京城参拜神社的机会，联合藤原信赖拘禁了上皇和天皇，史称“平治之乱”。在外的平清盛闻讯，立即集结重兵，于翌年正月大败义朝军，诛杀了藤原信赖，并将义朝一族屠戮殆尽。源义朝嫡系一支，仅年方13岁的长子源赖朝免于一死。经此一役，平家势力全面上升，专揽朝政，炙手可热。源赖朝则流亡伊豆密谋复仇。源平争霸由此正式揭幕。

③ 参议：官阶正四位上，与大臣、纳言共同协商政事的重职，任用条件相当严格。卫府督：卫门府左右两部的长官。检非违使别当：检非违使厅的长官，负责管理京都的治安、卫生、民政，后也总管司法，极有威势。中纳言：官阶从三位，别称“黄门”，负责与左右大臣共商天下政事。大纳言：官阶正三位，太政官的首席次官，与左右大臣共商天下政事，讨论天皇诏令得当与否，是传达上下的重职。

④ 左大臣，右大臣：正二位高官。要担任从一位太政大臣，一般先要叙任过此职，但平清盛直接跳过。

⑤ 摄政关白：当天皇年幼时，太政大臣主持政事称“摄政”，天皇成年亲政后，摄政改称“关白”。明治维新前，皆由当时官位最高的大臣兼任。

⑥ 这段话是日本律令的原文，引用自《职员令》。

平家能够这般荣华繁昌，据说是得力于熊野权现①的庇佑。往昔清盛公任安艺守时，自伊势海乘船去熊野，海途中有大鲈鱼一尾，跃进他的船舱。熊野神社的向导道："此乃权现之恩赐，还请大人速速烹食。古时亦有白鱼跃入周武王舟中②故事，皆是上佳吉兆。"虽然在去神社参拜的途中，必须恪守十戒③，不进荤腥，但清盛公还是命人将鲈鱼料理了，分与阖家亲眷子弟一起食尽。自此吉事频频，他自己一路高升至太政大臣，子息也俱得升官，真比青龙乘云飞升还要快，超越了先祖九代的往例，实在是可庆可贺。

四 秃 童

仁安三年④十一月十一日，清盛公年五十一岁，忽而染疾，病体日沉，遂发愿出家，法名"净海"。大概是由于入道的缘故，疾患很快得以痊愈，因而得葆天寿。此际，平家真可谓威名震朝野：人人钦仰，仿佛草木依依恋眷春风；家家向慕，好似大地久旱渴盼甘霖。提起六波罗殿一族的贵胄子弟，不管怎样的豪门望族，都无法与他们并列比肩。入道相国的内兄，大纳言平时忠曾言道："不入平家休为人。"⑤因此，天下万民都想着找些因由，与平家一门拉上关系。非唯如此，甚至

① 日本佛教有"本地垂迹"一说。所谓本地垂迹，是指作为本源的佛、菩萨，为了拯救日本的芸芸众生化身为日本的神，这些化身就被称为"权现"。

② 《史记·周本纪》："武王渡河，中流，白鱼跃入王舟中，武王俯取以祭。"白鱼是兵象，预兆纣兵的归顺。

③ 佛教十戒：戒杀生、戒偷盗、戒邪淫、戒妄言、戒饮酒食肉、不歌舞观听、不着华鬘好香涂身、不坐高广大床、过午不食、不蓄金银宝物。

④ 仁安，六条天皇之年号。仁安三年，即公元 1168 年。这一年，六条天皇禅位，高仓天皇登基。

⑤ 这句日本史上最著名的狂言："此一門にあらざらむ人は、皆人非人なるべし"，也可翻译为："出入朝堂者，舍平家其谁？"

连衣领的折法、乌帽子[①]的叠法，只须放言乃六波罗之样式，世人即争先恐后，群起效仿。

无论是何等贤明的君主，抑或是如何能干的摄政，皆不能免于被无聊的小人聚首暗处，播弄是非，嚼舌头根传一些闲言流语，这本是世间常有之事。然而唯独在入道相国鼎盛时期，却绝无任何人敢说平家的坏话。究其原由，盖因入道相国措置独到：他精心挑选三百名年龄在十四五六岁的少年，一律秃发[②]，统一穿着赤红的直垂[③]，令他们出没于京中各处探听访查。一遇上口出恶言，不利于平家者，便立即纠党结群，闯入乱言者家中，抄没其家私财产，并将其捉拿到六波罗府里去。平民百姓瞧在眼里，即使心中愤慨不满，也无人敢说三道四。一见“六波罗殿之秃发”，道路上行人、骑乘、牛车，尽皆避之唯恐不及。当真是“出入禁门不问姓名，京师长吏为之侧目”[④]了。

五、满门荣华

入道相国不仅己身备极尊贵、享尽荣华，平家满门子弟也跟着得道升天，悉数发达起来。嫡长子重盛以内大臣兼任左大将，次子宗盛以

---

① 乌帽子：以薄纱或是丝绢制成，外表涂以一层黑漆，重量很轻。乌帽子的种类很多，公家一般戴挺直的“立乌帽子”。

② 秃发：此处的“秃”，是指一种成年前的发型，将自然下垂的头发剪截至肩膀，额前铰成齐刘海。

③ 直垂：一种上衣下裙式服装，上衣垂领，三角形广袖，胸前系带。平安时代后期，由于其设计简便、易于活动，逐渐为武士阶层所穿用。至镰仓时代，更成为出仕幕府的通常制服。

④ 引自唐代陈鸿的《长恨歌传》：“出入禁门不问，京师长吏为之侧目。”原指杨贵妃得宠后，杨家骄纵跋扈的情形。这里以杨家来比拟平家。

中纳言兼任右大将，三子知盛官至三位中将，四子重衡①任藏人头，嫡孙维盛任四位少将。平家一门共有公卿十六人，殿上人三十余人。此外尚有各国国守，及在卫府与诸省司任职者，计有六十余名。殿宇庙堂之上，仿佛再无别姓。

往昔圣武天皇之时，在神龟五年②朝廷始设中卫府大将。大同四年③中卫府改为近卫府，那时起兄弟分任左、右大将的情况，只出现过三四次：文德天皇④在位时，藤原良房以右大臣兼任左大将，藤原良相以大纳言兼任右大将，此二人乃闲院左大臣冬嗣之子；朱雀院⑤时，左是小野宫流藤原实赖，右是九条殿藤原师辅，此二人乃贞信公⑥之子；后冷泉院⑦时，左是大二条殿藤原教通，右是堀河殿藤原赖忠，此二人乃御堂关白⑧之子；又有二条院⑨时，左是松殿藤原基房，右是月轮殿藤原兼实，此二人乃法性寺关白⑩之子。以上诸例皆因是摄政关白

---

① 此处日文原文有误，查《平家族系谱》和相关史料，宗盛应为清盛第三子、知盛是第四子、重衡是第五子。而平清盛的次子是基盛，因早年泅于宇治川溺死，故常被忽略。

② 圣武天皇：日本第45代天皇，724～749年在位。“神龟”是其年号，神龟五年，即公元728年。

③ 大同，日本平城天皇与嵯峨天皇的年号。大同四年，即公元809年。

④ 文德天皇：日本第55代天皇，850～858年在位。

⑤ 朱雀院：日本第61代天皇朱雀天皇（930～946年在位），让位给胞弟后的称呼。

⑥ 贞信公：藤原忠平的谥号。朱雀天皇即位时年仅8岁，由太政大臣藤原忠平摄政。藤原忠平是日本历史上第二位关白。

⑦ 后冷泉院：即日本第70代天皇后冷泉天皇，1045～1068年在位。

⑧ 御堂关白：藤原道长的别号。藤原道长（966～1027），平安时代中期公卿，法名行观、行觉。1016年被任命为摄政，1017年将摄政职让于子赖通，自任太政大臣。1019年因病出家。1022年建成法成寺，晚年居住于此，故有“御堂关白”之称。著有日记《御堂关白记》，为藤原氏全盛期的重要史料。

⑨ 二条院：即日本第78代天皇二条天皇，1158～1165年在位。

⑩ 法性寺关白：藤原忠通的别号。藤原忠通（1097～1164），平安时代后期公卿，著名书法家，于1128年和1149年，两度出任太政大臣。1162年出家，居法性寺，史称“法性寺关白”。

的后裔，若是常人绝无此等殊荣。如今，以往殿上人们不屑为伍者的子孙，却穿上了禁色[①]杂袍[②]，全身绫罗锦绣，身居大臣大将的高位，兄弟并肩担任左、右大将，虽说是末法时代，可也着实令人感到不可思议。

此外，入道相国尚有爱女八人，都鸳盟得谐，婚姻美满。其中一女在八岁时与樱町中纳言藤原成范定有婚约，“平治之乱”后退了亲，嫁予花山院左大臣[③]为妻，诞下几个麟儿。至于藤原成范缘何被称作“樱町中纳言”？乃因他生性风雅潇洒，尤其钟爱吉野山的樱花，遂于封地内栽种了连绵的樱树，并在樱林中造屋居住，踏春赏花者便将此处唤作“樱町”。樱花的花期通常只有七天，七日后就凋零了。藤原成范怜花惜花，诚心向天照大御神[④]祷告，竟使得花期延长为三七二十一天。那时君上贤明，神德昭彰，所以樱花也颇有灵性，能保持二十日的花期。

清盛公的另一个女儿被册封为皇后，生一子被立为皇太子。此子即位后，为母后上尊号，称“建礼门院”[⑤]。她既是入道相国的掌上明珠，又贵为国母，尊荣自然毋庸多言。

还有一女白河君，系六条摄政的北政所[⑥]，封“母代”，高仓天皇特降谕待之以“准后”礼，极有地位。

---

① 禁色：皇族或高位公卿才能穿着的服色，他人非经敕许，不得穿用。包括青、红、黄栌染、黄丹、浓紫、浓绯、浓苏枋七色。

② 杂袍：袍的色彩按位阶的划分有所不同，正式的袍服称为“位袍”；不辨官位、任意选色的直衣则叫作“杂袍”。

③ 花山院左大臣：指太政大臣藤原忠雅的嗣子藤原兼雅。

④ 天照大御神：日本神话中最高位的太阳女神，被奉为日本皇室的祖先，尊为神道教的主神。

⑤ 建礼门院即平清盛次女平德子（1155～1214），1171 年入宫，1178 年生下后来的安德天皇。

⑥ 六条摄政：指第 15 任关白藤原基实。关白的正室夫人称为“北政所”。

又一女，系普贤寺关白①的夫人；

又一女，系冷泉大纳言藤原隆房的夫人；

又一女，系七条修理大夫藤原信隆的夫人。

另外，又有一女，系清盛公与安艺国严岛神社女侍所生，于后白河法皇处服侍，充任女御；最后一女，系九条院杂仕女②常盘③所生，在花山院行走，担任“上臈女官”④，称为“臈之御方”。

日本又名秋津岛，共分六十六国，由平家支配的就有三十余国，逾国土之半，而庄园田地更是难知其数。绮罗堂前列，繁花似锦来；车骑填街衢，门前成市廛。扬州之黄金、荆州之宝珠、吴郡之绫罗、蜀江之纹锦，七珍万宝，咸集毕呈，无一或缺。“歌堂舞阁之基，鱼龙爵马之玩”⑤，即令是帝阙仙府，怕也不外如是。

六、祇⑥王

一天四海既已掌控手中，那么无论民间有怎样的闲言、嘲讽，人

① 普贤寺关白：指第17任关白藤原基通。

② 九条院指当时的皇太后藤原呈子。“杂仕女”是低级的女官，从事宫廷杂役。

③ 常盘：有“明眸祸水，流离美女”之称的京都第一美人，本是源义朝侧室。源义朝在平治之乱中为平清盛所败后，常盘为保存源氏一丝血脉，忍辱负重，屈侍仇敌平清盛。平清盛贪恋常盘的美貌，便忘记她是敌家之妾，答应不杀常盘的三个儿子，这其中就有日后扫荡平家天下，号称“战神”的源义经。平清盛与常盘的女儿，被称作“廊下君”。

④ 上臈：原为佛教术语。在日本古代指工作经验积累到一定程度后，所得到的地位与身份。

⑤ 引自《文选·鲍照·芜城赋》：“若夫藻扃黼帐，歌堂舞阁之基；璇渊碧树，弋林钓渚之馆；吴蔡齐秦之声，鱼龙爵马之玩。”

⑥ 祇，通“祇”字，与卷首的祇园相呼应。天神称神，地神称祇，合称“神祇”。名字中有“祇”，有神祇庇佑之意。本章中另一舞妓名为“佛”，寓意相类。

道相国也全然无须顾忌了。他肆意恣纵，由着自己的性子为所欲为。举例而言：当时京中有一对姊妹花，名叫祇王、祇女，是有名的舞妓；她们的母亲刀自，也是舞妓出身。清盛公甚为宠爱姐姐祇王，妹妹祇女也由此身价倍增，为京都公卿所追捧。清盛公又给她们的母亲刀自，择地营建了一栋重檐斗拱的华屋，每月还送一百石米、一百贯钱作为生活开销。祇王一家家道昌盛，安享富贵。

舞妓始于鸟羽院时期，最早由岛千岁、和歌前这两人表演。起初舞者的装束是穿着"水干"①、戴着立乌帽子、腰插银鞘腰刀，扮作男子，故称之为"男装舞"。后来立乌帽子与银鞘腰刀都被去除，舞妓只穿着"水干"，甩动白色的长袖翩翩起舞，因此这一歌舞被唤作"白拍子"，深受贵族们的喜爱。

京里其他舞妓耳闻目睹祇王的尊荣，或羡或妒。羡者道："祇王真是幸运呀，同为乐女，哪个不想遇到贵人呢？肯定是因为她名字中有个'祇'字，所以才运气特佳。我们也把'祇'字加在名字里，瞧瞧能否走运。"于是纷纷改名，有人叫祇一、祇二，有人叫祇福、祇德，都希望自己像祇王般好运当头。那妒者却说："幸运与否，乃前世修因、后世得福，同名衔文字毫不相干。"不少人听了，便不把'祇'字加到名字里。

时光荏苒，三年后，京都新崛起了一位舞妓，来自加贺国，名叫"阿佛"，年方二八，芳名远播，被敬称为"佛御前"②。京里上下人等纷纷赞叹道："往昔虽多见舞妓，然如此丽人、如此妙舞却还是头回见到哩。"因此阿佛颇受欢迎。

但阿佛却自有思忖："今时我虽声名显扬，然而未蒙太政入道青

---

① 水干，日本古朝臣礼服，用绢制成，白色。后来逐渐成为武家及一部分公家的日常服装。

② 御前，原意"尊前"，日本古代对有地位的女性的敬语。

睐，心中实感遗憾。我不妨照着乐户的惯例，毛遂自荐，自行登门拜会吧。”于是便在某日来到西八条府①门前，门房的下人慌忙入内禀报道：“京都闻名的‘佛御前’，此刻正在府外求见大人。”入道相国不屑道：“什么？舞妓须当候人传唤，方可上门，岂有不召自来之理？况且祇王就住于此处，神也好佛也罢，都不准进来，让她速速离去吧！”

阿佛受到这样的冷遇，心灰意凉，正要转身离开的同时，祇王向入道进言道：“舞妓自荐，其实是本行常有的通规。况且阿佛年龄尚幼，不假思索便谒府拜会，也属情有可原。如果就这么冷酷地回绝她，我有点于心不忍。因我也是乐户中人，感同身受，心有戚戚。所以恳请大人唤她进来，见她一面吧。即使不观舞不听曲，只须恩赐一见，她也会不胜感激的。”入道相国道：“你既如此说，那便见上一见，而后再叫她回去不迟。”遂命人去门前传唤阿佛。此时阿佛已坐上牛车准备回去，第二次传话一到，立刻掉头入府。入道相国出来相见，道：“今日原不打算见你，无奈祇王一再劝说，只好见你一面。既已相晤，怎能不听听你唱曲呢？请先唱一首‘今样’②吧！”

阿佛应声：“遵命。”舒展歌喉，唱道：

妾身宛似姬小松③，
观君当可寿千年；
君前池苑龟山上，
仙鹤群飞聚而嬉。

她巧妙地将松、龟、鹤等吉祥物融入歌中，借以指代自己和清盛

---

① 清盛的本邸在六波罗，别邸在西八条。
② 今样，即“当世风”的意思，是一种短歌，在平安末期甚为流行。它的格式为七五言，前后八句或十二句为一首。
③ 姬小松：日本产的一种观赏植物，高仅一两米。

公。如此反复唱了三遍，莺舌婉啭、喉清韵雅，闻者无不倾首耸耳，惊为仙乐。入道相国一迭声击节赞赏，道：“佛御前的‘今样’唱得妙极了，想必舞也跳得极好啰？请献一段霓裳舞如何？传鼓手上来！”

鼓手依命打起鼓点，阿佛伴着鼓声翩然起舞。她绛唇玉颜、姿容妩媚，青丝萦风、飞袂修裾；纤腰低回似亭亭采莲，扬眉转袖若盈盈雪飞，博得了满堂喝彩。

舞终歌尽，入道相国已是目为之眩、魂为之销，全副心思都巴巴地转到了阿佛身上。他请求阿佛留在西八条府中，阿佛道：“您何出此言呢？我是个不召自来的不速客，适才已被您斥退，只因祇王御前的恳求，才得以返回。今相国留我在府，一来我心中有愧，二来令祇王御前情何以堪呢？还是让我回去好了。”入道相国道：“你要走万万不行。既然你对祇王有所顾虑，那我立刻逐祇王出府。”阿佛急道：“这如何能行？即使和祇王御前一同留下，我都已深感不安，相国竟要将祇王御前驱走，独留妾身一人，使我心中更觉惶恐。若您日后思我念我，令人来传，我即刻便至，今日还是放我离去吧。”入道相国道：“毋须多言，我意已决。这就叫祇王搬离此处。”于是命人去通知祇王，连催了三趟。

祇王在内室知悉清盛公倾倒于阿佛的声色，心中已料到数分，却不想背弃就在目前。催促离府的急报接二连三传来，她心绪烦乱，只得草草收拾些行李，准备启行。然而人非草木，常言道：前生缘注定，方得同栖一树荫，同饮一河水。此刻分别在即，难免唏嘘感伤，何况又在这里住了三年，愈发使人恸心留恋。祇王柔肠寸断，凄入肝脾，泣不可仰。可是愁眉泪眼亦是无用，终究仍要别离，她默想从今往后，此身将永不再回，理应留下些印迹以示纪念，遂取来毫笔，涕泗沾襟，在纸屏门上题了一首短歌：

春芽与枯草，同在原野生；

一朝秋风至，萧瑟同凋零。①

题罢，坐车归返己家。甫一进门，便合身倒在纸屏门后，纵声悲啼。刀自和祇女见了，忙问道："所为何事？"祇王抽泣不答，询问跟她同回的侍婢，才明了原委。自此以后，每月一百石米与一百贯钱再不送来，换作阿佛的亲人享受此等殊荣。京里人议论纷纷，都道："既然祇王从入道府里得了'长假'，我们何不寻她冶游伴玩！"于是有的致信邀约，有的遣派使者。祇王虽然沦落潦倒，却心气甚高，不愿做他人玩伴，既不收信，亦不见使者。但这些殷勤相召之事，让她更觉黯然，终日以泪洗面。

流年匆匆，冬去春来。翌年阳春时节，有使者至祇王处传达入道相国的口信，言道："佛御前近来百无聊赖，你若有空，来唱一曲'今样'，跳个舞，给她抒闷解颐吧。"祇王却不回信。入道相国怒道："祇王竟敢一言不复？实在大胆！倘若不想来，直说便罢，我净海②自有办法。"此语传到刀自耳里，吓得她惊慌无措，流泪训斥祇王道："为何不给相国大人回信呢？总比遭到叱责强啊！"祇王道："我实不欲再去那伤心之地，因此不知如何答复才好。此番传召不去，他说自有办法，想来也无非是将我们逐出京去，不然就是取我性命。我早已做好最坏打算，即使被逐出京，也无甚惋惜；就算丢了性命，此身残花败柳，亦无须珍惜。他厌我弃我，我再不想见到他了。"

于是，依然不复信给入道相国。刀自又劝道："这般世道，想要苟活，岂能违背清盛公的意旨？白首之约乃前生缘定，并非始自今世。有的男女海誓山盟，不久却劳燕分飞；有的虽若即若离，到头反而厮守一

① 这首短歌，以春芽与枯草分别比喻阿佛和祇王不同的境遇。日语里"秋"字的读音，与"厌倦"音义双关，"秋风"指平清盛一旦心生厌倦，那么无论春芽或枯草，结果都将一样凋萎。

② 平清盛出家后法号"清莲"，后改"净海"。

生。人世最无定的便是男女间的情事。你能得到相国大人三年的宠爱，已甚为难得。这回有召不应，想来虽不至于会因此丧命，但被逐出京都倒极有可能。若果真如此，你们年纪尚轻，不管是穷乡僻壤，还是荒郊岩洞，总有法子活下去。可你们的老母体弱气虚，要是被逐离京城，到乡野生活，饮食起居极为不惯，想想都觉可悲。娘求求你，就当是尽孝修福，让我留住京中度过余生吧！”祇王虽感再作冯妇极是尴尬，但母命难违，只好含泪应允，满心幽怨自不待言。

她左思右想，颇感独自一人去相国府，有些难为情，便带同妹妹祇女及另外两个舞妓，四人共坐一车，来到西八条府邸。仆人领她们到一间十分简陋的屋子里歇脚，祇王暗忖道：“竟然不带我去以前的住处么？这太过分了！我本身并无过失，相国大人却弃我如遗，如今连歇息的宿屋也降了规格，真是叫人心碎呀。这如何是好呢？”她哀思满面，又怕被人瞧见，只得以袖掩面，但泪水仍然从袖管处不由自主地簌簌落下。

阿佛听说此事，心中怜悯，向清盛公道：“这样对待祇王御前，怕是不妥。我的住处是她以往所住，叫她来这边吧。不然就让我过去见她一面。”入道相国道：“决计不可。”阿佛无奈，只索作罢。入道相国随后召见了祇王，却不理不顾她的心情，道：“阿佛近来时感无聊，你唱一首‘今样’，以资消遣吧。”祇王既然答允前来，便不打算违抗清盛公，遂强忍珠泪，唱道：

佛身本为凡子，
我等亦能成佛；
人人皆具佛性，
可哀天差地别。

语调悲戚，噙泪唱了两遍。列席的平家一门公卿、殿上人、大夫，甚至家将，皆被感染动情，热泪盈眶。入道相国开怀道：“此曲应时即景，唱得十分巧妙；原本还想再欣赏你的舞技，只是身有要事，今日便到此为止吧。日后你要主动常来，唱唱曲、跳跳舞，给阿佛解闷。”祇王默然无言，敛衽含泪退出。

归家后，祇王对祇女说道：“只因母命难违，我才勉强又去了本不该再去的伤心地，再度含羞忍辱，真是透骨酸心。与其苟活于世，倒不如投河自尽，免得再受污辱。”祇女答道：“如果阿姊投河，我定相从于波涛中！”母亲刀自知悉姊妹俩的想法，心中忧愁伤悲，却也别无善法，唯有哭着劝道：“你的悲诉并非毫无道理，是我让你受委屈了。如果事先知道会发生这种事，我绝不会强你所难的。可是后悔已经无用，若你和祇女一起投水而死，扔下我这孤苦伶仃的老婆子，活着也无意义，索性随你们齐赴黄泉吧。只是你可曾听过，逼死阳寿未尽的生母，那是犯了五逆罪①。人生如寄，天地如逆旅，耻辱委屈都是过眼云烟，怕只怕永堕地狱的黑暗中，不能超脱。你若犯下五逆罪，今生也就罢了，来世仍要堕入恶道②，那将是何等苦痛不堪啊！”她垂涕流泪，絮絮叨叨地劝说着。祇王拭去泪水，道：“如您所说，我若当真投河自尽，确实要犯下五逆大罪。所以自杀的念头我已经打消了。不过京城已不能安住，为免再遭折辱，咱们一家即刻动身离京吧！”

就这样，祇王于二十一岁时削发为尼，在嵯峨山③深处筑了一个草庵，与青灯古佛相伴，诵经度日。妹妹祇女暗思道：“我曾有言在先：如果阿姊投河，我定相从于波涛中！如今姐姐避世出家，我也要践约，

---

① 五逆罪，又名五无间业、五不救罪，是世间极恶之罪，天地不容。《地藏十轮经》述五逆罪为：杀父、杀母、杀阿罗汉（修行证果的圣人）、出佛身血、破和合僧（破坏僧徒团结）。

② 六道中的畜生道、饿鬼道、地狱道，属于下三道，统称“恶道”。

③ 嵯峨山是嵯峨天皇的陵地，位于京都西北，现存有祇王寺。

弃离红尘。”遂在十九岁时，也改装出家，缁衣芒鞋，同姐姐一道修行积福。母亲刀自眼见姐妹俩都遁入空门，想道：“世道艰难，两个女儿年纪轻轻就削去了青丝，我这老朽的母亲还留着一头白发做甚？”乃于四十五岁上也落发剃度，与女儿们一起虔心礼佛，期盼死后能往生极乐。

春尽暑往，丹枫迎秋，不觉又到了七夕。天上银汉迢迢，织女牛郎鹊桥相会；人间情丝脉脉，相爱的男女在楮树叶上写下心愿。祇王等三尼遥望日薄西山，默思那夕阳隐没之地，不正是西方极乐世界吗？将来终有一日要去往那片净土，无忧无虑、愁烦俱消。又想起过往种种不幸，柔肠百回，泪下千行。

黄昏过后，母女三尼掩闭竹扉，在昏暗油灯下低声诵佛。忽然传来“笃笃笃”的叩门声，三尼惊道：“深山幽林，这草庵白日都少人来，竟有人夤夜来访？莫非是鬼魅作祟，要阻挠我等苦命人顶礼向佛？竹扉单薄，即使不去开，也极易撞破，不如去开了，放来者入来。若鬼魅执意要杀生害命，我们就凭着一直信赖的阿弥陀佛之本愿，至心念唱佛号，等候阿弥陀佛与诸圣众循声来迎①，接引我们到西方净土去！”

这样猜测着，小心翼翼打开竹扉，一看，面前站着的哪里是什么鬼魅，竟然是阿佛。祇王道：“呀，怎么回事？我看见阿佛到了此处，难道是在梦中？”阿佛掩面泣道：“此事欲说还休，不说却又不近人情。唉，待我从头叙来：我本是自荐阶前的人，若非祇王姐姐的美言，早已远离相国府。恨只恨女流不中用，身不由己，结果被强留在西八条，真是无计可奈。当相国大人强召你来唱曲时，我深刻地理解到你

---

① 阿弥陀佛四十八愿中，第十九愿为“临终接引愿”：设我得佛，十方众生，发菩提心，修诸功德，至心发愿，欲生我国，临寿终时，假令不与大众围绕现其人前者，不取正觉。

的凄楚心境，并觉悟到，今日祇王之不幸，必明日阿佛之遭遇。因此相国府中虽有无尽荣华，我却惶惶难安，愁眉不展。后来又在纸屏门上看到你题的短歌：‘一朝秋风至，萧瑟同凋零。’深感有理。所以我一直尽力打听你们的地址，可惜无人知晓。这回好不容易探听到你们母女在嵯峨山出家，我欣羡叹慕，数次请相国大人准假，要来探望你们，他总是不允。仔细思量，富贵繁华不过浮世一梦，转眼便风流云散，物是人非。而‘人生难受，佛法难求’，若是陷入泥沼地狱，不知将历多少旷劫，方能浮出苦海。年轻貌美岂能长久依恃，地府黄泉不分老少美丑。一朝大限降临，想多呼吸一口气也办不到。人生真比阳炎、闪电还要无常，似我这等贪图一时享受，而不顾来世的人，想来实是可悲。所以今晚我下定决心，从西八条府邸偷跑出来，改装成这副模样来寻你们。”说着轻解披衣，竟也是女尼样貌。她泪水涟涟，续道：“以往的罪孽，阿佛只有削发为尼才能赎清。恳请你们原宥我，让我与你们一起礼佛，同修‘一莲托生’①之躯。如果你们不肯宽恕我，那么此身不管飘零何方，即使露宿青苔之上、松根之下，都要倾尽余生，虔诚向佛，以遂往生极乐的心愿。”祇王听了也流泪道：“我做梦也想不到你会如此打算。世态炎凉，人情冷漠，本来遭人抛弃是我自己的不幸，但以前每念及此，总难免对你心生怨恚。这种念头，或许会阻碍我往生极乐也未可知。这么下去，恐怕今生来世都要给耽误了。现在你毅然斩断红尘，我对你的怨恨嗔怒，就都随风飘散了。业障既去，证果便无阻滞，这比任何事都值得可喜。不过，我们母女出家，是因为怨人怨己、憎恶世俗，在旁人看来是奇事，我们自己却觉理所当然。可是比起你来，又落了下乘。你既无可怨之事，亦无不平遭遇，芳龄十七，正享荣华，却

---

① 一莲托生：来自日本净土宗的思想，二人以上往生净土时，在同一朵莲花上投胎转世。引申为无论生死都在一起，接受相同的命运。类似中国成语中的生死与共、同甘共苦。

能看破红尘、厌弃秽土，真是有大觉悟心。这道心流转，胜过名僧指引。嗯，你就留在这儿，我们一同修行吧！”

从此，四尼同居草庵，早晚诵经，香花供佛，一心向往极乐净土。后来辞世时间虽有先有迟，却都得偿往生夙愿。后白河法皇在法华长讲阿弥陀三昧堂的过往录上，将她们四人的名字录于一处，写着：“祇王、祇女、阿佛、刀自尊灵”，这是相当难得的事。

七、两代皇后

由古及今，朝政皆由源氏与平家共同辅佐，遇有不服王化、不奉朝纲者，则由两家武士联袂讨伐，故而大体上能维持天下承平。然而，源为义殒命于保元之乱①，源义朝被杀于平治之乱，源氏族裔，或流徙远疆、或解职下狱，如今只剩平家一门繁昌兴盛，朝野上下莫可与抗。照常理而言，应该不会再出乱子才是。可是，自鸟羽院晏驾以来，屡有兵戎相见、流放处决、削职罢官之事发生，举国人心惶惶，海内动荡不安。尤其是永历、应保②年间，上皇的宠臣常见责于天皇，天皇的亲信又常获罪于上皇③。朝中大臣战战兢兢，如临深渊、如履薄冰，人人自危。天皇与上皇乃血脉相连的亲父子，本应无

① 保元之乱：公元1155年，近卫天皇去世，崇德上皇希望自己复位，或由儿子重仁亲王继承皇位。但鸟羽法皇把自己的儿子雅仁亲王扶上了皇位，是为后白河天皇。保元元年（1156），鸟羽法皇病死，崇德上皇联合左大臣藤原赖长发动政变，后白河天皇与关白藤原忠通、平清盛等策划反击，双方爆发了争位之战，即著名的“保元之乱”。最终崇德上皇战败，在仁和寺被擒，流放赞岐。

② 永历（1160年正月至1161年九月）、应保（1161年九月至1163年三月）皆为第七十八代二条天皇的年号。

③ 当其时，后白河天皇虽已退居上皇地位，却时常干预政务。他与二条天皇同秉国政，导致朝臣分成两个派系。

疏离隔阂与利益冲突，却事端频生、摩擦不断，这大概是因为世踵浇季①，人心险恶之故吧！天皇总是对上皇的意旨抵触违逆，更做下一件骇人耳目之事，受到天下人谴责非议。

当时已故近卫天皇的皇后，即太皇太后，系大炊御门右大臣公能之女②。近卫天皇驾崩后，她迁出皇宫，搬到近卫河原的府邸居住。身为先帝皇后，自然不便抛头露面，因此一直过着静室幽居的生活。到永历年间时，她已二十二三岁，虽稍过妍花盛放之期，却依然是国色天香，享有“天下第一美人”的赞誉。二条天皇性比唐玄宗，风流贪色，时常暗中差遣高力士那样的内侍，在宫外访求绝色佳丽。有一次，竟将写满艳诗浓词的情书，递到了太皇太后居处。太皇太后对此未予理睬，天皇却自作主张，令内侍去右大臣家宣旨道：“朕欲立藤原多子为皇后，诏其即刻进宫听封。”此旨一下，天下哗然，朝野视为奇闻。一众公卿慌忙聚集在一起商议，各抒己见后，决议道：“搜考异国先例，震旦③之则天皇后，原系唐太宗嫔妃、高宗之庶母；太宗驾崩后，高宗立其为帝后。但此例甚为特殊，不可参照。我朝人皇，自神武天皇以降，已历七十余代，从未有过一后两立之事。”众口一词，俱言如此立后万万不可。上皇亦觉不妥，竭力规劝天皇。天皇不以为然，驳道：“天子无父母④，朕凭十善⑤功德，得万乘宝位，区区小事，竟不能遂朕心意？”于是一意孤行，确定了藤原多子入宫的日子。上皇徒唤奈何，无

---

① 浇，薄之意；季，末之意。浇季指人情、风俗、道德浮薄的时代。又作浇世、浇末。

② 指藤原多子（1140～1202），先为第七十六代近卫天皇的皇后，后为二条天皇的皇后，故称“两代之皇后”。父德大寺公能、母藤原豪子、养父藤原赖长。

③ 震旦为中国之古称。

④ 引自《北史·卷六》：“天子无父，苟使儿立。”

⑤ 佛教十善，分别是：不杀生、不偷盗、不邪淫、不妄语、不两舌、不恶口、不绮语、不悭贪、不嗔恚、不邪见。

计可施。

太皇太后闻悉，泪如雨下，哀叹道："早知如此，久寿①那年的秋天，本宫就该追随先皇而去，化作露珠消逝于原野；不然便遁世出家、弃离红尘，那么此等丑事就不会降临到本宫头上了。"其父右大臣宽慰道："书云：'浊世随波，身不由己；若不逐流，则被视为狂人。'②今时天皇诏命已颁，多言也是无益，不如早日进宫，倘能为皇家诞下龙子，你便是国母，老朽即是皇子的外祖父，届时与有荣焉，真是可喜可贺。你好好听我此言，就当是对为父尽孝吧！"太皇太后默然不语。后来她偷偷写下一首歌，歌曰：

悲苦忧愁至，何不覆水沉？今似河竹徒漂流，世无前例留恨名。③

这首歌后来流传了出去，闻者皆赞其词意雅饬、蕴义哀婉，实乃佳作。

转眼入宫之日已到，父亲右大臣与一干上达部④，精心准备了出嫁用的车乘，然而太皇太后满心幽怨，一再拖延登车时间，直到午夜时分，才在众人的哄劝下，上车启行。她入宫后居于丽景殿⑤，常常劝谏二条天皇要勤谨理政。在天皇御所紫宸殿中，立着一面大屏风，上绘伊尹、第五伦、虞世南、太公望、角里先生、李绩、司马等先贤画像，还

---

① 久寿，近卫天皇的年号；近卫天皇殁于久寿二年(1155)，年仅17岁。

② 出自《方丈记·处世之不安》。

③ 此歌意思是说，当年先皇驾崩，哀伤到来时，为什么不曾死去？等到现在，徒然留下一个世无前例的坏名声。原歌的"河竹"有语意双关处。

④ 上达部：位阶在三位以上的公卿的异称。

⑤ 丽景殿：后宫七殿之一，一般作为皇后、中宫、受宠的女御、皇太后或后宫女性长辈所居之殿。

绘有长手、长脚、马面等①。在“鬼之间”，则有《李将军斩鬼图》。尾张守小野道风②曾七次为圣贤屏风书写题词。此外，清凉殿的绘画屏风上，画着巨势金冈③的《远山明月图》。近卫天皇幼年时游戏笔墨，恶作剧般将那轮明月抹黑了，黑色的月亮至今仍留在屏风上。太皇太后见了，感慨万千，不由想起先皇，遂作歌云：

残躯苟存世，余生尽忧思。
不意复进宫，又见云间月。

歌中尽露悱恻之思，可见当年近卫天皇与太皇太后情深意笃，真是凄婉缠绵，令人不胜唏嘘。

八、 立匾的纷争

永万元年④春，宫中传言，天皇御体违和。至夏初时，沉疴愈重。因此，众说纷纭，都道大藏大辅伊吉兼盛之女所生的第一个孩子，极有可能被立为太子。果然，同年六月二十五日，内廷颁旨，册立刚满两岁的皇子为亲王，册封当晚便匆忙受禅，登基为皇了。因事发仓促，一时间天下震动，万民惶惑。有那熟知宫廷旧闻的人，说起往昔之时，在本

---

① 屏风上所绘圣贤为《汉名臣三十二人》。但长手、长脚等怪异可怖者，系画于清凉殿东北隅纸门上，并不在紫宸殿的屏风上。

② 小野道风(894～966)，日本平安中期书法家。他深受王羲之影响，创造出适合日本文化的书风，为“和样”书法的创始人。其代表作有《智证大师谥号敕书》、《屏风草稿》等。

③ 巨势金冈，平安前期宫廷画家。他受唐绘影响，逐步形成大和绘风格，确定了日本民族绘画的古典样式。

④ 永万，日本二条天皇与六条天皇的年号。永万元年，即公元 1165 年。

朝倒是有过童帝登基的先例。比如清和天皇[①]九岁受禅于文德天皇，其外祖父忠仁公[②]效仿周公旦摄政当国，协助成王南面理政的史例，辅佐幼帝清和天皇。此乃本朝“摄关政治”之发端。此后，鸟羽天皇五岁登基、近卫天皇三岁践祚，皆是年幼即位，不免为他人诟病。而今天皇竟然两岁登基，当真绝无仅有，令人瞠目。

同年七月廿七日，二条上皇龙驭上宾，得年止二十三岁。仿佛花蕾含苞待放，却突遭雨打风吹去。玉帘、锦帐[③]，尽皆悲咽泪下。驾崩当晚，天皇御体即下葬于香隆寺之艮[④]、莲台野后方一个叫船冈山的地方。御葬奉安之际，延历寺[⑤]与兴福寺[⑥]的僧众，因为立匾一事起了纷争，互不相让，终于闹出事来[⑦]。原来，每逢天皇晏驾，按朝廷规制，南北二京[⑧]的全部僧众都要一起护送御体前往陵地。而后在陵寝周围依次立起本寺的匾额。首先是东大寺立匾，此寺乃圣武天皇御旨敕建，大家自然都无异议。接着是兴福寺立匾，兴福寺是照

---

① 清和天皇（850～880），日本第五十六代天皇。九岁即位，在位十八年，退位后遁入空门。

② 忠仁公是平安时代的大贵族、公卿藤原良房的谥号。他通过与天皇结亲，然后逼迫年轻的天皇退位成为上皇，再拥立自己年幼的外甥或外孙成为天皇的方法，以辅佐幼主的名义代替天皇执政，从而大权独揽。这种手法后来被藤原氏沿用，确保了藤原氏百余年的繁荣。

③ 玉帘、锦帐代指后宫嫔妃。

④ 艮：方位名，指东北方。

⑤ 延历寺位于京都比睿山，为日本天台宗总寺。延历四年（785）七月，最澄于比睿山结草庵，是为该寺滥觞。延历寺作为镇护国家的道场，深受桓武、嵯峨等历代天皇的尊崇。

⑥ 兴福寺位于奈良登大路町，为法相宗总寺，南都七大寺之一。

⑦ 日本平安时代，寺院拥有的庄园领地日渐庞大，遂产生私度之弊，寺院大量蓄养僧兵，称为“法师武者”。拥有僧兵的大寺院之间，常因各种利益上的冲突而发生争斗。其中力量特别强大的，有延历寺、兴福寺、园城寺等。朝廷常被迫接受彼等之要求。

⑧ 日本的南都指奈良，北都指京都。合称“南北二京”。

淡海公[①]之愿而修建的。再接下来，才轮到京都的延历寺立匾，延历寺匾立在兴福寺匾的对面。最后立园城寺的匾，园城寺是天武天皇发愿，由教待和尚、智证大师初建。可是山门[②]的僧众，这次不知是怎么盘算的，竟不顾先例在前，自说自话地跟在东大寺后面，抢在兴福寺前头，立起了延历寺的匾额。这下可惹恼了南都奈良的僧众，他们聚在一起，商量着如何应对延历寺的挑衅。有两个兴福寺西金堂[③]的大恶僧，叫作观音房和势至房，一向强横勇猛，霸道惯了。那观音房穿着黑丝腰甲，紧握白柄长刀；势至房穿着鹅黄腰甲，挥舞黑漆大太刀，越众而出，冲到延历寺匾额前，一通乱打，将匾额打得四散破碎。二人得意洋洋，同声高歌道.

溪流之水哗啦啦，瀑布之水轰隆隆；即使红日当空照，仍然奔腾不停留。

唱罢，回到了奈良僧众当中。

九、 火烧清水寺

对于兴福寺两个恶僧的暴行，山门的僧众原本可以当场回击，但他们城府甚深，知道天皇驾崩未久，草木也为之含悲，己方不能蛮横胡为，招惹众怒。因此他们并没有还手，而是默默地退离陵地。其余众人，无论高低贵贱，全都提心吊胆，也随即四散。

---

① 奈良时代初期的右大臣藤原不比等（659～720），死后追封淡海公。他的女儿光明子为圣武天皇之后。兴福寺原本是藤原不比等建的家寺。
② 延历寺又称山门、比睿山寺、北岭、台岭等。
③ 金堂：日本佛教用语，指寺院安置本尊的堂宇。堂内饰以黄金色，故称金堂。

到了当月二十九日午时，山门的僧众突然大举集结，浩浩荡荡向京都进发。武士护送着检非违使急赴西坂本，宣示天皇谕旨，希望能够阻止他们。但延历寺僧众无视禁令，气势汹汹，闯进京都。京中流言四起，纷纷传说僧兵进京，是奉了后白河院的密诏，前来讨伐平家的。一时间剑拔弩张，大内护军集结于宫中，警戒四门；平家一族的人，也全部聚集在六波罗防守。后白河院知悉，慌忙驾临六波罗抚慰平家。清盛公时任大纳言，对僧兵一事颇感惊惧。小松殿①却坦然无畏，劝道：“此事料来与吾等无关，不必惊慌。”但平家众人仍忐忑不安，心怀惴惴。

山门的僧兵杀气腾腾，却并不奔六波罗而来，而是朝着跟平家毫无干连的清水寺杀去。清水寺是兴福寺管辖的下院，僧兵们将清水寺的佛阁僧房，尽皆付之一炬，洗雪了天皇下葬那晚，在陵寝留下的耻辱。火烧清水寺的翌日清晨，不知什么人在寺门前立了一块木牌，上书：“念彼观音力，火坑变成池。”又过了一天，另有人也立了一块木牌，回应道：“弘誓深如海，历劫不思议。”②

延历寺僧众大闹一番后，扬长而去。后白河院也随即返驾宫中。平家仅重盛一人陪送，其父清盛公戒心尚存，托辞不去。重盛送驾归来，清盛公向他道：“院皇此次御幸吾家，不免令人心生疑虑。且试想，若非他平日里流露过讨伐吾等的意思，民间又怎会产生那样的流言？空穴来风，未必无因。咱们可要小心点，疏忽不得。”重盛道：“院皇任何言行举止，都绝无讨伐吾家之意。可是外人却产生了院皇要对我们不利的错觉，这是极不好的事。值此非常时期，咱们绝

---

① 小松殿即平清盛长子平重盛，因住在京都小松谷而得此名。

② “念彼观音力，火坑变成池”与“弘誓深如海，历劫不思议”均出自《妙法莲华经·观世音普门品》。前一句是说如果有人在被推落火坑时，至诚称念观音圣号，则火坑立刻变成莲池。后一句指菩萨历经不可思议无量数之劫，发大誓愿广度众生。誓愿弘深如海，凡人之力难以测之。

不能做出忤逆院皇的举动，对平民也要多施些恩惠。这样神明一定会保佑我们，父亲大人就用不着担心了。”言罢告辞而去。清盛公自语道：“重盛倒是宽心啊！”

后白河院回到宫中，心腹臣僚们都来问安。后白河院道：“民间竟流传着那样的流言，真是出乎意料。”院宫中有深得院皇信任者，号西光法师，至御前说道：“俗语云，天公无口，使人代言。平家骄横跋扈，那些流言是上天的警告啊！”其他臣僚听了，急忙阻道：“莫乱言，莫乱言，须防隔墙有耳，谨慎为上！”

十、册立东宫

是年，因天子“谅暗”①，宫中未举行御禊大尝会仪式②。同年十二月二十四日，当时还被称为“东之御方”的建春门院③所生的皇子，奉后白河院谕旨立为亲王。

次年，改元仁安。当年十月八日，正式册立去年被立为亲王的皇子——宪仁亲王为皇太子，东宫御所设在东三条。皇太子时年六岁，论起辈分，是天皇的叔父；三岁的天皇反而是皇太子的侄儿，真是长幼颠倒。不过宽和二年④时，也曾有过一条天皇七岁御极，居贞亲王（三条天皇）十一岁被立为东宫的往例。因此也不能说无先例可循。可是当今六条天皇两岁受禅登基，只过了三年，到五岁时便禅让于叔父宪仁亲王。皇太子在仁安三年二月十九日践祚，称为新院。而逊帝尚未

① 谅暗：亦作“谅阴”，借指居丧，多用于皇帝。

② 御禊是天皇登基后，于十月中行幸贺茂河边，在河水中沐浴的仪式。天皇一生中只有一次。御禊之后，举行大尝会，将新谷献给自天照大神而始的天地众神。

③ 建春门院：即平滋子（1142～1176），平时信之女，清盛之妻平时子的妹妹，高仓天皇的生母。

④ “宽和”是日本第六十五代花山天皇的年号，宽和二年即公元986年。

元服[1]，即被尊为“太上皇”，这无论是在汉土还是本朝，应该都是初次吧!

仁安三年三月二十日，新皇于大极殿即位。他的即位，使得平家的荣华富贵，开始迈向巅峰。新皇生母建春门院，乃入道相国夫人二位殿[2]之妹，而大纳言平时忠则是她的兄长，算起来即是天皇的外戚。平时忠由此掌握了朝廷内外的大权，凡叙位封官之事，皆由他一人定夺。忆昔杨贵妃受宠之时，杨国忠亦是权倾朝野，与今日之事别无二致。当其时，平时忠受万众仰望、荣华无匹，真是炙手可热。就连入道相国处理天下事务，无论巨细，都要同他商议。时人遂称平时忠为“平关白”。

十一、殿下争道

嘉应元年[3]七月十六日，后白河院出家。但他在出家后，仍亲掌国政，日理万机，院内[4]与朝廷毫无分别。在院内任用行走的公卿、殿上人，还有上北面、下北面[5]的武士，皆是位高禄厚。不过人心总是贪婪多欲，永不满足的。有时互相要好的朋友碰面，私底下不免坦露心迹，议论道：“唉，那个某某要是归西了，他的国守职不就出缺了么？这样我就有机会顶替了。”后白河法皇也对亲信的人说道：“往昔讨灭朝敌，为国分忧的功臣也有许多，但像平家这样大权在握的，却绝无仅有。想当年，平贞盛、藤原秀乡征讨平将门，源赖义剿灭安

---

① 元服礼是日本古代男子的成人礼，内容是改变发型和服饰，加冠。同时废止幼名，起用正式名字。一般武家的男童十二岁就算成年。

② 二位殿，指平清盛的正妻平时子。她是平时忠、平滋子的姐姐，叙从二位，故称为“二位殿”。

③ “嘉应”是日本第八十代高仓天皇的年号，嘉应元年即公元 1169 年。

④ 院内，又称“院厅”，院政派处理国政的地方。

⑤ 驻扎在御所北面警卫的武士，称为“北面”，分为上下两等。

倍贞任和宗任，源义家平定清原武衡与宗衡，论功行赏，至多也只是受领镇守府将军或国守而已。如今清盛一族却布满朝廷，胡作非为，实在不合常理。这真是末法之世，令朝廷法度荡然啊！”他虽然私下里唉声叹气，但因时机未到，不好对平家提出劝诫，平家也未明犯朝廷，双方大体上还能相安无事。然而一件惹出诸多纷纭扰攘的事，却在这时发生了。

嘉应二年十月十六日，小松殿重盛的次子，年方十三岁，时任越前守的新三位中将平资盛，见小雪初晴，郊野白雪覆地，景色怡人，便带领三十余名侍从，策马扬鞭，经莲台野、紫野，来到右近马场，放鹰围猎，捕捉天上的鹑与云雀。尽兴了一整日，直到日薄西山，才归返六波罗。

当时的摄政大臣乃是松殿公[①]，此刻正从中御门东洞院的府邸前往皇宫面圣。因为要由郁芳门进入皇宫，所以路线是先从东洞院往南走，再经大炊御门向西行。当他走到大炊御门的猪熊一地时，赶巧迎面遇上了资盛一行。摄政的亲随大声喝道：“大胆！前方何人，竟敢冲撞殿下[②]大驾！快快下马请罪！”哪知资盛年少气傲，目空一切；属下侍从也都是二十岁以内的年轻武士，无人晓得下马致敬的礼仪，因此全然不理会什么殿下大驾，个个坐在马上不动。过了片刻，竟驱马向前，欲直冲而过。此时天色已暗，摄政亲随没认出对面骑者是入道相国之孙，也可能是佯装不知，一拥而上，将资盛和侍从们拉下马来，狠狠地凌辱了一番。资盛狼狈不堪，奔回六波罗，向祖父入道相国哭诉此事。入道公勃然大怒道：“即令以摄政之贵，对我净海一门中人，也该留些情面。况且资盛年纪尚幼，竟然如此折辱于他，当真可恼可恨。此

---

① 松殿，指藤原基房。1166 年，在后白河上皇势力的支持下，就任摄政和藤原氏领袖。后因与平清盛对抗而被流放。

② “殿下”的称谓对象原本是皇太后、皇太子、亲王等。但藤原氏长期把持朝政，威权赫赫，所以藤原氏的摄政被等同于皇族，敬为殿下。

事若放任不理，日后平家必受世人耻笑。应当给殿下一点颜色瞧瞧。”平重盛急忙阻道：“不可，此事不值一提。资盛若遭赖政、光基等源氏一族欺凌，那定是平家奇耻大辱。然此际是我家教不严，资盛途中遭遇殿下，竟不懂下马行礼，错在我方！夫摄箓之臣，毗辅皇政，抚育民庶，怎可恃势而凌人？以德胜人者昌，以力胜人者亡。愿父亲详思之。”接着他又叫来资盛的侍从们，训斥道：“自今而后，尔等须处处谨慎，不得再狂妄无礼。此事我日后自当向殿下道歉。”言罢起身离去。

然而入道相国却不像重盛那么大度，隔了一段时间后，他也不和小松殿说一声，就招来了难波次郎经远、濑尾太郎兼康等野武士六十多人。这些野武士粗鲁莽撞，礼数全无，除了入道公之外，谁的话都不听。入道相国吩咐他们道：“本月二十一日，陛下因元服一事，要召摄政殿下入宫商议。届时你们在殿下必经之路上候着，等他的车驾一到，就冲上去把前驱及随身①的发髻全部割掉，一雪资盛之耻。”

殿下做梦也料不到将要发生什么事。主上明年元服、加冠、拜官等诸般事宜，都需要他亲自面圣商议。所以他得先到宫中的值庐②去，等候天皇宣召。这天，殿下一行排着比往常更加煊赫的仪仗，从中御门出来，一路往西行，打算由待贤门入宫。当他们来到猪熊河边时，六波罗直属的三百余骑，正披挂整齐地守在前方。这些粗野的武士望见殿下车驾，呼哨一声，包围上去，将今天衣着特别光鲜的前驱及随身统统拽下马来，东驱西赶，着实羞辱了一番，然后逐一割掉他们的发髻。包括右近卫府府生武基在内的，十名随身的发髻都被割掉了。在割去藏

① 前驱及随身：“前驱”即车副，在牛车左右侍奉；“随身”指的是近卫府校尉，负责警卫。

② 值庐：宫中的值班房。

人大夫①藤原隆教的发髻时，还故意警告道："这可不是在割你的发髻，咱们割的其实是你家主公的发髻。"说着将弓筈②伸进车里乱打，车帘被打落在地，套在牛臀后和胸前的缰绳也被割断。如此肆意搅闹之后，武士们方才得意洋洋地高声欢呼，回返六波罗。入道公听完他们的禀报，赞道："妙极了。"

前驱中有一人，曾当过因幡的先使③，名叫国久丸，老家在鸟羽。虽然他跟随殿下的日子不久，却极有情义，见主人遭受暴行，心中难过，哭泣着收拾好牛车，用衣裳的束带袍袖擦掉眼泪，侍奉着殿下回到中御门的官邸。摄政大臣如此凄惨归家，实不知该用何种文字来形容。别说大织冠④、淡海公在世之时，即便是忠仁公、昭宣公⑤以来的任何一位摄政关白，都不曾遭遇此种野蛮对待。争道结怨，进而仗势报复。此乃平家恶行之开端也！

小松殿知道此事后，怒不可遏，将有份参与的武士全部召集来，责备道："入道公向你们下的命令，极不理智，我就是在梦中也料想不到。你们为什么不早点向我禀报呢？唉，这一切都怪资盛年少气盛，佛经上说'旃檀二叶，有上妙之香'⑥，可是资盛年已十二、三岁，却仍然不识礼仪，妄作胡为，令祖父入道公背负恶名，实是不孝至极！所有罪责，必须由资盛一人承担！"于是就将资盛暂贬到伊势国去。天皇与大臣们听说后，都对重盛的秉公处置，深表赞赏。

---

① 藏人大夫：负责机密文书、典礼、节会及天皇起居等宫中庶务的机构的长官。

② 弓筈：即箭尾，射箭时搭在弓弦上的部分。

③ 先使：国司上任前，先行派到任职地，对辖下官吏传达训示的人。

④ "大织冠"原指古日本衣冠制度中的最上位。这里指的是藤原氏先祖藤原镰足（614～669）。他曾参与大化改新，孝德天皇时，任内大臣，是改新政府的重臣。临终时，天智天皇赐予他"大织冠"冠位。

⑤ 藤原良房谥号"忠仁公"；藤原基经谥号"昭宣公"。

⑥ 语出《佛说观佛三昧海经》。旃檀树从生出两片叶子开始，就散发出妙香。比喻一个人尚德，要从小培育起。

十二、鹿 谷

由于发生了争道寻仇一事，原定当天在宫中商讨主上元服的会议，不得已只能延迟了。直到同月二十五日，才在后白河法皇的御所，议定了元服事宜。摄政殿下颇有功劳，自然应当给予奖勉。遂于同年十一月九日，预先颁旨，于十四日晋升殿下为太政大臣。当月十七日殿下谢恩庆祝。不过世人对此事普遍态度冷淡。

转眼就过了岁末，次年是嘉应三年。正月初五，举行了天皇的元服礼；正月十三，天皇朝觐法皇和皇太后。后白河法皇与建春门院仔细端详着初冠御服的天皇，喜慰之情溢于言表。入道相国十五岁的女儿①，也在同时被立为中宫，法皇还收她做了义女。

斯时，妙音院②太政大臣、以内大臣兼领左大将的藤原师长，打算辞去左大将职。论资排辈，理应由德大寺大纳言实定，顶替职缺；而花山院中纳言兼雅，也是众望所归。另外，已故中御门藤中纳言家成的三子——新大纳言成亲，由于是法皇的亲信，所以也盼望着能得到左大将职。他将达成愿望的期冀，寄托在各式各样的祈祷中。先是在八幡宫里聚集了一百位法师，通读《大般若经》七日。期间有三只由男山飞来的山鸠，落在甲良大明神御前的橘树上，相互啄斗，尽皆死去。神社主官检校匡清法印③认为："鸠是八幡大菩萨最重要的使者，宫寺中出现此等不可思议的异象，十分不妥。"于是向朝廷禀报了这件事。朝廷令神祇官占卜，得出结论，此征兆预示着天下将有乱事发生。但乱事并非来

① 这里的入道相国之女，即平德子，日后的建礼门院。

② 藤原师长（1138～1192），治承元年拜太政大臣，叙从一位。因其居于妙音堂，故称"妙音院"。他同时也是一名音乐家，最擅长琵琶与筝。

③ 法印：古日本僧官体系中的最上阶。僧官三位阶依次是法印、法眼、法桥。

自君皇方面，而来自于臣子。对此预言，新大纳言毫无警惕之心，他嫌白昼人多眼杂，到了晚上才从中御门乌丸的自宅，步行去上贺茂神社，不间断地参拜了七夜。到得最后的满愿夜，新大纳言从神社参拜回来，感到疲倦异常，刚合上眼，就迷迷糊糊地梦见自己又来到上贺茂神社，推开宝殿门，一个阴森可怖的声音警示道：

樱花莫怨恚，贺茂川风疾，难阻花凋谢。

新大纳言却并未有所觉悟，又在上贺茂神社殿堂后的杉树洞中，立起一个祭坛，然后请来法师，连续百日施行拏吉尼[①]之法。可是过了一段时间后，大杉树突遭天雷轰击着火，雷火蔓延，差点波及整座神社。亏得社中的多名神官及时赶到，奋力扑灭了杉树大火。火熄后，心有余悸的神官们要把那个施邪法的法师赶走，法师却道：“我已许下在本社连施百日大法的誓愿，至今日方才七十五天，恕难离去。”说着纹丝不动，不再理睬神官们。神官们无奈，只好上报朝廷，朝廷宣旨道：“当依法逐出。”于是神官们取出白杖，朝着法师的后颈痛殴，把他赶到某条大路的南边去，远离神社范围。语云：“神不享非礼。”[②]新大纳言痴心妄想，渴盼着能当上左大将，竟请来旁门左道之士，干下这令人埋怨的错事。

彼时叙位升官，由不得上皇、天皇，摄政关白也无权决定，一切皆由平家乾纲独断。平家哪会讲什么论资排辈，当然不会把左大将一职授予德大寺或花山院，而是将入道相国的长子小松殿，从右大将升为左大将；然后又越级提拔入道相国的次子中纳言宗盛，补上了右大将

---

① 拏吉尼，又名荼吉尼、陀只尼、吒枳尼等，意译为“空行母”，印度左道密教“瑜伽行派”所崇信的女神，能使诸愿达成。

② 语出《论语集注》。意思是神明不接受来路不正的祭礼。

的出缺。这种做法实在过分，引起了满朝非议。其中大纳言德大寺公乃太政大臣的首席次官，出身名门，才华横溢，又是本族的嫡传，却被平家的次子所超越，心中自然愤恨不已。大家都猜测道："大纳言这回恐怕要出家了。"可是德大寺公却只辞去了大纳言一职，隐居起来，打算先观望一番再说。

新大纳言成亲却暗忖道："如果是德大寺或花山院超过我，那还尚在情理之中，自然无话可说。可如今却被平家的次子凌驾于我之上，当真是岂有此理。我要想方设法，讨灭平家，以实现夙愿。"唉，这个念头真是可怕。须知成亲之父官不过中纳言，作为幼子，成亲却已升到正二位的高位，官居新大纳言①，朝廷封赐给他不少领地，子息亲眷俱受国恩，怎么还敢欲求不满，竟想要兴风作浪呢？大概是因为邪魔在作祟吧！想当年平治之乱时，成亲任越后守兼近卫中将，是藤原信赖的同党，原本罪该处死，多亏小松殿重盛为他多方奔走，才保住了他的项上首级②。如今他却忘恩负义，纠集党羽潜伏秘处，招兵买马、整备军器，一心只想着如何灭亡平家。

东山山麓有一谷，名唤"鹿谷"，谷后连接着三井寺，那里有一座颇具规模的城郭，系俊宽僧都③的山庄。成亲和他的同党，就聚集在这儿，密谋消灭平家之策。某日，法皇巡幸至此，故少纳言入道信西④之子净宪法印，也随侍同来。当晚酒宴之上，法皇将铲除平家一事当众说了，净宪法印惊道："哎呀，在场这么多人都听见了，此事若不慎泄露

① 新大纳言，又称权大纳言，是大纳言的次官。

② 相传藤原成亲是后白河法皇的男宠。他的妹妹是平重盛之妾；女儿是平维盛之妻；儿子藤原成经又娶了平教盛之女，因此与平家渊源极深。平治之乱中，成亲虽然落败，但由于与平家有特殊关系，被赦免了死罪。

③ 僧都：日本模仿中国之制，设立的统率僧尼的僧官名。职位次于僧正、僧统。

④ 入道信西：即藤原通宪（1106～1160），平安时代末期贵族、学者，官至正五位下少纳言。出家后法号"信西"。

出去，怕要惹出震惊天下的大事啊！”新大纳言面色不豫，陡然立起，狩衣袖子拂倒了法皇座前一个酒瓶子。法皇问道：“这是何意？”新大纳言答道：“我要打倒瓶子（平氏）！”法皇笑道：“且不忙，众卿家还是先演一出猿乐①助兴吧。”平判官康赖道：“演不动啊！瓶子（平氏）太多了，把咱们都灌醉了。”俊宽僧都道：“那该怎么办呢？”西光法师接道：“唯有拧断瓶子（平氏）的脖子，才能解决问题。”说着取过酒瓶，将瓶颈重重砸断，随即退席离去。康赖大笑道：“平氏首既得，宜徇街市，枭于狱门。”乃取瓶颈悬于屋柱。净宪法印眼见众人一语双关，狂态毕露，惊骇得说不出话来，内心深感恐惧。

那么鹿谷的同谋者都有谁呢？他们分别是近江中将入道莲净，俗名成雅；法胜寺执行②俊宽僧都；山城守基兼；式部大辅雅纲；平判官康赖；宗判官信房；新平判官资行；摄津国源氏多田藏人行纲。此外尚有众多“北面”武士，也参与其中效力。

十三、鹈川合战

法胜寺执行俊宽僧都，系京极源大纳言雅俊之孙，木寺法印宽雅之子。其祖父官居大纳言，虽不是弯弓持箭的武家出身，性情却刚烈火爆，他在三条坊门京极的住所，向来不准别人从门前随意走过。平常则站在中门，龇牙咧嘴，摆出愤世嫉俗的姿态，怒目环视四周。可能是继承了祖父暴烈的性格，所以俊宽虽出家为僧，脾气却仍旧暴躁、直爽。大概就是这个原因，才使他参与了讨伐平家的密谋！

鹿谷中，新大纳言成亲将多田藏人行纲唤来，说道：“我委任你为

---

① 猿乐：又称“申乐”，是古日本表演艺术之一，能乐与狂言的源流。平安时代的猿乐，和隋唐散乐的内容几乎相同。

② 执行：主管寺院的负责人。

独当一面的大将，事成之后，天下的庄园领地，随你挑选。这些布先拿去做弓袋。”说着赠予他白布五十匹。

安元三年①三月五日，妙音院殿、内大臣藤原师长转任太政大臣，小松殿越过大纳言定房，升任内大臣。以大臣之身又兼任大将，值得大大庆祝一番。于是平家大张筵席，宴请大炊御门右大臣经宗等贵宾。本来小松殿是要升为左大臣的，但因妙音院之父有“宇治恶左府”②之称，为避忌讳，所以才升为内大臣。

古时本无“北面武士”一职，白河天皇御宇时，方才设立此职，此后六卫府有不少武士都分配到北面中。其中的为俊、盛重，幼名千手丸、今犬丸，十分精明强干，无人可比。鸟羽天皇在位时，季教、季赖父子在大内司职，为陛下传奏宣旨，也还颇守规矩。可是到了后白河法皇时，北面武士就没那么安分了，他们目无尊者，不将公卿殿上人放在眼里，更不懂礼数，礼节全无。后来，这些武士们由“下北面”升到“上北面”，再进一步被允许上殿，骄横狂傲之心日甚一日，终于发展到敢于犯上作乱。其中两人，是故少纳言入道信西的部下，分别叫作师光、成景。师光曾在阿波国国司衙门里任职，成景则是出身寒微的京都小厮。两人在担任健儿童③和恪勤者④时，因为伶俐乖巧、办事得力，受到赏识，师光被升为左卫门尉，成景被升为右卫门尉，这样两人都成了“靫负尉”⑤。主公信西殁于平治之乱后，二人一齐出家，法号分别叫作左卫门入道西光、右卫门入道西敬，仍在法皇御所中担任警备之职。

---

① “安元”是高仓天皇的第四个年号。安元三年，即公元1177年。

② 宇治恶左府：即左大臣藤原赖长，其府邸在宇治，因专权跋扈、负才骄慢，故而世称“宇治恶左府”。

③ 健儿童：守卫国司府的下级武士。

④ 恪勤者：皇亲大臣家的下级武士。

⑤ 日文原文为“靭負尉”，译为中文应为“靫负尉”。靫负尉是卫门尉的别名，卫门府常背负靫（装箭的筒）警备宫门，因而得名。

西光的儿子名叫师高，和父亲一样能干，曾做过检非违使五位尉，安元元年十二月廿九日，在追傩除目①时，被委任为加贺守。但他在处理地方事务时，滥用职权，目无国法，肆意侵占神社佛寺、权贵豪门的庄园领地，干下诸多非法的勾当。就算他不能像古代的召公②那样，至少也该循规蹈矩、稳妥处事才对，可他却毫无顾忌地胡作非为。

安元二年夏，国司师高之弟、近藤判官师经，补任加贺目代③。他风尘仆仆前往加贺，赶到邻近国府的鹈川时，见有一座山寺，寺僧正添柴烧水，准备洗浴。师经带随从们强行闯入寺中，轰散寺僧，将热水先给自己洗了，又唤随从们用水洗马。寺中僧人愤然道："以往国府的官员从不到寺里来，还请阁下依照先例，尽速离开吧！"师经道："以前的目代都不济事，你们才敢糊弄官府，而今我这个目代，却是秉公执法，须让你们尝尝厉害。"僧人们听了，怒火中烧，持兵刃要赶走目代一行，师经他们也不相让，双方大打出手。斗到酣处，师经胯下爱驹被打断了一条腿。师经眼见讨不到便宜，天色又开始暗下来，便挥弓搭箭，掩护众人先行撤离了。

次日，师经召集加贺国府的武士杂兵千余骑，再袭鹈川，放了把火，将山寺的坊舍殿堂烧得片瓦不留。这鹈川山寺，乃白山的末寺④，有那老成持重的僧人，比如智释、学明、宝台房、正智、学音、土佐阿阇梨等，主张将此事上诉朝廷，由朝廷解决。白山三社八院⑤的少壮僧

---

① 追傩：每年立春的前一天举行的传统驱鬼仪式；除目：人事调动。每年追傩完毕，有少数官员要作职务调动。

② 召公：西周宗室，与周公姬旦、武王姬发同辈。他居官数十载，政绩卓著，所辖区域政治清明、社会安定、民风淳朴。史书载"周公为师、召公为保，相成王为左右"，将召公看作是德政的象征。

③ 目代：代理地方官。

④ 末寺：日本佛教用语，与"本寺"相对，指别院，即本寺下属的寺院。

⑤ 三社：别宫、佐罗、中宫；八院：长宽寺、隆明寺、善兴寺、昌隆寺、护国寺、涌泉寺、莲华寺、松谷寺。

众却早按捺不住，于七月九日黄昏，聚集了二千余人，直奔目代师经的宿馆。到得附近时，已是暮霭四合，便决定明日进攻，当晚就在宿馆外安营歇息。看那阵势，如秋风扫露，吹卷射向之袖①；又似照空霹雳，闪耀甲胄寒光。目代估量着招架不住，乘着夜色，悄悄逃往京都去了。次日卯时②，僧众们齐声鼓噪，叫阵挑战，宿馆内却寂静无声。几名僧兵入馆一搜，早已空无一人。僧众们无可奈何，只得撤退回寺。

僧众报仇不果，群情激愤，便想去山门诉告。于是将白山中宫的神舆③奉请出来，抬着直奔比睿山。八月十二日午时许，在白山的神舆即将到达比睿山东坂本时，北国方向突然惊雷大作，朝着京都隆隆轰鸣；与此同时，天空大雪纷飞，将地面覆盖得皑皑一片；比睿山与京都银装素裹，就连常青的山树，也尽皆变成了白色。

十四、立　愿

神舆抬到比睿山后，被奉安于“客人宫”④中。客人宫所供之神，是白山妙理权现，因此客人宫与白山中宫，份属父子⑤。此次诉告，无论结局是成是败，生前的父子在成神后能够相聚，倒也不失为一件美事。这可比浦岛太郎⑥遇到第七代孙，罗喉罗在灵山见到父亲释

---

① 射向之袖：射箭时向着敌人的甲袖。

② 卯时：上午5时整至7时整。

③ 神舆：供神灵出巡时乘坐的车驾，形状就像一个缩小版的神社。一般只在祭神时抬出，人们认为神灵会降临到神舆上。若在非常时期抬出，则有示威之意。

④ 客人宫：山王七社(在日吉大社的七个宫)之一。

⑤ 白山中宫供奉的神，是妙理权现的儿子。所以细说起来，客人宫与白山中宫是父子关系。

⑥ “浦岛太郎游龙宫”是日本著名传说。渔民浦岛太郎在海边救了一只大海龟，海龟为了报恩，带他潜入海底，遨游龙宫。在龙宫中，浦岛太郎邂逅了仙女乙姬，过了三年天堂般的生活。当他回到故乡时，人间已历七代。

迦牟尼[1]，更值得高兴呢！山门三千僧众陆续聚来，随后山王七社[2]的神官也并肩而至。一时间诵经祷祝声不绝于耳，盛况空前，真是言语道断[3]。

山门僧众上表朝廷，要求对国司府加贺守师高处以流刑，将目代近藤判官师经投入狱中。可是圣裁始终不决，有些地位显赫的公卿殿上人，互相私议道："还是早点应允了吧。山门的强诉一向非比寻常，大藏卿为房、太宰权帅季仲这样的朝廷重臣，都被山门告得判了流罪。更何况师高不过是个小角色，哪用得着再三考虑！"然而，正如古人所云："大臣重禄而不极谏，小臣畏罪而不敢言"[4]，朝中臣僚各个闭口，无一人向上进言。

昔时，白河院曾说过："贺茂川的流水、双陆[5]的骰子、比睿山的和尚，只有这些不能随朕心意。"鸟羽院御宇时，对山门尊崇皈依，把越前的平泉寺看成是山门的下院。还特别颁下院旨："凡山门之事，当以非为是，即使无理亦应视作有理。"太宰权帅大江匡房，某日询问白河院道："倘若山门僧徒抬着神舆，向朝廷强诉，朝廷该如何处置？"白河院道："山门诉告，当悉数应允。"

---

① 罗喉罗是释迦牟尼佛的儿子。释迦牟尼本不愿结婚生子，但受父王逼迫，不得已应允成婚。在生下罗喉罗后，便离宫修行去了。罗喉罗在娘胎中六年才出世。后来佛祖在灵鹫山说法，父子才初次会面。

② 最澄于比睿山建立延历寺时，劝请大三轮神为镇守神，后来便以大三轮神作为山王神道的本尊。祭祀山王权现的道场有大宫、二宫、圣真子、八王子、客人、十禅师、三宫等，称作上七社，另加中七社、下七社，形成"山王二十一社"。

③ 此处日文原文即为"言語道断"，出自《缨珞经》："言语道断，心行处灭。"系佛家语，指意义深奥微妙，无法用言辞表达。

④ 语出《后汉书》："大臣重禄不极谏，小臣畏罪不敢言，下情不上通，此患之大者。"

⑤ 双陆：古代的一种博具，相传从天竺传入中国，唐朝时又传入日本。因为局如棋盘，左右各有六路，所以称为双陆。据日本《双陆锦囊钞》记载，一套双陆主要包括棋盘、黑白棋子各十五枚、骰子两枚。

忆想嘉保二年①三月二日时，美浓守源义纲朝臣，因山门在国中私建新庄园，便下令毁弃庄园，还杀害了长年在山上修行的僧人圆应。日吉神社的社司与延历寺的寺官，总计三十余人，携带控诉义纲的状纸，气势汹汹地要去皇宫告御状。后二条关白殿下令让大和源氏中务权少辅②赖春前去堵截。赖春领兵放箭，当场射杀八人，身负箭伤者十余人。其他社司与寺官见势不妙，慌忙四散奔逃。山门的上纲③大怒，便打算赴京面圣，在御前申告。武士及检非违使获悉后，火速赶往西坂本，强行拦住了一干僧众。

山门僧众因御裁迟迟不决，便抬着七社的神舆，在比睿山根本中堂④会集。他们在本尊像前齐声诵读《大般若经》七日，诅咒关白殿。到了最后结愿那天，结愿导师是当时被称为“仲胤供奉”的仲胤法印。他步上高座，一面敲钲，一面念诵《结愿表白》道：“吾等自二叶之时⑤起，便奉侍诸神。大八王子权现啊，请向后二条关白射出鸣镝吧！”高声念诵完《结愿表白》，当晚就发生了不可思议之事。众人梦见八王子神殿中发出鸣镝的声响，那声响一路啸叫，向着王城疾速飞去。次日清晨，在关白殿府邸的窗户上，竟发现了一枝湿漉漉的樒⑥，似乎刚从山中采来。此事令关白府上下都大为恐惧。果然，后二条关白殿染上了重病，世人议论纷纷，都说他触怒了山王，才惹来如此报应。关白殿之母、大殿⑦的正室，为此而愁眉不展、唉声叹气。她改装易

① “嘉保”是日本第七十三代堀河天皇的年号，嘉保二年即公元1095年。
② 中务省，又称内务省，主管诏敕颁行、文卷监督等宫中一切政务。中务权少辅是中务省的额外次官。
③ 上纲：僧职三纲中的上座。纲，意谓以有德之僧立纲纪，提挈僧众。
④ 根本中堂：位于比睿山东塔，为延历寺中心建筑物、比睿山总本堂，故称为根本中堂。堂内置有不灭长明灯。
⑤ 二叶之时：树木刚开始萌芽的时候，比喻幼年。
⑥ 樒：一种似槐的香木，茎叶果实有毒。
⑦ 大殿：指前太政大臣藤原师实。他是后二条关白藤原师通的父亲。

容，假扮成身份低微的普通妇人，混入日吉神社中，在神像前参拜了整整七日七夜，同时立愿酬神。许在明处的酬神誓愿有：芝田乐[①]一百场，一物[②]一百场，竞马、流镝马[③]、相扑各一百场，仁王讲[④]一百次，药师讲[⑤]一百次，一磔手半[⑥]的药师像一百尊，等身大药师像一尊。再塑造阿弥陀佛像奉养。除了这些明愿外，她还在心中许下三个暗愿。暗愿别人当然无从知晓，但令人难以置信的是，在最后一天的满愿之夜，八王子神社众多的朝觐信徒中，有一个来自遥远陆奥的童神子[⑦]，夜半时分突然气绝。人们慌忙将她抬到殿外，为她祝祷。哪知她又醒转来，站起身，手舞足蹈，众人都大吃一惊，目瞪口呆地望着她。童神子蹦来跳去将近半个时辰，猛地一个激灵，仿佛被山王附体，令人生畏。她口吐神言，说道："众生听真，大殿夫人于我殿中已连续参拜七日。为了让关白殿能病愈得救，她在心中立下了三大誓愿：

"一愿与殿中拜佛的下等人一道，奉献千日光阴，早晚不断地祀奉山王。大殿夫人身为名流，一向不识民间疾苦，如今为救爱子，竟不顾世俗卑贱污脏，心甘情愿混在下等人中，祀奉山王千日，真是既可哀又可怜。

"二愿由大宫桥边到八王子神社前，修建一条回廊，使三千僧众在往来朝觐时，能免去风吹雨淋之苦。此愿亦属善行。

---

① 芝田乐：芝，草地之意。田乐是农民表演的一种舞蹈。

② 一物：统一着装的祭神仪式。

③ 流镝马，又名"矢驰马"。骑在奔驰的骏马上，朝准箭靶，连续发射响箭三次的古式祭礼。

④ 仁王讲：讲赞《仁王经》的法会。

⑤ 药师讲：讲赞《药师经》的法会。

⑥ 一磔手，古印度长度单位，即伸开大拇指与中指之间的长度。一磔为八寸，半磔为四寸，一磔手半约一尺二寸。人在母胎，至第二十七日，人相皆备，身体长度与母亲一磔手半的长度相等。造佛像之所以常取一磔手半长度，即是取胎内等身之义。

⑦ 童神子：年轻的巫女。

“三愿，若关白殿此番性命无虞，愿在八王子神社中举办法华问答讲[①]，每日不辍。

“以上三大愿，任何一愿都非同小可。就拿法华问答讲来说，便是极其难得，若能每日举行，功莫大焉。其实本次诉讼，并非难以裁决，可关白不但未妥善处置，反将社司与寺官射死射伤多人。死者哀愤交加，向我哭告，悲情可悯，令我永世难忘。神灵和光垂迹[②]，那些箭矢射中他们，就等于射在神身上。如若不信，你们瞧瞧这儿，便知此言非虚。”说着宽衣露出左肋，肋下有个碗口大的窟窿，表皮尽皆剜去了。山王续道：“关白犯下如此罪孽，原本绝难宽恕，无论立下怎样的酬神誓愿也救不得他。但大殿夫人若能切实举办法华问答讲，可延关白殿三年寿命。若如此尚嫌不足，我也力不能及了。”言罢，山王脱离童神子肉身，飞升离去。

关白之母在心中许下的三个暗愿，从未告诉任何人，也没有任何人问过她，但山王在附体显灵时却准确无误地逐一说出，令她大感震惊，信神之心由此益发虔诚。她涕泗交流，泣拜道：“纵然只延得一天半刻的寿命，也已感恩不尽，更何况延命三载，真是太难得了。”拜完含泪下山，匆匆忙忙赶回京都，将关白殿的领地——纪伊国田中庄，永久地捐献给八王子神社。随后日日都在神社中举办法华问答讲，未曾中断过一回。

后二条关白殿的病情，因此而慢慢好起来，到后来终于痊愈了。阖府上下都十分高兴。可惜三年时光，如云烟梦幻，弹指间便过去了。永长二年[③]六月二十一日，关白殿发际边生出一个恶疮，导致他再度卧

---

① 法华问答讲：就《法华经》立论题问答的讲会。

② 和光垂迹：日本神道教认为，本土的神，是佛、菩萨的化身。所以在明治维新以前，日本宗教信仰是神佛合一。“和光”指佛不显本相，却化身为神，在本地“垂迹”。此处即是说山王是佛的化身。

③ “永长”是堀河天皇的第三个年号，永长二年即公元 1097 年。

病在床，当月二十七日便一瞑不视，命赴黄泉，得年止三十八岁。其性格暴躁、脾气倔强，远胜于常人；可一旦到了生死紧要关头，却是性情大变，懦弱犹疑、惜生畏死。不过此乃人之常情，也怪不得他。

关白殿卒年不到四十，比大殿先行了一步，令双亲白发人送黑发人，诚可悲可叹也。虽然世间并无父亲一定要亡于子前的规矩，但顺生顺死乃是常理，即使是万德圆满的世尊、十地究竟①的菩萨，对此也是无能为力的。山王慈悲具足，为拯救众生方便，必要时也须惩罚那些作恶的人！

十五、 抬神舆

再说山门僧众多次上奏朝廷，要求对国司府加贺守师高处以流刑，将目代近藤判官师经投入狱中。可是御裁始终不决，日吉神社的祭礼也因此而暂时取消了。安元三年四月十三日辰时②一刻，众僧装点好十禅师、客人、八王子三社的神舆，将神舆抬到神殿前。在下松、切堤、贺茂河原、纠、梅忠、柳原、东北院等地段，站满了普通僧众、神官、宫社杂役、下法师等人，为数众多，不知凡几。御神宝③被抬着，沿一条街道西进，所到之处仿佛日月降到地面，灿然生辉。天皇大惊，急令源平两家的大将军，率兵固守四面宫门，严防僧众冲入大内。平家主将小松内大臣左大将重盛公，领麾下三千余骑，守备宫禁正面的阳明、待贤、郁芳三门；其弟宗盛、知盛、重衡，伯父赖盛、教盛、经盛

① 十地究竟：菩萨以“地”分阶位，十地是大乘菩萨的十个阶段，由低到高分别是欢喜地、离垢地、发光地、焰慧地、难胜地、现前地、远行地、不动地、善慧地、法云地。而佛果为究竟至极之位，到了十地究竟，便完成修行，等着入佛位了。

② 辰时：上午7点整到9点整。

③ 御神宝即神舆。

等，则结阵把守西南宫门。源氏一方，以大内守护源三位赖政[①]、渡边省及他的儿子授为主将，率属下区区三百余骑，镇守北门的缝殿[②]。那一带一马平川，源氏又兵微将寡，因此望过去队列稀疏。

僧众见源氏势弱，便打算从北面缝殿突破，将神舆抬入宫中。源赖政是久经战阵、处变不惊之人，他纵身下马，卸去甲胄，朝着神舆方向翻身礼拜。士卒们见了，也纷纷跟随致礼。接着，源赖政派出使者到山门僧众那边，传达自己的想法。那使者名唤长七唱，是渡边的部下。当日他身穿青黄色直垂，外罩缀着小樱花鳞片的黄色铠甲，腰挎赤铜太刀，背负白翎箭，胁下悬着一张籐弓。他来到僧众中，摘下头盔，挂在肩头的高纽上，随即跪在神舆前，恭恭敬敬道："众位法师，源三位公令我来此，转达几句肺腑之言。此次山门要到御前诉讼，那是十分在理的。可惜御裁一直未决，即便在我等旁观者看来，也颇为你们感到不平。因此，众位法师要抬着神舆，入宫面圣，我们自然绝无异议。可是源三位公兵力寡弱，承乏警卫，自知不足敌大众，倘若开启宫门，放众位通过防地，只怕会留下笑柄，日后京中无知稚子难免会风言风语，说道：'山门僧众是大摇大摆、眉开眼笑地进宫的！'须知朝廷谕旨，严禁神舆入宫，我军若遵旨阻拦神舆，又不免要得罪向来敬奉的医王[③]山王，恐怕今后再不能上阵挥弓了。唉，这真是左右为难、进退维谷啊！诸位，东阵由平家小松殿统重兵把守，能否请你们从那边入宫呢？"

被长七唱这么一说，神官和宫社杂役等人一时委决不下。僧众中有个年纪较轻的说道："何必那么麻烦，就从这边把神舆抬入宫好

---

① 源赖政（1104～1180）：平安时代末期武士、歌人。保元之乱时，源赖政支持后白河天皇对抗崇德上皇。1178年升从三位，成为平家专权时期位阶最高的源氏朝臣。后起兵反抗平家，败于宇治川，切腹而死。

② 缝殿：京都御所北面的朔平门。

③ 医王：药师如来之别称。

了！”但三塔[①]中最为足智多谋的老僧——摄津竖者[②]豪运，越众而出，道：“将军所言，颇有道理。我等抬神舆在前开路，目的是为了入宫诉讼，讨回公道，当然要不避艰险。唯有拼死突破重兵拦阻，方能名扬后世。再者说，那源赖政乃六孙王[③]之后、源氏的正统嫡传，自上马统兵以来，未曾输过一阵。他不单武艺高强，对于歌道亦极有造诣。近卫天皇在位时，有一次举办咏歌会，咏题是《深山花》。正当其他人还在苦思冥想时，赖政已即兴咏出一首佳作：

深山之树难见梢，独有樱花显烂漫。

此歌深得众人褒赏。如此风雅的一位名士，此际，我们岂可折辱于他？还是将神舆转抬东阵吧！”他这么一说，数千僧众纷纷响应，无论前阵还是后阵，都轰然赞成道：“理应如此！”于是抬起神舆，转往东阵防地。刚走到待贤门前，立时便发生了激烈冲突。平家军的武士们连珠箭发，霎时间射死一批神官和杂役，更多的僧人则被射伤，就连十禅师社的神舆也是箭痕累累。僧众的惊叫声几可上达梵天[④]，即便是坚牢地神[⑤]见到这种惨景，也会震惊无比。僧众们也顾不得神舆了，就将它扔在宫门前，泣血捶膺地逃回了本山。

---

① 三塔：比睿山的建筑群分为称作“三塔”的三大区域。三塔指东塔、西塔、横川。

② 竖者：又作立者、竖义。即于论场上，针对所提出的论题，进行立义（道理、证明）答辩。

③ 六孙王：指源经基，其父是清和天皇的第六皇子贞纯亲王，故称六孙王。晚年由皇族降为臣籍，赐姓“源”。他是源氏的第一代。

④ 梵天：佛教把世俗世界分为欲界、色界、无色界三种，色界位于欲界之上，其中最低的是初禅天。初禅天中，又有梵众天、梵辅天、大梵天三重。

⑤ 坚牢地神：又称地天、持地神，主掌大地之神，职责是保护大地及地上一切植物免受灾害。

十六、大内被焚

藏人左少辨兼光急忙召集公卿，在朝堂上紧急商议如何善后。保安四年①七月的神舆入京，朝廷是让座主②将神舆送往赤山社奉安。保延四年③四月的神舆入京，则是命祇园别当④将神舆请入祇园社奉安。而今就依保延时的旧例，令祇园别当权大僧都澄宪，在秉烛时分，将山门僧众丢在宫门前的神舆，抬入祇园奉安。神官们又将射在神舆上的箭一一拔掉。山门僧众抬着日吉神社的神舆，到宫门前强诉之事，自永久⑤以降，直至治承年间，一共有过六回。虽然每回都下令武士堵截，但神舆被箭射中，却是第一次。人们心中都忐忑不安，互相说道："倘若灵神震怒，必定灾害满路。可怖可怖！"

当月十四日子夜，山门僧众又集结起来，准备再度进京。天皇风闻此事，立即乘坐腰舆⑥，行幸法皇御所法住寺。中宫则乘坐御车，出奔别处。小松殿身穿直衣⑦，背负弓矢，一路护卫。其长子权亮少将维盛，身穿束带⑧，背负平胡箓⑨，跟在父亲身旁。关白殿、太政大臣及以下的公卿与殿上人，也纷纷匆忙出逃。京中贵贱、大内上下，见此情形全都慌张起来。

山门一方，僧众们因神舆遭射，神官、杂役、僧徒等死伤甚众，群

---

① "保安"是日本第七十五代崇德天皇的年号。保安四年即公元 1123 年。
② 座主：又称上座、首座，意为"大众一座之主"。
③ "保延"是崇德天皇的第六个年号。保延四年即公元 1138 年。
④ 别当：神佛合一的寺社中的职位名，负责管理寺务。
⑤ "永久"是日本第七十四代鸟羽天皇的第四个年号。
⑥ 腰舆：手挽的便舆，高仅及腰，故名。
⑦ 直衣：平安时代贵族男子的便服。
⑧ 束带：正装朝服。
⑨ 平胡箓：弓矢携带具，有两种形状，扁平的称为"平胡箓"，立式，可放置二十一支箭矢；圆形的称为"壶胡箓"。

情激愤，纷纷鼓噪道："索性一把火将大宫二宫以下，并讲堂中堂等诸堂统统烧光，大家一起遁迹山野吧。"三千僧众敌忾同仇，人人同意。此时山门的几位上纲，听闻朝廷正在考虑山门的请求，便劝说僧众们暂时不要轻举妄动，但众僧正在气头上，非但不听他们劝，还把他们赶出了西坂本。

平大纳言时忠，时任左卫门督①，朝廷任命他为上卿，前往安抚僧众。他来到比睿山，三塔僧众会合在大讲堂的庭院中，纷纷嚷道："把他抓起来，除掉冠帽，捆成一团沉到湖里去。"一边喊着，一边气势汹汹地要上前动手。平时忠道："诸位法师暂且息怒，吾有一言要奉告诸位。"说着伸手入怀，取出随身携带的小砚和叠纸，一口气写了数字，递给僧众。僧众接过一看，纸上写着："僧众作恶系魔头作祟，明王制止乃善逝②加护。"僧众看完纸条，都道此言甚是，便息了捉拿上卿的念头，四散归返所属寺院。仅以一纸一句，就令三塔三千僧众怒火顿消，于公于私，均能免于受辱，这件事平时忠处理得真是漂亮。此前人们都以为山门僧众只懂得胡搅蛮缠，现在才知他们也有通情达理的一面，对他们的印象也大为改观。

同月二十日，朝廷任命花山院权中纳言忠亲为上卿，并作出裁决，革去国司府加贺守师高的官职，流放尾张井户田；目代近藤判官师经入狱囚禁。又判决十三日那天箭射神舆的六名武士有罪，锁拿下狱。他们分别是左卫门尉藤原正纯、右卫门尉正季、左卫门尉大江家兼、右卫门尉大江家国、左兵卫尉清原康家、右兵卫尉清原康友，皆为小松殿属下武士。

---

① 左卫门督：卫门府设左、右卫门督各一人，以左官为长，负责京城诸门的禁卫、出入京城的管制。

② 善逝：又作善去、善解、好说、好去，佛十号之一，与"如来"相对。十号第一曰"如来"，第五曰"善逝"。"如来"是"乘如实之道而来"，"善逝"则是"妙出世间，好去彼岸"之意。

同年四月二十八日亥时[1]，樋口富小路突起大火，当时正好东南风劲吹，火借风势，迅速蔓延到京中多个地方。火球大如车轮，三町五町地朝西北方延烧，京城一片火海，景象如炼狱般恐怖。具平亲王的千种殿、北野天神的红梅殿、橘逸势的蝇松殿、鬼殿、高松殿、鸭居殿、东三条大臣冬嗣的闲院殿、昭宣公的堀川殿，由这些府邸起始，古今名胜三十余处，公卿官邸十六处，全部为火焰所噬。此外尚有众多殿上人、诸大夫的住所，难以一一列出。大火最后蔓延到了大内，先是朱雀门，紧接着应天门、会昌门、太极殿、丰乐院、诸司、八省、朝所[2]等处，尽皆烧成白地。家谱日记、历代文书、七珍万宝，并为灰烬。财产损失难以估量，死者数百，牛马不计其数。世人议论纷纷，都道如此泼天灾劫，定是山王降罚。还有人煞有介事，声称自己曾梦见比睿山中跳出二三千只大猿猴[3]，手持松明，冲入京中放火。

清和天皇御宇时，太极殿曾于贞观十八年首度遭焚。贞观十九年正月三日，阳成天皇只好在丰乐院举行登基大典。元庆元年四月九日，重建太极殿，至元庆二年十月八日建成。后冷泉天皇天喜五年二月二十六日，又遭火焚。治历四年八月十四日，二次动工重建，尚未落成，后冷泉天皇即已驾崩。到了后三条天皇在位的延久四年四月十五日，才终于宣告完工。文人献诗、伶人奏乐，举行了迁幸大典。但而今时危世乱，国力衰微，再也无力重建了。

① 亥时：晚上9时整至11时整。
② 朝所：太政大臣办公的地方，又称“朝政所”。
③ 日本传说中，猿猴是山王的使者。

第二卷

一、流放座主

治承元年[①]五月五日，天台[②]座主明云大僧正[③]，被公请取消参加法会的资格，朝廷遣藏人为御使，召回了供奉在延历寺的如意轮御本尊，同时免去明云的“御持僧”[④]身份。检非违使厅也遣人指责明云大僧正，认为是他煽动了本次抬神舆冲击大内事件。因为座主在加贺国有私人田产，被加贺守师高废止没收了，双方由此结怨。所以明云大僧正便鼓动僧众，抬出神舆去御前强诉，并演变为大纷争，给朝廷惹来不小的困扰。西光法师父子又不断地谗言惑主，终于令法皇龙颜大怒，遂有风声传出宫外，说是要重办祸首。明云知法皇心存不满，便将印钥[⑤]归还朝廷，同时辞去了座主一职。当月十一日，敕命鸟羽院第七皇子——觉快法亲王为天台新座主，亲王系青莲院大僧正行玄亲传的弟子。同月十二日，前座主明云卸任，检非违使立即派出二人，封盖了明云饮用的水井，并泼水熄灭灶火，致使明云断水停炊。僧众们知悉后，大感忿然，又要集结入京。京中闻知，不免又是一阵惊扰。

同月十八日，太政大臣以下公卿十三人奉召觐见，于御前就座，商议该怎样给前座主定罪。八条中纳言藤原长方，时任左大辨宰相，列位末席。他奏禀道：“按法家勘状[⑥]所书，明云之罪属死罪减一等，应判远流之刑。然明云大僧正身为前座主，显密兼学[⑦]，净行持

① “治承”是高仓天皇的第五个年号。治承元年即公元1177年。
② 延历寺属于天台宗，比睿山别称天台山。
③ 大僧正：古代僧官之最高位者。
④ 御持僧：经特别指定，在清凉殿为天皇的健康进行祈祷的僧人。
⑤ 印钥：“印”指延历寺的寺印；“钥”是藏经楼的钥匙。
⑥ 法家勘状：由明法博士照律令拟定的定罪文书。
⑦ 大乘佛教分显密二宗，天台宗为显宗，真言宗为密宗。

律，曾向公家①进献《大乘妙经》，为法皇奉持菩萨净戒②，乃是御经师和御戒师。倘若处以重罚，窃以为有违佛祖慈悲照览③之德。因此判其还俗远流，还应慎重考虑。”他的直言进谏，得到了其他列席公卿的支持。但法皇愤恨正深，坚持要将明云流徙远方。太政入道清盛公为此特意入宫，希望能劝阻法皇，但法皇托辞御体伤风，拒绝接见，入道公无奈，闷闷不乐地退出宫来。按律令，僧人一旦被判有罪，就要追缴度牒，勒令还俗。所以明云恢复了俗名，叫作大纳言大辅藤井松枝。他本是村上天皇④第七皇子——具平亲王的六世孙，久我大纳言显通的儿子。公认为硕德无双、天下第一的高僧，朝廷上下对他礼敬有加，一身兼任天王寺、六胜寺别当的要职。然而阴阳头⑤安倍泰亲却指斥他道：“若果是智者，就不应取名为‘明云’。上放日月光芒，却被底下的云翳遮掩。不是好兆头。”仁安元年二月二十日，明云受任为天台座主，同年三月十五日拜堂⑥就职。他打开中堂宝藏，在琳琅满目的重宝中，看到一个用白布包裹着的，一尺见方的箱子。一生恪守戒律的座主打开箱子，见其中放的是黄纸书文一卷。其上所书，竟是传教大师⑦数百年前所预测的后世座主的名单。他只浏览到自己名字那里，底下的便不再翻看，并按旧习将名单卷好放回原处。可叹似明云大僧正这等品行高洁之人，也难逃前生宿业注定，不能免于罪罚，殊堪可哀也。

当月二十一日，流放地确定为伊豆国。虽有诸多同情者极力劝

---

① 公家：指在政务上为天皇服务的官僚贵族阶层。与用军事力量为天皇服务的“武家”相对。

② 菩萨净戒：菩萨所受持的清净戒法。

③ 照览：佛教术语，佛菩萨以光明照见众生之机。

④ 村上天皇（926～967）：日本第六十二代天皇，946～967年在位。

⑤ 阴阳头：阴阳寮的长官。阴阳寮是负责制订天文、历法，并判断祥瑞灾异、举行祭仪、勘定风水的机构。

⑥ 拜堂：天台座主就职，须到根本中堂礼拜本尊，称为“拜堂”。

⑦ 传教大师即日本天台宗创始人最澄（767～822）。

谏，但西光法师父子大进谗言，流徙之刑终不能免。敕令必须在规定的时间里将明云驱逐出京，押解的官差不敢怠慢，来到白河御坊急急催促。僧正挥泪离开御坊，暂于粟田口边的一切经别院安身。山门僧众愤愤不平，都道："吾等此生大敌，无过于西光父子！"遂将父子俩的名字写在纸上，置于根本中堂所供奉的十二神将之一金毘罗①大将的左脚下，使其受践踏。同时齐声诅咒道："恭请十二神将、七千夜叉，立取西光父子性命！"其场面令人望而生怖。

当月二十三日，明云由一切经别院启程，去往流放地。曾经那么显赫的大僧正，而今却被朝廷限令必须当天离京，由官差押解着，向关东凄凉而行。他此时此刻的悲哀心情，可想而知。行到大津打出滨，回首眺望，比睿山文殊楼的檐端隐约可见，不用瞧第二眼，僧正已是悲从中来，泪下沾襟了。山门中的宿老硕德虽多，此时却只有时任僧都的澄宪法印，前来送别。他一路相送明云来到粟津，依依难舍。僧正感其情厚，将秘藏心中多年，血脉相承的一心三观②奥义，传授给澄宪。"一心三观"系由释尊亲传波罗奈国的马鸣比丘，再传南天竺的龙树菩萨，如此次第相延，一向只传最可信托之人，否则将永秘于心，绝不轻泄。吾国距天竺甚远，乃是粟散边地③，又正值浊世末代，澄宪尚能得传如斯妙义，他在回京路上泪湿法衣、感慨万千的心情，也是可想而知的。

再说山门僧众聚议道："自义真和尚④以降，天台座主迄今已历五

---

① 金毘罗：又作禁毗罗、宫毗罗等，意译蛟龙、鳄鱼，药师十二神将之一，般若守护十六善神之一。鱼身蛇形，主领夜叉，誓愿守护佛法。

② 一心三观：又名圆融三观、不可思议三观、不次第三观等，是天台宗的观法。天台宗认为宇宙万有，都具有"空假中"三种谛理，这三种谛理互具互融，空即假中、假即空中、中即空假，若能于一心中圆修空、假、中三谛者，即为"一心三观"。

③ 粟散边地：佛教谦词。比喻小地方如粟米散置，不起眼。

④ 义真和尚（781～833）：又称修禅和尚，师事比睿山最澄，804年随最澄赴唐。归返日本后仍常侍于最澄左右，致力于建设延历寺。最澄示寂后，他成为延历寺住持，后被任命为延历寺第一代座主。

十五代，流放座主之事闻所未闻。推考往事，桓武天皇于延历年间迁都平安京，传教大师从那时起便登临比睿山，弘传四明①教法，使五障②之女子绝迹，三千净侣③得以长居。山岭上诵经声经年不歇，山麓间七社灵验日胜一日。彼月氏之灵山，位于王城之东北，乃释尊幽窟④也；此日域⑤之睿岳，耸于帝都之鬼门，乃护国灵地也。代代贤王智臣，皆以此地为坛场。而今虽值末世，亦不能令本山蒙受污点。否则，必成千古恨事。”计议已定，满山僧众纵声呐喊，一起涌下山，冲向东坂本。

二、一行阿阇梨⑥之事

为了营救座主，山门的老僧们诚心实意地在十禅师权现像前祈求道：“吾等欲往粟津救回贯首⑦，然而押解官差甚众，等闲只怕难以得手，唯有借助山王大师的法力了。若此事可行，请赐一个吉兆给我们吧！”

正祈祷着，无动寺法师乘圆律师座下一个叫作鹤丸的十八岁小沙弥，突然身心剧痛，五体⑧汗下如雨，继而抽搐癫狂起来，口中说道：“吾乃十禅师权现显灵也！而今虽逢末世，但本山贯首岂可迁往他国？

① 四明：指中国浙江四明山。中国的天台宗以四明派为主流，所以日本用四明山比拟比睿山。
② 五障：出自《法华经》卷四《提婆品》，指女子无法成为梵天王、帝释、魔王、转轮圣王、佛等五者。
③ 净侣：泛指清净无垢之僧侣。
④ “月氏”本是西域的月氏民族，这里借指天竺。“幽窟”指佛祖居住的圣地。
⑤ 日域：即日本，在字面上与“月氏”相对。
⑥ 阿阇梨：又称阿奢黎、阿舍梨、阿只梨等，意为师范、规范师、正行，指匡正弟子行为，堪为师范的高僧。
⑦ 此处的贯首，是天台座主的别称。
⑧ 头、四肢，合称“五体”。

贯首世世代代为本山殚精竭虑，若真被带走，吾垂迹此山又有何意义！”言罢，泪流满面，伸左右两袖拭去。僧众们大为讶异，道：“若真是十禅师权现附体显灵，请示灵验于我等，将这些念珠各自还给原先的主人吧！”说着，四五百名老僧，纷纷将手持的念珠扔到十禅师殿的大廊上。发狂的小沙弥一溜小跑，前前后后，将念珠全部捡起来，而后准确无误地逐一归还给了原主。众僧见果然是神明显灵，灵验非凡，尽皆合掌赞颂，喜极而泣道：“神意如此，我等无惧矣！奋勇向前，夺回座主吧！”说完蜂拥而起，争先恐后地冲出山门。一部分人沿着志贺、唐崎的海滨徒步追赶，另一部分人在山田矢桥的湖中，摇橹追赶。押解座主的官差眼见僧众势大，吓得四散奔逃。

僧众们拥着前座主，继续向国分寺进发。前座主惊道：“窃闻钦犯不可见日月之光，何况我乃院旨钦命，即刻驱逐出京之人，怎能抗命不遵？你们快快回去吧！”接着又说道：“我本三台槐门①之家出身，入于四明幽溪②之窗，深造圆宗③教法，兼习显密两宗，所思所想，皆是兴隆本山、祈求国家太平。同时怀抱深愿，意欲广育门众，两所山王④定然照览庇佑。我自问无罪，却蒙受不白之冤，虽被判远流重罚，然于世人神佛，皆无怨恨之心。唯有众位僧徒远来拜望的好意，实感无以为报。”说着不禁洒泪，沾湿了香染色⑤法衣的袖子。僧众们也跟着泪流满面。有僧徒抬来法舆，恭敬道：“您请上坐。”前座主道：“我昔日虽为三千僧众之贯首，如今却是远流的犯人，诸位修学高僧法身庄严、众僧亦是智慧宏深，怎敢劳动你们抬我上山呢？纵然要上，我也当穿上

---

① 三台槐门：据《周礼·秋官》载：周代宫廷外种有三棵槐树，三公朝见天子时，站在槐树下面。后人就用三槐比喻三公。日本的三公是太政大臣、左大臣、右大臣。

② 四明幽溪：即浙江四明山，比拟比睿山。

③ 圆宗：以大乘真实圆满之教义为宗旨的宗派，这里指天台宗。

④ 两所山王：山王七社中的大宫与二宫。

⑤ 香染色：丁子香所染，黄中带赤，是袈裟的本色。

草鞋，与大伙一道步行。”遂执意不肯坐上法舆。

有个西塔住僧，唤作戒净坊阿阇梨祐庆，为人刚勇，是山门出名的武僧。他身高七尺有余，穿着黑革铁铠，铠的下摆直曳到地。此刻见前座主推让，便脱下甲胄，请身旁的法师帮忙拿着，自己持一把白柄大长刀，高声道：“大家让一让。”越众而出，大步来到前座主面前，豹目圆睁，瞪眼道：“只因您心地太过仁慈，方才受欺于人。莫再推让了，请尽速上坐！”前座主心生惧意，只好依言上了法舆。僧众们救回座主，个个欢天喜地，无论是地位卑微的法师，还是地位显赫的修学高僧，都抢着抬舆。他们一路嚷嚷，不时轮换人手抬舆，唯有祐庆始终抬着前舆。他牢牢地抓着长刀刀柄和舆辕，在东坂陡峭的山道上健步如飞，如履平地。

等进了大讲堂的庭院，大伙降下法舆，又聚在一起商议道，“我等虽于粟津夺回贯首，但若奉钦命流徙之人为座主，恐怕不甚妥当。此事该如何善后呢？”戒净坊阿阇梨再次挺身而出，道：“本山向为日本无双之灵地、镇护国家之道场，山王神光威盛，佛法、王法并立，如牛之两角耸峙！山上僧众又俱是博学宏才之辈，世间少有。即使是地位较低的法师，世人也不敢轻慢。更何况高贵睿智，统领三千僧众的贯首呢！他素有德行，作为本山的尊长实至名归，而今却含冤负罪，山上京中，无不愤然。更可恨那兴福、园城两寺，还幸灾乐祸、冷嘲热讽。倘若此时置显密之主于不顾，那么数代学僧囊萤照雪的苦修之功，都将付诸东流，实乃憾事。因此，祐庆愿代座主受罚，无论是下狱囚禁还是流徙远方，哪怕被枭首示众，也在所不辞。就用今生的名誉，作为黄泉路上的回忆吧！”言罢，双目血泪盈襟。众僧点头道：“是极，是极。”从此以后，大家就管祐庆叫“严坊”①，称他的徒弟慧庆法师为“小严坊”。

---

① 严坊：可怕、勇敢的和尚。

众僧将前座主请入东塔南谷的妙光坊安顿。如此看来，就算是权化①之人，也难免会遇上横祸。昔时，大唐玄宗皇帝的御持僧一行阿阇梨，只因与杨贵妃之间存在一些未经证实的暧昧流言，众口铄金、积毁销骨，终于被疑忌重重的玄宗流放去了果罗国②。可见无论古今与国家大小，人言藉藉，总是可畏。往果罗国有三条道路可行：轮池道，乃御幸之路，只有皇帝可行；幽地道，寻常百姓所行；暗穴道，重罪犯人所行。一行阿阇梨由于是钦命要犯，所以只能从暗穴道通行。七日七夜间，抬头不见日月，道路翳暗昏黑，他艰难地行走着，不时迷失方向。密林森森，唯有鸟鸣声偶尔从涧谷中传来。被泪水湿透的法衣，仿佛永远不会干。然而天道自有公正，妄加于一行阿阇梨身上的无实之罪，使得上苍垂怜，命九曜③显现，放出光华为他照路。一行咬破右指，于左袖上绘下九曜形象，此即和汉两朝奉为真言宗本尊的九曜曼陀罗是也！

三、西光被斩

僧众救回前座主一事，法皇知道后大为不满。西光法师趁机进谗道："山门僧众仗势胡为、强讼硬诉之事，虽然已非初犯，却以此次影响最甚。绝不能再让他们无法无天下去，必须予以训诫严惩。"可叹西光尚不知死之将至，毫不顾及山王大师的神虑④，依然谗言惑主。古书

---

① 权化：化现、应现之意。佛菩萨以神通力显化各种形态出现在人间，从而救度众生。

② 果罗国：又称吐火罗国、睹货逻国、兜呿罗国等，系中亚古国，位于帕米尔高原西南，乌浒河上游，自古为连接印度、中国、西亚、中亚诸地区的交通、贸易中心，也是政治、文化重镇。

③ 日（太阳星）、月（太阴星）和火、水、木、金、土五星，再加上罗喉星、计都星，合称"九曜"。

④ 神虑：大人物的心意、意图。

云："谗人罔极，交乱四国。"[①]此言说的极是。"丛兰欲茂，秋风败之；王者欲明，谗人蔽之。"[②]指的大概就是西光这种人。

不久，流言四起，道路传闻新大纳言成亲及其近侍部下，已收到敕命，正商量着如何讨伐山门。山门僧众为此再度集会，有人道："普天之下，莫非王土。我等岂能违抗圣意？"这一派人希望大家支持法皇的诏命。暂居于妙光坊的前座主明云大僧正，察觉到众僧生出了二心，心下惶惶，自语道："到底会有怎样的结果呢？"然而定罪流放一事，却再也没有了下文。

新大纳言成亲因山门骚乱，只得暂时停止了起兵倒平的计划。此事虽已布置多时，但始终停留在纸上谈兵阶段，即使真的干起来，也没有多大胜算。被成亲寄以厚望的多田藏人行纲，经权衡利弊，认为起兵必败无疑，便将成亲赐给他做弓袋的白布，全部交给裁缝，做了几套衣裳给妻儿穿。他目不交睫，日夜观察朝中动静，深感平家权势熏天，其繁昌绝非一时之间能够倾覆。由此心生悔意，担心自己参与乱谋之事泄漏出去，到时就是灭顶之灾！与其被人告发，倒不如先行检举，还能保住性命。

同年五月二十九日深夜，多田藏人行纲悄悄来到入道相国位于西八条的水榭别苑，禀道："行纲有要事求见相国大人。"入道公对主马判官平盛国[③]说道："来者甚是陌生，不知所为何事？你出去问一问。"盛国遂出问行纲，行纲道："事涉机密，须面告相国大人。"入道公由中门来到走廊，问道："夜静更深，此时前来有何要事？"行纲道："白昼耳目众多，不甚方便，只有趁夜色来此。最近法皇属下兵马正频繁调动，整军备战，其用意何在，相国大人知否？"入道公满不在

---

① 语出《诗经·小雅·青蝇》。

② 语出《贞观政要·杜谗邪》。

③ 平盛国（1113～1186）：平家旁支武官，平清盛心腹，后于坛浦之战中被源氏俘虏，绝食而死。

乎道："早已知晓，他们是要去攻打山门。"行纲趋步近前，附耳细声道："这事可没那么简单，那些军队其实是冲着平家满门来的。"入道公大吃一惊，忙问："难道法皇也有份参与？"行纲道："那是自然。成亲调兵遣将，就是奉了法皇的院宣①！"接着，他又将那日鹿谷聚会时，俊宽的言行举止、康赖和西光的种种话语，毫无隐瞒地全盘托出。随后躬身一礼，道："在下告辞了。"转身离开了别苑。

入道公惊怒至极，声色俱厉地急呼侍卫，令他们火速传召平家心腹来见。行纲出首告密后，生怕要当面作证，从而被人知道自己是叛徒，心中忐忑不安，如受野火烤炙。身后分明无人追赶，却仍然撩高长袴下摆，匆匆忙忙逃回家去了。

入道公先唤筑后守贞能进见，对他说道："事急矣！今有乱党欲倾覆吾家，现时京中布满逆贼，汝即刻通知平家一门，集结武士待命！"贞能应了，派出侍卫疾驰各处，召集人马。右大将平宗盛、三位中将平知盛、头中将平重衡、左马头平行盛等，披盔戴甲、携弓举刀，迅速聚集起来。其他人马也风驰云卷而至。一夜之间，西八条就集结了六七千骑。

第二天是六月一日，天尚蒙蒙亮时，入道公就将检非违使安倍资成唤到跟前，吩咐道："汝速往法皇处告知信成，法皇身边有逆党正图谋不轨，企图覆灭平家，令天下大乱。吾将亲审逆贼，严惩不贷。望法皇能置身事外，不要包庇乱党。"资成急忙赶到法皇御所，寻到大膳大夫信成，把入道公的话转述一遍。信成闻言面容失色，立刻来到御前，将此事奏禀法皇。法皇暗暗吃惊，默忖道："如此机密大事，怎会外泄出去？"脸上却装得若无其事，只轻描淡写道："知道了。"此外再无一语。资成驰归，回报入道公，入道公道："如此看来，行纲之言果是实情，若非他来出首，我净海怕无安稳日子过了。"急命飞弹守景家、

① 院宣：由院政方面发出的旨意。

筑后守贞能带兵捉拿逆党。二人分遣军兵，或二百余骑、或三百余骑，四出缉捕。

太政入道相国又派门下杂色①，前往新大纳言成亲位于中御门乌丸的住处，通告道："相国大人有事要与您商议，请您去一趟。"新大纳言还蒙在鼓里，全然不知乱谋已泄，心道："哈哈，此番定是为了法皇要攻打山门，所以平清盛想请我去，商量如何劝谏法皇！只是法皇正在气头上，要劝服怕是很难吧。"遂不疑有他，换上舒适的贴身便服，乘坐着奢华的牛车，就连杂色、牛倌也穿得体体面面，还有三四名侍卫随车跟从，出门前往西八条。可叹这一去，便是他人生最后一趟出行。

当牛车接近西八条时，新大纳言望见路上密密麻麻地布满了军兵，足有四五町②远。他心头发慌，暗想道："发生什么事了？"下车步入相国别苑，刚一进门，就见里头也站满了军兵，几乎连一丝空隙也无。一群凶神恶煞的武士正在中门口等着，见到他立即飞扑上来，将他双手反剪，向帘中的入道相国问道："要不要用绳绑了？"入道相国道："不可如此。"一众武士便前后左右，将新大纳言团团围住，强拉硬拽，把他拖入一间小屋中关押起来。新大纳言如在梦中，恍恍惚惚不知所措。他属下的侍卫也都被隔离关押，离得很远。杂色和牛倌早吓得神色大变，抛下牛车逃之夭夭了。

与此同时，近江中将入道莲净、法胜寺执行俊宽僧都、山城守基兼、式部大辅正纲、平判官康赖、宗判官信房、新平判官资行等人，也全部束手就擒，被押到西八条。

西光法师闻悉此事，顿感自己也面临大祸，急忙挥鞭踢镫，直奔法皇御所所在地法住寺殿。半道上迎面撞到平家武士，武士们喝道："西八条有令，召你进见，速去！"西光道："我有急事须面奏法皇，

---

① 杂色：专供摄政关白府中差遣的仆役。
② 町：日本的距离长度单位，1町约109.09米。

此刻要赶往法住寺殿，待事毕即去西八条。”武士们冷笑道：“可恶的秃驴，还面什么奏啊！别再耍花招了！”说着将他从马上一把拽下来，捆个结结实实，倒放在马背上，解送到西八条。那些武士因他是首谋要犯，绑缚得加倍严实。

入道相国站在宽敞的庭廊上，指着跪在院中的西光，道：“这个贼秃竟然妄想灭掉平家，大家瞧瞧，这就是他的下场！把这厮押过来！”众武士将西光拖到庭廊边缘，入道相国穿着硬底鞋，在他脸颊上狠命踹了数脚，骂道：“似尔等这种下臈[①]之徒，只因有幸侍奉法皇，竟也生出非分之想，坐上了本无资格坐的官位。你父子胆大妄为，无法无天，不但将清白无辜的天台座主陷害成流放之罪，惹得天下骚动不安；还图谋不轨，企图倾覆平家一门，当真可恶至极。如今事败被擒，速将逆谋从实招来！”西光性格刚强，威武不能屈，当下面不改色，镇定自若，挺直腰板冷笑道：“招什么？嘿嘿，入道公说我无法无天，其实无法无天的正是入道公自己。旁人或许不知，但仅就我西光所闻所知，阁下的劣迹就举不胜举。我于法皇院中当差，成亲作为院中执事，以院宣调兵遣将，要说我绝未与闻，那也不可能。此外，我还听到不少与阁下有关的故事，不妨也说一说。阁下乃已故刑部卿忠盛之子，年至十四五岁，仍未能出仕，只好在故中御门藤中纳言家成手下，做些琐屑的杂事。京中稚童尽皆嘲笑于你，唤你作‘高平太’[②]。到了保延年间，大将军命你讨伐海贼，被你侥幸拿到海贼头目三十余人，这才因功得到四品[③]官位，被任命为四位兵卫佐。那时节便非议不断，说道对你升赏太厚。啧啧，你不过是受到殿上人嫌弃的武人的子孙，后来竟升到太政

① 下臈：宫中出身低微的下级仆役。

② 高平太：一语双关，表面上意为“个头高的平家太郎”，实则与“高齿木屐”音近，以此嘲弄平清盛。

③ 此处日文原文有误，日本古代官制，系以“位”来代表官员级别，而非中国古代的“品”。日本唯亲王有品。

大臣的高位，位极人臣，这才是真正的非分呢！而我以宫中侍从出身，受领为检非违使，无论古时今朝，均有先例可循，怎能说我没有资格？”这番毫无惧色，态度强硬的顶撞，将入道相国气得张口结舌，好一阵子才缓过来，怒道：“这家伙的脑袋别急着砍，一定要让他多受点苦，审出名堂来。”松浦太郎重俊领命，将西光四肢捆紧，严刑拷打，逼问逆谋。西光并无隐瞒的打算，再加上酷刑难熬，便一五一十全招了。当口供录了四五张时，有命令传来道：“撕烂这家伙的嘴！”众武士立即残忍地撕开西光的嘴巴，把他押到五条西朱雀，斩下了首级。西光之子前加贺守师高，此前已被流放到尾张国井户田，遂由该国小胡麻郡郡司[①]维季，就地将其处死。西光次子近藤判官师经，本已下狱，从大牢中提了出来，于六条河原枭首。其弟左卫门尉师平及三名部下，也一并被处决。此等莠稗之人，强冒出头，所行俱是不守本分之事，原本清白的天台座主被他们构陷流放，他们前世累积的阴德也因此散失净尽。山王大师于冥冥中的神罚，随即到来，遂使他们遭到了无情的惩处。

四、小松的规劝

再说被关押在小屋中的新大纳言成亲，浑身冷汗涔涔而下，暗忖道：“看这情形，保不准就是那事儿败露了。但会是谁泄漏出去的呢？一定是北面武士中出了叛徒。”就在他认真回想整个计划的各个方面时，身后响起足音，他暗叫不妙，心道来的说不定是行刑武士，此番性命休矣。扭头一看，却是入道公“噔噔”有声地脚踏地板，“呼”一下拉开自己身后的纸门走了进来。他上穿素绢短裳，下着白色大口袴[②]，

---

① 郡司：负责治理一郡的地方官，位在国司之下。
② 大口袴：用生绢或张绢做成，穿在表袴之下。因袴腿宽大，故名。

褶边向内卷着，腰挎圣柄[①]太刀，气冲冲怒睁双眼，直盯着新大纳言，过了好一会儿才道："当年若非内府[②]替尔求情，尔早于平治年间即已伏诛，这份恩情难道全忘了？尔今时位贵秩优，兼领州郡，有何不忿，竟要恩将仇报，图谋害我满门？知恩图报的，方可称之为人；忘恩负义的，不过畜生耳！天幸平家气运未尽，所以此刻还能在此恭迎大驾！尔等前些日子怎生筹划乱谋，都痛痛快快地如实招来吧！"新大纳言急忙辩道："绝无此事！定是小人进谗，致公误会，冀勿听信。望能细细查实。"话音未落，入道公就高声道："来人！来人！"贞能闻声入内，躬身听命。入道公吩咐道："拿西光的供状来。"贞能取来供状，入道公接过，一字一句地反复读了两三遍，恨声道："混账东西，这回无法抵赖了吧！"将供状甩到新大纳言脸上，返身出屋，关上了纸门。

入道公余怒未息，又唤道："经远！兼康！"难波次郎经远、濑尾太郎兼康立即来到跟前，入道公道："把那厮拉出去，扔到院子里。"二人却不立即领命，而是犹豫不决道："不知小松殿会如何处置？"入道公脸色一沉，道："好，好！原来你们只听内府的话，我入道的命令就可以不听了！看来我是使唤不动你们了！"二人怕入道公恼怒，便一左一右将新大纳言拖到院中。入道公大感痛快，下令道："压在地上，让他尝尝苦头，叫唤叫唤！"二人只好在新大纳言左右耳语道："就请阁下出点声吧。"说着将新大纳言按倒在地，新大纳言顺势叫唤了两三声。这情形，好似娑婆世界[③]的罪人，在冥府中被放在业秤[④]上，或是

① 圣柄：外覆鲨鱼皮的木质刀柄。

② 内府：指内大臣平重盛。

③ 娑婆世界：根据佛教的说法，凡人所在的大千世界称为"娑婆世界"。"娑婆"是梵语的音译，也译作"索诃"、"娑河"等，意为"堪忍"。"娑婆世界"是"极乐世界"的对立面。

④ 业秤：冥府地狱中审判亡人的刑具，多由特定的冥官执掌，用此秤可称量亡人生前的罪业轻重。《十王经》曰："业匠构巧，悬七秤，量身口七罪，为纠轻重。"

置于净颇梨镜[①]前，按照罪行轻重，受阿防罗刹[②]的呵斥。又像是“萧樊囚絷，韩彭菹醢，晁错受戮，周魏见辜。”[③]那萧何、樊哙、韩信、彭越等，皆是汉高祖的开国功臣，忠心耿耿，却由于小人进馋，身受冤屈。此刻的新大纳言与他们也有几分相似处。

新大纳言心中焦虑，眼见己身所受已如此不堪，那么儿子丹波少将成经，以及其他弱小者，还不知会遇到怎样残酷的对待。时值六月酷暑，热气蒸人，衣裳早被汗水湿透，再加上心中烦躁，脸上汗泪交流，涔涔而下。但他心中尚存一线希望，暗念道：“无论如何，小松殿还是会照顾我的。”但一时半刻间，也找不到可以信赖的人，去通知小松殿。

小松大臣遇事镇定，过了较长时间后，才与嫡子权亮少将一同乘车，随行的只有卫府四五人、侍从二三人，不带一个兵卒，从容不迫地来到西八条。自入道公而下，人人俱感惊讶。下车时，贞能参见道：“发生了如此大事，为何不带兵卒保护呢？”小松殿回道：“天下之事方为大事；此等私事岂能算是大事？”听到这句话，那些随带兵士护卫的官员，都尴尬不已。

小松殿一边拉开各屋的纸门探看，一边问道：“新大纳言关于何处？”见一扇纸门上钉着“蜘手结”[④]，心想可能就是此处了。开门一瞧，新大纳言果然被关在这间屋里，正垂头丧气，闭目哽咽流泪。小松殿问道：“还好么？”新大纳言睁眼一看，竟是小松殿，霎时间破涕为笑，那模样就像地狱中的罪人，突然见到地藏菩萨一样，令人望之生

① 净颇梨镜：冥府秦广王殿右首处，有一镜，大十围，向东悬挂。此镜系天地灵气凝结而成，凡人魂魄到此，立时照见本来面目、映出一生罪孽，丝毫不能隐藏。

② 阿防罗刹：阿鼻地狱狱卒名，又名“阿傍罗刹”。其形象为牛首人臂，手持钢铁叉，每一叉有三股，职司呵责罪人。

③ 语出汉代李陵的《答苏武书》。

④ 蜘手结：形容木板条如蜘蛛结网般，钉得上下纵横。

怜。新大纳言激动道：“不知为何，竟会遇上这等霉事。幸好尊驾到来，我有救了。唉，其实平治年间我就差点被斩首了，蒙您鼎力相救，方才留得性命。如今我年过四十，还官至正二位大纳言。大恩厚德，生生世世报答不尽。此番望您再施援手，救救我这无意义的残生吧！只要能活下来，我立即出家为僧，隐于高野或粉川，闭门苦修，以结后世菩提①之缘。”小松殿道：“眼下入道公虽将你关押起来，却不一定想杀你。倘若他真要取你性命，重盛既已到此，责无旁贷，必定搭救于你。”言罢转身退出小屋。

小松殿见过乃父入道公，在他跟前坐下道：“处决成亲一事，尚需从长计议。彼为法皇宠臣，其家自先祖修理大夫显季始，便侍奉白河院，传家既久，爵位亦崇。成亲更超越族中前辈，史无前例官至正二位大纳言，足见当今法皇对他宠信有加。今以私怨遽杀之，未见其可。还是判成流罪，逐出京城，以儆余党吧。想当初北野天神②便是因大臣时平在御前进谗，才寄忧思于西海浪涌之地；西宫大臣③由于多田满仲的谗言，才怀幽恨于山阳之云。他们都是查无实据而遭流放，时值古代的延喜、安和盛世，尚且会发生这种错误，更何况如今乃是末世，我等凡夫自问比诸贤皇如何？目下既已将成亲关押，想来已无威胁，那便不忙杀他。语云：‘罪疑惟轻，功疑惟重。’④凡罪罚之事，均应谨慎为上。此外，可能会有人旧事重提，认为新大纳言曾将妹妹许配于我，他又是维盛的岳父，我是因为这层关系，才替他求情的。其实不然！这个

---

① 后世菩提：来生达到超凡脱俗的境界。“菩提”一词为梵语音译，意为觉悟、智慧，用以指人豁然突入彻悟途径，顿悟真理。

② 北野天神：指日本平安中期公卿、学者菅原道真（845～903）。901 年他因左大臣藤原时平的谗言，被贬往僻远之地。死后被奉为文艺之神、书法之神、学问之神，于北野建天满宫祀奉，故而称为“北野天神”。

③ 西宫大臣：指醍醐天皇第十皇子源高明（914～983）。其七岁降为臣籍，赐姓源氏，官至西宫左大臣。后因源满仲诬告他谋反，被朝廷贬往九州。

④ 语出《尚书·大禹谟》。

情我是为国家、为君皇、为全族而求的。本朝自嵯峨天皇诛戮右兵卫督藤原仲成以来，直至保元时，期间经历二十五代天皇，均未对罪囚执行死刑；前几年故少纳言入道信西专权，才首次处决犯人，还掘出宇治恶左府的尸骸翻检，暴虐苛酷得过了头。古人云：‘死罪滥行，海内谋反之辈不绝。’此语果不其然。两年后，平治之乱爆发，世道纷纭扰攘，信西于山中掘洞藏匿，仍然难逃搜捕，斩首后被悬于京中大道示众。他在保元年间干下恶事，没过多久就己身遭祸，可见报应不爽，实是可畏可怖。更何况新大纳言并非朝敌①，所以请您无论如何，都再考虑一下。今时平家荣华至极、贵盛冠世，想来您已别无所求，唯望子孙世代繁昌。须知父祖之善恶，必报于子孙，‘积善之家，必有余庆；积不善之家，必有余殃。’②以我思虑，今夜若将成亲处决，必然大为不妥。愿父亲大人思积善之庆，为子孙少忍之。”入道公听完，感到所言有理，便打消了处死新大纳言的念头。

接着，内大臣来到中门外，告诫平家众武士道：“哪怕是入道公亲自下令，你们也不能杀新大纳言。入道公因一时气恼所做出的草率决定，事后定然懊悔。你们若也跟着做下错事，日后休怪我无情！”武士们听了告诫，尽皆舌挢不下，心中恐惧。内大臣又道：“听说今早经远和兼康对新大纳言做出了无礼的举动，真是岂有此理。这些事我迟早会知道的，你们难道没有顾虑么？乡野出身的武士，就是这么不像话！”难波与濑尾受了训斥，诚惶诚恐。小松殿说完以上的话，便打道回府了。

再说那几个跟着新大纳言前往西八条的侍卫，慌慌张张地逃回中御门乌丸的官邸，通报了新大纳言被捕的消息。新大纳言的正室与女

① 与天皇为首的朝廷敌对的人，称为“朝敌”。成亲等人因为只反平家，不反天皇，所以不能算作朝敌。

② 语出《周易·坤为地》。

眷们尽皆抱头痛哭。侍卫们又道："据说西八条正派出大批武士四处缉拿鹿谷党羽，少将[1]与诸位公子均已被捕，大家还是尽快找地方避一避吧！"正室夫人抽泣道："事已至此，即便留得性命苟延残喘，也无甚意义了！人生如朝露，我此刻只想和夫君一道，像露珠般消逝于暗夜中！唉，未曾想今晨一别，竟成永诀，真是令人悲伤啊！"说完卧倒榻上，哀哀欲绝。哭了一阵，又想到如果被平家武士抓住，一旦有不堪之事发生，难免一生蒙受耻辱。只好带上十岁的女儿和八岁的儿子，急匆匆登车，连去往何处也没决定，就驱车上路了。行了一程，定了定神，心想不能总是茫无目的地走下去，便顺着大宫的官道一路向上，前往北山方向的云林院。等到了僧院，相送的人将夫人扶下车后，怕耽搁久了会受连累，纷纷告辞回家。夫人身边只剩下年幼的子女，无一人能照顾安慰她们，夫人心中的哀怨不问可知。她眼望夕阳西下，天色渐渐昏暗，心想夫君像朝露般的生命，大概今晚就会消失了吧？言念及此，禁不住心如刀割。家中婢女侍卫虽多，却个个作鸟兽散，别说物品无人看管，就连屋门也大敞着未关；马厩中空有成群骏马，饲草者不见一人。忆往昔天刚破晓，便车马填门，宾客如云而至，座无虚席；酣歌醉舞、嬉戏作乐，全无顾忌。住在附近的人，畏惧权势，只能忍气吞声，瑟缩于惶恐中。当真是"居权门之侧，乐不敢张口笑，悲不能放声哭。进退唯惧，心神不安。"[2]豪门盛况昨日尚在，一夜之间却全然变样。盛者必衰之理，立现于眼前。江相公[3]文中有"乐尽哀来"句，夫人此时算是有了切身的体会。

---

① 少将：指藤原成亲的长子——丹波少将成经。

② 见庆滋保胤作品《池亭记》。

③ 江相公：指平安时代中期公卿、学者、书法家大江朝纲（886～958）。《本朝文粹》第十四卷载有他的愿文，其中有云："生者必灭，释尊未免旃檀之烟；乐尽哀来，天人犹逢五衰之日。"

五、替少将求情

事发当晚，丹波少将成经正在法皇御所法住寺殿当值，尚未换班，新大纳言府的侍卫就急急忙忙地跑到御所，唤出少将，将家中发生的事详细说了，又道："宰相殿①那里怎么不来人通报一声？"就在此时，宰相殿派的人也赶到了。这位宰相殿，乃入道相国之弟，因府邸建在六波罗的总门内，故被称为"门胁宰相"，丹波少将是他的女婿。来人道："不知为了何事，入道相国派人到府，要您速去西八条一趟。"少将心中了然，遂请出服侍法皇的女官，道："昨夜外头喧哗吵闹，我还担心是山门的法师们又进京了，本以为事不关己，适才方知竟是危及成经自身的大事。此刻新大纳言说不定已被斩首，成经只怕要株连同罪。今日本打算参见法皇一面，却突然成了待罪之身，只好算了。"女官急至御前，将少将的话转奏法皇，法皇暗自心惊，默忖道："今早入道相国派人来，我便怀疑鹿谷事发，看来果真如此。此等机密大事，怎么会轻易泄漏呢？"口中却道："无妨，就让成经入见吧。"少将遂入内拜见法皇。法皇泪流不止，默默无言。少将也双目噙泪，无言以对。二人相视片刻，各觉失态，少将便以袖掩面，哭泣而出。法皇目送他远去，叹息道："生逢末世，实乃大不幸呀！自今而后，恐怕永无再会之期，这是望少将的最后一眼了。"说罢凄然泪下。御所中的其他人，也都与少将挽袂执手，依依惜别，人人泪流满面。

少将先来到岳父宰相殿的府邸，少将夫人——也就是宰相殿的女儿，正临盆待产。她一大早就听说了夫君家令人悲哀的消息，忧心如焚，哭得泪人一般。少将离开法皇御所后，已然涕泪交垂，此时见到妻

① 宰相殿：平清盛之弟平教盛，任职参议，因职权等同于中国的宰相，故敬称为"宰相殿"。

子哭天抹泪的模样，愈发哀迸肠绝。少将以前的奶娘，一位名叫六条的女官，对少将说道：“从你生下来那天起，我就当你的奶娘了。时光飞逝，虽然我一天天老去，但心里并不伤感，因为你在一天天长大，我感到十分欣慰喜悦。你幼时的一切，宛然如在目前，却不觉二十一年过去了。我们从未长久分离，你去法皇御所或天皇宫中时，只要回来得稍晚，我就十分担心，哪知今日却遇上了这等生离死别的祸事！”说着泣不成声。少将安慰道：“您无须担忧，有宰相殿在，他定会为我求情的。”话是这么说，可少将自己也殊无把握，一时间触动愁肠，顾不得众目睽睽，又痛哭起来。

西八条不断派人催促少将上路，宰相殿道：“咱们先去那边瞧瞧形势，随机应变吧！”说完出门登车，少将便与他同乘一车，望西八条而来。保元、平治以来，平家族人养尊处优、悠游度日，本无愁烦之事，但宰相殿却因女婿命蹇时乖，不得不委曲求全，硬着头皮对付这可叹的难事。

他们到达西八条，在大门前停住车子，请人入内通报，入道相国传出话道：“丹波少将不得越过中门。”登时围上来几个武士，看守住少将，宰相殿只好独自进去。少将眼睁睁看着所依靠的宰相殿离开自己，心头说不出的惊怕。宰相殿自中门入内，却不见入道相国，只有源大夫判官季贞奉相国之命恭候。宰相殿道：“我把女儿嫁给那个没出息的家伙，心里其实很后悔，可是木已成舟，现在也无可奈何了。他的妻子有孕在身，今晨听说了这可悲的事，哀伤欲绝。为了我女儿，希望能留少将一条性命，我教盛担保他绝不会再犯错。请把他暂且交由我来调教吧！”季贞将宰相殿的话向入道公做了转述，入道公道：“宰相殿还是老样子啊，专说些自以为是的话。”他没有马上做出决定，考虑片刻，才道：“新大纳言成亲意图灭亡平家一门，令天下动荡，此少将乃新大纳言嫡子，无论亲疏远近，都不能赦免其罪。须知，若他们逆谋成功，即使是宰相殿，也未必能安然无恙吧？”季贞出来，将入道公的话转告给宰相殿，宰相殿颇感失望，愤然道："自保元、平治以降，平家屡次征战，我都不辞艰危，为兄长尽心效力。今后若再有乱事，我也会不遗余力，阻敌杀贼；纵然年迈，尚有诸多子孙，可为兄长保一方安宁。然而兄长却不肯给个情面，将成经暂交于我，可见在兄长心中，一向是把教盛当成怀有二心的人。人生于世，连至亲都不能信任，又有何颜面苟活？唯今之计，只有即刻辞官，出家入道，去山里寻一处僻静所在，一心勤修后世菩提了。红尘多欲，欲求不满，便生怨恚。唯有弃离俗世，皈依佛门，方是解脱之道。"季贞听了，慌忙又去见入道相国，劝道："宰相殿此刻万念俱灰，声称要出家为僧了。这可不得了，您还是想个法子，妥当处理下吧。"入道公惊道："竟要出家为僧？太有失体统了。罢罢罢，就把少将暂时交给他算了。"季贞回身，把入道公的决定对宰相殿说了，宰相殿叹道："唉，最难还便是子女债，人何必要有了女呢？若非受女儿婚姻的束缚，我又怎会闹到这般田地？"说着摇头出门。

少将正在门外焦急地等着，见岳父出来，忙问道："结果如何？"宰相殿答道："起初入道公因怒气未消，非但不肯见我，还数次声言重罪难恕；后来我逼于无奈，只好以出家相迫，他才答应将你暂寄于我家看管。不过，这只能是一时权宜之计，难以长久。"少将道："成经幸得岳父大人求情，这条性命算是暂时保住了，但不知新大纳言目前处境如何？"宰相殿道："亲家的事，来不及问了。"少将流泪道："岳父厚恩保我性命无虞，固是值得庆幸，但惜生之余，我也盼望着能见父亲一面。传言他今夜便要受戮，那成经活着也无甚意义了。若如此，情愿与父亲一道受刑。"宰相殿忙开解道："此言差矣！虽然适才我只顾着帮你求情，来不及询问亲家的事，但听说内大臣今早在入道公面前，已经替新大纳言说了不少好话，想来性命是暂时无忧了。"少将泪眼婆娑，双掌合十，欣慰异常。只因是血肉相连的父子，才能不顾自身安危，为对方着想。看来，人生诸缘中最可靠应当是亲子之缘了。宰相殿眼望少将，心想人有子女，其实还不错呀！自己刚才说什么“子女债”，那是想偏了。

于是二人和来时一样，一同乘车回府。到得家中，女官们见到少将，仿佛他是死而复生般，都围了上来，人人喜极而泣。

六、劝 谏

太政入道虽然拘捕了众多参与乱谋的鹿谷党羽，但还是觉得不放心，便在赤锦直垂的外头，又罩上一件黑丝腰甲，再贴胸放一面银制的护胸板。早年入道公担任安艺守时，曾拜神祈福，蒙神明示一灵梦，梦中见严岛大明神[①]赐给他一把用银箔卷边缭柄的小长刀。此刀平时悬于胁下、睡时置于枕边，今日则挂在腰间，威势迫人地来到中门廊下。他先召贞能近前，筑后守贞能身穿木兰色直垂，外罩绯丝铠甲，来到入道公面前候命。过得片刻，入道公开口道：“贞能，有件事要与你商量下。自保元时由平右马助[②]开始，我平家一门中大部分人，便效忠于崇德上皇，故刑部卿更是一宫的养父[③]，所以平家本不该背叛崇德上皇。然而鸟羽院遗诫殷殷，无法违背，只好转为后白河天皇效命，此乃平家第一次灭私奉公。到了平治元年十二月，信赖、义朝挟持后白河院与二条天皇，围困大内，致使苍生不见天日。危急之际，是我入道舍生忘死，讨贼杀敌，又策反了经宗、惟方，方使大局转危为安。这是平家第二次灭私奉公。我为皇室奔走尽责、拨乱靖难，数度命悬一线，纵然有

① 严岛：位于濑户内海，俗称宫岛，日本三景之一。岛上建有严岛神社。平清盛在1146年担任安艺守后，严岛神社就成为平家时常参拜的地点。1168年，由平清源开始社殿的建造。由于平家日渐得势，使得严岛神社声名广播至整个贵族圈，香火鼎盛。

② 平右马助：指平忠盛之弟、平清盛的叔父平忠正（? ～1156）。

③ 一宫：指崇德天皇的第一皇子重仁亲王。平忠盛的侧室是亲王的奶娘，所以平忠盛名义上可算是养父。

谗言进于天听，也不应轻易舍弃平家七代的赤胆忠心。但法皇却偏听偏信，只听了废物成亲和贱人西光的一面之词，就要剿灭平家满门。其举措轻躁若此，真是令人深感遗憾！此后若再有进谗者，想来法皇还会颁下讨伐平家的院宣。我等一旦变成朝敌，届时悔之晚矣。俗话说先下手为强，我想在此事平息前，将法皇移奉至鸟羽北殿①，或者请他移驾西八条，你看如何？不过到时北面的武士，定会放箭阻拦，要让我方武士准备好应战。嘿嘿，我入道奉公为君的忠心，就到此为止了。大家备好马鞍，穿上盔甲吧！"

主马判官盛国见众武士备战，急忙策马来禀小松殿，喊道："不得了啦！"话未说完，内大臣便惊问道："啊，什么事？难道成亲被斩首了？"主马判官道："不是。此刻入道公正集结军队，顶盔戴甲，准备向法住寺殿进攻呢。明里是说恭请法皇移居鸟羽北殿，其实是想软禁法皇，然后把他流放到镇西②去！"内大臣虽感难以置信，但回想起今早入道公神色不善，做下乱事也并非没可能。便急忙乘车飞奔西八条。

门前落车，步入门内一看，入道公身披腰甲，一门卿相、云客③数十人，穿着各色直垂，外罩铠甲，分成两排端坐于中门走廊中。另有诸国国司、卫府及诸司中人，难以计数，走廊里坐不下，都站到了院子里。他们手执旗竿，勒好马辔腹带，束紧盔带，一副即将奔赴战场的模样。小松殿却头戴乌帽子、身穿直衣、下着大花纹指贯④，提着裤管，施施然地踱进来。相较之下，显得与周遭的氛围格格不入。

入道公目光向下，暗忖道："内大臣还是老样子，固执己见，看来

---

① 鸟羽殿位于平安京西南方，依水而建，分作北殿、南殿、东殿。
② 镇西：九州的别称。
③ 云客：即云上人，是殿上人的别称。
④ 指贯：又称狩袴、奴袴，由六幅布做成，前四幅，后两幅。特征是肥大的裤管在脚踝部束起，看起来像灯笼。

照例又要来一场劝谏了。”尽管来的是自己儿子，但内大臣内持佛教五戒，凡事慈悲为先；外守儒家五常，不乱礼仪。因此入道公感到若穿腰甲相见，颇为唐突，便拉过纸屏风，在腰甲外穿上一件素绢衣①。可是护胸板上的金饰仍有少许露出衣外，只得时不时扯扯衣领，以掩住金饰。

内大臣在弟弟平宗盛的上首坐下，入道公一时无话可说，内大臣也沉默不语。过得片刻，入道公才开口道：“成亲谋反一事别有隐情，实乃法皇亲自主谋策划。而法皇轻举生事，皆因猥鄙小人近侍宫闱，侥幸非望所致。今当徙法皇于鸟羽北殿，或恭请御幸西八条，以除祸本。汝意如何？”内大臣听罢，泪不可抑。入道公问道：“为何落泪？”内大臣悲道：“今视父亲大人举动，悲惧交至，顿觉平家渐已步上末途。一个人但凡命运将颓时，必以怙恶为始。瞧您目前的情形，已是飞扬跋扈而不自知。我朝虽系粟散边地，却也是由天照人神之孙②创立，由天儿屋根命③的后裔执掌朝政的国家。可现如今，太政大臣身居高位竟躬擐甲胄，当真有悖纲常礼仪。更何况您已出家入道，却弃三世诸佛解脱幢相之法衣④不穿，反而披甲戴胄，提弓携箭，内招佛教破戒无惭⑤之罪，外违儒家仁义礼智信之法。照分际而言，这番话我本不该说出口，但心虽惶恐，依然不得不说，请赦犯上之过。先贤言世有四恩：天地之恩、君皇之恩、父母之恩、众生之恩。其中最重者，皇恩也！古云

---

① 素绢衣：白绢制作的法衣。

② 天孙：全名“天津彦彦火琼琼杵尊”，奉天照大御神之命，下凡统治地面的国土。他在云霞缭绕的日向高千穗峰竖起高大的神柱、盖起直冲云霄的宫殿，建立了“大和国”。

③ 天儿屋根命：随同天孙从天上降临的五神之一，传说他是豪族中臣氏的先祖。中臣氏后来改为藤原氏，在古日本政坛上活跃近千年。

④ 解脱幢相之法衣：袈裟的异名。幢是佛塔的标帜，袈裟则为出离解脱的标帜。求解脱之人，身披袈裟，不为邪所倾动。

⑤ 破戒无惭：作恶而不感惭愧。

‘普天之下，莫非王土。’那些颍川之水洗耳①、首阳之山采蕨②的隐士贤人，尚知礼仪，不敢背弃皇恩。更何况您以太政大臣之尊，位极人臣，此荣耀先祖所不曾及。就连重盛这等无才愚暗之辈，亦高居莲府槐门③之位。加之过半国郡，为我平家所领；田园土地，亦悉由平家支配。实在是皇恩浩荡，稀世罕有。而今却不念这莫大皇恩，竟欲冒犯法皇，则天照大神、正八幡宫必定神意难允。日本乃神国也，非礼之祭神明不受，吾族岂敢逆神乎？天神怒则必覆亡无日！再者，法皇担忧之事，亦非全无道理。想我平家一门讨灭朝敌，令四海安宁，无恶风逆浪，的确是忠勇无双、功勋卓著。然而族人夸功炫赏、骄矜傲慢，也的确到了旁若无人的地步。圣德太子《十七条宪法》有言：‘人皆有心。心各有执。彼是则我非，我是则彼非。我必非圣，彼必非愚，共是凡夫耳。是非之理，谁能可定。相共贤愚，如环无端。是以彼人虽瞋，还恐我失。我独虽得，从众同举。’④此次鹿谷密谋，只是由于平家气运未尽，逆党方才败露。如今与法皇密议的成亲已然被捕，即使法皇再想对平家不利，吾等又有何惧哉？所以此事最妥当的处理方式，是在处罚当事者后，再向法皇陈明利害，如此既奉公尽忠，对百姓亦能安抚宽慰；

---

① 颍川之水洗耳：帝尧想把天下让给隐士许由，许由坚辞不受。尧又想让许由当九州之长，许由听了，十分厌烦，便去颍水中洗耳。

② 首阳之山采蕨：商末孤竹君有二子，伯夷与叔齐。孤竹君死后，叔齐让位给伯夷，伯夷不受，叔齐也不愿登位，兄弟俩先后逃到周国。周武王灭商后，他们耻食周粟，采蕨而食，饿死于首阳山。采蕨，有版本作采薇。

③ 莲府：中国南朝齐之文学家、目录学家王俭(452～489)，为齐权臣，其才智学养皆备，又善鉴识人物，时常举拔人才到自己的幕府中，因此府中人才济济，时人称为“莲花池”，在他府里做事便是“入莲池”。由于这个典故，后来大臣的幕府，便称为“莲幕”、“莲府”。槐门：指朝廷三公。

④ 圣德太子(574～622)：日本飞鸟时代政治家，推古朝改革的推行者。他参照儒学经典中的观点和词句，再结合道教的宇宙观和佛教经典，制订了《十七条宪法》。《十七条宪法》原文以汉字写就，最集中地反映了圣德太子的政治思想。本段引文来自其中第十条。

既能得神明加护，又不违背佛陀慈悲。神佛感应之下，法皇的心思也定会改变。重盛为人臣，亦为人子；若君皇与父亲争执，自是以君命是从。然而若是有理与无理争执，那肯定不论亲疏，唯理是从了。”

停了停，内大臣续道：“所以，法皇如此做法，也有他的道理。若父亲一意孤行，重盛不忍背皇恩，决将死守法皇御所法住寺殿。盖因重盛自叙爵起直至今日，身兼大臣、大将双职，皆系皇恩御赐。此恩深重，重逾千颗万颗之玉，深逾一染再染之红。为此，重盛决意全力守护法皇御所。那里尚有二百武士，皆为重盛麾下死士，定会拼死护驾。虽然率他们护卫法住寺殿，殊无胜算，但我等舍生取义，亦尽了人臣的本分。悲哉，重盛若尽忠吾皇，势必要抛却高过迷卢八万[①]之父恩；痛哉，若要尽孝吾父，不担忤逆之罪名，又将成为不忠逆臣。真是进退维谷、是非难辨。与其左右为难，倒不如请父亲先斩下我的首级。如此一来，既不用守护法皇御所，也无须跟随父亲做那犯上之事，诚可谓解脱矣。昔时汉臣萧何，殊功超越同侪，官至大相国，蒙恩准‘入朝不趋，剑履上殿’。可是稍微悖逆君意，高祖便严惩重罚。据此先例推而论之，富贵如云、荣华如云、皇恩如云、显职如云，举凡世间万事，物极必反、盈极必亏，皆有运尽之时。正如史书所言：‘常观富贵之家，禄位重叠，犹再实之木，其根必伤。’[②]重盛无幸，生逢乱世；又因生此乱世，遭遇不忠不孝之厄。这恐怕是我前生种下的果报吧！父亲大人，请您立即唤来武士，就在这院子里，将重盛斩首吧。此事轻而易举，不必犹疑。言尽于此，望诸位三思。”说着泪下沾襟，湿透了衣袖。在场的平家族人无不动容，哪怕是铁石心肠的人，也都热泪盈眶。

太政入道见一向信赖的内大臣这么说，深感失望，叹道：“唉，我

---

① 迷卢：梵名，指须弥山。须弥山高八万由旬（由旬是古印度长度单位，1由旬大约11.2公里），故有“迷卢八万”之称。

② 语出《后汉书·皇后纪第十》。

绝无伤害法皇之意，不过是担心法皇听了那帮恶党的胡言，做出对平家不利的事来。”内大臣道：“无论做出何事，都不可冒犯法皇。”言罢起身，责诸弟道：“父亲衰耄，谋此不良。诸弟何不切谏，而反为赞成？”又步出中门，向众武士道：“适才重盛所言，字字句句，想来汝等都已听得清清楚楚。汝等当慎守我言，切勿妄动。今晨我便来过，试图阻止不义之事，汝等若嫌我一再告诫，太过唠叨，那么我先回去。可是记住，若汝等定要进犯法皇御所，请先斩重盛首级，然后再去！来人，回府！”说完，小松殿便乘车回府了。

七、烽火事件

内大臣归返府邸，尚虑入道公施暴犯上，立即召来主马判官盛国，吩咐道：“重盛听闻天下将有大事发生，你即刻通告京都内外，凡欲追随重盛者，请火速披挂齐整，来此集合！”盛国领命上马，飞告四方。内大臣素来沉稳，遇事冷静，像他这样的人竟会发出急告，可见事态的严重了。各地的武士们急忙武装起来，飞奔而至。散处在郊外淀、羽束师、宇治、冈屋、日野、劝修寺、醍醐、小栗栖、梅津、桂、大原、静原、芹生里等地的士兵，有的匆忙间只穿了铠甲，忘了戴盔；有的只来得及背负箭矢，顾不上拿弓；还有的跳上战马，脚只踏在一个镫里，就匆促狼狈地急驰赶来。

聚集在西八条的数千兵马，听闻小松殿发出了急告，纷纷鼓噪起来，也不禀告入道公，就一齐呐喊着跑去小松府了。但凡能拿弓矢的，无一人留下。入道公大惊，唤贞能近前道：“内大臣把人马都召去，到底想干什么？难道要兑现适才所言，打算讨伐入道吗？”贞能流泪摇头道：“内府绝不是这种人，忤逆之事他是万万做不出的。别瞧他先前说了不少重话，但此刻说不定已在懊悔了。”入道公细思之下，觉得与内府翻脸，对己颇为不利，便放弃了攻打法皇御所的念头，脱下腰甲，换上素绢衣，心不在焉地打坐着，念诵起佛经。

小松殿令盛国清点赶来的兵马共有多少，盛国统计后回报，约有一万余人。内大臣见来得差不多了，便走出中门，向众武士高声道：“诸君不违约誓，按时赶来，信义可嘉，吾心甚慰。昔时异国有一故事：周幽王后妃褒姒，号称天下第一美人，最受幽王宠爱。她千娇百媚，只可惜从未开颜一笑，幽王为此大伤脑筋。照周时惯例，外敌入侵时，即于骊山次第点燃烽火，并擂响大鼓，各处诸侯望见狼烟，必催趱来救。周幽王为博褒姒一笑，竟无事而燃烽火，诸侯领兵赶来，却无寇可御，面面相觑。褒姒见诸侯慌张奔忙，终于笑道：‘哎唷，为何点起那么多烽火啊！’这便是‘一笑百媚生’的由来。周幽王大喜，此后时常无端举火。可怜诸侯几番辛苦驰援，皆徒劳而返。久而久之，诸侯再不相信烽火示警。后来西戎凶贼侵犯幽王国都，幽王急令燃起烽火，但诸侯以为又遭戏弄，均未发兵救援，都城终被攻破，幽王身死，褒姒则化作野干[①]潜逃无踪。此事当真可怕。因此，自今而后，无论发生何事，只要小松府中发出集结令，大家都必须像今天这样火速赶来。不过，今天的集结令，是由于重盛误会了某件事情，现已解决，你们都各回住处吧！”众武士领命，各自散去。其实内大臣并无什么误会，只是就劝谏父亲一事，想试探下有多少武士听命于己，并非真要进攻入道公。当然，如果能借此改变父亲的犯上意图，就更好了。

“君虽不君，臣不可以不臣；父虽不父，子不可以不子。”[②]忠于君，孝于父，不违文宣王[③]之教也！法皇听说此事后，感慨道：“内大臣素怀忠义，胸襟开阔，以德报怨，令我等好生惭愧。劲松彰于岁寒，

---

① 野干：兽名，梵言“悉伽罗”。色青黄，如狗，比狐小，声如狼。另有说法认为野干即野狐，臭秽不善。

② 语出汉代孔安国《古文孝经序》。

③ 公元739年，唐玄宗为崇奖儒学，特命追谥孔子为“文宣王”，天下孔庙也因此被称为“文庙”。

贞臣见于国危。此内大臣之谓也！”时人也纷纷赞赏内大臣道：“能以大臣而兼大将，皆因前世积德，今生方有此好报！小松殿仪表风度，举世无双；才学智识，更是无可挑剔，堪称凡间罕有！”古书云：“国有谏臣不亡其国，家有谏子不亡其家。”小松殿就是这样一位无论在上古还是末世，都不多见的忠臣孝子。

八、流放新大纳言

同年六月二日，西八条备下便宴，仍按公卿之礼请新大纳言成亲赴席。但成亲胸中抑郁，愁闷不堪，遂投箸不食。不一时，送他离京的车子到了门口，官差让他赶快上车。新大纳言虽然心中不愿，却也无可奈何，只得上车。军兵前后左右将车子围得严严实实，其中无一人是新大纳言的部下。新大纳言问道：“能否让我见小松殿一面？”当即被军兵拒绝了。他满心凄苦，坐在车中叹道：“纵是身负重罪，流徙远方，也该有人随行照顾啊！”看守的武士闻言，尽皆泪湿铠袖。

一路向西，到了朱雀大道，又折向南行，大内皇宫近在眼前，不过而今只能默默挥别了。跟随成亲多年的杂色与牛倌，个个泪流满面。被扣留在京中的夫人和年幼的子女，想来更是痛断肝肠了。车子经过鸟羽殿时，新大纳言又想起法皇以往曾将此处作为行宫，御幸数次，自己每次都伴驾随同。那儿还有一座洲滨殿，是自己的私人山庄，如今却只能视若无睹，匆匆而过。

行至鸟羽殿南门，押解的武士不见渡船踪影，便上前催问。新大纳言悲叹道：“还要坐船么？到底要把我押去何处啊？左右不过一死，不如就地处决我吧，离京城也近些。”听这口气，便可知他已绝望到了极点。

隔了片刻，新大纳言问近旁一个武士道：“阁下是谁？”武士答道：“难波次郎经远。”新大纳言道：“烦请阁下帮忙问问，是否有我旧时部下跟来？上船前我有事托付。”经远便在四周转了一圈，认真询问，却无一人承认自己是新大纳言的旧部。新大纳言感慨道：“往昔得志之际，从者一二千人；今朝落魄，竟无一人送行，当真是可悲啊！”说着涕泗交流，众武士虽然刚猛，也不禁跟着泪湿满袖。如今陪伴新大纳言的，就只剩涟涟无尽的泪水了。昔日拜诣熊野、天王寺时，所乘坐的都是二瓦三栋的大船，另有二三十艘小船紧随在后，排场甚是宏大。今日坐的却是仓促赶造的屋形舟①，蒙着大幕，四周布满陌生的军士，还被限令日内必须离京，流放远方。这一路劈波顶浪，心境之凄苦可想而知。所幸一路无事，当天舟船抵达摄津国大物浦。

新大纳言原本已被定了死罪，之所以改判流刑，乃是因为小松殿为他竭力说情，这才从轻发落。其出任中纳言时，曾兼任美浓国国司。嘉应元年冬，目代右卫门尉正友那儿，来了一名山门属下平野庄的神官，拿着葛布欲出售。哪知目代酒醉轻狂，提笔在葛布上乱抹黑墨。神官大怒，破口痛骂。目代恼恨，遂百般凌辱神官。事后，数百神官冲击目代官署，要讨回公道。目代死守官署，造成十余名神官丧生。为此，同年十一月三日，山门僧众暴动，要求朝廷秉公裁断。国司成亲因此被判流刑，目代右卫门尉正友则投入大牢，此决议已向天皇禀奏。孰料暂羁于西七条，准备流放去备中国的成亲，竟于五日后，被法皇召了回去，也不清楚法皇是怎么想的。如此结果，自然令山门僧众大感愤恚，遂对成亲诅咒不断。成亲却若无其事，还于次年五月五日被任命为右卫门督兼检非违使别当。这样一来，反倒位居当时的资贤与兼雅二卿之上了。资贤年长，兼雅正处显赫之时，二人又都是家中长子，却要屈居人下，自然怀恨在心。其实这次成亲的升官，是对他督建三条殿的褒赏。嘉应三年四月十三日，成亲叙正二位，又超过了时任中御门中纳言的宗家。安元元年十月二十七日，又由前中纳言升为权大纳言。有人嘲讽道：“看来法皇是把这个被山门僧众诅咒的人，当作宝贝了。”不过

---

① 屋形舟是一种做成房屋形状、舟顶扁形的船，长约20米，宽约5.5米。

时至今日，成亲还是逃不过被流放的噩运。是因为神明的惩罚也好，由于僧众的诅咒也罢，命中注定的，迟早都会到来。

同月三日，京中御使来到大物浦，引发一阵骚动。新大纳言疑道："要在此地处决我么？"实则并非如此。御使所传之命，只是将他流放到备前国的儿岛去。小松殿还托御使捎来一信，信中道："吾已全力说情，本欲将阁下安置于京都郊外小村中，可惜父亲不允，实是抱歉。不过阁下性命，总算无碍了。"又有其他言语，嘱咐难波道："汝须尽心竭力侍奉新大纳言，不可违逆其意。"一路上的各种旅具，小松殿也早已备好，一并交御使送了来。

这回新大纳言是真的要离开对己圣眷非常的法皇，并与长相厮守的夫人、子女道别了。他悲叹道："今日一别，此身不知飘零何处。冉回故乡与妻、子相见，只怕已绝无可能。早年因山门诉告，已判过一次流刑，蒙法皇圣恩眷顾，由西七条召还复职。可这次的事，法皇也无可奈何了，前程实在堪忧啊！"不禁悲从中来，仰天俯地，失声痛哭，但一切都于事无补了。

天明时分，舟船启行，顺流直下。新大纳言在船上终日伤悲呜咽，瞧那模样，似乎命不久长了。可是生命虽如朝露，却尚未到消逝时。翻涌的白浪隔开了往日的荣华，京都渐渐远去；乌飞兔走，离流放地越来越近了。终于，船至备前国儿岛，成亲在一间民家的破旧柴庵里安顿了下来。儿岛背山面海，海岸边的松风、海面上的涛声，每一样仿佛都带着无尽的哀愁。

九、阿古屋松

不单新大纳言受到了惩罚，其他不少人也被放逐远方。近江中将入道莲净流放佐渡国、山城守基兼流放伯耆国、式部大辅正纲流放播磨国、宗判官信房流放阿波国、新平判官资行流放美作国。

彼时入道相国正在福原的别苑中，同月二十日，他派摄津左卫门盛澄为使者，前往门胁宰相府邸，说道：“入道公思考再三，决定请丹波少将去福原一趟，特遣在下前来告知。”宰相殿悲道：“若在少将向我求救前带走他，我也无可奈何；既已将他交由我看管，又来将他带走，真是令人徒添忧烦啊！”想了想，无计可施，唯有让少将跟随盛澄去福原。少将泣不成声，女官们哀求宰相殿道：“纵然未必管用，但还是请您再去求个情吧！”宰相殿道：“能想到的一切理由，我都讲过了。如今已无话可说，唯有用出家来表示不满。不管少将被流放到哪座海岛，只要我一息尚存，就一定会去探望他。”

少将幼子年仅三岁，因年纪尚轻，所以少将此前并不懂得亲情的可贵。此刻即将远行，方才动了牵挂之心，哀道：“再让我看一眼幼子吧！”奶娘抱来孩子，少将将幼子置于膝上，轻抚他的头发，垂泪道：“本意待你七岁时，行了冠礼，就领你去拜谒法皇。而今看来，是不可能了。若能保住性命，你长大后当个法师，为父亲祈求来生之福吧！”那幼儿虽混沌懵懂，不知父亲所言何事，却也点了点头。少将和母亲、奶娘，以及在场的其他人，无论有心无心，俱都泪湿襟袖。福原使者不断催促，要求今夜便动身赶往鸟羽。少将求道：“绝不会误了行程，就让我在京中过了今宵再走吧。”这个请求立即被拒绝了。使者一再催促动身，无奈之下，少将只好连夜启程前往鸟羽。宰相殿因悲愤填膺，所以没有同车送别。

当月二十二日，少将抵达福原。太政入道令濑尾太郎兼康，押送少将前往流放地备中国。兼康担心将来会被宰相殿责罚，一路上细心照料少将，并不时加以劝解。但少将的心情并未好转，只是昼夜念佛祷祝，为父亲之事叹息不已。

再说被流放到备前国儿岛的新大纳言，由武士难波次郎经远负责看守。经远考虑到新大纳言离码头太近，担心发生意外，便将他从海边请入内陆，安置在备前、备中两国边境的庭濑乡有木别所的一间山寺中。备中濑尾到备前有木别所，相距不足五十町远，某日丹波少将迎着彼处吹来的风，心中感慨万千，遂问兼康道："由此处到大纳言殿居住的有木别所，大概要走多久？"兼康想了想，觉得若是说实话，恐怕惹出事来，便答道："去一趟至少十二三日。"少将泣道："昔时日本共有三十三国，后来平分为六十六国，备前、备中、备后，原先属于一国。而东国地区的出羽、陆奥，也是从陆奥六十六郡中割分十二郡，另设了出羽国。实方中将①被贬陆奥时，欲一睹该国名胜阿古屋松，然而寻遍全国，不见其影。归来途中，遇见一位老翁，中将便问老翁道：'观尊驾形貌，定是在此居住多年了，请问本地名胜阿古屋松在于何处？'老翁答道：'若不在本国，或许在出羽国吧？'实方中将叹道：'看来您也不清楚。时逢末世，谁都无心去记本国的名胜了。'摇着头，正打算离开，老翁拉住中将衣袖，道：'古歌有云：

阿古屋松掩月华，月隐松荫难见辉。

您应该是从这首咏诵本国名胜的歌中，知道阿古屋松的吧？此歌作于两国尚是一国之时，后来割分了十二郡出去，阿古屋松应该在出羽国境内了。'实方中将越过边境，来到出羽国，终于观赏到了阿古屋松。另外，筑紫太宰府遣使入京，进献赤腹鱼②，行程也不过十五日。而今从备中到备前，你竟说要十二三日，这么长时间去一趟镇西都够了。其实备前备中相距不远，两三日脚程即可到达。你故意将行程说

① 藤原实方（？～998）：通称藤中将，三十六歌仙之一，以诗才见宠于皇室，风流才子之名遍于天下，传说他就是《源氏物语》主人公光源氏的原型。后因当殿怒斥藤原行成，于995年被贬谪出京，任陆奥守，三年后在陆奥死去。

② 赤腹鱼由镇西（九州）进献，供朝廷在元旦节会时使用。节会当天，在祭祀风神、祈求丰年后，宫内省官员与内膳司官员献上赤腹鱼，称为"腹赤の奏"。

长，定是不想让成经知道大纳言殿的居处。”此后少将虽然时刻挂念父亲，口中却再也不提一字。

十、 新大纳言遇害

法胜寺执行俊宽僧都、平判官康赖和少将一样，都被放逐到了萨摩潟的鬼界岛。该岛距京甚远，须经艰难跋涉方能到达，而且几乎没有船只靠岸。岛上人烟稀少，只有少量风俗相貌与国人大相径庭的土人。他们体黑似牛，浑身生满长毛，所操语言极难理解；男子不戴乌帽子，女子也不放发[①]，赤身露体、衣裳全无，简直就是未开化的野人。他们不懂得存粮防饥，饿时便渔猎杀生；田地从未有人耕种，故无米谷可食；桑园也不喂蚕，遂无绢帛织衣蔽体。岛上有座火山，海拔甚高，终年喷火，遍地硫磺，所以该岛又名硫磺岛。火山上常有雷鸣，轰隆之声上下响应，不绝于耳；而山脚又雨泽成片，常人在此哪怕一时半刻也无法生存。

新大纳言起初以为自己已受惩罚，那么家人便不会再被追究，哪知儿子丹波少将成经也遭流放，被远徙去了鬼界岛。他登觉人生无望，便找了个机会，托人告知小松殿，请求准予出家。法皇考虑之后，答应了他。于是新大纳言抛却往昔荣华，披上墨染色法衣，离弃红尘俗世，过起了隐居修行的日子。

新大纳言的夫人，幽居于京都北山云林院附近。即使是在平常时候，身处异地度日，也很难令人习惯，更何况如今要忍气吞声，所以烦愁愈增。从前家仆成群、婢女众多，现在落魄潦倒，那些家臣与仆从们有的害怕受到牵连，有的担心遭人白眼，几乎无人来探望夫人。唯有一名武士，叫作源左卫门尉信俊，情义深重，时常造访探视。某日，夫人

---

① 古日本上流社会的女子，以长而亮的黑发作为衡量美女的先决条件。为保持长发的自然美，女子的头发均向后披散，称为“放发”。

召信俊前来，道："前些日子我打听到大纳言殿在备前的儿岛，最近又听说他在有木别所。我想写封信，让人捎去那儿，再顺便带他的音信回来。"信俊垂泪道："吾自幼便蒙大纳言殿恩典，须臾不曾或离。此番大纳言殿被流，本欲随行服侍，无奈六波罗方面不允，甚觉遗憾。主人亲切呼唤之声，至今仍萦绕耳畔；殷殷教诲之言，亦镂骨铭心，无日忘怀。就让在下送信去有木别所吧，纵然粉身碎骨，也在所不惜。"夫人闻言既喜且慰，即刻书信一封，连同几位少子的信件一起，交付给信俊。信俊收好信札，一路迢迢，赶到了备前国有木别所。他先找到看守的武士难波次郎经远，将来意告知，经远感其忠心赤忱，便带他去见已经出家的新大纳言。大纳言入道殿正牵挂在京的亲人，心中忧烦，忽听屋外有人道："信俊自京而来，参见大纳言殿。"新大纳言自语道："难道是在做梦？"遂站起身，说道："请进，到这里来。"信俊入屋一看，先见到土阶茅檐、住所破旧不堪，一抬眼，又见新大纳言身穿墨染色法衣，登时惊得目瞪口呆、碎心裂肺。他把奉夫人之命前来的事，详细禀告了，然后取出书信，恭敬呈上。新大纳言接信细览，见信中字迹模糊，显然是被夫人的泪水洇湿了。信中写道："子女年幼，念念不忘慈父，伤悲难抑；妾身思念夫君，恨别离，情何以堪？"新大纳言泪下如雨，深感与夫人的痛断衷肠相比，自己连日来的悲哀实在不值一提。

过了四五日后，信俊道："我打算长期留下，服侍您终老。"看守武士难波次郎经远听了，急忙劝阻。新大纳言无奈，道："你还是回去吧。"沉默片刻，又道："我的性命只怕已危在旦夕了。你若听到我的死讯，请为我祈祝来生之福吧！"遂亲笔复信，交予信俊。信俊洒泪告别，道："属下定当再来探望。"新大纳言凄然道："今日一别，恐怕永无再会之期了。你……多待片刻吧……多待片刻吧……"屡屡呼唤信俊回身。信俊虽依依不舍，但想到总有一别，便一咬牙，忍泪含悲，归还京都。到京后，取出回信递给夫人。夫人展信阅览，看到最后时，突见信笺尾端卷着一束头发，乃新大纳言出家时所剃。夫人目不忍睹，悲道：

"若不见这缕头发，倒也罢了；而今见了，惹起相思，反叫人痛断肝肠。"说着以衣蒙头，俯地涕泣。子女年幼，都跟着母亲恸哭悲啼。

同年八月十九日，大纳言入道殿于备前、备中两国边境的庭濑乡吉备中山，惨遭杀害。他到底是怎么死的，京中众说纷纭，莫衷一是。较可采信的说法，是有人先在酒中下毒，骗他喝，却被识破。于是又在离悬崖两丈多高的山底下，布满铁菱角①，将新大纳言从山崖上推下去，被铁菱角活活刺死。手段之凶残恶劣，闻所未闻。

新大纳言夫人得知夫君遇害后，哀伤道："以往还抱着一线希望，以为能与夫君重逢，女为悦己者容，所以一直没有改装。而今万念俱灰，世事再无可恋之处了。"便在菩提院中出家为尼，改换了样貌。她每日勤修佛事，专心一意为来生祈福。这位夫人本是山城守敦方之女，丽色号称无双，深受后白河法皇宠爱；只因成亲也是法皇御前的大红人，这才将她赐予成亲。子女们也人人折花、汲掬阏伽②之水，为亡父祈求后世的冥福。此情此景可哀可怜，令人慨叹时移世易、人事沧桑，真与天人五衰③殊无二致。

十一、 德大寺殿

德大寺大纳言实定，因被平家次男宗盛越位夺去了大将一职，只好暂时退隐，其后又放出风声，宣称要出家为僧。和他有来往的诸大夫及门下武士，尽皆扼腕叹息。这其中有位大夫，名叫藤藏人重兼，凡事

---

① 铁菱角：菱角状的尖锐铁器，战时埋于土中或水中，用以杀伤敌方人马。

② 阏伽：梵语音译，又作阿伽、遏伽、遏啰伽，指专供于佛前的功德水、香花水。

③ 天人五衰：天人于福尽寿终时出现的五种异像，有大小五衰之分。大五衰为：衣服垢秽；头上华萎；腋下汗流；身体臭秽；不乐本座。这五大衰显现时，天人将死亡。

都看得颇为透彻。某夜月色当空，实定命人将朝南的窗格支起来，独对明月，兀坐啸歌。藤藏人踱步而来，看样子是想劝慰大纳言一番。实定发觉有人，问道："是谁？"答曰："重兼。"实定又问道："夜已深，何事前来？"答曰："今夜月色格外皎洁，心静如水，特来拜会大人。"大纳言道："来得甚妙。我心凄寂郁结，正想找人一叙。"二人遂细语攀谈，共相慰藉。大纳言道："默观当今时局，平家之繁昌日甚一日。入道相国之长子、次子，已分任左、右大将；三子知盛、嫡孙维盛不久后也定然递补高升。朝中显赫之位，俱被平家霸占，他姓者何年何月才能当上大将呢？与其无望苦等，索性出家作罢。"重兼淌泪道："若您此时出家，则德大寺一族必将彷徨无路矣。在下有条计策，倒不妨一试。平家一向视安艺国严岛神社为举族圣地，极为崇敬。请您去神社中祷祝七日，社中有一帮内侍，职司歌舞奉祭，舞技出众。她们见您以外姓贵族身份，竟至严岛神社祷祝，定会十分好奇。等她们问起缘由时，您便以实情相告。待到期满告辞时，那些舞姬与您道别，您可趁机邀请主事的舞姬上京游玩。她们到了京城，岂有不去西八条拜会之理？届时入道相国问她们为何进京，自然牵出您在严岛祷祝七日一事，内侍们肯定会如实直说。入道相国为人易动感情，若听说自己尊奉的神明受他人祭拜，还在神前虔诚许愿，定会沾沾自喜，如此一来，您升官的心愿就有希望实现了。"德大寺殿开怀道："果是妙计，我以前怎么就想不到？这就动身吧。"于是沐浴斋戒，即刻赶往严岛。

不出重兼所料，神社中有不少充任内侍的舞姬，在大纳言参拜神社的七天时间里，她们昼夜侍奉，极尽殷勤。七日七夜间，三度舞乐，所奏琵琶、琴，以及所跳神乐歌舞，都十分投合实定的喜好。为了让神明愉悦，舞姬们又献上了今样、朗咏、风俗、催马乐①等平常难得听闻

① 今样：短歌时调；朗咏：以汉诗为歌词进行歌唱；风俗：风谣、民谣；催马乐：歌词中吸收了古日本民歌的贵族雅乐。

的郢曲[1]。曲终舞罢，内侍们问道："本社一向只有平家公卿前来祷告，像您这样的稀客实在罕见。您来此祈祝所为何事呢？"德大寺殿答道："只因大将之位被他人越次夺去，故而来神前祷祝。"

就这样过了七天，德大寺殿见祷祝期满，便拜别大明神，启程返京。内侍们颇感不舍，其中十余名地位较高的内侍乘船送了整整一日，临分别时仍是依依不舍，说道既已送了一日，不如第二日再送一程吧。如是者再三，最终跟着德大寺殿来到了京都。德大寺殿殷勤挽留，请她们在自己的府邸中住下，好吃好喝，热情款待，临别时还送了不少礼物给她们。

内侍们相互说道："既已来到京都，何不顺便拜望一下主公太政入道大人？"于是结伴至西八条参见入道公。入道相国急忙出迎，道："各位齐集而至，发生了什么大事吗？"内侍们答道："德大寺殿来严岛神社祷祝了整整七日，回京时我们一起送他，只因难舍惜别，不觉送了一日又一日，就送到京里来了。"入道相国又问："德大寺为了何事，竟要去我严岛神社祷祝呢？"内侍们回道："听说是为了大将一职而祈愿。"入道相国颔首道："德大寺其情可悯。皇都中有多少灵验的社寺，他都不闻不顾，却偏偏去向平家尊奉的御神祈愿，可见他心中是尊敬平家的。"遂命小松殿内大臣立即辞去兼任的左大将职，让德大寺当上了左大将。这么一来，德大寺殿就位居入道公次子右大将宗盛大纳言之上了。这条计策真是十分高明，可叹新大纳言成亲想不到此等妙计，只好去谋划叛乱，自然是以卵击石，不但自身陨灭，还祸及子嗣亲眷，徒留一场遗恨。

十二、堂众合战

再说法皇拜三井寺的公显僧正为师，修习真言宗三大秘法：《大日

---

① 郢曲：各类乐曲的统称。

经》、《金刚顶经》、《苏悉地经》，并定于九月四日在三井寺举行法皇的灌顶[①]仪式。山门僧众闻知此事，无不愤然，恨声道："昔日皇族灌顶受戒，皆在本山举行，早已成为惯例。山王之所以垂迹本山，就是为了指导受戒灌顶。如今竟要改在三井寺灌顶，是可忍孰不可忍，索性放把火将三井寺烧光吧。"法皇知悉后大惊，道："争执无益，还是取消算了。"虽然灌顶仪式已准备就绪，但仍然宣布作罢。不过由于法皇心中已存下了灌顶的愿望，便召来三井寺公显僧正，驾幸天王寺，修建了五智光院[②]，汲龟井之水为五瓶智水[③]，于佛法最初萌兴的灵地，举行了传法灌顶仪式。

法皇为了平息山门的怨怒，所以不在三井寺灌顶，谁想比睿山上的堂众与学生[④]间又产生了不快，多次爆发争斗，每一次都以学生战败而告终。眼看着山门难免灭亡之虞，这成了令朝廷头疼的一件大事。所谓堂众，是指供学生使唤的童仆在出家后变成的仆僧，以及一直在寺中从事杂役的低等僧人。自金刚寿院座主觉寻权僧正管领山门以来，即令堂众在三塔轮番值宿，称为"夏众"[⑤]，职责是为诸佛进花奉养。近年来，

---

① 灌顶：梵语的意译，有"驱散"及"注入"之意，原为古印度帝王即位时的仪式，佛教密宗仿效此法，在弟子受戒时，由本师以香水或醍醐灌洒头顶。"灌"即灌持，表示诸佛的护念、慈悲；"顶"谓头顶，代表佛的崇高。灌顶使受灌者成熟为修密之容器，从此可听闻修习殊胜之金刚乘。

② "五佛显五智"的义理出自金刚乘教义，是密宗的主要义理之一。所谓"五佛显五智"是中央大日如来佛的法界体性智、东方阿閦如来的大圆镜智、南方宝生如来的平等性智、西方无量寿如来的妙观察智、北方不空成就如来的成所作智。"五智光院"之名即由此而来。

③ 五瓶智水：密宗修法中，用来表示五佛智的五瓶香水。修法时，于大坛中央及四隅分别安置五个宝瓶，瓶中香水象征五佛之智；行灌顶之法时，即以瓶水灌于受法者之顶。

④ 学生：寺院中钻研学问的僧人。

⑤ 夏众：在印度，夏天雨季长达三个月，佛陀乃订定四月十六日至七月十五日为安居之期，在此期间，佛教徒禁止外出，聚居一处精进修行，称为"结夏安居"。在此期间服侍奔走的仆役，称为"夏众"。

又称他们为“行人”[1]。堂众与山门僧众日渐不合，频频争斗并屡战屡胜。比睿山方面因此上奏公家，备言堂众忤逆师主[2]之命，使得纷争不断，请求派兵征讨，速诛其罪；同时也将此事转知了武家。太政入道遂奉法皇院宣，命令纪伊国汤浅权守宗重，率畿内军兵二千余骑，与山门僧众合兵，攻打堂众。那日堂众正在西塔东阳坊，听闻战报，急忙在近江国的三个大庄里集结，待人多势众时，又登上山，于早尾坂筑起土城坚守。

同年九月二十日辰时一刻，山门僧众三千人、官军二千余骑，共合五千余人，开始向早尾坂发起进攻。他们料想这次应该不会输了，哪知僧众指望官军能一马当先，官军又指望着僧众能冲锋在前，相互推诿不决，貌合神离。城中乘机以石弩[3]投射，僧众与官军竟全军覆没。堂众一方恶徒云集，有各国的窃贼、强盗、山贼、海盗等，皆是欲心炽盛，悍不畏死的亡命之徒。他们豁出性命殊死抵抗，学生军方面自然不敌，再一次大败亏输。

十三、山门灭亡

此后，山门日渐衰败，除了十二禅众[4]仍在山上修行外，几乎没有其他僧人了。谷中各僧院的讲法全都停了，大堂的修习也荒废了。修学之窗关闭，坐禅之床空置。四教五时[5]，春花绽香不再；三

---

① 行人：修行的人。

② 学生在名义上，是堂众的老师和主人，所以称为“师主”。

③ 石弩：冷兵器时代的大规模杀伤性武器，其上有绞盘，通过绞盘拉曳弓弦，把巨石弹射出去。

④ 十二禅众：比睿山法华三昧堂中，惯例长期有十二名僧人修行“常行三昧”。

⑤ 四教五时：天台宗智者大师将佛陀说法的方法分为：顿、渐、秘密、不定，称为“化仪四教”；将说法的内容分为藏、通、别、圆，称为“化法四教”。“五时”则是佛陀说法的顺序，分为华严时、鹿苑时、方等时、般若时、法华涅槃时。

谛即是[1]，秋月云掩无光。三百余岁之法灯，无人传续；六时[2]不断之香烟，湮灭断绝。昔时堂舍高耸，三重高楼直插云霄；画栋雕梁，四面椽桷撑持白雾之间。而今唯有山风供于佛前，雨露湿沥金容。月夜挑灯，微光自檐隙透出；晨露滴垂，露珠竟成莲座之饰。

夫末法之世，三国[3]佛法次第衰微。远觅天竺佛迹，昔日佛陀说法之竹林精舍、给孤独园，皆成狐狼野干栖所，只余下断壁残垣。白鹭池水干涸，放眼杂草丛生；退凡下乘[4]之卒都婆[5]业已倾颓，生满青苔。至于震旦，天台山、五台山、白马寺、玉泉寺等地，亦是僧侣全无，荒凉一片；大乘、小乘之法门，朽烂于箱底。本朝南都七大寺尽皆废弃，八宗九宗[6]悉数绝迹。爱宕、高雄往昔堂塔林立，一夜之间化为颓垣荒野，变成了天狗栖息之地。天台宗圣地弘传佛法，岂料竟亡于当今治承之世，凡有心之人，莫不感慨悲叹。僧侣皆已离山，有人在空荡荡僧房的梁柱上，书了一首短歌：

---

① “三谛”又称“圆融三谛”，是天台宗的中心思想，指空谛（真谛）、假谛（俗谛）和中缔。“三谛即是”意为诸法实相，其体唯一。

② 六时：指昼夜六时，晨朝、日中、日没、初夜、中夜、后夜。

③ 三国：指天竺（印度）、震旦（中国）、本朝（日本）。

④ 退凡下乘：《大唐西域记》卷九载：“中路有二小窣堵波（卒都婆），一谓下乘，即王至此，徒行以进。一谓退凡，即简凡夫，不令同往。”至后世，寺院多援引此例，于寺门外树立“退凡”、“下乘”碑石，此风亦风行于日本。

⑤ 卒都婆：舍利塔、佛塔的前身。塔的本名在梵文中统称为“卒都婆”，亦称苏都婆、率都婆、窣堵波等。在古代印度原为形如馒头之墓，释尊圆寂后，当时笃信佛教的八位国王，分得了释尊的舍利子与遗物，他们以金石土木筑造卒都婆，用来供奉释尊舍利子以及遗骨、所持品、遗发等佛物。

⑥ 八宗九宗：即日本佛教的八家九宗。日本入唐学密教者有八人，称为真言八家，分别是：高野之弘法、安祥寺之慧运、禅林寺之宗睿、小栗栖之常晓、灵严寺之圆行，另有传教、慈觉、智证三师，合为“八家”。“九宗”指奈良六宗加上平安二宗，再加上禅宗。分别是：三论宗、法相宗、俱舍宗、成实宗、华严宗、律宗、天台宗、真言宗（密宗）、禅宗。

昔年圣师加佑吾佛地，而今荒岭空寂无人居。

之所以写了这首歌，大概是因为忆及传教大师草创天台宗时，曾诵念“阿耨多罗三藐三菩提”①，祈请诸佛护佑一事吧！思之当真令人感慨万千。每月八日系药师如来之缘日②，却不闻“南无”的唱诵声；卯月③乃山王权现垂迹之月，亦无信众进献币帛。仅余朱色的玉垣④依然古朴神圣，还有几束注连绳⑤残存檐下而已。

十四、善光寺被焚

彼时，又传出了善光寺遭受火噩的消息。善光寺中奉养的佛像，来历大是不凡：昔年天竺舍卫国流行五种恶疾，病死者无数。在月盖长者⑥的请求下，龙宫城送来阎浮檀金⑦，由释尊、目连⑧、月盖长者

---

① 阿耨多罗三藐三菩提：梵文音译，意为“无上正等正觉”，也可译为“无上正遍知”，指只有佛才有的无比完全的、至高无上的智慧、觉悟。

② 缘日：与神佛有缘的日子，如神佛的诞生、显灵、誓愿等，是进行祭祀及奉养的吉日。

③ 卯月：阴历四月。

④ 玉垣：对神社墙垣的敬称。

⑤ 注连绳：又称标绳、七五三绳，使用干燥后的稻梗编织而成，是一种制造结界的工具，象征神界和外界的分隔。一般的注连绳通常挂在神社的屋檐、鸟居之下，也可围在神社的树木和石头上。绳内属于净地，一切脏污暗恶都被挡在绳外。

⑥ 月盖长者：佛在世时，印度毗舍离国的长者。他曾入维摩方丈，听不二法门，又请无量寿佛、观世音菩萨、大势至菩萨等西方三圣，救除国内恶疫。

⑦ 阎浮檀金：又作炎浮檀金、阎浮那提金。“阎浮”为树名，“檀”是河，《智度论》三十五曰：“此洲上有树林，林中有河，底有金沙，名为阎浮檀金。”此金色泽赤黄，带紫焰气，为金中最高贵者。

⑧ 目连：又作“目莲”，释迦牟尼十大弟子之一，以神通第一著称。

齐心合力，铸就一磔手半的弥陀像三尊，成为阎浮提①第一的灵像。佛祖涅槃后，佛像留在天竺凡五百余年，此后佛法东渐，遂奉移到了百济国。又过了一千年，在百济国王圣明王、本朝钦明天皇②御宇时，佛像又从彼国传入我国，在摄津国难波的海边放置多年。由于佛像时常金光四射，是以当时的年号称为“金光”③。金光三年三月上旬，信浓国麻绩居民本太善光，于上京途中遇到佛像，便带上佛像同行。白昼时，善光背负佛像；到了夜里，佛像竟然显灵，背着善光前行。就这样到了信浓国，善光将佛像安置在水内郡供奉。斗转星移，迄今五百八十余年，发生火灾的事却还是头回。后世有云：“王法将尽，佛法先亡。”兴许就是因为这个缘故吧？时人议论纷纷，都道：“灵山宝刹大多湮灭，这恐怕是平家将要覆亡的先兆！”

十五、康赖祝文

再说被流放到鬼界岛的人们，命如草尖之露，本已岌岌可危，幸而丹波少将的岳父平宰相教盛，因为在肥前国鹿濑庄领有庄园，故而经常送衣送食救助，俊宽僧都与康赖也得以勉强维持生存。康赖刚被流放时，在周防国室积剃度出家，法名性照。出家的念头他早就有了，还曾作歌道：

---

① 阎浮提：梵名音译，又作阎浮利、赡部提，乃盛产阎浮树之国土，为须弥山四大洲之南洲，故又称南阎浮洲、南赡部洲。泛指凡人所住的娑婆世界。

② 钦明天皇（509～571）：日本第29代天皇。钦明天皇十三年(552)，百济圣明王进献佛像、经论、幡盖，并上表劝信佛法，此为佛教传入日本之始。

③ 翻查日本正史，并无“金光”年号。日本自“大化革新”（645）起，方有年号。周作人认为“金光”可能是“私年号”，但查《日本私年号一览表》，亦无“金光”年号。该年号应是作者结合本章内容，自行杜撰而来。

难能顺吾意，俗世哪堪留？
红尘未早弃，懊悔已不及。

丹波少将、康赖入道，本就是信奉熊野权现之人，于是互相商议道：“为了能向神明祈求回京，咱们要想个法子，把熊野三所权现①请到鬼界岛奉安。”俊宽僧都却素来不信鬼神，因此没有附和。丹波少将与康赖入道便一起走遍全岛，寻找地形风水与熊野类似的地方。一路行来，林塘之妙，仿佛红锦绣妆成，方桃譬李；云岭怪奇，宛若碧罗绫②织就，诸色炫彩。山景秀丽、树木挺拔，处处诗情画意。来到某处，南望海漫漫，云涛烟浪最深处③；北顾山巍巍，百尺飞瀑天上来。瀑声清冷、松涛阵阵，此情此景，极似飞泷权现垂迹的那智山④。他们便将此地权且当成那智山，这座岭就算是本宫，那座山就暂充新宫，这叫作某某王子、那也叫作某某王子，全部加上了“王子”⑤的名衔。

此后每一天，都是康赖入道在前，丹波少将随后，效仿参拜熊野的仪式，祈求神明保佑他们回京。他们祷告道：“南无权现金刚童子，祈愿慈悲垂怜，令我等归还故乡，与妻子团圆。”就这样日复一日地祷告，因无净衣⑥可以替换，唯有身穿麻衣，取泽边之水垢离⑦，就当它

---

① 熊野本宫大社、熊野速玉大社、熊野那智大社，合称“熊野三所权现”。
② 红锦绣、碧罗绫，典出小野篁诗句：“著野展敷红锦绣，当天游织碧罗绫。”
③ 语出白居易诗《海漫漫》：“海漫漫，直下无底旁无边。云涛烟浪最深处，人传中有三神山。”
④ 飞泷神社为熊野那智大社的别宫，神社以那智瀑布为御神体及本殿。那智瀑布号称日本第一瀑布，建于瀑布最下方的飞泷神社，是观瀑最佳位置。
⑤ 在参拜熊野的途中，有许多被称为“王子社”的小神社，统称为“熊野九十九王子”。王子社是供过往参拜者歇息的地方。
⑥ 净衣：拜神时穿着的白色狩衣。
⑦ 祷告时，以冷水除垢，称为“垢离”。

是岩田川的清流；登山中高处，权且算作本宫发心门[①]。每回参拜，康赖入道都要诵读祝文。无纸可做币帛，只得折花替代。其祝文曰：

维当岁次，治承元年丁酉，计月合十二月，计日共三百五十余日，特择吉日良辰，至诚至谨，祈祝于日本第一大灵验、熊野三所权现、飞泷大菩萨尊前。虔诚信徒羽林[②]藤原成经，并沙弥性照，致一心清净之诚，尽三业相应[③]之志，谨以敬白：夫证诚大菩萨[④]者，济渡苦海之教主，三身[⑤]圆满之觉王是也；东方净琉璃医王[⑥]之主，众病悉除之如来是也；南方补陀落能化之主[⑦]，入重玄门[⑧]之大士是也；若王子者，娑婆世界之本主，施无畏者[⑨]之大士是也，显佛果于顶上佛面[⑩]，众生所愿悉予满足。是故上自一人[⑪]，下至万民，或祈现世安稳、或祷来生善报，朝掬净水濯烦恼之垢，夕向深山唱诵宝号，感应绝无不验。吾二人

① “发心门王子”是熊野本宫大社的总门，到了此处，就等于到达了本宫町。

② “羽林”即中国古代的禁卫军，转指日本的近卫府。因藤原成经是近卫少将，所以称为“羽林”。

③ 三业相应：身业、口业（语）、意业（心），三者一致。

④ 熊野本宫第一殿为证诚殿，供奉的证诚大菩萨，是阿弥陀佛在日本的垂迹。

⑤ 三身：大乘佛教的理论中，佛具有三种身：法身、报身、应身。

⑥ 东方净琉璃医王：即熊野速玉权现，是药师如来在日本的垂迹。

⑦ “补陀落”，即普陀。能化，能主动教化众生。补陀落能化之主，指普陀观世音菩萨。

⑧ 入重玄门：佛教术语，指菩萨在成佛之前，于等觉位再度重返人间，修习自凡夫以来所作之事，使其一一契合真理。

⑨ 若王子，奉于熊野本宫第四殿，十一面观音在日本的垂迹。施无畏者：观音的别号，因观世音菩萨到处救苦救难，施予无畏，令一切众生脱离苦难，故名。

⑩ 十一面观音，共十一张面孔，分五层排列。最上一面，其像如常人，表十一地佛果，功德圆满。

⑪ 一人：指帝王。

以高峰巍峨，比神德之高；以崄峻深谷，喻弘誓之深。分云而上，凌露而下，若非信赖利益之地①，岂有鸿运步于险难之道？只因钦仰权现之德，方才祭祷于幽远之境。伏望证诚大权现、飞泷大菩萨，开青莲慈悲之眸，并振小鹿之耳，知见我等赤心无二之虔诚、纳受我等念念之求恳。又，结、早玉②之两所权现，各随机缘，引导有缘众生、救度无缘群类。舍七宝庄严之栖、和八万四千之光、同六道三有③之尘，是以定业④亦能转，求长寿得长寿。故而我等连袂礼拜，并奉币帛礼奠，无日敢断。忍辱之衣⑤加身、觉道之花⑥手捧，动神殿之床⑦、倾信心之水，充盈利生⑧之池。若神明纳受，所愿何愁不能成就！仰愿十二所权现，同展利生之翼、遥翔苦海之天，息我等左迁⑨之愁，得遂归京心愿。再拜。⑩

十六、卒都婆漂流

丹波少将、康赖入道，经常去三所权现尊前祷告，偶尔还会在那儿通宵守夜。某次，二人彻夜吟唱时调，天近拂晓时，疲惫的康赖入道

---

① 利益之地：菩萨大德护佑的大地，坚实牢固，可以信赖。
② “结”指普陀观世音菩萨；“早玉”即“速玉”，指药师如来。
③ 三有：即三界，欲界、色界、无色界。
④ 定业：佛教语，指难以消除的重大业力。定业有善恶两种，善受乐果，恶受苦果。
⑤ “忍辱之衣”有两重意思，一指忍辱之心，其能防止一切外障，犹如护身之衣。二是袈裟的异名，袈裟能使人忍辱柔和，故有此称。
⑥ 觉道之花：献给佛菩萨的花。
⑦ 动神殿之床：因祈祷虔诚热烈，使得神殿的地面震颤。“床”指地面。
⑧ 利生：佛教语，指利益众生。
⑨ 左迁：中国汉代贵右贱左，故将贬官称为“左迁”。
⑩ 以上祝文的原文，绝大部分为汉字，语意通顺，故而径直照录。

才闭目睡去。梦中，但见一艘小船挂着白帆，由海上慢慢划近。舟中下来二三十名女官，人人身着红袴，同声击鼓而唱：

若向千手[①]祈告，更胜万佛之愿；
即便枯草朽木，亦能开花结果。

反复歌唱三遍后，便消失无踪了。康赖入道一惊而醒，心中颇感奇异，自语道："难道是龙神下凡显灵？三所权现中奉有西之御前[②]，其本源乃是千手观音。而龙神系千手二十八部众[③]之一，这一定是菩萨接纳我们的祈愿了！"后来，二人在另一次守夜时，再度蒙蒙眬眬地梦见海上风起，有两片树叶被吹到他们的衣袖上。顺手取来一看，乃是熊野的南木[④]之叶。两片叶子被虫子咬噬，咬痕拼接成了一首歌：

频繁祷告求神，自能归还京都。

康赖入道急欲回返故乡，细细思量，遂制作了一千本卒都婆，全部写上梵文"अ"字[⑤]，再加上年号月日、假名、实名，另附两首歌曰：

此身尚存萨摩潟，托付海风告双亲。

又：

---

① 千手：指千手观音。
② 西之御前：千手观音在日本的化身。
③ 千手观音领有二十八部护法眷属，称"千手观音二十八部众"。
④ 南木：古老的裸子植物，属常绿乔木，在熊野被视为神木。
⑤ 梵文的"अ"，在日语里读作"あ"，音如汉字"阿"。代表着神圣。

客旅他乡暂别离，思乡情切心凄凄。

刻字毕，将千本卒都婆拿到海岸边，默祷道：“南无归命顶礼。梵天帝释、四大天王、坚牢地神、王城镇守诸大明神，特别是熊野权现、严岛大明神，请至少让一本卒都婆漂流到京都吧！”说完置卒都婆于海浪上，白浪翻涌，退潮时将卒都婆卷入大海，漂流到了各地。此后只要造成卒都婆，就全部放入海中漂流，日积月累，卒都婆的数目越来越多。或许是虔心化作顺风相送，又或是神佛护佑，千余本卒都婆中，终于有一本被冲上岸，到了安艺国严岛大明神尊前。

恰巧有一位僧人，与康赖入道颇有渊源，正寻思着去鬼界岛探访康赖。于是找了条快船，往西国而来。他先让船抵达严岛，自己上岛参拜。在神社中，僧人遇见一个貌似神官，却一身俗家狩衣装束的人，二人便随意闲聊起来。僧人问道：“夫和光同尘，利益众生，本应一视同仁。为何此地的神明，与海中的鳞类特别亲厚有缘呢？”神官答道：“那是因为娑竭罗龙王①的三公主，在此胎藏界②垂迹的缘故！”接着又将御神在本岛垂迹以来，济度利生的诸般奇事，一一娓娓道来。这些灵验确实发生过，至今八社之御殿，仍然甍宇齐平，并立于岸边，随着潮涨潮落，其色也跟着月色变化。涨潮时，高大的鸟居③与绯红的玉

---

① 娑竭罗龙王：八大龙王之一、千手观音二十八部众之一。“娑竭罗”意译为盐海。此龙王为降雨龙神，古来祈雨皆奉为本尊。

② 胎藏界：密宗视宇宙中一切皆为大日如来所显现，表现其智德方面者称为“金刚界”；表现其理性方面者称为“胎藏界”。“胎藏界”指佛性隐藏于众生身中，或理性摄一切诸法，具一切佛功德，犹如子藏母胎，故名。

③ 鸟居：一种类似于中国牌坊的日式建筑，常设于通向神社的大道上或神社周围的木栅栏处。日本人认为鸟是人类灵魂的化身，其中有好的灵魂，也不乏肮脏的灵魂，不能让鸟接近神社，所以在各个神社的正门前二百米处建起“开”字形牌坊，名为鸟居。鸟在此居住，就不会飞入神社。

垣，如琉璃一般；退潮时，即使是在仲夏夜，神前的白沙洲，也像落满了白霜。那僧人深觉神社庄严尊贵，便留了下来，参法研经。

某日夕阳如丹，暮霭四合，月亮渐渐升起，海水开始涨潮。浪涛将众多海藻冲涌上岸，有本卒都婆赫然夹于藻中。僧人随手拾起，一瞧，其上书有“此身尚存萨摩潟，托付海风告双亲”等字。由于文字是刻上去的，所以不会被波浪冲洗掉，字字清晰可辨。僧人暗想道：“此事当真不可思议。”遂将卒都婆收入背笈，归返京都。

康赖老母尼公与康赖之妻，一同幽居于一条之北的紫野。僧人将卒都婆拿给她们看，婆媳二人悲道：“此卒都婆不漂向唐土，缘何反漂到了神前？真是睹物思人啊！”卒都婆辗转传到法皇手中，法皇流泪道：“呜呼！实在可悲可怜呀！不过好歹都还活着，也算不幸中的万幸了。”遂将卒都婆送去小松内大臣处，再由他转送入道相国察看。从前柿本人麿①望见岛影掩舟、山部赤人②望见芦边田鹤，均有感而作歌；住吉明神寄思于“斜脊”，三轮明神指示“杉立之门”③。自昔时素盏鸣尊④首作三十一字和歌⑤以来，诸神明佛陀皆吟咏和歌，藉此倾吐万千心绪。入道公亦非顽石草木，细览康赖所作和歌，也不禁生出恻隐同情之心。

---

① 柿本人麿（约662～约706）：飞鸟时代的代表歌人。其歌风雄浑庄重、匠心独运，开一代之风气。他和山部赤人同被奉为“歌圣”，对后世歌人具有重要影响。

② 山部赤人：奈良前期的宫廷歌人，三十六歌仙之一，生卒年无考。其歌长于叙景写实，歌风纤细优美、清澄净朗，在《万叶集》中占有重要地位。

③ 典出《古今和歌集》第十八卷：“敝室陋庵者，其在三轮山麓矣；汝若慕吾者，请来访吾居，杉立之门为标识。”

④ 素盏鸣尊：《古事记》里作“建速须佐之男命”，“三贵子”之一，天照大御神的弟弟。因大闹高天原而遭到神谴，被逐离天界。他下凡后，先是斩杀了八岐大蛇，后来又在出云立国，成为日本神话中“勇武”的化身。当他在出云建造宫殿时，作了一首三十一音的歌，因此被奉为和歌鼻祖。

⑤ 和歌是日本传统定型诗，有五句三十一个音节，格式为五七五七七的排列顺序。

十七、苏　武

入道相国既对康赖所作和歌生出怜悯之意，京中上下，不分老幼，人人口中便都在吟唱鬼界岛上流人之歌。大家都说卒都婆竟造了有千本之多，那肯定形体较小了。小小的卒都婆居然能从遥远的萨摩潟漂到京都，真是不可思议。想必是因为心诚则灵的缘故吧！

古时，汉王[①]攻胡国[②]，初以李少卿[③]为大将军，统兵三十万往征。然汉王军弱，胡国兵强，汉军惨败，几乎全军覆没，只剩大将军李少卿为胡王生擒。汉王又拜苏武为大将军，率五十万大军二次出征，可叹汉军再度大败亏输，遭生擒者六千余人。其中大将军苏武等六百三十余人，各被断去一足，放逐偏远之地。大部分人当时便即死亡，余者不久后也相继死去，仅有苏武坚持了下来。他以单足支撑行走，在山中捡树果为食。就这样，春采泽中根芹、秋拾田间落穗，苦苦撑持着危露之命。渐渐地，田中的鸿雁因与苏武相熟了，见到他也不畏惧了。苏武心知鸿雁每年都会南飞过冬，一定会经过自己的故乡，便将心怀故国之事写成一封信，把信绑在一只鸿雁的翅膀上，说道："一定要将此信送到汉王那儿啊！"说完将鸿雁放飞。到了晚秋，田间的鸿雁不负所托，果然飞到了汉都。彼时汉昭帝[④]正御幸上林苑游玩，时近黄昏，暮色降临，天边晦暗悲凉。一行鸿雁飞过天际，其中一只飞了下来，啄开绑在翅膀上的信简。信简滚落在地，侍卫急忙拾起，上呈昭帝御览。昭帝启信，见信上写道："臣往昔困于岩窟之洞，徒送三春愁叹；今朝又见遗于荒野，失一足而不屈胡狄；纵使陈尸胡国，魂归必再仕汉君！"

---

① 此处日文原文为"漢王"，指汉武帝。
② 胡国指匈奴。
③ 李陵（？～前74），字少卿，西汉将领，李广之孙。
④ 汉昭帝（前95～前74），汉武帝少子，武帝死后继位，在位十三年。

这就是书信被称为“雁书”或“雁札”的由来。汉王览信毕，叹道：“惭愧！这的确是苏武的字迹，原来他尚存胡国啊！”乃命将军李广①统百万雄师，再讨胡国。此番汉军势强，终于大破胡兵。汉军获胜的消息传来，苏武从放逐地挣扎着找到了汉军，道：“本人便是昔年苏武！”十九年岁月蹉跎，只剩单足的苏武坐在车舆中，回到了故乡。他初至胡国时，不过一十六岁，汉王御赐的旌节一直贴身藏着，此际方才进呈昭帝。君臣见了旌节，感叹不已。②昭帝以苏武大功无双，乃赐予广大食邑，据说后来还任命他为典属国③。

李少卿淹留胡国，始终难归。不管他怎样向胡王求恳，都得不到归返汉朝的准许。但汉王并不了解他的无奈，以为他背君不忠，遂将他双亲的尸骸掘出，鞭尸凌辱；其余六亲戚属也悉数降罪连坐。李少卿闻知此事，切齿深恨。可是他依然念念不忘故乡，便亲笔书信一封，向汉王表明心迹。信中备言自己实是迫于无奈，绝非背君不忠。汉王览信毕，叹道：“可怜，少卿之叛看来情有可原。”遂对掘骸鞭尸一事十分后悔。

汉家苏武，鸿雁传书归故里；本朝康赖，海浪传歌达乡梓。彼为一封书信，此为两首和歌；在彼为盛世，在此则末代。胡国与鬼界岛虽相隔遥远，时代亦迥然不同，但二者情形甚为相似，实乃难得之事。

---

① 此处日文原文有误，李广是李陵祖父，于汉武帝时自杀身亡。汉昭帝根本不可能再命他出战了。

② 本章所叙内容，是苏武传说的日本流传版。从苏武统兵五十万征伐匈奴开始，一直到他归国，除了鸿雁传书外，其他所有事件及地点，包括苏武的年龄，均与中国史书记载不符。

③ 典属国：负责与属国联系的官员，秩二千石。秦汉时，同周边各国的具体交往，都由典属国执行。其职权类似于现在的外交部长。

第三卷

一、赦 文

治承二年正月初一，法皇御所举行新年拜礼；初四，天皇行幸御所，朝觐法皇。虽然一切都照着往例，没有什么改变，但去年夏天自新大纳言成亲以下，法皇贴身臣僚或诛或罚，多已不在，法皇怒气未息，内心苦闷抑郁，所以对朝廷政务也心灰意懒了。太政入道自多田藏人行纲告密后，深感法皇非易与之人，因而面子上虽然仍对法皇恭敬，但暗地里已加意提防，可谓笑里藏刀。

正月初七，东方有彗星现，其星名曰“蚩尤气”①，又名“赤气”。至十八日，星光愈发明亮。

再说入道相国之女建礼门院，彼时尚是中宫②，突然凤体违和，得了大病。大内皇宫、朝廷民间，尽皆为此忧愁叹息。诸寺法师诵经祈福，诸神社神官进呈币帛祷告；医家倾尽药石、阴阳师穷尽其术、僧众亦修遍大法秘法③，无一余剩。可是后来查明那并不是什么疾病，而是有了身孕。主上今年十八岁、中宫则是二十二岁，迄今未有皇子皇女。“若能诞下皇子，那真是吾家的荣耀啊！”平家一族仿佛皇子已诞生了一般，人人眉飞色悦。他族之人也道：“平家正值如日中天，子孙繁昌，诞下皇子定是确然无疑之事。”

---

① 蚩尤气：又称“蚩尤旗”，彗星名，古代以此星出，主有征伐之事。

② 中宫：本是皇后的代称，平安中期起变得有些复杂。一条天皇时，权臣藤原道长逼使一条天皇立了两位皇后，为此将第二位皇后称为中宫。此后历代天皇立后时，多先立为中宫，日后若有第二位皇后时，便将先前的中宫，擢升为名义上较高的皇后，新立的第二位皇后则是中宫。虽然中宫在各方面的待遇和地位等同于皇后，但严格而论，中宫只是近似于贵妃，而非皇后。此外，当新天皇即位时，若前代天皇的皇后，未发布皇后退位的诏令，则新天皇的正妻也只能称为中宫。

③ 大法、秘法，都是密宗的修习之法。秘法系以口耳相传的密语修习。

中宫妊娠经确定后，入道公急忙召来素有灵验的高僧、贵僧①，齐修大法秘法，向上天星宿、佛菩萨祈求皇子能顺利诞生。六月一日，中宫着带②，仁和寺御室守觉法亲王特意入宫参觐，念诵《孔雀经》为中宫加持。天台座主觉快法亲王也一道入宫，施展“变成男子法”③祈子。

随着怀胎月份的增加，中宫凤体益发不适。昔年“回眸一笑百媚生”④的汉朝李夫人，病卧于昭阳殿中的憔悴容颜，大概也是这般模样吧。那病容似芙蓉难禁风狂而凋萎、女郎花⑤不耐露重而低垂，比之唐代杨贵妃的“梨花一枝春带雨”，更加楚楚可怜。趁着中宫体虚气弱之际，不少可怖的妖物都附到了她身上。宫廷法师们以不动明王之法绳，将妖物绑缚于替身身上⑥，令它们显出了原形，分别是赞岐院之御灵⑦、宇治恶左府之怨念、新大纳言成亲之死灵、西光法师之恶灵，以及鬼界岛被流者的生灵等。入道公为了抚慰这些生灵死灵，首先为赞

---

① 贵僧：皇族中出家的僧人。

② 在日本，为祈愿安产，孕妇一般在妊娠第五个月戌日，在腰间系上“岩田带”，祈愿孩子能像戌（狗）一样多产且顺产。扎系腹带时的仪式称为“着带式”。岩田带由两条红白双色的绢布及一条白色棉带组成，多半由孕妇娘家赠送，也可到附近的神社祈得。其作用是把日渐大而重的肚子托起，减轻腰和背部的负担，防止腰疼及受冷，使胎儿处于安定状态，防止流产。

③ 变成男子法：全名“乌枢沙摩变成男子法”，是以乌枢沙摩明王为本尊，祈求生出男子的密宗之法。平家作为中宫的娘家，十分渴望中宫能生出皇子。

④ “回眸一笑百媚生”原是《长恨歌》中形容杨贵妃的，这里日文原文用典有误。

⑤ 女郎花：即苦菜花，中药里称为“败酱”，因其所开之花带有些许腐烂豆酱的味道。据传说，有女郎因男子薄情而投河，衣裳朽坏之后化为此花，遂有败酱气味。日本诗人常以之为意象，题咏甚多。

⑥ 将附于病人身上的妖物，转移到作为替身的童男童女身上，再以不动明王的咒力，缚住妖物。

⑦ “赞岐院”即崇德上皇，事见第一卷相关注释。因被流放赞岐，故称“赞岐院”。他死后为祟世间，是日本三大怨灵、四大妖怪之一。

岐院追封了谥号，上尊号“崇德天皇”；对宇治恶左府则赠官升位，追封为正一位太政大臣，宣诏的敕使是少内记①惟基。恶左府的墓地在大和国添上郡河上村般若野的五三昧。保元之秋，曾掘出恶左府的尸骸，弃于道旁，早已化作了尘土，只剩丛生的春草年年繁茂。今敕使寻来，宣读追封诏书，想必亡魂定会喜慰非常了。

怨灵作祟实乃可怖之事，是以追谥早良废太子②为“崇道天皇”，恢复井上内亲王③皇后名位，皆是用来安抚怨灵的策略。至于冷泉院④的疯癫、花山法皇⑤弃十善万乘之帝位于不顾，据说都是因为元方民部卿⑥的怨灵在作祟。而三条院⑦的眼疾，则是因供奉宽算⑧之灵所致。

---

① 少内记：中务省正七位上官员，负责为天皇起草诏敕，记录宫中事务。

② 早良废太子：即早良亲王（? 750～785），桓武天皇之弟，因卷入藤原种继被暗杀事件，遭到流放。早良亲王坚持自己无罪，最终屈死于流放地。他死后桓武天皇家灾祸不断，皇太后与皇后相继去世，宫中又出现灵异事件，皇太子也病入膏肓。桓武天皇筮卜问占，阴阳寮认为是早良亲王的怨灵作祟。于是桓武天皇为早良亲王修庙建寺，并追谥为“崇道天皇”。

③ 井上内亲王（717～775）：圣武天皇之女、光仁天皇之皇后，生子他户亲王。因立太子事，使用巫蛊咒魇他人而遭废黜，其子他户亲王也被废去太子名位，母子在幽禁中同日而卒。死后灾异突生，人言乃井上内亲王怨灵作祟，光仁天皇遂下旨迁葬御墓。800 年，井上内亲王恢复皇后名位。

④ 冷泉院（950～1011）：日本第 63 代天皇，当太子时就患有严重的精神疾病，即位后疯病缠身，只得在两年后匆匆退位。

⑤ 花山法皇（968～1008）：日本第 65 代天皇，17 岁登基，在位仅两年，就因宠妃辞世而心灰意懒，在元庆寺剃度出家。其人颇有文才，身后留下大量和歌作品。

⑥ 元方民部卿：即藤原元方（888～953），平安时代中期公卿。因外孙广平亲王被宪平亲王夺去皇太子之位，愤恨而死。其怨灵在平安中后期喧闹不宁。

⑦ 三条院（976～1017）：日本第 67 代天皇，患有严重的眼疾，近乎失明。权臣藤原道长为了让外孙登基，以眼疾为由逼迫他退位。

⑧ 宽算，又名桓算，系历史物语《大镜》虚构出来的架空人物，其原型为平安时代天台宗僧侣贺静。贺静为争天台座主之位不得而愤死，死后怨灵作祟，后被追赠为“僧正法印大和尚”才平息。

门胁宰相听说了以上追封诸事，便找来小松殿商议道："中宫怀胎，据闻宫里祷祝不断。然而任何祷告祈愿，都比不上大赦天下。若能召回鬼界岛一众流人，更是莫大的功德善根。"小松殿遂至父亲跟前，劝道："平宰相因丹波少将一事，苦恼忧烦，每日里唉声叹气。此番中宫凤体有恙，据说与亡灵作祟，特别是与成亲的死灵有关。若要安慰新大纳言的死灵，请您下令，召回尚存于世的少将吧。如此一来，既消亡者复仇之执念，您也能称心遂愿。亡者复仇执念一消，则您心中企盼之事便无阻碍。届时中宫定然顺利诞下皇子，吾家门之荣华也将益发繁盛。"入道相国面色平和，与往日全不相同，缓缓道："倘若召返少将，那俊宽与康赖法师该当如何处置？"小松殿道："最好一视同仁，全部召回。假如抛下一人孤守荒岛，反而又是一桩罪业。"入道相国道："康赖法师尚可饶恕。俊宽系我悉心栽培方才出头的，却在鹿谷山庄私建城郭、阴蓄同党，寻机作乱。此等狼子，决计不能宽恕！"小松殿回府，请来叔父宰相殿，说道："父亲已答应赦免少将，您可以安心了。"宰相殿合掌喜道："少将被流放时，那副望着我的神情，仿佛是在埋怨我无法保护他。见到他流泪，教盛心中实是不忍。"小松殿道："确然如此。怜子惜女之心，人皆有之。这层道理我会和父亲说的。"言罢转身入内。

鬼界岛流放者的召返事宜最终确定下来，入道相国颁下赦免文告，敕使随即奉命离京。宰相殿异常高兴，托敕使带上自己的私信，叫他昼夜兼程，快快赶路。可是海路颇有阻滞，风大浪高，从七月下旬离京，直到九月二十日左右，才抵达鬼界岛。

二、蹬足

那敕使乃丹左卫门尉基康，他下船登岸，逢人便高声问道："由京都流放来的丹波少将殿、平判官入道殿，而今身在何处？"敕使要寻的这两人，此刻凑巧都照例去参拜熊野权现了，只有俊宽僧都一人在。他听说京中来使，自言自语道："我是在做梦么？难道是因为思乡心切，引来天魔波旬①的胡言乱语搅乱我心？不，这事不是真的！"口中虽这么说，脚底却一路快跑，也不管跌倒多少回，心急火燎地赶到了敕使那里，问道："我是从京都流放到这儿的俊宽，尊使何事前来？"敕使从杂色脖颈上悬挂的文书袋中，取出入道相国颁发的赦令，打开来，念道："兹因中宫祷祝御产安顺事，特行非常大赦，虽重罪者亦可免除远流。据此，鬼界岛流人少将成经、康赖法师，予以赦免。二人当尽速归京！"赦令上却没有俊宽的名字。俊宽大急，心道会不会写在封皮上？将赦令和封皮翻来覆去，里里外外仔细看了个遍，确确实实只有另外两人的名字，没有第三人。

少将成经与平判官入道这时也回来了。少将取过赦令看了，康赖入道也细览一遍，见上头的赦免人名委实只有两个，第三人无论如何也找不到。倘若置身梦境，或许会有这样的事情发生。可这一切如果是梦，怎么又历历清晰？如果是现实，却又恍如梦幻。此外尚有数封托敕使带来的书信，是寄给少将和康赖入道的，俊宽僧都却连问安的只言片语都没收到。俊宽急道："我等三人同罪同罚，又流放到同一地点，如何赦免之时，只召返他二人，而将我单独留下呢？是平家把我给忘了？还是写漏了啊？怎么会变成这样！"说完呼天抢地，悲凄恸哭。可是哭也无用，他只好扯住少将的衣袖，半是埋怨半是哀求道："俊宽落到这般田地，皆因受汝父新大纳言谋反牵连所致。正因如此，此事你也脱不了干系。虽说赦令中无我名字，不能归京，但至少准我搭船去九州吧。从前有你们和我在一起，春天的燕

---

① 天魔波旬：欲界第六天天主，由于自身局限常讲错法，引人误入歧途，障害佛道，故被称为天魔。

子、秋天的大雁，还能带来一些故乡的音讯①。可自今而后，我再也听不到这些消息了。”语调凄凉愤恨，显见心中悲苦已极。少将安慰道：“思归之心，理所当然。我二人虽蒙召返，心中喜悦，但眼见你这般模样，也不忍将你独自抛在这儿。如果可以，我们自然极想让你上船，只是京里来的敕使绝对不会允许的。赦书上没有你的名字，若三人同乘一船离岛，传开去十分不妥。倒不如成经先行回京，与众人商议一番，看看入道相国的气色，待摸清他的想法后，方好来接你回去。在此期间，望能一如既往，宽心静候。最要紧的是留得性命，即便此番未被赦免，终有重见天日的那天。”虽然少将竭力慰解，但俊宽仍然当着大家的面，垂涕痛哭起来。

待到船只快要启航时，趁着众人各自忙乱，俊宽僧都反反复复地上船下船、下船上船，想要达到乘船回京的目的。少将送给他一件夜衾作为纪念，康赖入道则留下一部《法华经》。到了船只解缆离岸时，僧都紧紧抓住船缆，被拖曳着掉入海中。起初海水不过齐腰深，随着船只驶出，慢慢没到了两肋；船越行越远，僧都整个身子被拖到深水处，眼看着就要没顶。他用力攀住船沿，喊道：“难道你们真要抛下俊宽么？一点都不念往日的情谊了吗？让我上船吧，只要乘到九州之地就行。”不管他怎样哀求，京里的敕使就是不准，喝道：“绝然不可！”硬是将他抓住船沿的手掰开，令船只速速出海。僧都无计可施，游上岸，倒伏在地，如小儿思念奶娘或母亲般，一边蹬足②，一边在口中嚷道：“我要上船，带我一起走！”然而船去渺渺，只剩白浪滔滔。僧都泪眼迷

---

① 春燕、秋雁指从肥前国鹿濑庄定期开来的补给船，带有故乡的消息。这是被流放者唯一的精神安慰。

② 此处的蹬足，日文原文为“足摺”，也是本章的题目。“足摺”一词按字面理解，是“双脚相叠”，在中文里不好找到精准的对应译词。其部分含义，是因愤怒而顿足。但此时俊宽是卧倒的，自然无法顿足跺脚。其样子如小儿在母亲怀抱中躺卧着，双脚乱踢乱蹬，故而译者将“足摺”译为“蹬足”。特此说明。

蒙，瞧不清航船是否驶远，便跑上高岗，朝着远方不停地招手。昔年松浦小夜姬①挥动领巾，遥望唐船远去，其伤悲怕也不过如此。终于，船行无踪，夕阳西下，僧都却仍然不回简陋的住处，听凭海浪拍打着双足，放任露水湿透了全身，就这样在岸边度过一宿。只因坚信少将情深义重，定会在入道公面前为自己好言开脱，他才没有投海自杀。可是孤身一人，心中凄寂又向谁言？古时壮里、息里两兄弟②被弃于海岩荒岛的悲伤，想必僧都此时已深有体会。

三、御　产

被赦免者跟随敕使离开鬼界岛，来到平宰相的领地肥前国鹿濑庄。宰相殿从京中派人来，传话道："年内浪凶风烈，海路行船颇为艰险，你们就留在鹿濑庄调养身子，待明年春再进京不迟。"少将便依言留在鹿濑庄过年。

再说同年十一月十二日寅时③起，中宫胎气大动，眼看便要临盆。京中及六波罗登时忙乱起来，聚集了不少人。御产室设在六波罗的池殿④，法皇也亲临探视。自关白殿、太政大臣以下，诸公卿殿上人，以及有官

① 小夜姬：又名"佐用姬"，她的故事是日本古典三大悲剧之一，类似于中国的望夫崖传说。佐用姬的夫君大伴狭手彦，奉皇命前往百济，从松浦出发。佐用姬因不舍离别，在高山上挥舞领巾悲泣，最终化为石头。

② 壮里、息里：又作早离、速离。据《净土本缘经》记载，无量劫之前，南天竺有兄弟二人，兄名早离，弟名速离。兄七岁、弟五岁时，其母病故，其父再娶。后遇饥年，父入海求食。继母在家欲害二子，遂将二子引至孤岛抛弃。二子悲痛之余遂发百愿，愿修菩萨道以利益十方众生，无奈发愿毕即命终。父归后知子弃于孤岛，前往寻觅，却只见白骨一堆。父悲泣中发下五百愿度诸恶众速成佛道，并愿常住娑婆世界，说法教化。这位父亲即释迦佛的前身，兄早离是观世音菩萨的前身，弟速离是大势至菩萨的前身。

③ 寅时：黎明、日旦之时。上午3点整到上午5点整。

④ 池殿：权大纳言平赖盛的府邸。平赖盛是平清盛的异母兄弟。

职领地者，只要算得上是号人物，并且盘算着加官晋爵的，一个不漏，全都赶来守候。照先例，女御、皇后临盆待产时，都要实行大赦。大治二年[①]九月十一日，待贤门院[②]御产之时，就大赦过。对照往例，这回也有不少重犯得到了赦免，唯独俊宽僧都一人未蒙宽赦，实在是个遗憾。

中宫曾立有一愿：若生产平安，当行启[③]八幡、平野、大原野等神社礼拜还愿。此心愿由仙源法印敬白于神前。为此，以太神宫[④]为首的二十多个神社，以东大寺、兴福寺为首的十六所佛寺，尽皆为中宫诵经祈福。诵经的御使由领有官职的中宫侍卫担当，他们身着平纹狩衣、带剑，拿着各色诵经之物，以及剑、衣服等，从东台出来，走过南院，最后经西首的中门出去，那场面颇具排场。

小松内大臣是那种无论发生何事，都从容应对的人。他等众人七手八脚地忙活了大半天后，才带着嫡子权亮少将以及其他少年贵胄，陆续乘车到来。随带各色御衣四十领、银剑七柄，装于广盖[⑤]中；连同十二匹骏马，一并送入池殿。宽弘年间上东门院[⑥]御产时，御堂关白殿曾进献宝马，此后便成了定例。内大臣乃中宫长兄，又子代父职[⑦]，所以由他送马理所当然。五条大纳言国纲，也进献骏马二匹。不知这是出于真心实意，还是因为他身家过于豪富的关系？由伊势太神宫开始，直

---

① “大治”是崇德天皇的年号。大治二年是公元1127年。

② 待贤门院（1101～1145）：名藤原璋子，大纳言藤原公实之女，鸟羽天皇中宫，崇德天皇的生母。崇德天皇即位后，上藤原璋子院号为“待贤门院”。

③ 皇太子、皇后、太皇太后出巡，称为“行启”。

④ 指伊势太神宫。

⑤ 广盖：日本传统的，用来盛纳衣物的器具。

⑥ “宽弘”是日本第66代一条天皇的年号。上东门院（988～1074），名藤原彰子，是一条天皇的中宫。她的父亲御堂关白藤原道长，在她生产时送了一匹马。此后中宫分娩，娘家由父亲送马，成为惯例。

⑦ 平德子入宫时，因平清盛已出家，遂由平重盛子代父职，代表平家嫁女。

至安艺严岛，共七十多个神社，也都奉神马进献。大内御马寮则以数十匹悬挂“四手”①的宝马进奉。仁和寺的守觉法亲王谨修《孔雀经》之法、天台座主觉快法亲王谨修七佛药师之法、三井寺长吏圆庆法亲王谨修金刚童子之法，此外五大虚空藏、六观音、一字金轮、五坛之法、六字加轮、八字文殊、普贤延命等等诸法，莫不遍修。护摩②之烟缭绕满室、金铃③之音响彻云表、修法之声振聋发聩，无论何种妖物俱受震慑，不敢再显形作祟。此外，佛所④的法印，也奉命开始塑造药师如来与五大尊⑤的等身佛像。

然而，即使做足祷祝工夫，中宫也只是阵痛频频，却总不分娩。入道相国与夫人二位殿十分担心，双手置于胸前，慌张道：“这该如何是好？”身旁有人杂嚷询问，只顾回道：“一定会好，一定会好。”后来，入道相国感慨道：“早年驰骋战阵，我净海都不曾这般害怕过！”

修验者⑥房觉、性运两位僧正，春尧法印，以及豪禅、实专两位僧都，也各自念诵僧伽⑦之句，呼唤本寺本山之三宝、祈请常年信奉之本

① 四手：又名“纸垂”，神道祭祀中不可缺少的器具之一。用楮（日本纸的原料）的纤维制成，也可用和纸制作。其制法分为白川流、吉田流、伊势流等。“四手”的作用与注连绳相似。

② 护摩：梵语音译，意为焚烧、火祭，或译作火祭祀法、火供养法，是一种在火中投入供物作为供养的祭法，在日本密宗中是重要的修法。其寓意为以智慧火烧烦恼薪、以真如之性火焚尽内外魔害。

③ 金铃：密教法具之一，又作金刚铃。为督励众生精进、惊觉诸尊、警悟有情、震慑群魔，故振摇此铃。

④ 佛所：塑造佛像的场所。

⑤ 五大尊：指中央不动、东方降三世、南方军荼利、西方大威德、北方金刚夜叉这五大明王。

⑥ 修验道的修行者，称为“修验者”。修验道是夹杂有山岳信仰、道教、神道等成分的日本佛教宗派。因行法不偏一宗一派而广通诸宗，故以“道”名之。其主旨以修持咒法，证得神验为本义，故强调跋涉山林，刻苦修行。

⑦ “僧伽”意译为大众、僧众、僧团等，意指由出家僧侣所组成的团体。

尊，护佑中宫平安生产。其虔诚庄严，令人深感可钦可敬。尤其是法皇，原本为行幸新熊野神社一事，正素食斋戒中，如今也坐于锦帐旁，朗声念诵《千手经》。其祷祝灵验非常，正狂跳不止的替身，以及被咒缚的妖物，霎时间宁静寂然。法皇道："老身修佛年久，无论何等妖物，俱不能近身。今日布障之怨灵，皆曾受领朝恩，纵不存报恩之心，也不应妄生障碍。责令速速退散！"女子临盆难产，多为邪魔遮障，以至于苦痛难忍。此时若诚心称诵大悲咒，必鬼神退散，安乐生产。因此，法皇掐捻着水晶念珠，诵起了大悲咒。果然御产平安，中宫顺利诞下一个皇子。

其时，头中将重衡尚是中宫亮①，他挑帘而出，高声报道："御产平安，皇子诞生。"由法皇开始，关白殿及以下诸大臣、公卿、殿上人、祷祝的僧人、修验者、阴阳头、典药头②，堂上堂下所有人，尽皆雀跃欢呼，声传门外，经久不息。入道相国既喜且慰，不禁放声哭泣。这就是所谓的"喜极而泣"吧！小松殿来到中宫卧前，取金币九十九文置于皇子枕边，祝福道："命中注定，你将以天为父，以地为母③。愿你寿比方士东方朔④，一切心愿天照大神都能帮你实现。"祝毕，以桑弧蓬矢，向天地四方射去。⑤

---

① 中宫亮：从五位下，中宫职的次官。中宫职，又称后宫职，是中务省辖下专司后妃服侍事务的机构。

② 典药头：典药寮的长官，一般由长于医术者担任。典药寮是宫廷中负责诊疗、管理医药的部门。

③ 这位皇子，就是日后的安德天皇，所以说他注定以天地为父母。语见《白虎通》："王者父天、母地，兄日、姊月。"

④ 东方朔（前154～前93）：中国西汉时人，字曼倩，生性滑稽、奇智多谋。据《博物志》载，他曾三盗西王母仙桃偷食之，故而长生不老。

⑤ 古代贵族男子出生，射人（掌射仪的官员）用桑木做的弓，蓬梗做的箭，射天地四方，表示此子有远大志向。《礼记·射义》："故男子生，桑弧蓬矢六，以射天地四方。天地四方者，男子之所有事也。"

四、公卿齐聚

皇子的奶娘，原本预定由前右大将宗盛的正室担当，但她因难产已于七月间去世，只得换由平大纳言时忠的正室担当皇子奶娘。这位奶娘后来被称为“帅典侍”①。

分娩既毕，法皇准备起驾回返御所，御车就停在门前。入道相国兴奋过度，竟献了砂金千两、富士绵两千两给法皇。时人颇多非议，以为此举不妥。②

此番中宫御产，发生了不少滑稽可笑的事。先是法皇当起了修验者；其次是中宫御产时，照规矩，要把一个甑③从大殿的屋脊上滚下去。若是皇子诞生，则从南面滚落；皇女诞生，则应从北面滚落。可是出了岔子，第一次滚，甑从北面滚落地，众人吃了一惊，赶忙拿甑再滚一次。后来便有了议论，认为此乃不吉之兆。彼时入道相国手足无措的模样令人莞尔，而小松内大臣依然是那么从容不迫。可惜前右大将宗盛因最爱的夫人去世，辞去了大纳言兼大将两职，隐居赋闲。若兄弟能共仕朝廷，也不失为一桩美事。第三件可笑的事，是有七名阴阳师，被召来念诵千遍御祓的祓词。其中有个叫作扫部头时晴的老者，带着寥寥几个从人，想挤进人群中。可是聚集之人甚

---

① 帅典侍：称为“帅”系因这位夫人的父亲乃太宰帅。典侍，是宫中尚侍所的次官。当尚侍正式成为嫔妃后，典侍的地位上升，成为尚侍所的最高女官，并同时接替尚侍负责的奏请、传宣职司。

② 据《大日本史·列传第七十九》：“清盛献砂金、富士绵谢之。法皇怒其似嚫物，曰：‘朕为验者，亦足以活一身。’”嚫物，指布施之物。平清盛高兴过头，忘记了自己是臣下的身份，进献之物超过了常例，法皇认为这是在布施，故而不快。

③ 甑：古代蒸饭的一种瓦器。底部有许多透蒸气的孔格，置于鬲上蒸煮，如同现代的蒸锅。

多，就像甘蔗密植，稻麻竹苇[①]一般。时晴口中道："诸位请让一让，我是奉命来办差的。"边说边分开人丛，向里面挤去。挤着挤着，右脚的鞋子被人踩脱了，正犹豫着要不要去捡鞋子，冠帽也被挤落在地。如此庄严肃穆的场合，一个束带正装的老者，却放髻露发[②]，步履踉跄地走着，其景象颇为滑稽，年纪较轻的殿上人见了，无不掩口而笑。本来阴阳师们都有一种称为"返陪"[③]的步法，是不能胡乱行走的，而今却有这般荒唐事发生，当时大伙儿也没多想，但后来细思此事，都觉得这仿佛在预示着什么。

为中宫御产一事，特意至六波罗拜贺的有：关白松殿藤原基房、太政大臣妙音院藤原师长、左大臣大炊御门藤原经宗、右大臣月轮殿藤原兼实、内大臣小松殿平重盛、左大将实定、源大纳言定房、三条大纳言实房、五条大纳言国纲、藤大纳言实国、按察使资贤、中御门中纳言宗家、花山院中纳言兼雅、源中纳言雅赖、权中纳言实纲、藤中纳言资长、池中纳言赖盛、左卫门督时忠、别当忠亲、左宰相中将实家、右宰相中将实宗、新宰相中将通亲、平宰相教盛、六角宰相家通、堀川宰相赖定、左大辨宰相长方、右大辨三位俊经、左兵卫督重教、右兵卫督光能、皇太后宫大夫朝方、左京大夫长教、太宰大贰亲宣、新三位实清，以上共计三十三人。除右大辨之外都穿着直衣。未到贺者有花山院前太政大臣忠雅公、大宫大纳言隆季等十余人，听说后来也都穿了便

① 稻麻竹苇：譬物之多也！典出《法华经·方便品》："如稻麻竹苇，充满十方刹。"

② 日本古代效仿中国，男子要束发，再戴上冠帽。若不戴冠帽，裸露头髻，是一种很失礼的行为。

③ 返陪：在中国称为"禹步"，是道士在祷神仪礼中常用的一种步法动作。葛洪《抱朴子内篇》载有具体走法："正立，右足在前，左足在后，次复前右足，以左足从右足并，是一步也。次复前右足，次前左足，以右足从左足并，是二步也。次复前右足，以左足从右足并，是三步也。如此，禹步之道毕矣。"

服，去入道相国的西八条府邸道贺了。

五、 大塔建立

修法祷祝毕，开始奖赏有功之人。仁和寺的守觉法亲王，赏其修造东寺，并承办后七日御修法①、大元之法②及灌顶仪式；其弟子觉誓僧都亦升为法印。天台座主觉快法亲王，宣旨升二品位，赐坐牛车。后因仁和寺方面对此略有微词，便将法眼圆良也升为法印。其外褒赏多如牛毛，不再一一赘述。数日后，中宫由六波罗返回大内。先前入道相国夫妇在女儿被立为中宫时，曾祈愿道："但愿吾女能诞下皇子，日后登基即位。如此一来，我二人便是天皇的外祖父、外祖母了。"为此，他们每月都去家族崇奉的安艺严岛神社参拜祈求。后来中宫果然有喜，而且如愿以偿诞下一位皇子，可见严岛神明确是灵验。

诸位看官，你道平家是如何信奉起安艺严岛神社的？那还得从鸟羽院御宇时，清盛公尚是安艺国守那会儿说起。彼时由安艺国地方上出资，清盛公奉旨监修高野山大塔③。他委任渡边的远藤六郎赖方为杂掌④，管理此事。耗时六年，终于修理完毕。竣工后，清盛至高野山参拜大塔，当走到奥院⑤时，遇见一位不知何处来的老僧，长眉低垂似白霜、额上皱纹如叠浪，拄着双岐鹿角杖，缓步踱出。二人彼此寒暄后，

---

① 后七日御修法：由空海大师创立，是真言宗最大的法会。从正月初八算起的七日间，在宫中真言院举行修法，祈祝国家太平、五谷丰登。

② 大元之法：镇护国家之秘法，以大元帅明王为本尊。日本僧人常晓入唐，从花林寺受大元帅法后返日本弘传。

③ 1149年，高野山根本大塔遭雷击，除御影堂外全部烧毁。平清盛为此于1156年致力于大塔的重建。

④ 杂掌：国司属下官员，负责现场监督。

⑤ 奥院：日本佛教建筑用语。日本的神社、佛寺等处，除本殿、本堂外，尚有奥院为开山祖师之灵堂，多建于岩窟等幽邃之处。

老僧道："由昔及今，此山作为密宗圣地，从未有丝毫衰败，堪称天下无匹。今大塔之修既毕，而安艺国严岛与越前国气比宫，实两界垂迹[①]之地也。然气比宫至今仍荣盛兴旺，严岛神社却几乎荒废无闻了。为此，老僧今日特向尊下恳请，望能大修严岛神社。若修葺之，卿身及子孙之福禄，必无人可与并肩。"言罢缓缓离去。在他适才的站立处，异香扑鼻。清盛急命仆人尾随那老僧查看，只见老僧在三町路开外，忽然消失无踪。看来他绝非凡人，应当是弘法大师[②]显圣！清盛的敬意油然而生。作为降生到这娑婆世界的纪念，清盛就在高野山的金堂中，开始绘画曼陀罗[③]图。他命绘师常明法印绘制西曼陀罗[④]图；而东曼陀罗[⑤]图则由他自己亲笔绘制。当画到八叶之中尊[⑥]的宝冠时，听说他竟然刺头出血，用自己的血来绘画，也不知是何用意。

清盛返京后，至院所参见法皇，同时将拜塔时发生的奇事一并禀明。法皇心中欢喜，遂将清盛的国守任期延长，命他修葺严岛神社。清盛重立了鸟居、新造了神殿，又建了一百八十间回廊。修葺完工后，清盛到严岛参拜。当晚，于梦中见一鬟结仙童自宝殿中步出，言道："吾乃严岛大明神之御使。汝可仗此宝剑，扫平一天四海，护卫朝廷。"说罢以一柄银鞘丝边小长刀相赠。清盛梦醒，见枕畔果有一柄小长刀。其

---

① "两界"指胎藏界和金刚界。密宗视宇宙中一切皆为大日如来所显现，严岛神社是大日如来的理性方面（胎藏界）的垂迹所在；气比宫是大日如来的智德方面（金刚界）的垂迹所在。

② 弘法大师（774～835），法名空海，密号遍照金刚，日本佛教高僧。于延历二十三年（804）入唐，师事惠果学习密宗真谛；大同元年（806）携带佛典经书、法物等归国。弘仁七年（816），在高野山创立真言宗。

③ 曼陀罗：又称曼荼罗、满达，系梵语音译。其意译为坛场，指一切圣贤、一切功德的聚集之处。

④ 西曼陀罗，又作果曼陀罗，系金刚界之曼陀罗。

⑤ 东曼陀罗，又作因曼陀罗，系胎藏界之曼陀罗。

⑥ 胎藏界的中台，称为八叶之莲华，其上有中胎八叶共九座，住立有九尊。中胎之尊，乃胎藏界之大日如来。

后又蒙大明神神示："汝当牢记圣贤之言，苟有恶行，必殃及子孙。切记切记，不可忘却。"言毕，大明神随即隐去。此事当真神奇。

六、赖　豪

忆昔白河院在位时，立京极大殿[①]之女为皇后，尊号贤子中宫，最是宠幸。主上满心盼望她能诞下一位皇子，听说三井寺有个法力极灵验的僧人，唤作赖豪阿阇梨，便将他召来，道："朕命你代皇后祈愿求子，事若有成，封赏任由你提，无不恩准。"赖豪答应道："此事容易，请陛下安心等候。"回到三井寺后，他尽心尽意地祈祷了百日，中宫在这百日内果然有喜。承保元年[②]十二月十六日，中宫御产平安，生下一位皇子。天皇大悦，再度召来赖豪阿阇梨，说道："汝所望之事，尽可说与朕听。"赖豪道："望得陛下敕许，于三井寺建立戒坛。"天皇回道："此愿出乎朕之意料，朕还以为你想升为僧正呢。须知皇子诞生，继承皇祚，乃是美事，朕自然希望海内太平。今若应许了你，山门势必愤愤不平[③]，天下便无宁日了。一旦两门爆发械斗，天台的佛法也就岌岌可危了。"遂不许赖豪所请。

赖豪心中激愤，返回三井寺后，开始绝食抗议。天皇闻讯，大为震惊，急忙召来时任美作守的江帅匡房[④]，吩咐道："听说你与赖豪结有师檀[⑤]之缘，请你去一趟，劝慰劝慰他。"美作守领命，来到赖豪阿阇梨的僧房，打算替天皇劝慰赖豪一番。然而赖豪隐身于布幔遮障的持

---

① 京极大殿：指京极左大臣藤原师实。

② "承保"是日本第72代白河天皇的年号，承保元年为公元1074年。

③ 当时延历寺正与三井寺争夺天台宗宗主之位，如果建了戒坛，必然引发延历寺和三井寺的全面械斗，天台的佛法将就此衰败。所以天皇认为此事不妥。

④ 江帅匡房：指太宰权帅大江匡房。

⑤ 师檀：师僧与檀越（施主）。

佛堂①中，用可怖的声调斥道："古语云'天子无戏言'②，纶言如汗③。皇子系我费尽心力祈愿得来，如今天皇负我，我将携皇子往魔道去矣。"语毕，终不肯出来一见。美作守无奈，回宫参见天皇，奏闻此事。赖豪不进水米，过不几日便饿死了。天皇知悉，震怖心悸。皇子紧跟着就病了，祷神问医均不见效。宫中之人都梦见一个白发老僧，手执锡杖，立在皇子枕边，似幻非幻，其景象说不出的诡异可怕。

承历元年④八月六日，皇子年仅四岁，便告夭亡。此子即敦文亲王是也。天皇为此哀痛欲绝。山门西京座主良真大僧正，其时尚是圆融坊僧都，也是位素称灵验的高僧。天皇召他入宫，问道："这可如何是好？"僧都道："无妨。御产祈愿之事，凭吾山之力，无论何时皆能实现。当年九条右丞相⑤因与慈惠大僧正⑥结缘，这才诞下了皇子，后来成为冷泉天皇。所以请陛下勿忧，祈愿求子之事甚易。"回到比睿山后，僧都面对山王大师，专心致志地祷告了百日，中宫果然在百日之内有了身孕。承历三年七月九日，中宫御产，平安诞下一位皇子，即后来的堀河天皇。以上往事再次说明了怨灵的可怖。这一回皇子出世，可喜可贺，既然宣布大赦，却单单不赦免俊宽僧都一人，实是令人遗憾。

---

① 持佛堂：个人安置供养佛像的地方。

② 语出战国吕不韦《吕氏春秋·重言》："天子无戏言。天子言，则史书之，工诵之，士称之。"

③ 纶言如汗：皇帝的话，一说出来就和汗流出后不能收回一样。语出《礼记·缁衣》："王言如丝，其出如纶，王言如纶，其出如綍。"

④ "承历"是白河天皇的年号，承历元年为公元1077年。

⑤ 九条右丞相：指右大臣藤原师辅。他的女儿藤原安子是村上天皇的中宫，后来生下冷泉天皇。

⑥ 慈惠（912～985）：俗姓木津，法名良源，949年受传法灌顶，后出任日本天台宗第十八代座主。因于天台座主任内，重建被火烧毁的堂塔，并振兴教学，而被尊为比睿山中兴之祖。

同年十二月八日，立皇子为东宫。东宫傅①为小松内大臣，东宫大夫②则听说是池中纳言赖盛。

七、 少将归京

次年，即治承三年正月下旬，丹波少将成经自肥前国鹿濑庄启程，踏上回京的路途。此时余寒犹烈，海上风大浪急，船沿着岛屿海湾艰难前行，直到次月十日，才抵达备前国儿岛。少将上岛，寻访到其父新大纳言昔日的居所，只见竹柱与旧屏风上，留有父亲亲笔书写的文字。少将睹物思人，哀道："一个人传留后世最佳的纪念，无过于手迹。若非书于此处，后人如何亲眼目睹呢？"遂与康赖入道二人，泪眼婆娑，反复诵读。其上所书文字是："安元三年七月廿日出家，同月二十六日，信俊亦至此地。"由是可知源左卫门尉信俊曾到访过。邻侧的墙壁上又写着："三尊来迎有便，九品往生无疑。③"少将观此遗笔，道："父亲大人欣求净土之愿，皆蕴涵其中矣！"感慨万千之下，心头亦略得慰藉。

随后，少将又在一片松树林中，寻见了父亲之墓。其实那不能算是墓，并未特意筑起坟茔，只是在平地上隆了个土堆而已。少将合拢两袖，仿佛其父尚在人世般，哀哀泣诉道："听说您被流放到远离京都之地，孩儿隅处幽岛，亦略有耳闻。只因此身不能自主，无法赶来拜望。成经流放于彼岛，命如晨露，幸未消殒，苦苦撑持了两年，而今终得召

---

① 东宫傅：皇太子的辅导老师。

② 东宫大夫：东宫职（负责皇太子事务的部门）的长官。

③ 三尊来迎：指临终之际，阿弥陀如来、观音菩萨、势至菩萨前来迎接。九品往生：往生净土的九等品类。博通三藏之大德与凡愚之人，因修持不同，往生品位便有差别，分为上、中、下三辈，每一辈又可分为三品，合为九品。

返。归京固然可喜，然父亲大人若能在世，孩儿苟延残生方有意义。此番前来，行色匆匆。不过自今而后，再也无须这么匆促了。”说着哭倒在地。如果新大纳言尚在人世，想必他会答道：“孩儿不必忧虑，我一切都好。”可是世上最堪哀之事，便是生离死别。青苔之下无人应答，唯有山风吹过松枝，发出阵阵松涛声。

入夜后，少将与康赖入道绕墓念佛，通宵达旦。次日天明，筑起新坟，立了墓碑，又在坟前搭了个窝棚。此后七日七夜，念佛书经。待结愿时，特地制了一个大卒都婆，上书“过去圣灵出离生死，证大菩提。”又在年月日下方，写上“孝子成经”。即使是卑微贫贱的樵夫见了，也不禁动容，泪湿衣襟，皆言此子孝心可嘉，天下无人能比。年去年来，往昔抚育之恩难忘；如梦如幻，今日思念之泪难尽。祈盼三世十方[①]之佛陀圣众垂怜，令亡魂尊灵得以安息吧。少将道：“本该再留些时日，多多念佛以积功德。但京中还有人等着，不好让他们着急，只好日后再来祭拜了。”遂于亡者坟前泣拜而别。那冥土之下的人，也定然是依依不舍吧！

三月十六日，少将殿于薄暮之时，到达鸟羽。此地遗有故大纳言殿的山庄，叫作洲滨殿。经年荒废，无人居住，墙垣虽在，殿顶已塌；门扉虚设，门板无踪。步入内院，绝无人迹，唯有青苔厚密。再看那池塘，春风吹拂着名唤秋山的假山，也吹皱了一池碧水，紫鸳白鸥逍遥于白浪翻涌间。少将想起曾在此处起居的亡父，泪水不禁滚滚而下，拭之不尽。院中屋宇虽在，栏门俱破，窗格已不知去向。成经手指各处，逐一向康赖入道解说道：“这儿是大纳言殿起居之所、那扇门平常是这般开着供人进出的、还有那边的树是父亲亲手栽种的。”件件回忆，都勾起了

① 三世十方：佛教用语，用来指代一切时间和空间。过去、现在、未来，谓之“三世”。正南、正北、正东、正西、东南、东北、西南、西北、上、下，谓之“十方”。

他的思父之情。那时正是弥生①第十六日，樱花虽凋尚有残余，杨梅桃李的梢头各色花朵竞相开放，显示着春的到来。少将立身花树下，随口吟咏古人诗歌道：

桃李不言春几暮，
烟霞无迹昔谁栖。②

又：

故乡之花若能言，
往昔种种欲相询。③

康赖入道听了这两首古诗歌，感慨良深，眼泪湿透了墨染色法袖。二人本打算待到黄昏便动身赶赴京都，只因太过不舍，所以在洲滨殿宿留了一晚。是夜，月影横斜，月光从朽败的屋板缝隙间漏下，荒废的屋子常见这种景象。等到鸡鸣五鼓，天色微明，他们仍不愿启程返家。可是一直留在此地也非长久之计，再说家中已遣了车子来迎，若让亲人们久候，心中也过意不去。少将思前想后，唯有洒泪离别洲滨殿，怀着悲喜交加的心情，归返京都。康赖入道府上也派了车子迎接，他却不上自家车，说道："共患难至今，实不忍分别。"于是与少将同乘一车，一路行至七条河原。照理到了这儿，就该分手了，但他们愈发难舍难分。哪怕是一同赏花半日的游客、月下共度一夜的旅友，或者是避雨于同一棵树下的路人，临别时尚且依依不舍；更何况二人被流放到海

① 弥生：日本民间对三月的别称。
② 出自菅原文时《山中有仙室》第三联，载《和汉朗咏集》卷下。原诗即为汉文，照直录之。
③ 出自出羽辨作品《春之世尊寺咏歌》，见《后拾遗和歌集》卷二。

岛，同生共死；船中浪上，一业所感①。自是前世因缘不浅，故成莫逆之交。

少将归京，首先造访岳父平宰相府。少将之母本于灵山②隐居，昨日才赶到宰相府等候。她眼见少将入来，只哽咽着说道："存命至今，终于相见……③"便不再言语，以衣蒙头，倒卧痛哭。宰相邸内的一众女官与武士纷纷围拢近前，尽皆喜极而泣。少将的正室夫人与奶娘六条，更是欢天喜地。六条由于心忧过甚，一头黑发已尽成银丝；夫人往昔美艳如花，如今也花萎色衰，无复当年风姿。少将刚被流放时，稚子年仅三岁，此际也已长大，头发束了起来。其旁立有一名年约三岁的小儿，少将问道："此子是谁？"六条答道："他是……"不等说完，便以袖遮面，哀哀哭泣。少将回忆起分别之际，妻子颇有几分不适，原来是有了身孕，还平安无事地将孩子抚育至今。此刻回想，真是一件可悲事。此后少将仍同以往一样，在法皇院中任职行走，并升为宰相中将。

至于康赖入道，有一座自建的山庄，在东山双林寺，所以就迁到山庄住下。有歌曰：

故居苍苔满檐隙，却无月光泄地来。

此后他就在山庄长期隐居，一面回想昔日的忧苦辛劳，一面著述物语作品《宝物集》④。

---

① 一业所感：又名"共业共果"，谓多人在前世造同一种业因，今世就会遭受相同的果报。

② 此处的灵山，指的是京都东山的灵山正法寺，系灵山派的本寺。

③ "存命至今，终于相见……"引用了能因法师的和歌，含着一个暗寓。原歌是："存命至今，今秋终得见月，可叹久别之人已难再见。"少将之母只说了前半句，言下之意是虽然见到了儿子，可夫君却再也见不到了。

④ 《宝物集》：平安末期佛教故事集，别名《康赖宝物集》，共四部。

八、有 王

再说被流放到鬼界岛的三人，已有两人获赦，召返归京。单单留下俊宽僧都一人，孤独地在荒岛上做“岛守”，继续吃苦。真是堪悲堪怜。有个自小就服侍僧都的童仆，名叫有王，颇受僧都看重。他听说被流放去鬼界岛的罪徒，今日都已返京，便来到鸟羽探看，却不见家主。向人询问是何原因，有人答说：“僧都罪重难赦，所以还不能离岛。”有王听了，心中黯然。这以后，他常去六波罗附近打听消息，却一直没有赦免的风声传出。为此他特意找到僧都女儿隐居之地，恳请道：“这一回大赦，竟把主人给漏掉了。所以我想设法去一趟那荒岛，探视一下主人的近况，请您赐信一封让我捎上。”僧都之女流着泪写完信，交给有王。有王心中寻思，若是向父母辞行，他们是否准许还是个未知数，索性便不让父母知晓。唐船一般要等到四五月才解缆，那时已是夏天，不免太晚了些。有王遂于三月末离京，经过海路漫长而辛苦的颠簸，抵达萨摩潟。在由萨摩去往鬼界岛的船津关口，他遭到了严厉盘查，连身上的衣服都被剥光。但他毫不后悔，一心只想着姬御前①的信不能被搜到，便将信隐藏在发髻中。过关后，他换乘商船到了鬼界岛。上岛一看，当真是眼见为实、耳听为虚，原先在京里虽已大略听说了此岛荒凉，但和亲眼所见相比，又差了一大截。岛上水田无、旱田无；村庄无、部落无；居民寥寥，所说土语外人极难听懂。有王琢磨着这些人虽然不好交流，但其中或许有人知道主人身在何处，便试探着问道：“请问……”有人答：“何事？”又问：“有位从京都流放到此地的法胜寺执行，阁下知道他的行踪么？”那些个荒岛土人，哪里知晓什么“法胜寺”、什么“执行”，大多摇头道：“不知。”不过其中有个略为明事

① 姬御前：对达官贵人女儿的敬称。

的，说道："是了，那副模样的人有三个，其中两个已被召返回京了；如今只留下一个，四处漂泊浪迹，到底在何处落脚却不确定。"有王心想，主人说不定是在山里，于是走了相当一段长路，入深山寻主。他攀岭下谷，但见白云变幻，山径难觅。晴日劲风吹拂，不见主人面影。既然山中无从寻觅，便去海边探寻。然而除了海鸥沙头刻印①，以及海滨白洲上聚集些水鸟外，找不到一个人的踪迹。

某日清晨，有王在海边见到一个干瘦如蜻蛉②的人，摇摇晃晃地慢慢走近。从外貌上看，是一位法师，脏乱的头发乱蓬蓬地，发上粘着无数藻屑，如同戴了顶荆冠一般；瘦骨嶙峋，关节毕露，皮肤松弛，所穿衣裳也瞧不清是绢制还是布制。他一手拎着捡来的昆布③，一手提着渔夫施舍的一条鱼，步履蹒跚，踉踉跄跄地朝前缓缓走着。有王暗忖道："往日在京都时，虽然见过不少乞丐，这等模样的却是从所未见。佛经云：'诸阿修罗等，居在大海边。'修罗之三恶四趣④，在于深山大海的边界。若果真如佛所说，难道我不经意间，竟闯入了饿鬼道么？"心下踌躇，互相慢慢走近。"也许，他知道家主的下落吧？"有王壮起胆子，问那人道："请问阁下……"那人道："何事？"有王又问道："有位从京都流放到此地的法胜寺执行，阁下知道他的行踪么？"有王虽不识旧主，僧都何曾忘童仆？他只说了一句："在下便是。"便心情激荡，两手一松，手中之物掉落在地，人也昏厥在沙滩上。有王此刻方

---

① 海鸥沙头刻印：语出平安中期学者、书法家大江朝纲的《题洞庭湖》诗："沙头刻印鸥游处，水底模书雁度时。"

② 蜻蛉：俗称"豆娘"，体型细长且软弱的飞行昆虫，是一类美丽的益虫，类似小型蜻蜓。因外观优雅，带有令人心动的鲜艳体色，所以受到各国艺术家的喜爱，常有蜻蛉入诗入画。

③ 昆布：即海带，褐藻的一种，生长在海底的岩石上，形状像带子，含有大量的碘质。

④ 三恶四趣：地狱道、饿鬼道、畜生道称为"三恶道"，若加上修罗道，即是四趣。趣，"往到"之意。

知面前之人就是主人，急忙将昏倒的僧都扶起，靠在自己膝头，泣道："有王为寻恩主，特从海路迢迢而来。哪知来迟了，主人竟是这般惨状。"过得片刻，僧都醒转，有王扶他起身坐好。僧都道："你远道来此寻我，诚意可嘉，令我感动。我朝思暮想在京的亲人，他们的容貌身影，时不时地出现在梦里，有时还化成幻影浮现在眼前。可是我的身子正日渐衰弱，经常神志不清，把梦境和现实都混淆了。所以见到你，也还以为是在梦中呢。倘若这真的是梦，梦醒之后又该如何呢？"有王道："此刻之事，全是现实。您以伤心病弱之躯，能撑持到今日，实在是不可思议。"僧都道："正是如此。自去年少将与判官入道获赦回京，将我独自舍弃在这荒岛后，那凄惨无依的情形，你推想一下便知道了。彼时我就想投海一死了之，但少将劝道：'请再等等京都的音信吧。'因了这番慰藉，我心中存了虚幻的期盼，一直徒劳地等着，苟延残喘。此岛一点供人吃的食物也没有，身上有力气时，我就上山挖些硫磺，跟九州来的商人交换食物。久而久之，身子骨垮了，力气也弱了，硫磺便没办法挖了。于是天气好的时候，比如今天这样，就去海边向撒网的渔夫，敬礼屈膝，讨要些鱼鲜；退潮的时候，就拾取些贝类，捞昆布、食海苔，维持露珠般的薄命，苦撑到了今日。若不如此，便别无他法度日了。"顿了顿，僧都又道："本想就在海边把要说的话全说了，可又觉得有些不妥，所以还是去我家再谈吧！"有王心道："主人已落到这般田地，怎么还有家？真奇怪了。"心中想着，脚下随着僧都，来到一丛松树中，但见一个小草庐，以海上漂来的竹子为柱，用芦苇捆扎起来，横放着作梁，上下铺着密密麻麻的松叶，权且挡风遮雨。僧都往日掌管法胜寺寺务时，兼管八十多个庄园的庄务，栋门平门①之内，有四五百名从人下属簇拥着。而今亲眼目睹，竟落到这般凄凉地步，实在令人难以置信！人间业报，有种种不同。分为顺现业、顺

① "栋门"是门楼耸立之门；"平门"是门上有平顶之门。

生业、顺后业①。僧都一生所享用的，皆是信众布施给大伽蓝的寺物佛供，因此犯下“信施无惭②”罪，在今生就受到了现世报！

九、僧都辞世

僧都定下神来，清楚了眼前之事非在梦中，便道：“去年京中敕使前来迎接少将与判官入道时，我连家信也无一封。今日你来，家中有捎信么？就算是口信也好啊！”有王拜伏在地，哽咽流泪，一时间说不出话。片刻后，方抑泪抬头，道：“您去西八条不久，府里就来了不少抓人的官差，将宅中众人尽都捕去了。官差向他们逐一逼问谋反之事，然后把他们全部杀害了。夫人为保护少主和姬御前，费尽心思，躲到了鞍马的深山中隐忍潜居，平时仅我一人常去服侍。几位主子都十分忧愁伤感，特别是少主，对您念念不忘，我每回去参见时，他总是说：‘有王，拜托了，带我去鬼界岛吧！’不幸的是，少主在二月染上了天花，病逝了。夫人悲痛欲绝，再加上日夜思念您，哀毁瘠立，身子一天天病弱，最后也在同年三月二日撒手人寰。如今只有姬御前孤身一人，躲在奈良的姨娘家，我带了她的信来。”说着取出书信奉上。僧都览信，见诸事皆如有王所述，信末写道：“被流者共有三人，为何其他二人都已回京，父亲大人迄今不见归返呢？无论尊卑贵贱，女子都是脆弱可怜的。女儿若是男身，定会亲往您所在的岛，迎回父亲大人。请您尽快与有王一道归京吧！”僧都叹道：“有王，你看看，她信里写得多天真啊！说是让我同你尽快回京……唉，这事真叫人悲伤。若俊宽能自己做主，又何须在此苦熬三个春秋呢？她今年已十二岁了，还这般不懂事，

① “顺现业”是现世得到果报；“顺生业”是此生造业，来生受报；“顺后业”是此生造业，于来生之后的数生受报。

② 信施无惭：得到信众的布施供奉，却没有功德可以偿还，心中对此竟不感羞耻。所以要受到报应。

以后如何出嫁？如何去宫里奉职？又如何立身呢？”言罢泣下如雨。古歌云：“双亲之心本不昧，爱子心切入迷途。[①]”其中所蕴深意，在此即可体会得到。

僧都又悲道：“自流放此岛后，历书难觅，日升月落，实不知过了多少年华。唯有凭着花凋叶落，辨别春秋。蝉声送麦秋[②]，知夏季已至；山野满积雪，晓隆冬来临。见白月黑月[③]之轮替，方得辨明晦朔。屈指算来，我那幼子今年也不过六岁，却先我故去了。当年临去西八条时，此子要随我同去，我哄他即刻便回。这情形如今想起，仍历历在目。若早知一别即成永诀，我定会留下来陪他。都说亲人、父子、夫妻之缘，并不单限于今生，他们却为何都先我离世呢？而且也不报梦让我知晓。他人如何讥笑我都毫不在意，苦苦煎熬地活着，就是希望能与亲人们相见。虽然担心女儿，但她只要咬紧牙关，总能够勉强活下去。而我不过是苟延残喘，无谓再拖累你们，心中也实在过意不去。”言罢，僧都连仅有的一点食物也停食了，终日唱诵弥陀名号，祈求临终正念[④]。在有王登岛的第二十三天，终在小草庐中辞世，据闻时年三十七岁。有王抚尸痛哭，呛天哀地，但一切都无可挽回了。悲泣过后，有王道：“小的本欲追随恩主，尽三世之缘[⑤]，无奈此际唯有姬御前尚存，无人为恩主祭吊祷告，小的唯有暂活人世，为您祷祝冥福。”说完，并

---

① 语出平安时代三十六歌仙之一的藤原兼辅(877～933)作品，载《后撰和歌集·杂一》。

② 送麦秋：典出唐诗“千峰鸟路含梅雨，五月蝉声送麦秋”。麦秋，指初夏。初夏正是麦子成熟的季节，古书解：“秋者，百谷成熟之期。此于时虽夏，于麦则秋，故云麦秋。”

③ 白月黑月：按天竺历法，白月指上半月，即初一到十五，以其光生渐明之故；黑月指下半月，即十六到三十，以其光渐减黑之故。

④ 临终正念：佛门修行者于临终时，摒除杂念妄想，一心不乱，住于正念之中。若能如此，则命终时方能得佛来迎，往生净土。

⑤ 武士道把忠看作最高的道德标准，认为主从关系较之父子、夫妇关系更深，故有“父子一世、夫妇二世、主从三世”的说法。

不移动僧都的尸首，只是将小草庐拆掉，把松树枯枝和芦苇枯叶，掩盖于尸首上，随着缕缕藻盐之烟，就地火化了僧都。荼毘①完毕，捡出白骨，悬于颈前，又搭乘商人船，来到九州。

有王寻至僧都之女隐居处，先将鬼界岛上发生的种种事详细说了，又道："主人看过您写的信，忧思愈重。荒岛无砚无纸，难以复信，他的满腹心事，只好永远藏在心中，化作虚无了。自今而后，纵历生生世世、他生旷劫②，您也听不到他的声音，见不到他的姿容了。"姬御前听罢，伏身恸哭。不久后，年仅十二岁的她，在奈良法华寺削发为尼，虔心拜佛，为父母祈祝来生之福。这真是一桩悲哀事。有王颈前悬着俊宽僧都的遗骨，登高野山，将遗骨存放于奥院中，随后自己去莲花谷当了一名法师，遍历诸国七道③修行，为主人求后世之福。平家积怨日深，人心愤恚，其后果必将十分可怖。

十、旋　风

同年五月十二日午时，京中突起旋风，众多房屋被刮塌。风从中御门京极开始，直向未申方④刮去。所过之处，栋门平门被连根吹拔，直掀出四五町，甚至十町开外。横梁尾柱飞散于空中，桧皮⑤、葺板⑥

---

① 荼毘：即火葬。火葬法于佛陀以前即行于印度，用来处理僧人的尸体。佛教东传后，中日亦多用之。

② 他生旷劫："他生"指轮回的另一世；"旷劫"是久远之意，指无穷尽之彼时。

③ 古日本行政区域划分，京畿之外仿中国唐制，以"道"称之，共分为"七道"：东海、东山、北陆、山阳、山阴、南海和西海。

④ 未申方：古代阴阳五行家以十二支定方位，未申在西南方。

⑤ 桧皮：神社寺院及贵族宅邸，用割成四方形的桧树皮，替代木板覆盖屋顶。

⑥ 葺板：铺在屋顶的细长板。

之类，如同冬日的树叶在空中翻飞。狂风怒号，只怕地狱中的业风①也不过如此。不但屋舍遭到破坏，丧生的人也不计其数，牛马畜类更是死毙无算。人们议论纷纷，都道此事不吉，应当占卜。神祇官②占卜后，道：“百日之内，厚禄之臣须时时谨慎，天下将有大事，届时不但佛法王法一并衰微，且有兵革绵绵相继之祸。”阴阳寮占卜后，也得出同样的结论。

十一、医师问答③

小松内大臣万事细谨，听闻世间风言风语，立即前往熊野参拜神社。在本宫证诚殿御前，他彻夜祷告道：“今观吾父入道相国，恶逆无道，动辄搅扰法皇。重盛身为长子，虽频频进谏，却因己身才学不济，难以服膺父心。瞧他种种作为，只怕一代荣华尚且难保，更别提子孙代代，枝叶相续，显亲扬名了。此际危急关头，重盛苟思，与其窃据股肱之列，浮沉世事，不合良臣孝子之法，倒不如埋名遁身，舍弃今生名望，只求来世菩提。然吾凡夫愚鲁，惑于是非，因此犹疑难定，不能毅然决断。特祈南无权现金刚童子垂示：若平家子孙荣华不绝，世世奉仕于朝廷，则请和缓入道之恶心，令天下安宁；若荣华止于一代，后世子孙将蒙耻受辱，则请减去重盛寿命，以救来世苦难。此二愿，伏求神明冥助。”正虔诚祈念，突地一团似灯笼之火的物事，从内大臣体内飞出，瞬间消失不见。在场亲眼目睹者甚多，却个个恐惧得不敢声张。

内大臣回来时，要渡过岩田河。时值炎夏，嫡子权亮少将维盛与

---

① 业风：指恶业所感之猛风，吹于地狱中。
② 神祇官：负责祭祀、占卜、神事管理的机构的长官。
③ 长门本题作《重盛逝去》，更加契合本章内容。

其他少年公卿，贪图凉快，在净衣内穿着薄色衬衣，下河嬉戏，河水渗湿了净衣，现出里面薄色衬衣的颜色①。筑后守贞能见了，斥道："你们的净衣是怎么回事？都变成不吉利的样子了。快点换掉！"内大臣阻道："看来我所祈愿之事，就要实现了。这净衣不必更换了。"言罢，命人从岩田河赶往熊野，奉上币帛致谢。众人深以为奇，不解其意。然而要不了多久，那些少年公卿们就真的要穿上薄色丧服了。天意冥冥，当真不可思议。

内大臣到家不过数日，便生了重病。他情知熊野权现已经纳受了自己的祈愿，便放弃了治疗，也不再祈祷。恰巧当时有位宋朝名医，医术精湛，渡海来到本朝，暂做停留。入道相国正好在福原的别苑，遂遣越中守盛俊为使者，前往小松殿处，传话道："听说你病体日沉，这可不得了。宋朝来的名医此刻正在本朝，实乃幸事，还是速请他为你医治吧！"

小松殿命人扶起自己，将盛俊唤到跟前，道："医病之事，你且回禀相国，就说重盛心领了。我有一言，烦你转达相国：昔年延喜帝②虽圣明贤德，却将异国相士召入京都，此事即便发生在末法时代，也是贤君的过错、本朝的耻辱。更何况重盛不过是区区凡夫，若召异国医师入于王城，岂非对国家大不敬么？汉高祖提三尺剑，扫荡天下，讨淮南黥布时，身中流矢，吕后急请良医疗伤。医师道：'此伤治好不成问题，但要给我五十斤金子，才能医治。'高祖道：'朕东征西讨，身经百战，曾负伤多次，彼时武运强盛，均能无恙痊愈。而今朕运势已尽，只能听天由命，纵然扁鹊再生，亦无用处。但若不让医师治伤，又好像朕吝惜金子。'遂赐金五十斤予医师，却不叫他治伤。高祖之言，我迄今

---

① 薄色即淡墨色，是丧服的颜色，所以不吉利。

② "延喜"是醍醐天皇的年号。醍醐天皇时，日本从唐风文化向和风文化转型，宫廷贵族文化开始形成，所以后世文人学者将这一时期视为理想的圣代。

仍牢记在心。重盛苟列九卿，位登三台，命运如何，全凭天意安排。又岂敢不察天意，徒费心力枉加治疗呢？若此病乃是定业，悉心医治也属无益；若非定业，不治亦能痊愈。昔时耆婆乃佛教名医，却对大觉世尊[①]的病束手无策，遂使世尊灭度于跋提河边。此即定业之病，医药之力不能治愈。定业之病若能医，释尊岂会入灭？因此，定业一至，势必无药可医，我等对此皆须明了。更何况彼时所治者乃佛体，疗治者耆婆也。而重盛此身既非佛体，宋朝名医又不及耆婆，纵然他精通四大医典[②]，擅长医治百病，怕也难救秽身凡人。即便他详知五经[③]学说，能众病祛除，对前世造业、今生业报之病，也是断难医治的。倘若其医术能为我延寿保命，岂不是说本朝医道不精？若其医术无效，那我又何必见他？身为本朝鼎臣，贸然与异国浪游之客会面，使国家蒙耻，政道陵夷，我不取也。故而重盛即便身亡命丧，也不敢对国家有半分不敬之心。以上这些话，你转述给相国吧！”

盛俊归返福原，泣诉小松殿之语。入道相国道：“此等时时以国耻为念的大臣，上古未闻，如今这末世，就更不会有了。其行其思，与本国现实格格不入，我这回恐怕要失去他了。”这么说着，心怀哀叹，急忙动身回京。

同年七月二十八日，小松殿出家，法名净莲。至八月一日，抱持临终正念，终于魂归净土。得年仅四十三岁，方当盛年，诚可哀之事也！

入道相国横行恣肆，全赖重盛居中调和，天下方能安宁。而今重盛辞世，此后天下不知要闹出怎样的事来！京中上下，人人叹息。前

---

① 释迦牟尼自觉觉他皆圆满，正觉、大悟，故称之为“大觉世尊”。

② 指中国传统医学四大经典著作：《黄帝内经》、《难经》、《伤寒杂病论》、《神农本草经》。

③ 指医书中的五经：《千金翼方》、《脉经》、《黄帝明堂经》、《金匮要略》、《甲乙经》。

右大将宗盛的部下却欢喜不已，认定从此以后便是大将殿的世界了。[1]

父母疼惜子女，乃人之常情。即便是愚顽孽子，只要先于父母弃世，人们也会感到悲哀。更何况小松殿乃平家栋梁、当世贤人，故而恩爱之别、家门之悲，更是哀毁逾恒。国伤良臣失，家惋武略衰。皆因此大臣文章绝丽、心存忠厚、才艺超群，言词与德行兼备之故也！

十二、无文太刀

小松内大臣天生就是位不可捉摸的奇人，能够预知未来之事。去年四月七日，他做了一个不可思议的怪梦。梦中恍惚不知身在何处，只在海边茫然地走着，见道旁立着一个高大的鸟居，便问路人道："这是何处的鸟居？"答说："乃春日大明神[2]之鸟居。"鸟居前人头攒动，都在争看一颗挂在刀尖上，被挑举起来的法师头颅。小松殿问道："这是什么人的首级？"答说："是平家太政入道的首级。因他罪大恶极，恶有恶报，终于被本社大明神取了首级。"小松殿一惊，猛然梦醒。平家自保元、平治以降，数度讨灭朝敌，恩赏无以复加，又贵为天皇外戚，一族中升官进爵者凡六十余人。二十多年来，荣华安乐已无法用言语形容。却因入道相国恶积祸盈，耗尽了一门鸿运。回想从前，忧思将来，小松殿不禁泪流满面。

就在此时，传来了敲门声，小松殿问道："谁？请说。"门外答道："濑尾太郎兼康求见。"小松殿又问："何事？"答道："在下梦见一件异事，若等天明禀报便迟了，故而此时前来，望能屏退左右。"

---

① 平宗盛是平重盛的弟弟，重盛一死，平宗盛将接替他成为平家未来的首领，所以平宗盛的部下十分高兴。

② 春日大明神：奈良春日神社所祭祀的氏族神。公元710年，由天皇外戚藤原氏建造。

小松殿令从人退下，唤兼康入屋面谈。兼康将梦中所见之事由头至尾详述一遍，竟与小松殿之梦丝毫不差。小松殿见濑尾太郎兼康亦与神明相通，唏嘘不已。

翌日清晨，嫡子权亮少将维盛正要去法皇院所，内大臣唤住他，道："为人父者，本不应自夸其子，但你在小一辈中确实堪称佼佼者。可惜现今时事多艰，前途殊难预料，实在令人担心。贞能在么？上来给少将进酒。"贞能斟酒奉上。内大臣道："这杯酒本是斟给少将的，但恐少将不肯僭越亲长，所以我先饮了，你等下再敬给少将。"说着仰首连尽三杯。贞能又斟满酒，递给少将，少将也连尽三杯。内大臣道："贞能，把'引出物'①交给少将吧！"贞能领命，从锦袋中取出一把太刀。少将暗想："这定是那把家传的小乌丸②太刀了。"不由心中窃喜。岂料接过一看，却是大臣下葬时佩用的无文太刀③。少将大惊失色，面露忌讳神情，疑贞能错谬。内大臣流泪道："贞能并未拿错刀给你，此刀乃大臣下葬时佩用的无文太刀，原打算在入道公辞世时，为父自用。如今为父要走在入道公前面了，所以把这柄刀交给你。"少将听了大骇，低首垂泪，哽咽无声。当天也不去法皇院所了，卧床躺了整日。其后内大臣从熊野神社参拜归来，就得了重病，过不多久便魂归净土。少将想起，方知当日赠刀是为了此事的缘故。

十三、灯笼大臣

小松内大臣灭罪生善之志甚坚，对于来生浮沉十分看重，遂于东

---

① 引出物：日本古时宴请宾客时，主人赠送给客人的礼品。

② "小乌丸"是平家重宝，属于单手双刃太刀，因刀柄上饰有乌鸦，故名。平将门之乱后，朱雀天皇将此刀赏赐给平贞盛。

③ "无文太刀"是无纹饰、无刀铭，鞘金用黑漆的太刀。六位以下官员佩用。公卿殿上人等，只在殡葬时由子息佩用。

山山麓，应六八弘誓[①]之愿，建了四十八间精舍。每间精舍挂一盏长明灯笼，四十八间共挂了四十八盏，宛如九品莲台[②]光华夺目，又似鸾镜辉耀烁亮，令人恍然如临净土。每月的十四、十五日，妙选平家与其他贵族中面容端丽、正当芳年的女官，聚于精舍，每间六人，四十八间共计二百八十八人，在两日内专心致志地称念佛名。其情景就像临终接引愿中阿弥陀佛亲来迎接一般，摄取不舍[③]之光照在小松内大臣身上。十五日正午结愿，举行大念佛会。小松内大臣置身于行道[④]中，朝着西方回向发愿[⑤]道："南无安养世界教主弥陀善逝，祈请普度三界六道一切众生！"观者无不生出慈悲心，闻者尽皆感动落泪。此后人们就把小松内大臣称作"灯笼大臣"。

十四、 献金远渡

内大臣又有言："即便在本朝积下大善根，希冀子孙相续，为我祷祝冥福，怕也难以期待。为来生之福着想，我还要在他国种下善根。"遂于安元年间，从镇西召来一个名叫妙典的船头，屏退左右，单独与其面谈。内大臣取出黄金三千五百两，对妙典道："汝正直忠厚，我一向已有耳闻。这里的金子，你拿五百两去，剩下的三千两请

---

① 六八弘誓：又作"六八超世本愿"。指阿弥陀佛"因位"为法藏菩萨时，所发的四十八种誓愿。

② 九品莲台：行者临命终之际，圣众持莲台来迎，行者的神识，托此莲花中，往生西方。等到莲花开了，就能见到佛菩萨的金面。但往生者平日念佛、行善的多寡不同，所以莲花开的快慢也不同。按莲花开放的快慢，分成三等九级，莲台因此有九品之别。

③ 摄取不舍：阿弥陀佛之光明，普照十方世界，能救度一切念佛众生而不舍弃一人。

④ 行道：口中念诵经文，绕着佛像、塔坛等环行。

⑤ 回向发愿：修佛者以所修之善根功德，回向法界一切众生，发下众生尽皆往生极乐净土的心愿。

你渡海送去宋朝。其中一千两捐给育王山①的僧人，另外二千两进呈宋朝皇帝，作为给育王山购买田地的布施，请育王山众僧为我祈祝后世福缘。”妙典应诺，乘海风、破万里烟浪，来到大宋国。他登上育王山，拜会了方丈——佛照禅师德光，说明来意。方丈欢喜感叹，遂将千两黄金分赠给众僧，又向当朝皇上进呈了其余二千两，同时将内大臣的心愿一并上奏。宋帝感慨系之，遂赐予育王山田地五百町②。因此缘故，在育王山为日本平朝臣重盛公祈祝后生善处③的法事，迄今仍沿承不断。

十五、法印问答

入道相国因小松殿殁于己前，内心惶惑，万事不宁，因此匆匆忙忙返回福原，闭门不出。同年十一月七日夜戌时许，突发大地震，摇撼良久。阴阳头安倍泰亲急驰大内，禀道：“今夜之大地震，据占文显示，预兆有大事发生，须谨慎提防。照阴阳道三经④之一《坤仪经》所说，计年便在今年、计月当在本月、计日就在近日。此事看来是十万火急啊！”说着竟急得掉下泪来。传奏之人闻言失色，主上也震惊不已，那些年少的公卿、殿上人却笑道：“泰亲哭得颇为古怪哩，有什么不得了的大事要发生呀？”这位泰亲，乃安倍晴明⑤的五代苗裔，穷尽天文

① 育王山：阿育王山的略称，位于浙江省鄞县，山麓建有阿育王寺，是我国著名的佛教圣地。

② 这里的“町”是田地面积单位，一町约合一公顷。

③ 后生善处：来世投生于净土善处。

④ 阴阳道三经：《坤仪经》、《枢机经》、《神杞灵经》。

⑤ 安倍晴明（921～1005）：早年师从贺茂忠行学习阴阳道，一生传奇无数，极富盛名，被誉为平安时代最优秀、最杰出、最伟大的阴阳师。从他开始，安倍家族成为最显赫的阴阳道家族，把持了全日本的阴阳道。

之奥、卜算了如指掌，所占从未失误，世人皆叹为神人。某次天雷劈在他身上，却仅有狩衣的袖子被雷火烧着，其身毫发无伤。无论在上古还是末世，泰亲这种人都极为罕见。

同月十四日，原本暂居福原的入道相国，不知想起什么事，突然率领数千兵马返回京都。京中对于此事虽无确切消息，但上下人等已十分恐惧。道路传言："入道相国和朝廷的宿怨，如今要做个了断啦！"关白殿藤原基房听了，慌忙赶到大内，奏道："臣曾因资盛争道事，触怒入道，幸重盛力劝而得免。今重盛殁，入道无所惮，此番进京，定是专为讨伐基房而来，臣只怕要大祸临头了。"言罢呜咽泣下。天皇大惊道："汝身所受危难，即朕亲身所受。"言罢落泪叹息。天下政事本由天皇与关白殿会商决断，现在却是怎么了？天照大神和春日大明神究竟神虑若何？有时真是难以揣测啊！

同月十五日，入道相国欲向朝廷报复的传闻，传到了法皇那里。法皇大骇，急遣故少纳言信西之子静宪法印①为御使，叫他去诘问入道相国："近年来朝廷不宁，人心失和，世间百姓也纷扰多事，总括而言十分不幸。多亏了相国掌理朝纲，这才万事有赖。但您不求安定天下，反而自为不靖，气势汹汹拥兵入京，据说欲对朝廷不利，到底所为何故？"静宪法印领命，至西八条相国邸拜访。哪知他由朝至夕，等了大半天，也不见任何动静。法印思忖着一直干等也是无益，便请源大夫判官季贞，向相国转达了法皇的问话，随即告辞，离开相国邸。就在这时，入道公唤道："有请法印。"于是法印又被请了回来。入道相国舻然道："法印大师，且听我净海一言，看看说的是否有理。咱们先从内大臣辞世讲起吧，每当我想到平家竟遭逢这样的命运，真是锥心深痛啊。我心中的伤悲泪流，想必大师也能体会得到！保元以后乱逆频生，

① 第一卷的"鹿谷"一章中，静宪法印已登场，但却写作净宪法印。

圣心难安，其时入道不过是指挥大局，具体实务全托赖于内大臣，他不但战阵杀敌、粉身碎骨、万死不辞，为君上分忧担烦；还勤理政务，夙夜匪懈，鞠躬尽瘁。如此功臣，当真世所罕有。爰以考往古史事，唐太宗心伤魏征逝去，悲痛之余，御书碑文云：'昔殷宗得良弼于梦中，今朕失贤臣于觉后。'①立于庙内，以示哀感。而我朝显赖民部卿②去世后，故鸟羽院为特别表示哀悼，推迟了八幡行幸，一应嬉游之事也全部暂停。举凡臣下去世，历代君皇都是这样表示哀悼的。因此君臣和睦，比之子女侍奉父母还要亲近。可如今尚在内大臣中阴③之期内，法皇就行幸八幡，嬉戏游乐，毫无悼念之意。纵然他不垂怜入道的悲伤，对内大臣的忠勉也不该忘记吧？倘若忘记了内大臣的忠勉，也不能对入道半分悲悯都没有吧？我父子二人似乎都为法皇所不喜，如此令平家颜面何存？此乃其一。其二，先前朝廷曾将越前国赐予内大臣，言明子子孙孙，世袭罔替。然而内大臣殁未过七七，赐地即被削夺。内大臣何罪？竟疏薄至此！其三，中纳言出缺时，二位中将④满心期望，入道也极力保举，最终却不能如愿，竟让关白之子递补该职，这又出于何种理由？纵然入道所请不甚合理，也应以特恩见听。更何况二位中将乃摄政长子，论位阶、照情理，都无问题，朝廷却随意更改，真是令人深感不平啊！其四，新大纳言成亲等人密会鹿谷，图谋不轨。他们为何敢如此大胆？那是因为得到了法皇的默许。我并非刻意旧事重提，而是因平家迄今已历七代，法皇怎能不顾我一门忠义，说灭就灭呢？入道龄垂七

---

① 见白居易《七德舞》自注第十四："魏征疾亟，太宗梦与征别，既寤，流涕。是夕征卒。故御亲制碑云：昔殷宗得良弼于梦中，今朕失贤臣于觉后。"

② 藤原显赖（1094～1148）：平安时代后期公卿，正二位权中纳言，号"九条民部卿"。

③ 中阴：指人从死亡到再度往生轮回期间的身体。此时受生机缘未熟，无所归宿，亡者的灵体如童子之形，叫作"中阴身"。

④ "二位中将"指平清盛的女婿、摄政藤原基实的长子藤原基通。

旬，来日无多。我在世之时，尚且有动辄欲诛我满门之谋，更别提日后平家能子孙相继，出仕朝廷了。但凡临老丧子者，皆如枯木无枝一般，残喘无几，绝望于世。对于浮世前程，也不欲再枉费心机了，一切都听天由命吧。”如此说着，又气又悲，流下泪来。

法印见入道公这般模样，既惧且悯，不由得汗下如浆。此时此刻这种状况，无论是谁，都难以回答入道公的质问，况且法印又常侍法皇身侧，亦曾与闻鹿谷之谋，说不定还会被指为一党，即时拘捕。法印此际就像捋龙须、蹈虎尾一般，浑身不自在。不过法印亦非等闲之辈，他定定神，缓缓道：“平家往日确曾屡建殊勋，一时有些怨恨，也是情有可原。但官位、俸禄，朝廷无不满足，不正是对平家建莫大之功的酬赏么？至于近臣谋逆，胡说什么受法皇指使，不过是那班乱臣的谗害罢了。信耳闻、疑目见，世俗通弊也。相国身沐非常朝恩，却相信小人流言，致有背君之举。冥冥之中，神目如电，大是可忧啊！天心茫茫难测，法皇圣意好比天心，焉能妄自猜度？以下犯上，岂人臣之礼乎？伏请相国细加思量。您所述诸条意见，静宪也当如实转奏。”言罢起身告辞。在座众人惊叹道：“不得了，相国怒气勃发，他竟能镇定作答，然后从容退去。”由此人人交口称赞法印。

十六、 大臣流罪

法印回到御所后，将入道公所言上奏法皇，法皇认为入道公之言颇有道理，便不再多说。同月十六日，入道相国谋划好此后数日要办的事，下令自关白殿开始，太政大臣以下公卿、殿上人，共计四十三人，悉数停职，一律闭门在家。关白殿贬为太宰帅，流放镇西。关白殿叹道：“形格势禁，世路崎岖啊！”遂在鸟羽附近的古川出家为僧，年三十五岁。其知礼晓仪、是非分明，天下人都为他感到惋惜。按例，远流他方之人倘若中途出家，便不能再去原定的流放地。起初是将关白殿左迁去日向国①，因其出家，遂转往备前国府附近的汤迫。

大臣流罪之例，此前有左大臣苏我赤兄、右大臣藤原丰成、左大臣藤原鱼名、右大臣菅原道真、左大臣源高明、内大臣藤原伊周等六人。但以摄政关白的身份被流放的，却以本次为肇始。

故中殿②之子、二位中将藤原基通，乃入道相国乘龙快婿，这时就顶替上去，出任大臣关白。忆往昔圆融天皇御宇时，天禄三年十一月一日，一条摄政谦德公③辞世，其弟堀河关白忠义公④当时只不过是从二位中纳言，而另一弟法兴院大入道殿⑤则位居大纳言兼右大将，可是忠义公竟越过弟弟，升为内大臣正二位。内览⑥之旨宣下后，人人惊得目瞪口呆，都说从未见过如此越级晋升。但现在这次，就更过分了。二位中将并非参议，未经中纳言、大纳言等职，就径直升任大臣关白，此等事闻所未闻。这位藤原基通，便是日后的普贤寺殿。上卿宰相、大外记⑦、大夫史⑧等，闻之尽皆惊愕。

太政大臣藤原师长停职后，被流放东国。以往于保元年间，由于父亲恶左大臣殿的缘故，兄弟四人皆问流罪，兄右大将兼长、弟左中将隆长与范长禅师三人，不及归京，便在流放地死去。只剩师长在土佐的

---

① 日向国属西海道，在九州东南部。镇西即九州。

② 中殿：指摄政关白藤原（近卫）基实（1143～1166），23 岁时病逝，死后追赠正一位太政大臣。

③ 指平安中期公卿、摄政藤原伊尹（924～972），别称“一条摄政”，谥号“谦德公”。

④ 指藤原兼通（925～977），因府邸在堀河，故世称“堀河关白”，谥号“忠义公”。

⑤ 法兴院大入道殿：指藤原兼家（929～990），986 年出任摄政，990 年在法兴院出家，法名“如实”。

⑥ 内览：摄政关白在天皇之前先行浏览过的文书。

⑦ 大外记：从五位下，负责纠正、修改诏书，同时又负责太政官的奏文，多由文笔不俗的文官担任。

⑧ 大夫史：负责记录太政官的文书及各司各国的公文。

旱地里过了九个春秋，在长宽二年①八月才奉召回京，官复原职。次年正月，升正二位。仁安元年十月，又从前职中纳言晋升为权大纳言。彼时大纳言并无缺额，所以额外给他补了暂列。大纳言定额六人，便由此事发端。由前职中纳言升为权大纳言，除后山阶大臣躬守公、宇治大纳言源隆国②之外，也是闻所未闻。师长精通管弦之道，才艺胜人一筹，步步高升从未停滞，最终升到了太政大臣的高位，位极人臣。但这回他可能遇到了什么业报，重又被流放远国。上一次在保元年间，左迁南海土佐；如今是治承之时，又被远流去东面的尾张国。不过无罪而见配所③之月，本就是心存风雅之士所愿④，所以师长对流放并不以为意。遥想昔年唐太子上宾白乐天，贬谪浔阳江边，正与自己相仿佛。自己正可效仿古人，远眺鸣海潟海潮、抬望天边朗月，啸海风、弹琵琶、咏和歌，消遣岁月，悠游度日。

某次，来到本国第三神宫参拜热田明神。其夜，为愉悦神明，遂弹奏起琵琶，朗咏起和歌。当地本乡野僻处，无知蒙昧，向无知情识趣者。邑老、村女、渔人、野叟，虽人人低头侧耳倾听，却无人能分清浊、知律吕⑤。尽管如此，“瓠巴鼓琴，鳞鱼迸跃”⑥，“虞公发歌，

---

① “长宽”是日本第78代二条天皇的年号，长宽二年为公元1164年。

② 宇治大纳言源隆国（1004～1077），是日本文学史上的著名人物，他编著的三十一卷《今昔物语》，既是了解当时日本社会武士与庶民生活、思想的重要资料，更是后世“物语”创作的典范。

③ 配所：罪人流配之地。

④ 据《大日本史》，源显基少而好学，笃志典籍，得宠于后一条天皇。但恩遇虽隆，显基却夙有退隐之志，常言：“愿得无罪见配所之月。”

⑤ 中国古代用三分损益法，将一个八度分为十二个不完全相等的半音，从低到高依次排列，并分别取名为黄钟、大吕、太簇、夹钟、姑洗、仲吕、蕤宾、林钟、夷则、南吕、无射、应钟。其中奇数各律称为“律”，偶数各律称为“吕”，总称六律六吕。

⑥ 见《列子·汤问》：“瓠巴鼓琴而鸟舞鱼跃”。又《淮南子·说山训》：“瓠巴鼓瑟而淫鱼出听。”瓠巴，春秋战国时期楚国著名琴师、音乐家。

远动梁尘”[1]。凡万物达于极妙之时，自然能催生共鸣。众人耳闻师长妙音，四肢百骸无不舒畅，满座皆起奇异之思。渐渐夜深，《风香调》中，若含花芬馥郁；《流泉曲》间，隐浮月色清明。师长又吟咏起“愿以今生世俗文字之业，狂言绮语之过”[2]，边咏边弹奏秘曲，神明为之感应，宝殿为之震动。若非平家作恶，流放师长，他今晚又哪能见到如此难得的瑞相呢？故此泪流满面，感慨良深。

按察大纳言资贤之子右近卫少将兼赞岐守源资时，身兼的两个官位都被停职。参议皇太后宫权大夫兼右兵卫督藤原光能、大藏卿右京大夫兼伊予守高阶泰经、藏人左少辨兼中宫权大进藤原基亲，三人也被同时停职。其中按察大纳言资贤、其子右近卫少将、其孙右少将雅方等三人，被即时驱逐出京。上卿藤大纳言实国、博士判官中原范贞，奉命监督三人必须当天离京。按察大纳言资贤叹道：“三界虽广，却无五尺容身之处；人生虽长，却难过一日之厄。”遂于夜间偷出九重宫阙，逃往八重云外去了。一路经过常出现于歌中的大江山、生野道等胜地，在丹波国的村云暂作驻留。哪知最终还是没逃过追缉，听说被拿获后，流放去了信浓国。

十七、行隆之事

前关白松殿[3]下属武士中，有一位江大夫判官远成，亦受平家

① 见西汉刘向《别录》：“善雅歌者，鲁人虞公，发声清哀，远动梁尘。”

② 语出《全唐文·白居易·香山寺白氏洛中集记》：“我有本愿，愿以今生世俗文字之业，狂言绮语之过，转为将来世世赞佛乘之因，转法轮之缘也，十方三世诸佛应知。”妄语、绮语在佛教中属于恶口业，是阻碍成佛的因素。白居易认为自己写的很多作品，“寓兴放言、缘情绮语者，亦往往有之”。所以要向佛忏悔写这些“狂言绮语”的过错。

③ 松殿，指藤原基房。其于1166年至1172年任摄政，1172年至1179年任关白。

所憎厌。曾有流言，声称六波罗下令要缉捕他。因此远成匆匆忙忙，连落脚地都没想好，便带着儿子江左卫门尉家成闻风而逃。出奔到稻荷山时，下马略事休息，父子俩商量道：“目下能去投奔的，唯有东国。此前被流放到伊豆国的前兵卫佐源赖朝[①]，原本可以托赖。但他也是朝廷钦犯，自顾且不暇，怕难以保全我们。放眼日本全国，平家庄园无处不在，当真是藏无可藏，避无所避。若在久居之地被捕，被熟人见了，不免出丑丢脸。索性立即回去，若六波罗方面来人缉捕，你我便当场切腹，也留个好名声。”于是回返河原坂的住所。诚如所料，六波罗派遣的源大夫判官季定、摄津判官盛澄，率三百余甲士，杀到河原坂，高声呐喊，将父子俩的住所紧紧围困。江大夫判官立于檐下，厉声道：“诸位，请睁大眼睛瞧着！回六波罗后，就把你们看到的禀告相国吧！”说完引火焚屋，父子双双切腹，烧死于熊熊烈焰中。

如此杀戮，致上下人等死伤无数，到底为了什么呢？传言二位中将基通，即现在的关白，与前关白松殿之子三位中将殿，为了中纳言一职曾明争暗斗过，这回事件的起因便是为此。可是只须让前关白松殿一人负责即可，怎能无辜牵连另外四十余人呢？于情于理都说不通。自从去年为赞岐院追封御号、为宇治恶左府赠官赠位之后，世间仍不太平。这些纷扰，似乎并不能完全归罪于怨灵作祟。世人风传，入道相国之心，已被天魔侵入，故而脾气极坏。往后天下还不知会有怎样的乱事发生！京中上下，人人心存恐惧。

有前左少辨行隆者，乃故中山中纳言显时长子。二条天皇御宇时担任辨官，志得意满，但后来被罢官十余年，弄得潦倒不堪，夏

---

① 源赖朝（1147～1199）于“平治之乱”中随父举兵，兵败后东逃，途中在美浓被捕，被流放到伊豆国蛭岛。他是日本镰仓幕府的开创者、本书的重要人物，后文对其有详细叙述。

冬无衣可换、朝暮难得饱食，日子过得生不如死。太政入道突然遣人召他，道："有事相商，请即刻前来。"行隆心道："这十余年来我安分守己，从未惹是生非，怎么相国突然见召？难道是有人在相国面前进了谗言？"这么想着，不胜惊惧。妻子与儿女们也都十分恐慌，相对流泪道："说不定要大难临头了！"本想拖着不去，无奈西八条的使者不断来催，只好借了一辆牛车，战战兢兢地来到西八条。万没料到的是，入道公竟亲自出迎，温言道："你父亲在世时，事无巨细，我都要同他商议，因此你的事我绝不能放任不理。这十几年你蛰居在家，也着实够苦的。可是先前是由法皇主政，我也无可奈何。不过从今以后，你又可以出仕了。至于具体官职嘛，我会替你安排好，你现在先回家吧！"说完自行转身入内。行隆归家，一家老小如见死者复生般，抱成一团，喜极而泣。

随后，太政入道派源大夫判官季贞，将交给行隆支配的多份庄园地契送来，又恐他目下穷窘，先随车送来绢百匹、金百两及上等白米。此外，出仕为官，当有排场，又遣来杂色、牛饲①、牛车等，无所不备。行隆手舞足蹈，兴奋不已，有点不敢相信这是真的，犹疑道："这是梦么？不会是在梦中吧！"同月十七日，行隆补侍中缺，复任左少辨。这时，他虽已五十一岁，但人逢喜事精神爽，仿佛年轻了好多岁。不过此乃片时荣华，实是难期长久。

十八、软禁法皇

治承三年②十一月二十日，法皇院所法住寺殿，被平家大军四面包围。被困者纷纷惊言："瞧这情形，说不定会像平治之乱时，信赖放火

---

① 牛倌。
② "治承"是日本第80代高仓天皇的年号，治承三年即公元1179年。

烧殿那样，把人烧死呢！”上下女官、女侍等，慌慌张张，被衣[1]也顾不上穿，乱哄哄地蜂拥逃出院所。法皇也惊怖异常。这时前右大将宗盛驾着御车，疾驰近前道：“请您速速上车。”法皇道：“怎么会这样？我有什么错？相国是不是打算像惩罚成亲、俊宽那样，把我远逐到遥远的小岛去？以往天皇年幼，我才帮着处理政务，并不想专权独断。若不准我干预朝政，以后绝不过问便是了。”宗盛道：“非也！父亲入道公的意思，是在世间平静以前，恭请您暂幸鸟羽殿。”法皇道：“既如此说，宗盛卿，你随我一道去，如何？”宗盛恐父亲发怒，推辞不去。法皇叹道：“唉，比起汝兄内大臣来，你还是颇有差距。他在世时，也发生了同样的事，但他能挺身而出，阻止相国发难，保我平安至今。而你却不敢像他那样直言劝谏，才会发生这等不堪之事。再往后，我恐怕连性命也保不住了。”边说边哽咽掉泪。

哭了一阵，无计可施，法皇只得上车，公卿、殿上人等，无一陪伴身旁，只有一个资历甚浅的北面武士陪着。此人名叫金行，平时在院所里充当力者法师[2]。车后还坐着一位老尼，此尼系法皇乳母，唤作“纪伊二位”。御车沿着七条一路向西，再折入朱雀大道直往南行，沿途不少卑微的男女见了，都哀叹道：“瞧，法皇竟然也被流放了！”人人心伤，泪湿衿袖。忽有人道：“初七那天夜里，发生了大地震，原来就是先兆啊！那巨震一直到十六洛叉[3]之底都有感应，连坚牢地神都大受惊动呢。”

大膳大夫信成不知用了什么法子，偷偷混入了鸟羽殿，来到法皇御前侍奉。法皇对他道：“我有预感，只怕今夜便要丧命。死前想沐浴净身一遍，你能帮忙想想办法么？”信成自今早起，就有点六神无主，

---

① 古时日本女子出门，必须穿上一种带头巾的衣服，叫作“被衣”。这里的“被”是“披”的通假字。

② 力者法师：以出家之身，从事体力劳动的杂役。

③ 洛叉：又作洛沙、乞叉，印度古代数量名称，一洛叉相当于十万。

心中隐感不安。此刻听法皇如此说，更觉心慌意乱。他强打起精神，卷起狩衣袖子，先将小柴做的矮墙拆除，接着把廊沿下的柱子砍掉，取来水烧热，请法皇入浴。

另一方面，静宪法印赶到西八条邸，面见入道公，恳求道：“昨夜法皇御幸鸟羽殿，驾前竟无一人随侍，实在是不成体统。如果您不介意，静宪想去侍奉法皇。”入道公应许道：“去吧，你不是那种无事生非的人，这点我很清楚。”法印便前往鸟羽殿，至门前落车，步入门内。法皇正在诵经，虽然竭力敛悲，但声调听来仍很凄凉。他见法印到来，禁不住潸然泪下，泪水打湿了面前的佛经。法印见了，也不由悲从中来，以袖掩面，哭着走近御前。这时只有那老尼在御前伺候，她说道：“法印大师，主上自昨日清晨在法住寺殿进过早膳后，昨夜和今早都不曾进食，长夜漫漫，又没有歇息，只怕性命就在旦夕之间了。”法印拭去眼泪，道：“凡事有度，过犹不及。平家安乐荣华已历二十余年，多行不义，离灭亡之期也不远了。天照大神、正八幡宫绝不会舍弃主上的，特别是主上一向信赖的日吉山王七社，除非背弃守护一乘①之誓，否则以彼八卷《法华经》之功德，护佑主上绰绰有余。因此，大政不久后必奉还主上，元凶巨恶将如水泡般破灭。”听了法印一席话，法皇总算得到了些许安慰。

再说高仓天皇因关白被流，臣下颇多身亡，痛感哀悼。又听说法皇于鸟羽殿遭软禁，心中恼恨，饭也吃不下，索性称病，躲入内宫，只准少数御前女官见到自己。

法皇被软禁于鸟羽殿后，大内临时办起了御神事，天皇每晚都在清凉殿的石灰坛上，遥拜伊势太神宫，为法皇平安而祈祷。他为人至孝，是唯一这么做的人。以往二条天皇虽号称贤王，却笃信“天子无父母”之说，常常忤逆法皇，故而其继任者帝位难以长久。承继其位的六

---

① 一乘：佛教语，指引导教化一切众生成佛的唯一方法或途径。

条天皇，崩于安元二年七月十四日，年仅十三岁。此事说来也颇令人伤感。①

十九、城南离宫

古书云："百行孝为先。明王以孝治天下。②"是以唐尧孝老母、虞舜敬老父。彼贤王圣主之行可追，高仓天皇奉为楷模，圣心可嘉。

过了些日子，天皇派人将一封书信从大内偷送到鸟羽殿。信中写道："世事浑浊，朕虽身居九重宫阙，亦是枉然。自思不如效宽平③旧例、寻花山④之古，遁世出家，做一个寄迹山林的行者，反倒比现在更好。"法皇急忙复信，劝道："切莫起这等念头。你若仍居帝位，我尚有所依赖。要是出了家，无声无息，我就什么指望都没了。所以请务必忍耐，静观时局变化，一切从长计议。"天皇收到回信，细览后龙颜悲凄，泪流不止。心想古书有云："君者，舟也；臣者，水也；水能载舟，亦能覆舟。"⑤如今看来确如所说。臣能保君，又能覆君。往昔保元、平治之时，入道相国屡屡保君安国；到了现今的安元、治承之时，又想覆君弑主了。史书所云真是大有道理啊！

---

① 日本第78代二条天皇，是后白河法皇的长子。因二条天皇决心亲政，做出许多违背法皇意志的事，所以与法皇矛盾极深。其在位的七年时间里，朝廷和院厅、父与子的对立始终贯穿其中。第79代六条天皇是二条天皇的儿子，也即是法皇的孙子。但法皇仍然希望自己的儿子做天皇，遂于1168年将六条天皇赶下台，让自己的第三子宪仁亲王继位，是为第80代高仓天皇。

② 语出《孝经·孝治章》："昔者明王之以孝治天下也。"

③ "宽平"是日本第59代宇多天皇的年号。其899年在仁和寺削发出家，潜心佛道，法号空理，后改名"金刚觉"，世称"宽平法皇"，此为日本法皇称号之始。

④ "花山"指日本第65代花山天皇，986年出家。

⑤ 原文见《荀子·王制篇》："君者，舟也；庶人者，水也；水则载舟，水则覆舟。"唐《贞观政要·论政体》也曾转引。

大宫大相国伊通、三条内大臣公教、叶室大纳言光赖、中山中纳言显时，此时皆已不在人世。旧朝大臣只剩下藤原成赖与平亲范。二人暗忖："时局一坏如斯，立朝出仕，做个大中纳言，也无甚意义了。"因此二人虽处壮年，也都遁世出家了。民部卿入道平亲范，长伴大原之霜；宰相入道藤原成赖，隐迹高野之雾。他们一心修后世菩提之福，对于世事一概不理。昔时有托身商山之云、澄心颍川之月者①，皆因学识渊博、志向高洁，这才遁世归隐。京中流传着隐于高野的宰相入道成赖的话，他说："遁世之心早决，实乃明智之举。朝中纷乱扰攘虽无异于往日，但若在京中亲眼目睹，还不知该如何心忧呢！保元、平治之乱，想来系因末世之故，已是凄惨至极。可日后只怕还会生出大乱来！真希望能分云而上，高不见乱世；潜山而居，深不闻悲呼啊！"此言颇为有理。如此世道，确已非良善之人所能安居的了。

同月廿三日，因天台座主觉快法亲王频频请辞，前座主明云大僧正遂复任天台座主。入道相国之所以敢如此肆无忌惮，乃因其女儿贵为中宫，女婿又是关白，自然认为万事无忧了。"把所有政务都交给天皇去处理吧。"这么说着，他自顾自地回了福原。前右大将宗盛入宫奏禀此事，高仓天皇却道："若是法皇让朕处理政务，自然照办。否则朕是不想理会的。朝廷大小事宜，你就和关白商量着，随便处理吧。"一副全然不把朝政放在心上的模样。

法皇被幽禁于城南离宫，已过了半个冬天。山野烈风呼啸、寒庭月光清冷；院中积雪虽厚，却无人踏雪来访；池面虽厚厚结冰，却不见鸟雀飞临。大寺②的钟声，与遗爱寺钟声无异；西山的雪色，仿佛香炉

---

① 商山之云，指商山四皓，汉初商山的四个隐士；颍川之月，指帝尧时的贤人许由，他是中国最早的隐士。

② 大寺：指鸟羽殿附近的胜光明院。

峰的美景[1]。霜夜寒冷，捣衣砧之声幽闻于御枕畔；晓冰辗车，车迹在门前远远伸展。过巷的行人、碌碌的役马，行色匆匆，好一幅浮世图景。日常观之，也颇有意思。宫门守卫多为蛮夷[2]，昼夜勤勉警卫。也不知法皇和这些守卫前世结过怎样的因缘，方有了今生的相伴护卫之缘。深可感怀。

法皇触景生情，离宫中一切物事，均能勾起他的伤感。这些景物，有的如昔日游览所见，有的似参拜神社佛寺所见，有的则像在御寿庆典上见过。怀旧之心郁郁，难抑涕泗交流。就这样冬去春来，到了治承四年。

---

① 见白居易诗："遗爱寺钟欹枕听，香炉峰雪拨帘看。"遗爱寺位于庐山香炉峰下。

② 日本的边疆民族，如萨摩隼人、东北虾夷等，为表示对大和朝廷的归服，都派遣壮丁去宫廷里担任守卫。因文化落后，故被大和朝廷称为"蛮夷"。

第四卷

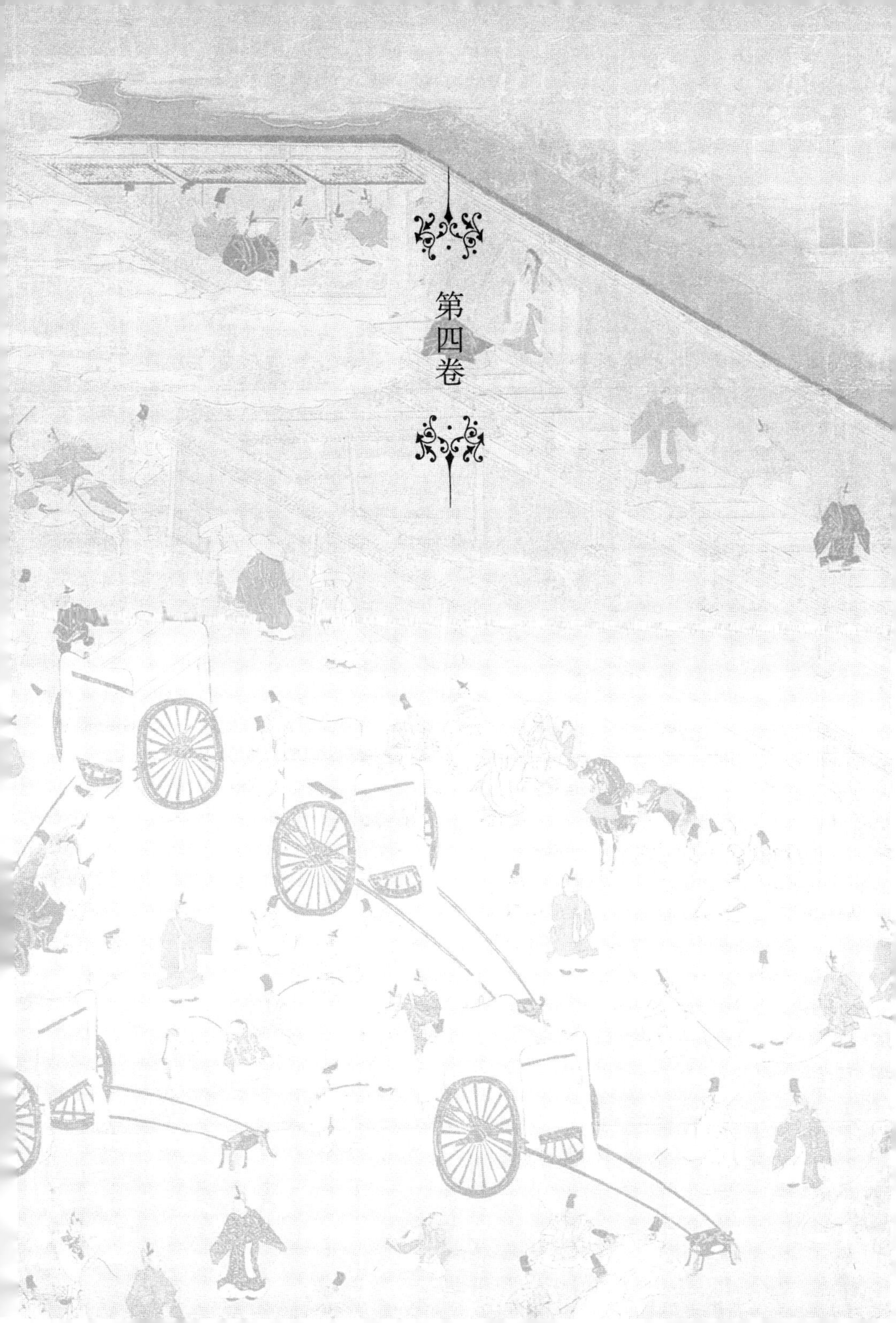

一、严岛御幸

治承四年正月初一，由于入道相国不许臣僚去鸟羽殿参谒，法皇也要众臣多加小心，因此直到初三，三日里无一人前往参谒法皇。只有故少纳言入道信西之子、樱町中纳言成范，以及成范之弟左京大夫修范，被特许入殿参拜。同年正月二十日，乃东宫“御袴着”①与“御真鱼”②之日，庆典热闹非常。可怜身处鸟羽殿的法皇，被排除于庆典之外，仿佛这是别家的事，与他全然无关，他只能听人述说，不能亲临祝贺。

二月廿一日，入道相国跋扈独断，高仓天皇在春秋尚富，无病无恙的情况下，被迫退位，由东宫践祚。平家一门兴奋不已，声称终于等到了这一天，个个欢呼喜悦。照例，八咫镜、八尺琼勾玉、大丛云剑这三件神器③要移交给新皇，于是一众上达部聚集在朝堂中，循例进行交接仪式。先由辨内侍手捧宝剑，缓缓步出，在清凉殿西面由泰通中将恭敬接取；随后备中内侍取出装有八尺琼勾玉的御匣，由隆房少将恭敬接取。备中内侍心想今日是最后一次捧持御匣了，不禁感慨万千。本来御匣该由少纳言内侍捧出，但她却另有打算。原来她听人说，今夜若捧了御匣，日后便不能再陪侍新皇，所以事到临头却推辞了。少纳言内侍那时已然年长，人皆恶之，责道：“幻想花开二度，绝无是理。”而备中内侍芳龄不过十六岁，以幼小年纪，却愿捧

---

① 御袴着：按日本习俗，男孩子到五岁时（平安时代是三岁），举行和式袴裙的着装仪式，称为“袴着仪”。

② 御真鱼：初次食鱼的庆典。

③ 三神器是日本创世神话中的天照大神，传给天孙的三件传国之宝，是正统天皇的象征，其性质就如中国古代的传国玉玺。

御匣，十分难得。[①]代代相传的神器，就这样一件件移交好，送往新皇的临时寝宫五条殿。而高仓上皇所居的闲院殿则灯影幽暗，既不闻鸡人[②]报更声，亦不再有宫卫唱名声。上皇的旧臣们内心凄楚，在喜气洋洋的庆典上都流露出哀伤的神情，更有人痛心流泪。左大臣经宗出列，宣告高仓天皇让位情由，有心人听了无不泪流湿袖。即使是那些自愿将皇位让予储君，以图今后能藐姑射之山[③]而居的古代上皇们，到了这种时候，心中也难免会有哀凄之感。更何况高仓上皇是被逼让位，并非心甘情愿，所以他的悲哀，愈发难以言说了。

新皇今年不过三岁，世人皆言登基太早。平大纳言时忠是新皇乳母帅典侍的丈夫，他说道："这一回的让位，有人非议说新皇年纪太幼了。可是在异国，周成王三岁登基、晋穆帝两岁践祚；本朝的近卫天皇三岁、六条天皇两岁，也都是尚在襁褓之中，不能戴冠着袍，就由摄政背负即位，或由母后怀抱临朝。后汉孝殇皇帝[④]出生百日即已践祚。天子年幼即位的先例，和汉两国都是有史可查的。"然而不少熟读史书的有识之士在私底下都议论道："这等话不说也罢，举的先例都没什么好的！"

东宫既登帝位，入道相国夫妇自然便成了天皇的外祖父、外祖

---

① 这些内侍都是官宦之女，由于她们的身份比不上出身更高贵的后妃们，所以在宫中的称呼，以父亲或兄长所担任的官职来称呼。她们在宫中陪侍天皇，常有侍妾化的情形出现，更有机会成为天皇嫔妃。少纳言内侍年纪已不小，却还指望着能留在宫中；而年轻的备中内侍，若留在宫中，成为嫔妃的机会比少纳言内侍大，她却情愿离开。

② 鸡人：周代官名。凡举行大典，则报时以警夜。后指宫廷中专管更漏之人。

③ 引自《庄子·逍遥游》："藐姑射之山，有神人居焉。"这里比喻悠闲度日。

④ 后汉孝殇皇帝：指东汉第五位皇帝刘隆（105～106），汉和帝次子，出生刚好满一百天时即位，只做了八个月皇帝，就得了场大病驾崩于襁褓中，谥号孝殇皇帝。他是中国即位年龄最小、寿命最短的皇帝。

母。朝廷随即宣旨，恩赐他们享准三后[①]优礼，赐年官年爵[②]，并赐朝夕值日从人。出入相国府的武士，人人衣着锦绣，就像上皇院所一般。相国出家之后，仍是荣华未尽，以入道之身而蒙准三后优礼，之前的先例也只有法兴院大入道殿兼家公而已。

同年三月上旬，据说高仓上皇将驾幸安艺国严岛。一般而言，天皇退位后驾幸诸神社，首先要去的都是八幡、贺茂、春日等处，怎么这回改成去安艺国呢？世人都困惑不解。有传言道："昔年白河院曾御幸熊野、后白河法皇曾御幸日吉神社，这是大家都知道的。想来高仓上皇也是经过三思，才决定去严岛的吧。须知严岛神社素受平家崇敬，御幸严岛，表面上能彰显与平家同心，内里又可为软禁于鸟羽殿的法皇祈祷，以期神灵能阻止入道相国的谋反之心。"然而山门僧众却愤道："上皇若不御幸石清水[③]、贺茂、春日，便该驾临本山的山王神社。何朝何代有过御幸安艺国的先例啊？若果真如此，我等就抬出神舆，让上皇转来本山。"这风声一传出，御幸严岛的事只好延期。入道相国后来费了很大劲，才让山门僧众平静了下来。

同月十七日，上皇将要起驾御幸严岛，先至入道相国的西八条别邸。薄暮时，召来前右大将宗盛，询问道："明日御幸严岛的中途，我想去鸟羽殿觐见法皇，你以为可行么？若不告知入道相国，只怕他会发怒。"宗盛流泪回道："但去无妨。"上皇欣慰道："那就有劳宗盛卿今夜去一趟鸟羽殿，将此事告知法皇吧。"前右大将宗盛领命，匆匆赶到鸟羽殿，禀明法皇。法皇朝思暮想，要见上皇。听了奏报，还有些不敢相信，犹疑道："这不是在梦中吧？"

---

① 拥有等同于太皇太后、皇太后、皇后待遇的封地食邑。

② 年官年爵：因日本古代京官禄薄，而地方官利多。所以每年就给予上皇、皇族、公卿等人地方官的名号，该名号下的俸禄，就成为额外的收入。此制度属于恩礼，是在经济上给予受恩者特别的优待。

③ "石清水"是石清水八幡宫的简称。

同月十九日，大宫大纳言隆季深夜前来参见，催促起驾。此前早就准备要御幸严岛，此刻在西八条终于如愿。彼时三月已然过半，明月虽为云层遮蔽，仍发出朦胧的微光；归雁鸣于云空之中，上皇闻声感触良深。在天色破晓前，御驾赶到了鸟羽殿。门前落车，步入门内，但见法皇住处人稀影疏、树木阴森，一派凄寂景象，令人顿生悲凉之感。时已暮春，夏木成荫，枝梢花色尽衰，宫中莺声俱老。遥想去年正月初六那日，因朝觐法皇而行幸法住寺殿，乐屋乱声①齐奏，诸卿环列、诸卫成阵，院司之公卿恭敬迎接。更有幔门大张，扫部寮铺设筵道②等仪式。如今这些正式的礼仪一样也无，从前的一切恍如梦境一般。

成范中纳言入内禀报上皇驾到，法皇急至寝殿正中迎接。上皇今年御岁二十，在皎洁的月光映照下，显得御体修长、容颜俊美，与其母建春门院十分酷肖。法皇见了，想起已故女院，不由老泪纵横。两院的御座特意摆得甚近，二皇的对话他人无法听到。在御前服侍者，仅老尼一人。密语良久，天边现出曙光，上皇起身道别，在鸟羽的草津登船出发。上皇眼见法皇在离宫故邸的日子过得孤清幽寂，内心深感凄楚。法皇念及上皇旅途颠簸，浪上船中定必劳乏疲惫，心中亦觉难安。此番上皇将宗庙③、八幡、贺茂诸神社尽数放下，远诣安艺国参拜，其诚心神明定会受纳，成就所愿毋庸置疑。

二、还　御

同月廿六日，船抵严岛，上皇以入道相国最宠爱的内侍的宿所为

① 乱声：舞乐初起时，诸般乐器齐奏的声音。
② 筵道：又称“席道”，是在院外或室内用草席铺设的长道。席边用绢作缘，或于其上加铺毛毯、绸缎。
③ 宗庙：指伊势神宫。因宫中所奉神明为天照大神，故被看作是日本皇室的宗庙。

行宫，逗留了两日。期间举行了经会、舞乐等，由三井寺的公兼僧正担任导师[1]。他升起高座，鸣响法钟，高声诵念表白之词道：“出九重之都，渡八重海波，远来参拜；圣心至诚，世间罕有！”君臣闻之，俱感动落泪。接下来，上皇一行又在大宫[2]、客人宫参拜，各社各所，一一访遍。当绕过山道，行至距大宫约五町远的泷之宫时，公兼僧正在拜殿之柱上题歌一首：

云端飞瀑似银练，结缘吾皇事可喜。[3]

上皇大悦，诏神官佐伯景广进阶为从五位上，国司藤原有纲进阶为从四位下，特许在上皇院所登殿。座主尊永则晋升法印。上皇广施恩泽，神明必受感动，太政入道的心情谅也会舒畅一些。

同月二十九日，上皇御船起航还御，却因海上风浪过烈，只得开回严岛，当日泊于阿里浦。上皇道：“这定是大明神舍不得我们离开，诸位都作歌纪之吧！”隆房少将遂作歌云：

辞别意难舍，神力掀白浪，送归阿里浦。

到了半夜，终于风平浪静，御船再度出发，当天到达备后国敷名港停泊。此地在应保年间，后白河院御幸之时，国司藤原为成曾修造过行宫。入道相国特备该行宫作为上皇驾临时休憩之用，然而上皇却并

---

① 这里的导师，是指主持法事的僧人。

② 大宫：严岛神社的本殿。

③ 泷之宫的“泷”字，即瀑布之意。这首歌将飞落的瀑布比拟上皇，取双关意蕴。

未登岸。君臣在船上，想起今日是卯月一日，有更衣①的仪式，不由都思念起京城来。上皇见岸上藤花锦簇，攀附在松枝上，妍丽盛放。便唤来隆季大纳言，吩咐道："去折些藤花来。"隆季立即命左史生②中原康定划着小舢板，去折藤花。康定手折一枝，连枝带花一并献上。上皇大悦，笑道："就以花为题，咏一首歌如何？"隆季大纳言乃咏道：

只因吾君寿千岁，藤花缠绕不老松。

上皇颔首微笑，又向御前众臣戏言道："严岛有位穿白衣的内侍，心里一定记挂着国纲卿呢。"众臣都哄笑起来，大纳言正欲辩解，一名侍女手持信简呈上，禀道："这封信是给五条大纳言殿的。"满座群臣纷纷起哄哂笑。大纳言展信来看，见是和歌一首：

白浪之衣已湿袖，但为君故难起舞。

上皇道："文采还好，你写封回信，附一首返歌吧！"说着令人取来御砚，大纳言遂作返歌云：

期盼芳心能原宥，思念俏影立眼前，泪似浪涌湿衣袂。

此后御船在备前国的某个小岛停泊。

到了五日，天晴无风，海上波平浪静，上皇御船在前，群臣船只随后，破浪拨雾继续航行，于当日酉时③抵达播磨国山田浦，接着换乘御

① 更衣：卯月即四月。日本古时的阴历四月一日，是"更衣节"，从这天起改穿袷衣（一种夹衣和服，衬里和表料缝合在一起）。

② 史生是太政官属下八省中负责文书事务的官吏，左右各十人。

③ 酉时：黄昏日落时，下午5点整至下午7点整。

舆径赴福原。六日这天，尽管伴驾众臣都想要早一日归京，但上皇却全天逗留于福原，遍览当地美景，连池中纳言赖盛的山庄和荒田，也观览了一遍。

七日，驾别福原。御敕隆季大纳言向入道相国一家颁赏。入道公养子丹波守清国，叙正五位下；入道公之孙越前少将资盛，叙从四位上。御驾当日到达寺井，八日到京，公卿、殿上人等，都到鸟羽草津迎驾。还御之时，上皇不再御幸鸟羽殿，而是直接去了入道相国的西八条别邸。

同年四月二十二日，新皇即位。原先登基大典都是在大极殿举行，但一年前的一场大火，使得大极殿焚毁严重，迄今仍未完全修复，典礼只得改在太政官正厅举行。但九条殿①持异议道："太政官之厅，就好比凡臣家中的公文所②，上不得大台面。既然大极殿不能用，就该改在紫宸殿即位。"因此登基之处又改在了紫宸殿。然而又有人非议道："以往在康保四年③十一月一日，冷泉天皇即位于紫宸殿，那是由于御体抱恙，不能行幸大极殿之故。如今效仿此例，怕是不妥。还是照后三条天皇延久年间的佳例，就在太政官正厅即位吧！"不过这些议论都是枉然，此事既已由九条殿论定，那便难以更改了。中宫自弘徽殿④移驾仁寿殿⑤，将幼主抱到宝座上，其场面极为庄重肃穆。平家满门几乎全数到场，唯有小松殿的几位公子，因去年内大臣弃世，尚在服丧中，故在家蛰居。

---

① 九条殿：指藤原兼实（1149～1207），平安末期、镰仓前期公卿，博学多才，系和歌名手。

② 公文所：管理庄园文书账目及处理杂务的地方。

③ "康保"是村上天皇与冷泉天皇的年号，康保四年即公元967年。

④ 弘徽殿：日本皇宫中的后宫七殿之一。由于离天皇所居的清凉殿很近，因此多作为皇后、中宫或有势力的女御所居宫室。

⑤ 仁寿殿是坐朝听政的大殿。

三、源氏齐集

藏人左卫门权佐定长，将幼主即位时的诸般情景，详细写在十张厚纸上，进呈给入道相国的夫人——八条二位殿。其文叙事清晰、条理井然，夫人含笑看完，欣悦喜慰。然而，平家虽然在表面上繁花似锦，一派欣欣向荣气象，但世间种种的隐忧却已预示着未来的不宁。

彼时后白河院第二皇子以仁王，因母非贵，不见爱，不得为亲王。因居于三条高仓，故称“高仓宫”。其母为加贺大纳言季成之女。永万元年十二月十六日，以仁王年十五岁，避开外人耳目，在近卫河原的大宫①御所举行了元服礼。其精擅书法，字如美女簪花般优美，兼且好音律、善吹笛，才学出众，本是承继大宝的最佳人选。然已故建春门院猜疑心重，又多有妒忌，所以以仁王只好赋闲幽居。每日里花下游春，手挥紫毫书翰墨；月前秋宴，玉笛自吹奏雅音。就这样弦歌自遣，年复一年，到治承四年，以仁王已三十岁了。

某夜，在近卫河原奉职的源三位入道赖政②，秘潜至高仓宫御所，讲了一番令人震惊的话。他说道：“阁下乃天照大神第四十八世后裔，本应立为太子，登青闱、践紫极，为自神武天皇起第七十八代③人皇。然英龄三十，仍不得为亲王，臣窃为王深憾之。细观当今世相，清盛纵暴，侵侮至尊，欺凌朝贵，爱憎任心，赏罚由己。神怒人怨，其亡无日。表面顺从，而内心憎恨平家者不计其数。阁下若能谋划起事，讨灭平家，则上顺天心，下应人望，一来可免法皇遭平家无休止幽禁欺辱，

---

① 此处的大宫，指近卫天皇的皇后藤原多子。

② 源赖政（1104～1180）：日本平安末期著名将领。保元之乱时，因与平清盛一起支持后白河天皇而立功，1178 年（治承二年）升从三位，称源三位入道。第一卷第十五章《抬神舆》中，已展现过他的谋略。

③ 后白河天皇是日本第 77 代天皇，如果传位给以仁王，就是第 78 代天皇。

二来阁下亦能即位为皇。天下孝行，无出其右。此千载良机，断不可失。只要阁下痛下决心，发出讨贼令旨[①]，臣年逾七旬，齿力虽衰，而宗属颇广，源氏一门中甘愿为阁下驰骋效力者，比比皆是。”

他顿了顿，接道：“首先，京都中即有不少出羽前司光信[②]的子息：伊贺守光基、出羽判官光长、出羽藏人光重、出羽冠者[③]光能；在熊野则有故六条判官为义的末子十郎义盛，他正蛰伏中；在摄津国，有多田藏人行纲，不过此人不忠不义，在新大纳言成亲谋反时，叛变倒戈，向平家告密，故而不能信赖。但其弟多田次郎朝实、手岛冠者高赖、太田太郎赖基等皆可任用；在河内国，有武藏权守入道义基，其子石河判官代义兼；在大和国，有宇野七郎亲治诸子：太郎有治、次郎清治、三郎成治、四郎义治；在近江国，有山本、柏木、锦古里等族人；在美浓国和尾张国，有山田次郎重广、河边太郎重直、泉太郎重光、浦野四郎重远、安食次郎重赖与其子太郎重资、木太三郎重长、开田判官代重国、矢岛先生重高与其子太郎重行；在甲斐国，有逸见冠者义清与其子太郎清光、武田太郎信义、加贺美次郎远光、加贺小次郎长清、一条次郎忠赖、板垣三郎兼信、逸见兵卫有义、武田五郎信光、安田三郎义定；在信浓国，有大内太郎维义、冈田冠者亲义、平贺冠者盛义与其子四郎义信、故带刀先生[④]义贤次子——木曾冠者义仲[⑤]；在伊

① 皇太子、三后、亲王、王所发布的命令，称为“令旨”。

② 出羽前司光信，即源光信，在叙任美浓守的同时，还兼任出羽守，“前司”是前国司之意，合称“出羽前司光信”。接下来所列的一长串人名，皆为源氏族人。其名字的前两字为住地名，末两字为本人名，中间两字或四字表示官职身份或排行。

③ 冠者：对有官阶而无官职者的称呼。

④ “带刀”是警备东宫的人员，其统领称为“带刀先生”，多由长于武艺射艺之人担任。

⑤ 木曾义仲（1154～1184）：本书重要人物，出身河内源氏，后来在源平合战中大败平家，威震四方，人称“旭将军”，一度有君临天下之势。其事迹后文有详细叙述。

豆国，有被流放的前右兵卫佐赖朝；在常陆国，有信太三郎先生义教、佐竹冠者正义与其子太郎忠义、三郎义宗、四郎高义、五郎义季；在陆奥国，有故左马头义朝幼子九郎冠者义经①等。以上诸人，皆是六孙王苗裔、多田新发意满仲②后胤。当年共讨朝敌，得遂建功立业之宿愿，源平两氏功勋爵赏并无高下之别，如今却相隔云泥，较之主从尚且不如。我源氏族人流落四方，遍布各国，有随从于国司者、有屈就于庄园领主者，平时常遭驱遣干办杂事，有志难酬，心中抑郁不堪。阁下若有举事决心，只须颁布令旨，以上人等必定昼夜兼程、继踵赶至，讨灭平家指日可待。我入道赖政虽已皓首，亦将率诸子到您麾下听候调遣。”

高仓宫闻言，有些不知所措，一时沉吟不语。时有阿古丸大纳言宗通之孙、备后前司季通之子——少纳言维长，精通相人术，时人号为“人相少纳言”。他在参见高仓宫时，曾为高仓宫看过一相，言之凿凿道：“此为登临大宝之相，天下大事绝不可坐视不理。”高仓宫久不得志，此际回想起这话，又听源三位入道所言颇有道理，遂默忖道：“天命攸归，时也运也。今日之事定是天照大神予我昭示！”于是把心一横，决意起兵讨平。他先召来在熊野的十郎义盛，委任为藏人，改名行家，派往东国宣达令旨。

同年四月二十八日，行家离京，先赴近江国，再往美浓国、尾张国，向诸源一一传达令旨。五月十日，来到伊豆国北条，将令旨宣达给被流放至此地的前兵卫佐赖朝。信太三郎先生义教乃行家之兄，自然也要向他宣达，于是又前往常陆国信太浮岛。而木曾冠者义仲乃行家之侄，也应告知他，因此又去了木曾街道。

---

① 源义经（1159～1189）：本书重要人物，号称“镰仓战神”，在源平合战中战功卓著。其灿烂而又短暂的人生传奇，一直为后世所津津乐道。其事迹后文有详细叙述。

② “六孙王”指源氏第一代源经基。源满仲是源经基之子，因领有摄津多田庄，故被称为多田满仲。

当时熊野别当湛增，多受平家恩惠，对平家忠心耿耿，不知从哪里听到了风声，自思道："新宫十郎义盛领了高仓宫的令旨，联合美浓、尾张的源氏族人，反乱只在顷刻之间。那智新宫的一伙人，料来也是站在源氏一方了。湛增受平家厚恩，如天高、似山大，怎能袖手旁观呢？待我先以箭矢剿平那智新宫，再向平家详细禀报。"遂率甲士千人，杀奔新宫凑坂。新宫一方有鸟井法眼、高坊法眼，以及武士宇井、铃木、水屋、龟甲等，自那智执行法眼①以下，其势计有二千余人。双方高声呐喊，弯弓搭矢，互相对射。这一战，源氏平家各不相让，箭矢锋镝响声不止。鏖战三日，熊野别当湛增属下部众大多阵亡，湛增亦负伤累累，拼死挣得性命，狼狈逃往熊野本宫。

四、鼬事件

被软禁的后白河法皇忧心忡忡，常恐惧道："说不定会把我流放去遥远的荒岛呢！"就这样提心吊胆地住在城南离宫，今年已经是第二年了。

同年五月十二日午时，鸟羽殿中出现大群鼬②四处乱窜。法皇大惊，遂亲自占卜，得一兆，急召当时尚称为鹤藏人的近江守仲兼，吩咐道："你持此占，拿去给泰亲看，让他速勘卜文。你取了勘状③再回来。"仲兼领命，立即前往阴阳头安倍泰亲处。谁知泰亲不在宿所，听说是去了白川。仲兼急忙赶到白川，寻到泰亲，将法皇敕旨宣达。泰亲立即写好卜兆勘状，交给仲兼带回。仲兼归返鸟羽殿，把守正门的武士却不让他进去。但他对殿内路径早已谙熟于胸，找到一段矮

---

① 执行法眼：法眼是日本僧位中的一种，全称法眼大和尚位。执行法眼即寺务主管人。

② "鼬"是鼬科种类动物的通称，全世界共有十七种鼬，这里指黄鼠狼。

③ 勘状：依据种种先例、掌故判定吉凶，然后将结果与意见上达的文书。

墙翻过去，再从广廊底下爬入，掀开廊板出来，将泰亲的勘状进呈法皇。法皇展文细览，见勘状写道："三日之内，喜忧参半。"法皇道："喜事嘛，还可能有。要说忧心，我已到了如此境地，没什么事能让我更忧心了。"

由于前右大将宗盛一再恳求入道相国宽容法皇，入道相国慢慢地也有点回心转意了。同月十三日，法皇从鸟羽殿搬出，移住八条乌丸的美福门院御所。泰亲所言"喜忧参半"中的"喜"，当指此事。

与此同时，熊野别当湛增派遣的飞脚①也将急报送到京都，告发了高仓宫谋反之事。前右大将宗盛大惊。当时入道相国正在福原，听了宗盛的禀报立即回京，下令道："已别无他法，必须马上拘捕高仓宫，流放去土佐之畑。"即令上卿三条大纳言实房、头辨光雅负责处置此事。同时命源大夫判官兼纲、出羽判官光长，率兵包围高仓宫御所。这位源大夫判官，乃源三位入道赖政的次子。他也被派去抓捕高仓宫，是因为平家此刻尚不知晓，其实正是三位入道劝诱高仓宫谋反的。

五、信　连

五月十五日夜，高仓宫边欣赏云间明月，边即兴咏歌，哪会料到所谋之事已然败露了。正咏到兴头上，源三位入道的使者，手持急信火急火燎地赶来。高仓宫乳母之子六条佐大夫宗信接过信，呈给高仓宫。展开看时，见信中写道："君谋反事泄，相国已差人前来拘捕，欲流放您去土佐之畑。请速离御所，往三井寺暂避。我随后就到。"高仓宫看完信，慌得手足无措，不知如何是好。武士长兵卫尉信连临危不乱，镇定道："唯今之计，请主人改换女官装束，速速出行。"高仓宫无奈

① "飞脚"是日本古代往来于各地送信的信差。

道："只有如此了。"遂弄散头发，穿上女衣，戴上市女笠[1]。六条佐大夫宗信打着长柄伞，童仆鹤丸头顶装着杂物的布袋，如少年武士接送女官般，从高仓出来，一路向北逃去。途中遇着一条大沟，高仓宫纵身一跃，轻而易举地跳了过去。路人大为惊讶，纷纷驻足，交头接耳道："此女实在有失检点。一个妇道人家，怎能不顾仪态，跳沟而过呢！"高仓宫哪还顾得上旁人非议，步履匆匆急奔而过。

长兵卫尉信连留守以仁王御所，他嘱咐尚留在御所的几名女官各寻隐秘处躲起来，接着又将不合宜的物件分别藏好。收拾屋子的过程中，发现高仓宫把平时最喜爱的一管御笛——小枝，忘在了卧室枕边。信连见了，心想高仓宫如果记起笛子，定会返身来取，他珍藏的御笛可不能弄丢了。急忙追出门外，在离御所五町远处，追上了高仓宫，呈上小枝。高仓宫欣慰道："这笛子与我朝夕相伴，我死后，是要把它带入棺椁里的。今日多亏有你在，你也和我们一起走吧！"信连道："来拿人的官差就快到御所了，御所中不可无人警卫。信连身负留守之责，已是上下皆知，若今夜不见踪影，那些官差定会污我趁夜逃走。吾辈执弓引箭，堂堂武士，岂能不爱惜声名？待我回去击败那群官差，再赶上来伺候主人。"说罢昂首而归。

当晚，信连外穿淡青色狩衣，内着萌黄色腹卷[2]，腰佩卫府太刀，将朝向三条的总门、朝向高仓的侧门，全部打开，静候官差到来。

源大夫判官兼纲与出羽判官光长，统领三百余骑，于十五日夜子时，将高仓宫御所团团围定。源大夫判官别有盘算，在门外远远地勒马停步。出羽判官光长却纵马直闯府内，到了院中才勒住马，大声喝道："有传闻以仁王欲反，吾等受检非违使别当差遣，特来奉迎，问个清

---

① 市女笠：馒头形草笠，本为市场上叫卖货物的妇女所戴，后来受到贵族女性青睐。笠下有薄纱低垂，可遮住面孔。

② 腹卷是一种日式盔甲，由简易铠进化而来，制作材料为甲片、板甲、丝绳等。

楚。请高仓宫即刻出见。”长兵卫尉站在宽阔的庭廊上，回道：“敝主上此刻不在御所内，外出拜神了。阁下有什么话，说与我听便行。”光长怒道：“岂有此理！以仁王不在御所，能去哪里？你竟敢信口雌黄，实是大胆！来啊，给我搜！”长兵卫尉听了，变色道：“尔等官差走卒，连尊上的礼数都不懂么？纵马入府已是不敬，竟又令部下乱搜，成何体统？有我左兵卫尉长谷部信连在，绝不容尔等放肆！敢近前者，休怪我不客气了！”官差中有个大力士，名叫金武，甚为刚勇，瞅准信连所在，飞扑到庭廊上。其他官差见了，有样学样，有十四五人陆续跟着杀了上去。信连来不及解衣带，随手一扯，扯断纽带，脱去狩衣，拔出卫府太刀。那太刀打造得锋锐异常，使起来得心应手。官差手握大太刀和大长刀，抵挡不住信连的卫府太刀，被劈得好似狂风扫落叶般，不一时便东倒西歪，躺了一地。

当晚正是十五月圆之夜，云间现出明月，清辉洒满大地。官差们不谙御所路径，信连却是惯常走熟了的，在长廊下、角落里神出鬼没，东砍一刀、西劈一刀。官差被打得叫苦不迭，怒骂道：“大胆狂徒，连宣旨的使者也敢打杀！”信连回骂道：“哪来的那么多宣旨？”

战了多时，信连太刀弯折，他退到边上，手拗脚踩，将刀身弄直，随即又挺身厮杀，砍翻了十四五个官差。无奈好虎架不住群狼，到最后太刀刀尖断折三寸多，眼看势尽，信连便想切腹自杀。可是伸手往腰间一探，鞘卷[①]却已在打斗中失落了。无奈之下，只得空着双手，退到朝向高仓的侧门旁，准备从此逃走。孰料一人手舞大长刀，迎面杀来。信连见状，急忙避让刀锋，却已不及，大腿处挨了一刀。一众官差趁机拥了上来，信连虽猛，也敌不过人多，终被生擒。

官差随后将御所里里外外搜了个遍，当然找不到高仓宫，便押着信

---

① 鞘卷：日本武家用刀，军阵中与野太刀并重。因拔刀时其刃卷鞘而出，故名。

连来到六波罗。入道相国坐于帘后，前右大将宗盛立于阔廊上，传令将信连押至庭中，喝道："就是你这家伙，说什么'哪来的那么多宣旨'，还挥刀拒捕，杀害多名官差的吗？将这厮严加拷问，查明以仁王下落，然后押去河原斩首。"信连毫无惧色，放声大笑道："近来每至夜间，便有人来御所窥探，我只道是区区蟊贼，便不放在心上。哪知今夜突有一伙人顶盔带甲，直闯入御所。我问他们是谁，答说是宣旨的使者。我想如今世道不好，山贼、海贼、强盗等，也时常自称公卿亲眷，或者假冒宣旨使者。我自然回应'哪来的那么多宣旨'，他们却举刀便砍。倘若我认真准备，穿着甲胄、使用正式战刀[①]，那群官差恐怕不堪一击，一个也别想安稳地回来。至于主上现在何处，我并不知晓；纵然知道，身为武士又岂能卖主变节？任尔等严刑逼问，我也绝不会说的。"言罢闭目，再不出声。

在场平家武士莫不嗟叹，说道："此人辞气壮烈，刚强决绝，若是杀了，可惜了一条好汉。"其中有人道："先年我与此人在武者所[②]共事时，曾遭逢六名强盗，大家都打不过，只有他孤身追敌，斩杀四人，生擒二人，所以被任为左兵卫尉。实乃以一当千的勇士。"众武士听了，愈发怜惜。入道相国也起了爱才之心，改口道："那便饶他一命吧！"遂将信连流放去了伯耆国日野。后来，天下归于源氏，信连至东国，大将梶原平三景时将此事始末备细上禀，镰仓殿赞道："真是难能可贵。"便收为家臣，补安艺检非违使所，并赐能登国领地。

六、泷口竞

再说高仓宫沿着高仓小道一路北行，至近卫大道又折而向东，渡

① 信连原先用的卫府太刀只是警卫用兵器，装饰功能大过实战功能。所以他说要用军阵上的正式战刀。

② 武者所：上皇御所的警备机构。

过贺茂河，到达如意山。昔年清见原天皇①尚是东宫太子时，遭贼徒袭击，逃入吉野山，据说也曾假扮成年轻女子的模样避难。如今看高仓宫的遭遇，几乎没有两样。整夜在山路上疲于奔命，是高仓宫从未经历过的。他的脚被尖石刺破，鲜血染红了沙石；更难受的是，伤口踩在夏草丛中的露水上，疼痛不已。一路苦苦支撑，终于在天色微明时，赶到了三井寺。高仓宫对寺僧道："此身虽无益于世，却也知惜命图存。在下这条性命，就托付给各位法师了。"众僧感激振奋，将法轮院装饰一新，作为临时御所，恭请高仓宫入住，并按贵胄待遇，供给膳食。

第二天是五月十六日，京中流言四起，都道高仓宫企图谋反，事泄后已逃之夭夭。此事闹得京中骚动不安。法皇听到传闻，醒悟道："当日占卜，泰亲勘状中说是'喜忧参半'。搬离鸟羽殿自然是喜事，那么忧心的事，应该就是指这回高仓宫的事了。"

那源三位入道赖政，多年来与平家相处尚算和睦，本想好好养老的，为何今年突然起了谋反之心呢？盖因平家次子前右大将宗盛干了件过分的事，招来了怨恨。所以说人在得意时，坐言起行，处处都要小心谨慎；不胡为、不妄言，凡事皆不可鲁莽草率。

事情的起因，是由于源三位入道的嫡子伊豆守仲纲，有一匹名闻九重的宝马。此马唤作木下，全身鹿毛色②，神骏无双，无论脚力还是脾气，都是上上之选。前右大将风闻此马佳名，派了使者去仲纲处，言道："贵府上那匹名马，望能赐借一赏。"伊豆守回道："良驹虽有，只因近来乘坐过久，劳乏不堪，已送去乡下调养了。"宗盛无奈道："那只好作罢了。"也不再强求。但部下的一众平家武士却你一言，我一语道："胡说！那匹马前日我还见到呢，就在他家中！""什么前日，昨天还在哩！""不，不，今晨我还见它在庭院中转圈呢！"宗盛

---

① 清见原天皇：即日本第40代天武天皇。

② 鹿毛色：指马身的颜色为棕褐色，鬃毛和尾巴是黑色。

听了，怒道："可恶的仲纲，这么吝惜一匹马呀？我一定要把它弄到手。"遂遣武士上门讨要，又写信去追索，每日或五六次、或七八回，不住催逼。三位入道闻悉此事，将伊豆守唤去，劝道："纵是黄金之马，平家人如此想要，咱们也保不住的。还是将马送去六波罗吧。"伊豆守无可奈何，乃作歌一首，与马一起送入六波罗。其歌曰：

吾爱骥骏如吾影①，恋之惜之难分离。

宗盛对此歌却不理睬，也不按礼节回一首返歌，得意道："果然是匹好马，难怪它的主人舍不得。嘿嘿，既然舍不得，就在马身烙上它主人的名字吧！"于是将"仲纲"二字烙在马身上，拴入马厩中。此后但凡有客人来访，若道："闻有名驹，恳请一观。"宗盛便吩咐道："给仲纲那畜生放上马鞍，拉出来！"接着要么对客人说："请骑上仲纲这厮吧！"要么说："如果仲纲不听话，可以用鞭子抽它。"

这些蓄意侮辱的话传入伊豆守耳中，他怫然不悦，愤愤道："此马对我而言，重逾性命，宗盛仗着位高权重，强夺了去，这也就罢了。而今竟又借此马侮辱仲纲，令我沦为天下人的笑柄，真是忍无可忍！"三位入道听了，向伊豆守道："平家之人以为我们是好欺负的，才干下如此恶事。此仇不报，当真枉活于世了。嘿嘿，咱们权且隐忍，一旦时机来临，定要洗雪前耻！"他因此事乃一家私仇，若单独报复，并无胜算，故而劝说高仓宫起兵谋反。这层缘由，平家后来才知道。

因了这事儿，天下人都想起了小松内大臣的一件往事。某日小松殿入宫参见中宫②，有条八尺多长的蛇在他狩袴的左侧爬着。小松殿担心如果声张起来，当值的女官们慌乱无措，届时定然惊了中宫。于是他

① 此处的"影"和"鹿毛"同音，是借助谐音技巧所作的歌。
② 这里的中宫，指高仓天皇的中宫平德子，即后来的建礼门院。

左手摁住蛇尾，右手捏住蛇头，将蛇收入直衣袖中。而后镇定自若地站起身，唤道：“六位藏人，六位藏人何在？”彼时伊豆守还是卫府藏人，立即趋前应道：“六位藏人仲纲在此。”小松殿将蛇交给他，他急步穿过弓场殿，来到殿前小庭，对管理御仓的小舍人①说道：“把这条蛇拿去扔掉。”小舍人大骇，掉头逃去。仲纲无奈，唤来自家部下泷口竞②，将蛇给他，令他拿去丢弃。次日，小松殿为一匹名驹置好马鞍，特意遣人送予伊豆守，并褒奖道：“昨日所为甚是得体。此名驹最耐驰骋，夜间外出寻访倾城③时，骑乘最是合适。”伊豆守甚为感激，回复道：“赐马拜领，诚惶诚恐。内大臣昨日镇定如恒，令仲纲恍然若睹还城乐④也。”小松殿待人慷慨，如今的宗盛完全不能与之相比。别说是送出名驹了，他反倒要强夺人家的心头之好，终于激出祸乱来，所行真是不堪。

同月十六日夜，源三位入道赖政与长子伊豆守仲纲、次子源大夫判官兼纲，还有六条藏人仲家及其子藏人太郎仲光，合计三百余骑，各将家宅付之一炬，直奔三井寺而去。

三位入道属下武士渡边源三泷口竞，却不曾出奔，留了下来。前右大将把他唤去，问道：“你怎么不随三位入道一起谋反，反而留在京中？”泷口竞跪坐席上，恭敬答道：“在下一向认为，若主家有事，必要一马当先，为主家效命。但这次不知为何，却无人通知我。”宗盛道：“你原系朝敌赖政家臣，还数度立功，如今是否要为自己的前途想

---

① 小舍人：管理物品进出的年轻杂役。

② 泷口竞：“泷口”是宫中卫士的代称，因警卫机构设于清凉殿东北的泷口（瀑布口）。“竞”则是这名武士的本名。

③ 李延年歌《北方有佳人》中有“宁不知倾城与倾国，佳人难再得”句，传到日本后，“倾城”一词成了妓女的代称。

④ 还城乐：又名“见蛇乐”，古代舞乐之一。舞者持木棒，围着舞台中的木制蛇蟠欣喜乱舞。该舞曲形象地反映了喜食蛇的西夷人见蛇大喜的心情。

想呢？过来为平家效力如何？请爽快答复。”泷口竞流泪道：“在下与主家的情义，本是世代相传。但如今他沦为朝敌，我岂能再与他沆瀣一气？请让我留在贵府效力吧！”宗盛大悦，道：“很好。那你就留下来好好干吧！我给你的待遇，比起赖政给的，只会多不会少。”言罢转身入内。

自此以后，宗盛时常呼唤道：“武士竞何在？”泷口竞立即答道：“在此！”又唤：“竞何在？”马上答应：“在此！”就这样由早至晚，殷勤伺候着。宗盛对泷口竞日益信任。

这天黄昏，大将出门，泷口竞恭敬道：“听说三位入道现今是在三井寺，定要派兵讨伐才是。那伙人没啥可怕的，只不过是些三井寺的法师，再来就是我熟悉的渡边①一党。我想去挑几个强敌来打倒，为平家立功。可惜我原先骑乘的那匹战马，被歹人盗走了，望将军能借我一匹好马。”大将答应道：“没问题。”立即将一匹平日十分珍爱，叫作煖廷的白苇毛②马，置好马鞍，借给泷口竞。泷口竞归屋，自语道：“天早点黑吧。一到日暮我就能骑了这马，疾驰三井寺，为三位入道奋勇争先，牺牲成仁。”天色终于慢慢暗下来，他分头藏好妻儿，抱着义无反顾的心情，翻身上马，直奔三井寺而去。

泷口竞身穿大缀菊平纹狩衣、外罩祖上传下来的绯红长铠、头戴星白色甲盔、带着千锤百炼的大太刀、背负二十四支大中黑③之箭，同时依照泷口武士的传统，另插两支鹰羽制的的矢④。手持缠藤大弓，骑着煖廷，随带一名家仆骑着换乘的马，另一名舍人男挟着长盾，纵火焚毁家宅，一路飞奔到了三井寺。

---

① “渡边”系源氏分支，因居于摄津国的难波江渡口，故名。

② 白苇毛：指马通体雪白，杂有少量黑毛。

③ 箭的翎毛采用鹰羽，上下端为白色，中间黑色，称为“中黑”。若黑色较多，称为“大中黑”。

④ 的矢：专门用来射靶的矢。

六波罗方面遥望泷口竞的宿所着火，尽皆骚动起来。宗盛赶紧出来，问道："泷口竞何在？"部下答道："已然不见。"宗盛恼道："都怪我疏忽，被这厮骗了，你们快些赶上去捉拿他！"命令虽下，但平家武士人人顾忌泷口竞善开强弓，乃是速射名手，兼且力大无穷，有人暗中道："他背负的二十四支箭，箭无虚发，能一口气射杀二十四人呢！所以还是不出声为妙！"竟无一人敢挺身追捕。

三井寺方面，此刻众人也在议论泷口竞。渡边一党的人说道："其实该让竞一同前来，现在他孤身留在六波罗，怕是要受一番罪了。"三位入道却深知泷口竞其人，回道："他可不是一般的武士，绝不会轻易遭俘。我入道待他情义深重，大家瞧着吧，他很快便会赶来与我们会合。"话音刚落，泷口竞就赶到了。三位入道道："看，果然来了。"泷口竞恭敬执礼，道："伊豆守殿的名驹木下，虽被六波罗夺去，我却夺来了六波罗的煖廷。现在就进呈给主人。"伊豆守见了煖廷，大为振奋，立时将马尾和马鬃剪去，再烙上烙印，次日夜里将它放回六波罗。半夜时，煖廷到了马厩，啮咬起其他马。马伕们都惊呼道："煖廷回来了！"大将宗盛急忙来看，见马身上的烙印写着："昔称煖廷，今名平宗盛入道。"大将怒极，恨声道："怪我大意，着了泷口竞的道儿，委实可恼。日后杀去三井寺，定要将这厮生擒活捉，慢慢锯掉他的脑袋。"尽管他气得暴跳如雷，但煖廷的尾巴与鬃毛再难长齐，烙印也永远无法消除了。

七、山门牒状

三井寺贝钟[①]齐鸣，召来全体僧众聚会。众僧议道："细察近日世情，正是佛法衰微、王法窘困之时。今若不惩清盛入道之暴恶，更待何

① 贝钟：指法螺之贝与寺钟。

日！现高仓宫亲来本寺，不正是凭藉正八幡宫卫护，新罗大明神①之神助吗？天地神明显灵，佛力神力定能降伏恶相国，此乃确然无疑之事。北岭为圆宗修学之地，南都②乃夏腊得度③之戒场，本寺若送牒状前去，彼等必然起而助我，绝无拒绝之理。”众议既定，遂拟好牒状，分别送往比睿山与奈良。

先是致山门的牒状：

园城寺牒谨致延历寺衙：

特请协力，免本寺破灭之祸。

兹因入道净海恣意胡为，令王法沦落、佛法几灭，诚人神共愤，无过其极。前十五日夜，法皇二皇子托庇本寺，入道竟假传院宣，着本寺即刻交人。此逆事本寺绝不能奉命也！为此故，官军数日之间便要来剿，本寺破灭之难已迫在眉睫，阖寺僧众莫不愁叹。延历、园城两寺，虽同宗而分二派，然所修皆圆顿止观④，譬如鸟之双翼、车之二轮，缺其一则天下哀叹。遂特请协力，助本寺免遭破灭。往年嫌隙，本寺当一概捐弃，复昔时一山共处之谊。众僧佥议，其决如上，特致牒状。

治承四年五月十八日

众僧等　奉上

山门僧众收到牒状，传阅后尽皆不满道：“瞧这话说的！他们三井

---

① 新罗大明神：即天照大神的弟弟素盏鸣尊（须佐之男命），传说他曾在神功皇后远征新罗时显露神迹，故有此名。他是三井寺的镇守神。

② 北岭指延历寺，南都指奈良兴福寺，圆宗即天台宗。

③ 夏腊得度：“夏腊”指僧人出家的年数。僧人以夏天的七月十六日为岁首，七月十五日为除夕。“夏腊得度”即获得度牒，成为僧侣，从此要以夏腊计算年岁。

④ 圆顿止观：又名《摩诃止观》，是天台宗的基本理论著作，天台三大部之一。

寺不过是山门的末寺[①]，竟敢与我们平起平坐，胡言什么‘譬如鸟之双翼、车之二轮’，当真岂有此理！”气恼之下，连返牒也不回复。再加上入道相国又传话给天台座主明云大僧正，让他立即上山，稳住众僧。于是高仓宫方面收到的山门答复，只是敷衍的说辞，对于是否协力则难以确定。入道相国又将近江米二万石、北国织延绢[②]三千匹，捐给山门作为答礼。米绢随即被分给各谷各岭的僧众，但是仓促之间，分配不均，有人入手多，有人却两手空空。便有好事者写了首打油诗讥讽道：

织延绢衣薄，法师个个争。虽然穿上身，难将丑态遮。

某个没分到绢的僧人见了，也回敬了一首打油诗：

绢未分一匹，何物遮丑态？若得绢衣穿，丑态又何妨？

八、南都牒状

三井寺致南都牒状，内容如下：

园城寺牒谨致兴福寺衙：
特请协力，免本寺破灭之祸。
佛法之能为尊，皆因守王法之故；王法之能长久，全仗佛法之庇

---

① 末寺：即别院。三井寺又名园城寺或圆城寺，日僧圆珍 853 年来唐学法，回日本后，于 859 年成为三井寺第一任住持长吏，三井寺也同时成为延历寺的别院。
② 织延绢：一种薄绢，比平常的绢要长。

佑。今有入道前太政大臣平朝臣清盛公，法名净海，飞扬跋扈、专欲擅权，蹂踏国威、纷乱朝政。庙堂内外、在朝在野，人皆衔怨恨叹。本月十五日夜，法皇二皇子为避劫难，遁入本寺托庇。平家竟假传法皇院宣，着令即刻交人。吾阖寺僧众，决倾力卫护以仁王。为此故，净海禅门属下武士数日之间便要攻寺。佛法王法，恐一时俱灭。昔唐会昌天子①大遣军兵灭佛之时，清凉山僧众奋起抵御，数度交锋。皇权尚可与之战，何况净海乃谋反八逆②之辈乎！南都曾有恶例，长者③无罪而遭流放，此会稽之耻，今日不雪更待何日？愿贵寺僧众，内则协力，以免佛法破灭；外则除逆，以退恶徒党羽。若能同心襄助，本寺感念无已。众僧佥议，其决如上，特致牒状。

治承四年五月十八日

众僧等　奉上

南都僧众看过后，立即写了返牒。其返牒云：

兴福寺牒谨致园城寺衙：

来牒收悉，入道净海将破灭贵寺佛法事，吾等已然尽知。玉泉、玉花④两家虽各立宗义，然金章、金句同出一代教门⑤；南京北京⑥皆系

---

① 会昌天子：即唐武宗。他崇信道教，于会昌五年（845）在全国范围内展开全面灭佛。僧尼不论有牒无牒，皆令还俗；一切寺庙悉数予以拆毁。武宗灭佛使佛教在中国遭到沉重打击，历史上称为“会昌法难”。

② 谋反八逆：谋反、谋大逆、谋叛、恶逆、不道、大不敬、不孝、不义。犯此八逆者，即便遇大赦，也不能赦免。

③ 长者：为家主、居士之意，一般通称富豪或年高德劭者为长者。

④ 玉泉、玉花：因天台智者大师曾居玉泉寺，乃以玉泉代指天台宗。玉花指玉华寺，因玄奘居此译大般若经，且传有法相宗，故以玉花代指法相宗。

⑤ 经文章句，同出自释迦教门。

⑥ 南京指南都奈良的兴福寺，北京指京都的三井寺。

如来弟子，自寺他寺，当协力降伏调达①之魔障。清盛入道，不过平氏之糟粕，武家之尘芥耳。其祖父正盛，曾于藏人五位家下走，为国司执鞭坠镫；大藏卿为房任贺州刺史时，提拔其补缺检非所职司；修理大夫显季任播磨守时，又充其为马厩别当。故而入道之父忠盛蒙恩准予登殿之际，朝野上下，无不叹惜蓬壶之瑕瑾②；内外俊彦③，皆悲啼于马台之谶文④也。忠盛虽展翅青云，扶摇直上，然世人皆轻之为茅屋贱种，举凡惜名之武士，无人愿仕于其家。平治元年十二月，太上天皇感一战之功，破格恩赏，此后清盛高居相国之位，兼给兵仗。平家男子，或登三公台阶，或列官海羽林；女子则备位中宫，或蒙宣忝为准后；群弟庶子，皆同步棘路⑤；孙儿外甥，悉割竹符⑥。九州尽其统领，百司任由进退；文武百官，视为奴仆。稍违其心，王侯顷刻入狱；片言逆耳，公卿转瞬囚监。是故，或为苟全性命，或为免一时之凌辱，万乘之圣主，犹有面谀之媚；历代之家君⑦，却致膝行之礼。豪夺代代相传之领地，上官惧而不敢言；强取亲王历世相承之庄园，天下惮于威权而不敢论。清盛遂得寸进尺，去年冬十一月，迫上皇迁离御

---

① “调达”是调婆达多的简化译法。调婆达多，又名提婆达多、地婆达多，是释迦牟尼的堂弟。释迦牟尼苦口婆心，引领调达皈依了佛门。后来调达萌生了邪念与野心，公开反对释迦，另立僧团。他还将毒药藏在指甲里，企图趁行礼时毒死释迦。在他的阴谋即将得逞之际，大地突然裂开，将他活活陷入地狱。

② “蓬壶”即蓬莱；“瑕瑾”指污点。蓬壶之瑕瑾，此处意为失策、用人不当。

③ 内外俊彦：指佛教儒家的有识之士。

④ 马台之谶文：“马台”是邪马台的略称，《邪马台谶文》（又称《野马台诗》）是日本古代的预言，相传是梁朝宝志和尚所作。其中有“百王流毕竭，猿犬称英雄”一句，被认为是指平家乱政。

⑤ “棘路”是公卿的别称。

⑥ 竹符，即竹制剖符。国司赴任时，剖一半随身作为信物，另一半留在京中。“割竹符”就是去各地出任国司。

⑦ “家君”指日本古代曾世代把持朝政的大贵族藤原氏。

所，流博陆公[①]于荒涉，反逆之事，无过其极，诚古今罕有也！其时我等虽欲问罪于国贼，然虑及神意及纶言[②]或许如此，只能强抑忧郁，任光阴空度而无为。不久，军兵又起，围法皇二皇子以仁王之御所，幸有八幡三所[③]、春日大明神垂护，奉捧仙跸[④]，送至贵寺，暂寄于新罗大明神座下。由斯可证，王法未尽也。贵寺僧众舍身而出，守护皇子，凡含识之类[⑤]，莫不随喜赞赏。我等虽处远域，亦感同情。今清盛入道气焰嚣张，意欲冒犯贵寺，本寺已有耳闻，遂有预备，于十八日辰时一刻集众会商，并送牒诸寺，又知会各下院，俟僧兵齐聚后再行呈达。青鸟飞来投芳翰[⑥]，令我等数日之忧念，一时尽散。彼唐国清凉一山之比丘，犹能退武宗之官兵；况本朝南北两门之僧众，岂无扫逆臣邪类之法力？敬请固守梁园[⑦]左右之阵，以待我等进发之告。返牒明鉴，勿生疑虑。此致。

治承四年五月二十一日

众僧等　奉上

九、长佥议

三井寺再度召集僧众佥议。众议道："山门方面无心助力，南都方面援兵未至，此事夜长梦多。与其坐以待毙，不如孤注一掷，趁夜突袭

---

① 博陆公："博陆"是关白的别称。这里指藤原基房。

② 纶言：帝王诏令的代称。

③ 八幡三所：指八幡宫祭祀的应神天皇、神功皇后、玉依姬。

④ 仙跸：指天子、贵胄的车驾。

⑤ 含识之类：佛教语，谓有意识、有感情的生物，即众生。

⑥ "青鸟"是中国神话中为西王母取食传信的神鸟。"芳翰"是对他人翰墨的敬称。

⑦ 梁园，又名梁苑、兔园、睢园等，系西汉梁孝王刘武营建的游宴宫苑，故址位于今河南省商丘县东。后世用梁园借指贵人所在地，这里指高仓宫。

六波罗。其策略，我等可分成老少二路，老僧们由如意峰迂回到侧面，率领足轻①四五百人作为先锋，纵火焚烧白川沿岸的民宅。京中侍卫与六波罗的武士见了，定然惊呼‘大事不妙’，急奔白川。届时先锋军在岩坂、樱本附近，将平家主力拖住，交战周旋。以伊豆守为大将军的少壮军势，即刻率众武僧从正面猛攻六波罗，再趁风放火。兵威火势，一定会把太政入道烧出来，到时便能将其诛杀！”

正商议间，常为平家祈祝的一如房阿阇梨真海，携弟子及同宿数十人，来到佥议厅，说道：“老衲有话要讲。或许大家都认为老衲会站到平家一方，纵然你们真这么想，老衲也绝不会做出罔顾众僧之义，污损本寺声名的事。昔时源平左右并立，共守朝廷。近来源氏运衰，平家掌权已二十余年，天下草木，俱向风靡然。默察六波罗邸内情势，我等势微力薄，甚难取胜。故而应当谨慎谋划，广集军势，徐图进攻。此方为上策。”他为了拖延时间，故意滔滔不绝，鸿篇大论，说了颇长时间。

乘圆房老僧阿阇梨庆秀听得不耐烦了，他衣下穿着腹卷，身前垂着大打刀，用布包着光头，将白柄大长刀当成拐杖一样拄着，踏入佥议厅，大声道：“不用再旁征博引了，我寺之本愿天武天皇②尚为东宫之际，遭大友皇子攻袭，避入吉野深山。逃亡途中，军兵四散，等经过大和国宇多郡时，其势仅十七骑。但越过伊贺、伊势之后，调集美浓、尾张兵马，终于讨灭大友皇子，登基为君③。古书云：‘穷鸟入

---

① 足轻：最下等的武士。平常从事劳役，战时成为步卒。

② “本愿”是修行时所立的誓愿的意思。三井寺是天武天皇发愿敕建的，所以他是三井寺的愿主。

③ 此事件即日本历史上的“壬申之乱”。671 年，天智天皇任命大友皇子为太政大臣。大友皇子与苏我赤兄等人勾结，策谋篡权。天智天皇刚一驾崩，大友皇子便迫不及待地即位，是为第 39 代弘文天皇。他登基后立即准备进攻在吉野的前皇储大海人皇子。大海人闻讯先发制人，于 672 年（壬申年）6 月起兵，7 月攻陷大津宫，弘文天皇走投无路，自杀身亡。大海人继位为天武天皇。

怀，仁人所悯。’①他人心中作何盘算，我庆秀不愿理会。我已决意率门徒今夜就去攻打六波罗，万死不辞！”圆满院大辅源觉起身道：“我等坐议良久，此刻夜色已深，立刻出发吧！”

十、僧众齐集

进攻侧面的老僧军的统领大将，是源三位入道赖政，麾下有乘圆房阿阇梨庆秀、律成房阿阇梨日胤、帅法印禅智、禅智弟子义宝和禅永等，总共一千人。人人手持松明，向如意峰进发。进攻正面的少壮军统领大将是赖政嫡子伊豆守仲纲，麾下将领有源大夫判官兼纲、六条藏人仲家及其子藏人太郎仲光；僧众有圆满院大辅源觉、成喜院荒土佐、律成房伊贺公、法轮院鬼佐渡等。此等皆力大无穷之辈，引弓搭箭，鬼惧神愁，堪称以一当千的精锐之师。平等院则有因幡竖者荒大夫、角六郎房、岛阿阇梨等出阵；筒井法师有乡阿阇梨、恶少纳言；北院有金光院六天狗、式部大辅、能登、加贺、佐渡、备后等。其他尚有松井肥后、证南院②筑后、贺屋筑前、大矢俊长、五智院但马、乘圆房阿阇梨庆秀同宿六十人中的加贺光乘、刑部春秀，以及武艺最强的一来法师等。堂众僧兵筒井净妙明秀、小藏尊月、尊永、慈庆、乐住、铁拳玄永。武士渡边省播磨次郎、萨摩兵卫授、长七唱、泷口竞、右马允与、源太续、清、劝③等，作前锋先行。总计一千五百余人，从三井寺中杀了出来。

哪知刚出寺门，就遇上了麻烦事。高仓宫到寺后，在大关、小关这两条要道上掘了壕沟，安置了拒马、鹿角木等障碍物。现在要出寺，须

① 语见北齐颜之推《颜氏家训·省事》。

② 以上所述圆满院、成喜院、法轮院、平等院、金光院和证南院等，都是三井寺所属下院。筒井是三井寺南院三谷之一。

③ 此处单名授、唱、竞、与、续、清、劝等武士，皆系渡边族人。

在壕沟上架桥，拒马、鹿角木也要一一除去，耗费了相当长时间。等从大关出来，上了大路，已然鸡啼头遍。伊豆守道：“此刻鸡鸣报晓，等到了六波罗，定然已天光大亮，这可如何是好？”圆满院大辅源觉，又同先前在佥议厅时一样，越众而出道：“昔秦昭王召孟尝君而囚之，孟尝君得燕姬相助，率三千食客逃脱。孰知到了边境函谷关，关口规定要鸡鸣才能开门。幸而三千食客中有一人，学鸡鸣甚为逼真，故而绰号叫作‘鸡鸣’。他走到高处，学起鸡叫，引得关卡周围的鸡一起叫了起来。守门的兵士被鸡鸣所骗，便开了关门，让孟尝君通过。此刻的鸡鸣声，恐怕也是敌人施诡计让它叫的。咱们不必理会，继续向前吧！”然而五月夜短，过不多久，天边已曙光渐明。伊豆守叹道：“若趁夜突袭，我等尚有胜算，白昼交锋却是必败无疑。只好撤退了！”于是进攻侧面的队伍从如意峰撤回，攻打正面的队伍也从松坂回到寺中。有年轻的僧人恼怒道：“要不是一如房阿阇梨故意东拉西扯，讲个没完没了，才不会延误到天明呢。咱们去把一如房给砸了！”说完一窝蜂拥去，将一如房彻底毁坏。阿阇梨的弟子及同宿者数十人，抵挡不住，悉数被杀。一如房阿阇梨慌慌张张地逃到六波罗，老泪纵横，把事由细细说了。六波罗方面已召集军兵数万骑，听了禀报也不怎么惊慌。

同月二十三日清晨，高仓宫道：“单凭本寺的力量，是无法成功的。山门已然负义，南都的援军尚未赶到，日后的局势怕是对我们十分不利。”于是离开三井寺，打算前往南都奈良。他珍藏有两支汉竹所制的笛子，名曰蝉折、小枝。那蝉折乃是昔年鸟羽院向宋皇赠送千两黄金时，宋皇赠的回礼。原本是一节酷似活蝉的竹子，鸟羽院道：“如此重宝，不可轻易雕刻。”遂请来三井寺大进僧正觉宗，将竹节恭敬置于佛坛上，加持了七日，而后才雕成一支御笛。某日，高松中纳言实平入宫参拜，横御笛吹奏一曲后，一时大意，忘记了此笛与普通笛子不同，竟将它随意置于膝下。御笛有灵，气恼之下，蝉形从笛子上断折脱落了，该笛因此被称为“蝉折”。名笛择主而依，后来便传给了雅擅吹笛的高仓宫。当此危难之际，高仓宫自思命之将绝，便将蝉折献给了金堂弥勒，期待将来在龙华会①上与弥勒相逢。其用心实在令人同情。

一众老僧皆得赐假，留守三井寺。年轻的武僧们，则全部跟随高仓宫前往奈良。源三位入道领着他的族人，约有一千人左右。乘圆房阿阇梨庆秀拄着鸠杖，走到高仓宫驾前，涕泪交零道：“老衲本欲追随皇子，刀山火海，在所不辞。无奈年过八旬，朽木之躯，行路尚且艰难，徒添拖累。就让老衲的弟子刑部房俊秀为皇子执鞭坠镫吧。他是那年平治合战，故左马头义朝属下，在六条河原战死的相模国住人②山内须藤刑部丞俊通的儿子。因他与老衲颇有渊源，所以老衲收留了他，并抚育成人。他的为人，老衲知根知底，完全信得过。就让他追随您去吧！”说罢拭泪叹息。高仓宫悲道：“不知是哪世修来的情义，蒙你们如此赤忱相待。”说着也感动得流下眼泪。

十一、 宇治桥合战

在三井寺到宇治的路上，高仓宫因昨夜不曾睡好，六度落马。为此，部下们将宇治桥的桥板拆掉三间③，恭请高仓宫到平等院④暂歇。六波罗方面得到探报后，下令道：“看来高仓宫是打算逃往奈良了，速速派军追赶，务求全歼。”于是由左兵卫督知盛、头中将重衡、左马头行盛、萨摩守忠教为统领大将；上总守忠清及其子上总太郎判官忠纲、飞驒守景家及其子飞驒太郎判官景高、高桥判官长纲、河内判官秀国、

① 龙华会：又称弥勒三会。弥勒佛于龙华树下成道，开三番法会，度尽上中下三根之众生。

② 住人：在当地颇有名望，有一定影响力的人。近似于官而异于官，近似于民又在民之上。类似于中国的乡绅。

③ 间，是间隔的意思。将三根桥柱中间的桥板拆掉。

④ 此处的平等院，是宇治的平等院，原为藤原道长的别邸。不是三井寺的下院平等院。

武藏三郎左卫门尉有国、越中次郎兵卫尉盛继、上总五郎兵卫忠光为侍大将①，以恶七兵卫景清为先锋，总计二万八千余骑，越过木幡山，杀到宇治桥头。他们在桥这边望见敌在平等院中，便齐声大喊了三遍。高仓宫的部下也纵声呐喊回应。平家的先头部队冲上桥，却见桥板已被拆除，急忙向后喊道："桥上没有桥板，小心了！"但人声嘈杂，后军根本听不清楚，依然不断向前冲，"扑通扑通"，先头部队有二百余人被挤下桥，溺水而亡。平家军急忙撤回桥头。两军便各据宇治桥两端，射出鸣镝，准备交战。

高仓宫一方的大矢俊长、五智院但马、渡边省、授、源太续等，射出的劲矢，铠甲与坚盾都抵挡不住。源三位入道穿着长绢直垂，外罩蓝色白花革缀铠甲，因心中已有预感，知今日便是舍生取义的最后一日，故而有意不戴铁盔。其嫡子伊豆守仲纲，身穿赤锦直垂，外罩黑丝革缀铠甲，因要开强弓，所以也未戴头盔。五智院但马从鞘中拔出大长刀，孤身上桥。平家武士见了，骂道："快放箭射翻他！"弓兵立即弯弓控弦，连珠箭不停射出。但马从容应对，箭由上方来，便伏低身子；箭从下方来，就纵身避过；迎面而来的箭矢，则用大长刀斩落。敌我双方见他如此神勇，都大为叹服。这以后，世人便称他为"斩箭但马"。

堂众僧兵中，筒井的净妙明秀身穿褐色直垂，外罩黑革缀铠甲，顶戴嵌有五段护颈的头盔，带着黑漆鞘太刀，背负二十四支黑雕羽箭，双手各持涂漆缠藤之弓及惯使的白柄大长刀，来到桥上，高声通名道："吾乃三井寺中人尽皆知的堂众筒井净妙明秀，尔等对我的大名，想必早已如雷贯耳。今日就让你们领教领教我以一当千的厉害！有不服气的尽管站出来，咱们较个真章！"言罢将背负的二十四支羽箭，疾如流星般连续射出，桥对面的平家武士立时被射死十二人，射伤十一人。当箭筒中仅剩最后一矢时，他猛地甩掉藤弓，解下箭筒，脱去鞋履，赤足

---

① 侍大将：以武士身份，统领一支军队的大将。

从桥的桁梁上飞奔过桥。桁梁上已无桥板，其他人都不敢踏足，但在净妙房心中，却像走在京中的一条二条大道上那么容易。他挥舞大长刀，接连劈翻五敌，待劈第六人时，大长刀却从中断折了。他扔掉大长刀，拔出太刀再战。敌势汹汹，平家武士不断拥上，他使出蜘蛛手、角绳、十文字、蜻蜓返、水车等刀法，四面八方，劈斩撩挂，顷刻间又砍倒八人。砍第九人时，使劲太过，一刀劈在敌人坚甲处，刀身从中段断折，上半截落入河中。所幸尚有一柄小腰刀，拔出来，仗刀悍勇死战。

乘圆房阿阇梨庆秀部下的一来法师，极有勇力，这时也大显本领，紧跟在净妙房身后奋力厮杀。然而桁梁狭窄，两侧又无路通行，他一直无法越过净妙房。情急之下，他在净妙房盔肩上一按，道声："借过，净妙房。"借力纵起，从净妙房肩头一跃而过，冲入敌阵。他拼死力战，最终寡不敌众，当场战死。净妙房负伤奔回，在平等院门前草地上，脱去盔甲，细细一数，铠上的箭孔多达六十三处，洞穿五处，所幸皆非重伤，便坐着灸治一番，以布裹头，穿上净衣，折弓为杖，脚踏平底木屐，口诵"阿弥陀佛"，自往奈良而去。

三井寺僧众及渡边一党，纷纷效仿净妙房，陆续踏着桁梁冲到对岸，或割首夺械而归，或重伤切腹自尽，或掉入河中，桥上战况十分惨烈。平家一方的侍大将上总守忠清见到这种情形，向大将军请命道："将军且看，桥上鏖战正酣，我等应考虑渡过河去。然时当五月，雨水丰沛，水势大涨，若强行渡河，恐人马折损必多。我军是往淀或芋洗呢？还是绕道去河内路？"下野国住人足利又太郎忠纲，越众而出道："淀、芋洗、河内路，将军打算召集天竺、震旦的武士去？还是派我们去？眼前之敌倘若不予讨伐，放任他们逃往南都，届时吉野与十津川的援军合围过来，那就大势不妙了。在武藏与上野交界处，有条名为利根川的大河。秩父、足利两氏交恶时，常在此爆发合战。若正面攻击，就在长井渡过河；若侧翼迂回，则从古我杉渡过河。上野国住人新田入道，加入足利阵营，准备从古我杉渡过河。然而事先预备的船只，却被秩父族人悉数毁去。新田入道道：‘今日若不能由此渡口过河，将是我辈执弓武者永世之耻！就算溺死河中，也要一搏！过河。’于是赶制了大量马筏，奋勇渡过河去。此等武勇，乃坂东①武士之常也！而今大敌当前，两军隔河交锋，事势紧迫，岂能再计较河水深浅？比起利根川来，此处的水深及流速，也不见得有多湍急。有胆量的，跟我一起来！”言罢，带头纵马跳入河中。大胡、大室、深须、山上、那波太郎、佐贯广纲四郎大夫、小野寺前司太郎、边屋子四郎等，都紧随其后下河。接着宇夫方次郎、切生六郎、田中宗太等，合计三百余骑，也陆续下河。足利又太郎高声指挥道：“将骏马放到上游，弱马放去下游；只要马足能踏到河床，就松缰让马自行；若踩不到河床，马足悬空了，就收紧缰绳让马泅渡。有落伍者，用弓弦拉住他。大家挽着手，齐心并肩向前游。骑在马鞍上的，坐稳了，牢牢踩紧马镫。要是马头沉入水下，一定要尽快拽起来，但不能用力过度，令马吃痛。如果水淹过马鞍，就骑到马臀上。控马不可用强，对水势不可轻视。还要注意不要放箭，敌矢射来，不必回射。甲上的护颈稍微倾斜，却也别太斜了，避免被敌箭射中头盔。切不可乱流而渡，那样会被水冲走。顺着水势，徐徐斜渡即可。”就这样，在足利又太郎极富经验的指挥下，三百余骑，未被河流冲走一骑，全部安全抵达彼岸。

十二、高仓宫败亡

足利又太郎身着朽叶色②直垂，外罩赤革缀铠甲，头戴高角顶盔，带金饰太刀，背负黑白交错的羽箭，手持重藤弓，胯下骑一匹连钱芦毛③

① “坂东”即关东，指上野、下野、上总、下总、相模、伊豆、常陆、武藏八国。
② 朽叶色：黄中带赤的颜色。
③ 连钱芦毛马：灰白色马，马身上布有圆钱形斑纹。

马，马鞍上覆了金，饰有夜枭立于柏木的图案。他踏在马镫上，高声道："尔等在远处的仔细听着，在近处的认真瞧着，在下便是昔年讨灭朝敌平将门①，得蒙恩赏的俵藤太秀乡②的十世孙、足利太郎俊纲之子——又太郎忠纲，现年十七岁。吾今时无官无位，若向高仓宫引弓射矢，虽然恐遭天谴，然我等系奉平家之命而来，弓矢相加之罪与神佛天谴，也都该算在平家身上。三位入道殿那边的人，要是还看得起在下，请放马与我一战！"言罢冲入平等院内，奋力搏杀。

大将军左兵卫督知盛，眼见形势有利，急令道："全军立即渡河。"二万八千余骑尽皆跃入河中，泅渡彼岸。顷刻间人马阻塞了水流湍急的宇治川，河水被阻在上游，不时从人马的缝隙中激射而出，任何事物都挡不住滔滔水势。大批杂兵因为紧挨在马的下手渡河，所以不少人膝头以上都未被水浸到。不过伊贺、伊势两国的官兵，因举措失当，马筏被急流冲散，六百余骑被河水冲走。淡绿的、绯红的、赤红的……各色革缀铠甲在河水中浮沉，仿佛神南备山的红叶，为山间狂风吹落，落在暮秋的龙田河里，被围堰阻住，无法漂流一般。其中有三名穿绯红革缀铠甲的武士，被渔网的支架挂住，在那里摇摇晃晃。伊豆守见了，作歌一首曰：

伊势武者披绯铠，宇治川中入渔网。

那三名武士皆是伊势国住人，名唤黑田俊平四郎、日野十郎、乙部弥七。其中日野十郎久经沙场，经验甚丰。他将弓尾塞入狭窄岩石的

---

① 平将门（? ~940）：平安时代中期武将，桓武天皇五代孙，日本有史以来唯一敢于自立皇号者。939 年起兵反叛朝廷，势力波及常陆、武藏、安房、相模等八国，并以下总国为根据地，自称"新皇"，设百官、制玉玺，震动京都朝廷。940 年被平贞盛讨伐，中箭身亡。

② 俵藤太秀乡，即藤原秀乡（生卒年不详），平安中期著名武将，940 年追随平贞盛征伐平将门。"俵"亦可写为"田原"。

缝隙处，牢牢抓住，借力爬上岸，然后将另外两人也拉了上来。三人就这样全部脱险。

不一时，平家大军悉数登岸，全力猛攻平等院。大门内外，两军胶着厮杀。混战之际，赖政向高仓宫道："今寡不敌众，王宜速赴奈良，藉众徒之力以济事。臣自此永诀。"高仓宫呜咽纵马，向南都逃去。源三位入道和部将们留下，开弓放箭，掩护高仓宫。

源三位入道年已七十有余，仍亲临一线，战到后来，左膝盖被箭洞穿，伤重不支。他知大限已至，打算找个僻静处自裁，便退入平等院门内。但敌军也紧跟着猛扑进来。其次子源大夫判官兼纲，身穿蓝锦直垂，外罩唐绫缀铠甲，骑着一匹白苇毛战马，为掩护父亲逃离，屡次返回阻敌。上总太郎判官觑个真切，一箭射穿兼纲的内甲，兼纲负伤，痛入骨髓。上总守的侍童次郎丸，力大无穷，纵马杀上，与兼纲并排厮杀，二人一起滚鞍落马。源大夫判官虽负重伤，却也是个有名的大力士，一番扭打后，将次郎丸牢牢摁住，割下了他的首级。但就在兼纲准备起身时，平家军士有十四五骑赶到，跳下马，全部压在兼纲身上，兼纲因此遇害。伊豆守仲纲也浑身是伤，最终在平等院的钓殿中自裁。下河边藤三郎清亲割下他的首级，为免被敌人夺去，将首级抛入宽廊下。六条藏人仲家与其子藏人太郎仲光，虽拼死血战，斩首夺械甚多，也终因寡不敌众，最后双双战死。仲家其人，乃已故带刀先生义贤之嫡子，自小失却双亲，孤苦无依。三位入道将他收为养子，谆谆教诲。仲家感激，曾立誓追随义父同日同时死。今果然同生共死，不负前诺。

三位入道入平等院中，脱甲端坐，唤来渡边长七唱，道："就请阁下为我介错①吧！"渡边长七唱不忍将主公活活斩首，流泪道："恕难从命！待您自裁后，在下方敢取首。"三位入道叹道："也罢！吾身仕六朝，龄垂八旬，官爵已逾祖先，武略远迈同侪。今为天下倡义，殒命留

① 介错：为切腹自杀者斩首，使切腹者迅速死亡，免除痛苦折磨。

名，武夫所愿也！”遂西向高声诵佛十遍，而后作辞世歌一首，歌云：

此身如草木，埋没尘土中；
世事诚可哀，花谢再不开。

此乃人生最后之歌，歌意悲沮，令人叹息。作歌毕，以太刀刺腹，伏身用力，刀尖破腹而亡。此际本非咏歌之时，然赖政一生嗜好此道，因此毕命之前仍要作歌。渡边长七唱哭着割下他的首级，绑在大石上，趁乱脱出敌围，将首级沉入了宇治川深处。

泷口竞心知平家武士竭力想要生擒自己，遂不屈死战，身上伤痕累累，最后也切腹自尽。圆满院大辅源觉料想高仓宫此刻已然逃远，双手分持大太刀、大长刀，突破敌围，跳入宇治川中，潜游水底，武器一件也未丢失，安然无恙地泅到彼岸。他上岸后来到高处，人声骂道："平家的小崽子们，有本事也游过来啊！就怕你们没那能耐！”骂完自回三井寺去了。

飞驒守景家久经沙场，经验丰富。他猜想高仓宫定已趁乱逃往南都，遂自领五百余骑，离开宇治川战场，一路马不停蹄，直奔南都方向追赶。果然，在光明山的鸟居前，追上了高仓宫及其随从的三十余骑。景家立即下令放箭，登时满天箭矢如雨，高仓宫避无可避，“飕”一下，左腰腹中箭，也不知是何人所放。高仓宫身子一晃，从马上倒栽下来，平家武士立刻赶上去，取了首级。追随他的鬼佐渡、荒土佐、荒大夫、理智城房伊贺公、刑部俊秀、金光院六天狗等人，见高仓宫殒命，俱都绝望，悲怒道：“主公既死，吾等此身何惜？”遂竭力死战，悉数阵亡。

随从中有高仓宫乳母之子、六条佐大夫宗信，因追敌迫近，胯下马已跑得脱力，只好跃入野外一个池塘暂避。他取过几片浮萍遮在脸上，浑身战栗，幸而敌兵从池塘前径行而过，并未发现他。过不多时，四五百骑敌兵又叫嚷着返回，用窗板抬着一具穿着净衣的无头尸体。那是什么人的尸首呢？宗信细看时，认出死者就是高仓宫。那支他嘱咐死后要带入棺椁的御笛“小枝”，此刻尚插在腰里。宗信心中虽想冲出去，抱住尸体，但无法克服的恐惧，终于还是令他拼命忍住了。待到敌兵过尽后，他才抖抖瑟瑟地爬出池塘，拧干湿衣服再穿上，悲泣着回到了京都。因了这事，天下人无不责难憎厌于他。

再说南都僧众七千余人，尽皆擐甲执兵、披挂整齐，赶去支援高仓宫。前锋已至木津，后军尚未出兴福寺南大门。这时却收到探报：高仓宫已于光明山鸟居前败亡了。僧众无奈，只得含泪停止进军。距援军不过区区五十町远，高仓宫却没能等到，他的命运真是可哀可叹。

十三、幼王出家

平家武士将高仓宫、三位入道一族、三井寺的僧众，合计五百余人的头颅挑在太刀、长刀的刀尖上，高高举起，在夕阳西下时，回到六波罗。兵士们挑着首级呐喊欢呼的模样，令人见了深感恐怖。其中只有源三位入道的首级，由于被长七唱沉入了宇治川深处，所以找寻不到。但他几个儿子的首级，都被陆续找到。而高仓宫的首级，因平家中没有人去过他那儿，故而无人识得。先年典药头定成曾被高仓宫召去诊病，想来应该认得，便命人去请他来见，哪知定成得了重病，无法前来。不过有一个素受高仓宫宠幸的女官，在搜捕中被查出来，便押她到六波罗辨认首级。这名女官与高仓宫情谊不浅，最是得宠，还为高仓宫生下一个小王子，自然不会认错人。她只瞥了一眼，便以袖掩面，泪流不止。如此一来，高仓宫的首级终于得到了确认。

高仓宫尚与其他多名女官生下子女。在八条女院①处奉职的伊豫守

① 八条女院：指鸟羽天皇之女暲子内亲王（1137～1211）。她是日本历史上的传奇女性，差一点就成为日本女天皇，后于保元二年（1157）出家，因出家后住在八条，故称“八条女院”。她是当时的实权人物，掌握有大量领地和封户，由于已出家的缘故，无法生育子女，故而收高仓宫为养子。

盛教之女三位局[1]，为高仓宫生了一名七岁的小王子、一名五岁的姬御前。入道相国便命弟弟池中纳言赖盛，前去向八条女院申告道："据闻高仓宫在贵处有一子一女，他的女儿倒没什么威胁，可以不予牵连，但儿子却一定不能留着。"八条女院回道："高仓宫出事的消息一传开，乳母便在拂晓前带着幼王逃去无踪了，如今下落不明，我亦无法。"赖盛无计可施，将女院的回答如实禀报给入道相国。入道公斥道："一派胡言！不在八条御所里还能在何处？莫听她遮瞒，立刻派武士去搜！"这位中纳言赖盛，乃八条女院乳母之女、女官宰相殿的丈夫，平日里时常出入八条御所，八条女院原本对他颇有好感。但此次为搜捕幼王，简直像变了一个人似的，引起了女院的憎厌。幼王见平家武士气势汹汹来搜，便对女院道："如今事情闹得这么大，我是绝计逃不过了，请尽快送我去六波罗吧，免得拖累大家。"女院流泪道："别的孩子，七八岁的年纪还在懵懵懂懂中，你却知因为己故，闹出了大事，还能说出体谅他人的话来，真是个懂事的孩子。我虽然不是你的生母，可你毕竟在我膝下六七年，哪知不及成年，就眼睁睁地看着你遭逢不幸。"说着情难自已，痛哭失声。赖盛在御所外不住催逼，女院没奈何，只得交出幼王。幼王生母三位局，与亲子别离在即，想到此生再无相会之日，心头凄苦，含泪将儿子唤到面前，理好衣裳、梳好头发，送出了御所，但觉一切都恍若梦境。上至女院，下至各局女官、婢女，尽皆泪湿衿袖。

赖盛得了幼王，让他坐到车上，带回六波罗复命。前右大将宗盛见到幼王后，来到父亲入道相国尊前，恳求道："不知何故，我只望了那幼儿一眼，便心生怜惜之意。所以有个不情之请，请您留这孩子一命，把他赏给我吧！"入道相国道："你既如此说，也罢，让他出家去吧！"宗盛将此事告知八条女院，女院道："能留得性命便已不错，出

① 拥有自己的独立居室（局）的女官，称为"局"。官阶三位，称为"三位局"。

家一事我无异议，早日办妥吧！”于是幼王剃度出家，入了释门，成为一名法师，做了仁和寺御室①的弟子。后来的东寺首席长者②、安井宫僧正道尊，即是这位幼王。

十四、 相士通乘

在奈良，高仓宫还遗有一子，其保傅③赞岐守重秀让他剃度出家，随后护送他去了北国。木曾义仲上洛④时，欲奉该王子为皇，便领他来到京都，行了元服之礼，所以该王子被称为“木曾宫”，又称“还俗宫”。后来，他在嵯峨附近的野依地方定居，故而也叫作“野依宫”。

昔有相士通乘，曾为宇治殿、二条殿⑤看相，言道：“君等三代关白，寿高八旬。”此言果然应验。通乘还为帅内大臣看过相，言道：“阁下之相，乃流罪之相。”后来也丝毫不差。又有圣德太子，曾言崇峻天皇⑥有“横死之相”，后天皇果被大臣苏我马子所害。由此可知，观人看相，不必定要相士，自古英杰俊彦，察貌观色，亦能断得极准。只不过这一回，那位给高仓宫看相的少纳言，却断错了！近世的兼明亲王、具平亲王，即人称前中书王、后中书王⑦的两位亲王，都是贤王圣主的皇子，皆未身登大宝，却也不曾因此谋反。又后三条院第三皇子资

---

① 御室：主僧。

② 首席长者：总管寺务，负主要责任的僧人。

③ 保傅：保养、辅导王子的宫官。

④ 上洛：“洛”原指中国的古都洛阳，在日本借指京都。“上洛”就是入京，以实力问鼎天下。

⑤ “宇治殿”指关白藤原赖通，“二条殿”指关白藤原教通。

⑥ 崇峻天皇：日本第32代天皇。在位期间，苏我马子以外戚身份掌握大权。崇峻天皇因内外政策俱受苏我马子制约，对其渐生嫌隙，遂计划除去苏我马子，却反被苏我马子派遣刺客所杀。

⑦ 因这两位亲王都兼任中务省长官，此官职相当于中国古代的中书令，所以被称为“中书王”。

仁亲王，才学出众。当白河院尚备位东宫时，后三条院就向他下诏曰："在你之后，可传位于资仁亲王。"然而白河院不知作何盘算，并未把皇位传给资仁亲王。不过作为补偿，他将资仁亲王之子赐姓源氏，由无位之身，直接擢升为叙三位，即时补为中将职。源氏第一代中，由无位而直升为三位的，除了嵯峨天皇的皇子阳院大纳言定卿外，尚属首次。此即花园左大臣有仁公的往事。

高仓宫谋反之际，部分为此而修行调伏之法[①]的高僧，在乱事平定后，都得到了封赏。而前右大将宗盛之子侍从清宗则叙为三位，称"三位侍从"，时年不过十二岁。宗盛在这个年纪时，才是个兵卫佐，而清宗却已进入上达部之列。此等事除了摄政关白之子外，以往是从未有的。叙位的委任书上，写明理由是："讨伐源茂仁、赖政法师父子有功，予以褒赏。"源茂仁，即指高仓宫。高仓宫乃太上法皇名正言顺的皇子，讨伐已是无理，竟又将他视若平民，愈发失当了。

十五、鵺[②]

话说源三位入道赖政，乃摄津守赖光[③]五代后裔、三河守赖纲之孙、兵库头[④]仲正之子。保元之乱时，他投身后白河天皇一方，奋勇当先，浴血苦战，却未获恩赏。到了平治之乱时，他又弃亲族于不顾，为

---

① 调伏之法：密教修法之一，调和身口意三业，以制伏诸恶。

② 鵺：日文名ぬえ，原作"鵼"字。"鵼"这个汉字比较罕见，《广韵·东韵》云："鵼，怪鸟也。"鵼在中国的时候，是一种似雉的巨嘴鸟，以树洞为巢。它善于判断人之善恶，善人一生都会得到它的保护，恶人则会被它用大嘴啄死。鵼流传到日本后，被写成"鵺"，其形象也做了改变。它整夜整夜地发出悲鸣声，因此被日本人认为是不吉利的鸟。

③ 源赖光（948～1021）：平安中期大将，以武勇著称。他与麾下的"赖光四天王"一起南征北战、降妖伏魔，受到世人敬仰。其中尤以讨伐酒吞童子的传奇最为著名。

④ 兵库头：兵库寮的长官。兵库寮是负责兵器管理、买卖的部门。

圣上平叛讨逆，然而所得恩赏仍是十分微少。后来派他守护大内，历经多年，却依然没有获得上殿的许可。临到老来，感慨良多，遂咏和歌一首以述怀，终于得到了上殿的恩许。其歌曰：

大内深山守山人，寂寂无闻人不知，独隐树后眺月辉。

因了此歌的缘故，赖政蒙恩准予上殿，并叙为正四位下。但人心不足，他又起了升为三位的心，遂再度作歌曰：

难攀高枝上九天，郁郁栖身椎树下，相伴椎子[1]度一生。

天皇见了，揣摩其意，便又升他为三位。后来赖政出家，被称为源三位入道。这一年已是七十五岁高龄。

赖政平生最出风头，名扬天下的事，发生在近卫天皇御宇时。仁平年间，主上夜夜受梦魇困扰，眠寝难安，遂召来素有灵验的高僧、贵僧，修行大法秘法，却均无效验，天皇为此苦恼不已。那梦魇每晚准定于丑时[2]出现，届时东三条的森林中有黑云涌起，向皇宫上空笼罩而来，天皇遂发梦魇，惊悸非常。为此，公卿们特意聚在一起，商议对策。众人想起往昔宽治年间，堀河天皇在位时，亦是每晚梦魇不断。当时的将军源义家朝臣，端坐于南殿阔廊上警戒，天皇梦魇一至，他立即鸣弦[3]三响，而后厉声报名道："吾乃前陆奥守源义家是也！"闻者无不毛发倒竖，霎时间梦魇退散，御体平安。公卿们决定照此先例，也请

---

① 此处的"椎子"与官位中的四位谐音，一语双关。椎子是一种形状像榛子的坚果。

② 丑时：凌晨1点整到3点整。

③ "鸣弦"本是宫廷中的一种礼节，后来变为正襟危坐，拨动弓弦三次的驱魔法。

一名武士护卫天皇。于是便在源平两家中挑选，最后选中了源赖政。彼时赖政尚是兵库头，自思道：“朝廷选拔武士，是为了讨伐大逆犯上、抗旨作乱的朝敌，如今却要我去抓捕渺不见影的妖怪，当真闻所未闻。”心中虽这么想，却不敢违旨，立刻领命进宫。

平日里素受赖政信任的远江国住人井早太，背着短翮羽箭紧紧跟随赖政。赖政身穿二重狩衣，手持用山鸟尾羽制成的两支锋矢，配着缠藤之弓，来到南殿阔廊上等候着。赖政为什么带两支箭呢？原来时任左少辨的源雅赖向朝廷推荐，说什么：“欲退邪魔，唯有赖政。”这才选了赖政来除魔。赖政暗忖，若是第一箭不能射中妖怪，那第二箭就用来射雅赖那厮的脑袋。

正像人们议论的那样，丑时一到，天皇梦魇发作，东三条森林中的黑云滚滚涌来，笼罩在皇宫上空。赖政睁大眼睛，向上望去，见黑云中妖怪的身影隐隐闪动。他心中自忖，若是一箭不中，立时便有性命之忧，但愿能一矢中的。遂弯弓搭箭，默念“南无八幡大菩萨”名号，“嗖”地一箭射向云中。登时“啪”一声，有悲鸣传来，显然是射中了妖怪。赖政极为兴奋，大声叫嚷起来。

井早太即刻扑上前去，在妖怪掉落处死死按住妖怪，刀出如风，连刺九刀。大内上下，人人手执火把，围拢来看。观其形，头似猿、躯如狸、尾似蛇、四肢像老虎，声如凶鸟之鸣，实是可怖至极。主上大喜，下令赏给赖政名刀“狮子王”，由宇治左大臣颁赐赖政。左大臣在御前接过宝刀，步下丹墀，走到一半时，由于此际正当卯月中旬，听得空中郭公[①]鸣叫两三声，振翅飞过。左大臣有感而发，作歌曰：

郭公鸣声达云上[②]，

---

① 郭公：布谷鸟的别称。因布谷鸟的鸣声如呼“郭公”，故称。

② 此处一语双关，“云上”代指公卿，因为公卿又称“云上人”。

赖政半跪右膝，左袖张开，侧目望月，接道：

弦月张弓试锋镝。

咏完接过宝刀，躬身退下。君臣相顾而赞道：“此人不但射艺无双，在歌道上也颇有造诣呢！”后来那妖怪，被装入一只空船中，顺水漂流而去。

其后在应保年间，二条天皇御宇时，有怪鸟，其名为“鵺”，常于大内鸣叫，惊扰宫阙，令天皇心烦意乱，坐卧不安。于是依照先例，再次召来赖政除妖。彼时时令在五月下旬，当日天色昏黄，细雨蒙蒙，鵺只怪叫一声后，便不再出声。赖政竭力张目望去，漆黑中鸟影全无，欲待放箭也无从下手。他眉头一皱，计上心来，先取一大镝，朝着鵺鸣叫的殿阙上方，一箭射去。鵺听到镝响，猛吃一惊，在虚空中怪叫数声。赖政瞅准时机，飞速射出第二支小镝，鵺“呼”一下随着小镝掉落下来。禁中登时欢呼沸腾，天皇大悦，钦赐赖政御衣一领，由大炊御门右大臣公能公颁赐。公能公称赞赖政道：“昔时养由基①射云外大雁，今朝源赖政取雨中怪鵺。好！”遂咏歌曰：

五月暗夜鸣镝出，今宵扬名天下传。

赖政应道：

黄昏已过年已老，虚名心中早不存。

---

① 养由基：又名养繇基，中国春秋时楚国人，善射，百发百中，号称“春秋第一射手”。

咏罢，将恩赏的御衣披在肩头，退出大内。

后来赖政得封伊豆国，其子仲纲受领国守。平清盛怜赖政年迈淹滞，为之奏请曰：“向者诸源多陷逆贼，唯赖政资性正直，勇名披世。龄逾七旬，未升三品。伏乞未归黄泉之日，垂赐紫绶之恩。”于是叙三位，蒙恩得赐丹波国五座庄园、若狭远宫河领地。他本可安享晚年，岂料却因一时不忿，策动乱谋，以卵击石，既连累高仓宫，又祸及子孙，自身也以败亡收场，真是可悲可叹。

十六、 火焚三井寺

山门僧众以往遇事必争，最是吃不得半点亏，这回却异常平静，未向朝廷争讼。平家认定南都兴福寺与三井寺确系同党，或藏匿包庇高仓宫，或起兵接应，是以两寺俱成朝敌，必须予以彻底讨伐。同年五月二十七日，遣入道公四子、头中将重衡为大将军，萨摩守忠度为副将军，统领一万余骑，大举进攻园城寺。园城寺掘沟筑垒，竖起垣盾，安置好拒马、鹿角木，严阵以待。到了卯时，鸣镝飞矢，合战爆发。战至日暮，防守方阵亡三百余名法师。入夜，官军趁天色黑沉之机，攻入寺中，纵火大焚。遭焚毁的计有本觉院、成喜院、真如院、花园院、普贤院、大宝院、青泷院、教待和尚本坊及本尊[①]等。八间四面的大讲堂、钟楼、藏经阁、灌顶堂、护法善神的社坛、新熊野的宝殿，总计堂舍塔庙六百三十七宇、大津民宅一千八百五十三户、智证大师远渡汉土求取的《一切经》七千余卷、佛像二千余尊，一夕间灰飞烟灭，真是至悲极惨之祸事。诸天五妙之乐，从此永绝；

① 本尊：主神。修习密乘者，须尊奉一位本尊神，作为观修的对象。三井寺的本尊为弥勒。

龙神三热之苦①，愈发炽盛。

三井寺本系近江国义大领②的私寺，其后天武天皇发愿建寺，便献给了天皇。寺内的本尊，就是天武天皇安置于此的。传说教待和尚是弥勒转世，在寺中修行了一百六十年后，才将本尊传予智证大师。弥勒佛自都史多天③的摩尼宝殿④降世，等待着于龙华树下大开法会那日的到来。可如今他的化身曾经修道的寺院，竟被大火焚毁，真是太不像话了。智证大师以本寺作为传法灌顶的灵地，每晨于寺井中汲取灌顶所用的香花水，故而才取名为“三井寺”。这样可贵的圣迹，而今竟付诸一炬。显密须臾灰烬、伽蓝顷刻绝迹；三密道场铃声不闻、一夏之花⑤供奉不再、汲取阏伽⑥之音长绝；宿老硕德之名师荒怠修行，受法相承之弟子永别经教。三井寺长吏圆庆法亲王，被撤天王寺别当任职；另有僧纲十三名，亦一并撤职，皆交检非违使看管。武僧筒井净妙明秀等三十余人，一律流放。世人对此颇多议论，都道：“天下扰攘，国事纷乱一至于斯，太平气象半分也无，恐怕平家的末日就要到了！”

---

① 传说龙神受三种热恼之苦，此三种热恼又称三患、三热。一是受热风热沙吹袭之苦；二是恶风暴起时，其饰身宝衣自然而失，受龙身自现之苦；三是畏怖金翅大鸟搏食龙子之苦。

② 义大领：郡司的官位，如缺员，则由代理官员暂代，称为“义大领”。

③ 都史多天：即兜率天，意译为妙足天、知足天、喜乐天等。为欲界六天的第四层天。

④ 摩尼宝殿：弥勒佛所居宝堂，以如意宝珠造成，也是他讲法的场所。

⑤ 一夏之花：结夏安居的九十天中，用来供佛的花。

⑥ 阏伽：又作阿伽、遏伽，意译作功德水，亦称阏伽水、香花水。指专供于佛前的香水。

第五卷

一、迁 都

治承四年六月三日，传言天皇将于这天行幸福原，京中人心惶惶。虽然近来屡有迁都的风声，但万万料不到就在今明两日，如此仓促令上下人等无不惊慌。况且六月三日就要到达福原，所以必须提前一天起驾。六月二日卯时，行幸的御舆早早地在宫门前停好，主上今年不过三岁，年幼懵懂，心中并无别念，立时坐上了御舆。按往例，若主上年幼，则须由母后陪同，共乘一舆，然而今次却是由御乳母、平大纳言时忠的夫人帅典侍陪同。中宫、后白河院、高仓上皇，全部随幸福原。摄政殿基通以下，太政大臣、公卿殿上人等，尽皆争先随侍。三日，御驾抵达福原，池中纳言赖盛献出自宅作为天皇行宫。同月四日，对赖盛贡献府邸一事予以褒赏，升其为正二位。如此一来，他的官位便在九条殿兼实之子、右大将良通之上了。摄政关白一门子息，被寻常官吏家的次子超越官位的，据闻便是以此为始。

本来入道相国的怒气已慢慢地平息了，将法皇从鸟羽殿放出，允许他搬回京都。哪知又横生枝节，高仓宫谋反一事令入道公大发雷霆，于是又强迫法皇迁到福原，搭了一所三间大小的板屋，四面钉上木板，仅开一口供进出使用，将法皇禁闭在屋中。接着又令原田大夫种直担任守卫武士，严禁他人探视法皇。侍童们都畏而称之为“笼之御所”。真是骇人听闻。法皇叹道：“世间的政事俗务，我已丝毫不想干预。若能遍访名山诸寺，修行参佛，则此心可慰矣。”时人颇多愤慨，皆言：“平家所犯恶行，实已数不胜数。自安元以降，诸多卿相、云上人，被其或流或杀；关白遭逐，其女婿取而代之；逼迁法皇于城南离宫；杀第二皇子高仓宫；而今又强行迁都。天下的恶事，当真被他们干尽干绝了。”

迁都之事向来有先例可循。神武天皇乃地神五代之帝、彦波潋武鸬鹚草葺不合尊①的第四王子，其母玉依姬乃海神之女。神武天皇承继神世十二代②之尊，乃人皇百代之帝祖。其于辛酉年在日向国宫崎郡继宝祚皇位，历五十九年，至己未年十月东征，来到丰苇原中津国后，驻留下来，在彼时尚称为大和国的亩傍山建立帝都。又开辟橿原之地，营造宫室，并命名为“橿原宫”。此后历代天皇迁都于别国他所者，多达近四十次。其中，自神武天皇至景行天皇这十二代，只于大和国诸郡立都，还不曾迁往他国。成务天皇元年，始迁至近江国，定都志贺郡。仲哀天皇二年，迁至长门国，定都丰浦郡。立都此地时，天皇驾崩，遂由神功皇后摄政。她率军亲征鬼界岛、高丽、契丹③，异国靖兵之后，班师归朝，在筑前国三笠郡诞下一位皇子，故而将诞子地称作宇美宫④。此皇子即八幡大神，日后即位的应神天皇。其后神功皇后迁都大和国，居于磐余稚樱宫；应神天皇则在大和国的轻岛明宫御居。仁德天皇元年，主上又移居摄津国难波，住于高津宫；履中天皇二年，迁大和国，定都十市郡；反正天皇元年，移居河内国，住于柴垣宫；允恭天皇四十二年，又迁大和国，御居飞鸟明日香宫；雄略天皇二十一年，定都大和国泊濑朝仓；继体天皇五年，主上移居山城国缀喜，十二年后，迁居该国乙训宫；宣化天皇元年，又归返大和国，居于桧隈入野宫；孝德天皇大化元年，主上移居摄津国长柄，住于丰崎宫；齐明天皇二年，又回归大和国，御居冈本宫；天智天皇六年，移居近江国，住于大津宫；天武

① 彦波潋武鸬鹚草葺不合尊：相传海神之女丰玉姬怀孕，在海岸边欲以鸬鹚的羽毛葺盖产房屋顶，可是还没等屋顶葺好，她就生产了，所以生下的孩子被取名为“鸬鹚草葺不合尊”。

② 神世十二代：丰玉姬回到海中后，她的妹妹玉依姬代替姊姊，将鸬鹚草葺不合尊抚养长大，并与他结为夫妻，生下了神武天皇。神武天皇是日本第一代人皇，在他之前，尚有天神七代、地神五代，合称“神世十二代”。

③ 神功皇后是日本首位女性统治者，在仲哀天皇去世后，她长期摄政，但并未即位成为女天皇。她曾三征新罗，开拓海外疆土。鬼界岛指萨摩以南列岛；至于出兵契丹，纯系小说夸张，当时日本还无力到达契丹势力范围。

④ 宇美宫的“宇美”，意为生产。

天皇元年，再度回归大和国，御居冈本南宫，是以天武天皇又称“清见原之御门”。到了持统、文武二代，御居都在大和国藤原宫。此后由元明天皇至光仁天皇，历经七代，皆以奈良为都。但是到了桓武天皇延历三年十月二日，却从奈良京的春日里，迁都至山城国长冈。延历十年正月，又遣大纳言藤原小黑丸、参议左大辨纪古佐美、大僧都玄庆等，去往山城国葛野郡宇多村查勘地形。得到回奏曰：“周览此地形势，左青龙、右白虎、前朱雀、后玄武，乃四神相应之地[①]，定帝都于此，最为合适。”主上大喜，遂上告镇护爱宕郡的贺茂大明神，于延历十三年十一月二十一日，由长冈京迁都葛野，称“平安京”。此后经三十二代天皇，历三百八十余年岁月，再未变迁。桓武天皇对新都十分满意，由衷赞赏道：“往昔历代帝王，于各国所立都城，无一处比得上如此胜地。”遂会同诸大臣、公卿及各方才智之士，商议长久定都之计。会商结果，决定用泥土塑造一尊八尺偶人，给它穿上铁制铠甲，手持铁制弓矢，于东山之岭，西向站立，而后深埋入土。设大誓愿曰：“若后世迁都他国，汝为守护神，当全力拦阻。”由此故，此后每当天下有大事发生，此冢必鸣动轰响。其名为“将军冢”，至今尚存。桓武天皇既是平家先祖[②]，新都又名为平安京，从字面上看，乃“太平安宁”之意，平家自然最为尊崇此京。可而今却要将先祖天皇十分满意的都城，轻易抛弃，改迁他国他所，真是说不过去。嵯峨天皇御宇时，平城上皇受尚侍药子蛊惑，打算策动政变[③]，由平安京迁都他国。但众大臣、公卿及

---

① “四神相应”具体而言，就是东有河川、南临洼地或湖海、西为大路、北靠高山。满足这一条件的地形，是最理想的风水宝地。在日本，仿照唐朝长安而建的平城京和平安京，都符合这一原则。

② 平家系桓武天皇的后裔，详见第一卷第一章。

③ 公元809年，日本第51代平城天皇，因病让位给弟弟嵯峨天皇。次年，平城上皇病愈，遂与宠幸的藤原药子及其兄藤原仲成合谋，打算迁都奈良，进而废黜嵯峨天皇，重新执政。嵯峨天皇闻讯后先发制人，最后仲成被射杀、药子服毒自尽，上皇出家，史称“药子之变”。

诸国民众强烈反对，最终只得放弃。平城上皇以天下君王、万乘之主的身份，对迁都一事尚且不能随心所欲；入道相国以人臣之身，却敢擅迁朝都，真是岂有此理！

那旧都实是山川形胜之所在，四方佛菩萨和光普照，化身为镇守诸神，守护王城。灵验殊胜之寺，林立京中，与华屋甍宇齐平。百姓万民安居乐业，五畿七道①交通便利。可如今在十字路口，随处可见被掘开的沟壑，车辆通行极其不便，行人、小车更须绕道远行。往昔居民屋宇相接，此际经岁月侵蚀，已日益荒废。家家都把梁木编成浮筏，投入贺茂河、桂河中，载着家资器皿，运往福原。昔年繁华帝都，竟成颓败荒村，诚可哀也！也不知是谁触景生情，在旧都皇宫的梁柱上，题了两首歌，歌曰：

四百年名都离弃，爱宕里繁华难再。

又：

名都花盛忽凋零，风吹福原路坎坷。

同年六月九日，新都营建之事开始筹办。上卿德大寺左大将实定、土御门宰相中将通亲奉旨监办，藏人左少辨行隆负责执行。他们带同司官，实地勘察了和田松原以西的旷野，本打算将地域分为九条，可是一条至五条尚有地可划，五条以下却再无余地了。事务官回来后，禀明此事，众公卿协商道："看来只好在播磨国的印南野，或者摄津国的

① 五畿七道是古代日本全土在律令制下的行政区域划分。"五畿"指京畿区域内的五国，又称"畿内"或"五畿内"。京畿之外则仿中国唐制，以"道"称之，共分为"七道"。五畿是：山城、大和、河内、和泉、摄津；七道是：东海、东山、北陆、山阳、山阴、南海和西海。

儿屋野，另行择地建都了。”虽然如此商议，却并未实行。

旧都既弃，新都又难于营建，人民颠沛飘零，如置身浮云之中。原本就住在福原的人，为失去土地而哀愁；刚刚迁居福原的人，又为重新建屋而为难。人心怨恨，都希望这只是一场梦。土御门宰相中将通亲道：“查异国书籍有言：‘披三条之广路，立十二之通门①。’更何况此处有五条大道，营造皇宫绰绰有余了。还是尽快把皇宫建起来吧！”公卿们都接受了他的提议。入道相国遂临时发布除目，将周防国赐予五条大纳言邦纲，责成他督造新宫。这位邦纲卿，身家豪富，由他承建皇宫，自然顺理成章。只是大兴土木、劳民伤财，也就在所难免了。如今这等时势下，大尝会也只得取消了。诸事纷乱，既要迁都，又要营造宫室，实在不合时宜。世人都道：“往古贤王时代，宫室以茅茨覆顶，茅檐也不齐整；见民生艰难、炊烟不升，就把本就有限的一点贡物也悉数免除。此等方是真正的惠民兴国。楚王建章华台②，黎民遭难；秦皇起阿房宫，天下大乱。古有大治之世，茅茨不翦、采椽不斫③，舟车无饰、衣服无文。是以唐太宗虽造骊山宫，却恐生民耗费，终不肯临幸。遂使屋瓦生松，墙生青苔。今人与先贤相较，当真是天壤之别。”

二、赏　月

六月九日，新都破土动工，八月十日上梁，同时预定于十一月十

① 语见东汉班固《西都赋》。

② 公元前535年，楚灵王“举国营之”，在古云梦泽内修建了一座方圆四十里的宏伟离宫章华台，以豪华富丽夸耀于诸侯。章华台“台高十丈，基广十五丈”，被誉为当时的“天下第一台”。

③ 比喻崇尚俭朴，不事修饰。语见《韩非子·五蠹》：“尧之王天下也，茅茨不翦，采椽不斫。”

三日迁幸新皇居。旧都日渐荒废，新都愈益繁昌。多事烦扰的夏天终于过去，秋天到了。一转眼间，清秋也已过半，福原新都的人们，都拟去各地的风景名胜赏月。他们或追慕源氏大将①的旧迹，从须磨沿着明石浦，渡过淡路海峡，至绘岛观赏海矶月色；或去往白良、吹上、和歌浦、住吉、难波、高砂、尾上等地赏月。而留在旧都的人，则可到伏见、广泽等地赏月。

在赏月者中，德大寺左大将实定心念旧都之月，遂于八月十日后，离开福原前往旧都。旧都的一切都已改变，稀稀落落几户残存的人家，门前杂草丛生，庭中积水满地；蓬蒿浅茅茂密荒凉，鸟雀在上头飞舞起落；虫声唧唧，荒野处处绽放着黄菊紫兰。留在故乡的亲友，只剩下近卫河原的大宫②。实定前往御所拜访她，令随从到总门前叩门，内有女声应道："是哪位到这蓬生露重、无人打扫的地方来拜访呢？"随从答道："福原的大将殿，亲来拜会。"门内应道："总门上了锁，麻烦从东面小门进来吧。"实定道："好。"遂从东门入内参见。大宫正百无聊赖，心中想起往事，便叫侍女打开南面的窗格，自于窗下弹奏琵琶。抬眼见到大将殿，惊喜道："我不是在做梦吧？快来，请这边坐。"《源氏物语》的宇治十帖③中，优婆塞宫④之女因对秋天恋惜不舍，整夜一心澄净地弹着琵琶，到得明月在天时，仍不忍释怀，又用琵琶的义甲⑤向月招引。那番情形，与此刻的大宫颇

---

① 源氏大将指《源氏物语》的主人公光源氏。他在二十六岁至二十八岁时，被放逐去了人烟稀少的须磨。后来在须磨附近的明石，邂逅明石姬，产生了一段恋情。

② "大宫"指德大寺实定的姐姐藤原多子，即前文所叙的"两代之皇后"。

③ 《源氏物语》的最后十卷，据说是紫式部的女儿贤子的续作。由于宇治是故事的主要舞台，因此称为"宇治十帖"。

④ "优婆塞"是梵语，又译作乌婆塞、伊蒲塞等，意译清信士、近善男、善宿男等。指在家信佛的男子。"优婆塞宫"是《源氏物语》中桐壶帝的第八皇子，又称"宇治八宫"，以优婆塞之身隐栖在宇治。

⑤ "义甲"是一种琵琶的拨弦工具，戴在手指上。

为相像。

有一名年轻女官，名叫待宵，在大宫御所中行走伺候。其名之所以唤作“待宵”，乃是因为某次大宫问她道：“等待心上人的夜晚，与清晨的离别相比，哪件更令人伤心呢？”待宵答道：

宵夜苦待良人至，钟声听闻悠悠长，朝归鸡鸣哪堪提。

为此故，众人便叫她“待宵”。大将殿召来此女，与她谈论古今物语传说，夜色渐深，心有所感，遂将旧都荒废之景，作成一首今样，唱道：

归来见旧都，已成浅茅荒野原。
月光照无遗，秋风萧瑟周身寒。

反复吟唱三遍，上至大宫，下至御所中的女官，无不泪湿衿袖。

不一时，天边曙光微明，大将殿起身向大宫告辞，归返福原。他召来随行的藏人，吩咐道：“那名女官待宵，似乎恋恋不舍，你回去问她一番话。”藏人急步回身，找到待宵，问道：“奉大将殿之命，有话问你：

鸡鸣既已不堪提，缘何今朝伤别离？”

待宵垂泪答道：

长夜钟声候良人，君子交游意未足，鸡鸣东方心难舍。

藏人回转，将此语转告大将殿。大将殿对他的文才颇为欣赏，笑道："因你擅长歌咏，我才差遣你去的。"此后，人们便称这位藏人为"不堪提藏人"。

三、妖怪事件

迁都福原之后，平家之人噩梦频发，时感心烦气躁，怪异事件更是屡屡出现。某日夜里，入道公正要就寝，忽见屋外有一张巨大的脸窥视着屋内，整间屋子都没有这张脸大。入道公也不出声，毫无惧色地瞪目相向，巨脸立时消失不见了。

又有一件怪事：天皇所居的山冈御所，因新建未久，四周并无大树，然而某天晚上，却传来阵阵伐木声，接着是大树被砍倒的轰隆声，紧跟着又爆出二三十人的大笑声。据老人们说，这怪事肯定是天狗在捣鬼。于是御所周围增添了当值的武士，夜晚百人、白昼五十人，轮替守卫，专门负责发射蟇目①示警。可是，每当这些武士向天狗作声的方向射出蟇目时，箭就无声无息；若朝天狗不在的方向射时，却又响起了哄笑声。

怪事不断发生。某日清晨，入道相国自帐台②走出，打开侧角的边门，向庭院里望去。但见庭院里不知何时竟堆满了无数死人的骷髅头，上上下下地翻滚着，忽聚忽散，有的从边缘滚到中间，有的从中间退到边缘，发出"骨碌骨碌"的巨大声响。入道相国急忙高声呼道："来人啊！来人啊！"但奇怪的是，平时就在外头伺候的卫士却一个也没有来。过得片刻，那些骷髅头开始黏合纠集在一块，旋转交错，变成了一个高十四五丈，如小山般的大骷髅头，整个庭院都几乎被它占满了。大

① 蟇目：类似于蛤蟆眼的一种特制响箭，用桐木制成，中空有孔。
② 日本贵族的府邸中，有一间屋的周围悬挂帐幕，作为主人的休憩寝室，称为"帐台"。

骷髅头上，有千万双人眼，直勾勾地凝视着平清盛，眼色凶狠，一眨不眨。入道相国心里怦怦直跳，正想避开那些目光，忽然想起曾经有阴阳师说过，此怪物名叫“目竞”，如果回避它的目光将会导致失明。于是他深吸一口气，定下神来，怒目相对。大骷髅头被入道相国灼人的目光瞪得害怕起来，如霜露为阳光所化般，霎时间消匿无踪。

此外又有一事。御马厩中，有众多马夫在悉心照料着宝马名驹。其中有一匹早晚受到特别照顾的马，竟然在一夜之间，被老鼠在尾巴里做了鼠窝，还生下了幼鼠。为了这件异事，七位阴阳师奉召前来占卜，得出结论道：“此事非同小可，必须慎重对待。”此御马乃相模国住人大庭三郎景亲，在关东八国的良驹中精挑细选出来，进献给入道相国的。因黑身白额，故而取名“望月”。后来阴阳头安倍泰亲得了这匹马。昔年天智天皇御宇时，御马寮也有一匹名马，一夜之间被老鼠在尾巴里做窝产仔。彼时异国凶贼蜂起，见载于《日本书纪》①。

又，在源中纳言雅赖处奉职的一位年轻武士，做了一场梦，也令平家甚觉可怖。梦中，那武士仿佛置身于大内神祇官的住所，众多束带齐整的老者正在商议着某事。末座有位老者，像是支持平家一方，会议进行到中途时，被勒令退了出去。武士恍恍惚惚，问身旁的一个老翁道：“那位被斥退的老者是谁啊？”答曰：“乃严岛大明神。”接着，一位坐在上席、气度不凡的老者说道：“先前赐予平家的节刀②，是时候转交给伊豆国流人源赖朝了！”他身旁的另一位老者接道：“再往后，就由我的孙儿保管吧。”武士又逐一询问说这番话的老者的身份，答曰：“那位要把节刀赐给赖朝的，乃是八幡大菩萨；其后声称要让孙

① 查《日本书纪》，此事见于第二十七卷，原文为：“夏四月，鼠产于马尾。释道显占曰：‘北国之人将附南国。’”

② 节刀的功用与符节相仿，由天皇授予出征的大将，象征着武家的最高权力。

辈保管节刀的，乃春日大明神；而回答你问题的，乃是武内大明神。”武士醒来后，将梦中见闻说与他人听，哪知入道相国很快也知道了，急命源大夫判官季贞去见雅赖，传令道：“速让做怪梦的年轻武士到相国府来。”那个武士听到风声，情知不妙，立刻逃去无踪。雅赖只好亲往相国府，竭力向入道公辩解道：“此事纯系妄言，并无凭据，切莫当真。”后来这件事也就不了了之。清盛公早年担任安艺守时，日间参拜神社，夜来得一灵梦，梦见严岛大明神以一柄银鞘丝边小长刀相赠，梦醒后果有一刀置于枕畔。此后平家为朝廷所倚重，担负天下守护之责，而今却悖逆天意，故而将被收回节刀。此梦说来惊心，可见天道不可欺也!

居于高野的宰相入道成赖，听说了这个梦后，叹道：“唉，平家的时代就要结束了。严岛大明神站在平家一方，那是理所当然的。但她本是沙羯罗龙王的三公主，为何在梦中不是以女神形象出现呢？至于八幡大菩萨说要将节刀转授赖朝，于理亦合。只是春日大明神说，节刀再往后要交给他的孙辈保管，却有些说不通了①。难道是说平家亡、源氏尽之后，大织冠②的后代，那些摄政的藤原氏世家子弟，会成为天下的大将军？”恰巧有位僧人到访，说道：“夫神明和光垂迹，有种种方便法门，或示以俗人之身，或示以女神面目。严岛大明神虽系女神，却也是三明六通③之灵神，那么她以老者形貌示人，也并非难事。”成赖本是厌世弃俗、入道修行之人，本该一心一意专修后世菩提，不应再牵挂红尘俗事。然而闻善政而美赞、怜苍生疾苦而愁叹，都是人之常情，也

① 武士的梦带有预言色彩。最先被斥退的严岛大明神，是平家尊崇的神祇；而八幡大菩萨是源氏的氏神；这就意味着源氏将取代平家，执掌武家最高权力。但春日大明神是大贵族藤原氏的氏神，文臣公卿的后裔，并不能掌控武家，所以有些说不通。

② “大织冠”指藤原氏先祖藤原镰足（614～669）。

③ 三明六通：即三种智慧和六种神通。三种智慧是宿命智、天眼智、漏尽智；六种神通是天眼通、天耳通、神足通、他心通、宿命通、漏尽通。

怪他不得。

四、快 马

同年九月二日，相模国住人大庭三郎景亲，乘快马急驰福原，禀报道："前番八月十七日，伊豆国流人、前右兵卫佐源赖朝遣其岳父北条四郎时政，趁夜突击山木馆，袭杀了伊豆目代、和泉判官兼高。其后土肥、土屋、冈崎等合计三百余骑，据石桥山防守。景亲率志士一千余骑往攻，两军交锋，兵卫佐大败，仅余七八骑，四散奔逃，避入土肥杉山。既而畠山庄司次郎率所部五百余骑效力我方阵营，三浦大介义明与其子率三百余骑投靠源氏一方，两军在汤井、小坪浦一带激战，畠山军战败，退往武藏国。不久后，畠山一族卷土重来，会同河越、稻毛、小山田、江户、葛西及武藏七党①之兵，共三千余骑，大举进攻三浦氏据点衣笠城。大介义明不敌被杀，其子从久里滨之浦登船，向安房、上总方面逃去。"

平家一门在迁都之后，早已静极思动，内中年少气盛的公卿、殿上人更是跃跃欲试，毫无顾忌地叫嚣道："最好天下出点大乱子，我等也好一显身手！"畠山庄司重能、小山田别当有重、宇都宫左卫门朝纲，因被派差守卫大内，此刻正好留在京中。畠山疑道："此事殊无道理。那北条与赖朝有亲，相助源氏倒有可能，其他人又怎肯与朝敌为伍呢？真相不久后定会大白。"对此看法，有些人赞同，但也有些人私下议论道："未必啊！平家人心离弃，那些人追随源氏，也不是没有可能。恐怕天下将要大乱了。"入道相国听说后，怒气勃发，骂道："赖

① "武藏七党"是武藏国的豪族组织，由横山、猪俣、野井与、私市、西、儿玉、丹这七姓组成。

朝那厮本该处以死刑，只因故池殿①为其求情，方才免死改为流放。如今他却忘恩负义，竟敢对平家弓矢相向，神明三宝定然不会放过他。等着瞧吧，赖朝很快就会受到天惩！”

五、历数朝敌

若要查考本朝朝敌之始，可追溯至磐余彦尊②御宇的第四年。当时纪州名草郡高雄村有一土蜘蛛③，身短而手脚修长，兼且力大无比，民众多有受其害者。朝廷为此颁下谕旨，派遣官军予以剿灭。官军以葛结网，终将土蜘蛛捕杀。自此以降，凡野心勃勃，欲倾覆朝廷威权者，计有大石山丸、大山王子、守屋大臣、山田石河、苏我入鹿、大友真鸟、文屋宫田、橘逸势、冰上川继、伊豫亲王、太宰少贰藤原广嗣、惠美押胜、早良太子、井上皇后、藤原仲成、平将门、藤原纯友、安倍贞任、安倍宗任、对马守源义亲、恶左府、恶卫门督等，总共二十余人。然其中无一人得遂野心，最终的下场，都是曝尸山野、悬头狱门。

今时皇位虽被轻视④，然往昔每逢宣读圣旨之际，枯草朽木即刻开花结果，飞鸟也懂得恭聆圣意。试举一例：古时延喜御门⑤行幸神泉

---

① 池殿：指平清盛的继母池禅尼。源赖朝在平治之乱中被捕，平清盛本想斩草除根，将他处死。但因为源赖朝长得很像池禅尼夭折的儿子家盛，所以池禅尼为源赖朝求情。平清盛从小由池禅尼带大，对她感情很深，不忍拒绝，便将源赖朝流放去了伊豆国。

② “磐余彦尊”即日本第一代天皇——神武天皇。他在《日本书纪》中被称为“神日本磐余彦”。

③ 在日本的古代文献中，多次提到被称为“土蜘蛛”或“国栖”的蛮族。该族掘土居于洞穴，人来藏入穴中，人去则复出。由于形貌和生活习性与蜘蛛相似，因此被蔑称为“土蜘蛛”。

④ 《平家物语》成书于13世纪的镰仓幕府时代，彼时武家秉政，天皇在事实上已被架空，所以皇位被人轻视。

⑤ 延喜御门即日本第60代醍醐天皇，897年至930年在位。

苑，见有鹭鸶栖于池水边，便召来六位藏人，吩咐道：“速将那只鹭鸶捉来。”六位藏人寻思着鹭鸶会飞，哪里捉得住呢？但纶言既出，唯有遵命，只得硬着头皮来到池边。鹭鸶见人来，展翅欲飞，藏人急道：“有宣旨！”鹭鸶登时伏地，不敢飞去。藏人趁势捉住它，进呈御前。天皇喜道：“汝遵聆圣旨，至诚可嘉，就叙为五位吧！”此鹭鸶遂得名“五位鹭”①。天皇又命人取来牌子，挂在五位鹭颈上，上书：“从今日始，御封为鹭中之王。”随后将它放飞。鹭鸶本身无关紧要，不过却可用来宣示王威之赫赫。

六、咸阳宫

又，查考异国史例，有燕太子丹者，遭秦始皇②囚禁达十二年之久，太子丹流泪哀求始皇道：“国中尚有老母，乞能放我归去探望。”始皇冷笑道：“汝欲归国，须等到马生角、乌头白那天！”燕丹仰天俯地，祈求道：“愿马生角、乌头白，使吾得归故乡，见母一面。”恰巧妙音菩萨正在灵山净土，聆听世尊讲法，训诫不孝之辈。言中盛赞震旦有孔子、颜回，弘传忠孝之道。冥显三宝③怜燕丹孝心可嘉，遂使生角之马现于宫庭，白头乌鸦栖于庭前之树。秦始皇见到马生角、乌头白的奇迹，心中大惊，但纶言既出，无法反悔，只好赦免了太子丹，放他回国。然以始皇为人，自然心有不甘。在秦燕两国中间隔

---

① 这里是利用谐音讲了个民间传说。因为五位鹭（即夜鹭，一种中型的鹭，肩背黑蓝色，额基和眉纹白色）的日语读音为 goisagi，它的叫声音近“五位（goi）”，所以这种鹭在日本被叫作五位鹭。

② 这里日文原文即为“秦始皇”。但此时秦国尚未攻灭六国，嬴政还只是秦王，并不能称为“始皇帝”。

③ 佛教的冥、显两界，指死后的幽冥世界与现世的娑婆世界。“冥显三宝”就是这两界中的神佛。

着楚国①，其间有条大河，河上有桥，唤作楚国桥。始皇心生一计，遣官军赶在前头，在桥上布置一番，欲令燕丹踏桥过河时，跌入河中。燕丹上桥时，果然中了机关，落入河中。可奇怪的是，他竟然没被淹死，而是如履平地般，径直向着对岸走去。这是何故呢？他朝身后一看，只见难以计数的乌龟浮在水上，以龟甲承托着自己②，自己才能够平安上岸。只因他的孝心感动了上天，所以得到了神佛的庇佑。

太子丹含恨，不肯再向始皇屈服。始皇欲遣大军征伐燕国。燕丹闻讯，大为骇怖，遂迎请大侠荆轲，尊为上卿。荆轲欲说勇士田光，田光曰："君今日闻光盛壮之事，故来相邀。然骐骥盛壮之时，一日而驰千里；至其衰老，不及驽马。吾已老迈，不堪任用，何苦徒添拖累呢！"言罢欲归，荆轲道："国之大事，望君勿泄。"田光慨然道："大丈夫之耻，无过于受人怀疑。若此事泄漏，必先疑我。"遂于门前李树撞头自尽。又有秦将樊於期，因始皇残暴，屠其父、伯、叔、兄弟，故逃亡至燕国避难。始皇为此昭告四海："提樊於期头颅来见者，赏黄金五百斤。"荆轲闻之，见樊於期曰："将军头颅，值金五百斤。在下求借此头，以献始皇，始皇必喜而亲览。届时吾拔剑刺其胸，便易如反掌了。"樊於期纵身而起，长叹道："吾父伯叔兄弟，皆遭始皇杀害。此仇日夜切齿，恨入骨髓，只苦于无计复仇。阁下若能诛灭始皇，吾区区头颅，譬如尘芥，立时便能给你。"言罢刎颈而亡。

又有勇士秦舞阳，亦是秦国人③，年十三即杀人，逃至燕国躲避。其人性烈刚勇，怒起时，莽夫也会被吓得大气不敢出；笑颜时，孩童俱嬉而投怀。太子丹乃令其为副使，随荆轲入秦。二人行至一处偏僻山野

---

① 此处原文有误。战国时，秦燕两国中间隔着的是赵国，而不是楚国。楚国在南方，与燕国并不接壤。

② "龟甲渡河"的故事，主人公并非燕太子丹，而是晋朝大将毛宝。原作者移植了该故事。

③ 此处日文原文有误，秦舞阳并非秦国人，而是燕国贤将秦开之孙。

时，已是夜晚，便歇宿下来。当晚，听到附近山村传来管弦声，便依其调，占卜成败。结果竟是敌方为水，我方为火，此乃以水灭火之象。及至天明，又见天边白虹贯日而不通①。荆轲叹道："此行看来是凶多吉少了。"

然而此刻已无回头路，二人继续前行，到达秦都的咸阳宫。他们将燕国地图与樊於期的首级一并献上，始皇命臣下来验收，荆轲阻道："此二物关系重大，不便假手他人转呈，望能面见始皇敬奉。"始皇遂命按节会规格，备好仪礼，召见燕使。咸阳都方圆一万八千三百八十里，宫殿建在离地三里高的平台上，有长生殿、不老门等，以金为日、以银为月，遍地铺满珍珠砂、琉璃砂、金砂。四方铁壁高四十丈，宫殿上方铁网密布，即使是阎王爷派来的冥使也休想入内。不过秋雁在春季时，要回归北国，这时铁壁便成为鸿雁自由飞行的阻碍，所以铁壁上开出一门，名曰"雁门"，以方便鸿雁通行。都中又有阿房宫，始皇时常行幸，在此处理国政。阿房宫高三十六丈，东西九町、南北五町，阔廊下立着的旗矛②虽有五丈高，却还够不到顶。殿顶上覆琉璃瓦，下以金银为饰。荆轲手捧燕国地图，秦舞阳提着樊於期首级，登上玉阶进殿。谁知秦舞阳眼见大内恢弘壮丽，不由色变颤抖。秦臣疑之，道："秦舞阳恐有谋逆之心。刑人不在君侧③，君子不近刑人，近刑人则轻死之道也。④"荆轲笑道："舞阳绝无谋逆之心。因他乃是乡野下人，未曾见过皇居，方才惊慌失措。"群臣听他解释，都宁定下来。二人终于来到始皇身旁，呈上燕国地图与樊於期首级。始皇展图，图尽处，忽见匣底藏有一剑，寒光如冰。始皇大惊，抽身欲逃，却被荆轲左手抓住

---

① 白虹贯日，指白色长虹穿日而过。此处以白虹代表兵刃，以日象征君王，白虹贯日而不通，暗示着刺杀失败。

② 旗矛：矛上系旗，原为寺院中的饰物。

③ 语出《礼记·曲礼》。

④ 语出《春秋公羊传·襄公二十九年》。

衣袖，右手持剑直抵胸前。始皇心想这回定然无幸了，虽有数万铁甲列于庭下，却都赶不及上前救护，只能眼睁睁地瞧着主上被逆贼所杀，徒然叹惜而已。始皇道："望能稍缓片时，容朕得闻爱妃琴音而死。"荆轲遂暂时停手。始皇后宫佳丽三千，其中属华阳夫人琴技最佳。据说听到她弹奏的琴音，不管多凶猛的武士都会心平气和；至于令飞鸟落地、草木摇动，亦非虚言。何况此番又是为始皇做诀别之奏，泪泣心伤，所奏妙音情致深蕴，定然愈发感人。荆轲一时也忘了所怀大志，低头侧耳，凝神静听，不由得放松了警惕。只听华阳夫人鼓琴奏曰：

七尺屏风高可越，一条罗縠裂可绝。①

荆轲闻而不解其意，始皇心中却已明了，迅即割断衣袖，纵身跳过七尺屏风，躲到铜柱背后。荆轲怒怒攻心，掷剑击始皇，正好御前当值的一个医师，将药囊掷来，与剑撞在一起。剑透药囊，剑身近半没入直径六尺的铜柱中。荆轲手中无剑，无以伤始皇；始皇回身，挥剑斩荆轲成八块，秦舞阳亦就戮。此后始皇遣大军攻灭燕国。苍天不佑，白虹贯日而不通，遂使始皇逃脱大劫，燕丹终遭覆亡。拥护平家者皆言："逆贼赖朝的下场，也必与燕丹无异。"

七、文觉②苦修

再说那源赖朝，受父亲左马头义朝在平治元年十二月谋反的牵连，年仅十四岁，就于永历元年三月二十日，被流放去了伊豆国蛭岛。

① 见《史记正义》："秦王曰：'今日之事，从子计耳。乞听瑟而死。'召姬人鼓琴，琴声曰'罗縠单衣，可裂而绝；八尺屏风，可超而越；鹿卢之剑，可负而拔'。王于是奋袖超屏风走之。"

② 有版本作"文学"。

冬去春来，转眼过了二十余载。年复一年，相安无事，缘何今年突然生出谋反之心呢？这都是高雄的文觉上人劝说的结果。

文觉此人，本系渡边的远藤左近将监茂远之子，原名远藤武者盛远，是上西门院①所属的武士。他十九岁那年，发愿出家修行②，毅然道："到底修行之苦是何滋味，我现在就来体验一下！"于是在骄阳似火、野草被晒得发蔫的六月酷暑中，钻入山间茂丛，仰面躺倒，纹风不动，听任虻、蚊、蜂、蚁等毒虫在自己身上叮螫，连续七日七夜不曾起身。到了第八日，才起身问人道："所谓修行之苦，便是如此么？"那人答道："若是苦成这样，性命都没了，还谈何修行？""那看来修行并不难。"文觉说着，开始了浪迹四方的修行之旅。

他来到熊野，本打算在那智闭关修行，但又想起有名的那智大瀑布就在附近，何不直接去飞瀑下修行呢？于是找到了那智大瀑布。其时正当十二月中旬，降雪积冰，谷中的小河都冻住了，寂寂无声，岭上寒风吹来，将瀑布的银练冻成了冰柱；一切都是白色的，四方的树梢都无法看清。文觉纵身跃入瀑布下的深潭，水流直没至颈。他发愿要念满慈

---

① 上西门院（1126～1189）：指鸟羽天皇第二皇女，初名恂子，后改名统子。

② 文觉出家的原因，是日本历史上一段相当著名的传说。在平清盛去严岛参拜时，京中发生了叛乱。为掩护上西门院逃离京城，女子袈裟自告奋勇假扮成上西门院，就在她陷入重围时，被武士盛远所救。盛远为袈裟的美貌所吸引，向平清盛提出娶袈裟为妻，哪曾想袈裟早就嫁给了重臣渡边，已是有夫之妇。心有不甘的盛远百般纠缠袈裟，都遭到了拒绝。盛远恼羞成怒，威胁袈裟如果不接受自己的爱意，就杀掉她全家。袈裟只得佯作应允，但要求先杀掉渡边，才能与盛远结合。当晚，袈裟备好酒菜，将丈夫渡边灌醉后，扶到自己的寝室中休息。她自己则扮成渡边，躺在丈夫的床上。半夜时，盛远潜入渡边寝室，挥刀砍死了帐中人。但当他点亮蜡烛时，却惊愕地发现被杀的竟是心上人袈裟。一刹那间，盛远万念俱灰。他找到渡边，请求渡边杀死自己，渡边却凄然摇首。切齿痛恨自己愚顽的盛远，在悲伤中削发为僧，法名文觉。这段传奇，于 1953 年被改编为电影《地狱门》。

救咒[1]三十万遍，起初二三日尚可支撑，到得四五日上，水寒彻骨，实在忍受不住，不得不浮上水面。但瀑布从数千丈高处飞流直下，千钧之力冲在他身上，哪能抵得住？立时便被激流冲倒，昏迷过去，在刀刃般的岩角中浮沉着，漂流了大概五六町远。幸亏岸边来了一个眉清目秀的童子，拉住文觉的双手，使尽浑身气力，将他救了上来。岸上众人都感文觉颇为古怪，生起火给他取暖。文觉定业之中，命不该绝，过得片时就苏醒过来。可他只稍稍缓了口气，便瞪眼大怒道："我立下大愿，要在此瀑中苦修三七二十一日，诵念慈救咒满三洛叉[2]之数。而今才得五日，一七之数尚且未到，你们为何把我拉上岸？"那模样人见人怕，众人都不敢答话。文觉挣扎着站起身，又跃入潭中，继续让飞瀑冲击。

次日，有童子八人齐来，打算将文觉拉出深潭。文觉竭力抗拒，不愿上岸。强撑到第三日，体力耗尽，又晕厥过去。天神恐他秽污了瀑潭，命两名结鬟天童由瀑布上降下，以温暖馨香的小手，从文觉的头顶开始，直到掌心、脚趾，都抚按了一遍。文觉如梦初醒，问道："二位究系何人？缘何垂怜施救于我？"二童答道："我等是大圣不动明王使者，名叫'金迦罗'与'逝多伽'[3]，因汝发愿勇猛苦修，故而明王敕令我等来此襄助。"文觉大声问道："明王何在？"二童答道："在于兜率天。"言罢飞升云天之上。文觉合掌膜拜道："没曾想连大圣不动明王都知道我在苦修。"心中喜慰非常，再度跃入深潭，任飞瀑冲击。此后瑞相频现，寒风吹来不再刺骨、瀑布落水冒出热气，苦修三七二十一天的大愿，终告圆满。后来，文觉又在那智闭关千日，并三度造访大峰，两度参诣葛城，遍游高野、粉川、金峰山、白山、立山、富士山、

---

① 慈救咒：不动明王之真言也。

② "洛叉"是古印度数量名，一洛叉是十万，三洛叉即三十万。

③ 金迦罗，又作矜羯罗，意译恭敬、智德，不动明王八大童子之第七，侍于不动明王左侧；逝多伽，又作制吒迦，意译息灾、福德，不动明王八大童子之第八，侍于不动明王右侧。

伊豆、箱根、信浓户隐、出羽羽黑等日本国名山名寺修行。后因心中犹存怀乡之思，便回到了京都。传说他的祷告，能令飞鸟落地，其灵验如利刃般快利，所以世人赞他为最灵验的修验者。

八、募化簿

此后，文觉在高雄深山中，潜心静修。高雄山上有一间神护寺，乃昔年称德天皇①御宇时，由和气清麿所建的伽蓝②。因年久失修的缘故，该寺春来笼于烟霞，秋至蔽于浓雾；寺扉被风刮倒，朽于落叶丛中；瓦甍遭雨露侵蚀，佛坛受阳光暴晒；既无住持之僧，又无香客供奉，唯有日月之光献于佛前。文觉见了，立下大誓愿，决意重建神护寺。他手捧募化簿，云游十方请求檀那③布施。某日，他来到法皇御所法住寺殿，上奏恳请法皇布施。但殿中正雅乐奏鸣，无人理会他的呈请。文觉天性鲁莽，向来不懂循规蹈矩，对于御前礼数更是毫不知晓。他以为是御所的内侍不给自己奏传，便径直闯入中庭，大声道："吾君大慈大悲，为何不愿听我奏闻？"说着打开募化簿，高声诵读道：

沙弥文觉敬白。

兹有敬求贵贱道俗助力，于高雄山灵地建一寺院，以得二世安乐④之大利，劝请布施事。

伏惟真如⑤广大，佛与众生虽各立假名，然其本质无异也。可叹法

① 称德天皇：日本第48代天皇，764～770年在位。她是位女天皇。
② 伽蓝：意译众园，又称僧园、僧院。原意指僧众所居的园林，后一般用来称呼僧侣所居的寺院、堂舍。
③ 檀那：意译施主，即施与僧众衣食或出资举行法会的信众。
④ 二世安乐：今世与来世的安乐。
⑤ 真如：佛教术语，一般解释为不变的最高真理或本体。

性为妄念之云厚覆，以致十二因缘①之峰连环钩锁，相互牵连；心莲之月虽发幽光，却不能现三德四曼②之大空境界，悲哉。佛日早没，生死流转之途冥冥阴翳。痴心耽于酒色，狂象跳猿③之迷妄，谁能尽除？徒识谤人谤法，岂能逃阎罗狱卒之斥责！今文觉拂拭俗尘，法衣饰身，然恶行犹存于心，不论日夜；更兼善言逆耳，昧于朝暮。痛哉！恐再度归于三途④之火坑，永堕四生⑤轮回之苦海。是故，无二之显章⑥千万轴，轴轴明释佛种之因；依随缘至诚之法，无一不能至菩提之彼岸。文觉因无常之观门⑦而落泪，乃劝贵贱僧俗，为运步上品莲台，募建等妙觉王⑧之灵场。夫高雄山者，山高如灵鹫山之梢，谷幽如商山洞⑨之敷苔。岩泉幽咽四布，岭猿欢叫攀枝；远离人境尘嚣，适于信心修行；方圆地形优胜，便于崇佛拜天。奉此而劝募檀那，谅无人不欲助成。风闻有聚沙成佛塔者，凭此功德，忽感佛因，更何况布施一纸半钱之宝财者乎？建寺所愿成就之日，必金阙凤历御愿圆满，乃至都鄙远近，邻民亲疏，悉歌尧舜无为之教化，际遇椿叶再开⑩之太平。一切亡魂，无论贫

① 十二因缘：一无明、二行、三识、四名色、五六入、六触、七受、八爱、九取、十有、十一生、十二老死，互为因果。一环套一环，彼此间缘生缘灭。

② “三德”是法身德、般若德、解脱德；“四曼”指大曼荼罗、三昧耶曼荼罗、法曼荼罗、羯磨曼荼罗。

③ 狂象跳猿：指心思放纵，如狂象跳猿般难可禁制。

④ 三途：火途（地狱道）、血途（畜生道）、刀途（饿鬼道）。

⑤ 四生：指三界六道有情产生的四种类别，即胎生、卵生、湿生和化生。

⑥ 无二之显章：指世尊的经卷。

⑦ 无常之观门：观世相无常之佛门。

⑧ 等妙觉王：佛之尊称。等者等觉，显因圆；妙者妙觉，显果满。佛因圆果满，故称等妙觉王。

⑨ 商山洞：汉初隐士商山四皓的隐居处。

⑩ 椿叶再开：古代传说“上古有大椿者，以八千岁为春，八千岁为秋”。大椿长寿，椿叶再开之际，便是太平永久之时。

富先后大小，均能速至一佛真门之莲台，度三身[1]万德之月。募化修行之趣，盖以如此。

治承三年三月　日　文觉

九、流放文觉

彼时太政大臣妙音院，正于御前弹奏琵琶，诵唱朗咏；按察大纳言资贤以朝笏打着拍子，歌唱风俗与催马乐；右马头资时、四位侍从盛定，和琴伴奏，唱起今样[2]。玉帘锦帐之中，妙乐欢歌，雅趣十足。法皇也兴致盎然，和声吟唱。孰料文觉突然在外头高声吵闹，登时冲乱了调子，朝笏的节拍也被打乱。立时便有内侍斥道："大胆！何人在外喧哗？轰了出去！"话音未落，殿中年少气盛的武士尽皆冲了出来。资行判官当先喝道："吵什么！快点离开！"文觉纹丝不动，道："除非捐一座庄园给高雄神护寺，否则我绝不离开半步。"资行判官大怒，一个箭步飞身上前，想要叉住文觉的脖颈。文觉一闪，挥起募化簿将资行判官的乌帽子扫落在地，随即握拳直捣资行胸口。资行仰面倒地，发髻散乱，低着头爬起身，避到阔廊上。文觉紧接着从怀中摸出一把马尾卷柄短刀，拔刀出鞘，刀身如寒冰般闪着冷光，指向打算扑上来捉自己的人。他左手舞动募化簿，右手持刀，绕场游走。那模样颇为吓人，仿佛左右两手都持刀行凶似的。公卿、殿上人个个目瞪口呆，口中直嚷："这可如何是好？"一时间雅奏之乐尽停，法皇御所骚乱不安。

---

① 三身：身是聚集之义，理法聚集为"法身"；智法聚集为"报身"；功德法聚集为"应身"。

② 朗咏、风俗、催马乐与今样，见第二卷第十一章相关注释。

信浓国住人安藤武者右宗，其时正于武者所中当差，他厉声斥道："狂徒无礼！"拔出太刀挺身而出。文觉见来了对手，精神振奋，挥刀上前接战。安藤武者心想，若一刀将此狂徒斩杀，似有不妥。便翻转太刀，用刀背猛击文觉持刀的手肘。文觉吃痛，攻势登缓。安藤武者抛下太刀，道："看我拿你！"合身扑上，牢牢抓住文觉。文觉虽被抓住，仍反手一刀，刺在安藤武者右肘上。安藤武者不顾伤痛，死命擒住文觉不放。两人皆是力大无穷之辈，一起翻身倒地，上下翻滚扭打，难分高下。御所上下人等都围上来帮忙，随着文觉的滚动，战战兢兢地从旁拳打脚踢。终于仗着人多，将文觉死死摁住。文觉愈发恼怒，口出恶言，放声大骂。众人将他架到门外，交由检非违使厅的人处置。文觉虽被绳捆索绑，仍怒视御所方向，大声骂道："劝捐不给也就罢了，为何还要施虐于文觉？尔等日后会遭报应的！三界皆火宅[①]也，王宫亦不能免。即令是十善帝王，将来黄泉路上，也难逃牛头马面的责罚。"边骂边跺足跳脚。众人怒道："这法师真是岂有此理！"将他投入大狱。资行判官因乌帽子被扫落，颇以为耻，暂时停职不出。安藤武者因捉拿文觉有功，予以褒奖，越升一级，直接升任右马允。过不多久，美福门院辞世，朝廷大赦天下，文觉也得到了赦免。他本可以别寻他处，继续修行，却依然故我，捧着募化簿云游各地劝捐。募化途中，他逢人便说："当今之世，只怕很快就要大乱了。届时无论君臣，都会死无全尸的。"这些骇人听闻的话，有人听了心惊胆战，便去官府检举他。官府裁定道："此法师留在京都实是不妥，还是将他远流异地吧！"于是将文觉流放去了伊豆国。

源三位入道嫡子仲纲，当时正担任伊豆守，听说此事后，下令让

---

① 谓三界（欲界、色界、无色界）众生，为五浊八苦所煎逼，犹如大宅被火所烧而不能安居。典出《法华经·譬喻品》："三界无安，犹如火宅，众苦充满，甚可怖畏，常有生老病死忧患，如是等火，炽然不息。"

官差押着文觉，从东海道登船先到伊势国。检非违使厅的两三名官差，押着文觉上路。那几个官差对文觉道："厅里有个规矩，所押解的流人只要罪行不重，咱们循例会给些照顾。看你修为颇高，如今被流放去异地，如有认识的人，可托付他们要些土产、粮食之物。"文觉道："贫僧并无知己可以索要土产粮食，不过在东山方面，却有位相熟的朋友，就写封信去吧。"官差便找了几张破破烂烂的纸递给他。文觉道："这等纸，如何写得重要的信？"说着将破纸丢还回去。官差们又寻来厚纸，文觉笑道："咱这法师不大会写字，请你们代劳代劳。"于是口述道："文觉心怀重建供养高雄神护寺之志，故十方化缘劝捐，未料遭逢朝廷无礼，非但所愿不成，反身陷囹圄，被流于伊豆。路途遥迢，土产粮食至为紧要，望能惠赠，遣使送来。"官差们照他口述记在纸上，问道："这封信要寄给谁？"文觉答道："收信人是清水寺的观音大士。"官差恼道："敢情你是在消遣我等？"文觉道："切莫如此说。贫僧最尊崇者便是观音大士，除此之外无人可以信托。"

众人登船，从伊势国阿浓津出发，驶到远江国天龙滩时，突然狂风大作，浪涌波翻，所乘之船眼瞅着就要被掀翻。水手与掌舵人虽拼命设法，但风浪越来越猛烈，船上乘客眼见无幸，或默诵观音名号，或预备临终十念①，唯有文觉镇定自若，仍然躺卧高鼾，也不知他心中是何打算。但是，就在船只即将倾覆的千钧一发之际，他猛然跃起身，立于船头，睨视海面，高声道："龙王何在？龙王何在？"接着又道："本船载有一位立下深广宏愿的圣僧，若是船只沉没，尔等龙神之辈，必然立遭天谴！"大概是因了这一缘故，霎时间风平浪静，船只安全抵达伊豆国。文觉自出京之日起，便立下祈愿云："若我日后能归返京都，建造供养高雄神护寺，请佑我遇难不死；若此愿成空，便让我死于途

① 临终十念：按净土宗说法，人在临终时只须一心念诵阿弥陀佛名号十遍，便能往生净土。

中。”从京都到伊豆国，一路并不太平，也不顺风顺水，只能一个岛一个港地慢慢向前，用了整整三十一日。文觉在此期间虽粒米未进，气力却一分不减，仍然精神抖擞，每日功课不断，仿佛有一种与众不同的神秘力量在护佑着他。

十、 福原院宣

文觉抵达流放地后，由近藤四郎国高负责监管，在伊豆国奈古屋居住。他与兵卫佐赖朝的流放地相距不远，所以时常去拜访赖朝，聊些古今物语，打发时日。某日，文觉道：“平家上下，唯有小松内大臣殿为人刚正，素有谋略。只是平家运势已尽，因此小松殿在去年八月就薨殁了。窃观今时源平两氏中，如阁下这般有将军之相者，绝无第二人。贫僧劝阁下早日举兵，夺取全日本国。”兵卫佐道：“圣僧之言实在出人意料。赖朝命如微露，若非已故池禅尼求情，早已不存。为报救命大恩，我每日都替她祈求后世冥福，将《法华经》转读[①]一遍。除此之外，再不理会任何俗事了。”文觉又劝道：“书云‘天与弗取，反受其咎；时至不行，反受其殃。’[②]贫僧说这番话，阁下心中或许会以为是在试探于你。那么，就请阁下瞧瞧贫僧所言是否出自肺腑吧！”言罢探手入怀，取出一个白布包裹，打开来，竟赫然是一个骷髅。兵卫佐惊问：“这是谁的头颅？”文觉答道：“此乃汝父故左马头殿之首。平治之后，被埋于狱舍前的青苔下，无人凭吊祭奠。贫僧见了，心有所感，恳求狱官将首级交给我，这十余年来一直悬于颈下，参拜过无数山寺，为令尊求后世冥福。今时想来，他定已劫尽得度了！贫僧对故左马头殿

---

① 转读：用有韵律的语言歌咏佛经经文，称为“转读”。据《高僧传》卷十五：“天竺方俗，凡是歌咏法言，皆称为呗；至于此土，咏经则称为转读，歌赞则号为梵音。”

② 语见《史记·卷九十二·淮阴侯列传》。

也算是尽心尽力了。”兵卫佐虽觉此骷髅未必就是父亲的，但忆起先父往事，也不禁感慨唏嘘，热泪盈眶。于是便将内心想法实言相告道：“赖朝乃是钦犯，前番逆罪尚未蒙恕，若再谋反，岂不成了朝敌？”文觉道：“此事甚易。贫僧即刻上京，为阁下请求赦免。”赖朝道：“那恐怕不成吧？圣僧自身亦是钦犯，却为他人请求赦免？此言难以尽信。”文觉道：“阁下勿虑。吾身固系钦犯，为己求恕，自是难成。然为阁下求免，却无妨害。今时都城已迁至福原，前往新都只须三日，求法皇院宣，则需逗留一日。往返总计不过七八日而已。”说完立即起身回到奈古屋，对弟子们说，自己要去伊豆雄山蛰居七日。交待完马上动身，果然只用了三日，就赶到了新都福原。因与前右兵卫督光能素有交情，便先去拜访他，说道：“伊豆国流人前右兵卫佐赖朝，如能蒙法皇赦免，赐予院宣，便可召集关东八国族人，灭亡平家，令天下安宁。还请阁下代为转奏此事。”兵卫督道：“唉，吾原先所任二职，均已罢免，如今正为此忧愁呢。况且法皇也遭软禁，奏事怕是难办。但平家乃你我共敌，我一定想办法上奏法皇。”于是竭尽全力，终于把赖朝求赦一事，偷偷奏闻了法皇。法皇立即颁下了院宣。文觉大喜，将院宣悬于颈下，又用了三日时间，急急赶回伊豆。兵卫佐正寻思着：“这位上人所言大是犯忌，弄不好怕会惹来泼天大祸呢！”左思右想，忧心忡忡。到第八日午时，文觉赶了回来，对赖朝道：“法皇院宣在此。”说着双手奉上院宣。兵卫佐闻得院宣到来，急忙净手清口，换上崭新的乌帽子，穿上净衣，朝着院宣恭敬三拜，这才展旨细览。院宣云：

频年以降，平氏轻蔑王化，政事独揽；破灭佛法，紊乱朝威。夫吾朝乃系神国，宗庙巍巍，神德惟新，故朝廷自开基而后，数千余岁间，凡欲倾覆帝祚，置国家于危殆者，皆以败北告终。以此故，敕令汝等一赖神道冥助，二遵院宣所命，速诛平氏举族，退朝家之怨敌。望承继祖传之兵略，光大累世之忠勤，此立身兴家之功业也。院宣如上，卿当执达。

治承四年七月十四日　　前右兵卫督光能奉敕

谨上　　前右兵卫佐殿

兵卫佐殿将院宣装入锦袋中。据说在后来的石桥山合战时，这道院宣仍挂在他的颈上。

十一、 富士川

叙罢文觉前事，再说福原方面。平家急召公卿佥议，决定趁赖朝军势未盛之际，火速派兵讨灭。小松权亮少将维盛被任为大将军，萨摩守忠度任副将军，总起大军三万余骑，于九月十八日由新都出发，十九日到达旧都，二十日即浩浩荡荡杀奔东国而来。大将军权亮少将维盛，时年二十三岁，容仪英伟，威风凛凛，即令妙笔丹青亦难绘其神采。他将平家祖传的唐皮铠①，郑重置于唐柜中，命人抬着；自己则穿着赤锦直垂，外罩萌黄②丝缀之铠，胯下连钱芦毛马，马鞍以黄金镶边，昂首挺胸煊赫于道。副将军萨摩守忠度，身穿蓝锦直垂，外罩黑丝缀铠甲，胯下黑马神骏不凡，马鞍洒金粉装饰。大军军容壮盛，马鞍、铠甲、弓箭、太刀、短刀，件件光辉耀目，望过去极为壮观。

萨摩守忠度年来与一位女官交好，这位女官的母亲乃是皇族。某日，忠度去女官处幽会，哪知女官屋中有客，某位高级女官正同她谈天

---

① 唐皮铠：虎皮上缀铁的铠甲。因日本国内无虎，虎皮需从中国传入，所以称虎皮为“唐皮”。

② 萌黄：黄青的中间色。

说地，喋喋不休到深夜，还没有告辞的意思。忠度立于轩下，渐渐等得不耐烦起来，便挥开折扇搧风，发出“吧嗒吧嗒”的声响。女官听见了，以优雅的口吻轻声吟诵一句歌道：“四野唧唧，虫音何急？”①萨摩守闻言，立时收起折扇，自行归去。数日后，二人再度相见，女官问道：“那日为何停扇不挥了？”萨摩守笑道：“只因你说‘虫音何急’，所以不扇了。”后来，临出征前，这位女官送了一套丝制便服给忠度，作为千里离别的纪念，还附歌一首云：

东国之路草叶长，挥袖分拂去，妾身衣袂沾露寒。

萨摩守返歌云：

离别何须尽悲愁，前路望关阡，满目先祖旧足迹。

其中“满目先祖旧足迹”一句，乃是说当年平将军贞盛为追讨平将门而挥师关东的往事。借古喻今，其遣词造句甚为雅致。

昔时大将征伐朝敌，出师前必须先行朝觐，受天皇御赐节刀。届时主上御幸紫宸殿，近卫府的卫士排列阶下，内辨、外辨②之公卿悉行参列，一起出席中仪节会③。正副大将军各按礼仪，受颁节刀。承平、天庆年间，即有此先例可循，但因年深日久，已难依据效仿。上一回赞岐守正盛征讨前对马守源义亲④，出师出云国时，朝廷就只授予他

① 原歌作者为堀川右大臣赖宗，见于《新撰朗咏集》。

② “内辨”是在承明门内司仪的正大臣；“外辨”是在承明门外司仪的副大臣。

③ 中仪节会：中等规模的节会，凡六位以上官员均可参加。

④ 源义亲：平安后期武将，源为义之父，源赖朝的曾祖父。在任对马守时，滥杀无辜，招来民怨，后又杀害出云国目代，朝廷因此视其为朝敌，派遣平正盛前往讨伐。

驿铃[①]，置于皮袋中，悬于杂色颈下。古时大将出京征讨朝敌，皆须有三大觉悟：御赐节刀当日，忘却家宅；步出家宅之后，忘却妻子；投身沙场英勇杀敌时，忘却自身性命。此时平家大将军维盛与忠度，想来也一定拥有了这三大觉悟。真是令人感慨万千啊。

同月二十二日，高仓上皇再度御幸安艺国严岛。他在三月时曾经驾幸过严岛，或许是因此之故，其后的一两个月，天下颇为宁静，黎民暂得无扰。但高仓宫谋反之后，天下又乱，世间纷争不息。为祈求天下太平，祷祝病体得愈，高仓上皇遂再幸严岛神社。由于这回系由福原起驾，路程较短，所以很快就到了严岛。上皇手书御愿祷文，命摄政殿誊写清楚，敬白于神前曰：

盖闻法性闲云，若十四十五之月高悬明亮；权现显化，智深虑远，如一阴一阳之风交互吹拂。夫严岛神社者，乃名满天下之地，灵验无双之所也。峰岭环绕社坛，彰显慈悲之高大；巨海近及祠宇，实表弘誓之深广。余以庸昧之身，忝践帝王之位，今效贤猷而赏玩于灵境之地，乐逍遥于射山之居[②]。然穷尽一心之精诚，拜诣孤岛之幽祠，瑞篱之下仰思冥恩，凝神恳念而汗流。神明垂现托于宝宫之内，其圣训铭刻吾心，就中明示怖畏谨慎之期，当在夏末秋初之候。病痾忽侵，医术无效；萍桂[③]频转，弥知神明感应之不空。虽祈祷恳求，仍雾露难散。遂竭心腑之志，重登斗薮之行[④]。漠漠寒风，扰旅卧宿梦；凄凄斜阳，望远路茫

① 驿铃：符节的一种。外形似六角铃铛，一面铸有“驿”字。朝廷使节往来各地时，以此为凭证，征发驿站快马。

② “射山之居”即庄子《逍遥游》中的“藐姑射之山，有神人居焉”，借指人间仙境。

③ “萍桂”是夏秋之意。唐杨衡有诗：“泛棹若流萍，桂寒山更青。”

④ 斗薮之行：极艰苦的修行。

茫。终至枌榆①之境，敬设清净之席，谨奉色纸墨字，书写《妙法莲华经》一部，开结二经②、《阿弥陀经》、《般若心经》等经各一卷，又手书金泥《提婆品》一卷，于苍松翠柏之阴，共植善理之种；潮来潮去之音，漫和梵呗③之声。弟子辞北阙之云八日，虽凉热天时改变无多，凌西海之浪却是二度，深知与本社机缘非浅也。朝祷之客不一，夕拜信众且或千人，其中虽不乏显贵皈依者，然上皇往诣，闻所未闻，唯禅定法皇④开此先例。弟子微末之身，深追其志，彼嵩山之月前，汉武未拜和光之影；蓬莱洞之云底，天仙空隔垂迹之尘。仰愿大明神，伏乞一乘经，鉴照丹忱，垂赐唯一玄应，幸甚至哉。

治承四年九月二十八日　太上天皇

再说平家诸将，离九重之都，远赴千里之外的东海，将来能否平安归京，实难预料。征途中，大军或露宿原野，或寝卧高峰之苔，跋山涉水，行了数十日，终于在十月十六日抵达骏河国清见关。离京的时候是三万余骑，一路上又陆续征召了大批士兵，据说此刻总兵力已达七万多。当前锋进抵到蒲原、富士川时，后军还在手越、宇津谷。大将军权亮少将维盛，将侍大将上总守忠清唤到跟前，问道："依我看，越过足柄山后，即刻在坂东一带与敌交战，你看如何？"上总守回道："初发福原日，相国面命：'凡军中事，专委忠清。'在下细察形势，关东八国兵马皆已听命于兵卫佐，其军势大概有十数万之众。而我方七万

① 枌榆：汉高祖的故乡。《前汉·郊祀志》："高祖祷于枌榆社。"此处作神社讲。

② 开结二经：指《无量义经》与《普贤经》。天台宗定《法华经》为本经，《无量义经》于《法华经》之前为序说者，故名之为"开经"。《普贤经》于《法华经》后说，总结彼之经意，故名"结经"。

③ 梵呗：亦称赞呗、梵乐、梵音、念唱、佛乐等，是佛教徒举行宗教仪式时，在佛菩萨前歌诵、供养、止断、赞叹的颂歌。

④ 剃发出家的天皇，专称"禅定法皇"。这里指后白河法皇。

余骑，系从各国征召而来，长途行军，人困马乏；兼且伊豆、骏河方面兵马尚未赶到，故而此刻最稳妥之策，当先于富士川前列阵，待诸路大军会齐后，再行交战。”维盛依言，遂暂缓进攻。

另一边兵卫佐已越过足柄山，率军进抵骏河国黄濑川。甲斐、信浓的源氏族人，闻讯也飞驰赶来，在浮岛原兵合一处，计有二十万骑。常陆源氏佐竹太郎，令一名杂色送信上京，不料半道被平家前锋上总守忠清给截了。忠清取信拆阅，见是佐竹太郎写给妻子的，心道不是什么要紧信，便还给了杂色。接着问道：“兵卫佐殿目前有多少人马？”杂色如实答道：“这八九天中，道上行军的兵马连绵不断，山野、海滨、河畔，武士无处不在。像小的这种下走的杂色，大概有四五百到千人之间，再往上就弄不清了。可能多些，也可能少些，小的心里也没数。昨日在黄濑川听人议论，说源氏的兵力已有二十万之众。”上总守听了，叹气道：“唉，大将军[1]处事优柔寡断，贻误了战机。倘若我军早日征讨，先行越过足柄山，进抵关东八国的话，畠山一族、大庭兄弟便都会投顺我军。只要他们加入我方阵营，坂东也不至于像随风倒的草木一般，全部听命于源氏了。”他虽然后悔叹息，却也于事无补了。

大将军权亮少将维盛，又召来东国向导长井斋藤别当实盛，询问道：“实盛君，关东八国之众，似你这般善射挽强者，计有几多？”斋藤别当笑道：“蒙将军抬举，视实盛为善射大矢者。其实实盛力仅及于十三束[2]之箭，与吾相似射手，车载斗量，东国比比皆是。凡以善射大矢称名者，无人低于十五束；手挽之硬弓，须五六条汉子方能拉开。似此等精锐射手，上阵时轻而易举便能射穿二三重铠甲。东国

① 这里的大将军，指在京负责军务的平清盛三子平宗盛。重盛死后，他袭内大臣职，逐步接掌平家。

② “束”指拳头的宽度，当时以此作为箭矢长短的标准。

每位大名[①]，麾下部众皆不少于五百骑，且个个骑术精良，跃身马背上绝不会跌落；即使奔驰在极险峻之地，也不会失蹄。东兵一骑，可当我二三十骑。东国武士在战场上向来奋不顾身，不管是父亲还是儿子阵亡，一概视若无睹，只知纵马越过尸体，继续死战。而你们西国武士却截然相反：父亲阵亡，儿子要戴孝守灵，等过了忌期方可再度上阵；若是儿子战死，父亲便哀叹痛苦，不愿再战。还有，西国军队如果兵粮用尽，就要等春耕秋收后再出征。可是夏天又怕热，冬天又嫌寒，总之诸多借口。但东国军队就完全不同，甲斐、信浓的源氏十分熟悉本地地形，很有可能会绕过富士山腰奇袭我军后阵。实盛所言在将军听来，似有长他人志气之嫌，其实不然。两军交战，胜负并不取决于兵力多寡，靠的是运筹帷幄，善用策谋。这才是我想说的。实盛此番征东，已有必死之觉悟，不打算活着回京了。”平家士兵听了，无不震骇战栗。

十月二十三日，源平两军互以响箭射出战书，定于次日在富士川开战。入夜后，平家士兵窥望源氏阵营，但见一片灯火通明。原来伊豆、骏河的农夫百姓，害怕被战乱波及，要么逃入林野，要么避进深山，还有的乘船浮于海河之上，所以到处都是他们起火烧饭的火光。平家士兵哪里晓得其中原委，纷纷惊惧道：“不妙啊，源氏阵营里的火光怎么那么多？看来漫山遍野、海上河中都有敌人，这可如何是好呀？”到了半夜，富士川沼泽的水鸟不知为了何事，突然受惊拍翅，成群结队飞上天空。无数水鸟翅膀振动的声音，听起来就仿佛大风雷一般。平家士兵慌乱道：“不得了，这一定是斋藤别当说的，源氏军队迂回到后方，包抄过来了。要是被他们合围就完蛋了，还是赶紧撤退到尾张河、州俣一带防守吧！”一个个手忙脚乱，连随身物品

① 大名：日本封建社会占有大量土地（通常都在万石以上）的大领主。“名”的意思就是土地。

也忘了拿，只顾着争先恐后地逃跑。慌里慌张之下，有人持弓忘箭，有人携矢忘弓；有人胯下骑的是别人的坐骑，自己的坐骑又被别人骑去；更有甚者，上了马却忘了解绳，那马绕着系马桩只是打转。从附近乐场中召来取乐的戏子、歌女们，或被蹴破头、或被蹈折腰，倒地哀号，乱成一团。

十月二十四日卯时，源氏大军二十万骑，进抵富士川边，齐声呐喊三回，惊天动地！

十二、五节会

源氏列阵完毕，等待平家方面出阵，哪知等了半晌，依然毫无动静。兵卫佐遣人前去探看，探子回报道："敌军全跑了。"接着陆续有其他探子，有的拎着敌人忘记的铠甲，有的抱着敌军舍弃的帐幕，回报道："敌军大营中连苍蝇也没见到一只。"兵卫佐翻身下马，脱下头盔，清口净手，面朝王城方向拜伏道："此非赖朝一人之功，实靠八幡大菩萨之护佑也。"遂将占领的各领地分赏给部下，骏河国分给一条次郎忠赖，远江国分给安田三郎义定。他原打算乘势再攻平家，但又恐后援难继，便率军自浮岛原撤离，归返相模国。

东海道乐场的戏子、歌女纷纷嘲笑平家道："啧啧，太不成体统了，大将军奉命征战，竟然一箭未发就逃之夭夭了。'望风而逃'说出去已是丢人，这回倒好，全部'闻风而逃'了。真是恬不知耻啊！"匿名的揭帖更是层出不穷，因京都的大将军名叫平宗盛，率军出征的大将军官名唤作权亮，于是揭帖将平家读作"平屋"的音，讽刺道：

平屋中守栋梁的人啊心慌慌，

那倚为台柱的撑条已掉下来。①

还有一张揭帖写道：

比富士河中冲过岩石的水流更快的，
是伊势的瓶子。②

由于上总守将铠甲扔到富士河里，所以也有两首歌嘲讽他道：

抛铠弃甲富士河，
不如穿上墨染法衣去念佛！

又：

忠清胯下二毛马，
马身虽拴上总鞧，
终究还是无用处。③

大军溃败，维盛初不愿逃，忠清固劝而去。退至势多，先遣使回京陈状。入道公大怒，叱道："奉敕出师者，有进无退。若王师力战不敌，曝骨疆场，不足以为耻。未闻承追讨之任，不血刃而退。汝等何颜

① 这里是利用谐音写的讽刺歌。"宗盛"与守栋梁谐音；维盛的官名叫"权亮"，属于次官职，有助手的含义，此处可转义为"帮忙支撑的木条"，也就是"撑条"。

② "平氏"与"瓶子"在日语中读音相同。

③ 这首歌里的"二毛马"是指身上只有黑白二种毛色的马，"二毛"与逃跑谐音；"鞧"是拴在牲口股后尾间的皮带，素以上总出产的最优。忠清官拜上总守，所以用上总鞧来讥讽他。

再入京师？”

同年十一月八日，大将军权亮少将维盛逃回新都福原。入道相国怒极，下令道：“大将军权亮少将维盛流放鬼界岛，侍大将上总守忠清拟罪处死！”同月九日，平家武士无论老少，皆聚于一处，商议定忠清死罪之事。主马判官盛国越众而出道：“忠清以往并非贪生怕死之人，还记得他十八岁那年，五畿内最凶恶的两名强盗逃到鸟羽离宫的宝殿中，无一人敢入殿捉拿凶徒。只有忠清在白昼时跃墙而入，斩杀一人，活捉一人，从此留下足以扬播后世的美名。所以此番兵败，怕是别有隐情，故而应谨慎处置。当要之急，还是先弥平兵乱吧。”

同月十日，大将军权亮少将维盛，不但未遭流放，反升为右近卫中将。群臣愤愤不平，纷纷在私下非议道：“大将出征，未立尺寸之功，兵败逃归，竟然还要升赏他？”

昔时，为讨灭平将门，平将军贞盛与田原藤太秀乡受命远征坂东。然而平将门绝非易与之辈，因此一众公卿决定增派援军。宇治民部卿忠文、清原重藤被任命为军监①，引军赴援。其夜，宿于骏河国清见关，重藤远眺漫漫大海，感慨万千，遂高诵唐诗道：

渔舟火影寒归浦，
驿路铃声夜过山。②

忠文听了触动心事，流下了眼泪。不过贞盛、秀乡这时已经讨灭了平将门，正提着首级回京报功，恰好在清见关遇上了忠文、重藤二人，这一前一后四位大将军遂一道归京。朝廷对贞盛、秀乡论功行赏，公卿们商议要不要也给忠文、重藤给予褒奖。九条右丞相师辅公道：

① 军监：类似于督军的临时官职。
② 诗出唐杜荀鹤《秋宿临江驿》。

“此番远征坂东，讨灭平将门殊非易事。他二人也是受皇命差遣，远赴关东的。虽说不及到达，朝敌已亡，但鞍马劳顿，怎能半点褒赏也无呢？”然而关白小野宫[1]却驳斥道：“《礼记》有云：‘疑事毋质。’[2]所以不必再争了。”就此决定不予二人褒赏。忠文对此引为平生恨事，赌咒道：“愿小野宫子子孙孙，下贱为奴；我将成为九条公后裔的守护神，永久庇佑他们。”起誓后，粒米不进，绝食而亡。其后果然九条公的后裔富贵绵绵、繁衍昌荣；而小野宫的子孙再无有出息的，到如今彻底绝嗣了。

再说入道相国四子、头中将重衡亦升任左近卫中将。同年十一月十三日，福原新建的皇宫竣工，主上随即迁入新宫。照例原本要举办大尝会。大尝会是在十月末时，天皇御幸东河，修禊祈福；然后在大内之北的原野上，筑起斋场，备好神服神具；接着在太极殿前，龙尾道的坛下，建一座回立殿[3]，恭请天皇在此沐浴洁身，更换祭服。又有大尝宫，与坛并立而建，用来供祭神膳，尝谷宴乐。最后在太极殿行大礼，清暑堂奏神乐，丰乐院中举办宴会。可现如今的新都福原，无太极殿行大礼、无清暑堂奏神乐，更无丰乐院举办宴会。公卿们商议着，只能因陋就简，今年在福原只举行新尝祭后的五节会。而新尝祭仍在旧都的神祇官厅举行。

说起五节会的起源，可追溯到昔年天武天皇御宇时。在一个月白风清的良夜，当吉野宫中的天皇正澄心抚琴之际，有神女从天而降，五度翻飞长袖，翩翩起舞，由此成为了五节会的最初源始。

---

① 小野宫：指藤原实赖，因所居宅邸在小野宫，故名。其子孙后来繁衍为小野宫流。

② 语见《礼记·曲礼》。

③ 回立殿：又名回龙殿。为了大尝会的祭祀活动，需要临时造悠纪殿、主基殿、回立殿等三座祭殿。

十三、还　都

这一回的迁都，令君臣人人愁叹。比睿山、兴福寺及诸寺诸社，更是纷纷指责此次迁都弊大于利。一向肆意妄为的太政入道，也抵不住众议鼎沸，只好下令归返旧都。同年十二月二日，举朝上下，尽皆迫不及待地还都了。新都北靠群山，地势甚高；南面又临近大海，波涛阵阵喧扰，更兼风疾浪烈，高仓上皇水土不服，时常因此而御体抱恙。一听说还都，急忙起驾离开福原。自摄政殿始，太政大臣以下公卿、殿上人，无不争相随驾，返回旧都。入道相国以下的平家一门公卿、殿上人，也纷纷动身回旧京。谁也不愿在这令人心烦的新都多逗留一时半刻。六月时刚从旧都拆毁屋宇，运来资材杂物，辛辛苦苦建起了新都，如今又说要还都，所有人都如中疯魔般，没有任何妥善安排，又扔掉在福原的家当，跑回了旧都。旧都荒废多时，家家户户回来后连住处都没有，只得在八幡、贺茂、嵯峨、太秦、西山、东山等偏远之地，或是佛堂的回廊、神社的拜殿中，勉强暂住下来。这其中有不少还是地位颇高之人。

当时之所以要迁都福原，乃是因为旧都距离南都北岭甚近，一有风吹草动，僧众便抬着春日神木、日吉神舆①，进京闹事。而福原山重水远，路途迢迢，僧众想闹事极为不便。据说入道相国便是出于这一层考虑，才强行迁都的。

同年十二月二十三日，近江源氏叛，平家发兵征讨。任命左兵卫督知盛、萨摩守忠度为大将军，统领二万余骑，杀奔近江国。山本、柏

---

① “南都”指奈良兴福寺，其僧众闹事时，往往抬着春日若宫社的神木强诉；“北岭”指比睿山延历寺，其僧众闹事时，则抬出日吉神社的神舆来。

木、锦古里等各处源氏先后被攻灭，平家大军紧接着向美浓、尾张推进。

十四、 火焚奈良

这时自京都传出风声："高仓宫避入园城寺时，南都僧众不但与其同心，还派出僧兵助战，也已成为朝敌。因此兴福寺同三井寺必须一并讨灭。"风声传到奈良，僧众大为不满，群起暴动。摄政殿宣抚道："有何不满，尽管直言无妨，无论申诉多少遍，我都给转奏上去。"可是奈良方面一概置之不理。朝廷又派有官别当忠成作为御使，去南都安抚。暴动的僧众聚在 ·起，叫嚷道："把那厮拖下马，割去发髻！"①忠成大惊失色，慌慌张张地逃回了京都。朝廷再派右卫门佐亲雅去奈良，僧众依然叫骂道："割掉他的发髻！"亲雅话都不敢说，也急忙奔逃回京。他带去的两名劝学院②的杂色，不及逃跑，被强行割去了发髻。

南都方面又做了一个毬杖③时用的大毬，当成是平相国的头颅，嬉骂道："打它，踩它！"古书云："言易泄者，召祸之媒也；事不慎者，取败之道也。"④不管怎么说，入道相国都是当今主上的外祖父，南都僧众这样污辱他，与天魔所为也没什么区别了。

入道相国得到奏报后，决意彻底解决此事。他谋算着先以怀柔米

---

① 古日本男子效仿中国蓄发挽髻。割掉发髻，是对男子极大的侮辱。

② 劝学院：藤原氏设立的教育贵族子弟的私立学院。

③ 毬杖：古代的一种竞技运动，又称为"击鞠"或者"击毬"。运动者分两组，骑马或徒步，以快速将毬击入自己一方的球门为获胜。此运动在古日本极为盛行，嵯峨天皇曾作诗云："回杖飞空疑初月，奔毬转地似流星。"

④ 语见武则天所撰《臣轨 · 卷下 · 慎密章》。

平息南都的暴乱，于是将备中国住人濑尾太郎兼康，补任大和国检非所①长官。兼康率五百余骑向南都进发，临行前，入道相国叮咛道："此去定要多加小心，即使僧众群起而攻，汝等也须忍耐，不可反击。甲胄和弓箭一类的武具，都不要带去。"可是南都僧众并不知私下有过这番叮嘱，将兼康带去的士卒擒走六十余人，悉数斩首后，把首级悬于猿泽池边示众。入道相国闻讯，勃然大怒，下令道："即刻派军进攻南都。"于是以头中将重衡为大将军，中宫亮通盛为副将军，总起大军四万余骑，气势汹汹杀奔南都。南都僧众，老少合计有七千余人，人人披甲，将奈良坂、般若寺两地的道路阻断，深掘壕沟，立起垣楯，安置好鹿角木，严阵以待。平家四万大军兵分两路，猛攻奈良坂、般若寺两处的城郭，一时间杀声震天。僧兵们一律徒步，持刀应战。官军则纵马来回冲杀。漫天箭雨下，僧众渐渐抵挡不住，伤亡殆尽。这一场恶战自卯时起，一直打到暮色低垂。入夜，奈良坂、般若寺两处城郭先后陷落。少数逃脱的僧兵中，有个叫坂四郎永觉的莽和尚，惯于使刀，射术一流，更兼力大无穷，在七大寺、十五大寺②中罕有其匹。他内裹萌黄腹卷，外罩黑丝重铠，帽盔上缀着五枚颈甲，双手各握白柄茅叶大长刀和黑漆大太刀，与同僧房的十余名僧兵先后从碾磑门冲出，拼死抵挡，暂时止住了官军的攻势。不少官兵因马足被他们斩断而落马丧命。但官军势大，以车轮战法轮番进攻，永觉前后左右的同伴尽皆战死。永觉虽猛，却独力难支，只得向南败走。

是夜鏖战仍酣。夜幕沉沉中，大将军头中将重衡立于般若寺门

---

① 检非所：检非违使厅在地方上的下辖机构。

② 南都七大寺：又称南都七堂、奈良七大寺，分别是东大寺、兴福寺、元兴寺、大安寺、药师寺、西大寺、法隆寺。十五大寺是以上七大寺，再加上新药师寺、本元兴寺、招提寺、西寺、东寺、四天王寺、崇福寺、弘福寺。

前，下令道："放火！"平家武士中有位播磨国住人、福井庄下司[①]次郎太夫友方，立即劈破垣楯，扎成火把，在民宅中放起火来。时为十二月二十八日夜。当晚风势甚烈，尽管火源只有一处，但火借风势，迅速蔓延开来，多座伽蓝遭到火劫。知耻惜名的僧众，或阵亡于奈良坂，或战死于般若寺；负伤尚能走动的，齐往吉野十津川方向逃亡；那些无力逃跑的老僧、一般的修学僧，还有年纪尚幼的童男童女们，争先避入大佛殿、山阶寺[②]内。大概有千余人逃上了大佛殿的二楼，他们为阻止追来的敌兵上楼，将楼梯尽数拆毁。可怜当猛火烧来时，这千余人反而无法下楼逃命，那悲惨的嘶叫声，即便是在焦热、大焦热、无间阿鼻[③]中受苦的罪人，怕也不过如此。

兴福寺乃淡海公发愿建造，是历代藤原氏的家庙。东金堂中自佛法传来后最初的释迦像、西金堂中由地底自然涌出的观世音像，还有四面用琉璃镶成的走廊、丹朱漆的二层楼阁、在空中发出儿轮之辉的两座佛塔，瞬息间全部灰飞烟灭，实是可悲。在东大寺，常在不灭，于实报土、寂光土[④]显身的佛像，以及圣武天皇亲手打磨御制的十六丈金铜卢舍那佛[⑤]，乌瑟[⑥]高显，蔽于半天之云；往昔眉间白毫，尊容好似

① 下司：在庄园中奔走服务的下级武士。

② 兴福寺别称"山阶寺"。

③ 《俱舍论》卷十一言有八热地狱，焦热、大焦热、无间（阿鼻）是其中的三个地狱。罪人在"焦热、大焦热"地狱受尽烧炙、炎热之苦；而堕入无间地狱的，都是极恶之人，犯了极重的罪，他们在无间地狱中无有间歇地受苦，永远没有任何解脱的希望。"阿鼻"是梵文音译，意译的意思就是"无间"。

④ 佛教有四佛土，"实报土"是酬报真实之道的无碍自在国土，菩萨所居；"寂光土"乃常住（法身）、寂灭（解脱）、光明（般若）之佛土，佛所居。

⑤ 佛有三身，卢舍那佛是其中的报身佛，是表示证得了绝对真理，获得佛果而显示佛智的佛身。"卢舍那"的意思就是智慧广大，光明普照。

⑥ 乌瑟：梵文"乌瑟腻沙"的略称。佛顶上有一肉团，如髻状，名肉髻，即三十二相中的无见顶相。

满月，而今火焚头落，佛身熔化，积如小山。佛有八万四千表情，尽如秋月为五重之云[①]掩隐；四十一地之璎珞，皆似夜星遭十恶之风吹袭。硝烟漫天、烈焰焚空，亲眼目睹者不忍直视，远处耳闻者魂惊胆落。法相、三论之法门圣教，竟无一卷留存。莫说本朝，即令是天竺、震旦，佛法亦不曾如此破灭。优填大王[②]炼紫磨金[③]，毘首羯摩[④]刻赤栴檀，造起这等身佛像，乃南阎浮提[⑤]中唯一无双的佛像，本欲长存于世，以为永无朽损之期。哪知如今却毁于火海毒焰，徒留千古长悲。梵释四王[⑥]、龙神八部[⑦]、冥官冥众，见此惨变也定会大为震惊吧！法相宗所尊崇的春日大明神，更不知是何感想！春日野的露珠因此而变色，三笠山的风声听上去亦如泣如诉。死于大火中的人，据载在大佛殿二楼计有一千七百余人、山阶寺中有八百余人、某一佛堂中有五百余人、另一佛堂中有三百余人，总共有三千五百余人。战殁于沙场的僧众则有千余人，另有一部分人在般若寺门前被斩首。少数僧众的首级被送往京都示众。

二十九日，头中将完全荡平南都，班师回京。入道相国出了一口恶气，心中大喜。皇太后、法皇、上皇及摄政以下群臣尽皆叹息道："恶僧固然该灭，但伽蓝名刹怎能一并毁灭呢？"起初公卿们决定将僧众的头颅，在京中大道来回巡游，然后挂在狱门的树上示众。但后来听说了东大寺、兴福寺破灭的惨状，似乎心生怜悯，便不再将首级示众，

---

① 五重之云：指五逆，即杀父、杀母、杀阿罗汉、出佛身血、破和合僧。
② 优填大王：佛世时憍赏弥国国王，因王后笃信佛法，他也受佛教化，皈依三宝，成为佛陀的大力外护。
③ 紫磨金：带有紫色之黄金，为黄金中最上品。
④ 毘首羯摩：帝释天属下的天匠，擅长各种工艺。
⑤ 南阎浮提：即南赡部洲，泛指人间世界。
⑥ 梵释四王：又称梵释四天，指色界初禅天的梵天、欲界忉利天主帝释天，以及东方持国、西方广目、南方增长、北方多闻四大天王。
⑦ 龙神八部：又称"天龙八部"、"八部众"。八部者，一天众、二龙众、三夜叉、四乾闼婆、五阿修罗、六迦楼罗、七紧那罗、八摩睺罗伽。

这些首级就零零散散地被分别抛进了沟坑里。圣武天皇曾在宸笔[①]御记中写道："我寺兴福，天下兴福；我寺衰微，天下衰微。"如此看来，天下衰微是必然的了。

扰攘不宁的一年终于过去，治承五年到来了。

① 宸笔：帝王亲笔。

第六卷

一、上皇崩御

治承五年正月初一，大内因东国兵革、南都火劫，所以停了朝拜典礼，主上也不曾上朝，器乐不鸣、舞乐罢奏。吉野的国栖①村民未来参拜；藤原氏的公卿因家庙毁于大火，也尽皆不来朝贺。正月初二，殿上亦未举行宴醉②，无论男女都愁眉不展，一语不发，禁中死气沉沉，好像佛法王法俱已破灭一般。法皇嗟叹道："吾以十善之余庆，得保万乘之宝位，承继大统四帝③，皆系吾之子孙，为何日理万机之权俱都旁落，徒留虚名，苦度光阴呢？"

初五，南都的僧纲，一律罢职，取消参加法会的资格。寺院众长老担任的官职，也全部免除。至此，众僧无论老少，或遭射杀、或被斩杀，或困在火中无法逃脱，化为飞烟。侥幸逃得性命的耄耋幼儿，也全都避迹山林，尘世间不留一人。兴福寺别当、花林院僧正永圆，眼见佛像经卷付之一炬，痛心疾首，因此而得病，不过数日便与世长辞。这位僧正为人风雅，颇识情趣，某日听闻郭公鸣啼，乃作歌云：

每闻啼声皆新奇，
总似郭公发初音。

由此，得了个"初音僧正"的雅号。

---

① 吉野的国栖村，就是蛮族"土蜘蛛"的聚居处。他们起先对抗天皇，后来归顺，每年的元月都要到大内朝贺，吹奏歌笛，献上贡物。

② 宴醉：在正月初二、初三，皇宫中专为殿上人举办的酒宴，歌乐伴舞，尽情醉饮。

③ 四帝：二条天皇、高仓天皇，是后白河法皇的儿子；六条天皇、安德天皇是法皇的孙子。

那御斋会①虽然已是徒有其名，但仍需走个过场，所以要选定出席的僧侣。公卿们商议道："如今南都的僧纲均已罢职，索性让京都的僧纲来代替吧！"可是他们又不忍将南都彻底抛开，于是将三论宗大德成宝已讲②从隐居的劝修寺中请来，照往例举行了御斋会。

再说高仓上皇因前年法皇被禁鸟羽殿、去年高仓宫遇害，以及迁都所引发的诸般不宁等大事，心中抑郁苦闷、愁烦难抒，终致病倒。其病势本就不妙，又听闻东大寺、兴福寺破灭之事，病体愈发沉重。法皇心急如焚，每日叹息难安。到了正月十四日，上皇一瞑不视，于六波罗池殿崩御。其御宇十二年，德政千万端；兴废弛已久诗书仁义之道，续垂垂将绝理世安乐之迹。入灭之事，三明六通之罗汉亦不能免，变幻莫测之权者③亦无所遁逃。此虽有为无常之常事，但亲人去世，悲伤痛悼也是人之常情。

上皇遗体于当晚奉移至东山之麓的清闲寺，化作夜空中的袅袅飞烟，升入春日的云霞里。澄宪法印竭力赶来，欲送上皇最后一程，但等他从山上赶到时，眼前只余下一缕轻烟。法印见此情景，咏歌一首云：

往昔常见帝御幸，而今却踏不归途，思来此事诚可哀。

又有一名女官，闻上皇晏驾，也作歌道：

常念云上可望月④，孰料月光骤然逝，哀哀我心伤悲切。

---

① 御斋会：每年正月初八到十四，在太极殿举行以护持国家、祈祝太平为目的，连续七日的讲经会，宣讲《最胜王经》。

② "已讲"是一种资格，指做过御斋会、维摩会、最胜会讲师的僧侣。

③ 权者：又名化者、权化、大权等，系佛菩萨以通力暂时化现的假身。

④ 此歌中"云上"借指皇宫，"月"借指上皇。

上皇终年二十一岁。其内守十戒至谨，外保五常[1]不乱，整饬礼仪，实乃末世之贤王。举世为之痛惜，如失日月之光。天不遂人愿，必是因苍生福薄，遂有此果报。世人苦难方深，可谓悲矣！

二、红 叶

自古以来，最令苍生景仰、万民拥戴的，大概就是延喜、天历二帝了。与高仓上皇相比，他们的贤明自然更胜一筹。然而，大凡有贤王佳名的天皇，皆是成人之后，有了辨清浊、识善恶的能力，才施行仁德、惠及黎民。但高仓上皇在幼年时，就拥有柔和宽容、善待他人的天性。

承安年间，上皇初登宝位，御年不过十岁许，因甚爱红叶，便命人在大内北门外，筑起小山，遍植栌、枫等红叶树，称为“红叶山”。上皇日日都来观赏，无有厌时。然而某日夜里，突然起了一阵狂风，将红叶吹落满地。殿守[2]的仆役在次晨打扫时，将散落的红叶扫到一起，统统当垃圾处理掉了。剩下些残枝粗梗，由于那日清晨天冷风寒，便拿去缝殿卫所[3]中用来引火温酒。红叶山的奉行藏人在上皇行幸前，特来巡视，却惊见红叶影踪全无。他急忙追问道：“发生了什么事？”仆役们便将前情说了。藏人大惊，斥道：“岂有此理！尔等竟敢糟蹋主上最心爱的红叶，真是吃了豹子胆。触犯逆鳞，尔等怕是难逃禁狱流放之罪，就连我也不知要受到怎样的惩罚！”正愁叹间，恰巧上皇又比平日起得早，已行幸到红叶山。他见不到红叶，便问道：“这是怎么了？”藏人

---

① 五常：指仁、义、礼、智、信儒家五常。

② 殿守：主殿寮的低级官员。主殿寮是负责宫中清扫、天皇入浴、管理灯烛、坐舆的部门。

③ 缝殿卫所是在缝殿寮旁设立的卫所。缝殿寮是宫中负责裁缝，以及调查女官品行和尽职态度的部门。

无法隐瞒，唯有照实禀奏。哪知上皇并不动怒，反而展颜笑道：“哈哈，看来他们颇得‘林间暖酒烧红叶’①的诗趣啊！不知是什么人教的？倒是件雅事。”就这样，仆役不但未受惩罚，反得到了称赏。

又，安元年间，某次因行幸方违②，尚未至“鸡人晓唱，声惊明王之眠”③所说的时刻，上皇就已惊醒，辗转难眠。适逢当晚冰寒霜冻，上皇想起延喜圣代时，醍醐天皇因念及百姓在冬夜受寒，而特地脱去御衣之事，深叹己身仁德远不及先帝。及至更深，远处隐隐传来啜泣幽咽声，御前侍奉众人都未听见，上皇却听到了，急忙道：“天寒地冻，谁在外头哭泣？你们速去瞧瞧！”侍寝的殿上人，命令当值武士前去查看。武士在周围探寻一番，果然在某个路口，见一瘦小女童手提长方箱盖，正哀哀啼哭。武士问道：“何事啼哭？”女童答道：“家主乃是一名女官，在法皇御所中奉职。她费尽积蓄才定制了一套宫装，让我去取回来。哪知刚才在半道上，被两三个歹徒给抢去了。家主须穿上这套宫装，方能去御所。若不能去，她又无亲戚可供寄居，实是可怜。我为了这事，才在此哭泣。”武士便将该女童带回，向上皇禀明详情。上皇怜悯道：“唉，竟有人做出这等恶事来！上古帝尧之世，人人以帝尧正直之心为本心④，故而人人正直。今之民，人人以朕心为心，竟致奸邪之徒公然犯罪于道途。此真朕之耻也！”遂温言问女童道：“那件被抢的宫装是何颜色？”女童将服色说了。彼时建礼门院尚是中宫，上皇问她道：“有此种服色的宫装吗？”建礼门院立即命宫女取来，一看，远较

---

① 诗出白居易《送王十八归山寄题仙游寺》。

② 方违：按照阴阳家的九星气学和奇门遁甲理论，天地间的各个方位都由不同的星神守护着，如果触犯了神灵就会受到严厉的惩罚。当阴阳师卜知将前往的目的地处在禁忌的方位，属于凶方时，便需在前一天宿于吉利的方位，在禁忌方位改变后，才能出发。

③ 见都良香《刻漏刻》。都良香(834～879)，平安时代汉诗人、学者。

④ 《说苑 · 君道》载：“禹曰：尧舜之人，皆以尧舜之心为心；今寡人为君也，百姓各自以其心为心，是以痛之。”

被抢的那件华美，便赐给了女童。上皇又道："此刻正值深夜，你若孤身回去，保不准又会碰到强盗。"遂命一名当值武士将女童一路护送回女官居所。天下万民风闻此事，无不感动。是故，即便是地位微贱的男女，也终日祈祝上皇能够长生，千秋万岁永享大位。

三、葵 前

关于高仓上皇，尚有一件可悲之事。在中宫处奉职的一位女官，手下有个使唤的侍女，出乎意料地得到了上皇的宠幸。而且上皇待她绝非寻常的逢场作戏，而是一往情深，时时临幸，侍女得以经常与龙颜咫尺相对，宠倾后宫。那位女官见此情形，不便再将她当侍女使唤，反而把她当成主人一般郑重服侍。女官道："古时有谣曰：'生女勿悲酸，生男勿喜欢。'又曰：'男不封侯女作妃，看女却为门上楣。'[1]因此莫轻看了此女，说不定什么时候就被立为皇后了。先是女御，继而皇后，最后成为国母仙院[2]，若果真如此，真是福缘非浅啊！"这位侍女的名字，叫作葵前，人们私下里却都叫她葵女御。上皇耳闻种种非议，为了避忌，遂决定以后不再临幸葵前。他心中其实依然深爱着葵前，但考虑到世人的流言蜚语，只好忍痛割爱。从此后，上皇相思绵绵，郁郁寡欢，总是称病幽居寝宫中，不见任何人。

关白松殿基房公得知此事，自思道："主上定是心中有事，故而忧郁成疾。我须得去劝解一番。"急急入宫，问明了原委，道："既然陛下如此钟情于她，又何必顾忌良多呢？速速将她召入宫中便是。出身低微也不打紧，基房可立即收她作养女。"上皇道："卿家所言，若在朕退位之后，或许可行。而今正当在位之时，倘若做下这等事，后世谤

---

① 见陈鸿《长恨歌传》。

② 仙院：宫中赐有院号的女性。

言，积毁销骨，只怕于朕声名有碍。”遂不纳松殿之言。关白无计可施，垂泪而退。其后，主上忆起一首古歌，心有所感，遂在一张深绿色的薄纸上书写此歌云：

恋情难隐终显露，
他人问我心思谁。①

此御笔亲书，由冷泉少将隆房转赐葵前。葵前见了，满面通红，于是借口身体抱恙，向女官请辞，回到家乡。她为情所困，心结难释，终致一病不起，在床上躺了五六天，香消玉殒。古诗云："为君一日恩，误妾百年身。"②所指的便是这种事。往昔唐太宗欲纳郑仁基之女入元观殿中为嫔，魏征谏曰："此女已许嫁陆氏。"太宗闻之大惊，深自克责，遂停嫔御。③上皇之苦心，当与太宗同。

四、小　督

中宫见上皇对葵前念念不忘，终日愁叹，便将在自己跟前服侍的一名女官小督，引荐予上皇，以慰上皇相思之苦。这小督乃樱町中纳言成范之女，号称宫中第一美人，更兼精通琴韵，是个抚琴名手。冷泉大纳言隆房尚是少将时，就对色艺双绝的小督心生恋慕。他作了许多首歌，又不停地写情信，表达自己衷心的爱慕之情。小督起先对隆房并无感觉，但渐渐地，被他的锲而不舍所打动，终于应许了他。如今上皇将小督召去，隆房束手无策，唯有含悲忍痛，依依惜别，泪水湿透了衣

① 原歌作者平兼盛，见《拾遗集》卷十一。
② 诗出白居易《井底引银瓶》。
③ 事见《贞观政要·直谏》。

袖。此后，少将心中总是挂念着小督，渴望再见她一面，于是时不时到大内走动。或彷徨于小督居室旁，或痴立于帘下，来来回回地徘徊。小督见了，向侍女道："蒙今上召幸，此身已属陛下。不论少将有何话说，我都不便作答。他写来的信，我也不便拆阅。"因此故，相当一段时间里，两人连托人代传，说上一言半语情话的事都没有。但少将依然心存幻想，作了一首歌，隔着帘子投入小督居室中。歌云：

恋慕之情满天地，
待到近前却枉然。

小督本欲返歌一首，但念及君上，心中不安，遂将手中歌笺视若无睹，交给侍女丢到院子里去。少将惊怒羞赧，又怕被人瞧见捡去，急忙拾起歌笺，放入怀中。他归家后又作歌一首云：

今朝缘何拒玉章？
难道芳心已绝情？

少将心中凄苦，想到今生今世恐怕再难见到小督，便打算一死了之。

入道相国获悉此事，心道："中宫乃吾女，皇上系吾女婿，冷泉少将亦为吾之女婿[①]。那小督一女而占吾二婿，大是可恶。若长此以往，必致纷乱。须当召她出来，杀之以绝后患。"小督暗中得知相国欲对己不利，寻思道："我身如何皆无所谓，只是不能让陛下为难。"遂于某日黄昏，秘潜出宫，从此不知所踪。高仓上皇甚是悲愤，怠废寝膳，终日唉叹。日间于寝殿中饮泣，夜中则出南殿，望月慰怀。入道相国闻

① 藤原隆房是平清盛的长婿。

之，言道："主上定是因思念小督而意气消沉，嘿嘿，我自有法子对付。"遂不许其他女官进御，对进宫拜谒的臣僚亦声色俱厉予以阻拦。群臣忌惮入道公威权，无人敢至御前侍奉。禁中愁云惨淡，人人心中压抑。

八月上旬过后，天气晴好，万里无云。入夜，上皇含泪独坐便殿，仰见月光一片朦胧，唤道："来人！有人在么？"半晌无人回应。当晚适逢弹正少弼[①]仲国宿值禁中，遥闻帝呼，急应道："仲国在此。"上皇道："请上前来，朕有事托付。"仲国边揣测是何事，边走近御前。上皇问道："卿可知小督去了何方吗？"仲国答道："微臣怎会知晓她的行踪呢？实是毫不知情。"上皇道："闻小督隐于嵯峨附近，住在一间仅有单扇门的陋屋中，户主之名却不甚清楚。卿能为朕觅之否？"仲国为难道："若不知户主姓名，寻起来甚是棘手。"上皇一时无计，流泪叹息道："说得也是。"

仲国默想道："小督乃抚琴名手，明月在天之际，忆起主上，说不定便会抚琴寄托情思。昔时宫中献乐，她在御前抚琴，我以笛音相和，其琴音迄今未忘。再说嵯峨位处郊外，人烟稀少，我一家家找过去，无论如何都会打听到小督下落的。"盘算已定，便对上皇道："虽说不知户主姓名，但微臣亦当尽力找寻。不过，若真的寻到小督，没有御笔亲书的信笺，只怕她不相信微臣。故而请陛下御书一封，交由微臣随身带去。"上皇道："此言甚是。"遂研墨提笔，写下一封书信交给仲国，又道："御马寮之马奔驰极快，你去选一匹吧。"仲国领命，在御马寮中挑了一匹骏马，当晚乘着月色，策马扬鞭，疾奔嵯峨而去。

昔时曾有歌人咏道："小鹿呦鸣此山中，嵯峨秋暮惹人愁。"[②]想

---

① "弹正"即弹正台，是负责纠弹风仪、揭发左大臣以下官员不正行为的部门。弹正少弼是弹正台的第二次官。

② 出自《基俊集》。作者藤原基俊（1060～1142），平安末期歌人，通和汉之学，堀河天皇时，与源俊赖并为歌坛领袖。

来嵯峨的秋月，别有一番情致吧！仲国到达后，寻到一间仅有单扇门的陋屋，琢磨着说不定小督就在里面，便拉住马缰，在门前细细倾听，却不闻琴声。又想或许是去了清凉寺御堂参拜吧？于是前往清凉寺，由释迦堂开始，将寺中各堂一一寻过，却连相貌与小督近似的人都没见到。仲国心中惶愧，暗忖与其无功而返，倒不如隐姓埋名，不回宫中了。然而转念一想："普天之下，莫非王土"，自己能躲到哪儿去呢？正踯躅烦恼，猛然记起法轮寺离此不远，小督这会儿说不定为月色所动，正在法轮寺中参拜呢！急忙纵马飞驰法轮寺。

到得龟山附近，隐隐听闻松林方向传来音韵声。是山风，是松涛，还是所寻之人的抚琴声？仲国一时不能确定。他策马近前，见音律是从一间仅有单扇门的陋屋中传出的。细听之下，果是琴音，那指法也的的确确正是小督所弹。再听琴曲，乃是《想夫恋》[①]的曲调。由此可见，她定是因思念主上，这才在诸多乐曲中选了这一曲，足见用情至深，可钦可佩。仲国乃自腰间拔出横笛，和了一曲，随后上前叩门。屋中琴音戛然而止。仲国高声道："在下源仲国，受皇命所差，自大内而来，有事相叙。请开门。"他不停敲着门，门内却无人答应。过得片刻，里面终于传出有人走动的声响，仲国心头一喜，耐心等待。跟着是开锁落闩声，门"吱嘎"地开了一条缝，一个略带稚气的婢女从门缝中露出脸，说道："阁下敲错门了，宫里的御使是不会来这种地方的。"仲国心想若答错话，那门必然又要关上，届时反而费事。索性不理婢女，直接推门而入。他走到侧门外廊边，果然见到了小督，便说道："你为何要躲到如此偏僻所在呢？陛下为你而相思至苦，恐怕已有性命之忧，望你能随我回宫。空口无凭，这里有陛下御书一封，你自己

① 平调曲目中的《想夫恋》，系由乐府诗《相府莲》而来。"相府莲"本指南齐丞相王俭府中的红莲，其后语讹为"想夫怜"。传到日本后，被改为"想夫恋"。从字面上看，就是思念夫君的意思。

看吧！”说着取出御书。那名婢女接过去，呈给小督。小督展信细览，见确是主上亲笔，于是即刻复信一封，打成一个结①，再加上一套女官的宫装，交给仲国。仲国将女官宫装斜披于肩头②，道：“若是他人奉命而来，既已有了回信，此刻自然该告辞了。但仲国想起往昔在宫中时，曾以横笛与你琴音相和，想来你也还记得。有此交情，你又何吝于仅有一封回信呢？若无亲口回话，我就这么回去，对陛下和我而言，都是一种遗憾啊！”小督点点头，泣道：“非是我心无情，只因风闻入道相国欲不利于我，如在宫中，恐遭其毒螫，成陛下之累，是以脱身至此。琴韵久已不抚，而此地亦不可久栖，本打算明日即往大原寂光院事佛。此处的女主人见分别在即，心有不舍，便劝我说此时已是深夜，无人能听见，且抚琴一曲，作为临别的纪念。我见她说得有理，又忆起在宫里时的情形，便弹了一首熟悉的曲目，没想到你轻易就听出来了。”说罢潸潸泪下，仲国也泪湿衣袖。过了片刻，仲国抑泪道：“适才你说明日将去大原寂光院事佛，难道打算削发为尼么？万万不可，万万不可啊！你若出家，陛下的相思之愁就无法可解了。”说完急忙出门，吩咐随行而来的马部、吉上③道：“你们俩留在这儿守着，绝不能让她出门半步。”言罢飞身跨上御马，独自疾驰回宫。此时东方微白，已是黎明，仲国心想：“陛下此刻应该已在寝宫歇息了，该如何奏禀呢？”一面思忖一面去御马寮系好马，将小督送的女官宫装搭挂在清凉殿跃马屏风上，随即朝紫宸殿走去。却见主上并未安寝，竟然还痴痴地坐在昨夜的原地，口中诵道：“南翔北向，难付寒温于秋雁；东出西流，唯寄

---

① 书信打结，是古日本信件的一种封法。

② 赐予服装是古日本对使者犒劳的一种方式，受赠者将服装披于肩头，以示感谢。

③ “马部”是御马寮的下役；“吉上”又称“黄仕丁”，是六卫府的下属，负责守卫宫中门户。

瞻望于晓月。”①仲国急步上前，呈上小督回信。上皇大悦，道：“有劳卿家再去一趟，密迎小督回宫吧。”仲国虽担心被入道相国知道，但天子金口玉言，不能违背。只得准备好杂色、牛饲②和牛车，再赴嵯峨。小督起初婉拒，言道不愿回宫。仲国苦苦劝说，终于令她回心转意，坐上牛车，归返大内。上皇喜不自胜，寻了个幽静所在，安置下小督。自此宠幸愈渥，夜夜欢好，生了一位公主。这位公主就是日后的“坊门女院”③。

入道相国耳目四布，知道了小督回宫的消息，怒道：“此前说什么小督失踪了，原来全是虚言！”立即遣人将小督捉来。不料小督貌美，入道公一见之下，惊为天人，登时色心大动，遂耳语道：“若肯事我，平安富贵。”小督拒道：“妾身忝侍宫闱，一日在天，岂敢有二。”入道公大怒，命人将小督押送清间寺，逼其削发为尼。小督虽早有出家之心，但遭人强迫而弃俗，终是难受。其年二十三岁，披了墨染色缁衣，幽居于嵯峨附近。此诚堪悲堪怜之事也！因了诸事不顺，高仓上皇忧愤交加，终致病发而崩。

而法皇方面，令人悲叹之事也不断发生：永万年间，长子二条院崩御；安元二年七月，皇孙六条院晏驾。曾言“在天愿作比翼鸟，在地愿为连理枝”，一起手指银河双星山盟海誓的建春门院，也为秋雾所侵，化作朝露，香消玉殒。流年似水，一切宛然如在目前，法皇悲伤之泪从未干过。治承四年五月，次子高仓宫又遭杀害。最后，寄托着今生来世唯一希望的高仓上皇，又先行一步。往事不堪回首，愁绪无穷无尽，唯有以泪洗面罢了。“悲之至悲，悲不过老后丧子；恨而至恨，莫

---

① 这两句歌的作者是大江朝纲，见《和汉朗咏集》卷下“恋”字部。

② 牛饲：古时贵族官宦宅邸中，平时负责饲牛、养牛，出行时负责驾车的牛倌。

③ 坊门女院：即范子内亲王（1177～1210），高仓天皇第二皇女，1206年9月2日赐院号。

恨于子先于亲。”彼朝纲相公①为子息澄明所书悼文，如今在法皇观来，定是感同身受吧！由此故，法皇乃勤诵一乘妙典不怠，日夜薰修三密行法以积福。因天下谅暗②，宫中华衣一律换作丧服，一眼望去，冷寂黯然。

五、檄 文

入道相国因处事冷酷，待人不留余地，心中也隐隐感到不安，生怕给子孙带来祸殃。于是便想给予法皇一些安慰。他将安艺严岛神社一名舞姬的女儿——一个芳龄十八，如花似玉的美女——送入法皇御所中。又选了多名上臈女官③随侍，由众多公卿、殿上人护送着，和女御入宫毫无分别。此事距上皇晏驾仅二七日，世人颇多非议，都认为太不合宜了。

再说信浓国源氏族人木曾冠者义仲，原系故六条判官为义次子——带刀先生义贤之子。父亲义贤于久寿二年八月十六日，遭镰仓恶源太义平④杀害。当时义仲仅有两岁，其母椎心泣血，抱着他来到信浓国木曾中三兼远处，求道：“拜托了，请一定要将这孩子抚育成人！”兼远受托，尽心鞠育义仲二十余载，及长，身高魁伟、膂力超伦，气性刚勇，当世罕有其匹。更兼骑射无双，强弓利矢、马上步下，样样精

① 朝纲相公：即大江朝纲，因官居参议（类似于中国的丞相），故称相公。这句悼文原文见于《本朝文粹》卷十四。

② 谅暗：见第一卷第十章相关注释。

③ 上臈女官：即高级女官，多以公卿之女或孙女充任，叙二位或三位。

④ 恶源太义平（1141～1160）：源义平系源义朝之子，而源义朝是义贤的兄长，所以义贤是义平的叔父。久寿二年（1155），年仅十四岁的源义平，因上野国领地纠纷，与叔父源义贤结怨。他率兵奇袭大藏馆，一举诛灭了源义贤，“镰仓恶源太”从此闻名于世。1160年，因父亲被杀，源义平潜回京都欲行刺平清盛，事败被捕，遭处死。

通。时人夸曰："即令上古田村①、利仁②、余五将军③、致赖④、保昌⑤、先祖赖光、义家朝臣等人，只怕都不及义仲哩。"

某日，义仲对恩师兼远道："兵卫佐赖朝今已起兵举义，关东八国望风影从，此际正由东海道进讨平家。义仲也想收复东山、北陆两道，尽速灭亡平家，得与赖朝并称为'日本国双将军'。"中三兼远闻言大悦，赞道："吾苦心育你二十余载，正为此事。你有如此抱负，不愧为八幡殿⑥后裔。"遂着手筹备起兵之事。

义仲以往曾多次随兼远上京，伺察平家动静。十三岁元服那年，他来到石清水八幡神宫，参诣八幡大菩萨，拜道："吾四世祖义家朝臣，当年于尊神座前元服，号'八幡太郎'，今日吾当沿袭此例。"于是在八幡大菩萨宝座前挽起发髻，沿太郎之名，称次郎，全名木曾次郎义仲。

兼远谋划举兵，首先向各国发出檄文。又对信浓国祢井小弥太、滋野行亲说明其事，二人皆愿追随。由此信浓一国兵士，莫不跟从举义。在上野国，因为故带刀先生义贤这层关系，多胡郡的军兵也迅速

① 坂上田村麻吕（758～811）：因讨平东北陆奥虾夷，立下大功，被封为第二任征夷大将军（首任实质上的征夷大将军）。他是日本传统文化中的武神。

② 藤原利仁：平安中期武将，曾以武略平定下野国高藏山数千盗乱，后出任镇守府将军。

③ 余五将军：即平维茂，平繁盛之子，后被其伯父平贞盛收为养子，因在贞盛诸子及养子中最为年少，排行十五，故称"余五"。他曾与陆奥的藤原师种争斗，起初战败，后奇袭斩杀师种，武名响彻关东。

④ 平致赖：藤原道长四天王之一，以骁勇著称。998年，因与平贞盛之子平维衡争斗，遭到流配隐岐国的惩罚。

⑤ 藤原保昌（958～1036）：藤原道长四天王之一，武勇出众。

⑥ 八幡殿：指义仲的祖先源义家（1039～1106）。源义家在前九年之役、后三年之役中成功镇压了虾夷豪族的反乱，之后在关东乱事中亦大显神威，被誉为"天下第一武勇之士"。因其元服礼是在八幡神宫举行，故被称为"八幡太郎"。

依附①。平家末日将近，源氏多年夙愿终于有望实现。

六、信使飞报

木曾这地方，在信浓国南部，毗邻美浓国，距离京都也挺近。平家一族很快就收到了义仲举兵的消息，震惊异常，议论道："东国反乱已然不得了，又反了一个义仲，这可如何是好？"入道相国却不以为意，说道："区区义仲不足为惧。就算信浓一国的武士全部依附于他，在越后国咱们还有余五将军的后裔、城太郎助长和城四郎助茂。彼等兄弟同心，兵强马壮，只须我传令过去，他们很快就能讨平叛党。"可是有不少人并不相信入道公所言，暗中议论道："那就瞧瞧到底谁胜谁负吧！"

二月一日，越后国住人城太郎助长被任命为越后守。听说这一任命的目的，就是为讨伐木曾义仲做好准备。同月七日，自太政大臣以下，家家户户都在家中供奉画有不动明王像的《尊胜陀罗尼经》②，祈求干戈不起，兵祸消弭。

同月九日，听说住在河内国石川郡的武藏权守入道义基，与其子石川判官代义兼，私通兵卫佐赖朝，背叛平家，逃往东国。入道相国火速调兵遣将，前去讨伐。讨伐军主将是源大夫判官季定和摄津判官盛澄，点起三千兵马，杀向石川郡。城内仅有武藏权守入道义基与其子判官代义兼，以及一百多名兵士。双方鸣镝开战，刀来枪往，城内守军竭力抵抗，终因寡不敌众，悉数阵亡。武藏权守入道义基战死，其子石川判官代义兼重伤被俘。同月十一日，义基法师的首级送至京都游街示

① 义仲之父源义贤，曾领有上野国多胡郡。

② "陀罗尼"是梵语，意译为"咒语"。相传有陀罗尼名为如来佛顶尊胜，能净一切恶道，净除一切生死苦，灭一切业障悉令清净。

众。在谅暗期间传示贼首，仅有过一回先例。那是在堀河天皇崩御时，将前对马守源义亲的首级示众。

同月十二日，镇西信使飞报到京，宇佐大宫司公通奏报：九州方面，由绪方三郎带头，臼杵、户次、松浦一族，尽皆背弃平家，转而投效源氏。平家族人听了，惊愕不已，慌道：“东国北国尽叛，这可如何是好？”

同月十六日，伊豫国信使飞报到京，禀道：自去岁冬季以来，由河野四郎通清带头，四国地方也尽数背弃平家，投效源氏。当时备后国住人入道西寂，因对平家忠心耿耿，遂奇袭伊豫国，在道前道后[①]交界处的高直城[②]，讨灭了河野四郎通清。通清之子河野四郎通信在父亲被杀时，恰巧不在城中，正在娘舅安艺国住人奴田次郎府里。他得到消息后，泣血捶膺，发誓道：“父亲大人死于非命，我定要为他报仇，不管多难也要灭了西寂。”遂时时窥伺，以待良机。入道西寂方面，自奇袭河野四郎通清成功后，以为四国乱事已弭，便掉以轻心，在今年正月十五日来到备后国鞆之浦，召来大批乐女歌妓，饮酒作乐，喝得酩酊大醉，不省人事。河野四郎通信率百余名死士突然袭来，西寂虽有三百余名部下，但仓促之间不及反应，个个手足无措，抵抗者或被射杀，或被斩杀，西寂则被生擒了去。通信押着他回到伊豫国，在父亲被害的高直城中，将西寂的脖颈用锯子活活锯断。也有传闻，说西寂其实是受磔刑而死。

七、入道辞世

其后，四国武士尽附河野四郎通信。听说像熊野别当湛增这样曾受

① 伊豫国东部五郡称“道前”，中部七郡称“道后”。

② 高直城：又称高绳城，在越智郡与温泉郡交界处，是河野氏历代世居的本居城。

过平家重恩的人，竟也背叛平家，与源氏同心协力。绪方惟能、菊池隆直等据西海，河野通信据南海，俱为源氏声援。东国北国悉已叛乱，南海西海又纷纷效尤。夷狄蜂起，听来心惊；逆乱频奏，闻来胆颤。四夷①忽起，天下危殆，大凡忧国忧民之士，纵非平家一族，亦为之苦恼愁叹。

同月廿三日，公卿合议，前右大将宗盛道："坂东远征军虽已派出，但迄今不能得胜。宗盛愿为大将军，再往征伐。"众公卿纷纷讨好道："若得将军出征，定然马到成功！"法皇遂颁院宣，命宗盛为大将军，公卿、殿上人中，凡兼有武官职者，或弓马娴熟者，皆须随军出征，讨伐东国北国之凶徒。

同月二十七日，前右大将宗盛原定于今日出征东国，讨伐源氏。孰料传来入道相国忽然染病的消息，远征一事只好暂时作罢。次日，即二十八日，入道相国病体日沉，京中、六波罗之人，皆暗中高兴，私议道："瞧，报应终于来了。"入道相国从染病那天起，就粒米不进，连水也咽不下喉；而且浑身滚烫，热如火焚，距其病榻四五间②远，都觉炎热难忍。入道公更是不停叫嚷："热，热。"这病看起来还不是普通的病。侍从们从比睿山千手井汲来冷水，倒入石制浴槽中，将入道公全身泡在水里，冷水顿时沸腾翻涌，顷刻间就成了滚水。众人又琢磨着用其他法子来解热，他们用竹笕③引来水，浇在入道公身上，那水却像浇在烧热的石头或铁上，瞬间被蒸发掉，无法着体。偶尔有几滴洒到肉身上，竟变成了火苗，腾腾燃烧，屋中黑烟弥漫，炎火涡卷而上。传说昔时曾有法藏僧都，得阎王召请，入冥府寻母④。阎王怜其至孝，命狱卒

① 中国古有东夷北狄、南蛮西戎的说法。这里东国北国、南海西海皆反，故比喻为"四夷"。

② "一间"长六尺，四五间有二丈四尺到三丈。

③ 竹笕：一节节连接起来，用于引水的长竹管。

④ 法藏僧都入幽冥的故事，见《元亨释书·卷四·东大寺法藏》。《元亨释书》是日本第一部佛教史书。

带他去焦热地狱查看。一踏入铁门内，便见火焰腾腾，如流星般激射空中，高达数百由旬[1]。这可怖景象，今时再现于入道相国身上了。

又，入道相国夫人二位殿，夜来亦得一梦，甚为可怖。梦中见一辆烧着猛火的车子被推进门，车前车后站着的冥使，有的像牛头、有的像马面。车前竖着一面铁札，上书一个“无”字。二位殿于梦中问道：“此车从何处而来？”冥使答道：“从阎罗殿来，接平家太政入道殿上路。”二位殿又问：“那铁札又是何物？”冥使答道：“因入道殿焚毁南阎浮提十六丈金铜卢遮那佛，罪大恶极，故要罚其永堕无间地狱之底。阎罗殿中已有判决，所以写了个无间的‘无’字，‘间’字尚未写。”二位殿一惊而醒，冷汗涔涔而下，急忙将此事对族人说了，听者无不毛骨悚然。平家因此取出大批金银七宝、马鞍、铠胄、弓箭、太刀、短刀等，献给素有灵验的佛寺神社，希望为入道公赎罪，却毫无效验。最后，所有的办法都用尽了，依然无济于事。平家的子弟女眷，都守在病榻周围，悲叹哀愁，不知所措。

闰二月二日，二位殿强忍难耐炎热，走近入道公枕前，泣道：“夫君病势日重一日，要痊愈怕是难了。对于现世之事，若有需要交代的，趁此际神志尚清，请留下遗嘱吧。”入道相国平常虽要强，但此刻受尽病痛折磨，已是极度痛苦，他强撑病体，叹息道：“自保元、平治以降，吾数度扫灭朝敌，恩赏殊异，又忝为天皇外祖，官至太政大臣，控天下于股掌，泽荣华于子孙，现世更有何求？唯所恨者，不见伊豆国流人、前右兵卫佐赖朝之首级，此莫大遗恨也！吾身故之后，堂塔不需建，祭奉无须供，只愿早遣大军平叛，斩赖朝首级，悬吾墓上，此即上好祭奠。凡吾子孙者，宜体是心，勿敢懈。”可叹入道公临终之际，仍不思忏悔，依然杀机深沉，当真是恶稔罪盈。

闰二月四日，入道相国已病入膏肓，一切疗法都徒劳无用。侍从

---

① 由旬：见第二卷第六章相关注释。

们只好用水泼湿木板，让入道公卧于其上，仍然不能稍解其热。入道公挣扎了一阵，只感闷绝难当，一口气上不来，就此一瞑不视。讣告发出后，来吊唁者络绎不绝，车马往来之声，震耳欲聋。即便一天之君、万乘之主，崩御大殓，怕也无过于此。入道公薨年六十四岁，虽非高寿而死，但宿命既尽，大法秘法亦无效验，神明三宝灵光全消，诸天不再护佑，凭凡人之力又岂能扭转？纵有数万武士，心存忠义，列坐堂上堂下，愿以身代死，然无常冥使乃人目所不能见、人力所不能阻，焉能延缓一时片刻？到得翻过死出山①，渡过三途河②，便不能再回头，只有孤身独步黄泉路。届时平日里所犯罪孽，悉数化成鬼卒来迎，诚可哀之事。同月七日，入道公遗体于爱宕火葬，骨灰悬于圆实法眼颈下，送至摄津国经岛奉纳。扬名日本，威震六十六国之权臣，至此亦不过成一阵青烟，飘散于帝都天空。他的骨灰虽暂奉于经岛，但日久天长，终将与海滨泥沙混杂，归于尘土，寂于虚空。

八、筑 岛

送葬之夜，发生了许多不可思议的怪事。西八条府邸镶金嵌玉，造得豪华无比，那晚却突然遭逢火劫。本来住宅失火，也是常事，但这回却非比寻常。是什么人干的呢？有传言说是有人为了报复，才故意纵

---

① 死出山：据《地藏十王经》所举，死者于冥途中，初七日之间，须至秦广王之大殿，途中必经此山。其山险峻，长约八百里，死者经过时，冥府狱卒以铁棒狠击，令死者受极大苦楚，屡次死而复生，继续冥旅。“死出山”是日本独有的民间信仰，中国、天竺并无此说法。因生、老、病、死，犹如四大山，从四方而出，危害众生。而日语“四出山”的训读，“四”与“死”音相通，故讹为“死出山”，并由“死出”之语转指冥途中的险山。

② 三途河：冥界河名，又称三濑川。传说中，三途河是生界与死界的分界线，其水流会根据死者生前的行为，而分成缓慢、普通和急速三种，故称为“三途”。

火。同日夜，六波罗以南方向，又有大概二三十人，打着拍子，大声唱道："小溪之水欢快流，瀑布之水轰隆鸣……"边唱边杂以大笑。正月时高仓上皇才崩御，天下谅暗，仅隔了一两月，入道相国又已辞世。上至公卿，下至草民，无人敢大声说笑。这大笑声，难道是天狗所为？平家武士中有年少胆大者，纠合了百余人，向笑声处寻去。到了近前，发现传出笑声的地方是法皇御所法住寺殿。此二三年间，法皇已不常在御所居住，由备前前司基宗留守。那晚基宗同相知二三十人，携酒聚饮。一开始还互相提醒，告诫说不可喧哗，但后来酒酣耳热，继而酩酊大醉，便肆无忌惮地醉舞狂歌起来。年轻武士们冲上去，把醉酒的三十人尽皆拿住，不曾跑了一个。而后将他们悉数押到六波罗，跪于前右大将宗盛的庭院中。宗盛细审一遍，道："酒醉犯浑，这帮酒鬼就算杀了也没意思。"遂下令将他们全放了。

一般而言，不管是谁去世，哪怕是至微至贱之人，也要朝夕鸣钟打钲，诵读例时忏法[①]，此乃常例。但入道相国薨后，遵照他的遗嘱，并未供佛施僧，只早晚商议远征事宜，此外别无他务。

入道相国临终前受尽苦痛折磨，颇为悲惨，人言此系作恶之报，但其所作所为，并非全无可取之处，有不少事例可资证明：某年他前往日吉神社参诣，平家及他家有众多公卿随行，人们都说：即便摄政关白前往春日神社参诣，或是拜谒宇治平等院，也不能与入道公相比啊。彼时入道公见摄津轮田碕地势险恶，漕运甚艰，公私往还，覆没者相继，心甚忧之。遂欲在福原筑一岛为泊，使来往船只无倾覆之险。此事惠及万民，实是一桩好事，深受世人称道。那岛从应保元年二月上旬动工，同年八月因风涛冲啮而垮。又于应保三年三月下旬，命阿波民部

① 例时忏法：日本佛教用语。又名例时作法、阿弥陀忏法、念佛忏法等。指日常例行供养之法："朝念法华忏法，忏悔六根；夕念阿弥陀经，祈西方往生。"

重能为奉行[1]，再度开工筑岛。然工程艰难，长久不就。公卿们商议，要立一人柱[2]作祭，入道公视此为罪业，不允。乃立石碑以代，上刻《一切经》经文，沉海填之。既而功成，行旅得免患，人皆便利，遂称此岛为“经岛”。

九、 慈心坊

种种流传至今的古传说，都普遍将清盛公看作一个大恶人，但少有人知道，他其实是慈惠僧正转世。为何如此说呢？原来，在摄津国清澄寺，有位唤作慈心坊尊慧的住僧，本是比睿山学侣，持诵《法华经》多年，其后皈依心愈诚，遂离开比睿山，至清澄寺修行。月久年深，归依其门下者渐多。承安二年十二月廿二日夜，他倚着胁息[3]奉读《法华经》，到了丑时，倦意袭来，朦朦胧胧、半梦半醒间，见一男子年约五旬开外，身穿净衣、头戴立乌帽子、足踏草鞋、打着绑腿，手持立文[4]走进屋来。尊慧问道：“阁下是谁？从何处来？”男子答道：“吾乃阎王敕使，特自阎罗殿来，传达阎王谕旨。”说着将立文递给尊慧。尊慧展开看时，见旨上写道：

恭请：阎浮提大日本国摄津国清澄寺慈心坊尊慧。

兹定于廿六日，于阎魔罗城大极殿，奉请十万持经者，转读《法华经》十万部，望予赴会。

---

① 奉行：官名。即具体督办某事务的官员。

② 人柱：在日语中意为牺牲者或被活埋的人。这是古日本的一种陋俗，凡造桥、筑城、修堤等事，如进展不顺，就以活人为祭，将其埋入地下或沉入水中，以求神灵庇佑。

③ 胁息是一种衬垫扶手，或臂凳，形状狭长，高约一尺。僧人在阅读时，把一只手靠在上面。

④ 立文：正式公文。

阎王谕旨宣达如上。

承安二年十二月廿二日

阎罗殿

尊慧览旨毕，知此事无法推辞，遂回函应允。那名男子走后，尊慧立即清醒过来，但觉此前好似死去一般。他将此事说与院主光影坊听，阖寺僧众均觉离奇。此后数日，尊慧便唱诵弥陀名号，心怀引摄[1]之愿，一直到二十五日夜。当晚他依旧倚着胁息，在佛前诵经。及至子时，倦意忽浓，便回到僧房歇息。到了丑时左右，来了两名与先前那男子一样装扮的差人，穿着净衣，催请道："可以动身了。"尊慧知是阎王之命，不敢怠慢，便要跟着同去，可巧身边又无衣钵，正为难之际，法衣突然缠身悬肩，金钵从天而降。接着又有童子二名、从僧二名、下僧十名，同一辆七宝大车现于寺前。尊慧大喜，即时登车。大车与从僧等，腾云而起，向着西北方向飞去，很快就到达阎魔王宫。

那王宫从外边看，浩渺无垠，其内则宽广开阔，其中大极殿以七宝砌成，美轮美奂、金碧辉煌，实非凡夫言辞所能褒赞。当日法会结束后，众僧皆归，唯有尊慧立于南中门，遥望大极殿，只见无数冥官冥众跪坐于阎罗王驾前。尊慧自思机会难得，何不趁此机缘询问下来生之事呢？便朝大极殿行去。登时出现两名童子，为他撑持华盖，遮在顶上；又有两名从僧替他提箱，十名下僧列队紧随其后。待得步近大极殿，阎罗王亲率冥官冥众，下阶相迎。那两名童子，其实是多闻天王与持国天王显化；两名从僧，则是药王菩萨和勇施菩萨显化；而十名下僧是罗刹女显化，特来护持于尊慧左右[2]。阎罗王问道："诸僧皆已离

---

① 引摄：临终得阿弥陀佛率众接引，往生净土。

② 据《法华经》第二十六品：药王菩萨、勇施菩萨、多闻天王、持国天王、十罗刹女等发愿，誓以神力护持《法华经》，令受持、读诵、解说、书写《法华经》的法师，在恶世中，不受天魔外道、恶鬼邪神的侵毁。

去，大师缘何独自来此拜访？”尊慧答道：“因机缘巧合，故而特来询问来世投生于何方？”阎罗王道：“往生不往生，全看信心诚不诚。”说着向判官道：“载有这位御坊①一生善行的文书，放在南面宝库的一个匣子中，你去拿来。他平生种种的善举，都记载得清清楚楚。”判官领命，前往南面宝库，取来一个文匣，开启匣盖，将文书所载一切都读给尊慧听。尊慧悲叹啼泣道：“唯愿阎君哀愍，教我出离生死之方法，垂示证大菩提之捷径。”阎罗王悲悯教化，为其诵种种偈，判官挥毫蘸墨，逐条记录。其一云：

妻子王位财眷属，死去无一来相亲；
常随业鬼系缚我，苦受叫唤无边际。

阎罗王诵完此偈，赐予尊慧。尊慧喜悦赞叹，道：“日本平大相国，于摄津国和田崎，四面占地十余町，建起大屋，请来众多持经者，如今日十万僧会一般，坐满僧房，说法读经，虔诚修行。”阎罗王欢喜感叹道：“彼入道并非凡人，实乃慈惠僧正之化身，为护持天台佛法，转世于日本，我每日都向他顶礼三遍，还作有偈颂在此。请大师携此偈，转交于他。”

尊慧接过偈颂，见其上写道：

敬礼慈惠大僧正，天台佛法拥护者；
示现最胜将军身，恶业众生同利益。②

尊慧收好偈颂，告辞离开。当走到大极殿南中门时，见门外立着

① 御坊：日本佛教中对高僧大德的尊称。
② 本章中的两首偈语，原文即为汉文，径直照录。

兵士十人。他们见到尊慧，立时恭请上车，接着前呼后拥地卫护着尊慧，腾空回到清澄寺。尊慧肉身如梦方醒，活了过来，立即携带偈颂造访西八条，转呈入道相国观览。入道公大悦，盛情款待，并赐予各色厚礼，最后升任尊慧为律师①，作为酬谢。世人传说清盛公乃慈惠僧正转世，即由此而来。

十、祇园女御

世人又有传言，道清盛公非忠盛之子，实乃白河院之皇子。追溯其故，昔时永久②年间，白河院有宠姬，居别宫于东山之麓祇园近旁，人称“祇园女御”，又称“东御方”。白河院时常临幸之，宠逾后宫。某夜，白河院又随带一两名殿上人，几个北面武士，秘密造访祇园。彼时方当五月下旬，星月无光，四周漆黑，目难见物。又逢五月夏雨淅沥，愈发显得阴冷暗翳。女御居所附近有座佛堂，白河院正行间，突地瞥见佛堂旁有一闪光怪物，脑袋如磨过的银针，闪闪发亮；左右双手高举，一手似是持槌，另一手拿着发光之物。君臣俱怖，惊道：“不好，那边的怪物大概是厉鬼吧。手持之物，难道就是‘打出之小槌’③？这可如何是好呀？”忠盛当时尚为北面武士，也随侍院驾来到祇园。白河院向他下令道：“这里唯有你武艺最高，护得了驾，速上前将那怪物或射或斩，给解决掉。”忠盛领命，小心翼翼地向佛堂旁走去。他心中默忖道：“那怪物瞧模样也不怎么凶猛，应该不是厉鬼，可能是狐妖吧？若是射死或斩杀了它，日后恐怕会遭报应，还是将它生擒活捉为上。”打定主意后，便慢慢地靠近前，见那怪物忽明忽灭，等到明灭两三回

---

① 律师：又作持律师、律者。是专门研究、解释、读诵律的僧人。

② “永久”是日本第74代鸟羽天皇的年号，时在公元1113年至1118年。

③ 打出之小槌：日本古传说中鬼所持的魔槌。一敲之下，就能敲出任何想要的东西。

后，忠盛壮起胆，猛地扑上去，牢牢捉住那怪物。那怪物发声嚷道："干什么？"忠盛仔细一看，面前的哪是什么狐妖厉鬼，就是个活生生的人。众人提灯来看，见是位年约六旬的老僧。这老僧是佛堂里的承仕法师[①]，因夜间来佛堂点灯，故而一手提油瓶，一手持煨器，煨器中放有火种。因夜雨淋漓，遂头戴麦笠以遮雨，并防护火种被雨淋灭。煨器中的火光映照麦秸，发出银针般的亮光。真相既明，众心大安，白河院赞道："若贸然射死或斩杀此人，事后必追悔莫及。忠盛思虑周全，执弓佩箭之武士皆应如此。"遂将最爱的祇园女御赏给忠盛。

当时祇园女御已有身孕，白河院对忠盛道："若产女，朕自抚育；若诞男，可为卿之子，多予历练，成就武名。"后来祇园女御生了一个男孩，忠盛常想奏闻此事，但一直未得其便。终于某次白河院御幸熊野，停舆于纪伊国丝鹿坂，暂事歇息。恰巧草丛中散落着不少零余子[②]，忠盛便取了一些收入袖中，近前参见院驾，作歌道：

薯蓣已结子，渐能攀茎蔓。

此歌一语双关，白河院会意，接道：

卿当常呵护，携去善育之。

自此，忠盛就将那男孩认作己子，悉心抚育。此子时常夜啼，白河院闻知，乃咏歌一首寄予忠盛，其歌曰：

---

① 承仕法师：负责处理各类杂务的僧人。

② 零余子：又名薯蓣果，即山药叶腋间所结的珠芽，大如鸡子、小如弹丸，味甘无毒，可入药。

夜啼赖君勤照拂，
清华繁盛必可期。

因歌中言道“清华繁盛”，忠盛便为此子取名“清盛”。其十二岁出任兵卫佐，到十八岁已叙为四位。不明就里的人都羡慕道：“唯有华族[①]出身的贵胄子弟才能如此平步青云啊！不知清盛是走了什么运？”鸟羽院却知道其中的隐情，讥嘲道：“论到出身，清盛可比华族还要高贵呢！”

昔时天智天皇也曾将怀有身孕的女御，赐予大织冠藤原镰足，并言明：“若女御所生为女，即为朕之女；若生男，便是卿之子。”后来女御诞下一个男婴，此子即日后多武峰开山祖师定惠和尚是也。上代先例在前，逢此末世，便出了个平大相国。他既是白河院之子，处事决绝远胜常人，诸如迁都这种天下大事，本来极难实行，于他而言却是易如反掌。

十一、 邦纲辞世

同年闰二月廿日，五条大纳言邦纲病逝。他与平大相国交情深厚，宿因非浅，是以在同日患病，同月亡故。这位大纳言乃兼辅中纳言的八代子孙、前右马助守国之子。曾直接越过藏人，以进士杂色[②]身份入宫奉侍。近卫天皇在位时的仁平年间，禁中忽起大火，天皇急走于南殿，但近卫司无一人跟来，正站着没法时，邦纲带人抬着一乘腰舆及时赶来，道：“事急从权，请陛下速乘腰舆离开，以避火

① 华族：仅次于皇族的贵族阶层，享有许多政治、经济特权。
② 大学寮中设有文章院，考入者称“文章生”。以文章生身份充任藏人所杂役，称“进士杂色。”

险。”天皇大喜，坐上腰舆后问道：“卿系何人？”邦纲报名道：“进士杂色藤原邦纲。”天皇脱险后，向关白法性寺殿藤原忠通道：“那邦纲处事机敏，应委以重任。”于是赐给邦纲不少领地并召仕叙用。又有一次，也是近卫天皇御宇时，某次行幸八幡，献乐的伶人领班因酒醉跌入水中，衣裳尽湿，此时御前正等着一众伶人奏神乐献舞，把个伶人领班急得愁眉不展。邦纲道：“我这儿倒有几件乐人的衣裳，虽不华丽，却也将就可用。”遂取出一套借予领班救急。领班千恩万谢，总算得以及时上台献乐。虽然时间稍有推移，但歌声洋洋盈耳、余音绕梁，舞袖也极为合拍，令人陶醉。音乐之能深入内心，在神在人皆是一样。神之世时，天照大御神闻妙乐而开天之岩户①，其中的道理，与此刻相同。

邦纲有位先祖山阴中纳言，其子如无僧都，智慧超群、才学出众，是公认的德行端正、严持戒律的高僧。昌泰年间，宽平法皇②御幸大井河，劝修寺内大臣高藤公之子、泉大将贞国的乌帽子，被小仓山的山风吹入河中，他急忙以衣袖遮掩住发髻，束手无策地呆立着。多亏了如无僧都从三衣箱③中取出一顶乌帽子送他，这才使他免于在法皇面前失

① 天之岩户又称“天岩屋”。据日本神话，因弟弟素盏鸣尊大闹高天原，天照大御神一怒之下避入天岩屋，天界人间顿时失去阳光照耀，陷入了无边黑暗。八百万神惊惧慌忙，便想了个法子，请舞神手持天香山的脆竹叶，摇动金铃，踏着“天细女舞”的节拍在天岩屋前翩翩起舞。八百万神一边看，一边故意大声嬉嚷笑闹。躲在天岩屋里的天照大御神忍不住将石门悄悄打开一条细缝，向外窥视，暗夜里灯火迷蒙，她犹疑道：“我不出去，世界应该一片黑暗，众神为何还欢欣雀跃呢？”舞神回答道：“那是因为有比你更尊贵的神来到高天原了，所以我们欢快歌舞。”布刀玉命趁机将八咫镜举到天照大御神面前，天照大御神见到镜中自己模糊的影像，为了看清楚便把石门开得更大。说时迟那时快，就在这一瞬间，事先隐藏在天岩屋门旁的大力神天手力男，猛然一把抓住她的手，将她拉出了天岩屋。太阳女神重现，高天原和人间又恢复了昔日的光明。

② 宽平法皇：见第三卷第十九章相关注释。

③ 三衣箱：置放袈裟、内衣、鞋帽的箱子。

仪。这位僧都的父亲山阴中纳言被朝廷任为太宰大贰，前往镇西赴任，留下当时仅有两岁的僧都与继母在家。继母极其憎恶僧都，假作亲热，抱着他外出，却将他抛入海中，企图淹死他。谁知僧都已经亡故的生母，生前曾于桂川用一件小袖，从一名渔夫手中换下一只即将被杀掉喂鹈鹕的乌龟，并将那乌龟放生回水中。那龟知恩图报，就在幼小的僧都落水之际，从水中浮出，将他驮在龟甲上，救了他一命。为何要提起邦纲上代祖先的这个故事呢？因为邦纲种种闻名于世的善行义举，其实正是秉承祖先的遗传。法性寺殿秉政时，邦纲官升中纳言。法性寺殿去世后，入道相国与他也十分投契。邦纲乃是个大福长者①，每日都馈赠一种礼物给入道相国。入道相国曾感慨道："吾现世亲友，论情谊深厚，无人过于邦纲。"遂将邦纲一子收为养子，取名清国。邦纲出任大纳言时，入道相国的四子头中将重衡，还做了他的乘龙快婿。

治承四年，福原举行五节会，几位殿上人来到中宫御所参觐，有人朗咏起"竹斑湘浦……"②，邦纲大纳言听见了，急道："此歌所言，乃禁忌之事，岂可胡乱朗咏？还是不听为妙。"慌忙拔足避之。原来此歌的本意，是说昔时尧帝有二女，姊名娥皇、妹名女英，共侍舜帝为后。舜帝崩御后，遗体要送往苍梧之野火化。二女依依不舍，一路悲泣，相随遗体来到湘浦，她们的泪水将岸边的青竹染得斑斑点点。此后，她们就时常在湘浦引瑟抚琴，以慰相思之苦。直到如今，那里的竹子上仍可见到斑斑泪迹。③而殿上人所朗咏的那首歌，

---

① 大福长者：多福的大财主。

② 《和汉朗咏集》卷下"云"部，载有张读《愁赋》：竹斑湘浦，云凝鼓瑟之踪；凤去秦台，月老吹箫之地。

③ 此处关于娥皇、女英的传说，日本版本与中国原版在细节上又有不同。中国古代传说中，舜南巡三苗，因积劳成疾，病逝于苍梧，葬九嶷山下。娥皇和女英闻听哀信，肝肠寸断，沿水路急赴湘江奔丧。一路上失声痛哭，天昏地暗，血泪泣洒于山野竹上，形成美丽的斑纹无法褪去，世人乃称之为"斑竹"，亦称湘妃竹。后来她们投湘江殉情，变成了湘水女神。

其中“云凝鼓瑟之踪”，乃言琴声凝于云中，足见哀思至深，是以橘相公①作歌以记之。邦纲大纳言虽不擅文才诗歌，但为人机警，一听殿上人朗咏，立时记起此乃哀歌，不便聆听，遂悄然而退。他能官至大纳言，实出意料之外。其母曾徒步远行至贺茂大明神神殿，至诚至敬祷告百日，祈愿道：“愿我儿邦纲能官至藏人头，哪怕仅有一天亦心满意足。”之后某夜，她在梦中见一辆槟榔车②，停于自家门前。醒来后，以梦告邻人，人言：“此乃公卿夫人之兆，可喜可贺。”她却不信，只道：“老身年迈，绝难逢此幸事了。”哪曾想后来儿子邦纲何止官至藏人头，竟然坐上了正二位大纳言的高位。真是世事难料啊！

十二、州俣合战

叙罢邦纲往事，再说闰二月廿二日，法皇御幸以往的御所法住寺殿。该御所建于应保三年四月十五日，近期由于要供奉日吉大明神和熊野权现，又建起新比睿、新熊野两座神社。山水林木，处处皆合法皇心意。但这两三年来因为平家恶行频仍，故而法皇尚不曾御幸。前右大将宗盛奏道：“御所毁损破败，如欲移驾，须待修葺过后。”法皇道：“不必大兴土木，只要略作修整，能早日行幸便可。”因此很快就得以驾幸御所。先往故建春门院居处观览，但见岸松汀柳，经过这么多年，已然是绿树成荫、高挺深秀，不由触景伤情，想起“太液芙蓉未央柳，

① 橘相公：指平安前期公卿、学者橘广相（837～890）。官至正四位上参议，按汉训，参议称为“相公”。上述“竹斑湘浦”一歌，曾讹为橘广相所作。

② 槟榔车：高级牛车，以槟榔叶装饰车体，唯上皇、亲王、太政大臣、殿上人、高级女官、高僧可以乘坐。

对此如何不泪垂”①的古诗，禁不住潸然泪下。当年南内西宫②的遗迹，与而今御所的情景，真是何其相似啊！

三月一日，朝旨宣下，南都僧纲等一律官复原职，照旧管领下院的庄园。同月三日，动工重建大佛殿，命藏人左少辨行隆为奉行。这位行隆，先年曾参诣八幡宫，在守夜时，梦见宝殿中走出一位头上结髻的天童，说道：“我乃大菩萨使者，奉命交此物予汝。汝日后任大佛殿奉行时，将用得上。”言罢赐给他一个笏板。行隆登时清醒，见果有一个笏板放在身旁。不由奇道：“真是不可思议，大佛殿好好的，我何必去当什么大佛殿奉行呢？”但想到笏板既是大菩萨所赐，自是十分珍贵，便收入怀中，连夜归家，庄而重之地收藏起来。其后平家恶行暴虐，南都遭焚，大佛殿亦毁于火劫。朝廷从辨官中挑选出行隆担任重建大佛殿的奉行，正应了当年之梦，真是宿缘非浅。

同年二月十日，美浓国目代遣快马急报入京：东国源氏攻打尾张国，道途为之闭塞，人皆不能通行。朝廷闻报，立即派军征伐。任命左兵卫督知盛、左中将清经、小松少将有盛为大将军，统兵三万余骑杀奔尾张国。此时距入道相国辞世，尚未满五十日，虽是在乱世，却也颇令人震惊。源氏方面的大将，乃十郎藏人行家，兵卫佐之弟卿公义圆③，军力六千余骑。两军相隔尾张河，摆开阵势。

同月十六日夜半，源氏兵马六千余骑渡河，奋勇杀向平家三万大军阵营。次日，即十七日，双方从寅时起互射响箭，正式交锋，一直杀到暮色沉沉。平家大将指挥若定，命道：“敌军渡河而来，坐骑、武具

① 语出白居易《长恨歌》：“归来池苑皆依旧，太液芙蓉未央柳。芙蓉如面柳如眉，对此如何不泪垂。”

② 南内西宫：皇帝的宫殿称为大内，妃嫔居住的宫殿称为西宫。唐玄宗和杨贵妃居住的兴庆宫在蓬莱宫之南，故称“南内”。《长恨歌》中有云：“西宫南内多秋草，落叶满阶红不扫。”

③ 源义圆：源义朝第八子，初名圆成，小字乙若。为圆惠法亲王坊官，称“卿公”。

均已湿透，瞧准此特征，杀呀！”平家兵士依言，将源氏人马团团围住，高声呐喊道：“别放走一个，统统杀光！”猛攻猛打，源氏一方溃不成军，大将军行家拼死逃得性命，向河东败退而去。卿公义圆单骑深入敌阵，陷于重围，战死沙场。平家紧跟着渡河追击，一路弓矢劲射。源氏虽节节设防，终因敌势浩大，寡不敌众，再度战败。后来人们评论这场战役，说道：“兵法云，背水列阵，取败之道。这回源氏的策略，太过愚蠢了。”

源氏大将十郎藏人行家退到三河国，拆毁矢矧川上的桥，立起垣楯，严阵以待。平家大军随后发起强攻，源氏又守不住，弃营而逃。若平家能乘胜追击，三河、远江的军队，迫于大势，定会归服。但因大将军左兵卫督知盛罹疾，大军遂由三河国返京。平家今番虽胜源氏一阵，但对源氏余党却不加以追歼，致使源氏获得了喘息之机。平家于前年失去小松内大臣，今年入道相国又薨，命运已如强弩之末。除开长年受平家恩顾之辈外，几无甘心追随者。在东国，却是连草木都望源氏而倾附了。

十三、沙哑声

再说越后国住人城太郎助长，被任命为越后守后，为报朝恩，决定起兵讨伐木曾。遂点起大军三万余骑，于同年六月十五日集结，准备在次日卯时出征。谁知到了当晚夜半时，忽起大风，瓢泼大雨从天而降，空中电闪雷鸣。待到雨霁天晴，云中有一沙哑声大喊道：“焚毁南阎浮提十六丈金铜卢遮那佛的平家帮凶就在此处，快将他拿下！”连喊三遍，自城太郎而下，听到者人人胆战心惊。部下都劝道：“上天示警，甚是可怖，还是止戈罢战吧！”城太郎道：“吾等执弓引箭，堂堂武士，岂可迷信？”遂不听劝，强行于十六日卯时准时出师。离城仅十余町，突地一团黑云飘来，笼罩在助长头顶，助长登时感到周身寒彻，跟着失去知觉，倒撞下马。部下们慌忙将他抬入车舆，送回府中歇息。哪知仅过了三个时辰左右，城太郎助长就断了气。其家眷部将大惊，急忙派出信使飞报入京，平家上下闻报，俱都惶恐不安。

同年七月十四日，改元，年号“养和”。同日，筑后守贞能受赐筑前、肥后两国领地，并得朝廷敕令，出兵西国，平定镇西之叛。也是在同日，又颁行非常大赦令，将治承三年时流放的罪臣悉数召还。于是松殿入道藤原基房自备前国回京，太政大臣妙音院藤原师长由尾张国归朝，按察大纳言资贤也从信浓国返都。

同月廿八日，妙音院殿参谒法皇。往昔长宽年间蒙赦回京时①，他也曾在御前的箦子②间始奏《贺王恩》③，继弹《还城乐》④，上皇及左右叹美之。现今到了养和年间，再度蒙赦归京，便在法皇御所弹奏一曲《秋风乐》⑤。这两回所弹曲目，都与当时情境甚为吻合，可见用心良苦。按察大纳言资贤亦于同日参谒法皇，法皇叹道：“真是恍如一梦啊！久居乡野，没把郢曲忘了吧？且唱首今样来听听。”大纳言领命，以笏板打着拍子，唱道：“据闻信浓有大河，其名唤作木曾路川……”不过由于大纳言此前被流放信浓国，已亲眼见过该河，再唱“据闻”就不合适了。所以他灵机一动，去掉“据闻”二字，改唱道：“信浓有大河，其名唤作木曾路川……”改得恰到好处，颇受时人赞赏。

---

① 妙音院藤原师长曾因保元之乱的关系，受其父赖长牵连，遭流放。长宽二年（1164）获赦回京。

② 箦子：厢房周边面积约一间的外廊。箦子最早起通道作用，后来变成了游宴、仪式中的观礼席。

③ 《贺王恩》：雅乐太食调中的一种，相传系唐太宗为歌颂其父唐高祖而作。

④ 《还城乐》：见第四卷第六章相关注释。

⑤ 《秋风乐》：雅乐平调中的一种。

十四、横田河原合战

八月七日，于太政官厅举行了大仁王会①，据说是效仿讨伐平将门时的旧例。九月一日，又效仿征讨藤原纯友时的旧例，向伊势大神宫敬献铁铠甲。所派敕使为祭主神祇权大副②大中臣定隆。定隆离京后，行至近江国甲贺驿时，突生急病，在伊势离宫中病死。为咒伏谋乱者，降三世明王③之大阿阇梨觉算法印，受命祈禳五坛法④。然而，当他在大行事⑤的彼岸所⑥小憩时，却莫名其妙地死去了。很显然，神明三宝已不愿接受平家咒伏谋乱者的祈愿了。又有一事，受命承修大元法⑦的安祥寺实玄阿阇梨，于修法完毕后，向平家主官进呈修法录事卷宗。平家主官览视卷宗，见其上所书，竟是祈求镇伏平家的祷告，令人看后胆颤心惊。平家主官勃然大怒，问道："这是何故？"实玄阿阇梨答道："朝廷旨意，是要向上天祈求镇伏朝敌。观当世情状，朝敌正是平家，故而祷告神明镇伏之。何错之有？"平家主官怒极，喝道："当真岂有此理！你这法师该判死罪，至少也得判个流罪！"不过此后乱事纷纭，

---

① 仁王会：又称仁王斋、仁王般若会、仁王道场、百座会等。乃祈求风调雨顺、国泰民安，而讲赞《仁王般若经》的法会。该经云，当国家混乱，罹受灾难之际，若持诵此经，则可令五谷丰登，民康物阜。

② 管理祭祀事务的神祇官，称为"神祇伯"，其次官称"大副"。"权大副"是代理大副的意思。

③ 降三世明王：五大明王之一，在五方中为东方。因降伏过去现在未来三世之贪瞋痴，故云"降三世"。

④ 五坛法：密宗之法，于中央、东、南、西、北各设一坛，请五大明王按方位各主一坛。

⑤ 大行事：日本佛教用语，指大法会时，主掌会务的职僧。

⑥ "彼岸"在日语中是春分、秋分之意。彼岸所是春分、秋分时举行法会的地方。

⑦ 大元法：见第三卷第五章相关注释。

无人再记起此事。源氏秉政后，镰仓殿知道了这件事，赞叹道：“实在值得钦佩！”便褒赏实玄阿阇梨做了大僧正。

同年十二月廿四日，中宫蒙恩受院号，称“建礼门院”。主上尚在幼年，就赐院号予母后，自古以来还是头一回。此时已是岁暮，不久就到了养和二年。

二月廿一日，太白侵昴星①。《天文要录》曰：“太白蚀昴，四夷并起。”又云：“将军奉敕令，出国境。”

三月十日，除目授官，平家一族悉数加官晋爵。四月十日，前权少僧都显真于日吉神社如法转读《法华经》一万部。法皇为结佛缘，决定御幸日吉神社。然而不知是何人传出的流言，讹称法皇已密令山门僧众讨伐平家。于是军兵齐集大内，于四门前布阵固守。平家族人也尽数驰集六波罗。本三位中将重衡，率三千余骑疾赴日吉神社，要迎回法皇。山门一方以为平家又来攻山，便派数百僧兵上山支援。僧众全部聚集到东坂本，计议道：“这回该如何抵挡啊？”山上京中俱骚扰不宁。随侍法皇身边的公卿、殿上人，个个失色，北面武士也极度惶恐，不少人吓得直吐黄水。本三位中将重衡在穴太附近，迎到了法皇，护送着御驾回到京城。法皇叹道：“似此等纷乱局面，日后想再去参诣，怕是不能如愿了。”而事实上，山门僧众讨伐平家一事根本就是子虚乌有，平家也并无进攻山门的计划，一切都是以讹传讹。世人都说此乃天魔从中作梗。同年四月廿日，临时派出敕使，前往各神社敬奉币帛，祈请饥馑疾疫退散。

同年五月二十四日，再度改元，年号“寿永”。当日又委任越后国住人城四郎助茂为越后守。助茂因兄长助长死于越后守任上，以不吉为由频频请辞，但朝廷敕令，力所难违，无奈之下只得依从。随后将助茂之名改为了长茂。

同年九月二日，城四郎长茂决定征讨木曾，统率越后、出羽、会津

① 太白侵昴星：指金星遮住白虎七宿的第四宿昴宿。

四郡兵马，合计四万余骑，望信浓杀来。同月九日，到达信浓国横田河原，布开阵势。木曾义仲于依田城中闻之，统三千余骑出城逆击长茂。信浓源氏、井上九郎光盛献策，将三千人马分成七股，全部佯张赤旗①，或从峰顶，或从山洞，缓缓靠近平家大军。城四郎见了，笑道："看来忠义之士所在多有，此国中亦有助平家讨贼者，我军实力更强矣。"遂振作精神，大声号令。此时对方军马已次第接近，一声暗号，七股兵马合于一处，立弃赤旗，改张白旗。越后军见旗帜猝变，对面大旗俱白，猎猎作响，人人相顾失色，惊道："敌军何止十万骑，如何敌得过？"义仲乘势纵兵急攻，长茂军大溃，或溺死河中，或跌落悬崖，仅少数生还，大部分都命殒疆场。城四郎最为倚重的越后山太郎、会津乘丹房等刚勇善战的武士，也死于乱军之中。城四郎自身亦伤痕累累，侥幸逃脱，沿着河岸退往越后国。

同月十六日，在京的平家虽获悉城四郎战败，却不予重视。前右大将宗盛复任大纳言，十月三日兼任为内大臣。同月七日，御前谢恩，一族公卿有十二人扈从，藏人头以下，殿上人十六名为前导。当其时，东国北国之源氏，蜂起举兵，就快要进攻京都了，平家却仍然摆出风平浪静的姿态，只知做些粉饰太平、中看不中用的假把戏，昏庸无能由此可见一斑。

到了寿永二年，节会及各种仪节，都如常举行。由平家内大臣宗盛公担任内辨。正月初六，主上为朝觐之故，行幸法皇御所法住寺殿。据说鸟羽院六岁时也曾行幸院所接受朝觐，这回便是依循此旧例。二月廿二日，宗盛公授从一位，当日即以兵乱相继，引咎自责之故，上表辞内大臣一职。南都北岭的僧众、熊野金刚山的僧徒、伊势大神宫的祭主神官，此时已尽数背弃平家，归心源氏了。朝旨虽颁传四方，院宣虽遣达诸国，但天下人人皆知朝旨、院宣实出于平家，故而无人依从。

---

① 源平合战中，在野无地的源氏以白旗为识别标志，象征纯粹无垢；掌握朝政的平家以赤旗为识别标志，象征红光映日。

第七卷

一、清水冠者

寿永二年三月上旬，北陆道悉归义仲，兵势日盛。兵卫佐赖朝深患义仲势大，猜忌之心顿生。恰逢叔父行家与赖朝有隙，奔附义仲。赖朝愈怒，遂率大军十万骑，杀奔信浓国讨伐木曾冠者义仲。义仲于依田城中闻之，引兵出城，列阵于信浓、越后边界之熊坂山守御。兵卫佐统军驻于信浓国善光寺，义仲遣乳母之子今井四郎兼平为使，往见赖朝具陈利害。兼平向赖朝道："阁下与义仲系出同宗，缘何自相残杀？今东八国已尽附阁下，兵出东海道讨伐平家指日可待；义仲亦已尽取东山、北陆两道，正欲直捣京师，扫灭平家。是故，二位该当同心协力才是，岂能临战失和，徒令平家讥笑？十郎藏人行家与阁下不谐，奔依义仲，义仲念在同族情分，不便拒绝，方才收留了他。此举对阁下绝非有意冒犯，万勿见疑。"源赖朝道："当今平家骄横，轻蔑朝廷。法皇赫怒，颁院宣命吾宗族翦除逆贼。吾与义仲当枕戈待旦，竭力王室之秋。然叔父十郎藏人，不存报国之忠，滥以私怨图赖朝。义仲却庇之而不疑，汝虽替他辩解，吾心却始终难安。况且有人出首，言义仲久欲谋我，言之凿凿，不得不信。"遂不听劝，以土肥、梶原为先锋，兵锋直指义仲本阵。义仲接报，沉吟良久，道："保元以来，源氏宗族动辄同室操戈，取笑于人。今平家未灭，若与兵卫佐结怨，非善策也！吾暂避之。"遂引兵退往越后。赖朝闻义仲去，亦引兵退武藏，遣使义仲处，言："若无二心，捕送行家。不然，送子义高为质。二者不听，当与足下会猎也。"义仲遂乞和，遣嫡子清水冠者义高为质。义高时年不过十一岁，刚刚行过冠礼，人皆称其"小冠者"。此刻由海野、望月、诹访、藤泽等知名武士陪同，至兵卫佐营中。赖朝道："如此看来，义仲确无谋叛之意。吾身畔尚不曾有未成年冠者，便将此子收为义子吧！"遂纳清水冠者，携归镰仓。

二、出兵北国

再说木曾义仲自东山、北陆两道归附后，兵强马壮，遂欲率五万大军攻上京都。而平家在去年就已放言："明春草料充足之时，即是讨伐叛逆之期。"山阴、山阳、南海、西海的兵马，由此如云霞般驰集而来；东山道的近江、美浓、飞弹之军，也一齐聚集来。但东海道远江国以东人马，却不见一兵一卒，只有远江以西人马赶来。北陆道若狭国以北，也无军马前来。

平家计划先灭木曾冠者义仲，再讨兵卫佐赖朝，于是首先出兵北陆道。领军大将为小松三位中将维盛、越前三位通盛、但马守经正、萨摩守忠度、三河守知度、淡路守清房；侍大将为越中前司盛俊、上总大大判官忠纲、飞弹大夫判官景高、高桥判官长纲、河内判官秀国、武藏三郎左卫门有国、越中次郎兵卫盛嗣、上总五郎兵卫忠光、恶七兵卫景清。以上大将军六人，精锐武士三百四十余人，兵马合计十万，于寿永二年四月十七日辰时一刻离京，浩浩荡荡杀向北国。

十万大军的粮草补给，悉数于途中就地征取。从逢坂关开始，沿路权贵豪门的正税①及官用物资，统统被夺为军用。志贺、辛崎、三河尻、真野、高岛、盐津、贝津等地，相继遭到搜刮。百姓不堪其扰，纷纷逃散入山野中。

三、拜诣竹生岛

大将军维盛、通盛兵发北国，已然开拔，副将军经正、忠度、知度、清房等人，却仍在近江国盐津、贝津徘徊。其中的经正，以工诗

① 正税：指正额赋税，与"加耗"、"子税"等杂税相对。

歌、擅管弦而闻名，即便身处闹市，他也能做到心如止水。大军离京的次日，他来到琵琶湖①游览，遥望湖心有一岛，遂问同来的藤兵卫有教道："那岛叫什么名字？"答曰："彼岛唤作竹生岛，甚为有名。"经正道："美景当前，不可错过。咱们一起去玩赏一番。"于是带着藤兵卫有教、安卫门守教等五六名武士，乘上小舟，划向竹生岛。

当天乃卯月十八日，绿上梢头、春和景明，涧谷中莺声渐老、布谷鸟初音婉转、波浪荡漾翻溅松藤，一派鸟语花香的曼妙景致，令人平添几分闲情逸趣。小舟靠岸后，经正迫不及待地舍舟上岛，霎时间如登春台，步步行来，但见此岛风景绝佳，实非言词所能形容。彼秦皇、汉武，或遣童男童女，或命修仙方士，往寻不死之药，不见蓬莱不得归返。可怜寻药之人徒老船中，天水茫茫渺无所获。那古诗中②所云的蓬莱仙境，想来就是竹生岛这般模样。有本古籍曾提到："阎浮提内有一湖，自地层中生出一座水晶山，乃天女之住处。"所指的，可能也就是此岛吧！

经正来到岛上神社，入内跪于明神尊前，祈愿道："夫大辩功德天③者，往古如来之法身大士④也！虽有辩才天、妙音天二名，实则本为一体，皆以济渡众生为任。据闻凡有参诣者，所愿必能圆满成就，令人拜服。故经正祈请神明垂示。"祷罢法施⑤于神社。其后渐渐日暮，

---

① 琵琶湖是日本最大的淡水湖，因形状似日本琵琶而得名。其四面环山、景色绝佳，与富士山一起被视为日本的象征。

② 指白居易诗《海漫漫》："云涛烟浪最深处，人传中有三神山。山上多生不死药，服之羽化为天仙。秦皇汉武信此语，方士年年采药去。蓬莱今古但闻名，烟水茫茫无觅处……不见蓬莱不敢归，童男髫女舟中老……"

③ 大辩功德天：大辩才天之异名。大辩才天，印度教及佛教天神，能言善辩，主智慧、辩才与福德。又因其能发美音、善歌咏，故又称"妙音天"或"美音天"。

④ 法身大士：又称法身菩萨，指如来以清净法身显现的菩萨。

⑤ 法施：布施的一种，书写如来纯正经典，布施给他人读诵。或将佛法里的正知正见，介绍给他人，令他人相续奉行善法。

居待之月[1]悬于高空，彻照湖面，社坛笼罩在月辉下，个中妙趣实难尽述。常住僧道："久仰将军弹得一手好琵琶，不知是否有缘聆听？"经正笑允。常住僧遂奉上琵琶，经正接过，弹奏起秘曲《上玄石上》。神殿中清韵悦耳，明神与之相感应，遂于经正袖上现出一条白龙。经正见神明显灵，喜极而泣，乃作歌曰：

明神尊前诚祈祷，白龙乍现应吾愿。

看来讨灭仇敌、攘除元凶之事，定然会成功了。经正心悦神怡，回到小舟上，离开了竹生岛

四、燧城合战

木曾义仲本阵驻于信浓，遣其部下平泉寺长吏斋明威仪师[2]、稻津新介、斋藤太、林六郎光明、富樫入道佛誓、土田、武部、宫崎、石黑、入善、佐美等，率守军六千余人，于越前国燧城布防。燧城乃北陆道第一要害，四方层峦叠嶂，山前巨石为垒、山后群峰为屏，堪称固若金汤。城前又有能美河、新道河流过，两河交汇处，北兵伐巨木筑堰，填以木石，壅塞河流，溪壑遂于东西山脚下盈溢成湖。一眼望去，湖浸南山青滉漾，浪沉西日红潏沦。仿佛无热池[3]之底铺上金银沙，昆明

---

① 居待之月：阴历十八的月亮。"居待"意为在屋中坐着等待。而阴历十七的月亮，称为"立待月"——站着等待月亮升起；十九的月亮，称为"寝待月"——因阴历十九的月亮，比满月出来的时间要晚两个时辰，唯有躺着等待了。日文中保留了不少中国古韵，此即为一例。

② 威仪师：僧寺职事名。佛教徒受戒时有威仪师，指示坐作进退之威仪。一般法会中指导众僧仪式的僧人，亦袭用此名。

③ 无热池：又名无热恼池。在香山之南，大雪山之北，周匝八百里，系南赡部洲之中心。

池①岸边浮出德政船。这燧城的人造湖泊，筑堤蓄水，浩淼无边，平家大军到此，见湖面盈汽、大水茫茫，又无船可渡，只好在对面岩神山驻扎。双方相持数日。

城内的平泉寺长吏斋明威仪师，身在源氏心向平家，偷偷绕过山脚，将密信置于蟇目②中，射入平家阵营。平家获之，见密信中写道："彼湖非往昔天然即有，乃壅塞山川而成。入夜之后，可遣足轻决堰，湖水自退，届时可令骑兵急渡。我为内应，袭敌后路。平泉寺长吏斋明威仪师谨具。"平家大将军览信大悦，即遣足轻窃决堤堰。湖泊看似广阔，却像泄洪一般，很快便水尽干涸。平家大军毫不迟疑，纵马竞进。城内守军拼死抵挡，终因敌军势大，力不能支，弃城而走。平泉寺长吏斋明威仪师，对平家称得上是忠心耿耿了。稻津新介、斋藤太、林六郎光明、富樫入道佛誓等，于城陷后，引残军退往加贺国白山、河内。平家大军乘胜追击，一路连战皆捷，直打到加贺，焚毁了林、富樫二城，所向披靡。捷报由周边各驿站的飞脚急报入京，宗盛及平家一门，人人欢喜若狂。

同年五月八日，平家于加贺国篠原集结大军十万余骑，兵分两路：主力一路，以小松三位中将维盛、越前三位通盛为大将军，越中前司盛俊为首席侍大将，率七万余骑，挺进加贺、越中交界处的砺浪山。分支一路，以萨摩守忠度、三河守知度为大将军，以武藏三郎左卫门为首席侍大将，率三万余骑，向能登、越中交界处的志保山进发。此时木曾义仲正在越后国府，闻平家大军二道并进，将入越中，向今井兼平道："横田河原之役，我以三千破敌四万。今我五万，彼十万，以一当二。且敌军远来疲惫，我以逸待劳，可一战而破。"遂照军中吉例，将五万余骑分作七队迎敌。先遣叔父十郎藏人行家，领一万余骑发向

---

① 昆明池：汉武帝于长安西南郊所凿人工湖，用来练习水战。池周四十里，广三百三十二顷。宋以后湮没。

② 蟇目：见第五卷第三章相关注释。

志保山；再派仁科、高梨、山田次郎率七千余骑迂回北黑坂；令樋口次郎兼光、落合五郎兼行率七千余骑迂回南黑坂。另以一万余骑分别埋伏于砥浪山口、黑坂山麓、松长柳原、茱萸森林中。最后命今井四郎兼平率六千余骑，渡过鹫濑，在日野宫森林中布阵。木曾义仲自统精兵一万余骑，横渡小矢部河，在砥浪山以北的羽丹生摆开阵势。

五、愿　书

木曾义仲对众将士道：“平家大军人多势众，若列阵于平原，必大为有利。因此他们一定会翻越砥浪山，进入广野地带，寻求与我军正面决战。如此一来，兵力多寡将成为胜负之关键。敌军兵多将广，正面硬拼极不利我军，我意先遣旗手遍插白旗，平家见了，必然说道：‘那是源氏的前锋吗？看上去人数也不少啊！我军若贸然冲入平原，敌军熟悉地形，我军却连向导也没有，必遭合围，届时就麻烦了。幸而此山四周皆是巨岩，地势险阻，敌军无法由后方迂回包抄，咱们还是先暂停进军，顺便息养下马力吧。’到时平家必驻营于山中猿马场，我军趁敌松懈不备，待到日暮时，便可一鼓作气将平家大军赶入俱利迦罗谷中。”于是派出旗手，掣三十面白旗立于黑坂之顶。果如义仲所料，平家见到白旗，说道：“那是源氏的前锋吗？看上去人数也不少啊！我军若贸然冲入平原，敌军熟悉地形，我军却连向导也没有，必遭合围，届时就麻烦了。幸而此山四周皆是巨岩，地势险阻，敌军无法由后方迂回包抄，咱们还是先暂停进军，顺便给马匹饲草喂水，息养一下马力吧。”便安营于砥浪山中的猿马场。

木曾义仲阵于羽丹生，环顾四方，见夏山之峰绿树林间，隐现出一段朱色玉垣①，仿佛有座神社在那儿，正门前还立着鸟居。木曾殿

① 玉垣：又作周垣，凡伽蓝、塔、僧房等建筑物周围，均有石质玉垣围绕，通常由石格、贯及地覆构成，上施以极细微之浮雕。

遂问本地向导道："那是座什么神社？供奉的是哪位神明？"向导答道："那是八幡大神宫，此地本是八幡大神的领地。"木曾殿闻言大悦，唤来随军文书大夫坊觉明，道："义仲幸甚，得于新八幡御宝殿左近杀敌，此战看来必胜无疑。为此故，义仲今日欲请阁下挥毫，撰一愿书，一来留传后世，二来祈祝目下合战胜利。你意下如何？"觉明道："此事理所当然。"说罢翻身下马，准备撰文。他身穿深蓝色直垂、外罩黑革缀铠甲、腰悬黑漆太刀、背负二十四支黑翎箭、胁挟涂漆缠藤弓，将头盔摘下悬于铠甲高纽处，从箙[①]下取出小砚叠纸，端坐在木曾殿面前，挥毫疾书。那副模样，一望可知是位文武双全的俊才。

此觉明本系儒家学者，在劝学院时名为藏人道广，出家后易名为最乘坊信救，常与南都往来。那年高仓宫避入园城寺，向山门与奈良发出牒状求救，南都僧众的返牒，便出自觉明之手。返牒中有这么一句："清盛入道，不过平氏之糟粕，武家之尘芥耳。"太政入道见此书而大怒，骂道："信救那厮，竟敢辱我净海是平氏糟粕、武家尘芥，当真胆大包天！若是落我手里，定要将他问成死罪。"信救听到风声，急忙逃离南都，亡命北国，后来追随木曾殿，做了军中文书，改名大夫坊觉明。

其愿书云：

归命顶礼，八幡大菩萨乃日域朝廷之本主，累世明君之祖先也。为守宝祚、为利苍生，故显三身之金容、启三所之权扉[②]于此。爰频年以来，有平相国者，管领四海，扰乱万民，实乃佛法之怨，王法之敌

---

① 箙：用竹、木或兽皮等做成的盛箭器具。
② 权扉：权现之门，表示佛菩萨曾经在此垂现。

也。义仲不才，生于弓马之家，继箕裘①之业，每念平家暴恶，心怀忧愤，遂弃一己之苟安，任运于天道、投身于国家，誓起义兵，欲退奸凶。然两家合战，虽已列阵疆场，但恐士卒未得一致之勇，是故心存疑虑。今大战在即，举旗沙场，匆匆拜谒三所和光之社坛，机缘巧合，蒙神明襄助，诛戮凶徒，必胜无疑矣。欢喜流泪，五内铭感。尤其曾祖父前陆奥守义家朝臣，归附八幡宗庙之下，名号八幡太郎。自此以降，凡一门后裔，无不归心礼敬。义仲身为八幡太郎后胤，更倾心年久。今者欲立此大功，譬如婴儿以蠡测海、螳螂以臂挡车。然吾为国为君而举兵，实非为家为身而兴乱。精诚所至，神感天应。快哉，悦哉！伏愿大显冥威，灵神助力，一举决胜，退凶四方。若能得冥冥护佑，玄鉴加护，祈请垂示瑞相一见。至祷。

寿永二年五月十一日

源义仲　敬白

愿书撰毕，从义仲开始，共十三名将领，各出镝矢一支，与愿书一道奉于大菩萨御宝殿内。八幡大菩萨遥鉴彼等真实不二之志，遂令白鸠三只，自云中飞来，翩翻于源氏白旗之上。

往昔神功皇后征新罗，敌众我寡，敌势汹汹，危急之际，皇后向天祈愿，登时飞来灵鸠三只，盘旋于盾前，遂大败新罗军。又有源氏先祖赖义朝臣，在讨伐贞任、宗任时，因军力较弱，凶逆负隅顽抗，久战不下。赖义朝臣遂向敌阵施以火攻。此火非凡间之火，乃神火也。火借风势，吹袭敌阵，贞任据点栗屋河城焚荡无遗，随即军败，贞任、宗任俱亡。木曾殿不忘史例，见灵鸠飞来，急下马卸甲，清口

① 箕裘：本自《礼记·学记》："良冶之子，必学为裘；良弓之子，必学为箕。"后世略称"箕裘"。"良冶、良弓"，指善于冶金、造弓的人。意谓子弟由于耳濡目染，往往继承祖辈事业。

净手，诚心拜伏。

六、坠落俱利迦罗谷

义仲进兵，两军对圆，源平双方相距仅三町许，源氏势难再进，平家亦不得前进。源氏一方先出精兵十五骑，纵马平家阵前，射出十五支镝矢。平家不疑有他，依样派出十五骑，射返十五支镝矢；源氏接着再派三十骑，射返三十支镝矢；平家也跟着派出三十骑射返；源氏再出五十骑放箭，平家亦出五十骑射返；随后源氏出百骑，平家亦出百骑。如此轮番相继，互倍其数。接近黄昏时，两军各遣百骑精锐，列于阵前，似乎准备一决胜负了。但源氏却又按兵不动。原来义仲欲在夜间突袭，所以故意拖延时间，要等到日暮后，将平家大军驱赶进俱利迦罗谷。平家对此竟丝毫不察，与义仲不断对射，终于被拖到暮霭四合，丧失了获胜良机。诚可哀也！

是夜，义仲潜军攻袭，令樋口兼光率兵三千，持鼓螺千许，自中山鼓噪而进。根井幸亲率一万余骑，绕南北黑坂迂回而进，两路人马在俱利迦罗堂附近会合。迂回一路人马到达后，用力敲箙，高声呐喊，呼声响彻山谷。平家兵士闻声后顾，但见白旗如云，惊道："本以为此山四面皆是岩石，地势险阻，敌军无法迂回包抄，没曾想竟被合围了！"木曾义仲引兵，于正面呐喊呼应，松长柳原、茱萸森林中的伏兵，共有一万余骑，闻声齐出，与日野宫森林中由今井四郎兼平统率的六千余骑会合，一起杀将过来。前后四万骑之吼声，听来犹如山崩地裂。平家大军眼见腹背受敌，人人震颤，争先恐后逃往南壑。领军将官急忙喝止道："临阵脱逃，与鼠辈何异？快快归队！"然而军心已乱，又哪里能唤得回来？南壑正是俱利迦罗谷所在，平家官兵以为谷底有路可逃，纷纷跳入谷中。此谷甚深，后来者见不到先坠者情形，所以接连不断地纵身投谷。子随父落、兄坠弟续、主跳仆从，一时间人马相践，互相挤轧，深谷中重重叠叠地填满了平家七万余尸体。当真是血流成河，尸积成陵。直到今日仍可见到谷中残留的刀痕矢迹。平家勇将上总大夫判官忠纲、飞驒大夫判官景高、河内判官秀国，俱葬身此谷。备中国住人濑尾太郎兼康因力大无穷，素有威名，也被加贺国住人藏光次郎成澄活捉。燧城合战中背源向平的平泉寺长吏斋明威仪师，也于此役被擒。木曾殿恶其负义，斥道："汝这贼秃太过可恶，须留不得。"即令拖出斩首。平家大将军维盛、通盛，仅以身免，收纳散卒，退往加贺国。七万余骑仅两千左右逃出。

次日，乃五月十二日，奥州秀衡①送给木曾殿二匹龙蹄宝马，一匹桃花马②、一匹连钱苇毛马。木曾殿收下后，立即给两匹马置上镜鞍③，奉为神马赠予白山神社。木曾殿虽胜，却担心志保山行家所部进军不利，遂下令道："本阵胜局已定，不必再行担忧，只恐十郎藏人殿于志保山之战有所阻滞，我等速去增援！"遂从四万余骑中分出二万余骑，驰援志保山。进至安宅渡口，潮水正涨，浊不见底。为探水流深浅，林六郎光明将置好鞍鞯的十匹马驱入水中。那水仅浸至鞍鞒下方，看来并无威胁，十匹马均平安到达对岸。木曾殿甚喜，命道："水浅无碍，速速渡河。"二万余骑尽皆入水，顺利渡河。那十郎藏人行家被打得大败，只好引军撤退，此刻正下马歇息。木曾殿见了，说道："果然如此。"立即命二万余生力军猛攻平家阵营。平家这一路人马，以萨摩守忠度、三河守知度为首，共三万余骑，久战已疲，被源氏生力军狠冲猛打，如遭烈火侵袭，竭力抵挡片刻，终于不支，全线崩溃。入道相国末子——大将军三河守知度战死；平家武士阵亡者甚众。接着，木曾殿翻越志保山，于能登国小田中亲王之冢前，列下阵势。

---

① 藤原秀衡（? 1122～1187）：以东北奥州为中心的奥州藤原氏第三代，镇守府将军。

② 桃花马：毛色白中带红点的马。

③ 镜鞍：平安末期军阵用具，表面饰以金银的马鞍。

七、 篠原合战

木曾殿在此地，向附近诸神社捐献了领地。以横江、宫丸庄园献予白山神社；以能美庄园献予菅生神社；以蝶屋庄园献予多田八幡神社；以饭原庄园献予气比神社；以藤岛七乡献予平泉寺。

那年石桥山合战，与兵卫佐殿为敌的人，此时都逃到京里，托庇于平家门下。为首者是俣野五郎景久、长井斋藤别当实盛、伊东九郎祐氏、浮巢三郎重亲、真下四郎重直。因暂时未得出征将令，闲居得暇，便轮流请客，每日相聚醉饮。第一天在实盛住处聚会，斋藤别当实盛道："吾默察当世情形，源氏日强，而平家日蹙，败相已现。若得机缘，吾等当往投木曾殿方为上策。"众人面面相觑，都道："且容在下考虑。"次日，众人到浮巢三郎住处饮酒，斋藤别当实盛又道："诸位，昨日所议之事，考虑得如何了？"其中俣野五郎将身子趋近实盛，道："我等皆是东国有名望者，朝秦暮楚、左右摇摆，岂不招人耻笑？他人意下如何，我不理会，但我景久誓死追随平家，绝无二志。"话音甫落，实盛即抚掌大笑道："实不相瞒，昨日在下所言，纯为试探诸位。实盛早怀必死之志，今次源平交兵，吾已有不成功便成仁之觉悟。若是战败，绝不回京。此话也已禀过大臣殿了。"听完他这番慷慨激昂的陈词，在座众人皆颔首赞同。后来，大概是有此约誓的缘故，当日所有在座者，悉数战殁于北国。诚无愧于武士英名也！

再说前线战事，平家人马略作歇息后，又在加贺国篠原摆开阵势。同年五月廿一日辰时一刻，木曾义仲挥师攻抵篠原，纵声高呼，声震四野。平家阵营的畠山庄司重能、小山田别当有重，自治承迄今，一直驻于京师，此番接获将令："汝二人久惯沙场，当上阵领军杀敌。"因此而来到北国。彼兄弟二人引麾下三百余骑，正面迎战源氏。源氏一方派出今井四郎，亦率三百余骑对阵。起始，今井四郎与畠山各遣五骑、十骑出战，不分胜负。其后双方便纵马齐上，混战起来。时当五月廿一日午时，骄阳似火，草木尽被晒蔫。源平将士出力死战，人人遍身出汗，有如流水。今井的部下大多阵亡，畠山一门家将从卒也伤亡惨重，双方都筋疲力竭，只得撤退。

次阵，平家一方命高桥判官长纲率五百余骑出战。木曾殿一方，遣樋口次郎兼光、落合五郎兼行引三百余骑应战。战不多时，高桥麾下士卒因多系由各国强征而来，无人肯出力死战，纷纷趁乱逃去。高桥虽欲力战，无奈后防空虚，不得不后撤。在他孤身独骑返回大营的路上，撞上了越中国住人入善小太郎行重。行重见敌将气势不凡，便策马踢镫，飞驰上前，欲贴身擒拿高桥。哪知高桥技高一筹，借力打力，反将行重拿住，摁于鞍前，喝道："来将何人？通报姓名。"行重答道："在下乃越中国住人入善小太郎行重，行年一十八岁。"高桥道："年纪轻轻，死了倒可惜。长纲有一子，去年得病身故，若能活到今日，也是十八岁。本欲取汝首级记功，现在便饶你去吧。"言罢放开了行重，自己也下马略作歇息，顺便等待己方士卒。入善行重暗忖："此人虽不杀我，却是个劲敌，若不设法早除，必将不利于我军。"高桥哪里晓得他的心思，毫无防备地与他谈古论今。入善行重嘴里敷衍，觑准高桥一个空当，猛然拔出刀来，飞身扑上，朝高桥的内甲连刺两刀。刀锋破甲而入，高桥身负重伤。恰好行重一党又有三骑驰来，高桥虽勇，运数已尽，在行重等四人的合力击杀下，终于不支殒命。

平家一方由武藏三郎左卫门有国，率三百骑再度出阵，高声挑战。源氏遣仁科、高梨、山田次郎引五百余骑迎战。厮杀了一阵，有国部众大部战死，有国孤骑深入敌阵，箭矢射尽，坐骑又中箭，遂弃马挥刀步战。虽毙敌多人，自己却也身中七八箭，挺立而死。大将既亡，其部下尽皆落荒而逃。

八、实 盛

又，武藏国住人长井斋藤别当实盛，亦于篠原合战中出阵。他不顾己方已然兵溃，仍屡屡独骑返回奋战。因心中已抱定必死之信念，故而特意穿着赤锦直垂、外罩萌黄缀铠甲、头戴锹形金饰盔、腰佩金造太刀，背负切斑①之矢、手持缠藤之弓，胯下鞍轿覆金连钱苇毛马。木曾殿部下手冢太郎光盛，对实盛颇为瞩目，心道："不知这敌将是谁？当真勇悍无匹。明知己方大势已去，却依然孤骑苦战不屈，值得钦佩！"于是拍马上前，问实盛道："阁下姓甚名谁？在下愿请一战！"实盛道："问话者又是何人？"光盛答道："吾乃信浓国住人手冢太郎金刺光盛。"实盛道："你倒也配做我的对手。只是我有隐衷，不便实言相告姓名，并非瞧你不起。来吧，手冢！"言罢纵马向光盛杀去。光盛一族的郎党②担心主人受伤，从后方急驰而至，就中隔开二人。斋藤别当怒道："我等上将对决，哪轮得到尔等无名小卒拦阻？倒要瞧瞧你有什么手段，挡得住日本第一勇士！"说着顺手一横，将那郎党倒提过马，摁在鞍前，斩下头颅，抛到地上。手冢太郎眼见郎党被斩，便迂回到左侧，猛地掀起实盛的铠甲，朝贴身软甲处连刺二刀。实盛反手扭住，二将一起落马。斋藤别当虽勇悍过人，却是久战疲乏之躯，兼且年迈，被手冢压在身下。手冢郎党一拥而上，割了实盛首级。光盛持头颅，飞马来报木曾殿道："适才光盛与一奇异武将厮杀，斩获其首在此。观其样貌似是武士，却又穿着赤锦直垂；若说是大将，又单骑无士卒跟随。问其姓名，终不肯告。听口音，当是坂东人士。"木曾殿熟视首级，惊道："难道是斋藤别当？义仲幼时，曾于上野见过他，彼时其发已是半

---

① 切斑：白翎黑斑。

② 与主人没有血缘关系的门客、家将等从者，称为"郎党"。

白，如今该当全白才对，为何鬓须反是黑的？真是怪事。樋口次郎与斋藤有旧，速召他来相认。”樋口次郎兼光只望了一眼，便潸然道：“不错！正是斋藤别当。”木曾殿道：“若真是斋藤别当，今年当有七十余岁了，缘何不见白发，鬓须反黑呢？”樋口次郎泪流满面，道：“请恕在下失礼，只因心生哀悯，不觉泪下。此事说来可叹，须知引弓携矢之人，疆场搏杀，性命旦夕不保，所以在平时都会预留遗言。斋藤别当往昔与兼光相逢时，常言：‘吾年老力衰，每取侮于少壮。若年过六旬再上沙场，当染黑鬓须以少壮貌杀敌。’今者看来，果践其言。请洗发观之。”遂命人洗发，但见须发皤然，木曾殿为之掩泣。

斋藤别当之所以身着赤锦直垂，据说是在临战告别时，特意向大臣殿宗盛请求的。他说道：“实盛有一心事，须当禀明阁下。那年征讨东国，因受水鸟振翅所惊，一箭未发便从骏河国蒲原逃归。吾平生耻辱，唯此事耳。故此番远征北国，在下志在必死，以雪前耻。唯越前国乃吾乡闾，亲姻俱在，近年因奉职于贵领地，才在武藏国长井居住。古曰‘衣锦还乡’[1]，实盛愿得衣锦直垂，以为身后之华。”宗盛叹道：“壮哉！”遂怜而许之。往昔朱买臣[2]于会稽山翻飞锦袂，今朝斋藤别当衣锦直垂扬名故国。似这般留名于不朽、化骸为尘末，诚悲壮之事也！

维盛兵败北国，收溃卒归京师。四月十七日出征之时，十万余骑浩浩荡荡，仿佛所向披靡。孰料到五月下旬归京时，大军仅余二万余骑。人言：“竭泽而渔，岂不获得？而明年无鱼。”[3]又言：“焚林而畋，偷取多兽，后必无兽。”[4]因此为日后着想，凡事留有余地总

---

① 出自《史记·项羽本纪》：“富贵不归故乡，如衣锦夜行，谁知之者！”

② 朱买臣（？～前115）：汉武帝时会稽人，年过四十依然穷困潦倒，遭妻子嫌弃。后来到了五十岁，时来运转，受汉武帝召见，拜为会稽太守。

③ 出自《吕氏春秋·卷十四·义赏》。

④ 出自《韩非子·难一》。

是不错的。

九、还　亡

上总守忠清、飞驒守景家，于入道相国辞世时，均已出家。今次噩耗传来，出征北国的子息尽皆阵亡，二人悲痛欲绝，含恨而终。这回惨败，父母失子、妻别夫君，不论远国近国，哭泣哀号此起彼伏。京中家家关门闭户，声声念佛、凄凄叫唤，泪迸肠绝。

六月一日，藏人右卫门权佐①定长，将神祇权少副大中臣亲俊召至大殿门口，宣旨道："兵革已靖，朕当行幸大神宫，卿速做准备。"大神宫所祭者，系从高天原降下的天皇祖神。在垂仁天皇②御宇的第二十五年三月，由大和国笠缝里迁至伊势国渡会郡五十铃河上游，以下游的磐石为根基，立起雄伟壮观的大宫柱。自初次奉祭以降，在日本六十余州、三千七百五十余社、大小神祇冥道中，此神宫号称无双。然而历代天皇却均不曾到此临幸。直到奈良之御门③在位时，左大臣藤原不比等之孙、参议式部卿宇合之子、右近卫权少将兼太宰少贰藤原广嗣，于天平十五年④十月，在肥前国松浦郡招揽数万凶贼，致国家危在旦夕，朝廷敕命大野东人为大将军予以讨伐，天皇才首次行幸大神宫，有了先例。那广嗣有一匹骏马，从肥前国松浦郡飞驰京都，往返只须一日时间。广嗣兵败后，部下或溃或亡，听说他就是骑着这匹骏马蹈海自尽的。其亡魂化作怨灵，屡屡干下可怖之事。天平十六年六月十八日，筑

① 卫门府负责警卫皇宫宫门以外。左右卫门府的长官称督，次官称佐。权佐是编外次官。

② 垂仁天皇：日本第11代天皇。其存在的真实性史学界尚有争论。

③ "奈良之御门"指日本第45代圣武天皇。

④ "天平"是圣武天皇的年号，天平十五年为公元743年。

前国见笠郡太宰府观世音寺的供养导师玄昉僧正[①]，正登临高座，敲鸣敬白之钟时，天空中突然电闪雷鸣，乌云密布，悬于玄昉头顶。只一瞬间，玄昉便身首分离，头颅被卷入云中[②]。据闻玄昉曾为镇伏广嗣做过法事，故而遭此恶劫。

玄昉僧正乃吉备大臣[③]入唐时，追随同往，并将法相宗传入日本的一代高僧。他在唐国时，唐人瞧见他的名字，曾打趣道："玄昉音近'还亡'，你回国后要小心飞来横祸哦。"没想到这句戏言竟然真的应验了。天平十九年六月十八日，一个刻有玄昉名字的骷髅，从天而降，落到兴福寺的庭院里。虚空中并无半个人影，却仿佛有千人在哄堂大笑。因兴福寺属法相宗，玄昉的骷髅才落入此寺。玄昉僧正的弟子们拾起骷髅，筑了一个冢，放入首级，名为"头墓"，至今尚存。此事便是广嗣亡灵作祟所致。为避免再发生类似事件，人们将他的亡灵供奉于松浦镜宫中，尊崇拜祭。

嵯峨天皇在位时，平城上皇受尚侍药子挑唆，图谋复辟[④]。嵯峨天皇为祈求叛乱早日平息，送第三皇女有智子内亲王[⑤]去贺茂，成为贺茂

---

① 玄昉：奈良时代僧人，俗姓阿刀氏。养老元年（717）奉敕入唐，从智周学法相宗。留学二十年，受唐玄宗赐紫袈裟。天平七年（735）归国，带回佛教经论五千余卷。圣武天皇对其崇敬有加，许以兴福寺为弘法中心，并赐任僧正，入宫中内道场。天平十七年（745）遭弹劾，贬为筑紫观世音寺别当，次年卒于该地。

② 此处玄昉猝死时间与史实不符。玄昉实际上逝于天平十八年（746），而非天平十六年。

③ 吉备大臣：指奈良时代著名学者吉备真备（693～775）。养老元年（717），他被选为第九次遣唐使团随行留学生，几经艰险后来到唐都长安，从此在空前繁荣的唐朝留学长达十八年。天平七年（735），吉备真备归国，带回大量书籍和文物，对日本政治、文化、天文、教育等多领域的发展做出了杰出的贡献。

④ 药子之变：见第五卷第一章相关注释。

⑤ 此处日文原文有误，有智子内亲王应是嵯峨天皇的第八皇女。

斋院[①]。此即为斋院之始也！朱雀天皇御宇时，为平定将门、纯友兵乱，曾于八幡宫临时祭祀。今次亦照此先例，在大神宫举行了天皇御祈。

十、木曾致山门牒状

义仲、行家将入京师，自东山、北陆二道并进。木曾至越前国府，召众将议曰："吾本欲经近江国直入京都，却闻比睿山僧兵据险固守，若遇僧众拦阻，我军入京难免有所波折。与彼战虽操胜算，然今时平家践踏佛法、焚毁僧寺、屠戮僧众，恶行不胜枚举。我等举兵上洛，正是为守护佛法，如果是非不分，同山门僧众交战，与平家岂非毫无区别？此事事关重大，颇为棘手，诸君可有良策？"大夫坊觉明越众而出，道："山门僧众三千，焉能悉同一心？其间或有欲助源氏者，或有与平家同心者，皆未可知。请致牒状以探之，返牒中便可知晓彼等立场。"木曾殿道："此计甚妙！"遂命觉明书牒状，送往山门。其牒状云：

义仲默察平家恶逆，自保元、平治以降，永失人臣之礼。贵贱束手，缁素[②]顿足；恣意进退帝位，饱掠国郡领地。追捕权门势家，不论有理无理；流放卿相侍臣，不问有罪无罪。夺此资财悉与部从，吞彼庄园滥赐子孙。尤为恶劣者，治承三年十一月，强迁法皇于城南离宫，流徙博陆[③]于海西绝域；众庶无言，道路侧目。加之治承四年五月，围高仓宫之朱阁、惊九重之垢尘，帝子为逃非分之害，潜避园城寺中。义仲遵帝子令旨，扬鞭策马举兵讨平。孰知怨敌满巷，豫参[④]失路；近境之

① 斋院：平安、镰仓时代，由皇家指定，在贺茂御祖神社与贺茂别雷神社侍奉神明、为社稷祈福的未婚皇室女子。每逢新皇继位，卜定一人。

② 缁素：佛门僧徒衣缁，俗家弟子服素。"缁素"即出家、在家修行的并称。

③ "博陆"是关白的别称。这里指藤原基房。

④ 豫参：豫，通"与"。即参与之意。

源氏尚不得进，况远境之义仲乎？后园城寺因寺院逼仄，欲奉高仓宫于南都，中道战于宇治桥。大将三位入道赖政父子轻生重义，竭力取一战之功；无奈敌军势大，终曝尸于古岸之苔、丧命于长河流波。然令旨之切要吾等已铭于肺腑，为消同类之悲魂，东国北国之源氏，各谋上洛之策，皆欲灭亡平家。义仲于去年秋，为达宿愿，挥剑掣旗，兵发信州。越后国住人城四郎长茂率数万军兵拦阻，遂于越后国横田河原爆发合战。义仲仅以三千余骑，破彼数万大军。风闻广及，平家大将乃率十万大军征伐北陆。越州、贺州、砥浪、黑坂、盐坂、篠原诸地，数度合战。吾运筹帷幄之中，决胜千里之外，遂致战无不胜、攻无不克！无异于秋风扫落叶，恰同于冬霜枯群草。然此大捷全赖神明佛陀之助佑，非义仲武略之功也。今平家败北，我军欲上洛追讨，借道睿岳之麓，以进京都。当此之际，义仲心中窃怀疑虑：天台僧众与平家同心乎？或与源氏齐力乎？若助彼逆徒，吾与山门必有一战。战事一起，睿岳灭亡只在旋踵之间，悲哉！平家恼怒宸襟①，破灭佛法，为靖此恶逆，方举义兵，若与三千僧众意外合战，实为痛哉！因医王、山王而迟滞行程，臣怠慢朝廷，不免有武略瑕瑾之谤，诚乃憾事。是故进退两难，乞请山门明示。伏愿三千僧众，为神、为佛、为国、为君，同心源氏，共诛凶徒，以沐鸿化。至诚至恳，义仲惶恐谨白。

寿永二年六月十日　　源义仲

进上　　　惠光坊律师御房

十一、返　牒

果如觉明所料，山门僧众见此牒状，聚会佥议，各有偏向，或欲附

---

① 宸襟：帝王的思考、判断。亦借指帝王。

和源氏，或欲襄助平家，一时间争长论短，互不相让。老僧们合议后，说道："我等一心祈奉金轮圣主①天长地久，平家乃当今主上外戚，归敬山门，因此我等迄今仍为彼之繁昌而祈祝。然平家恶行过著，万民离心。虽遣大军四出征讨，却反为敌军所覆。源氏近年来屡战屡胜，时来运转；而平家时乖运蹇，日渐难支大局。我等岂能违逆天意，附平而抗源呢？理应掉转弓矢，助源而灭平！"众僧听了，皆点头称是，遂送返牒予木曾。木曾殿召集众将郎党，令觉明开启返牒，牒云：

六月十日牒状已于十六日收悉，披阅之后，数日郁念一时消散。凡平家恶逆，累年以积，朝廷骚动未有止时。向闻公道只在人心，不在人口。夫睿岳者，帝都东北之仁祠，负国家安宁之祈责。然，普天之内，久受平家妖逆侵扰，四海不靖、安顺难得；显密法轮②徒有其名，神威拥护屡有不振。阁下生于累代武备之家，清选有幸得统雄师，运用奇谋、忽起义兵，忘万死之命、建一战之功。举义未过两年，大名流布四海；吾山僧众，人人为之欣悦。为国家、为世家，深感阁下武功之伟，武略之高。如此，山门祷祝应验不空，海内卫护立等可见。本寺、他寺常住之佛法；本社、末社祭奠之神明；俱为佛法再荣而欣慰，崇敬复立而随喜③。此即吾等僧众之心，垂唯贤察。冥冥中十二神将，忝为医王善逝④之使者，跻身追讨凶贼勇士之列；现我三千僧众，暂止修学钻研之勤节，扶助治罚恶逆之官军。止观十乘之梵风，将拂奸党于朝

① 金轮圣主：又称金轮圣帝、金轮圣王，四大转轮圣王之一，掌须弥四洲。此处借指天皇。

② 显密法轮：佛教所有宗派的统称。

③ 随喜：佛教语，见到他人行善而心生欢喜之意。

④ 医王善逝即药师如来。其于过去世行菩萨道时，曾发十二上愿。其中第六愿、第七愿，都是为了消除众生病苦，故药师如来又有"大医王"的专称。"善逝"是佛的十号之一。

外；瑜伽①三密之法雨，将回众庶于尧年。众议如上，奉请明察。

寿永二年七月二日　僧众等

十二、平家致山门连署

木曾致山门牒状及山门返牒事，平家尚不知晓，考虑到兴福、园城两寺，对平家深含郁恨，绝难听命。但平家与山门并未结怨，山门也未对平家有不忠之举，因此可祈请山王大师座下三千僧众，与平家合力。于是一门公卿十人，写下一封愿书，同心连署，送往山门。其愿书云：

敬白延历寺：

平家决意奉贵寺为氏寺，奉日吉神社为氏社，以一心瞻仰天台佛法。此平家阖族衷心之祈誓也。缘何而行此乎？盖因睿岳乃桓武天皇御宇时，传教大师入唐归朝后，弘广圆顿之教、传布遮那②大戒之所也。自兹以降，遂为佛法繁昌之灵崛，镇护国家之道场。方今伊豆国流人源赖朝，不悔前咎、讥谤朝宪，加之奸谋勃兴，聚揽源氏同族义仲、行家等，结党营私，强掠邻境远境数国，劫夺土宜土贡万物。是故，我等或追累代勋功之迹、或挟弓马娴熟之艺，为尽速讨灭贼徒、降伏凶党，身含敕命，舍命征伐。爰以鱼鳞鹤翼之阵，官军失利；星旌电戟之威，逆类反胜。若神明佛陀不加庇佑，甚难镇此反逆凶乱，又何言一心皈依天

① 瑜伽：梵语音译，意为“一致”、“结合”或“相应”。佛教用以表示总摄修心。

② 遮那：“毘卢遮那”的简称，意译为遍一切处、光明遍照、大日遍照、净满等。象征佛智广大无边。

台佛法，全力感奉日吉神恩？何况臣等曩祖，乃贵寺本愿桓武天皇①之余裔，由此因缘，弥加崇重、益发恭敬。自今以后，山门悦即平家悦，社寺愤即平家愤，传予子孙，永无相慢。藤原氏以春日社、兴福寺为氏社氏寺，久皈法相大乘宗。平家以日吉社、延历寺为氏社氏寺，有缘值遇②圆实顿悟之教。藤原氏以彼往昔遗迹，为家族之荣幸；平家一门，以今时之诚心，祈誓为君罚逆。仰愿山王七社、王子眷属、东西满山护法圣众，十二上愿医王善逝、日光月光十二神将③，照鉴吾辈无二之丹诚，垂给唯一之玄应。若如此，则奸邪谋逆之贼，军门就缚；暴逆残害之辈，京都传首。平家公卿异口同声，顶礼祈愿如上。

从三位行兼越前守平朝臣通盛

从三位行兼右近卫中将平朝臣资盛

正三位行右近卫权中将兼伊豫守平朝臣维盛

正三位行左近卫中将兼播磨守平朝臣重衡

正三位行右卫门督兼近江远江守平朝臣清宗

参议正三位皇太后宫大夫兼修理大夫加贺越中守平朝臣经盛

从二位行中纳言兼左兵卫督征夷大将军平朝臣知盛

从二位行权中纳言兼肥前守平朝臣教盛

正二位行权大纳言兼出羽陆奥按察使平朝臣赖盛

从一位平朝臣宗盛

寿永二年七月五日　敬白

---

① “本愿”是修行时所立的誓愿的意思。延历寺是桓武天皇出资捐建的，所以他是延历寺的愿主。

② 值遇：佛家语，“遭逢”之意。

③ 相传药师如来与日光、月光菩萨本为父子，受电光如来嘱咐，分别改名为医王与日照、月照，发无上菩提大愿，誓救六道一切有情出轮回苦。“十二神将”指誓愿护持药师法门、饶益众生的十二位护法神，又称“十二药叉大将”。

山门贯首看完愿书，心中颇感过意不去，所以未马上披露给左右传阅，而是将愿书置于十禅师权现御殿中。加持三日后，方才取出叫众僧传阅。这时，在愿书的外封上，出现了一首此前从未见过的和歌，歌曰：

太平时节花虽盛，无奈岁久必凋零，恍若日出月西倾。

和歌的蕴意，是盼山王大师垂怜，请三千僧众合力，挽平家之颓势。然平家历年所为，皆与神意相违、与人心相背，无论如何祷告祈求、劝说山门僧众，都无济于事了。众僧虽觉怜悯，却道："返牒既已送出，我等已应允与源氏同心，又岂能轻易更改？"人人皆怀此心，再无异议。

十三、主上离京

同年七月十四日，肥后守贞能平定镇西之叛，率菊池、原田、松浦一党以下三千余骑，返回京师。然镇西虽平，东国、北国却战乱方酣。

同月二十二日夜半时分，六波罗附近忽起骚动。武士们纷纷备马置鞍、紧勒腹带，并将财物分运往东西南北各处隐藏，一派敌军就要攻来的忙乱样。待到天色大明，方才听说，这都是因为美浓源氏、佐渡卫门尉重贞的到来而引起的。那重贞在保元之乱时，曾俘获兵败逃亡的镇西八郎源为朝，战后朝廷恩赏，将他从兵卫尉升为右卫门尉。源氏族人从此对他恨之入骨，他也因此而依附平家，忠心耿耿。昨日夜半，重贞快马疾驰至六波罗，禀道："木曾自北国统五万余骑，正向京都杀来。其军声势浩大，进驻比睿山东坂本，遍山盈野。木曾郎党楯六郎亲忠、文书大夫坊觉明，引六千余骑为前导，登临天台宗比睿山，山门三千僧众皆与同心，议定合力上洛。”平家闻报人人惊慌，立即向四方派出军马抵御。新中纳言知盛、本三位中将重衡被任命为大将军，率三千余骑自京师开赴山阶驻营。越前三位通盛、能登守教经引二千余骑在宇治桥布防。左马头行盛、萨摩守忠度领一千余骑于淀路防守。

源氏一方，听说将由十郎藏人行家率数千骑攻打宇治桥；陆奥新判官义康之子、矢田判官代义清，将翻越大江山上洛；摄津国河内诸源，也率大军朝京都如云而来。平家族人见大势不妙，合议道：“敌既分军而来，我军倒不如集中力量，拼个鱼死网破！”于是将派往四方御敌的兵马，尽数召还回京。古诗云：“帝都名利场，鸡鸣无安居。”①承平治世之时，尚且不得安宁，更何况于今乱世乎？又有歌云：“幽居吉野深山奥，使吾绝弃喧嚣尘。”但诸国七道悉已背叛，又何处去寻清净地呢？如来金言《法华经》有妙文云：“三界无安，犹如火宅。”所言与当今时势丝毫不差。

同年七月廿四日深夜，前内大臣宗盛公至六波罗殿参见建礼门院，劝道：“综观时局，原本尚有胜算，如今却大势已去。与其旦夕间同亡于京城，留憾世间，不如奉迎法皇及主上御幸西国，徐图后计，以求转危为安。”建礼门院叹道：“唯今之计，也只能如此了。就由卿家安排吧！”说罢泪湿双颊，御衣袖袂拭之难绝。宗盛也不禁滚滚泪下，湿透了直衣。

宗盛窃议挟法皇离京，其夜，有人将此事密告法皇，法皇遂与按察大纳言资贤之子右马头资时，秘潜出宫，御幸鞍马。御所之外，无人知悉法皇已遁。平家武士橘内左卫门尉季康，为人机敏，平日在法皇御所中奉职。当夜恰巧轮到他在法住寺殿值宿，听见寝宫方向喧哗鼓噪声不断，又杂有女官的低语和啜泣声。他正默想着不知出了何事，忽听有人惊道：“法皇呢？怎地突然不见了？移驾去哪儿了？”季康登时明白过来，暗叫不好，急忙纵马飞驰六波罗，将法皇出逃一事告知宗盛。

---

① 出自白居易五言诗《常乐里闲居偶题十六韵》。

宗盛大惊道：“这回麻烦了！”等不及听完禀告，便急匆匆赶到法住寺殿，却哪里还有法皇的踪影？在御前服侍的女官及丹后殿①等，无一人能说出个所以然来。宗盛问道：“到底法皇去了何处？”她们只是回答：“我等确实不知。”人人皆是一脸茫然的神情。

法皇离京的消息不胫而走，京中立时骚动起来。平家更是窘迫至极，就算敌军杀入城中，惶惑也不过如此吧。平家原打算奉天皇、法皇御幸西国，如今法皇竟撇下他们逃出京都，当真是屋漏偏逢连天雨，徒唤奈何！

宗盛彷徨无计，只好独奉天皇行幸西国。卯时左右，抬来行幸用御舆，恭请主上移驾。主上今年不过六岁，幼不更事，只能听由宗盛摆布。国母建礼门院与主上同乘一舆。平大纳言时忠吩咐宫人道：“带上内侍所②、神玺、宝剑③，还有印钥、时札④、玄上⑤、铃鹿⑥等，都要记得带走。”可是一片忙乱中，落下了不少物事，平时置于御座旁的御剑就忘了取走。随行护驾的时忠、内藏头信基、赞岐中将时实三人，衣冠一如平时；近卫司侍卫则身披甲胄、携带弓箭。一行人沿七条大道向西，继而折向朱雀大道，望南而去。

次日乃七月廿五日。天将破晓，举目银汉迢迢、云垂东岭，黎明到来前的月色清冷微寒，鸡鸣声阵阵匆促。世事真好似大梦一场，数年前迁都福原，大大折腾了一番，想来就是如今再度离京的先兆吧！

摄政殿藤原基通亦随驾同行，来到七条大道与大宫大道的十字路口时，忽见一结髻童子立于车前，其左袂上显出“春之日”字样。“春

---

① 丹后殿：相模守平业房之妻，叙二位。

② 内侍所：即贤所，是奉安神镜的所在。此处代指“八咫镜”。

③ “神玺”指八尺琼勾玉，“宝剑”指天丛云剑。它们与八咫镜一起，合称“日本三神器”，是代表日本天皇的正统象征。

④ 时札：清凉殿时辰显示牌。

⑤ 玄上：村上天皇钟爱的琵琶名器，号称皇室第一宝物。

⑥ 铃鹿：和琴名器，皇室宝物。

之日”亦可读作“春日”，代表的含义是法相宗拥护的春日大明神。而春日大明神正是保佑大织冠子孙的守护神。摄政殿若有所思，又听见那童子低声吟道：

藤之末叶①徒奈何，生机重焕唯春日。

摄政殿立时醒悟，召来侍从进藤左卫门尉高直，密语道：“默观当今形势，天皇乘舆西幸，法皇不知所踪，此去前途难卜，汝看为之奈何？”高直会意，遂向牛车御者递个眼色，御者立刻回车，沿大宫大道如飞驰去。摄政殿由此得逸，遁入北山知足院。

十四、维盛离京

平家武士越中次郎兵卫盛嗣听闻主上离京，几次打算追上去拦回圣驾，都因旁人竭力劝阻而作罢。

小松三位中将维盛，虽早就料到有一天将与妻小远别，但事情果真发生时，仍不免悲从中来。他的正室，乃故中御门新大纳言成亲之女，端的是名媛美姝，其颜似桃花绽露、其眸若红粉娇媚、其发如风拂柳丝，堪称世上罕见的美人儿。她为维盛生有一子一女，子唤六代，今年十岁；其妹八岁，冰雪可爱。兄妹俩都想随父同去西国。三位中将嘱咐夫人道：“诚如先前所言，吾将与一门同族齐奔西国。路上虽能互相照应，但恐遇敌埋伏，能否平安抵达实难预料。吾若身死，你万万不可出家，应再寻一户好人家嫁了，既能免自身寡居之苦，又可将两个孩子养育成人。凭你的美貌，世上中意你的男子定然不少。”如此竭力劝慰，夫人却只是一言不发，掩面啜泣。到得维盛即将出门时，她一把拉

① 藤之末叶：喻指藤原氏的子孙。

住夫君衣袖，哀道：“妾身在京中无父无母，今日一别，决计不会再嫁了，夫君如何说出这等话来，真是伤透了妾身的心！须知前世有缘，今生方能结为秦晋之好，自然要始终如一，岂能有亏妇节？想当年你我定下百年之约，誓言相伴一生永不分离，在野愿同为露珠、在海愿同作藻屑。而今你却说出这种话，夜静更深时的种种蜜语岂非都成了虚言？倘若只有我孤身一人，就算夫君远离，咬紧牙关也能熬过去。可如今膝下一双儿女，让谁照顾？妾身真不知该如何是好了！似这般留在京城，真是为难啊！”这番话既恨又恋，三位中将心伤不已，叹道：“夫人说的甚是，遥想当年你年方十三，我也不过十五，少年定情，火中水底，皆敢携手共入。生虽不能同时，但愿死能同日。可如今为国而舍家，军阵无情，若是带你们同往，徒添拖累，到时只怕更加凶多吉少，后果不堪设想。加之此番走得仓促，也无地方安置你们。待日后安顿下来，我再来接你们。”说罢硬起心肠，起身来到中门廊下，取铠牵马，正要跨上马背，若君姬君[①]一起奔上前来，拉住父亲的铠袖和腰甲嚷道：“父亲大人上哪儿去？我们也要去，我们也要去！”仰面痛哭，不忍分离。三位中将眼见儿女悲啼，也不禁凄入肝肠。

就在此时，族弟新三位中将资盛、左中将清经、左少将有盛、丹后侍从忠房、备中守师盛等五人，骑马直入中门，到庭内勒马问道：“御驾已然行远，兄长为何还在此拖沓？”被诸弟这么一催，三位中将不便再作停留，立即上马，行了几步，却又折返来，策马靠近居室边廊，用弓弭挑开屋帘，道：“诸位贤弟，非是我有心拖延，你们来看，实是两个孩子难分难舍，我只好尽力宽慰，所以耽误了。”话音未落，泪珠已滚滚而下。庭中五兄弟鼻子一酸，也禁不住泪洒铠袖。

维盛的家将中，有兄弟两人，名叫斋藤五、斋藤六。兄长十九岁，弟弟十七岁，急步上前，分从左右拉住三位中将的马辔，请求随行西国。三

① “若君”是幼主、公子之意；“姬君”指贵族家的闺秀。

位中将道："汝二人之父斋藤别当出征北国时，你们就恳求同去，但斋藤别当另有安排，将你们留在京中。后来他战死北国，幸而汝等尚在，总算为斋藤家保住了血脉。如今我不得已留下稚子六代，正忧心无人可以托付，现在，就把他拜托给你们了！"斋藤兄弟无可奈何，唯有拭泪留下。夫人泣道："厮守多年，你竟这般狠心！"倒卧于地，痛哭失声。若君、姬君与众女官也一齐跑出帘外，嚎天哭地，泣涕如雨。哀声阵阵入耳，直锥维盛心底，好似西海浪涌、寒风凄号般，令人惙怛伤悴。

平家离京时，下令将六波罗、池殿、小松殿、八条、西八条以下，一门卿相云客的府邸共二十余座，包括部下的住所，还有京都白川一带四五万户的屋宅，尽数付之一炬，焚荡无遗。

十五、 圣主临幸

平家焚城，可怜昔年圣主临幸之地，而今凤阙空存，唯余基础之石、鸾舆之迹。往日后妃游宴之处，而今椒房荡然，只剩风声悲切、掖庭[①]露色添愁。妆镜翠帐之基、弋林钓渚之馆、槐棘[②]之座、鸾栖之堂，多年苦心经营，顷刻灰飞烟灭。更不用说仆下所居之蓬筚、杂人所息之茅屋，余焰所及，连片数十町，尽没烈火中。昔时强吴忽亡，姑苏台遍生荆棘，饱历春露秋霜；暴秦既衰，咸阳宫烈火腾空，烟缭焰漫。今时情形，犹有过之，思之便觉可哀。古时恃崤山、函谷二关之险，尚不免遭北狄所破；今日倚江河泾渭之深，哪堪为东夷所取。仓促间逐离礼仪之乡，向隅而泣，寄身于蛮荒之境。昨日尚是翻云覆雨之神龙，今日已如市井失水之枯鱼。祸福同道，盛衰反掌，眼前立见，怎不叫人悲叹？保元之昔，如春

① 掖庭：宫中旁舍，宫女居住的地方，也用来幽禁失势或失宠的妃嫔。
② 槐棘：周代时种三槐、九棘，公卿大夫分坐其下，以定三公九卿之位。后以"槐棘"喻指三公九卿之位。

花繁茂，备极荣华；寿永之今，却似深秋红叶，凋敝飘零。

在治承四年七月，各国武士进京担任大番①时，畠山庄司重能、小山田别当有重、宇都宫左卫门尉朝纲也来到京中当值。此时已是寿永年间，他们仍未离去。这回源氏大军一旦入京，他们的性命定然不保。为此，新中纳言知盛道："平家运势已然到头，就算再有成百上千人殉死，也是无谓牺牲。何苦让他们在故乡的妻子眷属伤心呢？不如破除陈规，放免他们回本国去吧！我等若能时来运转，重返京都，届时他们定会感激涕零，誓死效忠的！"大臣殿宗盛点头道："此言甚是。"立即下令放免三人归去。三人跪地叩首，泪流满面道："自治承迄今，承蒙大人眷顾，恩抚有加，我等微末之躯心甘情愿永受驱驰，请大人携我等同去西国。"频频哀恳，大臣殿却只是不允，道："汝等魂牵东国，去西国的不过一具空壳，有甚意思？快回家乡去吧！"三人无奈，抑泪而退。彼等侍奉平家二十余载，一朝离别，自然是泪干肠断。

十六、忠度离京

再说萨摩守忠度不知为何，又半途折回京都，带着五名武士、一个侍童，连自己共是七骑，纵马前往五条的三位朝臣俊成宅邸。到得府门前，见大门紧闭，武士便在门外大声报上忠度的名衔。门内有人嚷道："是逃离京城的人又回来了。"登时引起一阵喧哗。萨摩守只得下马，亲自向门内高声道："在下别无他求，只有一事要对三位殿说明，是以特地折返。若不愿开门也没关系，请三位殿到门前叙话。"俊成道："门外既是忠度，料无害事，请进吧！"说罢大开中门，二人遂得对面晤谈，只是那场面颇为伤感。萨摩守道："年来承蒙指点，于和歌

---

① 大番：在京都担任朝廷警卫，或在殿上当值，一般为期三至六个月。担任这种勤务的人被称为大番役。

修学之道，从不敢有所荒怠。可惜近二三年京都不宁，国乱臣叛，大多与平家有关。在下虽对和歌存勤学之心，却碍于俗务繁忙，未能常聆教诲。如今主上离京，平家一门气数将尽。听说您正奉命撰集和歌[①]，在下闲时作歌颇多，若蒙收录一首，存留后世，将是毕生之荣耀。可叹乱世板荡，歌集编撰实为不易，此诚憾事。但相信将来天下承平，歌集必有告成之日。此乃在下自咏和歌一卷，盼您翻览拣选，哪怕只收录其中一首，在下于九泉之下也将五内铭感，必冥佑阁下逢凶化吉。”言罢从铠甲下取出一卷录着自己平日所咏和歌的册子，大概有百余首左右，交给俊成。三位殿大略一翻，道：“承您相赠心血之作，俊成决计不敢怠慢疏忽，放心吧。阁下去而复返，竟是为了这风雅之事，令人不胜感慨落泪。”萨摩守既喜且慰，道：“今日一去，即便永沉西海之底、暴尸蛮荒山野，此生亦无憾矣！告辞了。”踏蹬上马，紧束头盔系带，纵马向西驰去。三位殿目送他绝尘行远，耳听他高声朗咏道：“前途程远，驰思于雁山之暮云……”[②]俊成心中凄楚，宛然有不舍之感，拭泪转身入屋。

后来四海归宁，三位殿继续撰修《千载集》，想起忠度的嘱托，忆起当日所言之语，心中唏嘘不已。遂细细浏览忠度所遗歌集，虽感其中佳作颇多，却因忠度乃朝廷勅勘之人[③]，不便显露姓名，只好将作者标为“佚名”，选了其中一首题为《故乡花》的歌。歌曰：

志贺旧都成残阙，昔时山樱犹绽放。

忠度既成朝敌，自然不该再为其辩解。但其素有歌名，录其歌而

---

① 藤原俊成（1114～1204）：平安末期镰仓初期著名歌人，奉后白河法皇诏，编撰《千载和歌集》。

② 出自《和汉朗咏集》下卷《饯别篇》中大江朝纲所作《于鸿胪馆饯北客序》。下一句是：“后会期遥，霑缨于鸿胪之晓泪。”

③ 勅勘之人：由朝廷裁定有罪的人。

不得具名，思之也是一件恨事。

十七、 经正离京

修理大夫经盛之子、皇后宫亮[①]平经正，年少时曾入仁和寺，侍奉守觉法亲王，亲王甚眷爱之。及帝西幸，天下动荡，经正忆起亲王，心生不舍，遂带武士五六名，策马往诣仁和寺。至门前下马，入内谒见亲王，道：“吾一门运尽势衰，今日被迫奉帝离京。浮世之中，经正已别无牵挂，唯殿下恩情不敢忘怀。自八岁时随奉左右，及于十三岁元服，期间除抱恙外，一刻不曾远离。可叹如今却要远蹈西海千里之浪，不知何日何时方能归来。今日来谒，因事急匆忙，披甲携弓，全身戎装，未免失礼殿下，望能原宥。”亲王道：“不必太过拘礼，也不用更衣了，请进！”

经正当日身着紫地锦直垂、萌黄缀铠甲，携镀金长覆轮太刀、背插切斑之矢、胁挟缠藤之弓，脱下头盔挂于铠甲高纽上，恭恭敬敬跪在庭院中。亲王出视，令侍从高卷竹帘，召经正道：“且近前来。”经正遂移身宽廊之上，唤来随从藤兵卫有教，从其怀中所抱赤锦袋中取出一面琵琶，递给亲王，泣下如雨道：“此名器青山琵琶，乃殿下昔日所赐，吾常欲宝爱终身。无奈今将远别，若身殁西海，此器必随亡，故奉还殿下。异日平家运转，天下升平，吾得返京再谒，请复赐之。”语声凄凉，听者莫不陨涕。亲王更垂泣不能答，乃书和歌一首以赠：

今朝别君去，胸襟满怆然；
琵琶蕴深意，见之如见君。

经正借亲王砚台一用，作返歌云：

---

① 皇后宫亮：负责皇后宫诸般事务的次官。

吴竹漾清流，历劫浊世波；
长居仁和寺，此生无厌烦。

书毕，正欲告辞，数名侍童、出世者①、坊官、侍僧忽至，拉住经正衣袂，依依不舍，泪流满面。其中有经正年幼时的启蒙师父大纳言法印行庆，系叶室大纳言光赖之子，与经正素来交厚，尤其难舍。他一路相送到桂河岸边，执手洒泪，互道珍重。法印作歌相赠，歌云：

山樱花开有先后，嫩枝老树不须问，繁华过后尽凋零。

经正亦返歌一首，歌云：

驰赴戎机理征衣，夜枕旅袖孤单眠，心忧路远意踌躇。

随侍武士将平家赤旗倏地展开，高高举起，散处四方等候的经正麾下武士立即纵马会合，其势有百余骑左右，策马扬鞭，疾驰而去。很快就追上了西行的御驾。

十八、青山琵琶

经正十七岁那年，曾受任宇佐敕使，蒙亲王恩赐所爱琵琶，名青山。遂至宇佐，于八幡神宫御殿前弹奏秘曲。宫内神官闻所未闻，为琴音所感，相顾涕泣，泪湿绿衣②之袖；神宫中的奴仆，虽听不懂琵琶，却也闻音而泪下如雨，俱言此曲人世难逢。

---

① 公卿贵族子弟出家为僧，称为“出世者”。
② 日本古代官服的服色，正、从六位是深绿，正、从七位是浅绿。

青山琵琶之为名器，乃因昔年仁明天皇[①]御宇之际，嘉祥三年[②]春，扫部头贞敏渡唐时[③]，有幸相逢大唐琵琶博士廉承武[④]，得其传授三秘曲[⑤]，归国时又以玄象、狮子丸、青山三面琵琶相赠。哪知在渡海时，因龙神不舍名器，掀起滔天风浪，使狮子丸沉入海底，只携回其余两面琵琶，成为本朝皇室御宝。村上天皇[⑥]应和年间，某夜月色皎洁，正值诗中所言“三五夜中新月色”[⑦]，凉风飒飒的夜半时分，主上于清凉殿中弹奏玄象琵琶，忽然眼前人影一晃，有人来到御前，和着琴音高唱曲调，音声典雅。主上将琵琶放置一旁，问道：“汝系何人？从何处来？”那人答道：“吾乃大唐琵琶博士廉承武，昔年曾传授贞敏三秘曲，只因三曲中有一曲未传完整，故而沉沦魔道。今闻陛下妙音，琵琶之艺精湛，故特来参觐，愿将秘曲传授陛下，吾亦能得证佛果菩提。”言罢取过主上身旁所立青山琵琶，调好琴弦，将三秘曲中的《上玄石上》传授给天皇。因青山琵琶为魔道中人弹过，君臣皆恐，其后无人敢弹，便将它送予仁和寺守觉法亲王。经正少时最受亲王宠爱，遂得受赐名器。此琵琶以紫藤为材质，拨面上描绘着青山绿树，一轮明月悬于其上，故名“青山”。它和玄象一起并列为本国稀世宝物。

---

① 仁明天皇：日本第54代天皇。因葬于深草陵，故又称“深草帝”。

② “嘉祥”是仁明天皇的年号，嘉祥三年即公元850年。

③ 此处日文原文有误，查史料，藤原贞敏作为遣唐使来到长安的时间是835年。

④ 此处有版本写为“廉妾夫”，但译者翻遍中国史籍，查不到“廉妾夫”为何许人。另有版本作廉承武。廉承武在中国史籍中也名不见经传，其资料都来自日本。在藤原贞敏所撰的《琵琶诸调子品》的跋文中，记载廉承武字十郎，八十五岁时在扬州开元寺北水馆传习琵琶。

⑤ 平安时代的琵琶三秘曲为：《上玄石上》、《杨真操》、《啄木》。其中《上玄石上》又名《石上流泉》。

⑥ 村上天皇：日本第62代天皇。精通琵琶，在位时日本的文化发展取得较大成就。

⑦ 诗出白居易《八月十五日夜禁中独直，对月忆元九》。下一句是“二千里外故人心”。

十九、一门离京

池大纳言赖盛，放火焚毁位于池殿的府邸后，也急急离京。奔到鸟羽离宫南门时，却突然勒马道："怎么把这事给忘了？"立即割弃平家赤帜，率麾下三百余骑返回京都。平家武士越中次郎兵卫盛嗣，急至大臣殿宗盛面前，禀道："大人请看，池大纳言欲留京中投敌，其麾下武士尽皆从之，此实为背乱之举。吾虽不敢冒犯大纳言殿，然其部下武士，请大人下令讨伐。"宗盛叹道："似此等忘恩之徒，见我势败，便舍义投敌。强求彼等随我，也是无益，由他去吧！"盛嗣见大臣殿如此说，只得作罢。大臣殿又问道："小松殿的几位公子①如何了？"盛嗣回道："不见一人。"新中纳言殿闻言，流泪道："离京不过一日，族人竟变心如斯，想来实在心伤。也不知日后还会遇到何事？留在京里恐怕都比出逃强！"言罢，目中满含怨怼，望着大臣殿。

池大纳言之所以去而复还，是想起兵卫佐赖朝时常寄信宽慰自己："吾待阁下绝无侮慢，凡事悉与故池殿②在世时相同。此心无欺，八幡大菩萨明鉴。"而且每次向神佛呈递誓状，或出兵追讨平家时，兵卫佐总是戒饬统兵大将："勿伤池大纳言部众。"赖朝盛意拳拳，赖盛不免心中感动，自思道："平家一门运尽离京，今后安身立命，唯有依倚兵卫佐了。"遂率部回京，隐居于八条女院名下仁和寺之常磐殿中。女院乳母之女宰相殿，系赖盛妻室，她哀求女院道："若到紧急之时，望能相助赖盛！"女院淡淡道："时危世乱，只怕是有心无力啊……"她可能顾虑到兵卫佐虽频频示好，但其他的源氏族人未必能像他一样。可叹赖盛既与平家决裂，又尚未见容于源氏，左支右绌，难如人意。

---

① 指平重盛的儿子维盛、资盛、清经、有盛、师盛、忠房。

② 池殿：指平清盛继母池禅尼。详见第五卷第四章相关注释。

再说小松殿的公子们，在三位中将维盛带领下，兄弟六人，率麾下千余骑人马，于淀之六田河原，追上了西幸的御驾。大臣殿宗盛正等着他们，大喜道：“怎地这么晚才到？”三位中将道：“只因家中幼子不舍分离，只好反复劝慰，故而来迟。”大臣殿道：“骨肉分离，实为惨事。为何不带六代同往西国呢？”维盛心头酸楚，泪流满面，悲道：“此去前途未卜，不敢携子同行。”

离京出逃的平氏族人都有谁呢？公卿计有：前内大臣宗盛公、平大纳言时忠、平中纳言教盛、新中纳言知盛、修理大夫经盛、右卫门督清宗、本三位中将重衡、小松三位中将维盛、新三位中将资盛、越前三位通盛。殿上人计有：内藏头信基、赞岐中将时实、左中将清经、小松少将有盛、丹后侍从忠房、皇后宫亮经正、左马头行盛、萨摩守忠度、能登守教经、武藏守知章、备中守师盛、淡路守清房、尾张守清定、若狭守经俊、兵部少辅正明、藏人大夫业盛、大夫敦盛。僧官有二位僧都全真、法胜寺执行能圆、中纳言律师仲快、经诵坊阿阇梨祐圆。此外尚有分属诸国国司、检非违使、卫府、诸司的武士一百六十人，总计七千余骑。俱是讨伐东国北国损兵折将之后，残存下来的兵马。

御舆停于山崎关户院，平家一门齐至男山八幡宫参拜。平大纳言时忠祷告道：“南无归命顶礼八幡大菩萨，请护佑君上与吾等早日再返京都！”边拜边祈，气氛甚为悲凉。众人极目远眺，但见烟霞满天，说不出的落寞凄怅。平中纳言教盛触景伤情，乃作歌曰：

别家漂泊云霄间，回望京阙尽狼烟。

修理大夫经盛也和了一首，歌云：

悲见故土成劫灰，荆棘风波满前路。

当真是一片烟尘隔故乡，前途万里赴云路。此情此景，思之令人不胜哀伤。

肥后守贞能，闻源氏以兵塞川尻，遂引五百余骑往击之。孰知情报不确，只得领军后撤。行至宇度野附近，正遇上宗盛奉帝西幸，贞能急忙下马，胁挟长弓，跪迎于大臣殿跟前，劝道："公今欲何往？纵赴西国，果能不死乎？徒留逃名于世，死有余辱也。况敌知我走，必处处邀截，前路凶险万分。不若留在京中，一决生死，方不负武家高名！"大臣殿道："贞能有所不知，木曾引军五万余骑，已自北国上洛，比睿山东坂本遍布敌军。今日夜半时分，法皇亦已起驾离京。吾等须眉男儿，虽无所惧怕，然而让女院、二位殿为兵戈提心吊胆，大是不当。无奈之下只得奉帝西幸，暂离京城。"贞能凄然道："既如此说，吾自归京中，与敌决死。请恕贞能不能从驾了。"言罢，将部下五百余骑交由小松殿诸子统领，自引三十骑回京。

京中传言，贞能回京系为讨伐留京投源的平家余党。池大纳言赖盛暗忖道："贞能此举，怕是冲我而来。"心中大骇。贞能返京后，于西八条火焚废墟上支起帐幕，歇了一夜，因不见平家子息，不禁心头凄楚。又想起源氏铁蹄或将蹂躏族坟，遂诣小松殿之墓，掘坟见骨，感怆而泣道："君辞世未远，吾一门已穷途末路。古书云：'生者必灭，乐尽悲来。'天下悲哀事无出其右。想尊驾早有彻悟，祷祝于佛神三宝，遁入净土，实是高明。彼时贞能便该追随同去，却因贪恋凡躯，遂有今时痛苦。待死期临时，望尊驾接我同赴佛土。"泣诉之后，遥拜高天祷告，而后收重盛遗骨，送至高野山；坟土尽数投入贺茂川中。此时贞能已对平家不抱任何希望，也不愿与他们一路，遂出京潜往东国。因早年间贞能对宇都宫朝纲①颇有照应，结下了人情，所以当他到了东国后，

① 宇都宫朝纲：平安末期武将，藤原姓宇都宫氏第三代当主。曾受平家恩惠，后投奔源赖朝，得到重用。

宇都宫十分高兴地收留了他。

二十、 弃福原

平家一门除小松三位中将维盛外，自大臣殿以下，皆随带妻子同往西国。然而身份较低者就无法带家眷同行了，后会之期难料，只能舍妻别子，孤单上路。以往出征，尚能约定何日何时归返，即便如此，家中妻儿仍望眼欲穿，更别提今日乃生离死别，最后的聚首了。因此无论远行或者留京，人人都泪湿衣襟。世代相传谱代[1]之情谊，年深日久之重恩，谁能忘怀？无论老少，俱都不忍分离，徘徊不前。可是终须一别，或于矶石边倚流登舟，日复一日航程遥远；或翻山越岭，备历艰辛跋涉远方。策马扬鞭、棹舟浮海，人人心事重重，踏上未知路途。

行至福原旧都，大臣殿宗盛召集老少数百名重臣，慰勉道："平家积善之余庆今已用尽，故积恶之余殃已然及身，遂为神明不容、为君上见弃，不得不离京飘零。虽说时运不济，然同遮一树之荫，亦是前生结契；同掬一河之水，颇显来世缘深。况且汝等并非临时招募之门客，而是累世相传之家臣，其中更有人历代受平家大恩。昔日平家繁昌之际，待诸位多有恩泽，照拂有加，如今理当报恩。今四海板荡，天子蒙尘，吾等所奉十善帝王，身携三神器，即便行幸山野之奥，吾等也当誓死追随。汝辈能尽死力以护神器乎？"老少家臣听了，尽皆泪下如雨，异口同声道："禽兽犹知感恩戴德，吾等以人伦之身，岂能不明事理？凡二十余年间，吾等娶妻育子、蓄奴呼仆，皆出主家所赐。主从之分，绝不以盛衰变心。尤以武士而言，怀有二心乃是奇耻。莫说在日本，就算去往新罗、百济、高丽、契丹，不论天涯海角，御驾行幸何处，吾等便追随何处，矢

---

① 谱代：数代侍奉同一个领主家族的家臣。这样的家臣一般更为忠诚，也更为主家信赖和重用。

志不渝、唯命是从。”平家族人听了这话，都放宽了心。

当夜宿于福原旧都。时当初秋，下弦月皎洁明亮，深夜寂寂苍穹如盖，众人席地而卧、垫草为枕，泪水露珠湿透了衣襟，凄凉无限。有人想到归期无日，辗转难眠，便起身往故入道相国所造华屋豪宅凭吊，但见高岗上有春日赏花御所、海滨处有秋夜赏月御所，此外泉殿、松荫殿、马场殿、二层栈敷殿、赏雪御所、萱御所，以及平家族人的宅邸，还有五条大纳言邦纲奉旨承建的内宫，鸯瓦玉甃，尽皆富丽堂皇，可叹三年不到便全部荒废，只剩下碎瓦颓垣。满目苍苔塞径、秋草闭门，瓦上生松、垣上茑茂，楼台倾倒，遍生苔藓；卷帘残破，松风直入内堂；荒寂无人，月影横斜空屋。

次日天明，一把火将福原大内焚荡无遗。自主上而下，皆舍陆登船。弃别福原，虽不像离京那样难舍，但众人心中仍有些依恋。薄暮时渔翁烧藻所冒轻烟、清晨时尾上之鹿呦呦鸣叫，还有浪涛拍岸声、夜间映于袖上的月影、草丛中的蟋蟀，种种耳闻目睹，尽都勾动愁肠，惹人哀思。昨日东关之麓并辔而行，总有十万余骑；今朝西海之浪解缆航船，区区七千余人。云海沉沉，青天垂暮；夕雾隔孤岛，明月浮海上。乘风破浪，日复一日，帝都已山川远隔，如在云外。遥思故土，相对无言，唯有泪洒千行。望那浪上白鸟飞翔，不正是在原业平①于隅田川上所询问的“都鸟”么？一想到这鸟名，多少人心头又涌起了思乡之情啊！寿永二年七月二十五日，平家阖族出奔。

---

① 在原业平（825～880）：平安初期著名歌人，为人才华横溢，风流倜傥。歌物语《伊势物语》便是以他所作的歌稿为底本而编成。其中第八话叙述一名失意男子，离京东游，来到隅田川时，心中满是乡愁，恰巧见一只白色水鸟在河上捕鱼，男子便问船夫此系何鸟？船夫答道：“这白鸟叫作‘都鸟’。”男子一听，勾起思乡之情，遂作歌道：“都鸟应知都中事，借问爱侣今如何？”

第八卷

一、山门御幸

寿永二年七月廿四日夜半许，法皇在按察使大纳言资贤之子、右马头资时陪伴下，秘密离开御所，御幸鞍马山。鞍马寺僧众劝他道："此处离京仍近，只怕尚不安全。"法皇听了，又翻越陡峭难行的篠峰药王坂，来到横川解脱谷寂场坊。可是那儿的僧众也劝他道："不如御幸比睿山东塔。"因此在众僧和武士的护送下，法皇又御幸东塔南谷的圆融坊。法皇逃出御所御幸比睿山、主上抛却凤阙出奔西海、摄政殿遁入吉野深山，女院与宫人们则分别躲到八幡、贺茂、嵯峨、太秦、西山、东山等地。源氏大军还不曾杀到，平家就离京出逃，致使京都成无主之地。此乃本朝自开辟以来，从所未有之事。但圣德太子的《未来记》①中，对今日之事却早有预言。

法皇驻跸比睿山的消息传出后，公卿殿上人等急忙赶来参谒，计有：已出家的前关白松殿、现任摄政近卫殿、太政大臣、左右大臣、内大臣、大纳言、中纳言、宰相、三位、四位、五位各阶殿上人。举凡有官有职的人物，还有盼着加官晋爵的，不漏一人，全来齐了。圆融坊中因参谒者过多，堂上堂下、门外门内，几乎每个空隙都挤满了人。当真是山门盛事，久违的荣耀。

同月廿八日法皇还都，木曾义仲引五万余骑护驾。近江源氏山本冠者义高，高举源氏白旗，当先而行。这二十余年来白旗从未出现在京中，今日是头一回，实在是件稀罕事。

再说十郎藏人行家经宇治桥入京；陆奥新判官义康之子、矢田判官代义清翻越大江山上洛；摄津、河内的源氏大军也如云汇集，京中各

① 《未来记》是本预言书，但作者是否为圣德太子，日本史学界尚有争议。有人认为此书系他人伪托圣德太子之名所撰。

处都聚满了源氏兵马。勘解由小路中纳言经房、检非违使别当左卫门督实家，于莲华王院箦子上召见义仲、行家。木曾义仲身着赤色锦直垂、外罩唐绫缀铠甲、腰悬太刀、背负黑白斑鹰羽箭、胁挟缠藤弓，脱下头盔挂于肩头高纽上；十郎藏人身着绀色锦直垂、外罩绯红铠甲、佩饰金太刀、背负大中黑鹰羽箭、胁挟缠藤弓，也将头盔脱下挂于肩头高纽上。二将拜伏在地，敬听法皇院宣曰：“前内大臣宗盛以下，平家一族悉予追讨，着即奉行。”二将当庭恭领钦命。随后上呈，恳请朝廷赐予住所。法皇便下令将大膳大夫平成忠位于六条西洞院的府邸，赐给木曾；将法住寺殿南殿的萱御所，赐给十郎藏人。此外，又因主上遭外戚平家挟持，飘零西海浪上，法皇叹息不已，遂向西国颁下院宣，着平家即刻奉主上与三神器回京。但平家对此置若罔闻。

高仓院之皇子，除当今主上外，尚有其余三位皇子①，本来应立二皇子为储君，可惜也被平家挟持去了西国。所幸三、四皇子尚留宫中。同年八月五日，法皇命将二位皇子迎入宫中。五岁的三皇子先到，法皇招手道：“来。”哪知他极为怕生，见到法皇就啼哭起来，吵个不行，只好立即送出宫去。接着入宫的是四岁的四皇子，法皇仍然招手道：“来。”四皇子立即乖巧地偎依在法皇怀里，一点也不惧生，还爬上法皇的膝盖，显得十分亲热。法皇老泪纵横，激动道：“毕竟是血脉嫡亲，不然像我这样年老的出家人，他岂会如此亲近？这个御孙，太像他故去的父皇了，举止样貌和年幼时的高仓院简直一模一样。今日一见，真是令人满心欢喜啊！”言罢，涕泪交下。当时尚称为“丹后殿”的净土寺二位殿恰巧就在法皇御前，遂进言道：“何不将皇位传予此子？”法皇道：“理应如此。”他又暗地里请阴阳师占了一卦，结果显示：“四皇子即位，将成日本国百王之王。”

---

① 高仓天皇有四位皇子，长子言仁亲王，即安德天皇；次子守贞亲王；三子惟明亲王；四子尊成亲王，即后来的后鸟羽天皇。

四皇子之母乃七条修理大夫信隆之女[1]，建礼门院尚为中宫时，她曾数次蒙恩入宫，以典侍身份受高仓帝临幸，生下两名皇子。信隆育有数女，他一直希望女儿中能有人成为皇后。听说家中若饲养千只白鸡，其家必出皇后，信隆便在家里养了千只白鸡。果然，女儿殖子屡受恩宠，接连诞下两名皇子。信隆虽心中暗喜，无奈平家对此颇为忌惮，建礼门院也恐信隆的外孙夺了自己儿子的宠，因此对他们十分冷淡。入道相国的夫人八条二位殿说道："无须担忧，交给我养育吧，定会将他们栽培为储君之才。"于是召来几位乳母，协助自己照料几位皇子。

其中四皇子由八条二位殿之兄法胜寺执行能圆法印奉为养君[2]。法印追随平家逃往西国时，因事起匆猝，不及携带夫人和皇子，将他们遗于京中。后来遣人自西国返京，向夫人道："请速带四皇子生母与四皇子前来！"夫人喜忧参半，带着四皇子先来到西七条，请兄长纪伊守范光拿个主意。范光道："且不忙去西国。我看此子面带瑞气，应该很快就有好事降临了。"于是留二人在府中歇了一宿，果然次日法皇便派车驾来迎四皇子入宫。仿佛冥冥中已有天意安排好一般。因为留驾有功，纪伊守范光便成了为新皇效力的第一人。然而四皇子即位后，大概不记得这件功劳了，未予范光半分朝恩圣眷。流年似水，范光心中抑郁，遂作歌二首，以抒苦闷，歌云：

昔在森中啼不尽，今朝一啼何吝惜。

又：

荒野山雀羡笼鸟，栖身有处展欢颜。

---

① 指藤原殖子，世称七条院殖子。她是守贞亲王和尊成亲王的生母。
② 养君：对所抚养皇子的敬称。

随后将这两首歌誊于纸上，呈入宫中。主上御览后，已明其意，叹道：“惭愧，范光卿还活在世上？朕早不记得他了，是朕疏忽了。”遂颁旨赐授范光朝恩，叙为正三位。

二、名 虎

同年八月十日，法皇殿上下诏，颁行除目令：木曾义仲授左马头，为越后守，封为“朝日将军”；十郎藏人行家为备后守。木曾不悦，遂改任伊豫守；十郎藏人亦嫌备后，遂改任备前守。其外源氏十余人，分任受领①、检非违使、靫负尉、兵卫尉等。

八月十八日，颁旨削平家一门一百六十余人官职，从殿上官职御札中除名。其中只有平大纳言时忠、内藏头信基、赞岐中将时实三人未被削职，盖因院宣频下，要令时忠奉主上与三神器返京，故而网开一面。

同年八月十七日，平家泛海直抵筑前国三笠郡太宰府。菊池二郎高直从京都开始一路追随平家，此时却突然借口攻打大津山关隘，领军往肥后国，躲入己城中，任平家宣召，就是不予理会。肥后守贞能平定镇西之乱后，带回的三路军马，如今只剩下了原田种直一路。九州二岛之兵，虽口头应承会来助阵，但至今不见一兵一卒。平家参拜安乐寺，以咏歌、连歌②向神明祷告。本三位中将重衡咏道：

---

① 受领：一国的国司，有兼任国司、暂任国司、遥任国司等多种形式。能够赴任并管理实际事务的称为“受领”。

② 连歌：一种独特的诗歌体裁，始于平安时代末期。其特征是集体创作和即兴创作，由两人或多人对咏一首和歌，每一句都必须与别人的上一句巧妙衔接，因此需要作者具有随机应变的机智。无论形式还是内容，连歌所表现的，都是在自然的变幻中观察人生的变幻。

心恋故都每伤悲，神明玄鉴当垂怜。

族人听了，皆泪流满面。

八月廿日，京中法皇颁下院宣，诏四皇子于闲院殿即位，是为后鸟羽天皇。原摄政近卫殿仍为摄政，随后又任命了藏人头及藏人，便散朝而去。三皇子的乳母涕泣悲叹，后悔莫及，却也无可奈何了。语云："天无二日，国无二主。"然平家恶行暴虐，遂令朝野竟有二主并立。

昔时，天安二年[①]八月二十三日，文德天皇龙驭上宾，诸皇子都希望由自己继承大统，遂各自暗中祈神。大皇子惟乔亲王，又名小原皇子，颇具王者才量，"四海安危居掌内，百王治乱悬心中"[②]，一向享有圣贤之名。二皇子惟仁亲王，母亲染殿皇后乃摄政关白忠仁公之女，一门公卿满殿，实力雄厚，非同小可。这两位皇子，一个有守文继体[③]之器量，一个有辅佐万机之臣相，各擅胜场，彼此明争暗斗。为大皇子惟乔亲王祈愿的，乃东寺高僧弘法大师的弟子纪僧正信济；为二皇子惟仁亲王祷祝的，是忠仁公的加持僧、比睿山惠亮和尚。两位法师势均力敌，一时间决不出高下。但天皇驾崩，国不可一日无君，公卿们佥议道："兹事体大，本应由臣等合议，推举出即位者。但难保各人会有私心，反惹万民讥讽。倒不如以赛马、相扑一较高低，各安天命，由胜者继承宝祚。"遂就此议定。

同年九月二日，两位皇子亲临大内右近马场。王公卿相皆身着锦袍，宝马玉辔，如云汇聚，排列成行，灿若星辰。当真是盛况空前，天下罕逢。大臣们照平日的交情，分为两方，为各自支持的皇子助威操心。御祈的高僧，更是不敢疏忽。信济于东寺立坛，惠亮在大内真言院

---

① "天安"是日本第55代文德天皇的年号。天安二年即公元858年。

② 出自白居易诗《百炼镜》。

③ 守文：坚持维护礼乐制度；继体：继承皇位。

立坛，各展平生所能，竭力祷祝。惠亮为麻痹信济僧正，还放出风声伪称自己已力尽圆寂，其实却是呕心沥血、诚心诚意地在为主家祈愿。

既而十回赛马开始，前四回大皇子惟乔亲王获胜，后六回二皇子惟仁亲王得胜。随后开始相扑比赛。惟乔一方，派名虎右兵卫督出战，他膂力过人，号称能敌六十人。惟仁亲王方面则派出能雄少将，他个头矮小，众人都认为名虎凭一只手就能打倒他，本来不让他上场，但他一再请战，声言与名虎交手，乃毕生梦想。亲王便许他登场了。名虎、能雄两人贴身肉搏，互相拉扯，进退推搡；不多久，名虎大喝一声，将能雄高举过头，扔出二丈开外。能雄身子一沾地，旋即翻身跃起，口中喊着名虎的名字，猛扑上去，欲将名虎掀翻；名虎也放声怒吼，抓住能雄。一时间二人难分高下。但名虎人高马大，优势明显，时间长了，必胜无疑。二皇子惟仁亲王之母染殿皇后，见形势渐渐不利己方，急忙遣人告知惠亮，道："我方败相已显，这可怎么办好？"惠亮和尚所修乃大威德之法，遂祷告道："愿求大威德力，成我大功劳。"举起独钴①撞碎脑壳，取出脑髓混合乳汁，拌入护摩坛中燃烧，登时黑烟冲天而起。他一颗颗地捻着佛珠，用尽死力祈祷。能雄终于赢得了相扑比赛。惟仁亲王由此即位，是为清和天皇，别称水尾帝。此后山门但凡有事，便倚仗此功，卖弄道："惠亮碎脑壳，二宫即帝位；尊意②挥智剑，菅相得镇抚。"本朝仅此一回帝祚之继由佛法决断，此外皆取决于天照大神之意愿。

平家于西国听闻四皇子被立为天皇，宗盛懊恼道："可恶！悔不并取三、四皇子同来。"平大纳言时忠道："若如此，木曾定奉高仓宫之子义圆为皇。那义圆在赞岐守重秀保育下，出家为僧，此刻正好在北国

---

① 独钴：又名独钴杵，真言师所用之金刚杵。

② 尊意（866～940）：平安中期天台宗高僧，926年任天台座主，曾在承平之乱中慑服平将门。后世传说是他的法力镇抚了菅原道真的怨灵。

落脚。”旁人疑道：“既已出家，怎能即位？”时忠道：“无妨。出家后又还俗登基的史例，异国便有不少。即令在本朝，当年天武天皇尚是东宫时，为避大友皇子之忌，剃发隐于吉野深山。后时机来临，起兵灭亡大友皇子，终得即位为帝①。又有孝谦天皇在位时发大菩提心，传位于太子，自身剃度出家，法号‘法基尼’；后再度践祚，改号称德天皇。义圆本是木曾旧主之子，奉他还俗登基，也并无不可。”

同年九月二日，法皇遣参议长教为敕使，往祭伊势神宫。太上天皇遣公卿为敕使，祭祀伊势神宫，在朱雀、白河、鸟羽三代皆有先例可循，不过却都在天皇出家之前。出家以后行此事者，这是第一次。

三、线 团

再说筑紫方面，有传闻说要建造皇宫，但定都一事公卿久议不决，安德天皇只能暂住于岩户少卿大藏种直的府邸中。平家族人或宿于郊野，或住在田中，真可谓“幽月清寒近山端，十市之里捣衣声。”②皇居虽暂寄山中，木之丸殿③粗陋简朴，却自有一番山野异趣。天皇先是行幸宇佐神宫，大宫司公道的宿所被安排为临时皇居，公卿殿上人住在社殿中，五位、六位官员宿于廊下，四国镇西的兵马则全在外庭歇息。他们身披甲胄、携带弓箭，如云霞般聚集，陈旧的朱色玉垣仿佛添了新饰。御幸神宫的第七日清晨，大臣殿宗盛得神明托梦，梦中见自己推开宝殿大门，但闻有肃穆声传出道：“世上一切烦恼，皆系咎由自取，神明亦爱莫能助，无须再费心祷告了。”大臣殿一惊而醒，只觉胸中气闷抑郁，遂小声吟诵古歌曰：

---

① 天武天皇一事参见第四卷第九章相关注释。
② 出自《新古今和歌集》，原作者为式子内亲王。
③ “木之丸殿”是木造的殿阁。这里引用了《新古今和歌集》中天智天皇所作和歌。

所望如虫鸣，细弱不堪怜；
哀思叹秋暮，此心何凄楚。①

此时正是九月中旬，荻叶飘摇，纷纷为秋风吹落；床榻濡露，泪水湿透衣襟。深秋之哀虽四海皆同，然飘零之人却愈发难忍。九月十三日夜，本是赏月佳时，而今却心怀故土泪如泉涌。云霄之上，朦胧泪眼观之，月色迷离。往昔于大内殿堂赏月之事，一时俱都涌上心头。萨摩守忠度乃作歌曰：

去年同赏月，今宵离京远行去，良友可思我？

修理大夫经盛也和了一首：

恋此明月夜，相契相思当无尽，伊人难忘怀。

皇后宫亮经正也作歌一首，云：

别来羁异乡，荒野露珠伴孤旅，心系故都月。

丰后国乃刑部卿三位赖资之领地，置其子赖经朝臣为代理国司。赖资在京中遥命赖经道："平家见弃于神明、遭遗于君皇，逃离帝都，飘零海上，镇西之人竟予收留，诚为奇事。然吾丰后国万不可与之一体同心，当尽速号召国内义士，与吾合力，共逐平家。"赖经朝臣随即将此事告知本国住人绪方三郎维义。

维义其人，乃可怖神物之后裔，这里面还有个故事。话说从前在

① 出自《千载和歌集》，原作者为藤原俊成。

丰后国片山里，有个妇人，膝下育有一女，尚待字闺中，却瞒着母亲与一男子私通，时日一久，不免珠胎暗结。母亲责怪道："你到底与何人有私情？"女儿道："但见其来，不知何往。"母亲便教她道："待他归去时，以标记系其身后，便可知其去向。"女儿从母之教，等那男子清晨告别时，在他水色狩衣的衣领上暗暗刺入一根针，插上一个线团。她就顺着那线，一路尾随男子，跟着他来到了丰后国与日向国交界处的姥岳峰下。那男子倏地钻入一个大岩洞中。女子在岩洞口听见洞内传出痛苦的呻吟声，便说道："我专诚来此寻你，若还有情，请出洞一见。"洞里回道："我此刻并非人形，你见了定会吓得魂飞魄散，还是快走吧！你肚中所怀是个男孩，日后舞刀射矢，九州二岛无人能敌。"女子坚持道："一夜夫妻百日恩。无论你怎生模样，平日的情分我都不会忘记。你快出来见我吧！"一语甫毕，突然地动山摇，一条粗约五六尺、长约十四五丈的大蛇，从洞中窜出。原来那根针插在衣领上，正好刺入它的咽喉，使它现了原形。女子霎时间吓得魂飞魄散，同来十余人也尽皆大惊失色，叫嚷着落荒而逃。女子归家不久，生下一名男婴，交由外祖父大太夫抚育。年未满十岁，便长得膀大腰圆，身形高大。七岁即元服，因外祖父名为大太夫，遂取名"大太"。不管冬夏冷热，他的手脚总是干燥开裂，结了厚厚一层茧，故而又称"胝大太"①。那条大蛇其实是日向国所崇奉的高知尾明神的神体，绪方三郎维义就是胝大太的五代孙。因他有如此可怖的先祖，在接到国司赖经的指令后，便声称自己奉了法皇院宣，向九州二岛发出檄文，接管了所有兵马。

四、撤离太宰府

平家本欲定都筑紫，并就地起造皇宫，但维义谋反的消息传来，

---

① 胝：手脚掌上的厚茧。

令平家族人忐忑不安。平大纳言时忠道："维义本系小松殿御家人①，请哪位小松殿的公子去招抚即可。"宗盛公认为此话有理，便派小松新三位中将资盛率五百余骑前往丰后国，竭力劝说维义。无奈维义就是不从，斥道："汝若不是我以往少主，此刻便将你拿下了。盖闻成大事者不拘小节，汝无须再多言，此番我不拿你，你也兴不起什么风浪了，速回太宰府去，和族人一起听天由命吧！"言罢，将资盛赶了回去。维义随后遣次子野尻次郎维村为使者，至太宰府传话道："平家原系吾等主家，向蒙重恩，本应卸甲松弦，转投麾下听凭驱驰。然法皇院宣，诏吾等即速将平家逐出九州，只好请诸位尽快离开了。"平大纳言时忠身着绯红系带的下袴、穿丝葛直垂、头戴立乌帽子，出见维村道："夫我君皇乃天孙四十九世正统、人皇八十一代天子也！天照大神、正八幡宫素所庇佑，且传国玺剑镜在兹。尤其是故太政大臣入道公，保元、平治两番平靖逆乱，更将汝等镇西兵马召入京中，优抚善待。今东国北国凶徒，为赖朝、义仲唆使，不辨向背，屡拒官军，自速祸灭。汝辈趋走阙庭，近承天泽，何等荣耀？却受丰后国大鼻国司诳惑，欲得庄园之赏，而弃忠义于不顾，去顺效逆，对抗王师。一旦大驾还宫，怕悔无及也。"丰后国国司刑部卿三位赖资之鼻颇大，故而时忠称其为"大鼻国司"。维村归去，将时忠所言如实禀告父亲，维义道："此言大谬。世事翻覆，已是今非昔比，还讲什么恩情忠义？咱们快点将他们从九州赶走吧！"立即下令全军集结。消息传到平家那儿，源大夫判官季定、摄津判官守澄相顾道："若容此辈肆意妄为，今后必成大患。不如先下手为强，出兵灭了他们。"遂率麾下三千余骑，急驰筑后国高野本庄，攻打了整整一日一夜。维义的援军如蚁附聚，重重叠叠，二将无法取胜，只得撤兵。

既而绪方三郎维义引大军三万余骑来攻，平家惊慌失措，不及收

① 御家人：与主家保持直接的主从关系的武士。

抬便匆匆忙忙撤离太宰府。此地原系祭祀天满天神之处，平家曾屡次诚心祷告，如今却失望而去。仓促间，抬御舆的舆丁也无一个，葱花凤辇不免徒具虚名，主上只好乘坐腰舆出奔。内宫自国母建礼门院而下，所有女官、贵妇都卷高袴裾；公卿自大臣殿而下，所有卿相云客也都扎紧指贯两侧的宽松处，徒步裸足，出护城河向箱崎津逃去。哪知又赶上狂风暴雨、飞沙走石，人人凄苦，泣血捶膺，泪水和着雨水无法分清。沿途经过住吉、箱崎、香椎、宗像的神社，全都入内拜伏，祈求主上能早日还御旧都。接着越过垂见山、鹑滨等巍峨险阻，前方是浩渺无际的广漠平沙。艰辛跋涉使双足磨破出血，染红了黄沙；穿红袴者血色愈红，穿白袴者更是显眼。唐时玄奘三藏翻越流沙葱岭[①]，想来艰苦程度也无过于此。然三藏受苦，乃为求法取经，利人利己；而平家系为怨敌所苦，今生来世俱受非难，实是可悲之事。原田大夫种直原本领二千余骑跟随平家出奔，但后来山鹿兵藤次秀远，率数千骑来迎平家，原田素与秀远不睦，此时便不欲再同平家一路，遂于中途引军离去。行至芦屋津时，想起此处地名与当初离京赴福原所经过的村名相同，不禁感慨万千，勾动思乡愁肠。

平家本打算远走海外，即使去到新罗、百济、高丽、契丹，天涯海角，越远越好。然而海上风急浪高，船只无法远航，只好命兵藤次秀远引军为前导，暂驻于山贺城。可是很快又传来了敌军即将攻打山贺城的消息，只好连夜找来小舟，逃往丰前国柳浦。本想在此起造皇宫，无奈土地褊狭，不得不放弃。隔不多久，又听说源氏大军由长门出击，正在向柳浦进军，急忙乘上捕鱼小舟，泛海逃去。

小松殿三子左中将清经，生性沉默少言，常郁郁寡欢。眼见家国日危，自思道：“源氏已陷京都，而今又遭维义逐出镇西，平家如落

---

① 葱岭：古代对今日帕米尔高原及昆仑山、喀喇昆仑山西部诸山的统称，是古代东方与西方陆路交通的要道。

网之鱼，无所遁形，离灭亡之日恐怕不远了。”某夜月色溶溶，清经步出船舱，立于船头，但觉心中一片澄静，遂横笛吹曲、朗咏和歌、念佛诵经，而后从容投海而死。男女众人无不伤感悲泣，却也无济于事了。

长门国乃新中纳言知盛的领地，置纪伊刑部大夫道资为目代。道资知悉平家所乘皆为小舟后，急献大船百余艘，平家遂得以改乘大船，驶往四国之地。抵达赞岐后，阿波民部大夫重能于四国境内征集大批民夫，造行宫于赞岐屋岛。不过因条件所限，行宫只能以板屋充任。可是建成之后，又嫌板屋简陋，不足以奉请主上御居，于是改用大船暂作御所。大臣殿以下公卿殿上人，或屈居渔夫蓬屋权且度日，或蜷缩于贱民茅舍中煎熬过夜。龙头鹢首①浮于海中，任波涛颠簸着浪上行宫，无有静时。月升月隐、潮涨潮落，令人深浸于乡愁之中；霜打苇叶，又令人感叹生命何其脆弱。昼听洲崎千鸟振翅之声，徒添晓恨绵绵；夜闻岸边橹棹之音，倍增伤感无尽。远松白鹭飞翔，遥遥望去，疑是源氏白旗飞舞；辽海野雁长鸣，侧耳听来，只道敌船趁夜行棹。当真是在在心惊，处处胆战。晴日海风侵肌，翠黛红颜之色渐衰；沧海碧波耀目，远行之人望乡泪流。翠帐红闺早不见，土屋苇帘何凄凉；昔时薰炉香飘，而今芦火黑烟。女官贵妇们过着颠沛流离的生活，苦不堪言。红颜泪尽、绿黛缭乱，已完全看不出半分贵气。

五、院宣敕封征夷大将军

自后鸟羽帝践祚，法皇专决万机。镰仓前右兵卫佐赖朝，因经略关东、力讨平家、战果显扬，故法皇论功，赖朝第一，义仲第二。赖朝安居

---

① “龙头鹢首”指安德天皇乘坐的大船。“鹢”是一种似鹭的水鸟。

镰仓，法皇院宣下，拜其为征夷大将军①。遣左史生中原泰定为朝廷敕使，至关东宣旨。十月十四日，泰定携院宣抵达，兵卫佐道："赖朝以往屡受朝廷勅勘，今依武勇之名，得享敕封征夷将军之荣耀，岂敢于自宅中接旨？须在若宫神社拜领。"于是前往鹤冈八幡②。此神社建筑风格与京都石清水八幡神宫别无二致，回廊、楼门、门前十余町长甬道一应俱全。众人商议道："院宣既下，让谁受领合适呢？"最后决定由三浦介义澄拜领院宣。义澄乃名扬关东八国的武士三浦平太郎为嗣的后裔，其父大介义明曾忠君舍命，故而由义澄受领院宣，也可告慰义明于九泉之下。

院宣御使泰定，与家臣二人、郎党十人同来。院宣置于文袋中，悬于杂色颈上。三浦介义澄也随带家臣二人、郎党十人，两名家臣分别是和田三郎宗实、比企藤四郎能员；十名郎党是由关东十位大名各派一人仓促组成的。三浦介当日穿着褐色直垂，外罩黑丝缀铠甲、带着黑漆大太刀，背负二十四支黑翎箭，肋挟缠藤之弓，脱下头盔挂于甲胄高纽上，躬身受领院宣。泰定道："拜领院宣者，姓甚名谁？"义澄不敢只报三浦介，而是毕恭毕敬地报上全名道："三浦荒次郎义澄。"院宣装在御览箱③中，义澄接过，转奉给兵卫佐殿。片刻后，兵卫佐殿命人将御览箱交还泰定。泰定接过，感觉箱子变得十分沉重，急忙开箱一看，箱内竟装有砂金百两。赖朝紧接着又在若宫拜殿上备下酒席，为泰定接风。斋院次官亲义陪膳，一名五位大夫负责奉膳。席间，又送泰定三匹骏马，其中一匹已置好马鞍，由大宫武士狩野工藤一臈祐经牵着。还准备了一处古雅萱屋作为泰定的宿所。此外尚有厚绵之衣二领、小袖

① 这次的敕封，源赖朝因天下尚未平定，故而只拜领，并未实际出任"征夷大将军"。直到1192年，他已经消灭了所有对手，并且后白河法皇也已去世，他这才正式出任征夷大将军，开创了镰仓幕府。

② 鹤冈八幡宫原是设立在镰仓祭祀八幡神的神社。1180年源赖朝入主镰仓，将神社移往此地，称鹤冈若宫。

③ 御览箱：供达官贵人浏览的文书所放置的小箱子。

十套、绀蓝摺白布千端①等礼物，置于长方木箱中相赠。当晚酒菜丰盛、觥筹交错，宾主尽欢而散。

翌日，泰定回拜兵卫佐馆。见内外均设有侍卫所，共计纵横十六间。外侍所有家将郎党，一律并排跪坐两侧；内侍源氏一门皆列上座，关东八国大小大名居于末座。泰定先被请到源氏上座，不一时，又被让入寝殿。广厢②中铺着紫边的榻榻米，泰定坐于其上。上首则铺着高丽边的榻榻米，竹帘高卷，兵卫佐殿端坐其间。他身穿布衣、头戴立乌帽子，面相清正、身材较矮、容貌俊朗，言语层次分明。他恳切地对泰定道："平家慑于赖朝威势，离京奔亡。木曾冠者与十郎藏人乘虚而入，伺机谋取高名显位，却又不满朝廷恩赏，对封地嫌弃挑剔，令人生恶。奥州秀衡出任陆奥守、佐竹四郎隆义出任常陆守，俱不从赖朝之命。请法皇即刻颁下院宣，对彼等予以追讨。"左史生泰定回道："泰定今番拜访，本应奉上名簿③以表敬意，只是身有传达院宣之要务，不便敬奉。待归京后连同舍弟史大夫重能一并奉上名簿致意。"兵卫佐殿笑道："赖朝何德何能，敢拜受二位的名簿？不过既已说了，就先应承了。"晤谈之后，泰定起身告辞，欲于当日归京。赖朝殷勤挽留，泰定遂决定再留宿一夜。

次日，泰定至兵卫佐馆辞行，赖朝又赠其萌黄缀腹卷一套、白银饰太刀一柄、缠藤之弓、狩猎之矢数副；马十三匹，三匹已置好马鞍。另赠泰定十二名家臣、郎党直垂、小袖、大口④、马鞍等礼物，整整装满了三十匹驮马。此外，为供给泰定一行从镰仓到近江镜宿驿站的口粮，又赠予大米十石。据闻因大米绰绰有余，沿路还施舍了相当一部分给山泽贫民及僧侣。

---

① 端：古代布帛长度单位。有一端等于一丈六尺、一丈八尺、二丈等说法。

② 一块榻榻米称为一叠，大于四叠半的房间称为"广厢"或"广间"。

③ 名簿：写有官位、姓名的手札。

④ 大口：日本古代一种裤脚宽松的袴。

六、猫　间①

泰定返京，拜谒法皇，于御坪前将关东情形细细奏禀，法皇大悦，公卿、殿上人等也尽皆眉开眼笑，纷纷称赞兵卫佐识大体、有气度，大异于木曾。木曾虽然官居左马头，负责守护京都，坐言起行却依然粗野浅薄。其实这十分正常，须知木曾自二岁起便窜匿乡鄙，隐居于信浓国木曾山小村中，直至三十岁。又岂能做到知文识礼呢？

某次，猫间中纳言光高，因事拜访木曾，郎党向木曾义仲禀道："猫间殿有事来访，正在外间等候。"木曾大笑道："猫也会拜访人？"郎党解释道："是尊称猫间中纳言殿的公卿前来拜会。'猫间'应该是他府邸所在地的称呼。"木曾恍然大悟道："哦，那快有请。"猫间殿入内后，二人对面而坐，可木曾怎么也说不清"猫间殿"三字，寒暄道："猫大人难得来一趟，快请用饭。"中纳言摇头道："不必客气，我还不饿。"木曾又劝道："已到饭时，还是吃点吧！"中纳言无奈，只得应了。木曾以为凡新鲜食物一律称为"无盐"②，便吩咐郎党道："咱们不是有无盐平菇么？端上来。"陪膳的根井小弥太，挑了个大号的乡农用的海碗，碗底极深，将饭填满，配上三样小菜，连平菇汤一碗，摆在中纳言面前。同时在木曾面前也照样摆了一份。木曾提筷便吃，猫间殿见他吃饭毫不讲究，不由皱起眉头，又嫌那碗有些脏，便停箸不食。木曾道："此碗乃义仲敬佛所用，猫大人难道嫌弃？"中纳言颇觉尴尬，只好举筷作势欲吃。木曾见了，又不满道："看来猫大人饭量挺小，要是像吃猫食一样小口小口吃，可不好看。"中纳言殿大为扫兴，对木曾的粗俗

---

① 猫间：光高原名藤原光隆，因居住于猫间，故被称作"猫间中纳言殿"。

② 日本古时对食品大量腌制以备用。没有经过盐渍的食品，称为"无盐"，都是较新鲜的食品。

甚是反感，因此连所来何事也不说半句，便急急告辞离去。

木曾自加官晋爵后，便弃穿直垂上朝，而改着狩衣装束：头戴乌帽子、下穿指贯，望上去神采飞扬。此外，他还开始喜欢坐车出行。可是身为武士，顶盔贯甲、负矢持弓，坐在牛车上已全然没有了骑马时的威风凛凛。此牛车本是大臣殿宗盛的，他而今流亡屋岛，牛饲却不曾逃脱，留在京中被木曾擒去，受强迫为木曾喂牛驾车。这牛饲心中怨愤，常想作弄一下木曾。这日他驾车载着木曾，那牛平素娇生惯养，行步向来徐徐而进，从未挨过鞭子。牛饲今天故意使劲抽了它一鞭，那牛吃痛，登时撒开腿飞跑。木曾殿在车里被颠簸得东倒西歪，左右衣袖上下翻飞，如蝴蝶展翅般，怎么也爬不起来。木曾殿也不懂得该叫“牛饲”，而是喊道：“小牛健儿，怎么了？小牛健儿！”牛饲也不理他，向前一气狂奔了五六町。今井四郎兼平纵马扬鞭追了上来，喝道：“快停下来！为何将车赶得如此之快？”牛饲故作歉疚道：“这头牛脾气倔，实在是不好赶。”又道：“车里有个把手，大人紧抓住，就不怕颠簸了。”木曾找到把手，牢牢抓住，道：“不错，这把手设计得真巧。小牛健儿，是你做的，还是宗盛想出来的？”等到了法皇御所，木曾却从车尾下车。京都的杂色急忙说道：“大人，这牛车必须由后头上车，从前面下车。”木曾不悦道：“哪来那么多规矩？不管啥车，前面后面都能上下车！”此后就一直坚持由车尾下车。相类的笑话尚有不少，公卿贵族们都暗中哂笑不已，只是惧于木曾威势，不敢明言。

七、水岛合战

平家据赞岐屋岛，声势复振，旋取山阳道八国①、南海道六国②，

---

① 山阳道八国：播磨、美作、备前、备中、备后、安艺、周防、长门。
② 南海道六国：纪伊、淡路、阿波、赞岐、伊豫、土佐。

合计收复十四国。木曾左马头闻报，不敢轻敌，亲自调遣大军前去征讨。统军大将为矢田判官代义清，侍大将为信浓国住人海野弥平四郎行广，总起兵马七千余骑，驰奔山阳道，而后在备中国水岛登船，向屋岛杀来。

同年闰十月一日，水岛渡口处突然出现一条小船，看外形既非渔夫捕鱼船，又非垂钓船，倒像是平家下战书的船。源氏一方发现后，立时大叫着将五百余艘在岸边的战船推入海中。平家千余艘战船已分成两路杀了上来，正面由大将军新中纳言知盛指挥，迂回包抄由大将军能登守教经指挥。能登殿高声鼓舞士气道："众将士，北国之敌汹汹而来，吾等当奋力死战，忠君报国。只是海上浪大颠簸，若不慎遭敌擒去，必为奇耻大辱。速速将各船连接起来。"平家兵士听命，急以缆索连接千余战船，船间铺以木板，进退舟中坦然如大路。及至源平双方战船相按，登时杀声震天，隔得远的拉弓放箭，距离近的拔刀血战，更有人以钉耙互殴。落海而死者、刀砍箭射而死者，不计其数，直杀得天昏地暗。平家大将教经善射，当先接战，射杀敌将十三人。源氏侍大将海野弥平四郎战死，大将军矢田判官代义清遥遥望见，主从七人乘小舟赶来接应，却在忙乱中踏翻了船，七人皆落海溺毙。时日蚀天晦，不辨东西，源氏一方大将既亡，军心涣散，大败而溃。平家早已将战马备好鞍鞯，拴在船上，战船一靠岸，立即纵马登陆，追击敌军，斩首甚多。水岛合战，平家大获全胜，如当年越王勾践般，洗雪了会稽之耻。

八、濑尾杀身

木曾左马头接水岛大败战报，深感此事非同小可，急引一万骑驰赴山阳道。平家武士备中国住人濑尾太郎兼康，随平维盛征北国，战于安宅渡，为加贺国住人仓光次郎成澄生擒，羁押于成澄之弟仓光三郎成氏处，将斩。木曾殿怜其乃当世闻名之勇者，力大无匹，不欲坏其性命，遂释之，置于仓光成氏麾下。成氏亦感兼康为人重情守义，故而待他礼敬有加。然兼康虽屈心事成氏，实则心怀旧主，正如苏子卿囚于胡国，李少卿不得归汉一般："远托异国，昔人所悲；韦鞲毳幙，以御风雨。膻肉酪浆，以充饥渴。塞外草衰，夜不能寐；胡笳互动，牧马悲鸣；晨坐听之，不觉泪下。"①他一心想着窥敌不备，刺杀源氏大将，而后再归旧主，可谓用心良苦。

适逢源氏兵败备中水岛，义仲亲领大军征讨。濑尾太郎兼康拜见仓光三郎，诈言道："自五月间得蒙赦罪，微躯苟存至今，心中早许木曾殿为主君。今木曾殿往征备中，兼康身为备中土著，愿请为前驱向导，万死不辞。备中濑尾原系在下统管，土壤膏腴、草料充足，乞往而使本州人具蒭根②。"仓光将此言转报木曾殿，木曾殿大悦道："此议甚妙。就让他做前导，先行往濑尾置备马料吧！"仓光三郎见木曾殿准了，大为高兴，遂领三十骑，由兼康当先引路，俱往备中。兼康嫡子小太郎宗康，对平家亦忠心耿耿，听说父亲从木曾处获释，急忙聚集年轻郎党五十骑，驰来迎接。行至播磨国国府，双方相遇，遂汇合同行。至备前国三石驿，濑尾亲朋载酒来，终夜剧饮庆贺。仓光三郎及部下三十人被宗康的武士灌得烂醉如泥，不能动弹，悉数遇害。备前国乃十郎藏人领地，兼康与宗康又顺势奔袭备前国国府，斩杀了源行家所置代理国司。

束缚既去，兼康随即发布募兵令道："吾衔平家敕命而归，凡忠于平家者，俱应遵吾号令，待木曾军来，箭矢相迎。"此时备前、备中、备后三国所有有能力置办马匹鞍具的武士及属下足轻，俱已被平家征去。仅余老弱残兵，或穿着陈旧直垂，把裤管束好；或穿着粗布小袖，将下摆撩起拽在腹卷上；披上薄甲，背负箭箙，驰集濑尾麾下，其势计

---

① 引文出自《李陵答苏武书》。

② 蒭根：指马料。蒭，割草喂马。

有二千余人。他们在濑尾太郎带领下，于备前国福隆寺绳手与篠迫两地，设塞构防，掘出宽二丈、深二丈的壕沟，削巨木为栅，立起箭楼，搭弓引箭，严阵以待。

十郎藏人所置备前国代理国司遭濑尾袭杀后，其部属尽皆逃向京师。狼狈奔至播磨国与备前国交界处的船坂时，正撞上率兵赴备前的木曾殿，遂详细禀明所发生一切，木曾殿惊怒交集，悔道："早该除去濑尾这厮！"今井四郎道："那厮面带诈色，我说了千遍要杀他，可还是被他拣了性命去。"木曾殿道："无妨。凭他微末道行，成不了事。只须遣一支军前去，立时便能讨灭了他。"今井四郎请命道："在下愿往。"即刻点起本部三千余骑，飞驰而去。福隆寺之绳手、篠迫，面积甚小，长亦不过西国道一里①而已，左右皆是深田，填满泥沼，马足不能到底。三千余骑疾奔向前，马蹄翻飞，冲到濑尾防线前。只见濑尾太郎立于箭楼上，高声道："自五月迄今，多蒙贵方饶我一命，为答谢厚意，特备薄礼望诸位笑纳。"言罢，手一挥，数百名严格挑选的强弓手一齐放箭，霎时间箭雨满天，压制得源氏兵马抬不起头来。今井四郎奋勇当先，祢井、宫崎三郎、诹访、藤泽等猛将，也冒矢顶戈，拖过被射死的人马，填入壕沟中，高声呐喊，鼓勇冲锋。源氏士卒或跳入左右的深田中，顾不上脚踏的是马胸还是马腹，一波波地殊死猛攻；或卧倒在地，匍匐前进；双方就这样直战到日暮。入夜后，濑尾临时拼凑起来的武士兵卒，大多已经阵亡。人数不多的残部在篠迫城郭陷落后，由濑尾太郎带领，退至备中国板仓河畔，立起垣楯，准备死守。然今井四郎追兵疾速杀至，濑尾军不及深入布防，只得以竹箙中的箭矢抵挡了一阵，不久矢镞射尽，弃阵溃逃。

濑尾太郎主从三骑，沿板仓河岸逃命。逃到三户山时，撞上了先前在北国生擒过濑尾的仓光次郎成澄。成澄恨极濑尾，心道："这厮杀

① 日本西国道一里，约合今650米。

我弟弟，今日定要再度活捉了他。”遂拍马越众而出，独自追赶了上去。大概追出一町许，瞧瞧就要赶上，便在后头纵声喊道：“濑尾殿，为何如此仓皇奔逃？身为武士，不觉得可耻么？快掉转回头，与我决一死战吧！”濑尾正打算西渡板仓河，在岸边听见喊声，急忙扭头勒马，准备迎敌。仓光成澄纵马杀来，二马错镫，你来我往，数合后同时跌下战马。二人皆力大无穷，互相扭住厮打，上下翻滚，最后一齐滚入河中。仓光是个旱鸭子，濑尾却精通水性，在水底掀起仓光的贴身软甲，拔出短刀，连刺三刀，旋即割下仓光首级。上岸后，见自己的坐骑已累得直吐白沫，便换骑仓光之马，继续奔逃。

濑尾嫡子小太郎宗康，因不便骑马，只能徒步逃亡。虽然年纪轻轻，才二十二三岁，却由于体肥膘厚连一町路也跑不了，将甲胄装备等尽皆弃去后，仍然困踣道上。父亲兼康抛下儿子狂奔十余町后，突然回头对跟随的郎党道：“吾平素与千万敌接战，但觉四方皆明；现今舍小太郎而去，只感眼前一片黑暗，前途难明。若如此逃回平家，必遭同僚嗤笑：‘兼康年过六旬，竟还贪生怕死，弃独子于不顾，只管自己逃命。’这等话语，吾承受不起。”郎党道：“休戚与共，死生有命，咱们还是折回去吧。”兼康道：“正该如此。”遂复返前处。此时小太郎足肿不支，正倒卧路旁喘气。兼康道：“因汝困滞，父子骨肉，不忍抛弃，索性回来与你一道战死罢了。”小太郎听了，泪流满面，急道：“孩儿此身实是累赘，本该自尽以免拖累父亲大人。如今您若因我而死，孩儿就犯下五逆大罪了！请父亲大人尽速离开吧！”兼康道：“事已至此，岂有再去之理？”遂于原地歇息。既而追兵大至，今井四郎当先率五十骑冲杀上来。濑尾太郎将残余的七八支箭尽数射出，登时射落五六骑。其后恐小太郎落于敌手，遂拔出太刀，先斩小太郎首级，随即闯入敌阵血战，连斩数人，终为今井四郎所杀。部下郎党亦奋力死战，伤痕累累，精疲力竭，不及自刎便遭生擒。然而其伤势过重，当日即不治而亡。主从三人之首级悬于备中国鹭鸶林示众。木曾殿见后，又心生怜惜，叹道："唉，如此以一当千之勇士，一朝败亡，至为可惜。当时我若在，定会赦免了他们。"

九、室　山

再说木曾殿于备中国万寿庄集结大军，正欲进击屋岛，忽接京都留守樋口次郎兼光遣使飞报："十郎藏人趁阁下领兵在外，屡上谗奏于法皇，欲请法皇密旨对我军不利。请暂息西国征伐，火速归京。"木曾殿急道："不得了了。"乃夜以继日，旋军京师。十郎藏人权衡利弊，决意回避木曾，遂取道丹波路，往播磨国而去。木曾殿引军经摄津国入都。

平家自水岛得胜，其势稍复，决意再讨木曾。遂以新中纳言知盛、本三位中将重衡为大将军，越中次郎兵卫盛嗣、上总五郎兵卫忠光、恶七兵卫景清、伊贺平内左卫门家长为侍大将，全军二万余骑，搭乘战船千余艘，驶向播磨国，于室山布下阵势。十郎藏人思与木曾和好，引麾下五百余骑攻平家，奔袭室山。平家纵深连布五阵：一阵由越中次郎兵卫盛嗣率二千余骑布防；二阵由伊贺平内左卫门家长率二千余骑布防；三阵由上总五郎兵卫忠光、恶七兵卫景清率三千余骑布防；四阵由本三位中将重衡率三千余骑布防；五阵由新中纳言知盛率一万余骑布防。十郎藏人行家引五百余骑奋勇冲锋，一阵越中次郎兵卫盛嗣接战片刻，立即大开中路，放敌通过。二阵伊贺平内左卫门依样让路，放敌通过。三阵上总五郎兵卫、恶七兵卫也闪开中路，放敌通过。四阵本三位中将重衡依然如此。从一阵到五阵，均按事先议定的策略，诱敌深入，重重围困，然后一拥而上，前后夹击。十郎藏人察觉中计，却为时已晚，身陷重围，无路可逃。只好咬牙硬拼，舍命冲杀。平家武士齐声呐喊："擒拿源氏大将！"争先恐后地杀上前来。登时刀剑金铁交鸣，箭矢贴面呼啸。十郎藏人不愧是源氏猛将，敌方武士无一人是其对手。

新中纳言的心腹爱将纪七左卫门、纪八卫门、纪九郎等人，皆被十郎藏人斩杀。但十郎藏人所部五百余骑，也仅余下三十余骑。四面皆敌，己方伤亡殆尽，十郎藏人默察形势，寻找最后的突围时机。终于被他觑到破绽，率残部猛冲敌军薄弱处，竟然被他杀开一条血路，从如云聚集的敌围中闯了出来。十郎藏人虽不曾受伤，但家将郎党等却有二十余骑负伤。此后他们由播磨国高砂乘船，逃往和泉国吹饭浦，接着又越过河内，退避长野城。平家于室山、水岛两度获胜，声势大振。

十、鼓判官

且说源氏义仲部下兵士布满京都，常突入坊市，剽掠资财，或割取田中青苗喂马，或强开民仓夺粮，或拦路剥衣劫物。即便是贺茂、八幡神宫之领地亦不能免。百姓大受其害，俱愤言道："往日平家在京中时，唯觉六波罗殿可怖，却从未有劫掠之事。源氏比平家可恶劣得多了。"

木曾左马头归京后，法皇御史立刻到来，要求木曾制止部下恶行。此御使乃壹岐守知亲之子壹岐判官知康，敲得一手好鼓，名闻天下，时人称之为"鼓判官"。木曾却神色倨慢，藐视知康道："人谓阁下为鼓判官，不知此鼓挝来是何感觉？"知康听出话中侮辱之意，愤恚而归，面奏法皇道："义仲骄肆无礼，不除此贼，京师难得安宁。宜急发兵讨之。"法皇素恶义仲所为，深以为然。无奈属下并无善战武士，只得诏天台座主及三井寺长吏，征发两寺僧兵。又命公卿殿上人募兵，所得皆市井无赖、泼皮乞丐之流。法皇乃命知康聚拢兵马，总督军事，就法住寺殿备战待敌。

木曾左马头悖逆法皇一事传出，畿内五国原先追随木曾之兵马，皆背弃而去。信浓源氏村上三郎判官代亦叛木曾而投法皇。今井四郎劝木曾道："此事不可小觑，若无十善帝王敕命，我等师出无名，日后怎生征讨八方？还是卸甲弛弓，上表请罪吧。”木曾大怒道：“吾自信浓首应义举，先战于小见、横田，而后浴血北国砥浪山、黑坂、盐坂、篠原，征西国又大破福隆寺之绳手、篠迫、板仓城，所向披靡，攘逆臣于西海，岂非旷世之功乎？却有何罪，俄见诛罚。纵十善帝王，吾亦不肯卸甲弛弓，上表请罪。方今东西路梗，馈运不继，我军五万众，镇护京师。然官不给粮饷，军士殆至馁死。若非掠取豪富所积，何以养士卒？且军中所贵者战马也，使马羸瘦，将士恃何征伐？故割近郊禾麦以饲马。至于士卒剽掠民宅，实出于饥疲。须知贵贱虽殊，饥渴切身；牛马虽健，无食则不为用也。所罪诸事皆事出有因，法皇焉能仓促降罪？而滋扰大臣府邸，更是误会，纯系鼓判官摇唇构陷所致。此鼓甚是可恶，吾将亲往破之。斯役乃义仲最后一战，定要显些霹雳手段，让赖朝瞧瞧。众将士，随吾出战！”今井四郎苦谏道：“今以私嫌，结怨法皇，神明必罚。不如忍耐，引咎雪恥于知康，亦未晚也。望熟思之。”义仲刚愎自用，所欲必遂，对左右将领道：“吾自起兵以来，未尝示怯于人。虽至尊法皇，岂束手受制乎？若卸甲弃戈，待罪阙下，必为鼓判官所杀。义仲死生决于此，勿复多言。”言罢举兵反。北国同来之兵大多逃散，仅余六七千骑。便按惯例分兵为七队，先派樋口次郎兼光引二千余骑，迂回包抄新熊野神社，截断后路；其余六队人马，各自取道捷径小路，渡过河滩，聚于七条河原，进围法住寺殿。军令既下，立时便分头行动。

是役于十一月十九日晨开战。法皇御所法住寺殿已聚集了二万余军兵，都在头盔上别了松叶，以免同敌军混淆。木曾率军至法住寺殿西门，见鼓判官知康正在调兵遣将。他穿着赤锦直垂，未罩外甲，戴着头盔，头盔上绘着四大天王像，立于御所西角筑垣上，左手持矛，右手执金刚铃，不住摇动。那副手舞足蹈的模样，年轻的公卿殿上人见了，都讥笑道：“这般疯癫，知康定是被天狗附身了。”知康遥见义仲兵至，大骂道：“古者读宣旨，则枯木吐荣、飞鸟自堕、恶鬼恶神敬服。今虽末世，天命未改，汝何胆大，竟敢执弓矢以抗十善帝王？尔等所放之矢，必反射自身；所拔太刀，必反砍自体！”才骂了片刻，木曾大喝道：“休得胡言！”士卒齐声呐喊助威，纵兵而前，双方接战。

那边厢，迂回包抄的樋口次郎兼光也呐喊着从新熊野方向杀来，以火箭猛射法住寺殿。适逢北风呼啸，火借风势、风助火威，顷刻间烈焰熊熊，烟炎张天。知康望而大惧，逾垣而走。主将既逃，二万乌合之众也随即溃散。争先恐后、张皇失措之下，或取弓而忘矢，或取矢而忘弓；或长刀倒拽，误伤己足；或弓弦滞于他物无法取下，干脆弃弓而逃。原于七条大道末段负守备之责的摄津国源氏兵马，急由七条大道向西奔逃。哪知法皇战前已下敕令：“凡临阵脱逃者，杀无赦。”京中民众早于屋顶上树起立盾，备下巨石，单等逃兵来。正好摄津国源氏兵马溃逃过来，民众喊道：“看，逃兵！砸死他们！”遂掷石如雨，朝下砸去。源氏军急道：“我等是法皇一方，快住手。”屋顶上的民众哪里理会，纷纷嚷道：“法皇院宣，逃兵一律杀无赦！”仍然不停歇地猛掷巨石。摄津源氏军中，有那脑筋灵活的，急忙舍马隐蔽，捡了条性命；大多人都被当场砸死。八条大道末段由山门僧兵防守，忠贞不贰的悉数战死，厚颜无耻的尽皆临阵脱逃。

主水正[①]亲成穿薄青色狩衣、着萌黄色腹卷、胯下骑白苇毛马，逃向河原上游。今井四郎兼平自后追来，一箭射穿了他的颈骨。亲成乃清大外记[②]赖业之子，人们都叹息道：“好好一个明经道博士[③]，何苦改

---

① 主水正：宫中主水司长官，负责水、冰、粥的调度事务。特别是冰在夏天是贵重珍品，主水正每到夏季就要监督冰的搬运调配。到了冬天则要负责建造冰室储存冰块。该职长期由清原氏世袭相继。

② 大外记：从五位下，负责纠正、修改内记撰写的诏书，同时负责太政官的奏文。其本为临时官，后成为定官，多由文笔不俗的文官担任。该职长期由清原氏及中原氏世袭相继。

③ 明经道博士：日本奈良、平安时代在大学寮中讲授中国儒家经典、历史的教官。

穿武家甲胄呢？”背弃木曾投靠法皇的信浓源氏村上三郎判官代也于此役战殁。法皇一方阵亡的将领尚有：近江中将为清、越前守信行，遭射杀后被枭首；伯耆守光长及其子判官光经，父子双双战死；按察大纳言资贤之孙播磨少将雅贤，身披重铠、头戴立乌帽子，纵马出阵，被樋口次郎兼光生擒了去。天台座主明云大僧正、三井寺长吏圆庆法亲王，藏匿于御所中，无奈黑烟滚滚逼来，迫不得已，只得骑上御马慌慌张张逃往河原。途中遭木曾武士放箭阻截，明云大僧正、圆庆法亲王中箭落马，俱被取了首级去。丰后国国司、刑部卿三位赖资，亦藏于法皇御所中，被烟火逼出，向贺茂河原逃遁。谁知在河原遭下级武士袭击，浑身衣裳尽被剥取，裸身立于河滩上，尴尬不已。其时为十一月十九日晨，河原寒风凛冽，幸有三位越前法眼性意部下的一个中间法师[1]，跑来河原看双方交战，望见赖资赤身露体呆立在那儿，惊道：“不得了。”急忙大步近前。他在白色小袖内穿着两件短衣，本该将短衣脱下一件给赖资穿，但慌张之下却将小袖脱给了赖资。赖资也顾不得许多，将小袖从头到身子套好，也没有系衣带，狼狈不堪，在只穿着短衣的中间法师陪同下，向前行去。他倒不急，时不时停下来，问道：“这户是谁家？那户是谁的住所？这又是哪里？”道路旁的行人见他那副模样，个个拍手讪笑。

法皇急急召来御舆，打算驾幸他所。武士不知是法皇院驾，乱箭飞射。护驾的丰后少将宗长身穿木兰色[2]直垂、头戴折乌帽子[3]，飞步上前阻止道：“舆中乃法皇御驾，不得无礼。”众武士听了，急忙下马恭敬肃立。宗长问为首武士道：“阁下是哪位？”答道：“信浓国住人矢岛四郎行纲。”说完拥着御舆，转向五条行宫，又派兵重重守护。

---

① 中间法师：干杂活的下级僧侣。

② 木兰色：以木兰树皮染成，其色赤带黑。

③ 由于高立乌帽子不便于人们活动，所以将它多次折叠、构成可容纳发髻的巾子形款式，称为“折乌帽子”。

后鸟羽天皇召来御船，浮水而走。众武士频频朝御船放矢，七条侍从信清、纪伊守范光在船上护驾，急挺身而出，喝止道：“圣驾在此，不得无礼。”众武士急忙下马恭敬肃立。不多时驾幸闲院殿，本次行幸场面之凄凉，实无法以言辞形容。

十一、 法住寺殿合战

法皇一方的近江守源藏人仲兼，率五十骑守卫法住寺殿西门，近江源氏山本冠者义高飞驰来报：“法皇、主上，皆已移驾他所，我等在此已无意义，不如突围而去。”仲兼道：“好！”率部奋勇冲入敌阵，浴血死战，最后剩下八骑突出重围。这主从八骑中，有一名属河内草香党、称作加贺坊的武僧，胯下所骑白苇毛战马脾性顽劣。他抱怨道：“此马性烈，甚难驾驭。”仲兼道：“无妨，我的马给你骑。”遂将自己的栗毛白尾马与加贺坊交换。主从八骑略息片刻，又鼓勇杀向在河原坂布防的根井小弥太所部二百骑。守军箭如雨下，登时射死八骑中的五骑，仅余主从三骑突围而去。加贺坊虽换骑主公之马，仍不免死于箭下。

源藏人仲兼同族子弟信浓次郎藏人仲赖，被敌军团团围困，举目寻觅仲兼，突见栗毛白尾马倒卧在地，遂对下人道：“此马乃源藏人坐骑，而今却已倒毙，想来源藏人也已战死了。我曾与他立下约誓，但愿同生共死，如今不能死于一处，未免遗憾。汝可知此马从何处来？”下人答道：“系从河原坂阵中来。”仲赖道：“汝速归家，将吾等战死情形告知乡人。”言罢，孤身独骑，杀向敌阵，大呼道：“吾乃敦实亲王[①]九代后胤、信浓守仲重次子——信浓次郎藏人仲赖是也！生年廿七

① 敦实亲王：宇多天皇第八皇子。公元936年，敦实亲王之子雅信降为臣籍，赐姓源氏。敦实亲王遂成宇多源氏先祖。

岁。今主公既死，义不独生，愿一决生死。”遂纵马冲阵，四面八方、纵横来去，挥刀放箭，射毙三人、砍杀二人、又搏一人，终因寡不敌众，交刃而死。源藏人却做梦也梦不到这事，他此刻正与兄长河内守及一名郎党，主从三骑望南奔逃。恰逢摄政殿基通因怖于战祸，离京前往宇治，双方在木幡山相遇。摄政殿以为来者是木曾余党，急忙停住御车，问道：“前方何人？”源藏人答道：“仲兼、仲信。”摄政殿道：“原来是你们，我还道是北国凶徒哩。来得正好，你们就贴身保护我去宇治吧！”仲兼、仲信恭敬领命，将摄政殿护送回宇治老家后，才自行前往河内国。

次日乃十一月二十日，木曾左马头立于六条河原上，命部下清点昨日所斩获首级，共计六百三十余。天台座主明云大僧正、三井寺长吏圆庆法亲王之首级亦在其中，见者人人流泪。木曾率七千余骑挥鞭东行，众将士齐声高呼三遍，惊天动地，京中为之轰动。也有少数人为木曾获胜而喜悦欢呼。

故少纳言入道信西之子宰相长教，来到法皇暂居的五条行宫，对侍卫道：“我有要事须面见法皇，烦请入内通报一声。”门口的侍卫根本不理他。长教无奈，找了一所小屋，请屋里的百姓帮自己快速剃去头发，换上墨染色法衣，扮成一位法师，又来到行宫门前，请道：“贫僧有事须面见法皇，望能放行。”侍卫一点头，让他入了行宫。长教至法皇御前，将今回战乱中被杀的头面人物详细禀明。法皇泪迸肠绝，泣道：“明云竟也死于非命，实在大出意料之外。这回战祸，本该了我残生，哪知却还苟延残喘。”言毕，涕泗交流。

同月二十一日，木曾召集家将郎党议事，志得意满道：“今义仲掌中已控天下之君，世间事，尽决于我。汝等为公为卿，必从所请。吾意不知为君好，抑或为法皇好？若为君，则帝幼童也，吾不可复梳童髻；若为法皇，则老法师也，须削发为僧，吾亦不欲。惟视关白，年齿相如、事体相宜，吾欲居其位。自今而后，汝等宜称我为关白殿。”随军文书大夫坊觉明劝道："夫关白者，大织冠之裔、藤原氏子孙世居此职，他姓断无任者。尊下乃源氏一脉，怕是不妥。"木曾道："然则为判官代，可好？"觉明道："此非佳选。"义仲思索片刻，道："吾可为院御厩别当①，驰骋良马，不亦快乎！"遂自封为院御厩别当，又自领为丹波国知行。他既不知上皇出家后方称法皇，亦不知主上因未元服，故梳童髻。实在是太过粗野无知。

前关白松殿基房之女，明艳端庄，基房钟爱之，常以必为皇后自期。义仲闻其貌美，迫而逼娶之。

同年十一月二十三日，木曾免三条中纳言朝方以下卿相云客四十九人官职，收监囚禁。当年平家亦不过罢免四十三人官职。义仲之恶，比诸平家犹有过之。

木曾声名狼藉，镰仓前兵卫佐赖朝甚为气恼，乃命舍弟蒲冠者范赖②与九郎冠者义经挥师上洛。二人听闻义仲焚毁法住寺殿，拘禁法皇，致天下怨声载道，遂计议道："上洛之事不可草率，我等不如先往关东，待详商之后再行出师。"于是并辔而行，至尾张国热田大宫司处，正遇宫内判官公朝、藤内左卫门时成为禀报京中之事急驰到此，遂将木曾暴虐诸事一一详述。九郎义经道："义仲恶行不胜枚举，宫内判官当亲往关东禀告，不然镰仓殿若问起详情，他人恐说不明白。"公朝点头，亲自赶往镰仓。其仆下因畏惧兵戈，尽皆四散逃去，仅剩十五岁嫡子宫内公茂同行。他们抵达关东后，立即向赖朝详告京中发生之事，兵卫佐大惊道："鼓判官知康举止失当，激生变乱，致御所遭焚、廷臣受辱、高僧名僧遇害，实是可恼。此人误国败事，不可再行任用。吾即刻遣使入京，责问其罪。"遂命快马急驰京都。知康为自陈心迹，夜以

① 院御厩别当：法皇御所中饲马厩舍的长官。

② 源范赖（? ~1193）：平安末镰仓初著名武将，源义朝第六子，源赖朝之异母弟。范赖母亲系远江池田驿妓，生范赖于蒲生御厨，故称"蒲冠者"。

继日赶赴镰仓。兵卫佐恶其为人，冷淡道："彼佞媚无耻之徒，吾不欲见，亦无话可说。"知康便每日拜访兵卫佐馆，欲求一见。却终未如愿，羞愧而退。不日自归京都。此后听说他隐于稻荷神社附近，了却残生。

赖朝、义仲嫌隙已生，木曾左马头遣使者密诣平家，云："请速上洛，共击东国赖朝。"大臣殿宗盛眼笑眉飞，欲许之，平大纳言时忠、新中纳言知盛劝道："此虽末世，亦不可与义仲缔和而返京。向日为彼所逼，出奔屋岛，今复与之和，世人将怎生谓我？且天子携三神器在此，彼若卷甲戢兵、乞降军门尚可许之。否则何讲和之有？公宜熟虑之。"以此答复木曾，木曾自然不从。松殿入道公召木曾到府，劝道："清盛公虽恶行累累，却也积下一些难得善因，保天下二十余年太平。作恶绝难长久，不如将所罢之官悉数复职，以积善缘。"木曾本鄙鲁武夫，闻言有理，便尽复所免诸官。松殿之子师家，其时为中纳言中将，由木曾做主，升为大臣摄政。可是大臣之位恰好无缺，只好将德大寺左大将实定公的内大臣职位借给师家，让他做了内大臣。天下人因此而把这位新摄政殿称为"借大臣"。

同年十二月十日，法皇离开五条行宫，御幸大膳大夫成忠住所六条西洞院。同月十三日，大内例行岁末御修法，其后叙位除目，照木曾之意，任命各人官职。当其时，平家于西国、兵卫佐于东国、木曾则在京都，各自扩张势力。这番情形，好比前汉后汉之间，王莽篡权掌天下一十八年时一样。四方关卡皆闭，朝廷所征贡物捐税不得上达、地方年贡亦无法入京。京中上下诸人，如水涸之鱼，强撑苦熬，权且度日。万方多难之际，告别岁暮，进入了寿永三年。

第九卷

一、名马生食

寿永三年正月初一，因法皇以大膳大夫成忠住所六条西洞院为临时御所，与朝廷礼制不合，故未举行元旦庆典，也不曾安排拜礼。法皇处既无拜礼，大内的小朝拜①自然也取消了。

平家则于赞岐国屋岛迎来了新年，只是流亡在外，不便举行元旦朝拜典礼，因此虽有安德天皇在此，却也不曾举行节会及四方拜礼。太宰府献鳟鱼之使未至，吉野国栖村民也不来参拜。从前即便是时危世乱，在京中也未曾如此凄凉过！青阳之春渐至，海边和风吹拂，天清日暖，然而平家族人却心寒如冰，好似雪山中的寒苦鸟②。忆昔春暖时节，东岸西岸垂柳依依，南枝北枝梅花开落，相映成趣。花朝月夜，诗歌管弦、蹴鞠、射壶、绘扇、踏青、斗虫，种种赏心乐事，俱令人无比开怀。而今却只能靠溯往怀旧打发长日，实是可哀。

同年正月十一日，木曾左马头义仲参谒法皇，奏请颁下院宣，出兵西国追讨平家。法皇厌义仲横暴，外视优奖，内实欲藉义经等除之，惜义仲不悟。原定同月十三日发兵离京，孰料东国传来消息，言前兵卫佐赖朝为镇木曾跋扈，遣军兵数万骑来讨，已进至美浓国、伊势国。木曾大惊，急令拆毁宇治、势田二桥，分兵御敌。但他麾下兵马已然不多，便命今井四郎兼平率八百余骑防守正面的势田桥，派仁科、高梨、

---

① 小朝拜：元旦之日，由皇太子开始，公卿大臣在清凉殿朝拜天皇的仪式。

② 据佛经载，印度大雪山上有“寒苦鸟”，每到夜晚便发出“苦啊！苦啊！”的叫声。因居于高山之上，夜晚极冷，雌鸟苦道：“冻死了！冻死了！”雄鸟便道：“天明一定筑巢！”可到了次日早上，太阳一出来，阳光暖和地照在身上，寒苦鸟又不想筑巢了，还为自己开脱道：“何故造作栖，安稳无常身？今日不知死，明日不知死。”佛家以此寓言劝人不可懒惰，须珍惜大好时光。

山田次郎率五百余骑防守宇治桥，再遣伯父志太三郎先生义教率三百余骑驻守芋洗。东国一方则以蒲御曹司①范赖为大将军，正面强攻；九郎御曹司义经率军迂回包抄。此外尚有强势大名三十余人，全军兵力据说达到六万余骑。

镰仓殿时有名驹二匹，一名生食、一名摺墨。梶原源太景季②眼热生食，遂向镰仓殿求赐。镰仓殿道：“生食系吾缓急之用、性命所托，战场上若有好歹，全赖其出力突围，吾须臾不可或离。那摺墨亦是名马，不逊色于生食，汝可骑去。”遂将摺墨赐予景季。

佐佐木四郎高纲自近江来谒，镰仓殿道：“义仲闻大军至，撤宇治、势田二桥以拒我兵。汝能先登否？”高纲道：“在下生长近江，宇治川深浅广狭，谙熟于胸久矣。先登固在下之任也。”赖朝大喜，乃赐生食予高纲，慰道：“此马吾所深爱，今特与汝。向者梶原景季欲求之而不得，汝当体识吾意。”佐佐木受宠若惊，拜谢道：“高纲骑此名驹，必身先士卒抢渡宇治川。将军若闻敌未败而高纲死，则是为人所先也。如闻高纲侥幸生存，则必践先登誓言！”言罢躬身而退。在场大小大名皆道：“功未成而妄夸海口，若做不到，便要颜面扫地了。”

关东众将自镰仓分路出发，或经足柄山、或经箱根，各按计划开始上洛。梶原源太景季率兵至骏河国浮岛原，勒马登高，远眺诸将战马，但见千万匹马虽鞍鞯有别、皮鞧不一，或牵缰缓步、或按辔徐行，络绎不绝走过，却无一匹及得上摺墨，心中大是得意。适逢名驹生食飞驰而来，其马鞍镶嵌金边，皮鞧描绘丝穗，口喷白沫，奋蹄昂首，虽有众多舍人相随，却都无法驾驭它，只能任它自由驰骋。梶原源太上前细

① “御曹司”意为名门子弟。源平时期，平家以“公达”作为本族青年的敬称，源氏则以“御曹司”称呼同族子弟。

② 梶原景季（1162～1200）：平安末期镰仓前期关东名将，身高七尺，面如冠玉，威名远播，被平家武士称为“厉鬼景季”。后来在“强渡宇治川”和“一之谷会战”中立下大功。

观，问马卒道："此系何人之马？"马卒道："乃佐佐木殿之马。"景季登时不忿，暗忖道："实是气煞人也！吾本欲报效镰仓殿，杀入京中同木曾四天王今井、樋口、楯、根井一决雌雄；不然则赴西国，拼死迎战号称以一当千的平家武士。哪知镰仓殿却如此待我，我又何苦为他卖命？罢了，索性在此与佐佐木拼个同归于尽，令兵卫佐殿折损两员上将，到时方知后悔。"遂立马当道，等候高纲。佐佐木四郎却不知前面危险，策马而来，梶原心道："是先放他过去，然后从后偷袭呢？还是迎面予以猛击？"心下盘算不定，佐佐木已到近前，梶原便开口道："佐佐木殿，镰仓殿将生食赐予你了？"佐佐木一听，登时明白话中有话，急耳语从骑道："景季不得生食，必泄愤于我。若争马共死，不但无益，更可愧也。吾将以温言慰之，然事未可测，汝等戒备。"随即和颜对景季道："说起此事，不怕梶原君见笑。只因适从近江来，马病无备，本欲就镰仓殿之厩借马驰骋，却闻摺墨已赐君，生食则君与蒲殿屡乞不获。自思君等犹然，况高纲乎？然大敌当前，挥师上洛岂可无马？宇治、势田二桥又遭拆毁，无马实难泅渡，故诱马卒盗出生食。他日若遭镰仓殿咎责，请幸营救。"梶原听罢，满腔怒火顷刻冰消，释然道："与其被你盗去，倒不如让我景季窃来呢！哈哈！"仰天大笑而去。

二、宇治川先锋

佐佐木四郎所受生食，浑身黑栗毛色，鬃尾皆褐，膘肥体壮，乃是一匹烈马。无论人马，俱不容近身，稍一靠近，立时张口便咬，故而得名"生食"。其身高约四尺八寸。梶原所受之摺墨，亦是膘肥性烈，浑身漆黑，故名"摺墨"。此二马难分高下，皆系当时名驹。

从尾张国出发的源氏兵马，分成正面强攻及迂回包抄两路，正面统军大将为蒲御曹司范赖，麾下有武田太郎、加贺美次郎、一条次郎、板垣三郎、稻毛三郎、榛谷四郎、熊谷次郎、猪俣小平六等，其兵力大概三万五千余骑，进抵近江国野路、筱原一带。迂回一路统军大将为九郎御曹司义经，麾下有安田三郎、大内太郎、畠山庄司次郎、梶原源太、佐佐木四郎、糟屋藤太、涩谷右马允、平山武者所等，兵力约在二万五千余骑，经伊贺国进逼宇治桥。木曾军早已拆毁宇治、势田二桥，在水底布满尖桩，紧系绊马索以梗马足，同时立起逆茂木①，严阵以待。

时当睦月②下旬，比良之高峰、志贺之山巅，往冬积雪已逐渐消融，山谷寒冰也正在解冻，河水因此猛涨，水位比平时高出许多。大河上白浪翻涌，惊涛拍岸，水势湍急，河流逆卷，激起浪高千层。虽然夜色渐退，天光破晓，但河雾弥漫，马色与铠甲悉数难以辨识。大将军九郎御曹司义经勒马河畔，放眼水面，见大军难渡，便欲先探查诸将心意，乃道：“大水汹涌，吾军是待水势稍退而渡？抑或易路由淀、芋洗迂回？”畠山重忠时年二十一岁，越众而出道：“此河暴涨，我军于镰仓时便已料到，盖因春时冰消水涨，有增无减，故而此阻实非不测之虞。况此河位处近江国大湖下游，若待水退不知要到何时！终不成慢慢搭了板桥再进军？昔年治承合战③，足利又太郎忠纲非鬼非神，凭人力而登岸。今日重忠请为诸军试之。”言罢，诫厉麾下士卒，以丹治比一党④为主力，五百余骑并辔而列，正欲乱流而济，忽见从平等院丑寅方向⑤的橘之小岛边上，有武士二骑飞速驰来，一骑是梶原源太景季，一骑是佐佐木四郎高纲。众人都不知他们所来何事，原来二人都想打头

---

① 逆茂木：用削尖的树木设置的形似鹿角的临时性障碍物。

② 睦月：即阴历正月。其意为“互相和睦之月”。因新年到来时，亲友见面，互相祝福，彼此间客客气气，相处融洽，所以称为“睦月”。

③ 这里的“治承合战”即高仓宫起兵反平家之役，详见第四卷第十一章《宇治桥合战》。

④ 丹治比一党：河内国丹治比郡的豪族。

⑤ 在中国古代，对于空间或方位使用天干来表示，“丑寅”为东北方。

阵，争当先锋。梶原比佐佐木快了约有一段[1]许，佐佐木四郎道：“此河乃西国第一大河，腹带须当勒紧些！”梶原心想有理，便双脚踏牢左右马镫，控紧马颈上的缰绳，双手去勒马下腹带。佐佐木乘此时机，突然纵马一跃，抢先入河。梶原眼见上当，立即紧跟着跃入河中，喊道：“佐佐木殿，想要扬名立万可也得留神啊，水底下绊马索不少呢！”佐佐木拔出太刀，将绊马索逐一斩断，骑在当世第一的名驹生食上，笔直强渡宇治川，不一时，终于先足登岸。梶原所骑摺墨马被河心急流倾斜着冲到下游，也随后登上了对岸。佐佐木双足踏镫，立于马上，高声通名道：“吾乃宇多天皇九代后胤、佐佐木三郎秀义四子——佐佐木四郎高纲是也！今捷足而为宇治川先锋，若有不惧死的，请与高纲决一死战！”纵马冲入敌阵。

畠山五百余骑，也相继入河泅向对岸。守方的山田次郎急令放箭，畠山胯下坐骑额部中箭，不支瘫软。此时畠山已到河心，手撑弓杖翻身下马，落入水中。激岩巨浪冲涌着他的盔甲，他深吸一口气，潜入水下，由水底潜行到达对岸。正要上岸时，忽觉身后有人牵拽，便问道：“谁？”答说：“重亲。”畠山道：“是大串重亲？”答说：“正是在下。”大串次郎重亲元服时，畠山是他的“乌帽子亲”[2]。重亲道：“因水流疾急，在下的坐骑被水冲走了，没办法，只好潜入水底，跟在大人身后前行。”畠山笑道：“汝等年轻力弱，让我重忠来照料也是应该的。”边说边提起大串，投到岸上。大串一上岸，立即翻身跃起，大声通名道：“武藏国住人大串次郎重亲，宇治川先锋是也！”敌我双方将士听了，都大笑道：“傻小子，早有人比你先登岸了。”畠山换马后

---

① “段”是古日本长度单位，一段约合 10.9 米。

② 乌帽子亲：古日本男子元服时，其家族会选取一名德高望重或有权有势的强力人物，为元服者戴上乌帽子，系上帽带，这个人就被称为“乌帽子亲”。从此两人就结成了类似义父义子的关系，乌帽子亲不但要关照庇护元服者，还要将自己名字中的一个字赐给对方。

也立刻上岸，迎面杀来一员敌将，身穿鱼绫直垂，外罩绯色铠甲，胯下连钱苇毛马，马鞍上镶嵌金边。畠山喝道："来将何人？通名受死。"敌将道："吾乃木曾殿家将，长濑判官代重纲。"畠山冷笑道："今日就用汝之首级祭军神！"纵马挥刀直进，将长濑斩落马下，割下头颅，悬于本田次郎鞍前附纽处。木曾军蜂拥而上，畠山五百余骑亦陆续登岸，合战爆发。木曾一方防守宇治桥的兵马，拼力抵挡一阵后，见东国大军源源而至，开始支撑不住，便退守木幡山、伏见。势田方面，稻毛三郎重成献计，绕道田上的供御浅滩，也顺利渡河登岸。

三、 河原合战

木曾军溃，义经急遣飞脚快报镰仓殿。镰仓殿先问飞脚道："佐佐木如何？"飞脚答道："佐佐木乃宇治川先锋，头阵立功。"镰仓殿甚慰，翻览战报，见其上果真写着："宇治川头阵佐佐木四郎高纲、二阵梶原源太景季。"

宇治、势田兵败消息传来，木曾左马头急至法皇御所六条西洞院奏报。此时在御所中，法皇与公卿殿上人等面面相觑，俱担忧道："时局纷乱，可怎生是好？"人人双手合掌，诚心祷告祈佑。木曾已至御所门前，正要传报，突闻东国大军已抵贺茂河原，登时无心奏报，扭头便回。归途中经过六条高仓，想起此处住着一位情妇，虽认识未久，却打得火热，一时不忍分离，便让家臣在外等候，自己入内道别。哪知情话缠绵，迟迟不见出来。新晋家臣越后中太家光愤道："而今大敌当前，木曾殿却只顾着儿女私情，眼瞅着敌军已攻入河原，吾等死在顷刻矣。"又等了良久，仍不见木曾出屋，家光叹道："罢罢罢，既如此，在下先行一步了！"遂当场切腹自尽。木曾出来后见到，心道："勇哉家光！一死以激吾志！"因此下决心拼死迎敌。他命上野国住人那波太郎广纯为先锋，率寥寥百余骑当先出阵。等杀到六条河原一看，东国人马才到三十骑，就中驰出武士二骑，一骑是盐屋五郎维广，一骑是敕使河原五三郎有直。盐屋问道："我等似乎冲得太快，要等等后阵么？"敕使河原道："头阵既破，残兵败将必然全无斗志，只管向前追杀便是。"纵马猛冲而来。木曾心道今日乃决死一战，成败全赖于此，定要将东国兵马杀个人仰马翻。于是也呐喊着冲锋向前。

大将军九郎义经，人在前线指挥作战，心中却牵挂着法皇安危，决意立即赶去御所护驾，当即率麾下将领五六名，疾驰六条西洞院。此时在御所中，大膳大夫成忠战战栗栗，正登东垣眺望四周，见前头尘土飞扬，有武士五六骑手掣白旗，战甲紧束，似乎刚经历一场大战，射向之袖迎风飘舞，烟尘滚滚飞驰而来。成忠以为义仲复至，颤声呼道："不好，是木曾回来了。"宫中男女怖畏失色，君臣慌作一团道："此番休矣。"成忠又仔细看了看，改口道："瞧那家纹并非义仲，倒像是今日入都之东兵。"不一时九郎义经已驰到御所门前，落马叩门，大声道："东国前兵卫佐赖朝之弟九郎义经参谒法皇，请速开门。"成忠喜不自胜，跳下东垣，匆忙间扭伤了腰，也顾不得疼痛，弯腰急奔至法皇御前，奏报来者乃是义经。法皇既喜且慰，急令开门，迎义经一行入内。九郎义经当天身穿赤锦直垂、外罩深紫色铠甲、头戴锹形盔，带金制太刀、背负切斑之矢、缠藤之弓握手处裹着宽约寸许的牛皮，威风凛凛、尽显大将军不凡气度。法皇亲御中门窗棂观之，赞叹道："真英士也！请诸位报上名来！"先是大将军九郎义经，其次安田三郎义定、畠山庄司次郎重忠、梶原源太景季、佐佐木四郎高纲、涩谷右马允重资，逐一报上姓名，连义经在内共是武士六人。他们身上铠甲虽然不同，气概风度却别无二致。大膳大夫成忠承法皇旨，唤九郎义经至御所庭廊边问话，详询合战战况。义经恭敬禀道："义仲谋叛一事传至关东，赖朝大惊，遂遣范赖与在下率大将三十余人，督师六万余骑，急急入京护驾。范赖军取道势田，尚未到达；在下强渡宇治川，先到一步，特来守护御所。义仲沿河原向北败逃，在下已分遣各军合围追歼，若进展顺利，此际可能已全灭木曾军。”他从容不迫，应答如流，法皇闻奏大悦，赞道：“妙极。卿等真国家栋梁。不过木曾余党兴许会乘乱滋扰，就请诸位在御所守护吧！”义经谦恭领命，下令紧闭御所四门，等待大军驰集。不多时便聚集了一万余骑。

木曾兵寡势孤，本拟军败则挟法皇或奔北陆、或往西国与平家联手。故召集力士二十人，赶来御所欲强挟法皇而去。哪知九郎义经进军神速，已在御所中闭门护卫。木曾谋划落空，心中怒极，只得返身而退。又被数万追兵合围，木曾奋起平生勇烈，冲入敌阵，舍命厮杀，虽数度几乎丧生，却终于杀出一条血路，突破重围。木曾流泪叹道：“若早知败到如此地步，就不该遣今井去势田。幼年竹马良伴，曾起誓同生共死，而今殁于两地，真是可悲！我定要找到今井。”于是沿河原纵马北去。驰至六条河原与三条河原之间时，突遇敌袭，木曾军边战边退，以仅剩的小股兵力击退如云霞般汇集的敌军五六次进攻，接着渡过鸭河，逃往粟田口、松坂。遥想去年自信浓出兵，军势五万余骑；今日涉过四宫河原，却只剩主从七骑，不久后更将独自踏上冥途。思之实是可哀！

四、 木曾败亡

木曾殿自信浓出征时，随行带有巴、山吹两个美女。山吹因身体染恙，留在京中。至于另一位巴，长发及腰、白肤胜雪，不仅姿容出众，更兼善挽强弓，马上步下，百步穿杨，鬼神惊叹，诚可谓以一当千、不让须眉的巾帼女杰。此外，她的骑术也极为精湛，无论怎样的烈马，都能驯服，骑之登山越险如履平地。每逢战阵，巴必定身披良甲，手持大太刀、强弓，万军中取上将首级如探囊取物。战功卓著，威名远扬，罕有其匹。故而今番合战，木曾军战死败逃者不计其数，而巴却仍在这最后七骑中。

道路传闻，木曾义仲经长坂取道丹波路，又传闻他越过龙华山逃回北国。其实木曾心中一直惦记着今井四郎，为了探寻他的下落，正赶往势田方向。今井四郎兼平奉命率八百余骑固守势田桥，此时仅余五十骑，他心中牵挂主公木曾，遂偃旗息鼓，退往京都。行至大津打出滨时，迎面遇上了木曾殿。双方距离一町许，互相认出了对方，急忙纵马靠近，主从相会。木曾殿紧握着今井之手，激动道：“义仲本欲战死于六条河原，但心中挂念汝之安危，故奋力突出敌阵，来此寻汝下落。”今井感激涕零道：“承蒙主公悬念，兼平五内铭感。吾本亦打算战死于势田，因心中记挂主公，便退了回来，欲寻主公会合。”木曾殿叹道：“如此看来，当是你我主从缘分未尽。可惜吾兵败力竭，身被重创，与其为虏受耻，不如自杀。”兼平劝道：“世无常胜将军，名将当忍死雪耻。方今赖朝据东国、平家窃西海，若将军归北国，则天下三分，鼎足并峙，未尝不能卷土重来！”木曾殿精神稍振，道：“此言有理。今义仲部属遭敌击溃，四散于山林中，想必附近便有散兵，汝且将偃旗重举，作为集结标志！”今井随即高扬战旗，从京中败退出来的木曾部下，还有从势田桥溃散的兵马，约有三百余骑，见到今井的旗帜纷纷聚拢来。木曾殿大悦道：“以此军力，尚可作最后一搏。此地敌军主将是谁？”部下道：“乃甲斐一条次郎。”木曾殿又问：“他有多少兵马？”答道：“听说有六千余骑。”木曾殿振奋道：“有此劲敌，义仲即便战死，亦不辱武士之名了。诸君，随我冲入敌阵，全力一拼吧！”言罢，当先猛扑而上，纵横厮杀起来。

木曾左马头当天身穿赤锦直垂、外罩唐绫缀铠甲、头戴锹形盔、佩名贵大太刀、手持缠藤大弓、背负当日用剩的鹰羽箭，箭翎高出于顶。胯下所骑名马“鬼苇毛”，雄骏高壮，马鞍上镶嵌着金边。木曾足踏马镫，直立起身，高声通名道：“尔等平日定然听过木曾冠者大名吧？今时所见，正是左马头兼伊豫守、朝日将军源义仲也！甲斐一条次郎殿，汝若有胆，请与义仲一战。让兵卫佐好好瞧瞧！”遂呐喊驰突而进。一条次郎疾向部属道：“前方乃敌军主将，切不可放过了。众儿郎，杀敌立功，就在今日。冲啊！”遂挥师合围义仲。木曾三百余骑顷刻遭六千余骑包围，义仲指挥若定，率军来去纵横、四面冲杀，人人奋勇、个个舍生。无奈东兵相踵涌上，木曾军逐一力战而死。到得最后，义仲举目四顾，己方仅余五十骑左右。向左突，土肥次郎实平引二千余骑在前堵截；往右杀，敌军四五百骑又挡住去路。东荡西驰，每一方向都有或二三百骑、或百四五十骑、或百骑敌军阻拦。义仲率残部进退搏杀，最后只剩下主从五骑。而女将巴仍存于五骑中。木曾殿对她道：“汝身为女子，何苦随吾同死？无论何地，尽力突围自去吧！义仲今日必死，倘汝落于敌手，即便自尽，也定然有人非议，讥笑木曾最后一战仍不舍女子，此武士大耻也！”然而巴依然固执不肯去。木曾殿反复劝说，她才勉强答应，暗想道：“好歹让我再杀一个强敌，以全最后之功。”不多时武藏国著名的大力勇者御田八郎师重引三十骑冲上前来。巴纵马直取御田八郎，两马错镫之际，手臂一伸，将八郎擒过马来，摁在自己的马鞍前，令其无法动弹，引刀一挥，斩下头颅，抛在马下。她随即脱下铠甲、丢弃重物，轻骑逃向东国。紧接着，五骑中的手冢太郎阵亡，手冢别当弃战遁逃。

至此，木曾殿所从仅剩今井四郎一人。木曾殿叹道：“吾常谓铠甲轻薄，今日为何颇觉沉重？”今井四郎道：“将军厮杀多时，并无疲乏之色，战马亦不见委顿，为何独觉铠甲沉重？只怕是心伤部属俱亡，故而锐气摧折吧？兼平虽只一身，却也能令敌千骑胆寒。目下尚有箭矢七八支，勉强可抵挡些时，前方所见即粟津松原，请将军至彼自绝，兼平死力阻挡追兵！”正欲策马向前，又涌上来大概五十骑无名武士，今井急道：“将军速进松原，兼平在此阻敌。”木曾殿却道：“义仲不在京都战死，竭力到此，便是欲与汝同死。与其分死两地，不如在此偕亡。”二人本是并辔平行，今井四郎闻言，飞身下马，扣马谏道：“我辈执弓负矢，平日虽大名远扬，但若临死之际稍显软弱，则成毕生瑕疵。将军体疲马羸，又无援军接应，若殒命于行武，大辱也！后人说起，日本国大名鼎鼎之木曾殿，竟死于无名小卒之手，岂不贻羞含恨？请疾速入松原吧！”木曾殿叹道：“只好如此了。”遂孤骑驰入粟津松原。

今井四郎单骑冲入对方五十骑阵中，踏镫而立，大声通名道：“尔等素日所闻木曾殿乳母子今井四郎兼平，便是在下，行年三十三岁。吾之大名，镰仓殿亦知。此际便与尔等决一生死，让镰仓殿瞧瞧木曾军的厉害。”言罢将剩余八矢激射而出，登时射殪八骑。又挥刀猛突，来回驰骋冲杀，敌众惮其勇不敢近，只是高呼：“放箭。”将兼平团团围困，箭矢如雨，漫天射来。所幸兼平有良铠护体，箭不能透，因此未曾受伤。

木曾殿孤骑驰向粟津松原，时当正月廿一日垂暮，薄冰覆地，前方有一深田，目力难辨。木曾殿纵马而过，登时陷入泥沼，直淹至马首，踏镫挥鞭，俱不能进。义仲窘迫不已，心中又惦记今井安危，遂扭头探视，恰逢三浦石田次郎为久自后追来，瞧准义仲面部，疾射一矢。木曾殿迎面中箭，重伤痛极，俯首伏于马鬣。石田部下郎党二人大步赶上，割下木曾殿首级，时年三十一岁。其首被挑于太刀之锋上，高高举起，传视疆场，宣扬道：“日本国朝日将军木曾殿，今日死于三浦石田次郎为久箭下！”今井四郎鏖战方酣，听得此声，大痛道：“主公既死，兼平义不独生。东国诸君且看，日本第一勇士此刻自戕，当为尔等效尤。”遂以太刀之锋戮颈自裁，刀尖贯喉，落马而亡。粟津之役未曾交锋便告结束。

五、樋口诛罚

今井四郎之兄樋口次郎兼光[①]因十郎藏人行家背叛义仲，遂率军

① 樋口兼光，木曾义仲养父信浓权守兼远之子。其与弟今井四郎兼平、根井幸亲、楯亲忠，俱事义仲，世称“木曾四天王”。樋口、今井等，系居住地名。

讨伐河内国长野城。哪知行家已弃城逃往纪伊国名草，于是又挥师名草。此时京都军情传来，樋口闻木曾殿陷入苦战，急忙回军京师。行至淀川大桥，遇上溃败的今井散兵，拦住樋口道：“将军要往何处去？若是回京就不必了。可怜主公已死，今井殿也自尽了。”樋口次郎听了，登时泪流满面，召集部众，悲道：“诸君且听我一言，汝等皆赤胆忠心之义士，不必随我返京赴死，请速离行伍，远遁他乡，或出家入道、或云游乞食，为主公祈后世福缘吧！我兼光即刻上京决死，冥途再会！今井四郎，我们很快就会相见了！”其麾下五百余骑，闻言踯躅不前、纵马散去者大半。至鸟羽殿南门时，仅余二十余骑。樋口次郎今日入都的消息传入京中，东国各氏党、豪族立即引兵驰向七条、朱雀、四冢等处固守。樋口部将茅野太郎，冲入四冢敌阵中，高声道：“此处可有甲斐一条次郎殿的部下？”顿了顿，又道：“在下来此并非寻仇，只是有事托付。”见无人答应，遂大笑通名道：“诸位记住，此番说话的，乃信浓国诹访上宫住人、茅野大夫光家之子——茅野太郎光广。吾并非来寻一条次郎殿部下交战，只因舍弟茅野七郎现在一条次郎殿麾下，吾欲令其亲眼见到兄长战殁，才好转告给在下二子，使他们知晓父亲死得壮烈，绝非懦弱无能、临难苟免之辈。”言罢纵马冲锋，来去厮杀，连毙敌方三骑。遇第四骑时，两马并行互搏，双双落马，同归于尽。

樋口次郎与儿玉党有姻，儿玉族人相聚议道：“我辈执弓负矢，向例广交八方武者，以备万一之需，得能互相照应，解困救亡。樋口次郎素与我等相善，自然也是因此缘故。如今他命在顷刻，我等不如劝他投降，再以今番战功在九郎御曹司前换他性命。”遂遣使说降樋口。使者劝樋口道：“阁下昔日效命于木曾殿麾下，今井、樋口皆大名鼎鼎。今木曾殿已亡，何苦再做无谓拼杀？不如投降我军，儿玉全族愿以此次战功交换，保阁下不死。届时出家入道，仍可为木曾殿祈祝后世福缘。”樋口英雄末路，自思气运已尽，长叹一声，遂降儿玉党。儿玉党立即将此事上禀九郎御曹司义经，同时请免樋口死罪。义经转奏法皇，法皇本欲赦罪，然身旁一众公卿殿上人及内廷女官皆恨言道：“木曾往日骚扰法住寺殿，不但惊扰尊上，而且杀人放火肆无忌惮。彼时处处可闻咒骂今井、樋口之声，朝野怨声载道。更何况樋口乃义仲枭将，活之必贻后患。”法皇架不住众口一辞，遂将樋口定为死罪。

同月二十二日，新摄政殿师家免职，前摄政殿基通复职。师家任职六十天即遭罢免，真如黄粱一梦。昔年粟田关白[1]任职不过七日，旋即一瞑不视；而今藤原师家好歹做了六十日摄政，其间还举行了新年节会与正月除目，总算留下些记忆供日后回想。

同月二十四日，木曾左马头及党羽五人之首级，传游于大路示众。樋口次郎虽降，朝廷却几次三番要将他与木曾首级一道游街。于是给他穿上蓝摺水干、头戴立乌帽子，与首级一起游街示众。同月二十五日，法皇院宣颁下，斩樋口次郎于刑场。听说范赖、义经都曾为樋口求情，但人心忿詈，皆言：“今井、樋口、楯、根井，并称‘木曾四天王’，若轻易放过，定然养虎贻患。”再加上法皇院宣已下，故而终究难逃一死。史载：当虎狼之秦衰败、诸侯蜂起之际，沛公起兵，先入咸阳城，因项羽虎视眈眈，遂封存秦宫重宝府库，不夺美人为姬、不掠金银珠玉，坚守函谷关，逐步扫灭群雄，一统天下。木曾左马头亦是先入京都，若能效仿沛公，暂敛锋芒，屈事赖朝朝臣，而后徐徐图之，则未始不能成沛公大业也!

再说平家自去岁冬离开赞岐国屋岛后，进抵摄津国难波潟，居于福原旧都。西凭“一之谷”构建城郭，东以“生田森”为大门。征山阳道八国、南海道六国时，从这十四国募来的兵士十万余，充满福原、兵库、板宿、须磨。一之谷北依山、南临海，入口狭而谷内广，海岸壁立

---

① 粟田关白：指藤原道隆之弟道兼，995年承袭兄位就任关白，旋即染病身亡，世人称为“七日关白”。

如天然屏障。由北面山脚至南面海滩，大石叠垒；又砍伐大树，立起逆茂木。深水区则大船林立，船头正面高橹[1]上，四国、镇西之兵整齐排列，披甲携箭，个个以一当千，势如云霞。高橹下，鞍马密布，多达十重廿重。擂鼓振威，其声喧阗。一眼望去：张弓拉弦如半月，悬于胸前；三尺剑光似秋霜，横于腰间；高橹上赤旗如林，春风吹似火燃烧。

六、六度立功

平家自迁居福原后，四国之兵军心浮动，中有隶属阿波、赞岐国司的人马，暗中策划弃平投源，为此聚议道："我等向日追随平家，今朝突然反水，恐源氏疑我有诈，不肯接受。不如我等截杀几个平家重臣，以此表明诚意。"他们打听到门胁中纳言教盛与两个儿子：越前三位通盛、能登守教经，父子三人驻扎在备前国下津井，便决定乘兵船十余艘前往袭杀。能登守闻报，大怒道："彼等原系家奴，昔年为我平家秣草饮马，今背信弃义，忽归源氏，反袭我营，甚无状也。待我领兵杀他个片甲不留。"遂驾轻舸迎击，下令道："莫放走了一个。"四国之兵本不善战，一遭痛击，立时无法抵挡，全军溃败，或逃往京都，或逃往淡路国福良泊。淡路国有源氏二人，一为故六条判官为义末子、贺茂冠者义嗣，一为淡路冠者义久。四国溃兵拥二人为大将，筑起城郭固守。能登守与兄通盛穷追不舍，急攻一昼夜，贺茂冠者阵亡，淡路冠者伤重自尽。能登守尽斩放箭阻击之守军，获首一百三十余级，有功者悉录名簿中，报捷福原。

门胁中纳言因有要事动身前往福原。其子通盛及教经因伊豫河野

① 高橹：即楼橹，守城或攻城用的高台战具。这里指平家设置在战船上的大型箭楼。

四郎不受宣召，便欲进兵讨伐，乃各率大军分路赴四国。兄长越前三位通盛先抵阿波国花园城，弟能登守教经继抵赞岐国屋岛。河野四郎通信闻平家兵来，急走安艺国，与该国住人、舅父沼田次郎合兵一处。能登守闻讯，引兵出赞岐屋岛追击，当日即抵备后国蓑岛，次日向沼田城发起猛攻。沼田次郎、河野四郎齐心死守。能登守攻势愈紧，经一天一夜苦战，沼田次郎自觉无法抵挡，只好卸甲而降。河野四郎仍死战不屈，麾下五百余骑战至仅余五十骑，无奈之下弃城奔逃。出城不久，又遭能登守部将平八兵卫为员率二百骑包围，一番激战，最后只有主从七骑突出重围。他们打算乘船逃离，便沿着小路向海边奔去，哪知平八兵卫之子赞岐七郎义范飞马追来，箭无虚发，竟射翻了七骑中的五骑。河野四郎只剩主从二骑，其郎党为掩护主公逃离，自愿留下阻敌，赞岐七郎赶上来，将他拖下马，摁在地上正要斩首时，河野四郎拨马返回，赞岐七郎正压在那郎党身上，不及提防，被河野四郎挥刀斩下首级，抛入深田中。河野四郎高声向追敌通名道："在下河野四郎越智通信，行年二十一岁。刀枪无眼、战阵无情，若有本事，请上来较量！"言罢，背起郎党，疾奔而去。终于到达海岸，搭上小舟，驶回伊豫国。能登守虽未俘获河野四郎，但迫降沼田次郎，也算大功一件，便押着沼田次郎回到福原。

不久，又有淡路国住人安摩六郎忠景，叛平附源，以大船二艘载兵粮米物等秘赴京都。能登守于福原知悉，即遣轻舸十艘追击。安摩六郎在西宫海面回头迎战，却不敌平家殊死猛攻，退泊于和泉国吹井浦。纪伊国住人园边兵卫忠康，亦欲弃平投源，听说安摩六郎遭能登守击败，已退至吹井浦，便亲率百骑驰去，与之会合。能登守又急率大军进击，攻守一日一夜，安摩六郎、园边兵卫自感抵御不住，令家将郎党等人放箭掩护，二人自顾自逃往京师。能登守尽斩放箭守军二百余人，引兵归返福原。

伊豫国住人河野四郎通信、丰后国住人臼杵次郎维高、绪方三郎维义，三人同心，合兵一处，总有二千余人，渡海抵备前国，据今木城固守。能登守闻报，又亲率三千余骑自福原来攻，至今木城下，默思道："今回敌势颇众，须以重兵攻城。"遂从福原调来数万大军，登时众寡悬殊。城内守军拼死抗御，竭尽所能，仍旧寡不敌众，因此相顾道："平家势大，我军兵微，无论如何也杀不过。不如弃城，另寻他地以恢复元气。"臼杵次郎、绪方三郎乘船逃往镇西，河野四郎再次逃回伊豫。能登守尽除叛逆，凯旋福原。以大臣殿为首，平家一门公卿殿上人全数聚齐，为能登守六立战功而祝捷致贺。

七、三草布阵

正月廿九日，范赖、义经上奏法皇，请发兵西国，追讨平家。法皇敕命："本朝自神代递传之三神器，内侍所、神玺、宝剑，百王镇护之重宝也，汝等务须小心防护，定要完好无损，奉迎归京。"二将领命，恭谨退出。

同年二月四日，乃故入道相国忌日，福原方面照例延请僧众，举办佛事，祭悼清盛公。只是时当乱世，也只能走走过场而已。戎马倥偬，日月如梭，不觉间春愁又至。若在以往得势之时，自当立起佛塔，供佛施僧，而今却只能后辈男女相聚一处，泣吊哀悼了事。

这一年的除目授官，僧俗皆得其司。大臣殿欲升门胁中纳言教盛为正二位大纳言，教盛作歌道：

我身今犹在，已是梦中梦。

歌中之意，表示自己不敢奢求升官。为此缘故，遂未升他为大纳言。大外记中原师直之子周防介师纯擢升为大外记；兵部少辅正明擢升为五位藏人，是故人称"藏人少辅"。昔年平将门讨伐关东八国，定都下总国相马郡，自号“平亲王”，分封百官，却单单没有封历博士①。可是今日时局虽不同，旧都亦已离弃，但主上身携三神器，平家所拥戴的，乃正统万乘之君，故而叙位封官亦在情理之中。

平家占据福原后，放出风声，扬言即将挥师返京。消息传到京中，留守故都的平家亲友，无不振奋欢欣。二位僧都全真，因昔年在梶井宫与承仁法亲王②交好，是以时不时能收到平家近况的消息。此时亲王又寄信给他，言道：“每念及流亡途中惨景，便觉凄楚难抑。京都迄今未宁，恨山愁海。”信末还附歌一首，云：

默将忧思寄斜月，
一片丹心致故人。

僧都以信贴面，悲哀垂涕。

再说小松三位中将维盛，因长年未与留在故都的夫人子女相见，日思夜念，整日里唏嘘悲叹。即便托付商人传信，略为了解夫人在京情形，也不过徒添相思之苦罢了。又想着将妻子儿女接到身边，全家聚在一起听天由命，但转念一想，兵凶战危，自身虽能忍受，夫人却未必能够适应。唯有继续朝思暮想，牵肠挂肚，其夫妻情深由此可见一斑。

那边厢，源氏本拟于二月四日进击福原，但听说当天是故入道相国的忌日，便暂缓攻击，让平家办完佛事。接着五日西塞，六日又是道虚日③，只得延后到七日卯时，准备在一之谷东西门外，源平两军开战。不过四日这天是吉日，所以源氏于当天兵分两路离京。正面统兵大

① 历博士：阴阳寮下设历道的主官，从七位上，负责教授历法，并于每年十一月一日前预造翌年的历本。
② 承仁法亲王：后白河天皇第十皇子，第63代天台座主。
③ 阴阳道中的忌讳，“西塞”指西行之路不吉，不可行走。“道虚日”则禁忌外出。

将军为蒲御曹司范赖，麾下计有：武田太郎信义、加贺美次郎远光、加贺美小次郎长清、山名次郎教义、山名三郎义行。侍大将有梶原平三景时及其嫡子源太景季、次子平次景高、三子三郎景家；稻毛三郎重成、榛谷四郎重朝、榛谷五郎行重、小山小四郎朝政及其弟中沼五郎宗政、结城七郎朝光、佐贯四郎大夫广纲、小野寺禅师太郎道纲、曾我太郎资信、中村太郎时经、江户四郎重春、玉井四郎资景、大河津太郎广行、庄三郎忠家、庄四郎高家、胜大八郎行平、久下次郎重光、河原太郎高直、河原次郎盛直、藤田三郎大夫行泰等，率前军开路，总合五万余骑。于四日辰时一刻出京，当天申酉时抵达摄津国昆阳野布下阵势。

迂回包抄的统兵大将军为九郎御曹司义经，麾下计有，安田三郎义贞、大内太郎维义、村上判官代康国、田代冠者信纲。侍大将有土肥次郎实平及其子弥太郎远平、三浦介义澄及其子平六义村、畠山庄司次郎重忠及其弟长野三郎重清、三浦佐原十郎义连、和田小太郎义盛、和田次郎义茂、和田三郎宗实、佐佐木四郎高纲、佐佐木五郎义清、熊谷次郎直实及其子小次郎直家、平山武者所季重、天野次郎直经、小河次郎资能、原三郎清益、金子十郎家忠、金子与一亲范、渡柳弥五郎清忠、别府小太郎清重、多多罗五郎义春及其子太郎光义、片冈五郎经春、源八广纲、伊势三郎义盛、奥州佐藤三郎嗣信、佐藤四郎忠信、江田源三、熊井太郎、武藏坊弁庆等，率前军先行，总合一万余骑。于同日离京，取道丹波路，昼夜兼程，当天即抵达播磨与丹波交界的三草山东山口，在一处名为小野原的地方布下阵势。

八、三草合战

平家一方，大将军有小松新三位中将资盛、三位少将有盛、丹后侍从忠房、备中守师盛；侍大将有平内兵卫清家、海老次郎盛方，军力合计三千余骑，在距小野原三里远的三草山西山口安营扎寨。

当夜戌时，九郎御曹司义经召来土肥次郎，问道："平家于三草山西山口布阵，距此三里，我军是今夜奇袭呢，还是待明旦交兵？"土肥次郎未及回答，田代冠者进前道："我军众盛，敌必谓我不欲夜战而卸甲歇息。今掩其不虞，何忧不克？若延至明旦，平家援军到来，则我兵力上便无优势。今平家仅有三千余骑，我方军势一万余骑，以众击寡，稳操胜券。故此当于今夜奇袭。"土肥次郎附和道："田代殿此言有理。请即刻发兵。"义经遂勒众赴敌。山路间漆暗无光，士卒难进，俱言："夜黑路险，如何是好？"九郎御曹司呼武藏坊弁庆道："速举大炬。"众将不解其意。弁庆举火焚燃小野原沿路屋舍，登时亮如白昼，宛若大炬。土肥次郎醒悟道："明白了。"也依样焚屋。火势蔓延极快，顷刻间山野草木皆燃，照得一路通明，源氏大军迅速通过了三里山径。

那位田代冠者，其父乃伊豆国前国司中纳言为纲后裔，其母系狩野介茂光之女。他自幼便跟随在外祖父身边，弓马娴熟，武艺精湛。若是寻根溯源，他还是后三条院①第三皇子资仁亲王的五世孙，高门华第，文武世家。

平家一方根本料不到当夜便遭急袭，还自我宽慰道："定是明日方才交战，今晚且睡个饱觉，养精蓄锐，明日方好厮杀。"因此虽然有派人在前阵警戒，但后方兵士或枕头盔、或枕铠袖、或枕矢箙，尽皆沉沉睡去。夜半时分，源氏一万骑突然袭至，杀声大作。平家人马猝不及防，或持弓忘矢、或取矢忘弓；更有人恐遭马踏，从马胯下钻过，狼狈不堪。源氏四下兜截平家溃兵，斩杀五百余骑，余者大多负伤。大将军小松新三位中将资盛、三位少将有盛、丹后侍从忠房，见兵溃无法收拾，只得由播磨国高砂乘船，逃向赞岐屋岛。备中守师盛与平内兵卫清

---

① 后三条院：即日本第71代天皇。他在位时被称为圣主，励精图治、崇尚简朴，起用贤能之士，造就了升平繁荣的治世。

家、海老次郎盛方一道，逃回了一之谷。

九、老　马

大臣殿宗盛遣安艺右马助能行为使者，向平家领军族人传谕道：“九郎义经已陷三草山，不日定直逼一之谷。故而防守鹎越山崖至关紧要，请诸君早做准备。”众将躬身领命。大臣殿又对能登守教经道：“前番数度合战，阁下屡立战功，这回仍要拜托你了。”能登守道：“临军对敌者，须身先士卒，通盘查察方期制胜。若似渔猎般辞难就逸，只拣易处下手，而不敢迎难而上，则未战已败矣！今诸将怯敌，而教经轻之。愿请军命，尽歼源党，令主上与大臣殿安心。”大臣殿闻言大悦，立遣越中前司盛俊为先锋，能登守为大将，引一万余骑增援鹎越。能登守到达后，即与兄长越前三位通盛合兵一处，齐心防守。鹎越乃山中第一绝险，上七八段，石砾沙地，草木不生；下五六段，峭壁峨然，非人马所能过。通盛将夫人接来，于能登守营帐中，依依惜别。能登守见状大怒，责道：“只因鹎越紧要，大臣殿方令教经前来增援。今源氏甚强，转眼便要攻来，若不时刻提防，届时猝不及防，只怕连弓箭置于何处都不知晓。可兄长还在此卿卿我我、儿女私情，成何体统？”通盛闻谏大愧，立时披甲执弓，整肃备战，并请夫人自回居处。

五日黄昏，源氏自昆阳野进军，渐渐逼近生田森。平家兵士放眼雀松原、御影松、昆阳野方向，但见源氏安下营寨、燃起篝火，远眺恍如山月撒下银辉遍地。平家在生田森这边也点起篝火，远眺星星点点，如晴空繁星。此情此景，令人想起古人所作的“河边之萤”歌[①]。火光中，源氏众军或卧倒歇息、或割草喂马。平家士卒担心又遭夜袭，不敢

---

① 见《伊势物语》第八十六话，原歌为：“似是晴空星，又疑河边萤。莫非桑梓近，渔火夜通明。”

大意，时刻留心戒备。

六日清晨，九郎御曹司将一万人马兵分两路。一路七千骑，交由土肥次郎实平统领，进击一之谷西门；另一路三千骑，由义经亲自统率，绕道一之谷背后的鹎越山崖，从丹波路攻敌后方。日既暮，径路险恶不能前，兵士议道："此地向为险要所在，我等宁死于阵前，也不愿落崖摔死。请将军访一向导领路。"武藏国住人平山武者所季重上前道："季重愿为向导。"义经奇道："汝自幼生长东国，今日始见西国之山，焉能为向导？此话大谬。"季重道："将军差矣。吉野、泊濑之花[①]，歌人虽未亲见，却也知其娇美；敌困兽之城，勇者虽未行过，却也能探其路径。"说着，摆出一副旁若无人的模样。九郎御曹司厌其狂妄，遂不予理会。

又有武藏国住人别府小太郎清重，行年一十八岁，上前道："在下父亲义重法师曾教导说，无论进军还是狩猎，若在深山中迷路，可将老马松开缰绳，任其自行，便能找到正确道路。"御曹司道："此言有理。昔年管仲伐孤竹，春往而冬返，雪埋原野，迷失路途。管仲以'老马识途'而得出。吾今效仿之。"于是命人挑拣一匹银鞍白苇毛[②]老马，白辔搭鞍，任其在前引路，步入未知深山。时当初春二月，峰雪消融、春花绽放；谷莺啼鸣，婉转云间；上临白雪皑皑，下瞻青山峨峨；松雪消未尽，小径青苔幽；山风吹雪舞，疑是梅花飘。义经率军跟随老马，一路挥鞭前行，到日暮时，已走出险径，列阵待命。

这时，武藏坊弁庆带老翁一名前来参见。义经问道："此系何人？"弁庆道："乃此山猎人。"义经道："那想必十分熟悉本地道路了，还请老丈详实指点。"老翁道："吾久居此山，谙熟山岳，不知将军要问何处路径？"义经道："从此处往平家之城一之谷，如何走

---

① 吉野山与泊濑町是著名的赏樱地，和歌中多有咏诵。

② 银鞍，前后两轮镀银的鞍；白苇毛马，以白毛为主，兼有杂色毛的马。

法？”老翁摇头道：“鹎越绝险，无路可走。谷深三十丈、岩高十五丈，崖壁陡峭，人不可攀，马亦难过。”义经又问道：“麋鹿能过否？”老翁道：“唯鹿可过。天暖时，为在草深处歇卧，播磨之鹿迁至丹波；天寒时，为在雪浅处觅食，丹波之鹿又回到播磨。来往俱通过鹎越。”义经再问道：“崖下可有设陷阱、铁蒺藜？”老翁答道：“平家恃险，故未设此备。”义经道：“如此便好办了。鹿有四足，马有四足，凡鹿之所过，马亦能行。老丈，愿请你为我军向导！”老翁道：“吾老迈不可用。有儿颇健，堪充驱役。”义经道：“令郎安在？”老翁唤来儿子，说道：“此子幼名熊王，今年一十八岁。”义经即命当场为熊王束发赐名，因其父名为鹫尾庄司武久，便给他取大名为鹫尾三郎义久。赐予刀马胄，命其在前领路，共赴一之谷。鹫尾三郎义久待义经忠心耿耿，其后平家覆亡，镰仓殿鸟尽弓藏，追杀九郎御曹司。义久在奥州与义经一同战死。

十、先后之争

六日夜半，熊谷次郎直实与平山季重俱在迂回攻击这路人马中。熊谷谓其子小次郎直家道：“若从此险要之地追随全军一齐冲杀下去，谁为先锋必将无从分辨。昔日强渡宇治川，吾心欲先登，却为佐佐木高纲所先，深以为憾。今日不如悄离此地，去往土肥次郎播磨路那方，在彼处争当一之谷先锋，你看如何？”小次郎回道：“此议甚妙，直家赞同，可即速起身。”熊谷道：“不过平山也在这路军中，料彼亦有先锋之志，待我命人先打探一番。”遂遣下人前去打探。果如所料，平山已先于熊谷做好打头阵的准备，正低声嘀咕道：“可不能让人知道了，季重这回一定要抢到头功。”他的仆从一边饲马，一边抱怨道：“此马大是可恶，吃了这许多草料还没完。”挥鞭作势欲抽，平山阻道：“不必如此，此马与我等相处，怕也只有今夜了。”言罢上马启程。熊谷下人急奔回报，熊谷道："吾不可输于平山。"立即纵马启行。熊谷身穿褐色直垂，外罩赤革缀铠甲、披红母衣[①]，胯下骑栗毛名马。小次郎身穿泽泻色[②]直垂，外罩节绳目之铠[③]，胯下白月毛马唤作西楼。熊谷麾下旗指[④]身着鞠尘[⑤]直垂，外罩蓝底小樱黄铠甲，胯下黄河原毛[⑥]之马。因左临深谷，遂由右方策马行进，经过荒无人烟的田井畑古道，向一之谷海岸驰去，终于在夜深时抵达一之谷附近的盐屋，土肥次郎实平正率七千骑在此待机。熊谷在夜色掩护下，沿着海岸线偷偷穿过盐屋，潜抵一之谷西城门。其时天色未曙，敌方安静无声，源氏方面也无一骑到来。熊谷低声召唤儿子小次郎道："头阵争功者不少，我等虽先到此，难保他人不来争功。且先报上姓名，令敌知晓，而后一面等待天明，一面备战。"父子二人遂纵马上前，自报姓名道："吾等系武藏国住人熊谷次郎直实及其子小次郎直家，一之谷先锋是也！"平家一方却不理睬，只暗中传话城兵道："暂莫出声，待敌人困马乏时，再放箭击射。"

熊谷父子正等得不耐烦，从后边快马驰来一将。熊谷问道："来者何人？"来将答道："吾乃季重！前方又是何人？"熊谷道："直实在此。"平山季重道："熊谷殿何时到的？"熊谷道："就在刚才。"季重叹道："我被成田五郎算计了，所以来晚一步。成田信誓旦旦，说要与我同生共死，哪知并辔上路时，他又道：'平山殿，你不是想当一之

---

① 母衣：用竹制骨架把布撑成一个大斗篷，战斗时披在背后起装饰作用，亦可防流矢。

② 泽泻：一种夏季开花的植物，花色洁白。

③ 白、薄绿、红青三色皮革缀成的铠甲。

④ 旗指：武将让部下在铠甲的后背部插上本家的旗帜，作为战场上己方部队的标识。

⑤ 鞠尘：本意是酒曲所生的霉菌，色淡黄微绿。《周礼·天官·内司服》载有"鞠衣"，汉郑玄注："黄桑服也，色如鞠尘，象桑叶始生。"

⑥ 黄河原毛：黑鬣、身白，杂有黄毛的马。

谷的先锋么？其实当先锋，只须冲在己方人马前面，便能扬名显姓了，没必要单人独骑杀入敌军重围，徒死无益。’我听他这话说的有理，便在小山坡上勒马等待我方兵马。成田紧跟在后，我本打算和他并骑，商议下如何攻敌，哪知他忽然朝我一瞪眼，纵马直奔向前。原来这厮是想自己去当先锋，所以哄我停下来。可他虽然领先我五六段远，他那马却是劣马，不及我的坐骑迅捷，片刻就被我赶上了。我骂道：‘成田，你再滑头也无用，骗不倒我季重的！’说完撇下他一口气飞奔到了一之谷。此时他已遥遥落在后头，连我的背影都望不到哩。”

不一时曙光初露，熊谷与平山共五骑守于城下，熊谷寻思着虽已通报过姓名，但怕平山争功，索性再通名一次。又纵马走近平家栅橹前，高声道：“适才通名之武藏国住人熊谷次郎直实与子小次郎直家，乃一之谷先锋也！平家武士可敢出阵，与吾等一较高下？”平家一方听了，嚷道：“这厮可恶，报个姓名还没完没了。待咱们将他父子俩拿下！”于是越中次郎兵卫盛嗣、上总五郎兵卫忠光、恶七兵卫景清、后藤内定经等平家武士，带着锐卒二十余人，大开城门，策马来战。平山季重身穿滋目结①直垂，外罩绯红皮革缀铠甲、披二引两②母衣，胯下骑目糟毛名马。其麾下旗指身穿黑革缀铠甲，盔下护颈掩脖，胯下骑一匹月毛马。平山大声通名道：“吾乃保元、平治两度合战之先锋，武藏国住人平山武者所季重是也！”言毕，与旗指二骑并辔，奋勇陷阵。熊谷也紧跟其后冲杀迎战。两员猛将纵横来去，争先杀敌，都恐被别人抢了头功去。他们左冲右突，如霹雳猛火般，平家武士哪见过这阵势，自觉厮杀不过，纷纷退入城中，楼橹上箭射如雨，将熊谷与平山阻在城外。熊谷坐骑腹部中箭，吃痛跃起，熊谷急忙抬腿下马。这时其子小次郎直家亦已纵马冲至栅橹前，通名道：“行年一十六岁，小次郎直家在

① 滋目结：四结白斑印花。
② 二引两：黑白色两道横纹。

此！”正要冲锋，“飕”地一箭射来，正中手肘。他也急忙下马，与父亲并肩而立。熊谷问道：“小次郎，手负伤了？”直家答道：“是。”熊谷教导道：“速整铠甲，不可露出空当；将头盔护颈放下，防止流矢射中脸面。”熊谷说完，拔去铠甲上的敌箭，睨视城内，高声道：“自去岁冬起兵出镰仓，直实便已发誓为兵卫佐殿肝脑涂地。今日一之谷之战，更已决心不成功便成仁。尔等军中，向于室山、水岛两回合战中战功赫赫、威名远扬之越中次郎兵卫可在？上总五郎兵卫、恶七兵卫可在？能登守可在？武士若欲一战成名，其对手为何人甚为关键。直实绝不与无名小卒交手，以上诸位大名鼎鼎，直实愿请一战！”听见挑战，越中次郎兵卫穿上平素最喜爱的装束，着深红色直垂，外罩赤色皮革缀铠甲，骑一匹白苇毛马，直奔熊谷父子杀来。熊谷父子并肩站立，拔出太刀横在额前，毫无惧色，缓缓迫近。越中次郎兵卫气势顿沮，自感不是对手，返身欲回。熊谷见了，嘲笑道：“来者不是越中次郎兵卫吗？怎么退回去了？是不屑跟直实交战么？来较个真章吧！”越中次郎尴尬道：“抱歉，突然想起有事在身，改日再战吧！”急忙拨马退回。恶七兵卫怒道：“怎地变得如此胆怯？往昔武勇何在？”言罢就欲拍马出战，越中次郎拉了拉他的铠袖，轻声道：“此战关系双方成败，我等力不能及，何苦强自出头？”恶七兵卫遂告作罢。其后熊谷换了一匹战马，再度控缰血战。平山趁熊谷父子冲杀时已让坐骑歇息过，也随之继续鏖战。平家一方乘马武士较少，大多聚于楼橹上射箭防守，箭矢密集如雨射下。然源氏一方不过五骑，分散开来，箭矢甚难命中。平家兵士急道：“不如纵马出击，贴身肉搏。”话是如此说，但平家战马，骑用频繁而饲食稀少，又多在船上风浪颠簸，长久站立，早已疲乏不堪。熊谷与平山的坐骑却是精挑细选，好料饲养，故而身高膘肥，一旦遭遇，必被之蹴倒。平山身旁的旗指被平家射手一箭射中，平山觑个真切，旋风般疾冲敌阵，直取那名射手，斩下其首级。熊谷亦大逞威风，杀敌无数。此番合战，熊谷虽然先至，但平家城门未开，不曾交战；平山虽然后到，却得以先行交战。故而论及一之谷头阵战功，熊谷、平山谁先谁后，一直争议难决。

十一、二进二出

二将正厮杀间，成田五郎也已赶到。土肥次郎率七千骑，旗指背负诸将旗帜，高声呐喊，一起猛冲上来。另一边，攻打正面的源氏五万余骑兵马，也已抵达生田森，布下阵势，待机而动。军中有武藏国住人河原太郎、河原次郎。河原太郎呼其弟次郎道：“大名不必上阵，籍家将战功便可得享盛誉；我等武将却须亲身上阵，方能扬名立万。而今人敌就在眼前，我军却不发一矢，实是令人心急如焚。吾欲先冲敌阵，与城中守敌力拼。只是孤骑陷敌，九死一生，所以要你留下，为我做个见证。”河原次郎流泪道：“兄长此言差矣。你我兄弟一母同胞，岂有兄亡弟存之理？此乃武士大耻。吾不欲生离死别，愿与兄长同生共死。”言罢召来下卒，嘱咐他将自己阵亡的消息转告妻子。随后二人舍马徒步，穿草履、拄弓杖，小心翼翼越过生田森的逆茂木，潜入城中。星光黯淡，铠甲之色已难辨识。河原太郎高声通名道：“吾等乃武藏国住人，河原太郎私市高直、河原次郎私市盛直，源氏生田森攻略军之先锋是也！”平家一方听见喊声，相顾道：“看来东国武士亦不过尔尔，仅有二人竟也敢来闯我军大阵，能济得甚事？让他们自去叫嚷吧，不必理会。”因此无人出声应战。孰料那兄弟二人乃有名的神箭手，连珠价不停地射箭，激得平家兵士怒起，骂道：“岂有此理，看来不反击是不行了。”纷纷拉弓，正要放箭回击时，“飕飕飕”数箭，已有人抢先飞矢射出。原来平家阵营中也有两名西国闻名的神箭手——备中国住人真名边四郎、真名边五郎两兄弟。此时四郎被派往一之谷，而五郎就在生田森。他见敌方放箭挑衅，瞧得真切，立时开弓引箭，箭矢带风，激射而出，正中河原太郎前胸，从胸铠处贯穿后心。河原太郎尸身因有弓杖支撑，没有倒下，河原次郎急忙飞奔近前，将兄长扛在肩上，正要穿过逆茂木时，真名边五郎第二箭又已射来，从次郎铠下软甲处直没入腰，兄弟俩同时倒地。真名边五郎的下卒赶忙跑上前，割下河原兄弟的首级。其后报功，将首级呈予新中纳言知盛验看，知盛叹道："真勇者也！此等武士以一当千，不可多得，只可惜命殒疆场。"

河原下卒大呼道："河原殿兄弟领头入城，已不幸战死！"梶原平三景时听到，大吼道："城险而坚，不可猝拔，私市党河原兄弟不遵号令，以致阵前殒命。此刻战机已到，众军杀呀！"五万余骑登时齐声长啸呼应。梶原令足轻除去逆茂木，亲率五百余骑当先向敌阵发起冲锋。其次子平次景高欲得头功，甩开全军，独自向前猛冲。平三景时急遣使者喊话道："大将军谕令，脱离后军孤身先入者，不予录功。"平次勒住战马，回头对使者道："大将军号令不足惧。夫临战阵，竞先而进，乃武夫之常也。岂可待他人继至，而坐视其战？请将此言转告吾父。"言罢纵马大喝，挺身城下力战。

父亲平三景时大急，高呼道："平次小心！后军快跟着冲上去！"兄长源太景季与弟弟三郎也大喊道："景高小心！后头的诸位，快跟上！"父子三人引五百余骑紧随平次，冲入城中，拼死血战，城兵亦死力围击之。激战一番后，梶原所部仅阵亡五十骑，退出厮杀。检点人数，景季却不知去向。平三景时急问部曲："源太何在？"有郎党答道："他已深入敌阵，恐怕是命悬一线了。"梶原平三闻言大恸，悲道："此子吾所钟爱，若源太战死，吾苟活于世又有何趣？且回去再战！"遂部勒郎党，复入城中，大声通名道："昔年八幡殿于后三年之役①中，攻打出羽国千福金泽城，在下先祖、镰仓权五郎景正时年一十六岁，奋勇当先，遭流矢射穿左目直贯脑后，依然奋战不息，回射毙

---

① 后三年之役：应德三年（1086），陆奥国清原氏发生兄弟反目的内部战争，历时三年，后为陆奥守源义家（八幡殿）平定。

敌，因此名垂后世。梶原平三景时身为镰仓权五郎后裔，素来以一当千，有胆量的请上前一战。”纵声呐喊，拍马冲锋。新中纳言知盛下令道：“梶原大名，东国尽知，莫放走了他。杀啊！”平家兵士纷纷涌上，围攻梶原。梶原奋不顾身，一面大呼：“源太何在？”一面于数万骑中纵横驰突，东荡西杀，终于被他寻到源太景季。但见景季头盔歪斜，坐骑已然中箭，正背倚二丈高崖壁，弃马与五名敌人步战。其郎党二人，分立左右卫护。虽已至生死关头，景季依然临危不惧，舍命死战。梶原平三见了，心中暗呼：“妙极，吾儿尚在。”登时转悲为喜，急飞身下马，喊道：“源太勿忧，为父在此。宁死不能后退！”父子齐心，手刃五敌之三，剩二人负伤逃去。梶原平三道：“源太，战阵之上，不可轻敌，须懂得进退合宜方能常胜。以后绝不能再单枪匹马深入敌阵了。”言毕，护着景季敛兵而退。此即梶原二进二出之事也！景季退兵之际，尚从谷折梅花插矢箙，平家诸将望见，俱赞其风流。

十二、 翻越险崖

继而一之谷合战全面爆发，秩父、足利、三浦、镰仓等族兵马，以及猪俣、儿玉、野井与、横山、西党、都筑党、私市党等豪族，悉数投入源平合战。双方混战厮杀，你来我往，此间通名、彼处报姓，杀声震天、呼声动岳；奔马若雷鸣、箭下如急雨。有人背负己方伤者撤向后方，有人轻伤在身仍死战不退，有人重伤不支死于疆场。有二马错镫，被刺落马下者；也有锐不可当，斩敌首级者；更有自家头颅遭人取走者。双方将士皆出力死战，势均力敌，一时间难分胜负。

源氏见正面战场颇难取胜，遂将希望寄托于迂回平家侧后的九郎御曹司一路兵马上。七日清晨，在一之谷后方，义经已率军登上鹎越险崖，正欲策马下行时，军中忽然一阵骚动，原来有两头牡鹿、一头牝鹿因受惊而奔往平家一之谷城。城中守军见鹿，疑道：“鹿群原本聚于此地，因造城喧扰，方才遁入深山。此刻我方大军云集，它们不畏人躲藏，怎地反而奔回？此事大有古怪，怕是源氏兵马已然进山了！”正狐疑不定之际，伊豫国住人武知武者所清教近前道：“总之，但凡敌方处逃来的，都不可放过。”开弓引箭，将两头牡鹿射死，但放过了那头牝鹿。越中前司责道：“怎地如此不识轻重？与其射鹿，不如射敌。今时一矢可防十敌呢！无妄杀生造孽，徒费箭矢。”

九郎御曹司遥望一之谷城，吩咐道：“先下战马数匹试之。”部下立即选了数匹马，赶下鹎越。那些马或断足跌倒，或平安到达。更有三匹佩鞍马，落到越中前司营帐上，颤巍巍地立起身来。御曹司视之道：“使马自下尚能无恙，骑者加意，何虑堕伤。驭马之要，专注于心。汝等以吾骑为准，这便下崖。”遂当先引三十骑下崖，而后全军鱼贯而下。后军的马镫紧挨着前军的铠甲，脚下碎石沙砾，不小心一滑就是二町远，直到平坦处才能勉强站住脚。向下张望，距崖底约十四五丈，大磐石上满布青苔，陡峭险峻。众军惊怖，面面相觑道：“此处只怕便是埋骨地了。”尽皆战栗不敢前。佐原十郎义连排众而出，大声道：“我等三浦族人，往昔捕鸟射兽，朝夕奔驰于此等险地。今观鹎越，与三浦族马场何异？”乃奋勇当先，纵马直下。其他兵士见了，也大起胆子，陆续跟下。他们轻声吆喝，小心翼翼为坐骑鼓劲。不少人因为过于害怕，紧闭双眼。终于，这号称人不能越、唯鬼神可过的险崖绝地，被义经三千兵马成功翻越。临近崖底，三千余骑整兵扬旗，齐声怒吼，气势如虹。呐喊声在山壁间激荡回响，好似有十万余骑般。村上判官代康国指挥部下纵火焚烧平家营帐，正值风烈，火借风势，四处延烧。黑烟晦暝中，平家兵士大骇鼓噪，争先恐后逃往海边。海边原本停有众多大船，但此时毫无秩序，兵卒们惊溃失度，见船就上，致使每艘船少则挤满四五百人，多则千人，乱哄哄地。有三艘大船因超过负荷，仅驶离海岸三町远便沉入海中。平家不得已下令道：“凡有官职者方准上船，兵卒杂人概不准上。”接着以太刀、长刀砍削欲爬上船的小卒，众多死命攀住船沿不肯离去的兵士，或被斩断手掌、或被连臂削去，一之谷海边血染碧波，平家死伤狼藉。能登守教经以往号称常胜不败，今番也不得已急纵薄墨色坐骑向西狂奔，随后在播磨国明石浦舍陆登舟，逃回赞岐国屋岛。

十三、 越中前司之死

平家正面阵地与一之谷海防阵地，受武藏、相模两军舍命猛攻。新中纳言知盛守城东门，儿玉党使者忽从山侧驰来，说道：“只因阁下曾任武藏国国司，故而儿玉党命我来给阁下报信。且看城后。”新中纳言及属下回身一看，只见黑烟滚滚，新中纳言大惊道：“不好，西阵已陷。”不顾职责在身，落荒而逃。

越中前司盛俊，乃负责山岭守备的侍大将，眼见大势已去，心知今日必然无幸，遂勒马伫立，欲待敌作最后一搏。猪俣小平六则纲攻到山上，认定越中前司值得交手，便扬鞭踢镫飞马驰来，哪知仅一个照面，就被击翻落马。猪俣乃关东八国著名勇士，鹿砦上的分叉都能拗去一二。但越中前司力大无穷，比他更胜一筹。有人亲眼见到需要二三十人合力完成的事，越中前司一蹴而就。六七十人才能推下海的大船，他一人便能推来拖去。因此猪俣被越中前司击倒压于身下后，完全不能动弹。想拔刀，五指大张不能握住刀柄；想说话，颈部压迫甚紧，咽喉无法发声。眼瞅着脑袋就要搬家，他虽然力不能胜，心中却勇气未减，毫不畏惧，深吸一口气，使出全力终于得能开口道：“阁下可知我姓名？凡取敌首级，必先自报姓名，而后令敌也报出姓名，方能算立下大功。若所取者乃无名小卒之头颅，又何功之有？”越中前司深以为然，遂通名道：“吾乃越中前司盛俊，本系平家一门，因犯下罪愆，降为家臣。汝系何人？速报上名来。”则纲道：“吾乃武藏国住人、猪俣小平六则纲。”顿了顿，续道：“今观时局，源氏日强，平家渐衰。阁下侍奉平家，此时固然得志，可斩敌首级邀功请赏，但必定不能长久。若能释放则纲，在下愿以勋功之赏保你一门十余口性命。”越中前司大怒道：“盛俊虽不肖，却与平家一门血脉相连，岂可向源氏低头？所以，我也不必对源氏之人手下留情。汝这厮胡言乱语，待我先取了你的首级。”言罢挥刀欲斩，猪俣忙道：“手下留情啊！取降人首级，岂是武士所为？”越中前司道：“也罢，就饶你一命。”伸手拽起猪俣。眼见前方有片干涸的田畦，后面是块深水田，二人便坐在田埂上歇息。

片刻后，有名身着黑革缀铠甲、胯下骑月毛马的武士单骑驰来。越中前司起了疑心，则纲却道：“此人是在下郎党，唤作人见四郎。兴许是见我在此，特来参见，无须多虑。”口头虽如此说，心中却道：“快点驰近吧，也好合力击杀越中前司。”正想着，人见四郎已奔至仅一段之距。越中前司愈发生疑，他起先对二人交替注视，待人见四郎渐至身前时，遂全神戒备面前驰来之敌。猪俣乘他分心之际，突然站起，口中一声大喝，双手使劲，推向越中前司胸铠，登时将他推入后方深水田中。越中前司猝不及防，急要爬起时，已被猪俣压在身上。猪俣飞速抽出越中前司腰刀，从铠下软甲处猛刺三刀，随即割下越中前司首级。此时人见四郎已到水田旁，猪俣恐他与己争功，急将首级挑于太刀刀尖上，高举过头，大声宣扬道：“向称鬼神难当之平家武士越中前司盛俊，已为猪俣小平六则纲击杀。”好一个大言不惭，自夸自赞。

十四、 忠度之死

萨摩守忠度乃守备一之谷西阵之大将军，当日身着红青色直垂、外罩黑丝缀铠甲，胯下黑马威武雄健，马鞍以金边镶嵌。在百余骑卫护下，不急不忙，从容镇定地边战边撤。源氏一方的猪俣党冈部六野太忠澄见他作大将军装束，便扬鞭踢镫，纵马近前，喝道："汝系何人，速报姓名。"忠度诈言道："自己人！"但他抬头仰面的一瞬间，被六野太一眼瞥见那牙齿是用铁浆染黑的①。六野太登时明白对方是平家族人，因为己方无人染黑齿。于是立即催马，直取忠度。忠度身旁护卫的百余骑，俱是临时从各国拼凑的，并非真正的武士，见六野太来势凶猛，无人敢接战，顷刻间作鸟兽散。忠度恨声道："一帮恶奴，贪生怕死。说什么效忠平家，不过是嘴巴上讲讲而已。"他自身本是熊野大力士，也不畏强敌，眼明手快地一把抽出腰刀，迎面连搠马上的六野太两刀，六野太登时落马。忠度又挥刀补上一刀，共搠了三刀。前两刀扎在铠甲上，未透肌肤，后一刀虽突入内甲，也仅是轻伤，不至毙命。忠度摁住六野太，正要斩首时，六野太从卒驰至，自后偷袭忠度，拔刀由肘弯处断其右臂。忠度自度不免于难，乃道："汝且缓，吾将诵佛名十遍而死。"将六野太推出一弓远，而后解带脱甲，向西高声念唱道："光明遍照十方世界，念佛众生摄取不舍。"②诵完十遍，六野太自后挥刀斩下萨摩守首级。不过他仅知对方是平家大将，具体姓名却不知晓。遂将矢箙所附的文囊解开，见其中有和歌一首，名为《旅宿花》。歌云：

日暮孤旅宿樱下，迎宾之主乃樱花。

落款处写着"忠度"，方知死者正是萨摩守。六野太遂将忠度首级挑于太刀刀尖上，高举过头，大声宣扬道："平家知名大将萨摩守忠度，已为冈部六野太忠澄击杀。"声音洪亮，传遍战场，双方将士尽皆

---

① "染黑齿"是古日本公卿贵族的特征之一，是身份与地位的象征。将铁屑浸入酒、茶、醋中，置于暗处发酵两个月，使其出黑水，制成铁浆。然后用羽毛、笔、杨枝、毛刷等将铁浆涂抹在牙齿上。

② 出自《观无量寿经》。"光明"指阿弥陀佛救度的光明，"十方世界"即娑婆世界，"摄取"为保护之意。

听到。众人无不叹息道："唉，忠度武艺、歌道素所精通，可惜了一位文武双全的大将！"人人为此泪洒征袍。

十五、生擒重衡

本三位中将重衡，是防守生田森的副将，此刻兵败如山倒，部下兵马悉数逃散，仅余主从二骑。当日他身穿黄白丝绣千鸟深蓝直垂、外罩浓紫色铠甲，胯下名马童子鹿毛。随从乳母之子后藤兵卫盛长，身穿滋目结直垂、外罩绯红缀铠甲，胯下骑着三位中将珍爱的名马夜目无月毛[①]。梶原源太景季、庄四郎高家远远望见重衡装束，知他是平家大将，急扬鞭踢镫，双双追赶上来。重衡奔到海边时，虽然有数艘船停泊接应，但敌将在后全力追赶，迫得他无法上船，只好渡过凑河、刈藻河，由莲池向右、驹林往左，穿过板宿、须磨，西逃而去。重衡主从二骑胯下所骑毕竟都是名马，而追赶者的坐骑只是寻常马匹，况已久战疲惫，追赶十分吃力，双方距离越拉越远。梶原源太景季踏镫挺身，遥遥开弓，使劲射出一矢，利箭正中童子鹿毛的三头[②]弱处，直没至柄。战马扑跌倒地，重衡疾呼后藤兵卫盛长，盛长深恐三位中将要换骑夜目无月毛，急快马加鞭，不顾重衡而去。三位中将惊怒道："盛长，为何如此？平日口口声声誓死效忠，而今大难临头，却要自行逃命么？"盛长充耳不闻，更将铠甲上的平家红标扯下，随手丢弃，纵马跑得无影无踪。三位中将恨得咬牙切齿，眼见敌将迫近，坐骑又已重伤，无奈纵身跳入海中，哪知蹈海处偏偏是一浅滩，沉不下去，只得弃马坐地，割断铠甲系带，解开纽结，脱掉铠甲头盔，准备当场切腹自尽。庄四郎高

---

① "夜目无月毛"是当时最著名的宝马之一，据说此马双目如电，在漆黑无月的夜晚也能辨别方向，故称"夜目无月"。

② 三头：马后腿上部骨头处，据说是马的致命处。

家跃马扬鞭，比梶原早一步赶到，急忙翻身下马，抱住重衡，劝道："将军不可！在下愿奉陪到底。"强行让重衡坐上自己的坐骑，以缰绳紧缚马鞍前桥，而后自骑后备马返回。

后藤兵卫盛长仗着胯下名驹脚程迅疾，得以安然无恙脱逃。此后他前往熊野，投奔法师尾中法桥。法桥死后，继任的尼公①为诉讼之事上京，盛长随侍左右。京中上下，大多知其乃三位中将乳母之子，俱羞辱道："无耻盛长，受主家重恩，不思图报，反弃主逃逸，而今沦落到伺候尼公，真是丢脸至极。"盛长受尽责辱，心中颇生悔意，为了遮丑，听说他时常以扇掩面。

十六、 敦盛之死

平家全军溃败，熊谷次郎直实自思道："平家亲贵正逃向海边，欲乘船撤离，这正合吾意，且去寻个平家大将来立功。"遂纵马追去海边。不多时，果见前方一骑，正催动胯下马，奔入水中，准备登上战船。那人身穿绣鹤练贯②直垂、外罩萌黄铠、头戴锹形盔，佩金制太刀、背负切斑之矢、手持缠藤之弓，胯下连钱芦毛马，马鞍镶嵌金边。他下海后单骑游出五六段远，熊谷在岸上高呼道："前方那员武将，避敌潜逃，不感羞耻么？何不掉转马头，与在下大战一场，分个胜负。"边喊边扬扇示意。那名平家武将闻言分开海水，回马登岸，直奔熊谷而来，熊谷亦拍马上前迎战。他本是关东有名猛将，武艺精熟，不过几回合便将平家武将击落马下。他立即飞身下马，膝压敌将铠袖，欲割其首级。不料掀起头盔，俯视其面，对方竟是个年约十六七岁的美少年，薄

---

① 尼公：出家为尼的贵妇。

② 练贯：一种绢织物。

施白粉①，以铁浆染黑齿，年纪与自家的小次郎相若，眉清目秀、丰神俊雅。熊谷登生怜悯，不忍施刃，遂问道："汝姓甚名谁，速报与吾知，可饶尔不死。"美少年反问道："汝又系何人？"熊谷道："在下不是什么要紧人物，武藏国住人熊谷次郎直实是也。"美少年道："既如此说，遇到阁下，我倒无须通名了。阁下取我首级，决不致辱没勇名。请速斩吾首，提头去问，必有人识得。"熊谷默忖道："此子颇有大将之风，即便杀了，该输的仗也不会赢；不杀，该赢的仗也不会输。总之，无关大局轻重。吾身为人父，小次郎即便负了轻伤，心中已然焦虑难过。若杀了此子，其父也定会伤心欲绝。推己及人，唉，还是放了他吧！"于是放开美少年，劝道："汝尚年幼，何苦来阵前厮杀，枉送性命？吾今放汝归去，从此再不要到血腥战阵上来了。"那美少年却道："我乃堂堂平家大将，不上阵则罢，既已上阵，岂能贪生怕死？源平两家，世代为仇，战场之上、两阵之间，岂能对敌存有怜悯之心？"直实反复劝说，无奈美少年死志已决，坚持不肯离去。就这么一耽搁，身后喊杀之声渐响，源氏追兵正汹涌而至。熊谷向后一看，土肥、梶原率着五十骑直逼过来。熊谷无奈，含泪道："吾本不欲杀汝，但大队兵马业已赶到，吾不杀汝，汝必被他人所杀，届时还不知会受何等屈辱。索性由直实动手吧，日后定为你上香祭奠。"美少年从容道："甚好。便请阁下取吾首级！"熊谷心中怜惜，持刀颤抖，只感头晕眼花，心神缭乱，前后难分。然而此事终须了结，只得一咬牙，流泪挥刀，割下美少年首级。他唏嘘万分，哀伤难忍，悲叹道："汝生于武家，诚为可怜之事。若非武者，少年俊彦岂会顷刻化作离魂？在下实是不得已，冥冥

---

① "抹白粉"和"染黑齿"一样，是当时日本公卿贵族的特征。日本民俗中本以白色为最高贵，再加上平安时代宫廷建筑中深幽的长廊与房间，导致日照光线不佳，遂促使具有显现颜面效果的白粉在上层社会大量使用。当时宫廷贵妇与公卿多有扑粉，不过不是艺伎那种厚粉，而是薄薄略敷一层铅白粉或水银白粉。

之中，还请原宥。”说着以袖掩面，泪迸肠绝。过得良久，心道不可在此长哭，便割下美少年铠下直垂，裹起首级，又取过美少年置于锦袋中的笛子，挂在自己腰间，心道：“真是可怜。彼等今晨尚在城内吹奏妙音管弦，今时已命丧黄泉。我东国大军数万骑，却无一风雅携笛之人。不想平家阵中，竟有这等高品之士。”后来他将笛子敬呈九郎御曹司观览，见者无不流泪。再后来熊谷打听到，那美少年原来就是修理大夫经盛之子——春宫大夫平敦盛，年一十七岁，乃京中上下都为之击节倾倒的风雅人物。熊谷本就厌倦杀戮，经此一事，向佛之心愈盛。那笛子本系敦盛祖父忠盛所有，因他是吹笛名家，鸟羽院特赏此笛。后传予敦盛之父经盛，再传予敦盛。敦盛多才多艺，擅吹横笛，常将此笛携在身旁，取名曰“小枝”。雅乐音律虽是末节，却成为日后熊谷直实赞佛皈依的前因[①]，也是一件可哀之事。

十七、知章之死

门胁中纳言教盛幼子藏人大夫业盛，与常陆国住人土屋五郎重行交锋，不敌被杀。修理大夫经盛嫡子皇后宫亮经正，欲乘接应船只逃离，向海边疾驰时，遭河越小太郎重房部下合围，力战阵亡。经正之弟若狭守经俊、淡路守清房、尾张守清定，三骑并辔杀入敌阵，拼死搏杀，力毙数敌，终因寡不敌众，一起战死。

新中纳言知盛是防守生田森的大将军，此时部下兵马已尽数溃散，仅余其子武藏守知章、还有一名武士监物太郎赖方，主从三骑纵马直奔海边，打算登上接应之船。此时有旗指背负团扇家纹，似是儿玉党，约有十余骑，追击而来。监物太郎乃一流神射手，拉弓引箭，瞄准冲在最前的旗指，“飕”一下，旗指颈骨中箭，登时跌落马下。敌军中

---

① 熊谷直实后来在建久四年（1193）落发出家，法号“莲生坊”。

有名装束似大将者，瞧准新中纳言，飞马进迫而来。知盛之子武藏守知章立时纵马隔开二人，错镫与敌将死战，敌将不支落马，知章紧跟下马割下其首级。但当他正要立起身时，敌将从卒掩袭而至，猛然一刀，斩下了武藏守首级。监物太郎急纵身下马，立斩袭杀武藏守之敌。其后箭矢射尽，便拔刀死战，连杀数敌，终因左膝中箭，立足不稳，坐地力竭而亡。

新中纳言在乱战中，因胯下所骑乃当世名驹，跃入海中后，在海面上直游出二十余町，终于追上了大臣殿的大船。然而船上早已超载，人多逼仄，实在无处容马。新中纳言不得已，鞭马令之还陆。阿波民部重能道："可惜名马，切不可落入贼手。不如射死算了。"拉弓搭箭，正欲射出，新中纳言急忙拦住，劝道："此马救我脱险，宁可让它落入敌手，也不能伤它性命。"阿波闻言，只得作罢。那马甚有灵性，恋主而不肯去，游水紧随船后，直至大船渐入深海处，无法再游，方掉头游回海岸。上岸后，伫立浅滩，又回头远眺大船离去方向，不住悲嘶。其后在上陆歇息时，遭河越小太郎重房捕去，敬献法皇。法皇将其养于御马厩中。此名驹本系厩中最受法皇珍爱之马，当年宗盛公就任内大臣参谒谢恩时，主上特将此马恩赏于他。宗盛请新中纳言为己代养此马，新中纳言见马大喜，宝爱有加，每月朔日①必祭拜泰山府君②，为此马祈祝延命消灾。此马来自信浓国井上，故原名"井上黑"。后来河越献马，为之改名"河越黑"。

新中纳言归见大臣殿宗盛，垂泣道："武藏守已殁，监物太郎业已阵亡，知盛心中惶惶不安。生为人父，子为救父而死，父竟隐忍而走，

① 朔日：每月的第一天，即初一。

② "泰山府君"即中国东岳泰山之神东岳大帝。中国古代认为东方主生，泰山府君"定生死之期，兼注贵贱之分，长短之事"。佛教传入日本后，泰山府君与地狱的阎罗王结合，成为掌管寿命生死的神，也成为了日本阴阳道的主神。

何亲可言？若他人为之，吾必唾面苛责；今自为之，他人将如何谓我？扪心自问，实是惭愧至极！”说着以袖掩面，泪下如雨。大臣殿悯惜道：“武藏守替父殒命，至为可贵。彼弓马娴熟，刚强坚毅，堪为大将。又与清宗同年，今年不过十六岁，实是太可惜了！”一边哀叹，一边望着自己的长子卫门督清宗，涕泗交流。在场的平家武士，即便是铁石心肠，也不禁泪湿铠袖。

十八、落　水

小松殿末子备中守师盛，主从七人乘小船正打算撤离时，新中纳言麾下一名武士清卫门公长自后驰来，疾呼道：“前头的是备中守殿的船么？能否让在下也上船？”师盛便命回舟岸边，清卫门公长身着重铠，从马上直接跃入船中。船只本来就小，跃入之力又大，承受不住，顿时翻了个底朝天。备中守落入水中，上下沉浮。畠山郎党本田次郎引十四五骑赶来，以钉耙钩住师盛，强拉上岸，立时斩下头颅。可怜师盛，据说才十四岁而已。

越前三位通盛，是负责防守山岭的大将军，其当日穿着赤锦直垂、外罩唐绫缀铠甲，胯下黄河原毛马，马鞍饰以银边。因面颊中箭，弟能登守亦遭乱军冲散，通盛心灰意冷，便想寻个静处自裁，遂纵马驰向东边。孰知近江国住人佐佐木木村三郎成纲、武藏国住人玉井四郎资景等七骑，迎面而来，将通盛围住，乱刃加身，当场毙命。通盛原有一名随从，但在他阵亡时却不及赶到。

东西城门因源平双方鏖战良久，已然是尸积如山。楼橹前、逆茂木下，人马堆叠，惨不忍睹。一之谷的小篠原，原本葱翠的绿色被染成了血红。一之谷、生田森、山侧、海边，死于箭下刀下者难以计数，仅源氏一方所斩首级便有二千多。战殁于是役的平家重要人物有：越前三位通盛及其弟藏人大夫业盛、萨摩守忠度、武藏守知章、备中守师盛、尾张守清定、淡路守清房、修理大夫经盛嫡子皇后宫亮经正、其弟若狭守经俊、其弟大夫敦盛等，共计十人。

一之谷合战平家大败亏输，宗盛奉主上狼狈泛海，心境凄凉可想而知。潮汐推引下，部分船只随风开往纪伊路；部分船只在波浪颠簸中驶往苇屋湾；另有一部分则沿须磨明石浦航行。平家族人在船上受尽风涛之苦，枕舵难眠，泪下沾襟；春月朦胧，坐望伤心。更有一些船经过淡路海峡，漂泊至绘岛矶，海面上烟波浩渺，置身其中，好似夜间迷路的千鸟，茫然无措。尚有少量船只不知该去往何处，于一之谷海面上犹豫不前。船只分散，听凭风吹浪打，流离于海湾岛屿之间，彼此间生死难明。可叹十四国相从，大军十万余骑相随，距京都仅有一日路程，满拟收复京城为期不远，却哪知兵败一之谷，前功尽弃。人人垂头丧气，失望至极。

十九、 小宰相投海

越前三位通盛麾下武士中，有一唤作君太泷口时员者，至夫人船上参见，禀报道："通盛殿驰至湊河下游时，遭敌七骑围攻，已不幸战死。那七骑为首者自报姓名，其一为近江国住人佐佐木木村三郎成纲，其一为武藏国住人玉井四郎资景。时员本欲随通盛殿共死，他却叮嘱我道：'通盛若殁于战阵，汝万万不可舍命，须当竭力存活，寻到夫人好生侍奉。'为此故，时员忍辱偷生，逃归报信。"夫人惊闻噩耗，心如刀绞，口不能言，以裳蒙头，卧倒悲泣。但她心中仍存一线希望，盼着夫君遇害的消息只是误传，有朝一日夫妻能够再度团圆。故而头两日她尚未绝望，怀着夫君生还的期盼，苦苦等待。然而四五日过去，侥幸心理逐渐消淡，直至最后彻底死心。她身边仅有乳母一人相伴，乳母亦是伤心欲绝，陪着夫人一道伏枕恸哭。从二月七日黄昏知悉夫君死难，至十三日夜，夫人一直卧床哀泣。至十四日前半宿，将抵屋岛时，她依然卧伏床榻。到了后半宿，四周静谧无声，夫人对乳母道："头几日虽已收到通盛殿遇害的消息，但我心中其实并不甚信，直到今日黄昏，我才相信此事已确然无疑。只因逃回的人，个个都说他战死在凑河下游，无一人在此后见到通盛殿生还。忆起开战前夜，他与我在能登守营帐中依依话别，曾哀叹道：'明日军阵之上，吾已有预感，恐怕会捐躯沙场。吾死不足惜，只是撇下你孤身一人，委实放心不下。'虽然他不住担忧叹息，但我早已见惯他披挂上阵，绝料不到这回一别竟成永诀。如今想来，真是恨事。只因当时不知已是最后一面，故而未曾定下来生之约，思之实在后悔莫及。其实我早已有孕在身，见他军务繁忙，怕他操心，所以瞒着未说。那日话别，我想身为妻子，岂能不让夫君知道自己怀孕？便将此事告知于他。他顿时转忧为喜，说道：'通盛年迄三十，膝下仍然无子，你若生个男孩，也算是给我在浮世留下个纪念了。现在有几个月了？感到难受吗？唉，每日里风浪颠簸，船中本就狭小，栖身其中，一旦分娩，没有个安稳的环境，届时可如何是好？'他说这话时的关切样，至今仍历历在目，哪曾想竟成最后的遗言。自古夫死妻从，女子处此关头，十之有九会选择殉情。含羞忍耻，我所不取。即使诞下麟儿，抚育成人，让亡夫有所纪念，但见子如见夫，亡人既去，念之何用？不过是徒添哀痛，殊无安慰。况且人终有一死，若苟活于世，眷恋残生，此等艰难乱世，难免不会再逢劫难。一念至此，心如死灰。夜梦朦胧，夫君迎面而来；白日醒转，姿容宛然如在目前。与其生念亡人，苦受煎熬，倒不如投海殉夫，聚首九泉。只是日后便只余下你一人了，孤寂凄清，也是人间痛事。我这儿尚有一些细软，你务必收下，再寻个法师，分些给他，请他为我祷祝后世菩提，也保佑通盛殿往生极乐。遗书我已写就，请你帮忙传进京中吧！"

夫人如此这般，细细托付完后事，乳母泣不可抑道："我舍下幼子，将老迈双亲留在京中，千里迢迢随夫人至此，难道夫人还不明白我的心意么？此次一之谷血战，其他战死大将的夫人，也是人人悲痛欲绝，何止您一人伤心呢？不要辜负通盛殿的期望，好好地将孩子生下来，抚育成人，而后再任意寻个岩木幽僻之地，剃发出家，唱诵佛名，修后世之菩提，岂不更好？您希望自尽之后能与通盛殿‘一莲托生’[①]，然而冥途茫茫，六道四生间，到底投生何处实难逆料，所以死后相聚，机会渺茫，投海之事断不可行。况且京中尚有家眷，无人可以托付，您这一去，谁来照顾？又该留下多少遗憾？请您速速打消自尽的念头吧！”她苦口婆心，一面哭一面劝解。夫人见她尚不了解自己心意，叹道：“我与你向来推心置腹，你且想想，若不是对世间已感绝望，我会说出投海自尽的话吗？既然我心意已决，你如何劝说也是无用。夜色已深，各自就寝吧。”乳母心道：“这四五日来夫人汤水不进，既说出此话，想来已是铁下心肠了。唉，真是大悲之事。”便向夫人道：“既然夫人已有必死决心，我也不是怕死之人，哪怕是千寻[②]海底，我也随你同沉。若夫人辞世，我是片时也不愿独活的。”言罢，因劳累伤神过度，倚在夫人身边沉沉睡去。夫人见她睡熟，轻手轻脚起身出舱，望着漫漫大海，分不清西方在哪边，心想月落处定是西方极乐世界，遂于心中默诵佛号。海湾白洲上千鸟之鸣，银河渡口[③]处桨楫之音，皆令她哀思如潮。她轻声念佛，将“南无西方极乐世界教主、弥陀如来，请依本愿，导我往生净土，令我夫妇来生托化一莲之上”反复泣诵了百遍，而后在不住唱诵的“南无”声中，投海自尽。

此际时当夜半，船只正由一之谷驶向屋岛，舟中寂然无声，人皆不知夫人投海。唯有舵手未眠，发觉此事，登时大喊道：“快来人啊，有位貌美的女官跳海了。”疾呼声惊醒了乳母，她急忙伸手朝旁边一摸，哪里还有夫人踪影。她顿时被吓出一身冷汗，高呼道：“出事了，

---

① 一莲托生：见第一卷第六章相关注释。
② 寻：古代长度单位，八尺为一寻。
③ 指牛郎织女渡过银河的地方。

出事了。”船中其他人也都被吵醒，急忙下水打捞，但春夜雾气迷蒙，四方浮云蔽海，再加上月光黯淡，尽管不断有人入水搜寻，却一直打捞不到。良久后，夫人终于被捞上船，可惜早已气绝，一缕香魂去了西天。她上穿二层练贯，下着白袴，头发、裙袴均已湿透。无论如何施救，都已回天乏术了。乳母紧紧握住夫人之手，脸贴脸，哀泣道：“夫人，怎么也不说一声，就自己投海了？我说过即使是千寻海底，也要随你去的啊！如今剩我一人，该和谁说话呢？”说着捶胸拍地，悲伤得闷绝过去。但不管她如何哭天抢地，夫人也醒不过来了。

少顷，春夜之月渐隐云间，东方曙色微明。众人虽痛惋夫人逝去，悲伤之情难以言表，但也不能就这么将尸体放着。因为担心尸体漂浮不沉，于是取出故三位殿生前所穿重铠，绑在夫人尸身上，而后沉尸入海。乳母哀哀欲绝，也要追随夫人投海而去，众人急忙拉住，一番苦劝，乳母这才作罢。但她哀痛难释，便自剪长发，又请故三位殿之弟中纳言律师仲快，为己削发，随后啜泣受戒，皈依佛门，从此一心为夫人祈后世福缘。古往今来，夫死而剃发出家者，不计其数，然投海殉情者，几无所见。古云“忠臣不仕二君，贞女不嫁二夫”，所言的便是此等事！

这位夫人，乃藏人头兼刑部卿藤原则方之女，上西门院[①]之女官，宫中第一美人，唤作“小宰相”。安元[②]春，此女年方二八，某日女院往法胜寺赏花，其时通盛任中宫亮，在寺侍奉，遂与小宰相有缘一见。那日初见虽只匆匆一瞥，佳人丽影却已深深印入通盛心中。他对小宰相朝思暮想，先是咏歌抒情，继之情书表意，绵绵相思尽付歌中信中。然而信笺虽寄出不少，却从未收到答复。年复一年，三年后，通盛最后

---

① 上西门院：指鸟羽天皇第二皇女统子内亲王，初名恂子，法名金刚亲、真如理。女院宣下后，以住所上西门院为院号。

② “安元”系高仓天皇的年号，时在1175年7月至1177年8月。

写了一封信，命人送到小宰相处。可是碰巧负责取信传信的女官不在，信使无从递信，只得怏怏回府。幸而在归途中，正遇小宰相由家中前往御所，信使见机会难得，急忙赶上，跟在车旁，将通盛的信笺扔到小宰相所乘车子帘内。小宰相十分诧异，便问陪同的侍女是何人掷信，侍女都道："不识此人。"于是开信来看，又是通盛写的。小宰相左右为难，将信置于车中固然不妥，弃于大道更是不可，只好藏入袴腰中，随即匆匆赶往御所。那日正是她当值，不慎将袴腰间的信笺，落到上西门院面前。女院见了，立即捡起，随手藏入衣袂中，向众女官笑道："我捡到了一件宝贝呢，大家猜猜这宝贝的主人是谁？"众女官都以神佛之名起誓，声称不是自己。只有小宰相羞红了脸，沉默不语。女院早已听说通盛殿三年来不断致信追求小宰相，便展信细览，那信笺经香炉薰过，满纸芳香，信中遣词造句，也极为典雅，非同寻常。但见信中写道："明知佳人高洁，不近吾辈俗流，吾心反倒甚喜……"通篇爱意缠绵，不必细表。信末附歌一首，云：

山溪小桥狭且窄，心恨难行泪沾襟。

女院道："歌中之意，乃抱怨无法相见，故而心有戚戚。若是太过薄情，必然反招怨恚。"又想起女歌人小野小町①，空有花容月貌，却情路坎坷，令见者闻者，无不肝肠寸断。她自负高洁，冷若冰霜、拒人

---

① 小野小町：平安初期女歌人，六歌仙之一。她是当时的绝色美女，才藻艳逸，芳名远播。早年曾在宫中侍奉，36 岁时出宫回乡定居，慕名求爱者络绎不绝。其中有位出身高贵的深草少将，爱慕小野才貌，频频致信传情。小野小町被他打动，便提出一个条件：如果深草少将坚持每天在河堤上种一株芍药，种满一百株时，就答应他的求爱。深草少将当即应允，以后日日风雨无阻地在河堤上种芍药，哪知到了第一百天，深草少将不慎失足，落入河中淹死。小野小町悲痛欲绝，发誓终身不嫁，在孤寂中度过余生。

千里，终于落得个风摧雨漏，寄身蓬屋的结局。泪眼蒙胧，望星月无辉；采荒野嫩菜、摘水泽根芹，聊度微露之生。女院一念及此，忙道："此信不可不回。"遂命人取来纸砚，亲作返歌一首云：

山溪小桥坚且固，放心行去莫忧愁。

小宰相芳心，本如富士峰烟雾迷蒙，袖上泪水好似清见关前浪涛。但也终于被通盛的真情所感动，就像古谚所云："貌美常开幸福花。"三位殿通盛终得此女为妻，鹣鲽情深，鸾凤和鸣。故而夫唱妇随，虽离京漂泊西海，浪上舟中，始终不离不弃，直至共赴极乐净土。

至此，门胁中纳言教盛之长子越前三位通盛、幼子业盛，皆已辞世，教盛所能倚者，唯存能登守教经，以及出家为僧的中纳言律师仲快。故三位殿原本还遗下小宰相，可资安慰，而今也弃世绝尘，实在令人大悲至痛！

第十卷

一、悬首示众

在寿永三年二月七日的摄津国一之谷合战中被杀的平家将领首级，于十二日呈抵京师。同平家素有交情者，人人既悲伤痛悼又提心吊胆，害怕自己将受牵连。尤其是隐居于大觉寺的小松三位中将维盛的夫人，内心更是忐忑不安，默忖道：“这回的一之谷合战，平家一门死伤惨重，听说有个公卿，也是三位中将，被生擒押解回京，难道就是我那夫君？”越想越悲，拊心泣血。这时恰巧有位女官到访，宽慰道：“被俘的那位三位中将，听说是本三位中将重衡，不是小松三位中将。”夫人听了，心想：“大君既未被生擒，莫非已然阵亡，那些首级中说不定就有他……”愁肠百转，愈发担忧。

同月十三日，大夫判官仲赖奉命往六条河原清点首级，准备从东洞院大路向北游街示众，最后悬于狱门之木上。此决定系由蒲冠者范赖与九郎冠者义经奏请，但法皇颇感不妥，遂召来太政大臣基通、左右大臣经宗与兼实，内大臣实定、堀河大纳言忠亲等五人商议。五位公卿奏道：“古往今来，从未有过将卿相首级传示于大路的先例。况此次首级，皆先朝戚勋，久事朝廷。故范赖、义经之所请，不便准许。”因此缘故，悬首示众一事法皇未予准奏。范赖、义经复奏云：“忆保元之昔，平家乃我祖辈为义之憎；念平治之古，平家系我父辈义朝之敌。为息主上愤恨，雪父祖之耻，我等戮力王事，舍命讨灭朝敌。今平家凶顽授首，若不传示于众，何以鼓舞士气？自今而后，谁复为朝廷出力？”二人频频奏请，法皇不得已遂许之。围观平家诸将首级者数之不尽，其中多有与平家同在帝阙共事者，见首级而心生惧意，长吁短叹，不胜悲哀。

小松三位中将维盛之子六代的侍从斋藤五、斋藤六两兄弟，因心中牵挂，遂易服改扮为乡人，往首级示众处探查。他们逐一细观首级，确定小松三位中将不在其内。尽管如此，望着那些平家将领的头颅，也是悲不自胜。他们担心被人识破，强忍泪水，急急赶回大觉寺禀报。夫人连声催问：“如何？到底如何？”二人禀道：“重盛公的几位公子，仅有备中守殿之首悬于彼处，再有便是某某、某某的首级。”将被枭首的平家诸将细述了一遍。夫人悲道：“不论是谁，被示众的首级都是一门中人啊！”说着泪下如雨。斋藤五、斋藤六也跟着痛哭。良久，斋藤五抹泪道：“我等隐居已有一两年，外人多不相识，今暂忍耐，待过些时日再去打听消息。至于合战情况，据知情者言：‘小松殿的诸位公子，在开战时，奉命防守播磨与丹波交界处的三草山，九郎义经破阵后，新三位中将殿、小松少将殿、丹后侍从殿，俱由播磨国高砂乘船，退往赞岐国屋岛。不知是何缘故，兄弟中唯有备中守殿阵亡于一之谷。’我问知情人道：‘可知三位中将殿去了何处？’那人道：‘听说他战前身体抱恙，先回屋岛静养，故而不曾参战。’此人所知甚详，想来说的应该不差。”夫人闻言道：“三位中将殿定是日夜思念家人，这才积忧成疾。唉，一想到他受尽风霜之苦，屈身船中，我便肝肠寸断；每回交战的消息传来，又担心他战死沙场。而今异乡抱恙，谁能照料他呢？真是令人忧心如焚！希望能早日打听到详情。”维盛的公子、姬君接道：“还要打听一下父亲到底得了什么病！”语声稚嫩，闻之尤为让人心碎。

三位中将维盛心中，何尝不是时刻牵挂着妻子儿女。他默想道：“京中亲人听闻兵败消息，定然十分担忧。示众首级中又不见我，或以为我溺水而死、或以为我中箭身亡，未必知我其实尚在人世，须当尽快写信告知，维盛虽命如微露，却幸存未亡。”为此，他写了三封信，派一名武士送去京师。那三封信，第一封写给夫人，信中道：“都中满眼敌仇，欲得容身甚艰。夫人携幼幽居，窘迫不问可知。本欲迎你到此，夫妻同生共死。无奈漂泊之地环境甚差，我身固可坚忍，却恐拖累夫人受苦。”万语千言，说之不尽。信末附歌一首云：

不知何日再相逢，煎熬好似藻盐草①，遗此笔墨长纪念。

剩余两封信，写给儿女各一，信中道："分离日久，为父不知何言抚慰。定竭力迎你二人相聚。"两封信的内容都是一样。信使持信，潜入京中，交予夫人。夫人见信愈发悲伤，叹息连连。信使住了四五日后，起身告辞，夫人含泪书写回信，公子、姬君也欲回信，问母亲道："给父亲大人的复信，写些什么好呢？"夫人道："心中如何想，便如何写。"公子、姬君便一起写道："父亲大人，为何迄今不来接我们团聚呢？我们十分想你，早点来接我们吧！"信使携回信归屋岛，三位中将殿拆阅子女信笺，思念家人之心更盛，泣道："今观此信，登减我弃离秽土之勇。阎浮有情，令我往生净土之愿稍抑。罢罢罢，且先取道山路归京，与爱妻儿女再见一面，之后再行了断吧！"

二、大内女官

同月十四日，遭生擒的本三位中将重衡被押至六条大道，一路向东，游街示众。源氏将他囚于一辆小八叶车②中，卷起前后帘子，开启左右小窗，任人观看。土肥次郎实平身穿木兰色直垂，外罩小盔甲，随行三十余骑，围在车前车后守卫。京中无论贵贱，见此惨景都叹道："作孽啊，不知前世犯了啥罪，竟有此报应。平家诸位公子中，就他撞上了这等霉事。昔年入道公、二位殿于诸多子女中，最是宠他，一门中人也都十分看重他。即便是带他前往御所、大内，觐见法皇、天皇，宫中不分老少，亦尽皆恭敬让座，那时是何等荣耀？这定是焚灭南都伽蓝的罪过，才使他遭此恶报吧？"囚车游街至六条河原后返回，将重衡关

① 古人以锅熬煮海藻，得到海盐。"藻盐草"就是被用来煮盐的海藻。
② 八叶车：公卿殿上人专用的牛车，车厢表面饰以八叶纹。

在故中御门藤中纳言家成在八条堀河所造的佛堂中，由土肥次郎看管。

法皇遣藏人左卫门权佐定长为御使，来到八条堀河。定长身穿赤衣，带剑持笏。三位中将身穿青紫色直垂、头戴立乌帽子。若在往日，小小一个定长，他何曾放在眼里？如今却仿佛罪徒在冥界见到冥官一般。定长传法皇院宣曰："卿若欲归屋岛，请致书宗盛及一门族人，奉还三神器归京。如此则可免死，放归屋岛。"三位中将答道："似重衡微躯，纵有千人万人，欲以之交换三神器，自大臣殿以下阖族中人，无一人敢妄自决定。吾若身为女子，尚可向母亲二位殿求情，但堂堂武士，纵得生还，亦有何颜面再见宗族乎！虽则如此，若不遵院宣，恐也不妥，吾便致书屋岛，权且一试吧。"乃书信一封。朝廷遣平三左卫门重国、内侍召次花方为御使，出使屋岛。重衡知公使不得捎带私信，便托重国给夫人大纳言佐殿[①]带个口信："往日浮舟西海、人在羁旅，你我互相宽慰；今朝分离，天各一方，唯余伤悲泪流。然夫妻缘分世世不朽，来生愿与你再结连理。"重衡泣诉此语，重国听了也感心酸，忍泪辞别。

三位中将昔时部下木工右马允知时，现于八条女院处奉职，他找到土肥次郎，恳求道："在下系三位中将殿旧部，当初本该同赴西国，只因在八条女院处亦有兼差，不得已留在京中。今日中将殿被游街示众，大道之上我也不敢抬眼细看，心里着实想念得紧。将军倘信得过，望能准我见他一面，一来叙叙旧，二来也可劝慰于他。在下并非武士，没那本事上阵交战，不过朝夕随侍而已。若将军尚有顾虑，在下愿将所带腰刀压在此处，请您务必恩准。"土肥次郎为人颇重情义，心道："他只孤身一人，料也生不出事来。"于是收下腰刀，准许右马允去见

① 重衡的正室夫人是五条大纳言藤原邦纲的养女，古日本贵族女性，称名时须冠以父亲或兄长的官职，故称"大纳言佐殿"。

重衡。右马允大喜，急奔入内参见三位中将。重衡正痴痴发愣，似乎在想些什么。知时见他面色憔悴，不由泪落难抑。三位中将见到知时，恍然如在梦中，嗫嚅不言，只是相对啜泣。片刻后，二人总算稍稍平静，互致别来安好后，三位中将问道："汝先前曾为我介绍的那位女官，如今仍在大内吗？"知时道："据说尚在。"三位中将道："赴西国时走得匆忙，也不及致信予她，对未来之事亦未做安排。眼下这情形，世世姻好的誓约已无法实现了，想来真是心中有愧。我欲修书一封，能否请你帮忙转交给她？"知时道："自然乐意效劳。"中将甚喜，即刻挥毫，写就一信交予知时。看守武士喝道："信中写些什么？须查看过方准带走。"中将道："便请看吧。"将信递给看守武士。武士看完，说道："不过是些闲话，拿走吧。"知时遂持信入宫，因白昼人多眼杂，便就近找了间小屋躲起来，待到日暮，蹑手蹑脚走近那位女官居处，在后门侧耳倾听屋中声响。那名女官正自言自语道："平家亲贵众多，怎么偏偏就捉了三位中将？还被关在车里游街示众。人皆云此系焚毁奈良佛寺的报应，连中将自己都说：'我本不愿焚寺，但部下恶徒甚多，纵火焚荡寺院佛塔，造下了大罪。谚云：积叶尖之水滴可成暴雨。这些罪孽定必归在我身了。'如今看来，他说的一点不错啊！"一边说，一边泪流满面。右马允心道："她对三位中将也思念得紧啊！"遂轻声唤道："请开门。"女官道："门外何人？何处而来？"知时道："在下受三位中将殿所托，前来送信。"女官听了，一改平日羞涩，急步出屋，一迭连声问道："信在哪儿？信在哪儿？"知时递过信，女官急忙展阅，见信上详述了三位中将在西国兵败被俘的经过，以及今日不知明日事的担忧，信末附歌一首云：

此身含泪将辞世，若得再会今愿足。

女官览信毕，默然无语，收信入怀，泣下交颐。过得片刻，止泪提笔，复信一封，诉说别来两年种种幽愁暗恨，信末也附歌一首云：

为君情牵时怅惘，常思比翼缔姻缘。

知时携回信归来，看守武士又阻道："来信须先验看。"查看后说道："又是不打紧的闲话。"便将信转交三位中将。三位中将见信越发想念女官，便对土肥次郎道："我有位相好的女官，昔日曾定下白首之约，如今想见上一面，说几句体己话。还望将军成全。"实平乃重情之士，应允道："倘果真只有女官之事，便无大碍。"中将大喜，央人借来一车，往接女官，女官随即乘车来到八条堀河。车子停在外廊边上，中将快步迎出，说道："这里有武士看守，说话不便，就在车上说吧。"将身子探进车帘内，和女官耳鬓厮磨、执手贴面，相对无言泪千行。片刻后，三位中将道："昔时奔赴西国，本欲当面同你道别，无奈事态匆促，书信也不及写便离京而去。其后屡思致信叙情，盼着能与你鸿雁传书，却又因身在军旅，诸事羁绊，抽不出空写信。一转眼光阴渐去，流年空度，孰料今日竟以阶下囚待罪之身与你再会。"言罢，以袖遮颜，悲泣流涕。彼此心中，忧伤无尽。二人悄悄话直说到夜半，三位中将对女官道："夜已深，路上恐不安全，尽速回去吧！"女官虽依依不舍，也只得作别。车子一边走，中将一边跟着，泪水涟涟，牵着女官衣袖，作歌泣别道：

薄露之生微且渺，今宵别离难再逢。

女官也噙泪作返歌道：

君如晨露永消散，此去极乐我相伴。

咏罢惆怅返宫。其后看守武士再也不准他们见面，二人唯有靠书信往来，略解相思之苦。这位女官乃民部卿入道亲范[①]之女，花容月貌，情深无俦。后来听说三位中将被押往南都斩首，她当即削发出家，穿上墨染色法衣，为中将修后世菩提，诚可哀也！

三、屋岛院宣

再说平三左卫门重国、内侍召次花方，奉命往屋岛宣谕法皇院宣。自大臣殿宗盛以下，平家一门公卿云客，皆来听宣。院宣云：

主上圣体，出北阙宫禁，御幸诸州，三神器埋于南海四国，已历数年，此诚为朝廷之叹，亡国之因也。查重衡系东大寺纵火之逆臣，依朝臣赖朝奏请，本当即时处决。念其独别亲族、孤身遭擒，犹似笼鸟恋云；遥遥千里，南海远隔，仿佛归雁失友。虽有九重云天，阻隔身心，然若奉还三神器，则通途自开，彼之重罪，亦可宽宥。

院宣谕此，执达如上。

寿永三年二月十四日

大膳大夫成忠　奉上　平大纳言殿

四、回　奏

重衡所具家书，其一写给大臣殿、平大纳言殿，概述法皇院宣本意；其二写给母亲二位殿，哀求道："母亲大人若欲孩儿平安归来，万

---

① 平亲范（1137～1220）：平安末、镰仓初公卿、僧人。1171年任正三位民部卿，1174年在大原极乐院出家，法名相莲坊圆智。

望就三神器一事委婉诉于大臣殿。不然，孩儿此生恐难再睹慈颜，尽孝膝下。”二位殿览信毕，沉默无言，将信收入怀中，双目流下泪来。其内心矛盾挣扎，不问可知。

此时，平大纳言时忠召集平家一门公卿殿上人，商量给法皇的回奏怎么写。二位殿将三位中将来信覆于面上，拉开议事厅后的纸门，伏身大臣殿面前，泣请道：“中将自京中修书，其间凄切，令人心扉痛彻。他心中悲苦，可想而知。看老身薄面，你们奉还三神器回都，赎重衡归来吧！”大臣殿道：“一母同胞，宗盛固所不忍。然三神器乃国家大宝，以重衡一人易之，恐世间谤议；且赖朝别有用心，我等轻易奉还，大是不妥。又，主上之所以为帝，以神器在也。母亲大人独爱重衡，却不为余子着想？望能权衡利弊，再三斟酌。”二位殿又道：“自入道公薨后，我便欲了却残生。只是念及主上蒙尘，境遇堪忧，又烦恼汝等飘零海上，无以立足，我这才暂存薄命，迄于今朝。中将于一之谷遭生擒，消息传来，老身肝肠寸断，时刻期盼今生能再见我儿一面，但可怜即便做梦也不能得见。当真情何以堪？老身忧心似焚，汤水难以入喉。今忽见重衡来信，思念愈盛。若中将弃世，老身必与他同赴冥途，免得活生生受罪。请速赐一死！”说罢，痛哭失声。左右皆悲恸流泪，不能仰视。新中纳言知盛陈述意见道：“纵上神器，重衡亦决无返理，不可为浮辞所诓。此节当于回奏中写明。”大臣殿道：“此议甚是。”遂挥毫写就回奏。二位殿边泣边写回信给中将，泪湿双眼，下笔模糊，全仗爱子之心，竭力写完，托付重国带回。中将夫人大纳言佐殿椎心泣血，握笔不住，不能成文。由此可见其内心悲苦之甚。重国亦泪湿狩衣之袖，泣别而出。

平大纳言时忠唤来副使召次花方，问道：“汝名花方？”召次花方答道：“是。”平大纳言道：“汝为法皇使，远涉风浪而来，辛劳甚矣。今为汝作终身之记。”乃以火印烙其面，作“浪方”二字。花方回京，法皇见其面，笑道：“不得了，此印可去不掉，以后只好叫你‘浪方’了。”

平家回奏如下：

本月十四日之院宣，已于同月二十八日传抵赞岐国屋岛，本拟恭敬奉旨，然其间所述，吾等细思之，颇有微言。平家自通盛以下，已数人战殁于摄州一之谷，重衡一人得蒙宽宥，又有何喜？夫平家所拥之君，承大位于故高仓院，在位已及四年，颇具尧舜古风。孰料东夷北狄倡乱，结党而陷帝京。幼帝母后深自喟叹，外戚近臣愤恨无已。吾族受迫，奉幼主暂幸九州。三神器乃传国大宝，还都之前，不可一日离御体也。向闻臣以君为心，君以臣为体；君安则臣安，臣安即国安！未有君愁而臣乐、心忧而体悦之事。自先祖平将军贞盛讨灭相马小次郎将门①、镇抚关东八国以降，子子孙孙相继，诛罚朝敌叛臣，世世代代守护朝家圣运。亡父故太政大臣，于保元、平治两度合战之时，以敕命重而私命轻，忠君砥砺，全无二心。而彼赖朝，平治元年十二月，因父左马头义朝谋反，当受旨伏诛。然故入道相国发大慈悲心，上书为其求免，方得宽赦。哪知赖朝不念昔年洪恩，不体好意，忽以狼子野心，蜂起猖乱，实至愚之事也。其招神明天罚，败损族灭，计日可待。夫日月不为一物晦其明，明王不为一人枉其法②。不以一恶忘其善，勿以小瑕掩其功③。且平家数代奉公，亡父屡尽忠节，若院皇不忘昔日大功，岂有奉主上御幸四国之行？臣等愿承院宣，送还神器，但须待到乱平，再归京阙，一雪会稽大耻之时。否则，当相率赴鬼界、高丽、天竺、震旦。悲哉，人皇八十一代御宇至尊，我朝神代之灵宝，竟飘零他方，成异国之宝，哀乎痛乎！ 以上奏闻，即为吾等决议。宗盛

① 相马小次郎将门：即平将门。相马为地名，因平将门以相马郡小金原为大本营，统领下总国，故自称相马小次郎。

② 语出《孝经·三才章第八》。

③ 语出唐太宗李世民《帝范·审官第四》。

惶恐顿首谨言。

寿永三年二月二十八日
从一位平朝臣宗盛 回奏

五、戒 文

三位中将知悉平家回奏内容，叹道："唉，我早已料到如此结果。只是一门中人，待我何薄？"心中虽有不满，却也只能认命。回奏中不肯以重衡一人交换本朝重宝三神器，并不出乎意料，然而在尚未正式答复前，自然会心存一丝侥幸，希望能得到赦免。此际回奏既至，希望破灭，己身将被押赴关东，三位中将登觉灰心丧气。绝望关头，对京都愈感不舍。他恳求土肥次郎道："我欲弃俗出家，请将军帮我向上奏达，可否？"实平将此话上告九郎御曹司，义经亲往御所奏闻法皇。法皇不允，道："兹事须待赖朝决定，暂不予准许。"三位中将见所请被驳回，又央求土肥次郎道："昔年有位圣僧，与我交情颇深，望能允准见上一面，我欲以身后事相托。"土肥次郎道："那位圣僧是谁？"重衡道："黑谷法然坊[①]。"土肥次郎道："若是这位圣僧，自然可以。"中将大喜，托人请来圣僧，泣道："今番遭俘，得能再见上人，也是重衡前生修来的佛缘，却不知后世如何？往昔扰攘于红尘、得意于仕宦、羁绊于政务，骄慢之心与日俱增，从来不顾来世浮沉。自平家运尽，尘世纷乱以来，战祸绵延、明争暗斗，更一心只想振兴本族，置敌于死地，恶念蒙蔽，善心不起。尤其是焚灭南都一事，大违王命武道、悖逆君心臣意。吾本欲劝阻部下恶行，然事起仓促，伽蓝尽付一炬，吾

① 法然坊源空（1133～1212）：日本净土宗宗祖，又称法然上人、黑谷上人。

力所难及，徒然浩叹。身为彼时统兵大将军，一切罪责自当一肩承担。重衡造下罪业，难以藉口推辞。而今身受非难，种种苦楚，想来俱因此罪方得恶报。此际虽欲剃发持戒，一力修行佛法，但待罪之身，怕是无法如愿。吾身岌岌可危，今日不知明日事，即便入道修行，恐亦不能解罪业之万一。默思一生作为，所造罪业高比须弥，所作善业却譬如微尘，一命归西后，于地府惨受火血刀①之苦果，已是决然无疑。愿上人大发慈悲，垂怜救拔，助重衡脱离苦海。"

上人见他可怜，也不禁潸然泪下，哽咽无语。良久方开口道："既生而为人，贪生惜命亦是人情所常。眼见己身将入三途，悲哀在所难免。今日汝愿弃离秽土，向往净土，舍恶心、发善心，三世诸佛定为之欢喜。出离秽土之道，非仅一途，处末法浊流，但称佛名即可。见佛成佛有疾缓，分为九品；一句佛号，绵绵密密，概于六字名号②中，无论如何愚痴暗钝，人人皆可唱念。罪孽深重者，不必自惭卑下，纵犯十恶五逆，只须回心转意，往生净土之愿必遂。功德殊少者，亦无须绝望，以虔诚之心，一念十念，佛陀自来迎接。诗偈有云：'专称名号至西方'③，即言专心称诵佛号，必至西方净土。又有偈云：'念念称名常忏悔'④，即言连续唱念弥陀佛名号，便等于真心忏悔。只须坚信'利剑即是弥陀号'，魔缘便难以近身；默诵'一声称念罪皆除'⑤，则一切罪孽尽消。净土宗之要旨，简略言之，即是如此。不过能否往生净

---

① 火血刀：火途、血途、刀途，为三恶道之异名。三恶道，指地狱、畜生、饿鬼。地狱道为猛火所烧之处，称为火途；畜生道为畜生互相啖食之处，称为血途；饿鬼道为刀剑杖逼迫之处，称为刀途。

② 净土宗六字名号，即"南无阿弥陀佛"。意译"归命无量光觉，无量寿觉"。盖众生之信心与阿弥陀佛助众生之行体皆具足于此六字中。

③ 这句诗偈出自中国佛教净土宗第二代祖师善导大师的《赞佛偈》："六方如来舒舌证，专称名号至西方。"

④ 出自善导大师的《般舟赞》："念念称名常忏悔，人能念佛佛还忆。"

⑤ "利剑即是弥陀号，一声称念罪皆除"皆出自善导大师的《般舟赞》。

土，主要看信心有无。唯深信不疑，方能成功。坚信此教诲，则三业四威仪①，身口意、行住坐卧，处处时时，皆不忘心念口称。待命终之时，必能出脱苦域，往生不退之土②。此乃绝无疑义之事！”中将欣闻教化，欢喜赞叹，又问道：“那么重衡此刻起便念诵修行，但不想正式出家，敢问上人是否可行？”法然上人道：“持戒修行而不出家者，世间大有人在。”遂以剃刀加其额，假作剃度模样，而后授予中将十戒。中将喜极而泣，欣然受戒。上人心中哀悯，黯然神伤，授戒时泣下沾襟。中将欲赠布施，便唤来知时，让他将自己昔年保存在侍从那儿的一方砚台取来，送予上人，声泪俱下道：“此砚还请上人长期收藏，切莫转赠他人。将它置于目力常及处，一想起是重衡所赠时，便称诵一声佛号；得闲时，若能对此砚台诵经一卷，重衡就愈发感激不尽了。”上人默然无语，收下砚台，纳入怀中，墨染色法衣上已是泪湿一片，喟叹泣涕而去。此砚名为“松荫”，乃重衡之父入道相国因向大宋皇帝贡奉许多砂金，宋国指名回赠给日本和田平大相国③的重礼。

六、 押赴东海道

镰仓前兵卫佐赖朝频频下令：“速将本三位中将押赴关东。”于是先将重衡由土肥次郎实平看管处，转押九郎御曹司住所。接着在同年三月十日，由梶原平三景时押解往镰仓。自西国被擒以来，重衡先遭羁押于京师，已是惶愧交集，而今又被押赴关东，心头之哀更是无以复加。

---

① “三业”为身、口、意三处之所作；“四威仪”为行住坐卧之仪表。三业四威仪泛指一切所作。

② 不退之土：即西方极乐世界。净土宗立四不退，以西方极乐世界为“处不退”。生该土者，不退堕秽土。

③ 平清盛曾在摄津国和田举办过万灯会，故称“和田平大相国”。

行至四宫河原时，重衡心生怀古幽情，想起昔时延喜第四皇子蝉丸[①]曾居住于此。某日关下暴风骤雨，蝉丸仍能清心静弹琵琶。博雅三位[②]顶风冒雨，日夜伫立藁屋前倾听，如是者三年，终于习得琵琶三秘曲[③]。重衡思慕古人雅风，心中怅然若失。继而翻越逢坂山，马蹄声阵阵，穿过势田唐桥，行过云雀飞舞的野路之里，北望志贺浦春意盎然、镜山云蒸霞蔚、比良山高峰耸峙，再行一段路，伊吹嵩峦便在近旁。不破关之哨所，虽已荒败，却仍保有雄伟古意；鸣海潟之潮汐，浸湿了旅人衣袖。昔时在原业平[④]离愁满腹，于三河国八桥凝望滔滔流水，乡愁别绪，思之可哀。再往前，渡过滨名桥，松梢风啸，江浪奔腾之音，即便身非囚徒，听来也觉悲凉。日暮时，夕阳余晖隐没，一行到达池田驿站。驿站中的温泉女侍，以往乃熊野神社之舞姬，当晚中将便歇宿于此。那女侍见到中将，高兴道："昔日不得机会，向您呈达爱慕之心。今日得遇尊驾，实是意外之喜。"遂作歌一首道：

小屋有幸逢旧人，孤旅飘零恋故乡。

三位中将作返歌道：

孤旅本是天涯客，故都虽好难存身。

---

① 蝉丸：古日本著名盲琵琶师，在和歌及能乐界享有大名。安和二年（969）被朝廷祭为"音曲艺道之神"。能乐谣曲《蝉丸》讲述了他与姐姐在逢坂关偶然相遇的故事，把他说成是醍醐天皇第四皇子。

② 博雅三位：指平安时代贵族及雅乐家源博雅。他是克明亲王第一皇子、醍醐天皇之孙。因官至"非参议从三位皇后宫权大夫"，故被称为"博雅三位"。其郢曲、筝、琵琶、笛无一不精，被后世奉为"雅乐之神"。

③ 琵琶三秘曲：《石上流泉》、《杨真操》、《啄木》。

④ 在原业平（825～880）：著名公卿、歌人，阿保亲王第五子，"六歌仙"之首。

歌罢问道："此歌颇为雅致，作歌的这位，请问你是？"景时代那女子答道："阁下不记得她了？而今身在屋岛的大臣殿，当年任骏河国国守时，在京中曾召她服侍，最是宠幸。她因老母留在乡下，屡次告假，欲回老家探母，大臣殿都舍不得让她走。到了阳春三月，她作歌一首：

京都满园正成春，无奈东国花凋零。

大臣殿见了，心生怜悯，便准她告假还乡。此女如今是东海道第一名人呢！"

重衡离京已历数日，此时弥生[①]过半，远山樱花残雪，水浦海岛云霞缭绕。他思绪万千，不知此行的尽头，等待自己的将是怎样的命运。想到伤心处，不禁悲道："身遭此劫，乃宿业所构，须怨不得旁人。"长吁短叹，泪干肠断。不一时又想起母亲二位殿，自己再不能尽孝膝前了，她又将如何哀伤啊！夫人大纳言佐殿娇柔无力，唯一能做的，只有向万千神佛祈拜祷告，可真的会有灵验吗？古人云："无子一身轻，有子万般苦。"如今看来真是有理。又行至佐夜中山，以往料不到会再次翻越此山，此刻更添哀愁，泪水湿透衣袂。小心翼翼攀爬过宇都山边茑道[②]；翻过手越山，北行不远，一座皑皑雪山映入眼帘。问询之下，方知此山乃甲斐国白根山。三位中将吞声忍泪，作歌一首以寄忧思：

残存薄命至今朝，强颜欢笑见白根。

接着穿过清见关，抵达富士原野，遥望北面青山巍峨，侧耳细听

---

① 弥生：日本民间对三月的别称。
② 茑道：长满蔓草的山路。

松风阵阵；南面沧海漫漫，惊涛拍岸，大浪茫无涯际。更前方乃足柄山，有首十分出名的足柄明神之歌写道："心若盼郎归，容颜必憔悴；心中若无情，开怀自丰润。"之后又穿越小余绫之森、鞠子河、小矶浦、大矶浦、八松、砥上原、御舆崎等地，一路急急而过，不数日间，到达镰仓。

七、千手前[①]

兵卫佐闻三位中将已至，立刻传令召见，说道："赖朝之所以起兵讨平，一来欲息法皇御愤，二来欲雪家父大耻，遂致公于此地。今所向披靡，得俘屋岛大臣殿，亦将有日矣。南都焚灭一事，出自故太政入道殿之命也好，当时阁下身不由己也罢，总之都是极大的罪业！"三位中将道："火焚南都之事，与故入道殿全无干系，亦非重衡之意所能决。实因僧众恶行累累，不得不强力弹压。哪知乱中出错，致使伽蓝遭火焚毁，我欲阻止已然不及。自古源平二氏相与卫护天朝，辅弼国政。近年以降，源氏得势，人所共知。然我平家自保元、平治以来，屡灭朝敌，恩赏等身；贵为主上外戚，独秉国家大权，宗族登朝者六十余人。二十余年来，荣华至顶，权势盛极。今吾族运尽，重衡不幸，竟为囚虏，生擒至此。常言道：'为帝王诛敌者，朝恩荫泽七代。'此话看来大谬。故入道殿舍命为君，东征西讨，恩泽却仅及其身一代，子孙何言福荫？运尽势穷，被迫离都，暴尸山野，声名俱付西海之波。吾身执送到此，羞煞愧甚！此皆前世宿因所构，吾本无话可说，然古书云：'殷汤囚于夏台、文王禁于羑里'[②]，上古犹如是，何况末世乎？武者执弓负矢，

① "前"是"尊前"之意，日本古代对有地位的女性的敬语。

② 夏桀无道，杀诤臣关龙逄，商汤闻而痛哭，桀怒囚汤于夏台；周文王姬昌因广施仁政，引起商纣猜忌，被拘禁于羑里。

疆场之上或杀人或被杀，何耻之有？唯求阁下开恩，尽速将重衡斩首！”言罢神色自若，无所屈挠。景时流泪赞叹道：“真无愧为大将军也！”其他在座诸人也尽皆为他称叹惋惜。兵卫佐道：“平家非源氏私敌，如何发落汝，唯帝王之命是从。”众将道：“重衡乃南都伽蓝焚灭之大敌，南都僧众定会上表，请求朝廷予以严惩。”赖朝便命伊豆国住人狩野介宗茂暂时看管重衡。这情形好似娑婆世界之罪人，死后到了地府，七日之间轮流受十殿阎王①审判一般，实在可哀！

狩野介为人重情守义，不但未虐待重衡，反对他悉心照顾，还备下热水请他沐浴。重衡心道自己连日赶路，汗垢满身，难道是要清洁完身子，随后问斩么？心忧死期迫近，正彷徨无计，忽有一名年约双十的妙龄女官，肤白似雪、容颜清丽，娴静柔美、楚楚动人，身穿印花薄衣，外罩花格浴衣，推开浴室门走了进来。接着又进来一个十四五岁的女童，身穿浓紫色薄衣，长发披肩，手里端着盥洗梳发用具。二女服侍重衡洗净身子、梳好发髻，那女官见洗浴完毕，便起身告辞，说道：“兵卫佐殿恐男子粗心，汤沐不净，故而派我前来服侍。他还吩咐，如有任何要求，都可直接告诉我。”重衡道：“遭际如此，无复他言，唯求剃发为僧。”女官回去如实禀报，兵卫佐道：“出家之求不能答应。因其非赖朝一己私敌，而系朝敌，故而无法允准。”三位中将问看管武士道：“适才那位女官为人不错，叫什么名字？”武士答道：“她是手越一位舞姬的女儿，无论相貌人品，俱都出类拔萃，首屈一指。这两三年才被兵卫佐殿召来侍奉，名唤千手前。”

其夜细雨蒙蒙，万物萧索，千手前回禀兵卫佐殿后，又手持琵琶、琴返回服侍。狩野介摆开酒宴，请重衡入席，与家将郎党十余人轮番劝

① 冥界有十王殿，各有一王主之，合称“十殿阎王”。他们分别是：一殿秦广王、二殿楚江王、三殿宋帝王、四殿五官王、五殿阎罗王、六殿卞城王、七殿泰山王、八殿都市王、九殿平等王、十殿转轮王。

酒。千手前也近前斟酒，重衡略饮几杯，却是酒入愁肠愁更愁。狩野介见了，说道：“阁下料已知晓，镰仓殿已吩咐下来：‘须尽心照料中将，若有轻慢，日后休怪赖朝。’在下系伊豆国住人，暂居镰仓，奉公听命是分内事，所以绝不敢有违上命。来吧，请千手前为我等唱歌助兴！”千手前遂为中将斟满美酒，轻启朱唇，唱道：“罗绮之为重衣，妒无情于机妇。”①吟唱了一两遍后，三位中将道：“朗咏此歌者，据说能得北野天神②一日三度翔于高空护佑。可惜重衡罪障非轻，今生已无此机缘，也不能随你一起唱了。”千手前又唱了一首古歌：“纵犯十恶罪，神佛亦度之。”接着唱了四五遍今样：“若发极乐愿，皆诵弥陀号。”重衡边听边举杯一饮而尽，千手前又为狩野介斟满酒杯，在他饮酒时，开始抚琴。三位中将倾听妙乐，自嘲道：“此曲乃《五常乐》③，只是对重衡而言，唤作《后生乐》④更为贴切。既如此，不如再来一首《往生急》。”取过一旁的琵琶，调好音弦，弹起《皇獐急》⑤。夜阑宴罢，渐渐心平气和，中将道：“万料不到吾妻⑥中竟有如此风雅女子，若蒙不弃，望能再垂赐一曲。”千手前于是又献一曲《白拍子》⑦：“同栖一树荫，同掬一河水，皆是前生缘注定。”字正

---

① 出自《和汉朗咏集·管弦》，全句为：“罗绮之为重衣，妒无情于机妇；管弦之在长曲，怒不阕于伶人。”

② 北野天神：指菅原道真。详见第二卷第四章相关注释。上文“罗绮之为重衣……”一歌即为他所作。

③ 《五常乐》：宫廷宴、礼中使用的唐乐之一。

④ 《后生乐》：为来世祈福的乐曲。日语中“五常”与“后生”音近。

⑤ 《往生急》和《皇獐急》，也是日语谐音。重衡借音近的乐曲，自嘲死期不远。

⑥ 吾妻：又写作“吾孀”。日本武尊东征时，来到碓日坂，在这里想起了为他牺牲的妻子弟橘媛，于是登上碓日坂的山头向东南方眺望，三叹曰：“吾孀者耶！”（我的妻子啊！）因此，该山以东各国被称为“吾妻”，泛指日本东部地区。

⑦ 白拍子：在音乐上指雅乐及声音清晰的拍子。此外亦指平安末期的舞姬。

腔圆，唱得饶有情致。中将也引古人诗一首，唱道：“灯暗数行虞氏泪，夜深四面楚歌声。”①此乃昔年汉土的一段史事：汉高祖与楚项羽争位，大战七十二回，项羽屡战屡胜，然而最终决战时，却全军覆没。他胯下乌骓马能日行千里，正要骑了与虞姬一起出逃，哪知乌骓马竟裹足不前。项羽流泪悲歌道：“力拔山兮气盖世，时不利兮骓不逝，骓不逝兮可奈何，虞兮虞兮奈若何？”终夜悲叹。此际灯火昏暗，虞姬怆然拔剑起舞，并以歌和之：“汉兵已略地，四面楚歌声；大王意气尽，贱妾何聊生。”橘相公有感而发，遂作《赋项羽》诗，三位中将借引此诗，托寄忧思，实是风雅之事。

如此酌酒朗咏，夜尽天明，众武士纷纷起身告辞，千手前也拜别自归。当日清晨，兵卫佐殿正在佛堂中诵读《法华经》，千手前近前参见。兵卫佐殿笑道：“千手，我早说过那人艺能出众，这回如何？”斋院次官亲义正在一旁抄经，问道：“大人说的是哪位？”兵卫佐殿道：“我先前只道平家一门除了甲胄弓矢外，他事一窍不通。但这位三位中将琵琶、朗咏俱是一流，我立于门外倾听一宿，深感此人文采超卓。”亲义道：“可惜在下因微染小恙，昨夜不曾前去聆听。日后若有机缘，定要常去听听。平家原先代代出歌人才子，世人以花比喻他们。据说三位中将殿曾被比拟为牡丹花。”兵卫佐殿道：“不错，他确实是位风流俊彦之士。其琵琶之雅音、朗咏之妙韵，后世只怕无人可及。”千手前听了他们一问一答，不由得在心中种下了相思情种。后来听说中将被押赴南都斩首，她心灰意冷，身披墨染色法衣，于信浓国善光寺剃发出家，为中将修后世菩提。不过数年，她也往生净土，了结宿愿。

① 出自《和汉朗咏集·咏史·赋项羽》，作者橘广相，即下文所说的橘相公。

八、横 笛

再说小松三位中将维盛，不以军事为意，虽身处屋岛，却日夜想念京中家人。留在故乡的夫人与子女，音容身姿，历历如在目前，令他无时无刻不倍加思念。他默忖道："长此以往，我身何欢？"乃于寿永三年三月十五日拂晓，召来与三兵卫重景、侍童石童丸，以及舵手武里舍人等三人，潜出屋岛住处，由阿波国结城浦乘小舟，经鸣户浦驶往纪伊路。途经和歌、吹上、奉祭衣通姬[①]的玉津岛神社、日前、国悬神宫，开抵纪伊国凑港。沿此处的山道进京，不多久便能见到牵挂之人，一解相思之苦了。但他突又想到："本三位中将遭生擒后，听说就是沿着这条大路游街示众，随后在京都和镰仓受尽羞辱。此事对平家而言已是大耻，若己身也在此沦为阶下囚，怎对得起亡父英名？"为此故，他强忍住入京的迫切心情，绕道前往高野山。

在高野，有位圣僧与维盛算是故交。此人系三条斋藤左卫门大夫茂赖之子——斋藤泷口时赖。他本是小松殿部下武士，十三岁那年入御所奉职。当时建礼门院有位侍女，名叫横笛，泷口一见倾心。其父知道后，责道："你打算与公卿之女结亲，是要藉此找个出仕之阶吗？我看你还是老老实实找个门当户对的小吏之女吧！"泷口辩道："据闻有西王母者，昔有而今无；术士东方朔，但闻其名，不见其人。人世间寿命长短难定，一切恍若电光石火；纵得长命，亦不过七十、八十之寿，就中年富力强仅二十余年。处此梦幻之世中，与丑女即便仅亲昵片时，吾心亦是不愿；但与所爱女子亲近，却又悖逆父命。既然左右为难，吾

---

① 衣通姬：日本史书中最早出现的美女。她拥有无比的美貌，特别是白皙的肌肤透过罗衣光照耀眼，故被称作"衣通姬"。第 19 代允恭天皇娶她为妃，格外宠爱，引起了皇后的嫉妒。皇后不断地折磨衣通姬，终于迫使衣通姬搬出后宫，隐居于河内国茅渟，并在此度过一生。

当依善知识①的引导，弃离浮世，入道修行。”于是在十九岁时，削发剃度，遁入嵯峨山往生院修行。横笛听闻此事，叹道：“他竟然出家舍我而去，岂非恨事一件？纵然弃俗入道，也该先告知于我。无论你有多绝情，我都要找你问个明白。”决心下定后，便在某日日暮时出京，赶往嵯峨山。彼时正当二月中旬，梅津里春风拂面，大井河月影朦胧。想起一切哀怨皆由那个冤家所起，不由深自叹息。到得往生院，四周围找人打听，却无一僧知晓泷口住在何处。她问累了在此处歇息一会儿，又起身去彼处询问，却处处都问不出个所以然来。失望之下，突然从一间荒废的僧房中，传出诵经声，这不正是泷口入道的声音么？横笛便请同来的女子，在门口说道：“千辛万苦寻访至此，渴欲一见斋藤君出家后姿容。”泷口入道闻言心中一动，从纸门缝隙中向外一瞧，果然是横笛找来了。当此情形，无论道心如何坚定者，都难免会心软。但泷口入道却请人出来传话道：“此处并无什么斋藤君，两位女施主寻错了，请回吧！”一面都不肯见。横笛情恨心伤，幽怨不已，却又无可奈何，含悲忍泪而去。泷口入道对同宿一室的僧人道：“此地固然清静，利于潜心念佛。但彼女可能并不就此甘心，若下次再来，我怕挡得了一次，第二次难保会不动心。所以只好换个地方修行了。”遂潜出嵯峨山，登上高野山，居于清净心院静修。不久后，听说横笛也已遁入空门，泷口入道便作歌一首送她，歌云：

闻持梓弓②吾心戚，亲近佛法展笑颜。

横笛作返歌一首云：

---

① 善知识：能教众生远离恶法，修行善法的人。
② 梓弓：进行神事时用梓木做的弓，有辟邪除魔之效。此处借指出家。

含恨无奈持梓弓，心念世俗缘未尽。

正如歌中所言，横笛其实并非真心出家，她心怀情怨，幽居于奈良法华寺，未几，便含恨而终。泷口入道知道后，修行之心益坚。其父亦饶恕了他的不孝。亲者则愈发信任他，敬他为“高野圣僧”。

小松三位中将维盛，登高野山，寻到泷口入道，一见之下，深感其姿容变化极大。往日在京都时，他身穿布衣，头戴立乌帽子，整整齐齐，鬓直不卷，乃是位风度翩翩的美男子。今日于出家之后再见，其年纪虽未满三十，却已是一副枯瘦衰颓的老僧模样。然其一身墨染色袈裟，映衬出虔心入道的高僧风范，维盛见了，颇生几分钦羡。想那晋时竹林七贤[①]、汉时商山四皓，亦不过如此吧！

九、 高野山

泷口入道与小松三位中将相见，惊讶道：“难道我是在梦中？你是如何自屋岛逃来此地的？”维盛叹道：“唉，一言难尽。自举族离京，逃至西国后，在下常思念留在故乡的妻子儿女，不能割爱。这般心境虽未说出，但平时举止之间难免微有流露。大臣殿与二位殿因此疑我，俱言：‘维盛同池大纳言一样，恐已怀有二心。’遭此猜忌，吾身再留屋岛也是无趣，心中又颇感不安，是以匆忙离岛，遁来高野。本欲沿山路归京，见见家人，一解相思之苦，却又想起本三位中将游街示众一事，深觉不妥，若是被擒丧生，反不如出家入道，纵有水深火热之厄，又何所惧？但求一拜熊野神，了却宿愿即可。”泷口入道应道：“梦幻之世，聊寄此生，怎生度过都不必介怀。但若死后永堕寂暗无明中，便大

① 嵇康、阮籍、山涛、向秀、刘伶、王戎及阮咸等七人，因常聚于山阳县竹林之下，肆意酣畅、纵酒高论，世谓“竹林七贤”。

是不妙了。”乃由泷口入道领路，巡礼高野山诸堂塔，而后相携步入奥院①中。

高野山距帝都相去二百里，喧嚣皆无、人声不闻，一片静谧。天晴时山风微拂，鸟鸣树梢；日暮时夕阳西沉，八叶之峰②、八深谷，令人心澄意静。花色绽放林雾中，铃音响彻云霄上；寺瓦生松，墙生青苔，处处显露其饱经风霜。昔时延喜帝御宇时，依神佛梦中指引，欲献桧皮色③御衣予弘法大师。便命中纳言资隆为敕使，与般若寺僧正观贤同诣高野山。二人开启寺门，奉上御衣时，忽有浓雾阻隔，竟不能参觐大师。观贤为之愁眉蹙额，流泪道：“贫僧自出慈母胎，入恩师室以来，凡戒律一概未犯，缘何竟不受我拜奉？”遂以五轮投地④，啼泣悲哭。登时雾散天晴，如月出皎洁，一室皆明，乃得拜大师。观贤欢喜不已，热泪盈眶，立即奉上御衣。见大师头发已然甚长，于是又为大师剃发。与敕使及僧正同来拜诣的僧正弟子石山内供淳祐，彼时尚是小沙弥，无资格近前拜奉大师，只能徒然叹息。僧正便牵其手按于大师膝前，自此，其手便终身发散异香，这异香沾染到石山寺佛经上，迄今仍存。弘法大师昔年曾上奏天皇：“贫僧因往日逢遇普贤菩萨，悉得印明⑤真传，由此发下无比誓愿，远离边地异域而至本朝，昼夜为万民祷祝，示普贤菩萨之悲愿。以肉身证三昧，待慈氏⑥降生。”当年摩诃

---

① 奥院：见第三卷第五章相关注释。

② “八叶之峰”暗合佛教中的“八叶莲华”之数。

③ 桧皮色：夹杂着桧柏、杉树等树皮暗灰色的茶色。

④ 五轮投地：即五体投地。两手、两膝和头一起着地，是古印度佛教最恭敬的行礼仪式。

⑤ 印明：印契与真言的合称。因印契单称“印”，真言称“明”，故名。“印契”俗称手印，即密教徒在修法时，双手所作的特殊姿势。“真言”是密教中密言、密语、密号的意思，即真实而无虚假之语言。

⑥ 慈氏：即弥勒菩萨，因修得慈心三昧，故称。佛教认为他是释迦牟尼的法统继承人，在佛陀入灭后五十六亿七千万年，弥勒菩萨将由兜率天下生人间，说法三次。届时于释迦牟尼教法下未曾得道者，悉可得道。

迦叶[1]隐居鸡足山洞中，等待慈氏降生于翅头城下，与此别无二致。弘法大师圆寂于承和二年[2]三月二十一日寅时一刻，迄今已历三百余年。须五十六亿七千万年后，慈尊方行出世，三会说法，普度众生得道。不过这些事离现在还十分遥远。

十、维盛出家

“想我孑然一身，飘零无定，如雪山中寒苦鸟悲啼，今日不知明日事，真是可哀啊！”维盛在高野山自怨自艾，涕泗交流。海风吹黑肌肤，相思苦苦折磨，他变得消瘦萎靡，令人无法辨认。只不过与凡夫俗子相比，他的面庞依然俊朗。当晚，泷口入道回到庵室，终夜不眠，讲述种种今昔物语。由此可见，此圣僧佛法修为精湛，已从至极甚深之禅床，磨见真理之玉；自深夜清晨之钟声，彻悟生死之理。维盛心生羡慕，暗思若能如他这般看破红尘，己身也定能悟道离俗。待到天明时，便央求东禅院智觉上人为己剃度。又召来与三兵卫、石童丸，劝道：“维盛心有苦衷，料前途凶险无以存身。由今观来，曾仕事平家者，源氏秉政时未必潦倒，不少人反而得志。所以汝等不必再侍奉平家，自去做点小买卖，勉强度日想来不成问题。今日我已觅得归宿，你们这便速速回京，各自谋生，养妻育子去吧！同时还能为我祈后世福缘。”二人听了这话，泣不成声。少顷，与三兵卫止泪道：“重景之父——与三左卫门景康，昔年于平治之乱时，随故小松殿讨逆，在二条堀河边与镰田兵卫交战，遭恶源太义平袭杀。源氏与我有血海深恨，重景岂能不报父仇？彼时吾方满两岁，懵懂不觉，母亲又在七岁时去世，举目无亲，孤苦伶仃。故小松殿道：‘此子之父因我而丧命，我当抚养此子成人。’

---

① 摩诃迦叶：佛陀十大弟子之一，有“头陀第一”、“上行第一”等称号。
② “承和”是日本第54代仁明天皇的年号。承和二年即公元835年。

在下九岁那年，他又为我举行元服礼，当晚亲自为我束发，说道：‘盛字乃我家传，五代便用盛字为名；松王①，你就用个重字吧！’在下遂得名‘重景’。说到幼名‘松王’，只因在下出生五十日时，由父亲抱着拜见故小松殿，故小松殿道：‘吾之府邸名唤小松，便赐此名予此子，以示庆贺吧。’因此在下的幼名唤作‘松王’。家父捐躯沙场后，在下得蒙父荫，平家待我恩重如山。故小松殿辞世前，于他人无只言半语交代，单单召重景近前，嘱咐道：‘汝已长成，吾亦无憾矣。汝视重盛为父，重盛视汝为景康。今度除目授职，升汝为靫负尉，与汝父景康在世时职衔相同。如此安排，方不负汝父子忠心。重盛死后，望汝不可忤逆少将殿②。’故小松殿之嘱托言犹在耳，如今您却说出这种话来，让我背信弃义，临危自逃，在下实是不能接受。您说‘曾仕事平家者，源氏秉政时未必潦倒，不少人反而得志。’其实青云得志者，皆为源氏家将郎党。您功德圆满，成神成佛后，在下即便荣华加身，亦难安享千年。纵得万年之寿，终究逃不出个死字。此时此际，正是在下得善知识引导，入道参佛的大好机缘！”言罢，挥刀自断发髻，泣请泷口入道为其剃度出家。石童丸在旁见了，也齐根剪去发髻。他从八岁起就追随少将殿，少将殿对他恩重，不逊于重景，故而也请泷口入道为己一并剃度了。维盛见二人已先于自己出家，越发急迫，遂口诵佛偈三遍：“流转三界中，恩爱不能断；弃恩入无为，真实报恩者。”也终于如愿剃度。此后维盛有言：“恋我姿容者，今朝请一见；见后心中自无情。”可见弃俗之艰难。小松三位中将与重景同年，今年皆是二十七岁；石童丸仅有十八岁。

接着，维盛又召来武里舍人，叮嘱道：“汝速归屋岛，不可进京。吾料出家一事遮瞒不住，夫人如若知晓，定然也会出家。回屋岛后，汝

---

① 平维盛幼名“五代”；重景幼名“松王”。

② “少将殿”即指维盛。重盛在世时，维盛任右近卫权少将。

替我传话给大臣殿等人：‘如诸位所见，世事难如人意者日多，件件令人沮丧，万般无奈，倒也不必逐一细述了。左中将于西国投水，备中守于一之谷殒命，我又身陷难堪境地，乏善可陈，此极可哀之事也！祖传之唐皮铠与小乌丸太刀，自平将军贞盛时起，代代嫡长相传，历九代而传至维盛，平家若能中兴，请代我将此刀传予六代[①]。”武里道：“在下须待主公事了结后，再归屋岛。”维盛应道：“也好。”于是武里舍人便暂时留下。泷口入道身为善知识，时常与他们共处。后来一众人等以深山修业者之姿，离开高野山，前往纪伊国山东。

一行人由藤代神社开始，沿路每一座神社都一一恭敬参拜。行至千里之滨以北、岩代神社前时，迎面奔来七八骑身着狩猎装的武士。众人心中惊惧，暗想此番怕是要被生擒活捉了，急忙各持腰刀在手，准备切腹自尽。但那些武士纵马驰近后，并无加害之意，反而飞身下马，恭恭敬敬低头通过众人面前。维盛心中奇怪，默思道：“来者定是故人，会是谁呢？”欲待看个真切，那些人已加快脚步，疾奔而过。原来这七八骑的为首者，乃纪伊国住人汤浅权守宗重之子汤浅七郎兵卫宗光。其部下郎党问道：“那是何人？我等为何要向他恭敬执礼？”七郎兵卫流泪答道：“那人便是小松大臣殿嫡子三位中将殿，不知怎生由屋岛逃来此地，还换了出家打扮，与三兵卫、石童丸也随他一道削发为僧了。我本想近前参见，又恐今时身在源氏，引起误会，只得径行而过。唉，瞧他那副模样，真是不幸啊！”言罢以袖掩面，涕泣交流。郎党等闻言也一起凄怆落泪。

十一、参诣熊野

维盛等人又向熊野进发，历数日到达岩田河。传说只需渡过此河

---

① “六代”是维盛儿子的小名。

一回，便可荡涤一切恶业、烦恼、无始无终之罪障。维盛深感欣慰，来到熊野本宫证诚殿前，拜伏在地，虔诚诵经。抬眼见大悲之霞缭绕熊野山，肃穆庄严；灵验无双之神明，垂迹于音无川。一乘①修行之岸，感应如月昙皎洁；六根忏悔②之庭，妄念似水露冰消。神迹种种，令人益坚向佛之心。待到夜深人静时，维盛祷祝于天，想起亡父内大臣殿昔年亦曾到此参诣，并祈求神明延寿增福，护佑子孙后代，心中不由感慨唏嘘。遂祷告道："垂迹本地阿弥陀如来，请依摄取不舍之宏愿，导我往生极乐净土！"又加意祈祷道："留置故乡之妻子，亦请保佑平安无恙。"他既想弃离浮世、真实入道，又俗念妄执，情根难断，诚为可哀也。

到得天明，维盛自本宫乘船，前往新宫参拜。先诣神藏山，但见岩松高耸、山风贯耳，惊破妄念之梦；清水深流，涛浪净涤尘垢。次日参诣飞瀑神社，越过佐野松原，登上那智山③，从三重塔上仰观瀑布直泻数千丈。观音灵像显于岩上，好似补陀落山④；余霞成绮，法华诵读声朗朗，恍若灵鹫山讲经。自飞瀑权现垂迹本山以来，我朝无论贵贱，上下皆来叩首膜拜，双掌合十，受益利生。僧侣房舍甍宇齐平，僧俗得以联袂拜神。宽和之夏，花山法皇舍十善帝位，心慕九品净刹⑤，昔年御庵室之故迹，老樱迄今绽放，令人悠然向往。

隐居那智修行的僧人中，有位以往识得小松三位中将的老僧，悄

---

① 一乘：指引导教化一切众生成佛的唯一方法或途径。乘，指车乘，比喻能载人到达涅槃境界。《法华经·方便品》："十方佛土中，唯有一乘法，无二亦无三。"

② 六根忏悔：在向诸佛礼拜忏悔罪过时，就眼、耳、鼻、舌、身、意六根，一一忏悔罪障。

③ 那智山：和歌山县东南部环抱那智川上游的熊野那智大社山地的总称。

④ 补陀落山：又名补陀落伽、逋多罗等，意译为光明山、海岛山、小花树山等。位于印度南海岸，为观音住处。

⑤ 净刹：佛教术语，意为清净佛国。

悄对同修僧人道："那位修业者，你们认得是谁么？他就是小松内大臣嫡子三位中将殿。安元二年春，彼尚任职四位少将时，法住寺殿举行法皇五十御寿贺典。其父小松殿官居内大臣兼左大将，伯父宗盛官居大纳言兼右大将，一起列席阶下。此外尚有三位中将知盛、头中将重衡等一门中诸多族人，人人意气风发，盛装出席，立于庭中。这位小松三位中将帽簪樱花，足踏青海波舞①，眉目如画、风采如花露娇媚；舞姿翩跹、舞袖随风翻飞，光华照耀天地。建春门院命关白殿为御使，恩赏御衣一领。其父内大臣躬身拜领，接过御衣置于爱子右肩，而后恭敬礼拜法皇。此荣耀当世无匹，座中平辈殿上人，无不钦羡有加。大内中有女官赞道：'真好似深山万树中杨梅独俏啊！'就是这样一位本来要做大臣、大将的贵公子，今日却落到这步田地，实是大出意料之外。世易时移虽是人间常态，但毕竟极为可怜可叹。"言罢，僧袖遮面，泣下如雨。在那智隐居修行的其他僧侣听了，也个个泪下沾襟。

十二、维盛投海

平安参诣完熊野三山，再于滨宫神社前登船，棹舟一叶，浮万里沧海。遥远海湾中有一座山成岛，驾船靠近，上得岸来，维盛拔刀在一棵松树上刻字铭迹："祖父太政大臣平朝臣清盛公，法名净海；亲父内大臣左大将重盛公，法名净莲；其子三位中将维盛，法名净圆，年二十七岁，于寿永三年三月廿八日，自沉那智海。"刻字毕，复乘小舟，棹向深海。虽然早有准备，但真正面对死亡时，心头仍不禁泛起悲哀。这天是三月廿八日，海途雾霭迷蒙，望之更添愁绪。春日与往常也无甚不

① 青海波舞：日本宴乐舞蹈之一，原为大唐雅乐，后传入日本，平安时代尤其盛行。于盛大宴会，特别在春季祭樱时，不可缺少。舞者皆为当时第一贵公子。

同，只是暮色映空，不免使人抑郁，何况大限将至，忧伤倍增。忽又见海湾处有钓船为大浪吞噬，此情此景，令维盛联想起自己一生遭际，不正像这小舟一般，浮沉浪涛间拼命挣扎，最终仍不免要被大海吞没吗？昔年苏武胡国牧羊，见成行归雁北翔，一路啼鸣，触景生情，便将书信托付鸿雁传回故乡，一抒满腔幽愤。维盛默念及此，突然警醒：“我怎么还如此念念不忘尘世？不可再妄执俗念了！”于是向西合十，心中念佛。随即又想道：“此身将如泡影消失尘世，但京中夫人子女仍在翘首期盼自己归来。若是知道夫君慈父已赴冥土，该会如何痛断肝肠啊！”思潮起伏，不能自已，遂停止念佛，松开合十双掌，向圣僧泷口入道叹道：“既为人身，妻儿牵缠，生时思之不尽，死际又妨障证后世菩提。此刻心中实是难舍俗情，当真是罪深孽重。请大师听我忏悔。”泷口入道强忍悲哀，告诫自己不可心软，拭泪淡然道：“生离死别，人之常情。古来无论高低贵贱，夫妻恩爱皆是人伦大事。俗话说：‘一夜共枕便是五百世修来的宿缘。’这前生之契，实在非浅。生者必灭、会者定离，浮世之习也！人生如叶尖朝露、叶根水滴，只早晚不同，终将先后消逝，无所差别。古时骊山宫七夕之誓①，临末了徒留摧心之恨；甘泉殿追思生前恩爱②，终是飘渺幻梦。赤松子梅生③亦恨生涯有限，等觉十地④犹须顺生应死。纵夸谈长生之乐，也难逃绝命之期；纵保得百岁

① 指唐明皇与杨贵妃情事。骊山宫即华清池，是周、秦、汉、隋、唐历代帝王的行宫别苑和温泉胜地。唐明皇每年都会携杨贵妃到此过冬沐浴赏景。

② 指汉武帝追思一生至爱李夫人，亲自督饬画工在甘泉殿绘制李夫人画像。白居易有诗：“君恩不尽念不已，甘泉殿里令写真。丹青画出竟何益？不言不笑愁杀人。”

③ 指上古仙人赤松子、汉时仙人梅生。赤松子相传为神农时雨师；梅生原名梅福，汉成帝时任南昌尉，以诤言敢谏见称，后挂冠而去，炼丹成仙。

④ “等觉”是大乘五十二阶位中的第五十一位，即十地位满，将证佛果的中间阶段。“十地”则是大乘菩萨的十个阶段。

之龄，也难脱同命之恨。第六天魔王①掌领欲界六天②，对生于此界众生，恐彼等解脱生死，乃令众生或为妻或为夫，妨害彼等入道皈依。然三世诸佛，视一切众生如己子，定要将彼等劝入极乐清净之不退土，遂屡诫众生，所谓妻子儿女不过是无始旷劫以来，流转生死、难脱轮回之魔障，绝不可因之而动摇心志。源氏先祖伊豫入道赖义③，奉敕讨伐奥州之夷安倍贞任、宗任④，十二年间斩敌首级一万六千余；此外山野之兽、江河之鳞，命绝者不知有几千万。但赖义临终之际，顿发菩提，起皈依之心，最终亦得遂往生净土之夙愿。出家者功德莫大，生前罪障至此皆灭。纵有人立七级宝塔，高至三十三天⑤，其功德亦不如出家一日；纵有人供养一百罗汉百千岁，其功德亦不如出家一日。赖义虽然罪深，因信念坚定，故得往生；阁下罪业尚浅，必能得入净土。本山权现，乃阿弥陀如来于本地垂迹，始无三恶趣之愿，终得三法忍之愿⑥，每一誓愿都为度化众生。其中第十八愿：'设我得佛，十方众生，至心信乐，欲生我国，乃至十念，若不生者，不取正觉。'是说只须深信佛法，念佛十遍，定能往生极乐。此事确然无疑也。凭无二虔诚信念，一

---

① 第六天魔王：又称波旬、摩罗，是欲界最高的第六天——他化自在天的自在天魔，乃众魔之本，以诱惑、胁迫等方式企图阻碍释迦牟尼成道。

② 欲界包含六欲天：第一四大王众天、第二忉利天、第三夜摩天、第四知足天、第五乐化天、第六他化自在天。

③ 源赖义（988～1075）：平安中期著名武将，1051年任陆奥守。1056年，陆奥豪族安倍赖时谋反，源赖义策反其同族安倍富忠，射杀安倍赖时。

④ 安倍赖时死后，他的两个儿子安倍贞任和安倍宗任继续领兵反抗，源赖义鏖战多年，终于在1062年彻底讨灭奥州安倍氏。

⑤ 三十三天：即六欲天第二天忉利天。处在须弥山顶，中央为帝释天所居，四面各有八天，总共三十三天。

⑥ 阿弥陀佛有四十八愿，"始无三恶趣之愿"是说第一愿为"设我得佛，国有地狱、饿鬼、畜生者，不取正觉"；"终得三法忍之愿"是说最后一愿为"设我得佛，他方国土诸菩萨众，闻我名字，不即得至第一忍，第二、第三法忍，于诸佛法不能即得不退转者，不取正觉"。"三法忍"是音响忍、柔顺忍、无生法忍。

遍也好、十遍也罢，弥陀如来都会从六十万亿那由多[①]恒河沙中，缩其身为丈六八尺之躯，至目前迎接。又有观音、势至二菩萨，及无数圣众，化佛菩萨，百重千重围绕，伎乐歌咏，出极乐东门来迎。若身沉于沧海之底，亦能飞升紫云之上，成佛得脱、得道开悟，再归娑婆世界之故乡，引导妻子同赴极乐。此即'还来秽国度人天'[②]也！阁下当深信无疑。"泷口入道鸿篇大论罢，鸣钟打钲，低声念佛。维盛登时彻悟，即刻摒弃妄念，向西双手合十，高声念佛百遍，在"南无"声中投海自尽。与三兵卫入道、石童丸也一道念诵佛号，相继投海而亡。

十三、三日平氏

武里舍人也欲同沉海底，被泷口入道拼力拦住，这才作罢。泷口流泪教训道："阁下万万不可投海，否则便是违背了净圆的遗言。身为部下哀伤自不必言，但此刻更重要的是为净圆修后世福缘。"武里悲不自胜，也不顾祷祝奉养之事，伏于船底哭天喊地。那模样比之昔年悉达太子[③]往檀特山[④]修行时，舍匿舍人[⑤]乘犍陟白马回王宫时的悲伤，犹有过之。他们摇橹在海面来回徘徊，希望三人尸首能浮出海面，但三人俱投深海而死，尸骸难见。泷口入道诵经念佛，为他们祷告道："过去圣灵，悉入一佛净土。"那场面极是可哀。

---

① 那由多：梵语音译，又称那由他，意为"多到没有数目可以计算"。

② 语出善导大师《法事赞》："誓到弥陀安养界，还来秽国度人天；愿我慈悲无际限，长时长劫报慈恩。"

③ 悉达太子：释迦牟尼佛本名悉达多，姓乔达摩，出身于刹帝利种姓，是迦毗罗卫国净饭王的太子。

④ 檀特山：位于北印度健驮逻国，又作檀陀山、檀拏迦山、大泽山。佛在前世为太子时，在此山修苦行。

⑤ "舍匿"又作车匿、阐陀迦、阐怒、羼那、车那、阇那等，是净饭王的仆役，悉达太子出城修行时，为太子驭者，以太子意坚不返，遂持太子剃脱之须发、宝冠、明珠、白马独自还宫。

过不多久，夕阳西倾，海上渐暗，虽然哀思犹在，也只好空舟而归。回程中船桨溅起水珠，洒在圣僧襟袖上，和着脸上滴落的泪珠，海水泪水已分辨不清。圣僧上岸后自归高野，武里则垂泪回到屋岛，取出遗书交予维盛之弟新三位中将资盛。资盛痛心道："真令人叹息啊！兄长和我等疏远太久了，才会发生此等憾事。大臣殿与二位殿疑心他像池大纳言那样，私通源氏，逃去京师，连对我等也开始提防。兄长可能就是因为不被信任，才决意在那智投海的吧？如此一来，兄弟不得同死一处，而是分殒两地，诚惨事也！他有留下遗言么？"武里答道："故三位中将殿要我转告：'左中将于西国投水，备中守于一之谷殒命，我又身陷难堪境地，乏善可陈，此乃极可哀之事！'"随后又将唐皮铠与小乌丸太刀代传六代一事也细加禀明，最后道："事已至此，在下也想随故三位中将殿而去。"言罢，以袖掩面，哀泣不止，看上去十分可怜。只因资盛长得颇像故三位中将殿，在场众人望着他，也纷纷落泪。维盛部下武士更是痛不欲生。大臣殿与二位殿都道："本以为此子似池大纳言一般，私通赖朝，不见踪影是逃归京师。而今看来，是我们看错了。"到此地步，方才悲叹伤心。

四月一日，镰仓前兵卫佐赖朝，升为正四位下。其原为从五位下，这回连跃五阶。据说这是对他讨伐木曾左马头义仲的奖赏。

同月三日，院宣下，祭奉故崇德院为神，在昔年保元合战的旧地——大炊御门东春日河原，为之建社立宫。据闻此意仅出自法皇，天皇并不知晓。

五月四日，池大纳言赖盛将赴关东。此前兵卫佐殿已多次遣使来召，发誓道："吾待阁下，定如故池殿在世时一般，绝不敢轻慢。故池殿昔年大恩，定回报于大纳言殿。"池大纳言遂不顾一门皆逃，独自留在京中。虽则如此，却也不免担忧："兵卫佐固能知恩图报，然其余源氏族人到底如何打算，却难预料。"因此时常提心吊胆。这回镰仓方面又遣使到来，宣道："吾甚为想念令堂故池殿，请阁下速来一见。"池大纳言不敢违抗，便准备启程赴关东。

有个武士名叫弥平兵卫宗清，乃世代相传守护平家的家臣，最是忠心。他不愿随赖盛同赴关东，赖盛问他缘故，他答道：“请恕不能从命。公虽无忧，然一门诸君漂泊西海浪上，在下每念思及，日夜悲愤，所以固辞。待日后心境略宽，再赴镰仓吧。”池大纳言闻言，面有愧色道：“吾背离平家，孤身滞京，亦自觉惭愧。然性命宝贵，难以轻舍，只得勉强留下。赖朝既然见召，哪敢不去？今将往关东，旅程遥遥，你就当为我送行如何？吾向来事无大小，咸以委君，君以为吾不可留，当初留京时便该说话，又何故无一言？”宗清端正坐好，恭敬道：“人无分贵贱，谁不爱己身？但古人有言：宁可隐居，不可变节。留于京中其实并无不妥。兵卫佐昔脱万死，方有今日之幸。当年他获罪流徙，在下奉故池殿之命一路将他护送至篠原，对他颇为照顾，他曾感激道，‘阁下恩德，赖朝没齿不忘。’倘此番在下与公同去，其必有飨宴重赏。然在下却会因此而心忧，西海诸公子、僚友事后定会知晓，届时必羞煞吾也！公若为倡义而往，吾奋勇请充前驱；若为私利而往，不必再唤吾同行。公既留京师，镰仓之召难拒；公远行，吾亦不能放心。若是疆场厮杀，在下定一往无前。不过细细想来，此番即便不与同往，应当也无危险。公至镰仓，赖朝必问在下为何不至，请以在下有疾坚辞。”在场其他武士听了，尽皆感动落泪。池大纳言愈感有愧，但无可奈何，仍然必须动身。

同月十六日，到达镰仓。兵卫佐立即召见，当面第一句话便问：“宗清缘何未至？”池大纳言答道：“其身染疾，故而不曾同来。”兵卫佐嘿然道：“染疾？身染何疾？只怕是别有难言之隐吧？昔年宗清对我照拂有加，此恩终生难忘。他若能与你同来，那该多好啊！我实在很想见见他。不过以他的性格，想必是不欲来此。”兵卫佐唏嘘感慨，池大纳言怔在当场，早已备下的文书、马鞍、礼物等也忘了取出奉上。在座诸位大名也就不便敬上礼品，上下人等对此俱感遗憾。

六月九日，池大纳言自关东回京。兵卫佐殷勤劝道："再多留几日如何？"池大纳言答道："承蒙好意，但在下着实想念京师。"赖朝便赶紧让他回去了。过不多久，兵卫佐奏请法皇，池大纳言私领庄园全部归还，并且官复原职；再恩赐鞍马三十匹、无鞍马三十匹、长持[①]三十箱，及羽衣、黄金、染绢、丝帛等物。见兵卫佐如此厚赠，大名小名们也争相送礼，单单骏马就收了三百多匹。池大纳言不但性命无忧，还收获颇丰。

同月十八日，肥后守贞能之伯父——平太入道定次，自封大将，统伊贺、伊势两国住人，猛攻近江国。源氏族人迅速集结，双方爆发合战。定次部下两国住人全军覆没，无一人得脱。彼等世代相传，忠于平家，不忘旧恩固然令人敬叹，但谋划不周，匆匆举事，故而遭到惨败。此即史书云"三日平氏"[②]是也！

再说小松三位中将维盛的夫人，已相当长时间未收到与夫君有关的消息，心中焦急，惶惶难安，常自思道："到底发生了什么事？每月一封的家书也不见来。"不觉春残夏尽，依然音信全无。后来听人说："三位中将早已不在屋岛了。"夫人心头愈发焦灼，急忙派人前往屋岛打听消息。待到夏秋之交，派出的人终于在七月末回来了。夫人赶忙询问："事情到底如何？"那人答道："我找到中将殿的侍从武里舍人，他说中将殿于三月十五日拂晓，潜出屋岛前往高野，在高野剃度出家，随后拜诣了熊野神社，在熊野托付完后事，投那智海自尽了。"夫人听完，登觉一阵天旋地转，悲道："怪不得久无音信，原来他已经故去了。"哀伤难忍，伏身悲泣。维盛的公子、千金也跟着嚎啕大哭。公子六代的乳母泣道："事情既已发生，伤心也是无用。其实这事我们早该

---

① 长持：一种长方形木箱，是古日本常用的民具，用于收纳衣物被褥。箱子上有担孔，可以穿上长棍肩挑；箱底还有小轮子，便于移动。

② "三日"只是寓意短暂，并非真的说此乱只持续三日便被镇压。事实上"三日平氏之乱"从1184年7月爆发，一直持续到8月才结束。

料到了。所幸不像本三位中将殿那般，被生擒活捉回京，不然就更可悲了。中将殿先在高野出家，又去熊野拜诣，将身后事都安排妥当，临终时又口念佛号，也算是不幸中的万幸了。如今再哭也是徒然，不如止泪宽心，带着孩子去山野岩木间隐居，尽力将他们养大吧！”她想方设法劝慰夫人，但夫人依然悲痛欲绝。后来夫人落发出家，虔修佛事，一心为夫君祈后世福缘去了。

十四、藤　户

镰仓兵卫佐得知维盛自尽一事后，叹道：“只须诚心实意归顺于我，我定会保他性命无碍。小松内大臣之事，赖朝从来不敢轻慢。当年若非他担当故池禅殿使节，竭力代我求情，我又怎能改判流罪，活命至今呢？小松内大臣的重恩，赖朝永世不忘。维盛既为其嫡子，我自然要格外开恩。何况他又已出家，更加不必担忧了。”

再说平家退往赞岐国屋岛后，先是听说东国有数万大军驰赴京都，接着又听说镇西方面，臼杵、户次、松浦党，同心来攻。各种传言此起彼伏，件件都令人闻之惊心动魄。此番一之谷合战，一门中人损失惨重，精锐武士伤亡过半，已是力寡式微，唯有阿波民部大夫重能兄弟，引四国兵马来助，誓言无论到高山深海，都与平家共存亡。女官女眷们只知哭哭啼啼，到了七月二十五日，个个悲伤道：“我等正是去年今日逃奔出京，转眼这天又到了。”在泪水苦笑中，回忆述说着往事。

同月二十八日，新帝即位，身畔却无内侍所、神玺、宝剑三神器。此乃神武天皇以降，八十二代人皇皆不曾有之事。八月六日，授官除目，任蒲冠者范赖为三河守；任九郎冠者义经为左卫门尉，又宣旨补任检非违使判官，故人称义经为“九郎判官”。

不久秋季到来，荻上凉风拂体，萩下寒露霜重；虫鸣唧唧，声声哀怨；稻叶摇摆，树叶飘萎。秋风秋景愁煞人，流亡在外的平家族人，心中更是格外凄凉。昔于九重之上，赏花玩春；今羁屋岛之浦，叹月悲秋。一门中人望月咏歌，遥想京都今夜情形，通宵达旦心伤泪流。左马头行盛赋歌抒怀道：

云间素月犹皎洁，玉盘清辉照故都。

同年九月十二日，三河守范赖为追讨平家，兵发西国。相随人等有：足利藏人义兼、加贺美小次郎长清、北条小四郎义时、斋院次官亲义；侍大将有土肥次郎实平及其子弥太郎远平、三浦介义澄及其子平六义村、畠山庄司次郎重忠、畠山长野三郎重清、稻毛三郎重成、榛谷四郎重朝、榛谷五郎行重、小山小四郎朝政、小山长沼五郎宗政、土屋三郎宗远、佐佐木三郎盛纲、八田四郎武者朝家、安西二郎秋益、大胡三郎实秀、天野藤内远景、比企藤内朝宗、比企藤四郎能员、中条藤次家长、一品坊章玄、土佐坊昌俊。他们统领大军三万余骑，浩浩荡荡离京，进抵播磨国室津。

平家一方的大将军是小松新三位中将资盛、小松少将有盛、丹后侍从忠房；侍大将则有飞骅三郎左卫门景经、越中次郎兵卫盛嗣、上总五郎兵卫忠光、恶七兵卫景清。他们领兵分乘五百余艘战船，进驻备前国儿岛。源氏方面得报后，立即从室津出兵，进抵备前国西河尻、藤户，布下阵势。

源平两阵在海面上距离五町左右，无船则难以进攻。驻扎在山上的源氏大军，只能干着急，白白浪费数日时间。平家军中有年少气盛者，故意摇着小舟朝源氏士兵扬扇挑衅，嚷道："有种的骑马游过来啊！"源氏士兵回骂道："小心点，混账东西。"你来我往对骂了数回后，九月廿五日入夜，佐佐木三郎盛纲暗中找到本地渡口一名渔夫，他身着白小袖、下穿大口袴，佩着白鞘卷刀，密语渔夫道："此海可有浅滩能驱马渡到对岸？”渔夫答道：“此浦渔人虽多，知海路浅滩者却少，不过我倒是知道。那浅滩似河濑，上弦月时显于浦东，下弦月时显于浦西，两滩在海面上相距十町左右，乘马可安全渡过。”佐佐木闻言大喜，也不告知家将郎党，与渔夫二人偷偷出海。他们裸身跃入海中，寻到那处浅滩，试着渡了一回，果然并不甚深，水仅没至腰、肩，最深的也不过到两鬓。从深处扑腾一下，就能游到浅处。渔夫道：“由此向南，比北边更浅。但敌军必然已弯弓搭箭，埋伏于彼处，你我裸身难行，还是先回去吧。”佐佐木闻言转身欲归，心中突然想到：“这渔夫乃卑微下膈，今日语我，明日他人问，定又语于他人，实是隐患，不如杀之以灭口。浅滩但教我知，便安全了。”打定主意，立时拔刀杀死渔夫，割下首级弃入海中。

同月二十六日辰时，平家武士又乘小船出漕，扬扇挑衅道：“源氏小辈，有种便放马过来。”佐佐木因已探明浅滩所在，心中有底，身穿滋目结直垂、外罩黑丝缀铠甲、胯下骑白芦毛马，率七骑家将郎党，跃马入海。大将军三河守范赖恐其溺水，急道：“拦住盛纲，快让他停下。”土肥次郎实平扬鞭踢镫，纵马追上去，高呼道：“佐佐木殿，怎么回事？竟不听大将军号令，擅自行动，疯了么？快回去。”佐佐木充耳不闻，奋勇向前。土肥次郎制止不住，只得紧随其后渡海。海水一时淹到马胸，一时淹到上腹，有时更淹到鞍壶①；逢水深处，马便泅泳，水浅处直接就可步行。大将军三河守见了，笑道：“看来佐佐木已探清浅滩所在，紧跟着他，便不怕溺水了。全军前进，渡海！”三万余骑大军纷纷下海，大举强渡。平家一方高喊：“啊呀，不妙。”慌忙将战船一字排开，箭如雨下，拼死阻击。源氏大军毫不畏惧，将护盔倾斜，怒吼着猛冲平家船阵。源平双方混战纠缠在一起，士兵或跌下战船溺死，或冲到半途被射死，血战一整日，不觉天色渐暮。入夜后，平家将船开

① 鞍壶：鞍子中心，人骑坐的地方。

入海湾躲避，源氏乘机夺占儿岛，在此安营歇息。平家眼见难以取胜，便全军退回屋岛，源氏虽欲尾追，却因无船而作罢。战后，镰仓殿颁下御教书[①]，其中写道：“自昔及今，乘马渡河之军常见，而乘马渡海，即便天竺、震旦都不曾听说，于本朝也是极其罕见稀有之事。”御教书中还将备前国儿岛赐给了立功的佐佐木。

十五、大尝会

同月二十七日，在京的九郎判官义经升为检非违使五位尉，是故，天下皆称其为“九郎大夫判官”。

十月来临，屋岛之浦烈风狂啸、惊涛拍岸，鲸波怒浪中敌军无法来攻，商客往来也变得稀少，音信隔绝，京中有何消息也无从得知。天空阴翳、冰雹时落，令人心越发消沉。与此同时，京都的皇宫中举行了大尝会。天皇为此先行御禊，内辨为时任内大臣的德大寺左大将实定公。想前年先皇御禊行幸时，平家内大臣宗盛公担任内辨，节旗招展，他坐于旗下幄屋[②]中，前方立着龙旗，一派昌盛景象。从峨冠博带到表袴下摆，在在显出气度不凡。此外尚有三位中将知盛、头中将重衡等平家族人，率近卫司为天皇挽舆，殊荣显贵无人可比。今日则由九郎判官义经担任内辨，他虽知晓宫中礼仪，不同于莽夫木曾，但那仪容风度，是不能与久居京都的平家相比的，就连平家中的最劣者也比不上。

同年十一月十八日，大尝会开始。自治承、养和以来，诸国七道之百姓，为源氏所扰、为平家所苦，大多弃家逃入山林。春忘耕而秋失收，如何有能力供给此次大尝会呢？但朝廷可不管黎民死活，依然按旧

① 御教书：大将军所发正式文书。
② 幄屋：临时在广场中搭成屋宇，为仪式典礼所用。

例举办了大尝会。

三河守范赖若下令即刻进兵，平家定然灭亡。但源氏大军开抵室、高砂后，范赖竟召来伶人游妓，朝夕取乐。东国大名小名虽多，但大将军不下令进攻，他们也唯有忍耐，无计可施。军费每日空耗，百姓埋怨，就这样到了年底岁暮。

十六、 御幸高野

昔年白河院御宇时，宽治二年正月十五日，在御所举行种种讲经法会，白河院道："据闻西天如来又已降世，在天竺说法利生，我等该当前去恭聆佛法啊！"满朝公卿、殿上人皆点头称是，唯有其中的大江匡房劝道："人人尽言当去，匡房却不敢苟同。我朝与震旦仅一海之隔，遇上顺风顺水便不难渡海而至；然天竺、震旦之间，听闻有流沙葱岭之险阻，道路梗塞难行。那高山葱岭，西北与大雪山相连、东南直通海滨，此山以东乃震旦、以南名天竺、以西曰波斯、以北系胡国，道长八千余里，寸草不生、极度乏水，险峻处比比皆是。其中犹以鸡波罗西南高峰最为险要。置身峰巅，如临银河，脚踏白云，仿佛可登天攀日。拨云援崖，须经二十日方至。登上峰顶后，纵目四望，三千世界之广狭一览无余；阎浮提虽远，此刻也近在咫尺。险阻其次为流沙河，白昼时飞沙走石，尘暴如雨；夜晚邪魔出没，鬼火密布。渡河后来到河原，岂料前面又有河流，再渡过河来到河原，前面又有河流，如此反复，八日间须渡河六百三十六回。渡河者即使躲过溺毙之灾，也逃不脱水鬼戕害；即使躲过水鬼之害，也难逃恶浪灭顶。昔年玄奘三藏在此流沙界六度遭难，终沉于大水中。直到转世，方得布道传法。我等既不处天竺、又不在震旦，本朝高野山乃性身大师入定之灵地，尽在目前，不往参拜，却要徒费日月，冒险翻山越海，跋涉十万余里，前往天竺灵鹫山，想来实在不妥。天竺释迦如来、本朝弘法大师，皆是即身成佛[①]之现证。当初嵯峨天皇御宇时，于清凉殿召来四宗大乘[②]高僧，谈论显密两宗要义。法相宗源仁、三论宗道昌、天台宗义真、华严宗道应，各自阐述本宗奥义。法相宗源仁道：‘本宗立三时教[③]，深得佛陀一代圣教，所谓有空中是也。’三论宗道昌道：‘本宗立无生[④]教，传佛陀真谛，有二藏，乃菩萨藏、声闻藏[⑤]是也。’天台宗义真道：‘本宗立四教[⑥]五味，传一切圣教，藏通别圆[⑦]是也。五味乃乳、酪、生酥、熟酥、醍醐味[⑧]是也。’华严宗道应道：‘本宗立五教，判一切圣教。五教乃小乘教、始教、终教、顿教、圆教是也。’其后真言宗弘法大师道：‘本宗据事相教相[⑨]，立即身成佛之说。’法相宗源仁道：‘观一代三时之教文，唯见三业成佛[⑩]之文，却无即身成

---

① 即身成佛：真言密宗立教修行的目标，指在这一世努力修行便能成佛，不必等到下一世。

② 四宗大乘：指华严、天台、真言、禅这四宗。为大乘诸宗中的主要四宗，略称华、台、密、禅。此外，天台、华严为实大乘二宗，三论、法相为权大乘二宗，亦合称四宗大乘。此处的四宗大乘即指天台、华严、三论、法相。

③ 三时教：依据佛典义理的深浅与佛陀说法的时代，将佛陀一代教法，分为三个时期，第一时有教、第二时空教、第三时中道教。

④ 无生：又作无起，谓诸法之实相无生灭。所有存在之诸法无实体，是空，故无生灭变化可言。

⑤ “菩萨藏”即大乘法，“声闻藏”即小乘法。

⑥ 四教：天台宗就释尊一生所说教法，依内容分为化法四教，依形式分为化仪四教。化法四教：藏教、通教、别教、圆教；化仪四教：顿教、渐教、秘密教、不定教。

⑦ “藏通别圆”即上述化法四教。

⑧ 佛教以乳、酪、生酥、熟酥、醍醐这五种在制造牛乳过程中，次第所成之味，比喻根机或教法的差别次第。后来天台智者大师依据这种说法，判定佛的一代圣教为五时教法，即华严时、阿含时、方等时、般若时和法华涅槃时。

⑨ 密宗对实际修行三密的作法行仪，称为“事相”；对法门之建立、义理之深浅，或各种教理组织、教义解学等，加以研究、解释，称为“教相”。

⑩ 三业成佛：身口意“三业”都能清净，方能成佛。

佛之文。不知即身成佛据何经典而立？请出示其文为证，以解会众疑惑。’弘法大师道：‘圣教经典中，确实只有三业成佛之文，而无即身成佛之文。’源仁又道：‘若有文为证，盼能见示。’弘法遂取出文证，上书：‘若人求佛惠，通达菩提心；父母所生身，即证大觉位。’①说道：‘此文开宗明义，所叙已十分详细。’源仁道：‘文证既有，可有人实证之？’弘法大师道：‘实证者，远有大日②、金刚萨埵③，近有贫僧也。’随即手结密印、口诵真言、心念佛法，其肉身忽变为紫磨黄金④之肤，头顶现自然五位⑤之宝冠，佛光辉耀苍天，将朝堂照得如同婆梨⑥世界，好似密严净土⑦一般。当其时，天皇急急离开御座，恭敬行礼；臣下卿相摘下冠巾，南都六宗之宾，也尽皆伏地敬拜。以成佛轨则相诘的道应、道昌目瞪口呆；以法身色相⑧问难的源仁、义真，也瞠目结舌。终于，四宗归伏，诸门融汇，一朝之信仰归于法流一统。三密五智⑨之水充满四海，荡污涤垢；六大无碍⑩之月照彻长夜，天下皆明。弘法大师圆寂后肉身不变，任由信众祈念报恩；其六

① 此颂出自真言宗空海（弘法大师）所撰《即身成佛义》。
② 大日：即大日如来，密宗至高无上的本尊，最高阶层的佛。
③ 金刚萨埵：指法身普贤、第六金刚持。真言宗八祖中，大日如来为第一，金刚萨埵为第二，是密宗极为推崇的圣尊。
④ 紫磨黄金：带有紫色之黄金，为黄金中最上品。磨，无垢浊之意。
⑤ 自然五位：指密宗中供奉的主尊佛——“五方佛”。中央大日如来佛、东方不动佛、南方宝生佛、西方阿弥陀佛、北方不空成就佛。
⑥ 婆梨：即玻璃。
⑦ 密严净土：指如来所依止的真如法性之自受用净土。乃修得果圆满，远离诸过患，具足智慧、神通的观行者所依止之处。
⑧ 法身色相：如来法性之身，遍于刹尘之土，虽身土相摄，事理交互，色即非色，相即非相，而不离刹尘之土。
⑨ “三密”指身密、口密、意密；“五智”指法界体性智、大圆镜智、平等性智、妙观察智、成所作智。
⑩ “六大”指地水火风空识。“无碍”指互相融通而无障碍。

情[1]不退，专待慈尊出世。”白河院赞叹道：“竟有这等事，当真前所未闻。”遂决定次日御幸高野。匡房又劝道：“明日行幸太过匆促。据说释尊彻悟说法时，天竺十六大国诸王，尽皆御幸听法，以金银饰衣裳、妆鞍马，以珠玉饰冠盖，是此，方能表机缘难得、欣临法会之心。我朝之高野山，即等同于灵鹫山，御幸之前，也当好好准备，以示恭敬。”因此故，御幸高野推迟到五日后，公卿、殿上人等一律穿着绫罗锦绣，随驾参拜高野。御幸高野即由此开始！

① 六情：喜、怒、哀、乐、爱、恶。

第十一卷

一、逆 橹

元历二年[①]正月十日，九郎大夫判官义经至法皇御所参拜，请大藏卿泰经朝臣代为转奏法皇道："平家见弃于神明、遭黜于君王，离帝都而亡西海，狼狈不堪。然于今三年，犹能窃据多国，寇掠郡城、虐使人民，不可不亟灭之。今义经愿誓死追讨，纵至鬼界、高丽、天竺、震旦，不灭此贼，绝不生入皇都。"法皇嘉其忠勇，欢欣喜悦，遂颁下院宣："着即发兵，日夜兼程，务与逆贼决一胜负。"义经回到判官住所，向东国军兵宣布道："义经身为镰仓殿代官，今承院宣，追讨平家。陆上凡马蹄所能至，海上凡橹棹所能航，概不放过。天涯海角，定要绝灭平家。汝等中有不能一心用命者，请自速离去。"

再说屋岛一方，光阴疾疾，如白驹过隙，正月甫过，二月立至；春草方暮，又惊秋风；秋风刚止，春草又茂。如此年复一年，转眼三年过去了。期间流言日甚，有道："东国数万精锐已入驻京都，即将发兵西进。"又有道："镇西臼杵、户次、松浦党同心协力，正引军渡海来攻。"传言纷纷，叫人听了心惊肉跳。建礼门院与二位殿领着大内女官，哀愁满腹，悲叹道："唉，这回又要碰上啥霉运呢？惨事就快来了吧？"新中纳言知盛道："东国北国叛贼，昔浴平家重恩，歘忘旧好，皆归赖朝、义仲。吾恐西国之人亦是如此，故请待贼京师，决一殊死，至多不过刀折矢尽而已。却又虑及非我一身之事，不能擅专，遂受众议所挟，离京至此。而今境遇凄惨，实在惭恨至深。"此言的确有理，众人听了，愈觉可哀。

---

① "元历"是日本第82代后鸟羽天皇的年号，元历二年为公元1185年。但与此同时，平家拥戴的安德天皇也仍然在位，所以出现了两个天皇、两个年号并立的局面。该年在平家方面，是寿永四年。

同年二月三日，九郎大夫判官义经，挥师出京，于摄津国渡边大集舟师，预备攻打屋岛。同日，三河守范赖亦引军出京，于摄津国神崎聚集兵船，准备开往山阳道。

同月十三日，官币使[①]分赴伊势大神宫、石清水、贺茂、春日诸神社，传达法皇意旨，要求神祇官从官、诸社社司皆于本宫本社内祈祷：“愿主上与三神器平安无恙，早返京师。”

同月十六日，渡边、神崎两地所聚舟师，正要解缆启航时，忽然北风狂烈，吹折大树；恶浪滔天，冲毁兵船，启航之事只得暂停。因修理之故，当日便暂时按兵不动。停留在渡边的大名小名，众议嗷嗷道：“我等皆东国人，不习水战，今舟师又未训练，如何取胜？”梶原景时道：“若要海战得胜，须设逆橹于船。”判官义经问道：“何谓逆橹？”梶原答道：“陆战骑马，进退从意。而舟师则进易退难。故战船能否快退，至关重要。船首船尾皆设橹，左右皆置楫，谓之逆橹。如此则前后左右进退自如矣。”义经道：“凡临战者，主将应勇锐励众，众军应死战不退。唯有形势危殆时，方能后撤。若未战而预设后退，何以得胜？此出师不利之先兆，吾所不取。无论逆橹、退楫，梶原殿尽管在自家战船上安上百只千只，义经之船只须本橹即可。”梶原驳道：“能识进退、明分寸，全身亡敌，方为良将。知进而不知退，不过是个猪武者。将军年少气盛，心欲逞强，故而如此。”义经作色道：“是猪是鹿，吾不自知。惟知高歌猛进，奋战歼敌。猛进则必能胜，胜则心中痛快！”众武士听二人相争，因惧梶原而不敢高声发笑，互相挤眉弄眼道：“判官与梶原难道要自相残杀么？”

渐渐日暮，入夜后，判官义经宣布道：“战船已修理如新，众将士每人赐肴一盘、酒一瓶，祈祝出征顺利。”遂赐下酒肴，同时将兵粮、战具、战马等运上战船。此时大风益烈，义经下令：“发舟！”舟公橹

---

① 官币使：由朝廷派出，持币帛分赴各神社的敕使。

手急道：“此风乃后顺风，比普通大风更为猛烈，海湾中风狂浪恶，此刻开船大是不妥。”义经大怒道：“无论殁于山野，抑或溺毙海河，皆是前生宿业所定。而今正遇海上顺风，虽然略强，却正有利我军飞速进击。此时此际，焉能畏风而不前？舟子有不听命者，一概射杀之。”奥州佐藤三郎兵卫嗣信、伊势三郎义盛闻言，立时弯弓搭箭，进胁舟子道：“尔等不要啰嗦，将军命令既下，便无更改，立刻开船！否则一律射杀！”舟公橹手嘟囔道：“射杀也不过一死，至少还留得尸骸在。风势这么强，死在风浪里连骨头都找不到。”边说边摇橹开船，二百余艘兵船中仅有五艘开出。余船或惧狂风，或恐梶原，皆停留原地。判官义经大声道：“我等不可因别船不出，也坐失良机。若俟风静海平，敌必警备；今袭其不意，定获大捷！”出海的五艘船，判官义经之船为首当先，其次为田代冠者、后藤兵卫父子、金子兄弟，以及船奉行淀江内忠俊。判官下令道：“义经之船为指挥船，独篝火于我船首尾，余船不可燃火，否则恐使敌军知我兵多寡。”舟行如飞，往常须用三日航程，此时仅用三个时辰。二月十六日丑时驶出渡边、福岛，至天明卯时，已然抵达阿波。

二、胜浦·大坂越

夜尽天明，判官义经望见海岸上旗帜皆赤，谓众将士道：“看来敌已有备，若将船直接靠近滩头，再拉马下船，马足缩立，船身倾斜，敌军乱箭射来，我等将无处躲闪。因此须在船未靠岸前，先驱马下水，使其紧贴船舷自行泅渡。待马足触地，海水仅没至马鞍下方时，我等便能翻身上马，如潮水般冲杀上岸了。”五艘船上除载有武器、兵粮外，尚有战马五十余匹。众人照义经所言，驱马下水，待船近海滩时，突然翻身上马，齐声呐喊冲向岸上敌阵。平家有百骑左右驻守在洲渚上，被杀了个措手不及，慌慌张张急退出二町远。义经先众上岸，一边放马休息，一边唤来伊势三郎义盛，命令道："速去敌军中抓俘一名将领，我有事询问。"义盛恭敬从命，单骑直驰敌阵，一阵冲杀，抓回一个年约四十的守将。那守将身穿黑皮缀铠甲，卸盔摘弓，来见义经。义经问道："汝系何人？"那人答道："在下乃本国住人，坂西近藤六亲家。"义经笑道："不管你叫啥家，盔甲武器就不用除去了，给我们做向导，带路去屋岛。大家盯紧些，如果他要逃，立即放箭射死。"接着又问亲家道："此地叫什么名字？"亲家答道："胜浦。"义经大笑道："好名字！不是有意讨好吧？"亲家道："实是胜浦。当地人为了念着顺口，省略一音，读成'かつら'，文字就写作'胜浦'[1]。"判官义经顾视部下道："诸位听着，义经挥军讨平，今至胜浦，此名乃是吉兆，于军必有大利。诸君当奋勇向前！"众将士高声应诺。义经又问道："此地可有平家同党？"亲家道："有。阿波民部重能之弟樱间介能远，一向忠于平家。"义经道："甚好，咱们先去灭了他。"从近藤六部下一百余骑中，挑出三十骑，编入自己军中。而后引军进至能远城下，观察地形，见三面为沼地，一面为深壕。遂统兵纵声高呼，由深壕方向发起进攻。城中守军乱箭齐发，不住射来。源氏士兵英勇无畏，放下甲上护颈，猛冲猛打，杀声震天。樱间介眼见抵挡不住，急命郎党放箭掩护，自己纵身跃上快马，狠抽马鞭，弃城而逃。判官义经将二十余名放箭掩护者，尽皆斩首，祭献军神，兴高采烈道："头阵获胜！"随后他又召来近藤六亲家，问道："屋岛方面，平家有多少兵马防守？"亲家答道："不过千骑左右。"义经奇道："怎地才这么些？"亲家道："四国诸岛登岸处均须派遣或五十骑，或一百骑驻守。此外阿波民部重能嫡子田内左卫门教能，因河野四郎不从征召，又率三千余骑开往伊豫。"义经大喜道："天助我也。真是机会难得！由此地赶往屋

① "胜浦"的平假名读音为"かつうら"，省略掉"う"，就成了"かつら"。

岛，须几日时间？”亲家道：“二日路程。”义经道：“今当趁敌不备，急行军赶奔屋岛。”遂纵马疾驰，遇险要处便下马步行，途中仅略作歇息，连夜越过了阿波与赞岐交界处的高山大坂越。

夜半时，遇一兵卒赍书信而过，义经上前与之交谈。深夜之中，此人做梦也料不到会遇上敌人，将义经误当做己方赶赴屋岛的兵马，毫无隐瞒地将所知之事细细道来。义经问他：“所赍书信将付何人？”他答道：“送予屋岛大臣殿。”义经又问：“何人致信？”答说：“乃在京女眷。”又问：“信中所言何事？”那人沉默片刻，答道：“也无甚要紧事，只说源氏已至淀河尻，九郎乃锐将也，凶威可畏，特请大臣殿加意提防。”义经道：“此言不错。吾亦欲往屋岛，然路径不熟，请你为向导如何？”那人道：“自西奔之后，我屡为平家信使，来往京都屋岛，道路颇熟，便与你同行吧！”义经突然翻脸，大喝道：“拿信来！”乃夺其书，又命道：“将他捆到树上去。不过不要害他性命，免得多造罪孽。”部下遂上前缚卒于树，随即离去。义经拆信来看，见其上果是女眷所写：“……九郎智勇双全，料其将不顾大风大浪，引军奇袭。望大臣殿用心防范，切不可分散兵力。”判官览信罢，笑道：“天教此信落于我手，若让宗盛见了，则奇袭无望矣。且收起来，日后呈给镰仓殿观览！”遂将此信细心收起。

次日乃二月十八日，寅时抵达赞岐国引田。义经略作休整后，即取道丹生屋、白鸟，步步进逼，直向屋岛而来。他再度召唤近藤六亲家，问道：“闻屋岛有要害，是否属实？”亲家答道：“城下潮盈则非舟不能至，潮退则水仅及马腹，其险不足恃。”义经道：“如此甚好。”遂令纵火焚烧高松民居，疾进屋岛。

屋岛方面，阿波民部重能嫡子田内左卫门教能，因河野四郎不从平家征召，遂率三千余骑杀奔伊豫，讨伐河野四郎。河野不敌，匆忙逃遁，教能将河野家将郎党一百五十余人全部斩首，携首级回屋岛行宫报功。上头传令道：“行宫大内，不便查验首级。”于是就在大臣殿府邸查验，录得首级一百五十六颗。正验看时，下人忽然来报："高松方向燃起大火。"教能道："倘是白昼，尚可能是不慎失火。此刻定是敌军火烧民屋，以助攻城。敌军势大，若被困在城中便不妙了。快撤退出城吧！"城池正门前的海滩上停着不少大船，此时火延至城，烟焰涨天，城中众人惊惶骇走，争先登船。建礼门院、二位殿、摄政殿夫人，以及一众女官都逃到安德天皇御船上。大臣殿父子共乘一船，其余人等见船就上，或距离一町许，或距离七八段、五六段远，陆续离岸泛海而去。源氏兵马七八十骑，这时已赶到正门前的海滩，恰逢退潮，又赶上水最浅时，海水仅淹及马小腿处，至多不过到马腹，还有几处更浅。马蹄翻飞，水雾迷蒙，平家朦朦胧胧望去，见滩头白旗招展，也合该他们运尽，竟将义经小股兵马当做源氏大军，不敢交战。义经部下严守将令，为免被平家看出兵力不足的破绽，分为五六骑、七八骑、十骑等，结队展开，佯造大军声势，向前推进。

三、 嗣信之死

九郎大夫判官义经当天穿着赤锦直垂、外罩深紫色铠甲、佩金制太刀、背负切斑之矢、手中紧握缠藤之弓，睨视海上平家战船，高声道："吾乃法皇御使、检非违使五位尉源义经是也！"接着其部下也相继报上大名：伊豆国住人田代冠者信纲、武藏国住人金子十郎家忠、武藏国住人金子与一亲范、伊势三郎义盛。随后又有后藤兵卫实基及其子新兵卫基清、奥州佐藤三郎兵卫嗣信、佐藤四郎兵卫忠信、江田源三、熊井太郎、武藏坊弁庆等，口中报名，胯下策马猛冲。平家一方高呼道："快放箭！"船上立时或连珠箭发，或长弓远射。源氏军兵在陆地上觑得真切，见敌船右射便向右回射，敌船左射便往左回射；搁置在海岸未及下海的船只，则被用来隐蔽战马。海陆互射，人人高呼酣战。

后藤兵卫实基久历行伍，这回却不冲锋陷阵，而是先趁乱冲入行宫，四周点火。顷刻间，烟焰蔽空，大臣殿召来麾下武士，问道："源氏来袭之军究竟有多少？"部下答道："已查明仅七八十骑。"大臣殿恨声道："真是可恶，竟然只有这么点人马，一根根拔头发丝儿都数得过来。我军不趁机围而歼之，反而弃陆登舟，把好好的行宫也丢给他们，烧成了灰烬，实是心有不甘啊！能登殿何在？命你即速引军上岸，阻击义经。"能登守教经领命，应道："是。"立即率越中次郎兵卫盛嗣，乘小舟靠岸，回到遭火焚的城池正门前，摆开阵势。判官率八十余骑迎面驰来，进至一箭之地时，勒马伫立。越中次郎兵卫盛嗣立于船头，高声道："适才听闻诸位通名，因海上相距甚遥，诸位的本名官名听不分明。此刻领军的源氏大将军是哪位？"伊势三郎义盛越众而出，回道："我军大将军乃天下闻名之清和天皇十世孙、镰仓殿之弟九郎大夫判官殿是也！"盛嗣道："原来是他！不就是那年平治合战死了父亲，沦落为孤儿，在鞍马寺做个小沙弥，后来给一个黄金商人当下仆，还背负米粮流浪奥州的小冠者吗？"义盛反唇相讥道："汝有何资格搬唇弄舌胡言我主公之事？汝之主公兵败砺浪山，狼狈逃命，于北陆道流浪乞食，最后泣涕回京，这些丑事都不记得了么？"盛嗣驳道："我家主公蒙君恩深厚，富贵享用不尽，何来乞食之事？尔等主公，后来又在伊势铃鹿山打家劫舍，靠抢掠商贾养妻糊口……"话未说完，金子十郎家忠骂道："多说无益！若当真高谈阔论起来，汝绝非我等对手。去年春大战一之谷，我等武藏、相模壮士的本领，你已见过了吧？"话音甫落，站在他身边的弟弟与一，张弓引箭，"飕"一声射出一支十二束半的长箭，当胸射穿盛嗣铠甲胸板。这场言辞之争遂告结束。

能登守教经道："船战自有船战之法。"除去铠甲下的直垂，于唐卷染小袖外披上唐绫缀铠甲，带精制大太刀、背负二十四支黑翎箭、手持缠藤之弓，发矢力战。他身为帝都一流神箭手，矢锋所向，义经麾下精兵多中箭而亡。教经一心要射死九郎大夫判官，源氏一方也不相让，奥州佐藤三郎兵卫嗣信、佐藤四郎兵卫忠信、伊势三郎义盛、源八广纲、江田源三、熊井太郎、武藏坊弁庆等，俱是以一当千的勇士，人人奋不顾身，争先向前，死命挡在大将军义经身前，令教经箭矢难及。教经喝道："有挡箭者，杀无赦。"一面高呼，一面连珠箭发，源氏穿铠武士登时被射翻十余骑。尤其是奥州佐藤三郎兵卫嗣信，因挡在最前，左肩右肋均被射穿，疼痛难忍，一头栽落马下。能登守有家僮菊王，孔武有力，穿萌黄腹卷，系紧三条盔带，白柄长刀出鞘，猛扑上前欲取三郎兵卫首级。佐藤四郎兵卫岂容他割走兄长首级，引弓直射，一箭正中菊王腹卷，自甲缝处射入。菊王重伤，仰天便倒。能登守见了，急从船上飞身而下，左手持弓，右手提起菊王，使劲投回船上。菊王虽未遭敌斩首，却因箭伤不治，终于毙命。他本是越前三位中将家僮，三位中将战死后，又听命于中将之弟能登守帐下，时年不过一十八岁。此家僮之死，令能登守倍感伤心，一时难以再战。

判官义经急命人将佐藤三郎兵卫转移到后阵，他飞身下马，紧握三郎之手，关切道："三郎兵卫，觉得怎样？"嗣信喘气道："怕是撑不住了。"义经悲道："有遗言要留下么？"嗣信道："倒没什么遗言。只是不能辅助主公成就大业，就先走一步，实是遗憾。武士披坚执锐，疆场搏命，死于敌箭下，也是命中注定的。只要后世能记住，源平合战时，奥州佐藤三郎兵卫嗣信于赞岐国屋岛之滨，为保护主公而殒命。这对执弓负矢的武士而言，便已是生前最大荣耀、死后最好的慰藉了！"言罢，气息奄奄。义经泪流满面，呼道："此地可有高僧？"立即遣人去探寻，随后又道："重伤之人势难持久，法师找来后，即刻请他抄一日经文，为嗣信祈后世之福！"说着牵过一匹骏逸的黑马，马鞍上镶以金饰，留赠给那位高僧。此马乃判官擢升五位尉时，照五位官阶而取的名字，唤作"大夫黑"。在一之谷合战中翻越鹎越险崖时，胯下所骑便是此马。嗣信之弟四郎兵卫，以及在场所有将士，无不潸然泪下，俱言："似嗣信君这般为护卫主公而牺牲，此生可谓无憾矣！"

四、那须与一

再说阿波、赞岐两国背平投源的武士，听闻义经引军来到，或十四五骑，或二十余骑，纷纷赶来投奔。判官义经很快就有了三百余骑的兵力。此时夜色渐临，义经道："今日已然日暮，待明日再决胜负吧！"正待收兵宿营，海湾处忽有一艘与普通船只迥异的小船，缓缓向岸边划来，离岸七八段许，船头打横停住。源氏众人大惑，纷纷奇道："怎么了？"这时船中出来一位年约十八九岁的女官，琼姿花容，身穿柳色五重衣[①]和大红袴，将一把红底金箔日出画扇插于船舷上，挥手向陆上众人示意。判官召来后藤兵卫实基问道："敌方是何用意？"实基道："似欲试探我军战力，引我放箭。但正对大将军的靶位又是一个美貌女子，所以不是要对射，而是想找人射落那把扇子。请将军命 神射手出战。"义经道："派谁合适呢？"实基道："我军武艺高强者众多，其中下野国住人那须太郎资高之子与一宗高，虽身材矮小，却是个一等一的神射手。"义经道："可有实证？"实基道："彼曾与人赌赛，箭射飞鸟，说二得二，要三得三。"义经道："速召他来。"遂唤那须与一近前。

与一彼时二十岁左右，身穿赤锦直垂，下摆与袖口镶以红边，外罩萌黄缀铠中，佩足银太刀，背负当日军阵上射剩的几支黑白斑鹰翎箭，高出于顶，胁下挟缠藤之弓，摘下头盔悬于高纽上，于判官身前恭敬听令。义经激励道："宗高，一定要射中画扇，让平家领教一下我们的厉害！"与一犹豫道："弓矢之事，未必能箭箭中的，倘若不中，恐怕给我军丢脸。军中尚有射技更佳者，不如换人射吧！"判官闻言大怒，责道："众军自离镰仓以来，一路艰辛，远涉西国，之所以屡战屡

---

① 柳色五重衣：外白里青，由外至内重叠五层的女裳。

胜，全在于号令严明，故而义经之命绝不容违抗。若抗命不遵，即刻回东国去！”与一不敢再推辞，说道：“在下绝非抗命不遵，这便全力以赴吧！”言罢躬身退下，为坐骑大黑马络好鞧鞯，安上镶饰贝壳的马鞍，单手持弓，翻身上马，控缰朝海岸飞驰而去。源氏将士遥望背影，皆道：“年少有为，此子必定成功。”判官也满怀期待目送与一。

与一目测射程，觉得略为偏远，便向海中奔出一段距离，在相距画扇大概七段处勒马站住。时为二月十八日酉时，北风呼啸、浪拍矶岸，风卷船飏，画扇也随着小船起伏颠簸，摇摆不定。平家船队并列排开，于海上注目；源氏兵马并辔伫立，于陆上凝望。无论哪方，都视之为寻常难见的献技。与一闭目祈祝道：“南无八幡大菩萨，下野国神明日光权现宇都宫、那须汤泉大明神，请遂我愿，箭中画扇；倘若不中，吾无颜再见同僚，只能即刻折弓自戕。愿此身得归本国，神明佑我一矢中的。”睁眼看时，风势已弱，画扇摇晃之势大减。遂取鸣镝在手，张弓搭弦，瞄准射出。他虽然身材矮小，但箭长十二束三伏，弓又是强弓，箭头乃长鸣海天之镞，瞅准扇柄一寸左右处，一箭飞去，画扇“咔嚓”一声，从扇柄处断开，矢落海中、扇飘半空。画扇上绘有日出金光图，飞舞空中，金箔闪烁，在春风吹拂下上下翻转，不一会儿落入海中，浮在海面上。夕阳辉映下，那把红底日出扇随白浪起伏，时沉时现。海上平家击舷嗟赏，陆上源氏拍箙欢呼，翕然赞叹之声此起彼落。

五、弓落水

双方将士正在赞叹不已时，悬挂画扇的船中忽然出来一个年约五十的男子，披着黑革缀铠甲，手持白柄长刀，立于适才挂扇处。伊势三郎义盛悄悄走到与一身后，低声道：“大将军命射此人。”与一立即由箙中抽出一支寻常箭矢，瞄准那男子颈骨，猛地射出。那男子立时中箭，倒翻下船底。平家武士一时无语，源氏众军再度拍箙喝彩。有人道："射的好！"也有人疑道："为何偷袭？"

平家武士缓过神来，人人大怒，遂有一人舞盾、一人持弓、一人持长刀，共三名武士直冲上岸，立起大盾挑战道："对面之敌尽管放马来战！"判官义经高声道："吾兵强将勇，何惧之有？众儿郎，冲啊！"武藏国住人三穗屋四郎、三穗屋七郎、三穗屋十郎、上野国住人丹生四郎、信浓国住人木曾中次等五骑，鼓勇高呼，纵马向前。平家三武士藏于大盾后，弓弦搭箭，那箭乃是涂漆的黑鹰羽大矢，瞄准冲在最前的三穗屋十郎胯下战马的左胸，"飕"一箭疾射而出，从箭头至箭尾尽没入马躯中。那马登时像屏风被掀倒般，扑通倒地。三穗屋十郎反应迅速，立即在马背上高抬右腿，纵向左方，飞身下马，拔出太刀应战。平家武士从大盾后劈出大长刀，三穗屋十郎深知小太刀非大长刀对手，避过刀锋，返身后撤。平家武士拼命追来，那大长刀明晃晃地，随时都可能砍下。但那武士却并不挥刀斩人，而是将大长刀扶于左肋下，伸右手向三穗屋十郎护颈抓去，欲生擒对手。但接连三次都没抓住，到第四次才得手。哪知用力过猛，那头盔护颈连带顶板被一并抓落，三穗屋十郎因此得以逃脱。源氏另外的四骑，爱惜战马，恐它们被射杀，正犹豫观望，三穗屋十郎奔回，急忙躲到己方战马后，气喘吁吁。那名凶悍的平家武士也不再追，以长刀拄地，举起适才抓住的头盔护颈，高声示威道："尔等可能素有耳闻，今日便让尔等见识一下。在下便是京中大名鼎鼎的上总恶七兵卫景清！"扬名显姓后，大步回到平家阵营。

平家一方士气大振，纷纷振臂道："不要让恶七兵卫孤军作战，咱们也冲上去！"于是二百余名平家武士呼啦啦冲上岸，重重叠叠排开大盾，对源氏招手道："有胆量就上来啊！"判官怒道："真是可恼可恨！"传令以后藤兵卫父子、金子兄弟为先锋，奥州佐藤四郎兵卫、伊势三郎分从左右包抄，田代冠者断后，全部八十余骑奋勇直冲敌阵。平家武士俱是徒步，胯下无马，见源氏人马如飞驰来，深恐被骑兵践踏，急撤回船上。护盾散落一地，被源氏铁蹄踏过，尽皆碎裂。源氏人马乘胜并驱入海，直追至海水淹及马腹处。判官义经纵马水深处，倾力厮杀，平家船中忽出长钩，三番两次欲钩义经盔甲，均被源氏武士挥太刀、长刀格开。义经闪身躲避长钩时，一个不防，所执弓被钩落水中。义经急忙俯身，伸出马鞭来回打捞。从骑连呼道："请将军弃弓！"义经不听，仍竭力捞弓，终于被他捞到，登时笑逐颜开，驰马归阵。将佐皆责道："将军奈何为一弓而轻不替之躯？那弓纵然抵得千万黄金，也比不上将军性命啊！"判官道："此弓并不足惜。只是义经所持，乃是弱弓。若如伯父为朝所持，须二三人方能拉开的强弓，则遗以示敌并无不可。今吾弱弓倘遭敌捞去，彼等定然讥笑道：'此弓便是堂堂源氏大将军九郎义经所持啊！'这般嘲讽有辱我军声威，故而义经冒死也要捞回此弓。"众将士闻言莫不叹服。

日暮，平家战船驶入海湾，义经也统军后撤，阵于牟礼、高松间的野山。此时源氏一方已三日未眠：前日自渡边、福岛发舟，其夜狂风巨浪，颠簸难眠；昨日于阿波国胜浦大战一场，连夜翻越中山；今日又整整鏖战一天，所以人人倦乏，有的枕着头盔，或靠甲，或枕铠袖，或枕箙，横七竖八躺倒便睡，鼾声如雷。其中唯有判官义经与伊势三郎不曾歇息。义经登上高处，遥望敌阵。伊势三郎隐伏于低洼，若发现敌情，立时便能放箭直取敌骑马腹。平家一方，大将能登守预备趁夜率五百余骑偷袭，但越中次郎兵卫盛嗣与海老次郎盛方互争先锋，两不相让，致使偷袭计划落空，当夜白白丧失良机。若果真夜袭，源氏一方人困马乏，实难抵挡。战机稍纵即逝，平家从此再无获胜机会，想来也是他们合当运尽吧！

六、志度合战

次日天明，平家分乘战船退往赞岐国志度浦。判官于三百余骑中精选八十余骑精锐，在后追赶。平家见追兵不多，嚷道："敌军势小，围而歼之。”遂有千余人返身冲回海滩，高呼来战。此时屋岛残留的二百余骑，从后驰来，烟尘蔽空，平家远远望见，惧道：“源氏大军来援，看阵势有十万骑之众，不可被他们反包围了。快撤！”于是又急急忙忙撤回战船，随风漂泊，不知该去何处。至此，四国尽入大夫判官义经掌中，九州也无法再回，平家已如丧家之犬、黄泉野鬼。

判官义经于志度浦下马，检视斩获敌首，又召来伊势三郎义盛，命道：“阿波民部重能嫡子田内左卫门教能，因征讨不服平家的河野四郎通信，率三千余骑开赴伊豫，虽未消灭河野，却斩获河野家将郎党一百五十人首级。其昨日回军屋岛行宫报捷，今日必至此地，汝当诱之来降。”伊势三郎躬身领命，将所赐白旗插于铠后，引区区十六骑，皆白衣白甲，纵马驰去。奔到半途，迎面遇上教能。白旗赤旗相距二町左右，互相停住。伊势三郎义盛遣使者往对方阵中，说道：“源氏大将军九郎大夫判官殿麾下伊势三郎义盛，有要事欲与将军协商，特在此恭候大驾。双方以礼相见，料不至大动刀兵，故而未着铠甲，亦未携弓矢，请让开一条道，好让二位将军相见。”那三千余骑便从中让出一条道来，义盛策马入阵，来见教能。二将相会，义盛道：“料阁下亦有所耳闻，镰仓殿之弟九郎大夫判官殿，承法皇院宣，远征西国追讨平家，前日于阿波国胜浦击杀阁下伯父樱间介殿；昨日又奇袭屋岛，御所行宫焚荡无遗，生擒大臣殿父子，能登守自尽。其余平家宗族，或战死，或入海亡命，余党于志度浦悉数覆灭。汝父阿波民部殿也已归降源氏，义盛对他颇加照拂，他对我言道：‘我那孩儿田内左卫门，恐怕做梦也不知如今的形势吧？倘若明日赶来参战，死于非命，那可真痛煞我也！’他因此而彻夜不眠，唉声叹气。在下心有不忍，是以特地来此恭候，告以详情。是战是和？是为奸佞枉死，还是弃暗投明，与汝父团聚？全在阁下一念之间。”田内左卫门虽是骁勇之辈，听罢此言，也深感平家气数已尽，默思道：“一路上传言纷纷，与此际所言相差无几，大势所趋，吾亦无法了！”遂卸甲弛弓，交予郎党。那三千余骑部属见大将已降，也尽皆去胄归顺。义盛领区区十六骑，降伏平家三千精锐，判官义经后来对此大加褒赏，赞道："义盛之策，不战而屈人之兵，妙哉！"田内左卫门将所部兵器、战马全数交予伊势三郎，义经问道："三千降兵，该当如何处置？"义盛道："远国之人不问是谁，但知能平定乱世者，即尊为主君。"义经颔首称是，遂将此三千余骑整编入源氏军中。

同月廿二日辰时，停留在渡边的二百余艘战船，以梶原为前锋，开抵屋岛矶岸。众将士说笑道："西国已尽为九郎大夫判官所陷，我等是英雄无用武之地啊！六日的菖蒲赶不上端午的法会①，咱们就是打不了仗的乳切木②。哈哈！"

判官离京后，住吉神社神主长盛，觐见法皇，由大藏卿泰经朝臣代为转奏道："十六日丑时本社第三神殿忽有镝矢之声，向西飞去。"法皇信之不疑，赐下御剑等诸般珍宝，请长盛奉祀大明神。昔年神功皇后亲征新罗，奉请伊势大神宫二神护佑。二神分立船首船尾，大军毫不费力便荡平新罗。凯旋归朝后，一神垂迹于摄津国住吉郡，此即住吉大明神；一神垂迹于信浓国诹访郡，此即诹访大明神。因有此征伐往事，法皇与群臣都坚信大明神今时仍将一如既往，护佑大军剿灭朝廷怨敌。

七、斗鸡·坛之浦合战

再说九郎大夫判官义经强渡周防，与其兄三河守范赖合兵一处；

---

① 菖蒲是一种名贵药材，叶子似剑，民间称之为"水剑"，认为它能"斩千邪"。农历五月初五端午节，人们饮菖蒲酒禳毒，还将菖蒲挂于门户上，驱邪避害。

② 乳切木：古日本人常使用木棒作为武器，乳切木指竖起长度从地面直到前胸的短棒。

平家则退往长门国引岛①。源氏大军于阿波国胜浦大败屋岛守军后，闻平家退至引岛，立即尾追不舍，兵进阿波国追津。

熊野别当湛增，一面不忘平家重恩，一面虑及源氏势大，首鼠两端。为决定到底保平还是投源，他在田边的新熊野神社奏乐祭神，向权现祷告，结果得到“唯白旗是从”的神示。但他心中疑虑犹存，又取白鸡七只、赤鸡七只②，于权现尊前赌斗胜负。最终赤鸡无一取胜，尽皆斗败。熊野别当遂决意投靠源氏。他召集一门军士，共得二千余人，分乘二百余艘船只，船中奉有若王子③的正体，旗上横木书着“金刚童子”四字，驶向坛之浦。表面上看，熊野别当似乎同时追随源氏、平家，其实内心已彻底倒向源氏，对平家不再抱任何幻想。又有伊豫国住人河野四郎通信，率一百五十艘兵船出港来会源氏。判官义经的海战实力由此大增，其战船已达三千艘，平家战船仅千余艘，其间尚杂有少量唐船。源氏势盛而平家势微已显而易见。

元历二年三月廿四日卯时，源平双方定于丰前国门司、赤间关④进行决战。当天梶原景时请为先锋，判官义经不允，二人反目，差点酿成自相残杀的惨剧。梶原向义经道：“今日头阵非景时不可！”判官道：“义经不在则可。否则岂能落于汝后？”景时道：“公乃大将军，怎可与偏裨争先？”判官道：“大将军乃镰仓殿是也。义经不过督军奉行，与汝等无异。”梶原眼见无望打头阵，谇语道：“阁下天性即非将帅之器也。”义经大怒，骂道：“汝这厮乃日本头号混蛋！”说着手按太刀

---

① “引岛”含引退之意，与胜浦、追津等地名相呼应，皆含寓意。

② 源氏白旗，白鸡象征源氏；平家赤旗，赤鸡象征平家。

③ 若王子：又名若一王子，是天照大御神的别名，系十一面观音在日本的垂迹显化。奉祭于熊野本宫大社、熊野速玉大社的第四殿，熊野那智大社的第五殿。

④ 门司在九州东北端，赤间关又名下关、马关，在本州西南端，两者中间隔着关门海峡。关门海峡是濑户内海的西门户，西日本海陆交通要冲，具有重要的军事战略意义。

之柄，怒目相视。梶原也紧握太刀之柄，回敬道："除主公镰仓殿外，谁都别想对老子指手画脚。"梶原嫡子源太景季、次子平次景高、三子景家，纷纷围在父亲身旁。义经部属见主公怒气勃发，奥州佐藤四郎兵卫忠信、伊势三郎义盛、源八广纲、江田源三、熊井太郎、武藏坊弁庆等，皆是以一当千之辈，立即上前围住梶原，随时准备搏杀。眼看形势危急，三浦介拼力拦住判官，土肥次郎使劲阻住梶原，遮隔其间，双掌合十，极言劝道："大敌当前，我等若自相残杀，岂非反助平家一臂之力么？镰仓殿若然知晓，怕是不大稳便！"义经闻言抑怒而止，梶原也随即罢手。但风波虽然暂平，梶原却从此恨极判官，终在日后屡进谗言，使得义经遭镰仓殿猜忌而丧命。此乃后话，略过不表。

再说源平两军在海面上相距三十余町布阵对峙，门司、赤间、坛之浦正逢涨潮，水势汹涌，源氏战船逆流进迫，顶风冲浪，作战艰难。而平家战船顺流出击，形势颇为有利。因海湾中潮急浪高，梶原只得下令沿岸行驶。孰料对面正好开来一艘敌船，梶原急命甩出飞挠，钩住来船；自己率亲子主从十四五人，纵身跃上敌船，拔刀从船首冲杀到船尾，俘获甚多。当日高名显扬，立下头功。

继而源平两军全面开战，双方将士的呐喊声上闻梵天，下惊龙神。新中纳言知盛独立船首，高声激励将士道："今日之战乃存亡所系，吾与众将士有进无退！无论于天竺、震旦，抑或处吾朝日本，汝等皆系无双名将、勇士，若运命当尽，则人力亦不可挽。然效死奋战，名垂后世，无为东贼笑，正男儿之所为也！知盛所求止此。"众将无不感愤。飞驒三郎左卫门景经近前道："吾等谨遵将命，必获义经！"上总恶七兵卫越众而出道："关东武士惯于马上驰骋，不谙海上船战，正如鱼儿上树。看我将他们一个个扔进海里了账！"越中次郎兵卫道："吾曾窃侦大将军源九郎状貌，其人肤白矮小、板牙突出，虽较易辨认，却因时常易服，直垂铠甲变换不断，故仓促难认。在下请与之战。"上总恶七兵卫道："义经固然势大，雄心勃勃，然年纪毕竟有限，不过是个小冠者。吾腋之投海，甚易耳！”新中纳言鼓舞众将后，往见大臣殿宗盛，道：“今日合战，士气昂扬，唯有阿波民部重能独否。吾恐其已然变心，请斩以徇军。”大臣殿道：“无凭无据，岂能枉杀？更何况其向来忠心耿耿，怎会怀有异志？”遂令重能觐见。重能身穿木兰色直垂，外罩白素皮革缀铠甲，战战兢兢恭敬肃立于大臣殿面前。大臣殿道：“重能，汝之举措，不似从前，不会变心吧？怎么见你气色不好？速去号令四国兵士，今日当舍命奋战，不可怯阵！”重能回道：“谨遵将令，绝不退缩半步！”言罢立即躬身退出。新中纳言在侧，扣太刀柄欲斩之，频向大臣殿递眼色，大臣殿终是不许，遂未得手。

平家千余艘战船被分为三路，山贺兵藤次秀远率五百余艘为前锋，当先离港；松浦党三百余艘为次阵；平家诸亲贵率二百余艘为后阵。兵藤次秀远麾下精兵乃九州最善射者，虽不及秀远本人，但个个也尽是好手。秀远从中挑出一流射手五百人，分立各船头尾，并肩齐射，五百飞矢漫天射入源氏阵中。源氏兵船有三千余艘，数量虽多，但各船所射箭矢有强有弱，杀伤力不大。大将军九郎大夫判官身先士卒，励众血战，但大盾与铠甲均不能挡住平家强矢，一时间死伤甚众。平家一方以为取胜，频频擂鼓，个个大喜欢呼。

八、远　矢

源氏一方有位勇士，名叫和田小太郎义盛，他弃船驭马，离阵独进，伫立岸边，卸甲交予从人，踏紧镫鼻，拉弓满弦，一箭疾射而出。他是众所周知，射程在三町内箭无虚发的一流神射手。尤其是适才那一箭，用尽了全力，是平生射出的最远一箭。他扬弓高呼道：“若有本事，请将此箭回射！”新中纳言知盛命人呈上箭矢细观，但见白篦箭杆甚伟，长达十三束二伏，其上结有黑白色鹤翎鹳羽；在箭杆与箭头连接部，束以丝线，箭杆上用漆写着“和田小太郎义盛”字样。平家一方善射者虽多，然一矢远及二百余步者却少见。知盛默想片刻，召来伊豫国住人仁井纪四郎亲清，命他将箭返射回去。亲清立即携箭至海湾，搭上弓弦，射回海岸。那箭射出不止三町远，还超过和田小太郎身后一段有余，“嗖”一下将后方的三浦石左近太郎的左手射断。三浦族人讥笑道：“大家快看，和田小太郎自认远矢第一，以为天下无人射得比他远，哪知却遭敌回射，奇耻大辱啊！”和田小太郎闻言气极，乘轻舸离岸进射，向平家军中连珠箭发，平家武士或手臂中箭，或遭当场射杀。

判官义经正乘船督战，海湾中忽然飞出一支白篦大矢，射中船身。射箭者效仿和田小太郎，扬弓高呼道：“若有能耐，将此箭射回！”判官拔箭在手，仔细一看，见白篦箭杆上结着山鸡尾翎，箭长十四束三伏，上书“伊豫国住人仁井纪四郎亲清”字样。他召来后藤兵卫实基，问道：“此等大矢，我军中谁能返射？”实基道：“甲斐源氏阿佐里与一殿，善开强弓。”义经道：“传他来。”阿佐里与一前来参见，判官道：“敌自海湾中射来此箭，并扬言要我军返射回去，你行么？”阿佐里与一道：“请赐箭一观。”接过箭来，以指抚弄数下，回道：“此箭篦弱、箭杆短，不值一提。就用在下的大矢回射吧！”说着取出一张九尺多长的涂漆缠藤之弓，搭上箭杆涂漆的黑鹰羽箭，大手紧扣长达十五束的强矢，开弓放箭，直射对方。那箭竟射出四町多远，正中立于大船船首的仁井纪四郎亲清前胸，亲清一个踉跄，扑通倒下，死生不明。阿佐里与一原先便是颇有名气的神射手，传闻他曾距奔鹿二町左右，追猎发矢，箭箭命中。其后源平双方舍命攻战，高呼酣斗，胜负难分。源氏因平家奉十善帝王、携传国三神器，遂有犹疑之心，恐己方难以获胜。忽见有无主白旗宛似白云，漂浮虚空，抬眼仰视，仿佛落于源氏战船旗杆上。判官喜道：“此乃八幡大菩萨显灵了！”急忙盥漱拜之。众将士亦相随膜拜。又有海豚一二千条，自源氏方面游向平家一方。大臣殿见了，急召阴阳博士安倍晴信，问道：“海豚习性虽是结群而游，但如此众多海豚齐现，却极为少见。此事主何征兆？”晴信道："海豚若游回源氏一方，则源氏必灭；若朝我方直游而过，则我方危矣！"言未罢，大群海豚已从平家船底游过。晴信叹道："天亡我势难回也！"

阿波民部重能三年间尽忠平家，数度合战皆舍生忘死，但此番其子田内左卫门已归降源氏，自己又遭新中纳言知盛疑忌，内心终于倾斜，决定向源氏投诚。恰逢平家定计，将显贵一律改乘战船，以贱卒搭乘唐船，待源氏受唐船吸引，大举进攻之际，战船上的平家主力便可趁机围歼源氏。此计本来极妙，却被阿波民部使人密告义经，源氏兵船遂不攻唐船，直取平家大将军所乘战船。新中纳言恨道："重能忘恩负义，该当碎尸万段！悔不该留下这个祸患！"心中虽懊悔不已，却也于事无补了。

再说四国、镇西兵马，此刻已悉数弃平投源。往昔门生故旧，而今拔刀引弓，直指旧主。平家船只想靠岸登陆，风急浪大，不能遂愿；欲转向别岸，敌军又伏下重兵，张弓搭箭，严密防守。源平争国，至此成败已分！

九、安德帝投海

源氏兵士纷纷跳上平家战船，舟公橹手或遭射杀，或遭斩杀，尸身沉入船底。平家战船失去机动力，动弹不得。新中纳言知盛乘小船至天皇御船上参见，悲道："大势已去，当收拾秽物弃于海！"乃于船头船尾扫除污垢，悉弃杂物。女官等凄然问道："中纳言殿，外头战事如何？"知盛苦笑道："关东男子骁勇善战，名不虚传！你们很快便能见到了。"众女官啜泣道："事已至此，何必再出戏言？"二位殿对今日之事早有觉悟，将浅黑色羽织①穿到身上，高高束紧绢袴，胁下挟着神玺，腰间插着宝剑，怀抱安德幼帝，叹道："身为女流，绝不可落入敌

① 羽织：日本传统服装之一，穿于小袖上面。可防寒，亦作为礼服使用。

手，今当与主上共赴洪波。忠于主上者，俱随我来。”说着走到船沿旁。安德天皇今年不过八岁，御容俊美、光彩照人；黑发垂髫，披于身后。其聪颖懂事，远迈稚龄，见此情形，愕然问道：“尼殿，携朕何去？”二位殿泪似雨落，向幼帝哀道：“陛下有所不知，因你前世勤修十善戒行之功德，故今生得为万乘之主；哪知恶缘进迫，遂致命蹇运尽。请陛下先面向东方，诀别伊势大神宫；而后面向西方，心诵佛号，祷告神佛来迎，去往西方净土。此国乃粟散边地、秽土之境，老尼此刻便携陛下同赴极乐世界！”说着泣不成声，为安德幼帝换上山鸠色御衣，梳好童髻。幼帝含泪，小手合十，先面东而拜，诀别伊势大神宫；而后面向西方，口诵佛号。二位殿抱着他，安慰道：“莫怕，浪底亦有帝都。”纵身一跃，跳入千寻海底。悲哉，无常春风吹散似锦荣华；叹兮，无情巨浪吞没帝皇玉体。大内有长生殿，意寓长生久住；有不老门，意寓芳华永驻。哪知主上未满十岁，便沉于水底。长生安在？不老虚言！十善帝位之果报，竟残酷如斯！以致云上之龙，忽降为海底之鱼。昔时高居大梵高台殿阁之上、释提喜见城①中，槐阶棘路②、九族亲属拥护相随；而今跃离舟中、沉于波下，帝命瞬息即亡，诚可悲可哀也！

十、能登殿绝命

建礼门院见二位殿抱安德帝投海，遂将烧石③与御砚分左右纳入

---

① “大梵”指大梵天，印度神话中世界万物的创造者；“释提”指释提桓因，又名释迦因陀罗，即帝释天，三十三天之天主。“喜见城”又名善见城，位于须弥山山顶中央，乃帝释天住所。这里用大梵天和帝释天的居所，比喻皇宫的宏大壮丽。

② 槐阶棘路：泛指三公九卿。

③ 烧石：夜间取暖用的石头。

怀中，跟着跳海自尽。渡边党源五马允昵也不知落水者是谁，以长钩钩其发，拉了上来。众女官纷纷嚷道："此是女院，汝须慎之！"判官义经知道后，立即命人奉送建礼门院到安德帝御船安置。大纳言佐殿手持装有内侍所[1]之唐柜，将欲投海，岂料袴裾在舟端被绊住，一跤跌倒。源氏兵卒涌上，阻其自尽。见唐柜在侧，不知何物，遂斩柜锁，启盖视之，登时眼鼻流血，头晕目眩。平大纳言时忠此际已被生擒，怒喝道："此神器内侍所也，非凡夫所能观！"众兵卒恐怖而退。判官与平大纳言商议后，锁起唐柜，仍奉纳如旧。

门胁平中纳言教盛、修理大夫经盛，兄弟俩将铠甲锁在一块，携手投海而亡。小松新三位中将资盛也与少将有盛、从弟左马头行盛，携手同沉海底。平家贵胄一一投海，相继丧生。唯有大臣殿父子不能决，彷徨舟端，四面张望，惊惶失措。平家众武士耻之，佯作由身旁经过，将大臣殿撞入海中。其子右卫门督清宗见状，立即跟着跃身入海。其他人因矢志寻死，故跳海时皆着重铠，铠上附有重物，或将重物抱于怀中，因此入海即沉。但大臣殿父子并不想自尽，又素善泅泳，于海上纵横浮游，一时难沉。大臣殿心想，倘孩儿沉没，己身也即同沉；但若孩儿尚存，自己也要活着。右卫门督也是如此打算，若父亲大人沉没，己身也即同沉；但若父亲不亡，自己也当活着。父子二人彼此相视，心意相通。正浮游之际，伊势三郎义盛划小舟而至，甩出飞挠，先将右卫门督钩住，生擒活捉。大臣殿见爱子被捉，愈发不忍就死，遂一同被捕。大臣殿乳母之子飞驒三郎左卫门景经，乘小船赶到，纵身跃入义盛船中，大喝道："擒吾主公者何人？"拔出太刀迎面砍来。义盛猝不及防，眼瞅着就要被杀，其家僮奋不顾身，英勇救主，扑上去挡住刀锋。景经一刀斩在他头盔上，紧接着又是一刀，砍掉了他的脑袋。但义盛之危仍然未解，隔船的堀弥太郎亲经急忙张弓，一箭解围，射穿景经内甲。景经不支，堀弥太

[1] 内侍所：指三神器之一的八咫镜。详见第七卷第十三章注释。

郎乘势纵上义盛船，死死摁住三郎左卫门景经。堀弥太郎的郎党陆续跳过船来，掀起景经铠下软甲，连刺二刀。飞驒三郎左卫门景经虽系大名鼎鼎的大力勇士，但运命已尽，身负重伤，只身难敌，终于战死。遭源氏生擒的大臣殿，亲眼目睹乳母之子被杀，不知心中作何感想？

能登守教经之箭法，向称无可匹敌。东兵素闻教经骁名，争先欲获之。教经挺身血战，远者射而殪之，近者搏而投海。不久箭矢射尽，他心知已到最后关头，身穿赤锦直垂，外罩唐绫缀铠甲，手持大太刀，命左右持白柄大长刀刀鞘，舞刀酣斗，挡者披靡，连杀多人。新中纳言知盛遣使者传话道：“大势已去，君宜自图，不必多杀。被杀者皆小卒，不值一提。”教经道：“那便寻敌大将军决死！”紧握大太刀刀柄，跃身源氏战船，纵横来去，高呼搏杀。但其并不识判官义经，唯有一见甲胄华贵者，便冲上去挑战。判官对他也甚为关注，欲与之交锋，但战船两度被潮浪冲开，不能与能登守照面。孰知无巧不成书，那能登守胡打乱撞，竟被他跃上了义经战船。判官义经见其来势勇悍，自揣不可挡，忙将长刀挟于胁下，转身飞跳到后方距离二丈远的战船上。教经遂知此人便是源氏大将军，举刀凶猛扑上。义经见状，只得再度跳船躲避，教经旋又追至。义经被迫连跳八船。教经苦战多时，体力不济，矫捷又不如义经，终于慢了半拍，最后一船不及跳上。此刻他已有必死之觉悟，乃脱兜鍪、卸软甲，将太刀、长刀尽抛入海，仅着胴甲，披散长发，张开大手，凛然伫立，气势汹汹，令人望而生怖。他高声挑战道：“若有能耐，尽管上来，教经定要生擒几个，送去镰仓给赖朝当见面礼！”源氏军中无一人敢近前。

土佐国住人、安艺乡知行①、安艺大领②实康之子——安艺太郎实光，身具三十人之膂力，乃著名的大力士。其有郎党一名，力气仅次于实

① 知行：指领主对领地的支配权，可直接支配土地和财产。
② 大领：一郡的最高长官。

光；其弟安艺次郎亦是力大无穷。安艺太郎眼望能登殿，慨然道："无论敌将如何凶悍，我等三人一起动手，纵是身长十丈之鬼，亦必束手就擒。"主从三人遂乘小舟，划向能登守之船，待靠近后，立时一声断喝，纵身跳了过去。三人放下护颈，拔出太刀，联手齐上。能登守临危不乱，一脚先将当先冲上的安艺太郎部下郎党踢下大海。接着左腋下夹住安艺太郎，右腋下夹住弟弟次郎，大笑道："咱们结伴共赴黄泉吧！"纵身入海，壮烈而殁。可怜教经年仅二十六岁，便葬身于海涛之间。①

十一、 八咫镜归都

新中纳言知盛道："不忍见之事终至，而今唯有自尽了。"说完召来乳母之子伊贺平内左卫门家长，问道："昔日之约可曾忘否？"家长应道："绝不敢忘！"遂为新中纳言穿上两套重甲，己身也穿着两套重甲，携手跃入洪波。知盛麾下武士二十余名，见主公投海，人人毅然决然，手挽手一齐跳海而死。越中次郎兵卫、上总五郎兵卫、恶七兵卫、飞驒四郎兵卫，竭尽全力，在全军覆没的险恶境地中逃出生天。他们将赤旗赤帜抛入海中，如山风吹落龙田川红叶，满目血红；就连翻涌的白浪也映成了浅红色。无主空船在潮水冲击下，随风漂泊，望去凄凉可悲。

坛之浦决战，平家遭生擒活捉者，有前内大臣宗盛公、平大纳言时忠、右卫门督清宗、内藏头信基、赞岐中将时实、兵部少辅雅明、大臣殿八岁幼子；僧人则有二位僧都全真、法胜寺执行能圆、中纳言律师仲快、经诵坊阿阇梨融圆；武士有源大夫判官季贞、摄津判官盛澄、橘

---

① 平教经生于1160年，殁于1185年。教经之死，众说纷纭。《醍醐杂事记》载为自刃而死；《东鉴》言一之谷合战，教经为远江守安田义定所获，并诸将首传之京师，枭于狱门。《平家物语》、《源平盛衰记》则云教经战死于坛之浦。

内左卫门季康、藤内左卫门信康、阿波民部重能父子，以上共计三十八人。菊池次郎高直、原田大夫种直，开战前已领家将郎党归降。众女官则有建礼门院、摄政殿夫人、廊御方①、大纳言佐殿、帅佐殿、治部卿局②等，共四十三人。元历二年暮春，真不知是何年月。主上沉于海底，百官浮于波上；国母女官尽陷东夷西戎之手，臣下卿相虏于数万军旅之中。他日遂归故里，或如朱买臣愁叹不得衣锦，或似王昭君心恨远赴胡国，皆至悲极哀之事。

同年四月三日，九郎大夫判官义经命源八广纲奏捷京师，上报于法皇御所："三月二十四日，我军于丰前国田浦、门司关，长门国坛之浦、赤间关，全灭平家，三神器亦已无恙夺回，即日返都，特此奏闻。"御所上下登时哄动起来，法皇大悦，传广纲至御坪内，逐一详问合战情形，并擢升广纲为左兵卫尉。广纲谢恩告辞后，法皇尚不放心，默忖道："三神器归都事关重大，须遣人查实。"遂于四月五日，命大内北面武士藤判官信盛赶赴西国。信盛当日连宿所也未回，急急忙忙跨上法皇所赐御马，扬鞭向西国驰去。

同月十四日③，九郎大夫判官义经，命将生擒到的平家男女，解送播磨国明石浦。明石浦是有名的观景胜地，有歌赞道："曙现月未隐，波平秋空净。"女官们相视嗟叹道："数年前途经此地，绝料不到竟有今日这般下场。"说着泣不成声。帅佐殿仰见月色溶溶，勾动愁绪万千，泪珠滑落，遂作歌一首，云：

泪湿衣袂忆旧事，诉与云上明月知。

---

① 建礼门院平德子、摄政殿夫人（藤原基通之妻）、廊御方（花山院兼雅之妻），此三女皆为平清盛女儿。

② 大纳言佐殿是平重衡的夫人、帅佐殿是平时忠的夫人、治部卿局是平知盛的夫人。

③ 此处某些版本记为"同月十六日"。

治部卿局亦作歌一首，云：

此身难觅昔时月，月影徒然映我心。

大纳言佐殿听了，也作一歌，云：

我身旅宿明石浦，唯有海月同悲愁。

“真是含悲恋旧之歌啊！”判官虽为猛将，却也颇具文采。受歌中意境感染，不禁唏嘘感慨，心生同情。

同月二十五日，装有八咫镜、神玺的御箱送至鸟羽。大内派出勘解由小路中纳言经房、高仓宰相中将泰通、权右中辨兼忠、左卫门权佐亲雅、江浪中将公时、但马少将教能等，前来迎奉；随行武士有伊豆藏人大夫赖兼、石川判官代能兼、左卫门尉有纲等。当夜子时，装着八咫镜、神玺的御箱，被郑重奉纳于太政官官厅。可惜宝剑却已遗失。神玺浮于海上，被片冈太郎经春捞回，奉还大内。

十二、剑

本朝自神代至今，传有三大灵剑：十握剑、天早切剑、草薙剑。十握剑奉纳于大和国矶上布留神社；天早切剑奉纳于尾张国热田神宫；草薙剑则藏于大内，即三神器之一的宝剑是也！

此剑之由来，可追溯到昔年素戋鸣尊[①]在出云国曾我里营造宫殿之时。彼处因常有八色祥云缭绕，素戋鸣尊见了，遂咏歌道：

---

① 《日本书纪》中写作“素戋鸣尊”，《古事记》中写作“建速须佐之男命”，另有史籍写作“素盏鸣尊”，日本神话三主神之一，负责治理海洋。

八云立兮层云涌，出云国中八重垣；为使吾妻居于此，故建八重垣，恩爱八重垣。

此即“三十一文字”①之始；出云国之名，亦来源于此。

素戋呜尊大闹高天原后，离开天界，下凡来到出云国肥河上游，遇见一对当地的国津神②脚摩乳、手摩乳夫妇。他们有一个女儿，生得十分标致，唤作稻田姬。一家三口不知为何，正抱头痛哭。素戋呜尊追问因由，脚摩乳答道：“我夫妇本有八女，却每年都被八岐大蛇吞去其一，如今仅剩一女，眼见无法脱免，故在此相泣。”素戋呜尊又问：“那大蛇是何形貌？”脚摩乳答道：“那八岐大蛇身有八首八尾，其长越八谷八峰，背上桧、杉、藤蔓，种种灵树异草并生，寿不知有几千年！双目所放之光，炯炯如日月光芒，年年均要生吞活人。双亲被吞，子女悲痛；子女被吞，双亲哀伤，村南村北哭声不绝于耳。”素戋呜尊大感同情，便将稻田姬变为栉梳，插于髻上。又命脚摩乳、手摩乳酿八坛烈酒，分注八石槽中，而后造一美女石像，立于高岗上，使石像影子倒映于酒槽中。不久八岐大蛇汹汹而来，见到酒槽中的石像影子，以为美女就在槽中，遂分垂八首，埋于八槽中猛饮，不一时酒酣而醉，伏身沉睡。素戋呜尊乃拔所带十握剑，寸斩大蛇。大蛇八首，俱为所斫；又切捣蛇躯，碎肉为酱。最后斩至其中一尾时，用尽气力仍不能断。素戋呜尊心知有异，遂以剑锋剖割蛇尾，原来蛇尾内藏有一柄灵剑。他将此

① 三十一文字：古日本因尚未创造出“假名文字”，一首和歌有五句三十一个音节，就用三十一个汉字来注音，因此和歌又被称为“三十一文字”。日本现存最早的诗歌总集《万叶集》，就是用汉字记录和歌的语音，这里的汉字只表音，不表意。

② 日本神话时代，众神被分为“天津神”和“国津神”。高天原之神，称为“天津神”，首脑是天照大御神，掌管天界。地面上的土著神（地祇），称为“国津神”，素戋呜尊被驱逐出天界后，成了“国津神”的首领。其第六代孙“大国主”成为后来地上国的建国之神。

剑献给天照大神，天照大神道："昔日我于高天原失落一剑，便是此剑了。"这柄灵剑藏于大蛇尾中时，天上云气丛生，故而得名"天丛云剑"。天照大神获此灵剑，倍加珍视，藏为天界御宝。其后天孙下凡，成为丰苇原中津国之主，天丛云剑与神镜一起被赐给天孙。至第九代开化天皇御宇时，这些神器都一直安然无恙地奉纳于皇殿中。孰料到了第十代崇神天皇御宇时，因瘟疫横行，百姓流离失所，天皇怖于天威，日夜反省，遂奉祀天照大神于大和国笠缝里矶城，天丛云剑也随之移奉于天照大神之社坛。朝廷另外仿造了一柄天丛云剑，置于宫中守护天皇。其灵威与原剑相比，并不稍逊。

天丛云剑自崇神天皇至景行天皇，又传三代，一直尊奉于天照大神社坛内。景行天皇御宇第四十年六月，东夷①反逆，皇子日本武尊为人刚勇，力大无穷，受命东征平乱。出征前，他拜诣天照大神神宫，在御前辞行。天照大神托皇妹斋宫之口，叮嘱道："凡事谨慎，诸务莫怠。"乃取天丛云剑授予日本武尊。武尊兵至骏河国，其地贼寇诈降，欺道："此地麋鹿甚多，气如朝雾、足如茂林，可临而狩之！"日本武尊信其言，入野中觅兽。贼寇放火烧野。烈焰熊熊，千钧一发之际，武尊拔出天丛云剑，尽割身旁野草。剑锋到处，方圆一里所有野草悉数薙净。武尊紧跟着也纵火焚贼，火借风势，凶徒俱被烧死。因此故，天丛云剑又得名草薙剑。武尊继续深入敌境，血战三年，荡平各地贼徒、剿灭诸国凶党，可惜凯旋回京时身染恶疾，年仅三十，便于七月间在尾张国热田附近卧病而薨。其魂化作白鸟，振翅飞天，当真是不可思议。被生擒的东夷贼徒，由武尊之子武彦尊押回京都，草薙剑则奉纳于热田神社中。天智天皇御宇第七年，新罗沙门②道庆窃走此剑，欲奉之为新罗国宝。他将草薙剑匿于舟中，准备渡海回国。哪知途中狂风巨浪，几

---

① 东夷：指北海道原住民虾夷族（阿伊努族）。
② 沙门：又作娑门、桑门，出家者的总称。

乎将船只吹沉海底。道庆心知此乃草薙剑显灵，急忙跪拜谢罪，返回日本，将草薙剑奉还如故。到了天武天皇朱雀元年，有旨收草薙剑于大内，此剑遂为今日所言三神器之一的宝剑。其灵威向称无碍，阳城院狂病发作时，曾拔此剑辟邪，暗夜中剑身电光闪闪，阳城院大为惊怖，弃剑于地。宝剑却自鸣发声，跃回鞘中。上古之世，有此灵验之事真是不得了。二位殿挟剑沉海后，源氏众将都道："宝剑有灵，当不致轻易失却。"找来精通水性的渔夫，命其潜入海中仔细搜索，又请高僧于佛寺神社奉献诸般宝物，祈求能寻获宝剑。但最终还是大失所望。其时有识之士曾言："昔年天照大神立有御誓，要令皇祚不绝，世代相继。蒙此誓护佑，石清水[①]的子孙流传不尽，日轮之光依旧照耀大地。而今虽是末代浇季，但帝运终究未尽啊！"又有个阴阳博士，占卜后言道："古时素戋呜尊于出云国肥河上游斩杀八岐大蛇，对所获灵剑爱不释手，遂取八首八尾之'八'字，彰显灵验。在人皇相传八十代后，命八岁天皇安德帝取回宝剑，沉于海底。"剑乃神龙之宝，沉入千寻海底，再不回返人间，也是理所当然。

十三、一门游街示众

再说二宫[②]回京，法皇立即派车驾迎其入宫。先前遭平家裹挟，三年来漂泊西海波涛之上，如今平安归来，其母[③]及自小抚育他的持明院宰相基家，全都眼开眉展。思念之苦终于得抒，亲友故知团聚，人人喜极而泣。

同月廿六日，被捕的平家族人被押至京师，一律囚于小八叶车

① 石清水：即石清水八幡宫，代指应神天皇。

② 二宫：指高仓天皇第二皇子守贞亲王。

③ 守贞亲王的母亲是藤原信隆之女藤原殖子，院号"七条院"。

中，卷起前后帘，敞开左右窗，游街示众。大臣殿宗盛身穿净衣，右卫门督清宗身穿白色直垂，其囚车紧跟着父亲宗盛的囚车。押送平大纳言时忠的囚车跟在清宗车后，其子赞岐中将时实本应同车示众，只因身染疾恙，方才得免。内藏头信基因有伤在身，另由小道解京。大臣殿原本仪容出众，此际却消瘦衰弱，仿佛换了一个人。但他顾盼之间，依然英气迫人，毫不见沮丧之色。右卫门督则垂首闭目，自想着心事。土肥次郎实平身着木兰色直垂，外罩轻铠，领兵三十余骑，围住囚车前后看守。那来看平家游街的人，何止于京中百姓，远国近国、各山各寺，男女老幼蜂拥而至，摩肩擦踵，鸟羽离宫的南门、通往四冢的便道，处处人头攒动，不知有几千几万人！真个是人挤人，不得动弹；车挨车，无法转轮。治承、养和年间饥馑灾荒、东国西国干戈频起，致人口损失颇大，然而今日所见，活着的人还是很多哩！那年夏天，平家仓皇出京的情景，宛然就在目前；昔年富贵繁昌，号称“不入平家休为人”，草民百姓也记忆犹新。权门豪族，当年人人不敢仰视；今朝沦为罪囚，游街示众，是梦？是真？有那不少愚民，心中叹息，还流下同情之泪。往日里依赖平家而得富贵者，更是唏嘘悲叹。他们素受平家重恩，自父祖起就誓言效忠平家，今时为大势所迫，违心归顺源氏，但昔日种种恩惠岂能轻易忘记？故而心中郁郁，人人以袖遮面，垂首痛哭。

为大臣殿驭车的牛饲，就是那个在木曾义仲参见法皇时，曾作弄过木曾的牛饲次郎丸的弟弟，名唤三郎丸。他在西国元服成人，此番一心想为大臣殿驭车，便在鸟羽恳求判官义经道：“舍人与牛饲虽属仆役之列，不明白什么大道理，但小的侍奉大臣殿已有多年，蒙他恩情，无以为报，若无甚不便处，还望大人允许小的为大臣殿最后驭一次车。”判官点头道：“无妨，你去吧！”三郎丸大喜，急忙更衣，又自怀中取出缰绳，套好牛车，载着大臣殿前行。但他两眼已被泪水模糊，看不清道路，以袖掩面，边哭边赶着牛，神情恍惚地朝前走。

法皇于六条东洞院停御车亲览，公卿殿上人等，也停车于此，与法皇同观。法皇想起昔日大臣殿曾随侍左右，不免生出几许怜悯之情。富贵潦倒不过转瞬之间，一切想来当真如梦幻泡影。他叹道：“自平家诸人出京，有时倒也颇为想念，言谈中也不免会提及。而今落魄如斯，真是意料不到啊！”身旁上下人等听了，都觉凄凉，尽皆流泪。前几年宗盛公升为内大臣，入宫谢恩，公卿以花山院大纳言为首，十二人跟随晋见；殿上人以藏人头亲忠为首，共十六人为前驱。公卿殿上人等，皆着华服，平家有中纳言四人、三位中将三人，悉在朝拜之列。此刻囚于车中示众的平大纳言时忠，时任左卫门督，被法皇召至御前，亲赐恩赏，予以嘉勉。彼时盛况之隆，有目共睹。然今日卿相云客，却再无一人追随平家。

坛之浦合战中被生擒的平家武士二十余人，皆穿素白直垂，缚于马上一并游街示众。直至六条东河原，这才停下。大臣殿父子被拘于六条堀川九郎判官之宿所。用饭时，父子俩胸闷抑郁，面对菜肴无心食用，一箸未动。彼此无言，四目相对，泪下沾襟。至夜，大臣殿和衣卧下，枕袖而眠，又怕儿子着凉，便将另一只衣袖轻覆于右卫门督身上。负责看守的源八兵卫、江田源三、熊井太郎等武士见了，叹息道：“人无论贵贱，皆重人伦亲情。轻覆一袖固然小事一桩，却足见父子情深啊！”他们虽是勇猛之士，却也尽皆感动落泪。

十四、镜

同月二十八日，镰仓前兵卫佐赖朝朝臣，越阶超叙从二位。寻常擢升，能升二阶，便已是罕有殊荣，赖朝竟连升三阶[①]。之所以如此，可能是忌恨先前平家族人经常连升两级，这回借此抒发不满吧！

当夜子时，八咫镜由太政官厅移奉大内温明殿。因主上御幸，临

① 源赖朝原为正四位，越过从三位、正三位，直升为从二位，连升三阶。

时连奏三晚神乐。主上特敕右近将监[1]小家能方弹奏家传神乐秘曲《弓立宫人》，能方倾力献曲，得主上恩赏厚赠。此曲本来除能方祖父伶人八条判官资忠外，他人概不知晓。秘曲自珍，资忠就连儿子亲方也未传授。直到堀河天皇即位，为免秘曲失传，才命资忠传予亲方。主上对秘曲传承倍加关切，令小家能方感恩不尽。

这面八咫镜，乃昔时天照大神在天之岩户隐居时，为令子孙见其真颜而铸造的。不过最初造的神镜不合大神心意，便又重铸一面。现在纪伊国日前国悬神社中奉纳的，就是最初的那面神镜。至于后铸的神镜，则被授予大神之子天忍穗耳尊[2]，命他小心翼翼地珍藏在自己的宫殿中。之后天照大神便退入天之岩户，紧闭门户，天下登时陷入无边黑暗。八百万众神为此齐集天之岩户前，奏起神乐。天照大神颇为好奇，将岩户悄悄打开一条细缝，向外一望，互相见到了彼此发白的颜面，这便是“面白”[3]一词的来历。事先隐藏在岩户旁的大力神天手力男，猛然高呼一声，将天照大神拉出岩户。从此天之岩户再不曾关上过。第九代开化天皇御宇时，将八咫镜珍藏于内宫居殿中。第十代崇神天皇御宇时，因敬畏神镜灵威，遂移奉于别殿，后又移奉到了温明殿。自迁都平安京以来，历一百六十年，至村上天皇御宇的天德四年[4]九月廿三日子时，皇宫突起大火，火势由左卫门驻地迅速蔓延至安放八咫镜的温明殿。正值深夜，内侍与女官均不在殿中，赶不及从宿所奔来救火。小野宫藤原实赖急急入宫，主上垂泪道：“八咫镜已毁于烈焰中，朕之江山怕是要到头了。”其实此刻八咫镜已从烈焰中自行飞出，悬于南殿前

---

① 右近将监：正六位上，右近卫府负责警戒的武官，天皇行幸时作为亲兵侍奉。

② 天忍穗耳尊：全名“正哉吾胜胜速日天忍穗耳尊”，是天照大神之子，天孙之父。后来其子天孙迩迩艺命，奉天照大神之命，携三神器降世，统治日本。

③ “面白”在日语中是愉快、有趣、滑稽之意。

④ 天德四年即公元960年。

的樱树树梢上，光明赫奕，如朝日出于山端。小野宫向主上力陈帝运未尽，主上感而泣下。小野宫遂右膝跪地，左袖掩面，对天泣拜道：“昔天照大神立下御誓，要令皇祚不绝，世代相继。若此誓依然有效，请神镜飞入实赖袖中。”话音刚落，八咫镜果然飞进小野宫衣袖中。小野宫赶忙用衣袖包好神镜，即刻移奉太政官朝所，随后仍奉于温明殿内。然而现今乃末法之世，无人再为神镜求神明护佑，而神镜也决计不会再自行飞入衣袖。由此看来，上代远胜于今朝啊！

十五、文　书

平大纳言时忠父子，被关押于九郎判官宿所附近。大纳言情知大势已去，唯有听凭处置。但性命宝贵，不敢不惜，遂密语其子赞岐中将道：“吾有机密文书一匣，为判官义经所收。若显露于镰仓源二位眼前，必牵连甚多，吾亦难免。为之奈何？”赞岐中将道：“闻判官易信妇言，举凡女官求情之事，无有不从。父亲大人不必烦恼，吾家姬君颇多，不如与彼联姻。结亲之后，则万事都好商量了。”大纳言泪下滚滚，悲道：“往昔得志之时，总盼着女儿们嫁入皇家，为妃为后，哪想过下嫁一介武夫啊！”中将道：“时势如此，岂能再白日做梦？夫人所生之女已满十八，便嫁予义经吧。”尽管反复劝说，大纳言仍舍不得割爱，最后才决定将前妻所生诸女中一位二十三岁的姬君嫁予判官。此女虽年纪略长，但眉目秀美、心性贤淑，判官得之大悦。判官发妻乃上河越太郎重赖之女，此时既有新宠，便另置一宅，金屋藏娇，恩爱更胜发妻。此女寻个时机，委婉说起文书之事，判官毫无犹疑，立即将整箧文书原封不动送还时忠。大纳言喜不自胜，急忙将文书悉数烧毁。那些文书到底写了什么内容，世人再也无从知晓。

平家灭亡，诸国宁静，开埠通衢，往来无碍，京中也日渐安定。但此时却有流言传入源二位赖朝耳中：“平定天下，唯九郎判官一人之功。镰仓源二位有何功勋？当世之事，决于判官即可！”源二位大怒，斥道：“岂有此理！若非赖朝出谋划策、调兵遣将，九郎怎能覆灭平家，清靖天下呢？世人诸多谬赞，遂使九郎日渐骄狂，自以为是。世间女子数之不尽，他却偏偏要做平大纳言的女婿，还百般袒护大纳言；大纳言也不顾朝野非议，竟将女儿嫁予义经。义经若回镰仓，只怕会生出变乱来！”

十六、副将被斩

同年五月七日，九郎大夫判官将押解平家俘虏赴关东。大臣殿得知后，托人哀恳判官道：“听闻明日便赴关东，但我心中极思幼子，人伦亲情实难斩断。被生擒的一干人犯中，有一八岁孩童，即我幼子，想来或许尚存人间，望能与他最后一见。”判官叹道：“伦理亲情乃人之所常，任谁也无法割舍。”于是命河越小太郎重房将看押的那名幼童送去见大臣殿。重房借来车子，让幼童坐上去，又让两名随侍的女官也一起上车。小公子已许久未与父亲见面，喜得手舞足蹈。大臣殿柔声道：“孩子，来。”将幼子抱坐在膝头上，轻抚他的头发，泪落如珠。过了片刻，大臣殿对看守武士道：“诸位，请听我言。此子甚为可怜，出世时虽母子平安，但他的生母在产后染上恶疾，临终时曾托付我道：‘日后不管哪位夫人生下公子，都请你一视同仁，善待这个孩子，好好抚养成人，作为我在世上留下的纪念。万万不能把他交给乳母抚养。’我也深怜此子，便答应他的生母道：‘嫡子右卫门督讨灭朝敌时晋升为大将军，就让这孩子做副将军吧。’因此就给他取名‘副将’。孩子的母亲万分欣慰，大限之际，口中依然不停轻呼着‘副将、副将’。终于在产后第七日辞别了人世。我一见到此子，就想起当时的这一幕来。”大臣殿说得泣涕交下，众武士听得泪湿衣襟，右卫门督向隅而悲，乳母椎心饮泣。少顷，大臣殿轻声道：“副将，回去吧。能与你见一面，为父已十分开心了。”但小公子执意不肯离去。右卫门督见了，敛泪道：“副将，今晚快回去吧，父亲大人等下还要会客，你明早再来。”小公子抓住父亲所穿的净衣衣袖，哭道：“不走，就是不走。”拖拖拉拉，延误了不少时间，渐渐地暮色低沉，再也不能拖延下去了，乳母抱起副将，乘上车子，随行女官以袖掩面，向大臣殿泣拜而别，一起坐车归去。大臣殿目送一行离去，心中爱子怜子之情犹胜往昔。真是可悲啊！当年大臣殿因念及副将生母的遗言，深怜副将，所以未将他送去乳母处教养，而是留于身前朝夕抚育，三岁加冠，取名义宗。继而年岁渐长，姿容俊美、气度不凡，大臣殿愈发爱若珍宝。漂泊西海之时，浪上舟中，须臾不曾或离。但自兵败被俘后，今日始得初见。

河越小太郎重房至判官跟前，问道：“那位平家小公子，该怎生处置？”判官心一狠，道：“斩草除根，不必再解去镰仓，就交给你处决吧！”河越小太郎回到宿所，哄骗那两名女官道：“大臣殿即将解往镰仓，小公子仍要留在京中，重房须随赴镰仓，故而要将你们与小公子移交给绪方三郎惟义，现在便请上车吧。”二女官不知是计，服侍着小公子上了车。小公子欢天喜地，拍手道：“太好了，和昨天一样，又要去见父亲了。”唉，却哪知此去就是不归路呢！车子行到六条大道，折而向东，两名女官见行程不对，暗想道：“不好，要糟了。”吓得肝胆俱裂。有五六十骑兵马擦着车身，向河原疾驰而去。不久车子停下，兵士近前铺下皮毯，请小公子和女官下车。小公子下得车来，四面张望，疑惑道：“这是要去哪儿呀？”两名女官无言以对。重房的郎党手握太刀分立小公子左右。小公子甚为聪颖，已知那些人要杀自己，急忙逃入乳母怀中。众武士虽不忍心，但上命难违，强行从乳母怀中要将副将拖出，乳母拼死力搂住副将，再也不顾什么仪容，仰天伏地，嚎啕大哭，任谁见了都感心酸凄凉。良久，河越小太郎重房拭泪道：“我等也是身不由己，莫要怪怨。”说罢其部下郎党上前，将副将从乳母怀中使劲拉出，以刀迫颈，逼其跪倒，挥刀斩下了他的首级。这些武士固然勇猛，却也非岩木，个个泪流满面。因首级须交判官验视，重房便收敛副将首级，送到判官处。乳母赤脚追来，哀哀哭求道："小公子既死，还望将他的首级归还，我要为他祈后世之福。"判官心生怜悯，掉泪道："此事无妨，你便带首级回去吧。"乳母遂小心翼翼将首级纳入怀中，泣血捶膺归返京师。其后五六日，人们在桂川发现了两名女官的尸首，其中一人的怀里藏着一颗幼童的首级，这位女官就是副将的乳母。另一名女官则紧抱着乳母的尸身，看样子是帮助乳母自尽。乳母殉死，古来多有；但帮助他人殉死而自己也溺水身亡，就极为少见。

十七、腰越状①

大臣殿父子在九郎大夫判官押解下，七日拂晓启程赴关东。过粟田口，遥望大内如隔云端，逢坂关清水②就在目前，不由百感交集，遂咏歌一首云：

今辞故都见清水，何日再观水中影。

一路上辛苦颠簸，心中悔极。判官乃重情之人，在旁不断温言抚慰。大臣殿遂求恳判官道："望能在镰仓殿前竭力回护，令我父子苟延一命。"判官道："料来是将二位流放远国遥岛，当不致斩首。纵有不测，义经愿以勋功之赏交换，保你父子性命。"大臣殿喜道："苟得残喘，虽流放东夷所居之千岛，亦所甘心。"堂堂平家总大将，竟说出这等话，当真可憾。历经数日，一行于同月廿四日到达镰仓。

---

① "腰越"是位于镰仓城西六公里远的一个驿站。义经在此写下著名的"腰越状"，传诵后世。

② 逢坂关神社有清水，古歌多见吟咏，多用来比喻哀伤之事。

梶原景时抢先判官一日到达镰仓，向镰仓殿进谗道：“现今日本国已尽奉阁下为尊，唯有令弟九郎大夫判官殿欲谋不轨。一之谷合战时，彼曾言：‘若非义经奋勇自险崖冲下，岂能攻破东西城门？凡敌军俘虏，不管是生是死，均应送义经验视，怎地反押去蒲殿处？蒲殿寸功未立，焉有资格获虏？倘不将本三位中将殿解到我这儿，我就带人上门去讨。’瞧那嘴脸，当真是为了争功，连自家兄弟都能杀了。在下恐他生出事来，便与土肥合力调解，将本三位中将殿转押到土肥次郎处，义经这才无话可说。在下视其举措，终非甘立人下者。”镰仓殿听了，越发猜忌义经，便道：“今日九郎将入镰仓，汝等好生戒备。”为此大名、小名纷纷驰集，聚拢了数千骑兵马。

镰仓方面派北条时政领军，驻于金洗泽①，将大臣殿父子接走，同时命令判官义经不得入城，即刻退至腰越。镰仓殿在甲士七八重严密护卫下，对义经道：“九郎纵然诡计多端，神出鬼没，从席底下都能钻出来，但要暗算赖朝却是不可能的！”判官义经沉吟片刻，回道：“自去年正月起兵征讨木曾义仲，迄于一之谷、坛之浦合战，义经舍生忘死，屡败平家，终于夺回装有内侍所、神玺之宝箱，完璧奉还朝廷。同时生擒平家总大将父子，奉命将彼等押来镰仓。兄长纵有万般疑虑，也当对面说清。义经立下大功，若照往例封赏，该升为九国总追捕使，于山阴、山阳或南海道独当一面。如今却仅知行伊豫一国，又不准进入镰仓，此等做法实是过分。宁靖日本国，全赖义仲、义经出力死战。若论辈分，同为一父之子，先生者为兄，后生者为弟，倒也无话可说。但若论起治国平天下，自应由能者担之。此番奔赴镰仓，欲见兄长一面而不可得，更要逐我离去，实乃恨事！义经自问无错，请兄长明断。”尽管义经竭力辩解，但都是徒然。其后又数度上书，表明自己忠心耿耿，但

① “金洗泽”在镰仓城外。传说有个挖芋头的人，无意中在清洗芋头的水里发现了金砂，于是当地被称为“金洗泽”。

景时谗言不断，遂致嫌隙日深，镰仓殿愈恶义经。判官无奈，只得含泪写下一通书状，委托公文所[①]别当大江广元代为转呈。其状云：

源义经诚惶诚恐拜上：前者蒙恩得选，遂为镰仓殿代官，奉法皇院宣，拜为御使，倾力追讨朝敌，乃雪会稽之耻。本应论功行赏，孰料虎口谗言，莫大功勋竟置之不理，无辜罪责横加清白之躯。义经遭际如此，实伤心疾首，血泪交迸。谗言实否不问，谒见镰仓不许，进陈忠心无路，徒然枉费时日，欲拜恩颜而不得，骨肉同胞之义顿绝。此究竟系今生之宿命，抑或前世之业因所致？悲哉，亡父尊灵难以再生，谁人可为我一抒悲叹，谁人可为我申冤哀怜？唯有再上书状，述怀以达：义经身体发肤受之父母，幼年之际头殿[②]往生他界，失怙孤苦，慈母抱于怀中，避难于大和国宇多郡。然自返京以降，再未有一日片时之安。微命虽存，彷徨于京都，万难立足，不得已避居边上远国，效力于土民百姓。幸得时来运转，为追讨平家而奉诏上洛。诛戮木曾义仲在先，而后为灭平家，或跃马扬鞭于峨峨岩石，破敌杀贼舍生忘死；或顶风航船于漫漫风涛，险沉于海底，丧身于鲸鲵之口。之所以枕戈待旦、披坚执锐，乃求平息源氏先祖亡魂之愤，一遂长年宿愿，此外更无别求。况义经补任五位尉，乃本家重职，何敢懈怠忤上？愁深叹切，心实忧虑。于祈求神佛助佑之外，唯有将满腹愁绪，诉达钧鉴。谨以诸寺诸社之牛王宝印[③]，奉于日本国中大小神祇冥道尊前，明我素无野心。前呈起请文[④]数通，犹不得宥免。夫吾国乃神国也，神非礼不享，难冀愿求。所能仰赖者，唯镰仓殿广大之慈悲。愿借便宜之机，致达兄长高闻，若得

① 公文所：处理以财政事务为主的一般政务。

② 头殿：指义经之父，左马头源义朝。

③ 牛王宝印：日本佛寺或神社所颁的护身符。“王”亦作“玉”。武士将宝印盖在纸上，而后书写誓文，被视为最赤诚的约誓。

④ 起请文：记录关于某件事的约定以及声明不会违约的誓纸。

明辨，知我无辜，海量赦免，则兄长家门必有积善之余庆，荣华传于子孙世代不绝。九郎亦能展年来之愁眉，得一生之安宁。书纸不能详叙，衷肠略述至此。义经惶恐谨言。

元历二年六月五日

源义经进上因幡守殿

十八、大臣殿被斩

再说镰仓殿召大臣殿相会，镰仓殿垂帘高坐，命将大臣殿引至隔庭别室，对面相望，由比企藤四郎能员为使者，居中传话。镰仓殿道："吾对平家族人并无怨恨，究其故，乃因当年池殿与入道殿有恩于赖朝。赦死罪而改流放，实是入道殿之大恩也。此后二十余年相安无事，孰料平家骤为朝敌，赖朝奉法皇院宣予以征讨。既生王土，诏命难违，实属无可奈何。今日得能一见，亦是赖朝所愿。"言罢命能员传过话去。能员至大臣殿面前，大臣殿恭敬端坐，俯首听毕传话，回道："请致意镰仓殿，我等已无反抗之心，若蒙宽宥免死，吾父子愿出家事佛。"诸国大名、小名分坐左右，京中臣僚、昔日平家家臣亦有多人在座。众人眼见宗盛卑躬屈膝，心生鄙夷，交头接耳道："奴颜媚骨、摇尾乞怜，以为这样就可以苟延残生么？兵败之后，就该在西国自尽，如今被生擒活捉，乞哀告怜，真武家奇耻大辱！"但也有人心中同情，掉下眼泪。又有人叹道："古云：'猛虎处深山，百兽震恐；及在槛阱之中，摇尾而求食。'[1]无论大将如何勇猛，一旦势败军丧，威风尽失，向敌乞命亦在情理中。所以也怪不得大臣殿。"

那边厢九郎大夫判官虽上书自陈心迹，但梶原景时屡进谗言，镰

---

① 语出司马迁《报任少卿书》。

仓殿遂将腰越状置之不理。后又下令道：“义经速返京都。”同年六月九日，义经押解大臣殿父子启程归京。大臣殿已知不免，但仍为延缓数日斩首而庆幸。一路行来，每至一地，总猜想大概就在此地行刑吧？但走过一国又一国，宿了一驿又一驿，均不见动静。终于到了尾张国内海，此乃昔年故左马头义朝伏诛之地，大臣殿料想定然在此处斩了，哪知又是无事。大臣殿遂心生幻想，自忖可能留下一命。右卫门督见事颇明，已知义经用意，心道：“活命绝无可能。只因暑天酷热，恐怕首级腐烂，所以要等到了京师附近再行斩首。”他见父亲忧心忡忡，患得患失，十分可怜，便未将此话说与他知，只在心中念佛不断。数日后，一行来到京都附近的近江国篠原驿。

判官义经重情重义，距篠原尚有三日路程时，已命人先行恭请善知识大原本性坊湛豪法师，预备为大臣殿父子做法事。父子二人昨日尚聚一处，今朝便被分置别所，大臣殿悲道：“看来今日便是大限之期了！”不久法师到来，大臣殿泪下滚滚，哀求道：“右卫门督现在何处？请让我父子死在一块吧！纵然头颅落地，尸身能共卧一席也好。生离死别乃人间至悲事，十七年间，我父子一日不曾别离。那时西国兵败，我未自沉海底，留下骂名，也全是为了他。”法师见其涕泣，心中不忍，亦觉哀伤，但想到此行目的，不可心软，便拭泪庄容道：“子息之事无须再念，临死之际若彼此互望惨景，岂非更添悲愁？生而富贵尊荣者，本就极少。汝既为天皇外戚，又登极品之位，今生荣华已至绝顶。虽遭倾覆，亦不过前生宿业所构，无须怨天尤人。大梵王宫深禅定[1]之乐尚不能永无断绝，况凡间之命不过如电光朝露，即便生于忉利天有亿万年之寿，最终亦是梦幻一场。汝生年三十九岁，与天相比，不

① 深禅定：佛教术语，深妙之禅定。

过是一刹那间。谁尝过不老不死之药？谁能保东父西母[①]之命？秦始皇穷奢极欲，终埋骊山之墓；汉武帝贪生惜命，空朽茂陵[②]之苔。生者必灭，释尊不免栴檀之烟[③]；乐尽悲来，天人尚逢五衰之日。佛经云：‘我心自空，罪福无主；观心无心，法不住法。’[④]看空善恶，自然正应佛心。弥陀如来于五劫之间，发大誓愿普度众生。我等区区凡夫，如何能比？亿万劫间生死轮回，入宝山却空手而归，诚恨中恨、愚中愚之事。唯以诵佛念经，摒弃妄念为要。”法师为大臣殿导引授戒，劝他在临终前念诵佛号。大臣殿深感善知识所言有理，遂断然摒弃妄念，向西双手合十，高声念佛。橘右马允公长拔出太刀，从左方绕到大臣殿背后，举刀要斩时，大臣殿忽然停止念佛，叹道：“不知右卫门督怎样了？”怜子之情跃然脸上。就在这时，他瞥见了立在背后的公长，同一瞬间，太刀斩落，大臣殿首级落地。善知识泪流哽咽，一众勇猛武士也觉哀伤。负责行刑的公长，本是平家家臣，世代受平家恩惠，当年在新中纳言麾下朝夕侍奉。人皆不耻其行径，讥讽他谄媚邀功、无情无义。

其后，法师又为右卫门督导引授戒，劝他一心念佛。右卫门督凄然问道：“大臣殿往生时是怎生模样？”法师答道：“神态从容、安详宁定，阁下大可放心。”右卫门督甚是欣慰，流泪道：“如此，再无牵挂了。诸位，永别了。”这回由堀弥太郎处刑，首级斩下后，交给判官部下送入京师，尸身则由公长收殓。他将父子二人同葬一穴，或许是因为大臣殿说过让父子俩死在一块的话，才没有将他们的尸身分开吧。

同月廿三日，大臣殿父子首级入京。检非违使率人于三条河原验

---

① “东父”指东王父，又称木公、扶桑大帝、东华帝君，男仙领袖，有长寿之名。曹植《驱车篇》云：“同寿东父年，旷代永长生。”“西母”指西王母。

② 茂陵：汉武帝刘彻之陵墓，在汉代帝陵中最高大、宏阔。日文原文错为“杜陵”。

③ 栴檀之烟：释迦牟尼涅槃后以栴檀木火化。

④ 语出《观普贤菩萨行法经》。

收后，将首级在大路上来回示众，最后悬于狱门左方樗树上。三位以上显宦的首级，被传示大路，又悬于狱门示众，不知异国可有其例，在本朝却是开了先河。平治时，藤原信赖作恶多端，伏诛斩首后，其首级也并未悬挂狱门。悬首之事始于平家，由西国生擒回京，再从六条大道押赴东国，又由东国解回京师，死后又由三条大道西行游街。生前耻、死后辱，古往今来无过其极。

十九、 重衡被斩

本三位中将重衡在狩野介宗茂看管下，去年起便被软禁于伊豆国。南都僧众频频上书，要求将他押到奈良问罪。镰仓殿为此命令源三位入道赖政之孙——伊豆藏人大夫赖兼，押解重衡去奈良。路上不曾进京，取道大津、过山科，经醍醐路来到日野附近。重衡的夫人，系乌饲中纳言惟实之女、五条大纳言邦纲之养女，曾任安德帝乳母，世称大纳言佐殿。三位中将于一之谷遭生擒后，她仍随侍先帝身侧。坛之浦合战平家大败，她也打算投海自尽，被武士拉住，这才活了下来。此后回到家乡，与姐姐大夫三位成子同住于日野。她听说中将命如叶尖微露，心中大恸，便想着这回一定要见上夫君一面，不能再只于梦中相会了，否则怕是永无再见之期。从此后由朝至暮，除了以泪洗面外，就别无可慰了。三位中将向看守的武士恳求道："近来多承诸位照顾，心中感激不尽。此际有最后一事相求，望能应允。在下孤单一人，膝下无儿无女，对人世已不存挂念。但听说发妻现居日野，欲与她相见一面，托以后事。请赐片暇即可。"那些武士也非岩木，皆流泪道："无妨，请便。"中将甚喜，找到夫人居所，让人先行禀报道："大纳言佐殿可在？本三位中将殿往奈良途中路过此地，此刻正在庭中相候，请夫人一会。"夫人不待说完，急道："啊，他来了吗？在哪儿？"快步奔出，见一男子身穿蓝摺直垂、头戴折乌帽子，瘦黑憔悴，倚廊而立，正是自己朝思暮想的夫君。夫人在门帘旁垂泣道："这不是在做梦吧？快到屋里来！"重衡听到夫人的声音，登时泪如泉涌。大纳言佐殿也心情激动，只感眼前发黑，一时凝噎无语。三位中将揭帘而进，泣道："去年春一之谷合战，本应杀身成仁，哪知罪重孽深，遭了报应，被生擒活捉，押到大路上游街示众，于京都、镰仓受尽耻辱。眼下又要押赴奈良，南都僧众届时必然杀我。此刻能见夫人一面，也就彻底没有牵挂了。本打算留一绺青丝作为出家纪念，但源氏不许，也只好罢了。"说着将额前头发撩过少许，张口咬断，递给夫人道："见发如见我，这少许头发你留作纪念吧。"夫人本就为夫君安危忧心忡忡，见此情景越发悲伤，哀容满面道："自君别后，我便欲效仿越前三位夫人，沉于海底，可又不知你的确切音讯，总期望着某天会有奇迹发生，你我夫妻团聚，故而残喘至今。哪知今日虽然相见，却是最后一面，生离死别，忧伤难言。往日苟活，心中还存着个侥幸……"就这样将今昔诸般心事，伴着无尽泪水，一一道来。又说道："你这身衣服皱污得不像样了，让我为你换件新的。"说完取出小袖、净衣各一件，替三位中将换上。三位中将把脱下的破衣郑重交予夫人，道："这也当做个纪念吧！"夫人道："这衣服自然要留下。另外还请留下墨宝，以作永世之纪念。"随即取出笔墨纸砚，中将泣下交颐，作歌一首云：

脱却旧裳泪盈眶，新衣着身永别离。

夫人亦作返歌一首，云：

手抚旧裳君别去，今日存衣为永纪。

重衡道："倘你我有缘，来世必一莲托生。此刻已然黄昏，奈良尚远，不能让看守我的武士久等。"言罢便欲离开，夫人紧紧拉住他的衣袖，哭道：“请再暂留片刻吧。”重衡咬牙道：“夫人见谅。人生终有弃世之日，来生再与你续缘吧！”毅然决然，大踏步而去。他也知这一去，此生便永无相会之日。柔肠百转，忍不住想与夫人多温存片时，但想到无谓多添忧伤，便一狠心再不回头。夫人躺倒在门帘下，哭声遥遥传到门外，三位中将在马上泪迸肠绝，眼前道路变得模糊不清。他对此番见面颇为后悔，心想还不如不见，见了反增无尽悲愁。大纳言佐殿本欲追出，跟随夫君同去，无奈体弱乏力，只得作罢，倒伏地上哀哀啜泣。

本三位中将重衡被解至南都后，阖寺僧众皆咬牙切齿，佥议道：“这厮罪大恶极，即便三千五刑[①]加身，亦是修因感果[②]，咎由自取。似此佛敌法敌、朝廷逆臣，当于东大寺、兴福寺来回示众，最后再行掘首[③]之刑，锯断首级。”其中有老僧道：“此等恶刑，于僧徒之法不合，还是让看管他的武士，把他押去木津附近斩首吧！”于是上来一丁武士，将重衡押到木津川河畔，准备斩首。数千僧众紧随而来，围观的黎民百姓更是难以计数。

三位中将的昔日部下中，有位木工右马允知时，现在八条女院处奉职，为了最后见中将一面，快马加鞭，疾驰赶到处斩的刑场，只见里里外外已经围了成千上万的看客。他奋力拨开人群，来到三位中将近旁，泣道：“知时特意来此见将军最后一面。”中将道：“汝之诚意难得，吾自觉罪孽深重，期盼能拜佛求赎后，再被斩首。”知时道：“请将军稍候。”走到一边，与看守的武士商议一番，就近迎来一尊阿弥陀佛佛像，奉于河原沙地上。知时解开狩衣袖口丝带，一端搭在佛手上，

---

① 三千五刑：五刑即墨刑（在额头上刻字涂墨）、劓刑（割鼻子）、剕刑（砍脚）、宫刑（阉割）、大辟（死刑）。“三千”指五刑的诸般细则。

② 修因感果：修善恶之因而感苦乐之果。

③ 堀首：将人全身埋入土中，只露出头颅，然后用锯子锯掉首级。

另一端请中将牵着。中将牵住，向佛拜倒，祷告道：“传闻调达[①]作下三逆罪，焚圣教八万经卷，然释尊却预言其未来必证大道，号天王如来。调达所作罪业可谓深矣，却逢圣教纾泄，化解逆缘，终于得道。如今重衡一样犯下逆罪，但并非出自本心，实是为时局所迫，不得已而为之。为人臣、为人子者，王命、父命怎敢不从？彼言‘是’，不敢说‘非’。故而事理曲直，叩请佛陀照览。此际重衡罪报便在眼前，性命已到大限，悔恨万千，悲之不尽。然三宝之境界，以慈悲为怀，济度良缘时时皆有。唯缘乐意，逆即是顺，此文铭肝。一念弥陀佛，即灭无量罪，愿逆缘化顺缘。临终之际虔诚念佛，祈能得遂九品托生之愿。”接着高声念佛十遍，行刑者持刀趋前，斩下了他的首级。虽然中将昔日犯下重罪，恶行昭彰，但此刻目睹他受刑，数千僧众与看管的武士也不禁落泪。其首级被钉于般若寺大鸟居前，盖因治承合战时，中将曾于此下令焚毁伽蓝之故。

重衡夫人大纳言佐殿，执意要将无首尸身取回祭奉。为此特遣一舆前去收尸。在刑场上找到被遗弃的无头尸身，立即收殓入舆，抬归日野。夫人一见之下，痛不欲生。原来估计尸身仍如生前般高大，但此时正当盛夏，暑热难耐，尸身早已腐烂。为了不耽搁时间，夫人立即从附近的法界寺请来僧众，为中将诵经祭奉。其后大佛殿圣僧俊乘坊劝说南都僧众将三位中将的首级送回日野，尸首合并后，一起火化了。骨灰送去高野，坟墓造于日野。夫人则削发为尼，为夫君祈后世菩提。当真是可哀可叹啊！

---

① 调达：见第四卷第八章相关注释。

第十二卷

一、大地震

平家灭亡，西国宁静。诸国由国司治理，庄园由领主管辖，上下安堵，海晏河清。同年七月九日午时许，突然大地摇撼，良久不息。赤县①之中、白河之滨，六胜寺②俱被震坏，九重塔震落六层，得长寿院三十三间佛堂震倒十七间；从皇居开始，大臣府邸、各处神社佛阁、民屋商铺，悉数塌毁。屋宇倒塌之声似雷鸣，扬起尘土如烟腾；天昏地暗，白日无光；老少魂飞魄散，鸟兽惊颤飞逃。无论远国近国，概不能免。大地陷裂，水柱喷涌；磐石粉碎，滚下深谷；山崩河塞，海涌滨没；港湾船只颠簸波涛，陆行骏马无处立足。洪水汹涌而来，虽登山丘亦难逃没顶，猛火熊熊烧至，虽隔河川也难避烈焰。真是可怕的大地震啊！人身凡躯，既不能像鸟那样振翅飞翔，又不能似龙那般升上云天。白河、六波罗、京中死于塌埋者，难以计数。地水火风四大元素中，水火风常给世间带来灾害，只有大地异变较少，但这次却造成大灾劫，把家家户户，上下人等，都吓得紧闭门窗，每当天鸣地动时，便以为大限已到，声声念佛求救。高龄七八十、九十岁的老人，嘟囔说人间末日将至，不在今朝，便在明日，民众听了越发惶恐。年轻人听老人这么一说，更吓得不停悲泣。法皇此时正御幸新熊野，因罹难者过多，触秽失洁，已不合适再参拜神社，便急匆匆还御六波罗。路上君臣俱感悸栗，心神不宁。主上将凤辇停在池汀，法皇则立行营于南庭；女院宫人，因御所悉被震塌，或召来御舆，或召来牛车，尽数出奔。又有天文博士纵马驰报，当晚亥子时大地必有余震，

---

① 赤县：狭义的赤县指天子直辖、京都所治之县，即京畿地方。

② 六胜寺：法胜寺、尊胜寺、最胜寺、圆胜寺、成胜寺、延胜寺，寺名中都有个“胜”字，合称“六胜寺”。

慌得一众人等惊怖不已。

昔文德天皇御宇时，齐衡三年①三月八日大地震，东大寺大佛佛头震落。又天庆二年②四月五日大地震，主上急急离开御殿，于常宁殿前立起五丈高的行营避震。这些都是上代故事，不必多叙。目下这场大灾，只怕是空前绝后。十善帝王离京，身沉海底；大臣公卿于大道上游街示众，头悬狱门。从古至今，怨灵乃最恐怖之事。世事如何无人能料，有识之士莫不悲叹。

二、染布匠人

同年八月廿二日，镰仓源二位赖朝之父、故左马头义朝的真身首级，由高雄文觉上人悬于颈下；镰田兵卫的首级，则由文觉的弟子悬于颈下，一起送到镰仓。治承四年时，文觉上人曾以左马头首级劝说赖朝起兵，但那骷髅并非真的左马头之首，而是文觉胡乱寻来的一个骷髅，包在白布包裹里。赖朝因受此激，遂奋起举事，直至大功告成，都信以为真。到了今日，方才知晓父亲首级如何保存下来。原来那年左马头义朝被斩，他生前最赏识的一位染布匠人，见狱门前悬着左马头首级，无人收埋祭吊，心下不忍，便哀求狱官允许自己取下首级收殓。他考虑到兵卫佐虽遭流徙，但有朝一日定然得势，日后必来寻找，遂将首级深葬于东山圆觉寺中。文觉打听到此事后，便领着染布匠人前往镰仓。源二位接报，言染布匠人今日将到，遂迎出片濑河相候。他一身素色丧服，悲泣哀悼，将染布匠人接入镰仓。又请圣僧立于高台，自己恭立中庭，奉请父亲首级，场面十分肃穆。一众大名小名目睹此景，尽皆流泪。随后凿岩开山，造起新道场，将左马头义朝首级供奉其间，号为“胜长寿

---

① 齐衡三年：即公元856年。

② “天庆”是日本第61代朱雀天皇的年号，天庆二年即公元939年。

院”。公家知悉后，为表哀思，追赐故左马头义朝为正二位内大臣。敕使左大辨兼忠在左马头墓前宣达了圣旨。赖朝以武勇之名兴家立身，更使亡父圣灵得以升位加官，实在了不起！

三、 流放平大纳言

同年九月二十三日，镰仓殿上禀公家：“平家在京余党，应悉数遣放各国。”朝廷遂下令，将平大纳言时忠流放能登国、其子赞岐中将时实流放上总国、内藏头信基流放安艺国、兵部少辅正明流放隐岐国、二位僧都全真流放阿波国、法胜寺执行能圆流放备后国、中纳言律师忠快流放武藏国。一干人或徙于西海之波，或流于东关之云，栖身何处难知、后会之期难料，唯有洒泪惜别，心中悲苦可想而知。

其中，平大纳言临行前，亲往吉田向建礼门院告辞，泣诉道：“时忠受朝廷重责，今日便要动身前往配所了。若同在京中，凡事尚能有个照应，此后天各一方，恐怕通个音信都难。就这样离京而去，我实在是无法放心。”建礼门院道：“如今我只有你一个亲人了，这一别，再也无人嘘寒问暖了。唉……”说着潸然泪下。

此大纳言乃出羽前司平具信之孙，兵部权大辅赠左大臣平时信之子，故建春门院之兄，高仓上皇之外戚；世上的尊荣、当今的显赫，无人能出其右。入道相国夫人——八条二位殿，又是他的姐姐，故而兼官兼职，予求予取，不用多久就当上了正二位大纳言，并三度出任检非违使别当。在掌管检非违使厅厅务时，缉拿搜捕窃贼强盗，凡案不加详究便斩犯人右腕，判人流徙，故有“恶别当”之名。那年法皇命召次花方为御使，前往西国传达院宣，命平家奉还主上与三神器，就是这位大纳言以火烫印花方面颊，烙下了“浪方”二字。

法皇因平大纳言是故女院的兄长，为留个纪念，本打算免其流放，但又想到他羞辱院使花方，语气悖慢，素日里更是恶行昭彰，积怨非浅，只得算了。九郎判官与平大纳言有亲，多方设法替其开脱，终也徒劳无功。平大纳言之子侍从时家，才满十六岁，刑不至流徙，暂居娘舅时光家中。他与母亲帅典侍齐拽住大纳言衣袂，不忍别离。大纳言苦笑道：“此去未必便是永诀，无须悲伤。”脸上虽强作欢颜，心中反而更加哀愁。他年事已高，却要抛妻别子；住惯名都华堂，而今远赴云天。自古闻名的越路之旅①，目下成了他的流徙配所。遥见前方路途迢迢，一路行来，从人指指点点，时道：“此乃志贺、唐崎。”时道：“此乃真野入海口、交田浦。”大纳言耳闻歌枕之地，唏嘘泣下，遂咏歌一首道：

归期无有期，坚田浦上网，洒我泪盈盈

昨日飘零西海波涛上，怨憎会苦②，恨积扁舟内；今朝掩埋北国冰雪下，爱别离苦③，悲重故乡云。

四、 土佐坊被斩

再说镰仓殿遣有大名十人，在九郎判官帐下听命。那十位大名风闻义经受猜忌于镰仓殿，恐遭牵连，便暗中商议，尽皆遁回镰仓。义经、赖朝份属兄弟，又立有如同父子之誓，自去年正月起兵追讨木曾义仲以来，沙场百战，数征平家，终于今年春大功告成，令天下宁静，四海清澄。本应计功行赏，孰料怨隙滋生，上至天皇，下迄万民，人人不

---

① 越路之旅：北陆道越前、越中、越后的总称。
② 怨憎会苦：与怨憎者相遇的痛苦。
③ 爱别离苦：与亲爱者离别的痛苦。

安。此事之所以至此，皆因去岁春，泊舟摄津国渡边准备向屋岛进发前，义经与梶原景时争论是否该设逆橹，梶原遭义经训斥，心怀不忿，便时常向镰仓殿进谗。这回又有谗言道："九郎谋反之心已露，先是命诸大名潜回镰仓，又拆毁宇治、势田之桥，令京中哗然，大是可恶。"赖朝遂召土佐坊昌俊，命道："大师，请你赶赴京都，以诣七大寺为由，密图义经，务必除之而后快。"昌俊恭敬受命，宿所也不回，立即赶往京都。

同年九月廿九日，土佐坊抵达京师，至次日仍不谒义经。判官殿知悉土佐坊到京，便命武藏坊弁庆召其前来，问道："汝为何事而来？怎地无镰仓殿公文？"昌俊佯道："因无要事，故镰仓殿不曾寄文，只托我转告一声：'目下京都安宁太平，全赖阁下守护之功。'"判官斥道："胡说！汝所来，乃奉命欲杀义经。有谗言说：'九郎谋反之心已露，先是命诸大名潜回镰仓，又拆毁宇治、势田之桥，令京中哗然，大是可恶。'所以镰仓殿命你道：'大师，请你赶赴京都，以诣七大寺为由，密图义经，务必除之而后快。'这字字句句，我没有说错吧？"昌俊大惊，急道："几时有过这等话？昌俊因有宿愿要还，才来参诣熊野神社。"判官又问道："景时谗言不断，令义经不能入镰仓，无从面见兄长申辩，又被逐回京都。到底镰仓殿心意如何？"昌俊道："镰仓殿心意如何贫僧难以知晓，只知本人绝不欺瞒阁下。如若不信，可当场书写起请文立誓。"义经冷笑道："镰仓殿的心思，不说我也明白。"面色阴沉，令人生畏。昌俊十分害怕，急忙写下七份起请文，或焚而饮之，或敬呈神社。义经便放他归去。昌俊得脱后，当夜即下令调集大番众①，准备突袭义经。

判官有一爱妾，唤作静，乃"白拍子舞"名家矶禅师之女。义经对她极是宠幸，从未分离半步。静对判官道："大人请看，大路上满是武

① 大番众：为警护京都而从地方上调集来的武士。

士，但您并未下令召集他们，为何大番众调动频繁呢？这事恐怕与白天写起请文的那位法师有关。”义经亦生出疑心，急召来六波罗故入道相国座下秃童密探三四人，遣其中二人速去打探消息。哪知良久不见归来，又想女子行事不甚显眼，就再派一名侍女去打听。不一时侍女回报：“那两名秃童在土佐坊门边偷觑，都已被杀。土佐坊宿所中满是备好鞍的战马，大幕内俱是张弓负矢的武士，人人披挂整齐，一副即将出征的模样，没有丝毫拜诣神社的迹象。”判官听了，即时下令出兵。静取来铠甲为他穿上，只系上高纽，义经就提着太刀来到中门前，跃身上马，喊道：“开门。”登时驰来四五十骑铁甲，冲到门前，齐声高呼。判官足蹈银镫，立于马上，纵声道，“无论夜讨昼战，日本国无人能败我义经。”纵马扬鞭，单骑领先突出。那五十骑人马纷纷闪开道路，让他先行。义经部下江田源三、熊井太郎、武藏坊弁庆等，皆是以一当千的猛士，紧随其后杀奔土佐坊宿所，纵横奋击。其后京中各处武士在夜色下纷纷从宿所赶来增援，很快便集结了六七十骑。土佐坊虽猛，拼死抵挡，但部下尽是乌合之众，迅速土崩瓦解，侥幸逃得性命的没几人，被杀的却颇多。昌俊败走，藏匿鞍马深山中。鞍马山乃判官旧居之地，山僧皆与义经交好，遂于次日将土佐坊缚送义经。听说昌俊是在匿身的僧正谷被搜捕到的。

昌俊身穿浓紫直垂，头戴法师头巾，被押到大庭中，判官哂笑道：“大师，背弃起请文，该受何种惩罚？”土佐坊面不改色，端坐大笑道：“起请文贫僧用心写就，果然神罚甚速，哈哈！”义经道：“汝以主君之命为重，以私命为轻，倒也情有可原。若是惜命，可放归镰仓。”土佐坊道：“贫僧自出镰仓，便不期生还。若然惜命，何必到此？镰仓殿授命贫僧取阁下性命，既已奉命，性命已交付镰仓殿，焉能再事败苟活？今以速死为荣，盼能开恩，亟斩贫僧！”判官壮其言，应道：“这就如你所愿。”命人将土佐坊押至六条河原，斩下首级。时人于昌俊之死，莫不褒赞。

五、判官离京

镰仓殿府邸中有一名杂色，名唤足立新三郎。赖朝曾语于判官道："此人虽是贱隶，却聪明机警，可充驱役，便赐给你吧。"私下里他密令新三郎道："汝须暗伺九郎动止，如有异常，立即禀报。"新三郎眼见昌俊被斩，急忙夜以继日赶回镰仓报告。镰仓殿闻报，命舍弟三河守范赖出兵讨伐义经。范赖不忍，屡屡固辞。赖朝不允，范赖无可奈何，只得披挂整齐，来见赖朝辞行。镰仓殿突道："汝此去，切不可继九郎而叛赖朝！"范赖大惧，不能自措，立即卸甲，搁置入京一事。为表忠心不二，他每日书写十份誓书，自陈绝无异志。白昼诚惶诚恐，洒泪挥笔；夜间毕恭毕敬，于庭院中捧读誓状。日复一日，如是者百日，共写下起请文千份，却依然于事无补，终不免遇害。其后赖朝又以北条四郎时政为大将，上洛讨伐义经。判官知悉，欲逃镇西，绪方三郎维义谏道："先前平家欲入九州而不得，足见彼处豪族军力颇强，威势可御外敌。"判官道："正因如此，吾方欲借力彼等。"维义道："既如此，将军帐下菊池次郎高直乃九州宿敌，请斩其首，方能交好九州。"判官立即命人将高直押到六条河原斩首。此后维义大受判官重用。

同年十一月二日，九郎大夫判官至御所参谒法皇，并请大藏卿泰经朝臣代为转奏道："义经奉公忠君，一向有目共睹。然赖朝听信郎党谗言，阴图加害。而今唯有暂避于镇西，请赐院宣以视九州众人。"法皇犹豫道："此事若被赖朝得知，怕不稳当。"遂询问诸卿意见。众臣道："倘义经留京，关东大军必扰犯京都，届时满城狼烟，反而不好。命其暂避远国，或可免京师遭劫。"法皇见群臣异口同声，便颁下院宣，命义经为大将，率绪方三郎及臼杵、户次、松浦党等原镇西兵马，计有五百余骑，于十一月三日卯时平静离京。义经护卫京师，循谨奉上、威恩兼行，士民称之。及去，京师人皆谓可惜。

有摄津国源氏族人太田太郎赖基，自忖道："叛贼既自吾家门前经过，吾岂能一箭不发？"于是引家将郎党追至河原津，高声挑战。判官麾下五百余骑，太田太郎仅六十余骑，判官挥军将其团团围困，命令道："莫放走一人。"全力猛攻。太田太郎身上负伤，家将郎党大多阵亡。不多久太田太郎胯下坐骑腹部中箭，太郎无法再战，败退而去。判官将所斩首级拜祭军神，认为此番得胜是出师的好兆头，心境大悦，遂进至大物浦，发船向南。适逢西风暴起，舟船漂荡，被吹往住吉浦。义经赴西海不得，乃匿于吉野深山。孰料吉野恶僧群起而攻，无奈再逃往奈良。奈良僧众又群相搜缉，只得潜返京都，后经北陆道遁至陆奥。义经离京时随带女官妾侍十余人，至住吉浦只能悉数抛弃。女官妾侍们惊惶无助，或于松下，或于沙上，足踏裙裤、头枕衣袖，泣卧伤悲。住吉神官见她们可怜，便将她们全部送归京师。受判官重用的伯父信太三郎先生义宪、十郎藏人行家、绪方三郎维义等，因所乘船只被风浪吹散，飘零于各浦各岛，彼此失散，互相不知所在。义经船队遭西风强袭一事，世人议论纷纷，都道平家怨灵作祟，方有此劫。

同年十一月七日，镰仓源二位赖朝以北条四郎时政为代官，统六万大军入都。次日，上奏法皇，请求追讨伊豫守源义经、备前守源行家、信太三郎先生源义宪。法皇即刻准奏，颁下院宣，令诸国搜捕义经。不过数日前，即在十一月二日，义经请旨讨赖朝，法皇刚予准奏；同月八日赖朝请伐义经，又予准奏。公家窘迫，受制于武家，不得不朝令夕改，使世间纷争不宁，真可哀事。

六、吉田大纳言

再说镰仓殿就任日本国总追捕使[①]后，上奏法皇，令诸国按段别征

① 总追捕使：保护各国各郡民众，负责缉拿全日本盗贼匪徒的最高长官。

米以充兵粮。法皇心难之，思忖道："据《无量义经》载，昔时讨伐朝敌，立有大功者，可裂土一半封赏。然我朝尚无先例，赖朝所请，未免过分。"遂聚众公卿佥议，公卿皆不敢违赖朝意，俱言："赖朝所请，亦得道理之半。"法皇便准了镰仓殿所奏。赖朝于是在诸国置守护①，庄园设地头②，自为总地头。自此，农田毫厘皆难隐瞒，国司之权移于守护，领主俱丧其地，而朝廷愈衰。

镰仓殿上奏此事，放着朝廷的多位公卿不用，却托请吉田大纳言经房代为转奏，悉因此大纳言刚正不阿之故。自平家失势，源氏如日中天以来，朝中众臣或致书或遣使，阿谀奉承，丑态毕现。唯有吉田大纳言绝无趋炎附势之举。昔年平家秉政，软禁法皇于鸟羽殿，在大内后院置别当职，彼时就任命勘解由小路中纳言与经房二人为后院别当③。此大纳言乃权右中辨光房朝臣之子，十二岁丧父失怙，虽然孤苦，却次第晋升，不曾滞职。以一身而兼卫门佐、藏人、辨官三要职，之后升为贯首，又历任参议、大弁、中纳言、太宰帅等，直至正二位大纳言的高位。平步青云，无人能逾。这好比人之善恶，如锥隐囊中，必脱颖而出。其名望贤达，古今罕有。

七、六　代

镰仓殿为绝后患，命搜捕平家血胤。北条四郎想出一策，布告道："凡搜获平家子孙者，无论何人，所愿悉予满足。"京中有知情者，贪

---

① 守护：1185 年，源赖朝以讨伐源义经为由，在全日本设立守护，赖朝拥有其任命权。原则上一国任命守护一人，由得力的亲信武士担任。其权限包括征剿叛乱、维持治安、监督京都、警备镰仓等。遇有战事则负责指挥国内武士追随幕府出战。

② 地头：负责管理庄园的职务名。其责任有征收兵粮、上缴年贡、管理土地等。

③ 后院别当：掌管皇族所居御所事务的长官。

那重赏，百计搜求。于是陆陆续续搜出不少平家后胤。更有并非平家子弟，不过是下役之子，只因肤色白皙、眉清目秀，便被强说成“此人乃某中将殿子息”或“此人乃某少将殿公子”，拉去充数请赏。彼等父母哭天抢地，分辩道：“抓错了，这孩子是服侍平家公子的”、“那孩子是乳母的孩子啊”，但无人理睬。幼小的或浸水淹死、或入土活埋，稍长的或斩杀或刺杀，宁杀错勿放过。那生母之悲、乳母之叹，用言语无法形容。北条四郎子孙众多，见此滥杀滥捕，不由心生悔意。然世人趋炎附势已成惯常，欲待禁止已是不能。

其中有位小松三位中将殿的公子，即此前提到的六代，系平家嫡传一脉，年及长成。源氏方面千方百计搜捕他，四处分兵撒网，却一无所获。就在北条四郎打算归返关东时，有一女官至六波罗出首道：“从此地向西行，过遍照寺，可见一座山寺，叫作大觉寺，其北有一菖蒲谷，小松三位中将殿的夫人、公子、千金，都藏于彼处。”北条时政立即遣人前去窥探，果见一批女官、公子为逃避搜捕，在那隐居。探子由篱笆缝隙向内打望，恰有一只白狗飞奔而出，后面紧跟着一位面目俊朗的贵公子。一名乳母随即追出，喊道：“不要跑出去，快回来。”跑上前将贵公子拉回屋中。探子推测道：“此子可能便是平逆六代了。”疾奔而归，禀明详情。次日北条时政亲自率兵，四面合围隐居地，接着遣人入内，客客气气道：“听闻平家小松三位中将殿公子六代君在此，镰仓殿代官北条四郎时政特来迎接尊驾，请出门相见。”六代之母闻言，惊得魂飞魄散，险些昏厥。斋藤五、斋藤六急步查看四周，但见源氏武士层层包围，已是插翅难逃。乳母翻身倒卧在六代身前，失声痛哭。平日里一屋子的人为免泄露行藏，说话都不敢大声，隐忍着默默度日，此刻再无顾忌，家中上下人等尽皆放声悲泣。北条在屋外听到，动了恻隐之心，拭泪无语，安静等待。良久，重又遣人入内，温言劝道：“只因天下未宁，镰仓殿恐有歹人不利于六代君，故来迎接护卫，此外别无他意。还是请六代君出去吧！”六代闻言对母亲道：“事已至此，料也无计可脱了，就让孩儿出去吧。若被武士冲入屋中强行抓捕，这里一众女眷难免受辱，届时反而不妥。孩儿即便跟他们同去，也不至于立即被杀，关押些许时日后，我便乞假回来探望。还请母亲大人止悲。”他一脸赤诚，竭力安慰着母亲。

少顷，六代之母垂泪为六代梳好发髻，换好衣裳。行将离别时，又取出一串黑木小佛珠，说道：“把它带在身边，真到了往生之时，一定要念佛而赴极乐净土。”公子接过佛珠，道：“孩儿今日拜别母亲大人，若有不测，便当往西方极乐追寻父亲大人。”语调凄凉。其妹今年十岁，听了此话，急忙道：“我也要去寻父亲大人。”说完要跑出屋外，乳母赶紧拉住她。公子六代，今年仅十二岁，却比寻常十四五岁少年更像成人，胆识不凡。他说道：“不可让敌人见我流泪，以为我有畏敌之心。”遂以袖掩面，泪水自袖缝无声滑落。乘上肩舆后，源氏武士围在前后左右，快速而行。斋藤五、斋藤六紧随肩舆左右。北条见状，命骑在后备马上的武士下马，将马让给二人骑乘。但二人执意不肯，由大觉寺至六波罗，一路上都赤着脚。

六代之母与乳母伏地仰天，抱头痛哭道：“听闻前些日子平家被抓到的子弟，要么浸水淹死、要么入土活埋，再不然就是斩杀、刺杀，种种传闻不断。不知我儿会被如何对待？他稍微年长些，说不定会被斩首。人子即便由乳母抚养，生母略微见上数面，母子之情就已十分亲厚。试问哪位母亲不是舐犊情深？更何况六代自出生时起，一时片刻也不曾离开我身边。我当他是罕有的宝物，夫妻二人朝夕抚育。自其父往生后，兄妹俩已是我余生唯一可资慰怀之人，而今留一去一，真不知今后该如何是好？这三年间，日里夜里担惊受怕，所惧的便是我儿被捕。哪知昨日之忧，今日竟然成真。这些年我皈依长谷寺观音，虔诚祷告，但六代终不免落难，想来可悲至极。说不定哪天他就一命归西了！”伤心断肠，全然不觉已至深夜。六代之母因胸中抑郁，翻来覆去不能入眠，又向乳母道：“适才合眼，迷迷糊糊间，仿佛看见六代骑着白马奔回，说道：‘孩儿极为挂念母亲大人，所以乞假归来探母。’说着紧挨着我坐下，不停啜泣。我一惊而醒，以为六代真的回来了，就坐在我身边，赶忙朝四周细看，却哪有他的影子？虽是梦中暂得相会，但能亲眼瞧见六代回来，想想心里就高兴。可惜梦不长久，转眼即醒，真是遗憾。”乳母闻言再度落泪。这真是长夜难明泪难干！

长夜总归有尽，鸡人唱晓，天边露出鱼肚白。斋藤六归来参见，夫人急问道：“公子如何了？”斋藤六道：“眼下并无大碍，他有信托我带回。”言罢自怀中取出信笺奉上。夫人展信观览，见其上写道：“敬请母亲大人宽心，目下一切尚好。想来家中众亲都在想念于我，代致安好。”此信行文颇为成熟，夫人看完也不言语，将信纳入怀中，垂首想着心事。她心中的哀伤不问可知。

时间渐逝，斋藤六禀道：“在下已出来颇久，有些放心不下，这便要回去了。”夫人边哭边写了一封回信交给他，斋藤六随即告辞而去。乳母心头忧伤，步出门外，且行且哭，也不知信步走到了何地，忽于道旁听人议论道：“此深山中有一山寺，名叫高雄，其中有位圣僧唤作文觉坊，素受镰仓殿崇信，乃是个举足轻重的人物，听说不少名门贵胄想拜他做师父呢！”乳母闻言大喜，也不及向夫人通报，疾奔到高雄乞救。她一见到圣僧文觉坊，即一一尽述前情道：“大师，有一位我视若己出的公子，今年不过十二岁，昨日源氏武士来搜，将他抓去了。请您救救他，收他作弟子吧！”说着倒伏在圣僧面前，嚎啕大哭，声声凄绝。圣僧大为震动，忙问小公子系何人？乳母起身泣道：“他是平家小松三位中将夫人家一位亲戚的孩子，定然是有人贪功，故意把他说成是中将殿的公子，所以昨天才被武士抓了去。”圣僧又问道：“那些武士的为首者是谁？”乳母道：“好像是叫北条。”圣僧道：“情况我已尽知，这便替你去讨个公道。”言罢立即动身去见北条。这个回答大出乳母意料之外，心想看来公子有救了，急忙快步赶回大觉寺，来见夫人。夫人惊道：“我还以为你已跳崖自尽，正寻思着投河呢。”仔细询问她去了何处。乳母将圣僧之语备细禀明，夫人合掌泣道："总算老天保佑，这回有望再见到六代了。"

圣僧赶到六波罗，询问真情。北条告诉他："奉镰仓殿令：'据闻平家子孙多在京中隐藏，其中有小松三位中将之子，系中御门新大纳言女儿所生，乃平家嫡长一脉，年将元服。务必搜捕拿获，不容有失。'我等接此严令，全力缉捕，将平家旁支的公子拿到一些，但嫡系的公子不知藏匿何处，遍寻不获。在下无奈，正要回去向镰仓殿禀告，哪知前天有一女官前来出首，这才于昨日将那位公子迎了来。此子眉目俊秀，惹人疼爱，暂留于此处，尚未处置。"圣僧道："既如此，待贫僧见见。"言罢亲自到六代宿处探视。但见他身穿二重织绣直垂、手执黑木佛珠、长发披散在肩，其姿骨、仪表、风貌，的确堪称出类拔萃，人世罕见。只是因一夜未寝，面色略显憔悴，令人心生怜悯。他抬眼望见圣僧，双目流下泪来。圣僧也不禁泪湿墨染法袖，暗想道："纵然日后成为仇敌，此际便杀，也是不妥啊。"遂向北条道："贫僧与此子相见后，大概前世有缘，对他颇感怜爱。请将军暂延他二十日性命，待我赶去关东，亲自向镰仓殿求情。当年为了镰仓殿能起兵讨平，贫僧以流放之身，仍冒险入京去请法皇院宣。夜渡富士川下游时，因不熟水情，几乎丧生洪流中；后来行到高市山，又撞上一伙盗匪，幸亏合十念佛，苦苦求生，方保得一命。历经千辛万苦，终于来到法皇被软禁的福原御所，托请前右兵卫督光能帮忙，取得了法皇院宣。镰仓殿感此恩情，所以同贫僧约定：'日后无论有何大事，圣僧但说无妨，凡有所请，赖朝无有不从。'此后贫僧为镰仓殿奔走效力，将军已然亲见，不必再多言了。重然诺而轻生死，镰仓殿既受领为总追捕使，定会信守前诺的！"这么说完，在拂晓之际便动身赶赴关东。斋藤五、斋藤六随侍公子左右，听到此言，深感圣僧乃当世生佛，激动得双手合十流泪，急急奔回大觉寺参见，向夫人细述前情。夫人大喜，心中登时有了一线希望。虽然源赖朝的想法如何不得而知，此事结局难料，但圣僧既然信心满满地赶往镰仓，又令六代的性命延长了二十日，夫人、乳母毕竟得到了稍许慰藉，不住声地感谢观音菩萨的庇佑。

乌飞兔走，二十日如梦飞逝，圣僧文觉坊却音讯全无。夫人心忧如焚，不知出了何事，整日里闷闷不乐。北条也琢磨着：“文觉坊约定之日已过，难道就这么在京耽搁到年底？只能回关东了。”于是下令准备启程。斋藤五、斋藤六急得肝胆俱碎，圣僧不见归来，镰仓的使者也不见来，百思无计，只得赶回大觉寺，向夫人禀道：“圣僧至今未归，北条明日清晨便要回关东了。”说着以左右两袖遮面而泣。夫人见此情形，心中悲哀无以形容。她说道：“若能有位善辩的长者去劝劝北条，就说：‘将军最好将六代一同带回镰仓，这样兴许还能在途中遇上回京的圣僧。否则那边圣僧的求情获准，这边六代却已被斩首，届时将军就无法交代了。’唉，北条就快处决六代了吗？”斋藤兄弟道：“恐怕明日拂晓便要行刑了。因为这几日负责看管公子的北条家的郎党，个个愁眉苦脸、唉声叹气，或轻声念佛，或流泪不止，仿佛就要与公子诀别似的。”夫人急道：“公子现在如何？”斋藤兄弟道：“当着人面时，他便镇定自若，轻捻佛珠。无人时则以袖掩面，伤心哽咽。”夫人痛心道：“果真如此吗？他虽未元服，心志却颇像大人了。今夜过后便是大限之期，他心中想来已哀伤至极。那日离别时他曾说过段时间乞假回来探视。如今二十余日过去，我们既不能去看他，他又不能回来，真不知要到几时方能见上一面？你们能想个办法么？”斋藤兄弟道：“我等无论何时何地，都会陪在公子身旁。他若遇害，定然奉其遗骨送至高野山供奉。我等就在山中出家入道，为公子祈后世福缘。”夫人道：“六代此刻定然焦虑不安，你们赶紧先回去吧！”斋藤兄弟二人遂泣拜而别。

同年十二月十六日，北条四郎携六代出京。斋藤五、斋藤六双眼为泪水所蒙，望出去前路朦胧一片。尽管如此，他们仍执意要追随少主到最后一刻，含泪跟从。北条道：“还是骑马吧！”他们摇头不肯，心道："少主时日无多，我等只能陪送最后一程了，这些辛苦算什么！"血泪交迸，脚下不停。六代告别了此前从未离开过的母亲、乳母，平日里久居京师，一朝被远隔云天，踏上东国之路，大限将临，步步凄凉。一遇迎面有武士快马驰来，便心惊胆战，怕他来取自己的项上人头；一见武士上来搭话，便提心吊胆，以为命之将绝。走到四宫河原，琢磨着这里就是行刑处吧？但直至越过关山，来到大津浦，仍不见动静。于是又猜想可能要在粟津平原动手吧？但天色已晚，倒也未必。就这样行过一国国、宿过一驿驿，到达骏河国。六代命如微露，又担心今日便是大限之期。

一行走到千本松原，武士全体下马，放下肩舆，着地铺上皮褥，请六代安坐。北条四郎走到六代面前，落泪道："携汝至此，并无他事，吾途中每日所思，便是希望你在路上遇见圣僧赶回。诚心如斯，可谓仁至义尽。若将汝解至关东，就怕镰仓殿心中有所不满，所以决定在近江国送汝往生极乐。此乃平家一业所感而得的报应，谁都不必求情了。"六代沉默无语，召来斋藤五、斋藤六，吩咐道："我遇难后，汝等即刻归京，千万不可告诉母亲大人我已在路上遭害。此事虽然不能长久隐瞒，但若直接由你二人口中说出实情，母亲大人定会万般伤心，我在地下也将心痛不安，来世便无法投胎了。汝等只须说已安全送我到达镰仓即可。"兄弟二人心如刀割、肝肠寸断，无言以对。少顷，斋藤五道："少主罹难，我等义不独生，岂能自行归京？"言罢泪下如雨。行刑之时已到，六代以纤手将长发捋到肩前，看守的武士见了，都道："此子丰神俊朗、临危不惧，真乃人杰。"说着人人泪洒襟袖。六代面朝西方，双手合十，静念佛号，伸颈待刑。狩野工藤三郎亲俊被选为行刑者。他拔出太刀，从六代的左手方绕到六代身后，举刀过头，就要斩下时，突然一阵晕眩，无法落刀，只得放弃道："在下不欲行此事，换他人干吧！"舍刀退回。北条手指众武士道："那么你来行刑，或者你来吧？如何？"正挑选人手，一名身穿墨染法衣，胯下骑着月毛马的僧人，快马加鞭疾驰而近，口中高呼：“松原那边的，刀下留人！北条殿且慢行刑。”众人听见，便都聚在一起，见僧人脱掉斗笠，在手上不断地挥舞着。北条道：“大家注意！”那僧人奔到眼前，众人一看，正是文觉坊。他飞身下马，喘息片刻后，说道：“赦免六代君了！镰仓殿御教书在此！”取出御教书呈上。北条细览，见其上写道：

自寻得小松三位中将维盛之子后，高雄圣僧文觉坊亲来求恳，欲由其监护此子，故着即移交。此事确凿无疑。

北条四郎殿启　　　　赖朝

御教书下方盖着赖朝的印信。北条反复看了两三遍，喜道：“甚妙，甚妙！”将御教书恭敬收起。斋藤五、斋藤六，以及北条的家将郎党，人人喜极而泣。

八、长谷六代

再说文觉坊及时赶到，神情喜悦，告知北条，镰仓殿已恩准将六代移交给自己。他说道：“镰仓殿起先不准，声言：‘此子之父三位中将殿，曾任源平首度合战平家大将军，故而无论谁来求情都不能应允。’贫僧便直言道：‘若是破灭文觉之愿，只怕冥冥之中会有神佛降责。’尽管说出这等冒犯之语，镰仓殿仍然不许。后来他前往那须野狩猎，贫僧在狩场苦苦哀求，这才让他点头应允。因此迟回了数日。”北条道：“原与圣僧约好二十日，哪知逾期数日不见音讯。我以为镰仓殿不准求情，所以带着六代上路。若再晚些来，此地便是六代的丧生之处了。”命武士牵来已置好鞍鞯的马匹，让斋藤五、斋藤六骑上回京，并告别道：“本该亲自送二位一程，只是与镰仓殿有要事相商，须早日赶回关东，所以就在此别过了。”依依惜别，自行东去。真是个情深义重的人。

文觉坊接收了六代后，日夜兼程赶路，抵达尾张国热田附近时，已到了年底。次年正月初五夜，终于返回京都。在二条猪熊，有文觉坊的宿所，他们入内歇息一阵后，在夜半时来到了大觉寺。上前叩门，里面毫无人声，从院墙缺口处跑出六代平日喂养的那条白狗，摇尾近前。六代担心道："母亲大人呢？"心中挂念着母亲安危。斋藤六翻墙而入，开启大门，请众人入屋。众人见屋中似乎已许久无人居住，大是惊奇。六代道："我苟延残生，努力活着，便是为了再见到亲人啊。这到底是怎么回事？"整晚哭泣难眠，心中满是哀伤幽怨。待到天明，向附近居民打听，答说："那家人新年前曾去奈良参拜大佛，正月时去了长谷寺隐居。他们搬走后，这里的住处就空了。"斋藤五急忙寻至长谷寺，参见完毕，详述前事。夫人、乳母听了，竟不敢相信，直问："不是在梦中吧？"急忙赶回大觉寺，见六代果然平安无恙，当真是欢人喜地，未及开口已是泪下如雨。夫人道："快随圣僧出家吧！"但文觉坊并不给六代剃度，直接带他去了高雄。据说后来文觉坊还不时拜访隐居的夫人，在生活上提供资助。观音菩萨大慈大悲，无论有罪无罪，皆能一视同仁，予以庇佑。往昔就有许多这种例子，实堪赞颂。

再说北条四郎押解六代前往关东，在遇见文觉坊之前，于镜宿遭逢镰仓殿所派使者，北条问道："所来何事？"使者答道："十郎藏人殿、信太三郎先生殿、九郎判官殿勾结叛乱，命将军率军征讨。"北条道："吾所押之人干系重大，不可轻离。"于是吩咐前来送行的侄儿北条平六时贞道："汝速归京师，查明叛贼行踪，全部拿捕处决。"遂在老苏森林告别。平六归京后，全力打探叛逆者下落。他听说有个法师知道十郎藏人殿的所在，便寻来法师，法师道："具体情况贫僧并不知晓，或许其他法师知道。"平六见他推脱，大怒，下令拘捕他。法师辩道："何故拘我？"平六道："你明知十郎藏人殿所在，却知情不报，所以要拘你。"法师道："那贫僧说了便是，何必抓人？听说他藏在天王寺。”平六道：“你带路！”遂命女婿小笠原十郎国久、殖原九郎、桑原次郎、服部平六等引三十余骑，前往天王寺。十郎藏人的藏身点有两处，一处在谷学头[①]伶人兼春家，一处在乐师秦六秦七家，搜捕者分两路前去捉拿。彼时十郎藏人正匿于兼春处，见兵士全身甲胄掩至，急从后门落荒而逃。学头有二女，皆系藏人情妇。源氏武士拿住她们逼问藏人逃向何处，姐姐道：“问妹妹。”妹妹道：“问姐姐。”藏人逃跑就在片刻之前，又岂有不知之理？姐妹俩遂一同被捕，押去京都。

藏人朝熊野方向逃去，身边仅随带一名武士。此武士患有足疾，二人只得在和泉国八木乡某处暂时逗留。彼处主人见来者正是被通缉的十郎藏人行家，连夜飞驰入京，向北条平六出首。平六默想道：“往天王寺人马尚未归来，这回派谁去呢？”召来郎党大源次宗春，问道：“山门那位山僧可还在？”答曰：“尚在。”平六道：“唤他来。”于是唤出那法师。平六道：“已获知十郎藏人行踪，你去杀了，镰仓殿处可以请赏。”山僧道：“遵命。请分派些人手给我。”平六道：“武士只有大源次，派不出其他人了。”又拣选了舍人与杂色等十四五人，随他同去。此山僧唤作常陆坊正明。他赶到和泉国，冲入那户人家，却见空无一人。掀开地板、检查涂笼，也不见藏人踪影。常陆坊便立于大路上，来回巡查。见到一位百姓之妻路过，便上前抓住，厉声喝道：“此地可有形迹可疑的旅人，快从实说来，不然送你归西。”妇人道：“今日你们搜过的那家，昨夜曾有两个非同寻常的旅人来过，今早出门后，去了那边那所大屋中。”常陆坊身穿带袖黑革缀腹卷、手提大太刀，闯入那所大屋中。但见一名五旬左右男子，身穿褐色直垂、头戴折乌帽子，拎着唐瓶、果点，正在自斟自酌。他抬眼见山僧携带兵刃气势汹汹突入，急忙扭身逃窜，但转眼便被追上。这时十郎藏人哈哈笑道：“兀

① “学头”之职是在天台宗和真言宗大兴教相研究的背景下产生的，负有教导众僧之责。出任者大多综览各宗要义，才德智略不凡。

那秃驴，你拿错人了，行家在此。”常陆坊返身，见十郎藏人身着白色小袖、下穿大口袴，左手持金制小太刀、右手持野太刀。常陆坊喝道：“叛贼，速弃太刀归降。”藏人大笑不理。常陆坊上前挥刀便砍，藏人用刀架开，立即纵身跳回。常陆坊再砍，又被架开。如此刀来刀往，大战多个回合。藏人准备逃入身后的涂笼。常陆坊道：“慢逃，须容不得你进去。”藏人道：“行家也是如此想。”左右挥刀，又跃回交战。常陆坊弃刀在地，猛扑上前，与藏人徒手交搏。两人翻上滚下，正打得不可开交之际，大源次赶到当场。仓促之下，顾不上拔出太刀，握石打破藏人额头。藏人笑道：“汝这厮看来是个贱役，击敌须以太刀、长刀，岂有用石头的？”常陆坊道：“快把脚绑住！”他的本意是绑住敌脚，但大源次慌里慌张，竟将两人四足全绑到了一起。接着用绳索勒住藏人脖颈，缚住押在一旁。藏人道：“我要喝水。”大源次将干饭泡在水中递给他。藏人将水喝光，干饭一口未动。放下碗后，常陆坊取过，将干饭尽数吃了。藏人问道：“大师是山门法师么？”常陆坊答道：“正是。”藏人又问：“大师法号是？”常陆坊答道：“西塔北谷法师常陆坊正明。”藏人道：“如此说来，你便是先前那个想托庇于行家帐下的僧人？”常陆坊道：“是。”藏人道：“今日受赖朝所遣？还是平六所差？”常陆坊道：“贫僧系镰仓殿所遣。汝当真要反叛镰仓殿？”藏人道：“此身落难至此，说有反叛之心如何？没有又如何？成王败寇，无须多言。大师瞧我的武艺还成么？”常陆坊道：“我于山上，屡与恶僧斗，无一人技精如阁下。今日所使之力，平时足可与三名强敌厮杀。阁下视正明武艺如何？”藏人道：“已为大师所虏，更复何言？请取太刀来！”常陆坊取过兵刃细观，见自己所执太刀有缺口四十二处，藏人却两刀俱全。常陆坊深为叹服。他命人牵过驿马，请藏人骑上，押着他归返京都。当夜在江口一名年长游妓处歇宿，并连夜遣使者向北条禀告。次日午时，北条平六引百骑举旗赶来。行到淀町赤井河原，遇上了京中御使，传令道：“奉法皇院宣，无须再行入京。着即将十郎藏人斩首，传首镰仓。镰仓殿亦已同意。故速将首级交我，送予镰仓殿验看，以领恩赏。”十郎藏人遂于赤井河原被斩首。

据说信太三郎先生义宪藏在醍醐山中，但搜捕时却不见人影。后来传闻他逃到了伊贺，于是命服部平六统兵前往伊贺国。服部打听到义宪就躲在千度山的山寺中，立即合围缉捕。却见义宪躺倒在地，上穿夹小袖、下穿大口袴，已用饰金腰刀切腹自尽。服部平六遂割下他的头颅，归京报功。北条平六见了，道：“即刻携首级赴关东，镰仓殿验看后定有重赏。”常陆坊、服部平六遂各携首级赴镰仓。镰仓殿见过首级后，只说声：“好！”便下令将常陆坊流放笠井。常陆坊大悔，心想：“赶来关东本欲领赏，哪知镰仓殿不赏，反流正明，当真大出意料之外。早知无功有罪，何苦拼命来着？”两年后，镰仓殿召返常陆坊，慰道：“汝以下臈杀大将，恐受之不祥，神佛怪咎，故流徙以塞罪殃。”言罢，恩赏常陆坊但马国多田庄、摄津国叶室庄两处食邑，让他自行回京。服部平六因曾奉仕平家，便将没收的服部庄园赏还于他。

九、 六代被斩

再说少主六代转眼已长到十四五岁，容颜愈发俊美，如日之辉，光彩照人。夫人见了叹惜道：“可怜了这孩子，要是平家未失势，此刻他已在近卫司任职了。”这真是句空话。

镰仓殿心怀疑忌，常致书高雄圣僧文觉坊，查问道：“维盛之子有异动否？圣僧昔日为赖朝相面，曾言吾必覆灭朝廷怨敌，一雪会稽之耻。此子可似当年之赖朝？”圣僧答道：“此全系阁下臆想，六代不足介怀，您大可放心。”但镰仓殿心中仍感不安，说道：“此子若起兵谋反，只怕圣僧反要助他一臂之力。我赖朝活着时，谁也不惧。只是到了子孙时，就难料了。”此话相当可怖，不久后传到了六代母亲耳中，她大惧道：“这可不得了，还是尽快出家为妙。”因此故，六代于文治五年春十六岁时，剪去披肩长发，穿着柿色衣袴，拜别圣僧，负笈远游，修行悟道。斋藤五、斋藤六也做相同打扮，随侍左右。先参拜高野，寻访父亲的善知识泷口入道，一一问清父亲出家及辞世时的情形。而后为追寻瞻仰父亲的行迹，来到熊野参拜。他在滨宫神社前远眺父亲曾渡上过的山成岛，原打算也渡上岛看看，但风浪逆吹，力所难及，只得作罢。他面对大海，真想问问波涛："我父在何处自沉？"那汀上白沙，颇似父亲骨灰，瞧来令人倍感伤心。泪水湿透了衣袖，虽不像晒盐渔人的衣服那样一直湿漉漉地，却也难见干时。他在海渚逗留一夜，念佛诵经，以指尖在沙上作画，绘出佛像；次日天明，又请来高僧拜祭亡父，做供养法事。一应善行功德，皆归于亡父英灵。最后依依告别，泣拜归京。

再说小松殿重盛之子、丹后侍从忠房，自屋岛兵败后便不知所踪。原来他逃到纪伊国住人汤浅权守宗重处，隐匿于汤浅城内。听到这一消息，对平家仍然忠心耿耿的越中次郎兵卫、上总五郎兵卫、恶七兵卫、飞骅四郎兵卫等，率残兵败将纷纷聚来。伊贺、伊势两国住人中，仍然效忠平家者，也悉数驰集。很快就聚集了数百骑兵马。熊野别当得镰仓殿命令，即刻领军讨伐，两三月间猛攻八回，城内兵士舍命抵抗，每回都不能成功，熊野法师伤亡极多。熊野别当遣飞脚急报镰仓殿："自本国汤浅合战以来，两三月间已猛攻八回，无奈城中守军舍命死战，每回皆不得成功。今师老疲乏，无力再战，望能调邻近二三国兵马增援。"镰仓殿复信道："若照所言实行，必劳师动众，不但搅扰百姓，且将多费钱粮。今凶徒坐困孤城，不过海盗山贼之流，只须重重合围，封闭四门，则敌不战自溃！"熊野别当依计而行，果然过得数日，城中便无一人再行抵抗了。镰仓殿又出一策，故意放言道："小松殿若有子息尚存一二人者，可予以赦免。只因当年池禅尼遣使为赖朝求情，方能改判流罪，此皆小松内大臣之厚恩也！"此言一出，丹后侍从忠房信以为真，便从六波罗前往关东。镰仓殿当面假意说道："你回京住吧，那里有你的旧居，可怀念之处甚多。”一面哄他入京，一面派人尾随，走到势田桥附近时，将忠房暗杀了。

小松殿的诸位公子，除被捕的六人外，尚存土佐守宗实。他三岁时便成了大炊御门左大臣经宗的养子，早已是异姓他人。而且武艺之道弃之已久，改嗜笔墨文章。今年一十八岁，虽然镰仓殿未曾下令缉拿，但覆巢之下无完卵，日日惊惧，对前途深感绝望，于是寻到东大寺圣僧俊乘坊，哀求道：“我乃小松内大臣末子土佐守宗实，自三岁起便送给大炊御门左大臣经宗当养子，实属异姓他人，与平家再无关联。舍武艺而就文章，现年已一十八岁。镰仓殿虽未下令缉拿，但时局如此，俗世已无容身之处。故恳请大师收我为弟子。”言罢挥刀断髻，又道：“倘大师担心镰仓殿追究，只管去镰仓告发。在下大逆之人，性命全在大师一念之间。”俊乘坊心中怜悯，便应允他出家，暂时住在东大寺的油仓里。接着又去关东禀告。镰仓殿道：“他既求恳到你门下，我自当好生照应于他，就让他来镰仓吧！”俊乘坊便送宗实前往关东。宗实深知此去绝无好下场，自奈良动身之日起，便下决心绝食。任何饮食、汤水俱不入喉。越过足柄山，行至关本驿，一命归西。虽说身陷绝境、穷途末路，但要狠下心肠绝食，也殊非易事。

建久元年[①]十一月七日，镰仓殿上洛；同月九日，朝廷升其为正二位大纳言；同月十一日，以大纳言兼右大将。不久两职并辞。十二月四日，归返关东。

建久三年三月十三日，后白河法皇崩御，享年六十六岁。其夜瑜伽振铃之声停响，次晨《法华》诵读之声终止。

建久六年三月十三日，东大寺将举行大佛开光供奉典礼。镰仓殿为此事于二月中再度上洛。同月十二日参拜大佛殿，召梶原密令道：“东大寺碾磑门南面，在数十僧众身后，有一行迹可疑者，速将他抓

---

① “建久”是后鸟羽天皇的年号，建久元年即公元1190年。

来。”梶原立即带人将那人捉住。却是个剃须未剪髻的男子。梶原审道：“汝是何人？”答说：“事既败露，看来平家气运当尽，也不隐瞒了。在下乃平家武士，萨摩中务家资是也！”又问：“这般打扮所为何事？”答说：“欲伺机为平家报仇。”梶原嘿然道：“汝这厮胆子不小嘛！”待供奉典礼结束后，镰仓殿返京，下令在六条河原将家资斩首示众。

平家子孙到文治元年①冬时，连一二岁的幼童也不剩一个。除去腹内不得见的之外，所有可藏身之地已尽皆搜遍，天下人都以为平家已灭门了。但新中纳言知盛的末子、伊贺大夫知忠其实尚存于世。原来平家离京出奔时，刚刚三岁的知忠被弃置不顾，负责照料他的纪伊次郎兵卫为教收养了他，四处藏匿，最后在备后国太田隐居下来。时光匆匆流逝，转眼知忠已然成人，又惹来了郡乡地头守护的怀疑。他只得潜返京都，在法性寺一之桥隐居。当年其祖父入道相国为防万一，曾在此处挖掘两道壕沟，四面栽竹，紧急时可作城郭使用。知忠在此竖起逆茂木，白昼寂寂无声，夜间则朋辈云集，赋诗咏歌、丝竹管弦，尽得其乐。后来风声走漏，彼时世人最恐惧的一条二位入道能保②，其侍从武士后藤兵卫基清之子新兵卫基纲，听闻“一之桥藏有朝廷钦犯”，遂于建久七年十月七日辰时一刻，率麾下一百四五十骑疾驰一之桥，高声叫嚷发起猛攻。城内有三十余人，脱去外铠，袒露双肩，藏身竹荫中，连矢急发，射杀人马众多，源氏武士由正面无法前进一步。但此时“一之桥藏有朝廷钦犯”的消息已在京中流传开来，在京武士听闻后，立功心切，纷纷驰赴一之桥，聚集了大约一二千骑。他们将附近的小屋拆掉，填平了壕沟，高喊着拼死来攻。城内兵士拔刀苦战，奋勇抵挡，或

---

① “文治”是后鸟羽天皇的年号，文治元年即公元1185年。

② 一条能保（1147～1197）：平安末镰仓初公卿，丹波守藤原通重长子，源赖朝的妹夫。他受后白河法皇和赖朝重用，是当时的实权人物。1194年出家，法号保莲。

被杀，或重伤，或自戕。伊贺大夫知忠时年一十六岁，重伤不敌，自尽而死。收养他的纪伊次郎兵卫入道抱着他的尸身横置膝上，泪流满面，高声念佛十遍，切腹自尽。其子兵卫太郎、兵卫次郎一道阵亡。城内三十余人大部战殁或自尽，馆舍俱被火焚。源氏武士纵马驰入，斩下敌军首级，挑在太刀、长刀刀尖上，回去向二位入道殿报功。二位入道殿坐于车上，在一条大道逐一细验首级。纪伊次郎兵卫入道的首级认得者不少，但伊贺大夫的首级无人识得。其母治部卿局此际于八条女院处奉职，便接她来相认。她大哭道："孩儿啊，你三岁时，汝父故中纳言带着我远走西国，此后生死茫茫，再无相会之期。但瞧你的模样，像极了故中纳言，便知你是我的孩儿了。"伊贺大夫的首级这才得到了确认。

平家武士越中次郎兵卫盛嗣潜逃至但马国，入赘气比四郎道弘家为婿。道弘对越中次郎兵卫的身份来历概不知晓。但囊中之锥，必脱颖而出。每至良夜，他或纵马飞驰射箭，或潜入海底十四五町、二十町，终于走漏了风声，惹来地头、守护的疑心。镰仓殿颁下御教书，令道："但马国住人朝仓太郎大夫高清，今闻平家武士越中次郎兵卫盛嗣于国中居住，速将其缉捕解来。"由于气比四郎是朝仓大夫之婿，所以唤他来，商量如何捕人。商议结果，趁越中次郎沐浴时拿他。于是在越中次郎入汤屋洗浴时，召来勇士五六人，合力冲入汤屋拿人。哪知甫一交手，就被左摔右投，打翻在地，刚起身又被一脚蹴倒，人人浑身湿透，拿不住越中次郎。于是又唤来了二三十人，鼓勇猛扑上去，或以太刀刀背，或以长刀刀柄，狠击越中次郎。越中次郎寡不敌众，终被打倒在地，绑赴关东。他被押到镰仓殿面前，镰仓殿细问他道："汝身为平家武士，又是故亲，为何不以身殉主？"越中次郎道："只因平家孱弱，匆促覆灭，故吾时刻期盼为主家复仇。太刀、利矢、暗器，一切都已为阁下准备齐全。可叹功败垂成，此平家运尽之结果，毋须再多言了。"镰仓殿叹道："壮哉！汝志可嘉！倘能向赖朝求恕，我当重用于你！如何？"越中次郎道："勇士不仕二主。阁下若饶盛嗣一命，日后定然后悔。请恩赐盛嗣一死！”镰仓殿道：“那只好如你所愿了。”命人将越中次郎押到由井之滨，斩下了首级。时人对越中次郎慷慨赴义，皆赞不绝口。

当其时，主上后鸟羽天皇沉溺享乐，朝廷政事皆决于乳母藤原范子，百姓多有愁叹。“吴王好剑客，百姓多创瘢；楚王好细腰，宫中多饿死。”[①]上有所好，下必甚焉。有心人忧国忧民，无不仰天长叹。这时曾引起赖朝猜忌的文觉坊，又受到了一件大事的牵连。原来二宫守贞亲王一向好学，求知不怠，凡事以正理为先，文觉坊对他极为欣赏，曾屡次欲助他登上皇位。但因有前右大将赖朝在，所以不能成事。建久十年正月十三日，赖朝薨，文觉坊以为有机可乘，遂策划起兵谋反。但事机不密，很快败露，在二条猪熊宿所中被官军捕获，时年已八十余岁，被判流放隐岐国。文觉坊出京时赌咒道：“老朽年事已高，今日不知明日事，纵然赦勘降罪，也该将我就近安置于京都附近，而今却要远流去隐岐国，毬杖小儿当真可恶。文觉便在流放地恭候御驾吧！”这诅咒真是可怖。后鸟羽天皇极爱击毬，故而文觉坊口出恶言，骂他是“毬杖小儿”。后来这位天皇于承久[②]年间兴兵作乱，事败后遭流放。天下诸国尽多，偏偏选中隐岐国作为他的流放地，实是不可思议。文觉坊的亡灵据说常在该国作祟，不时出现在御前冷嘲热讽。

再说少主六代出家后，称“三位禅师”，在高雄虔诚修行。有人向镰仓殿进谗道：“平家的儿子、文觉坊的弟子，即便剃发，也难剃心啊！”于是镰仓殿频频上奏朝廷，终于迫得朝廷下诏，命安判官资兼抓捕六代，押赴关东。又派骏河国住人冈边权守泰纲，在田越河将六代斩首。六代本来在十二岁时就该命绝，一直苟延到三十余岁，全赖长谷观音利生护佑。自此，平家断嗣，子孙永绝。

---

① 语出《后汉书》卷二十四《马援列传第十四》。

② “承久”是日本第84代顺德天皇的年号。此时后鸟羽上皇实施院政，于承久三年（1221）起兵欲打倒镰仓幕府，但很快就被幕府军击败。后鸟羽上皇被流放到隐岐。

灌顶卷

一、女院出家

建礼门院于东山之麓、吉田附近，奈良法师中纳言法印庆惠的僧房中隐居。那荒屋日久年深，庭中草深没踝，檐下萱草杂茂；帘残闺露，风雨交侵。花色绚丽，只是无人玩赏；月明良夜，可怜无人吟咏。昔时高居玉台，锦帐富丽，衣食无忧；而今亲人尽别，入居朽烂陋屋，心中幽怨哀伤不问可知。正如鱼上陆、鸟离巢，想起往日海波飘零、困顿舟中的日子，反生留恋之心。苍波路远，寄故思于西海千里之云；茅屋苔深，落孤泪于东山一庭之月。此诚极悲之事也！

女院于文治元年五月一日，剃度出家。授戒师父听说是长乐寺阿证坊上人印誓。女院将安德先帝的直衣布施给上人。这件直衣是先帝留下的遗物，香泽迄今仍在，见衣如见人，女院留着作为纪念。从遥远西国一路带到京师，本打算永久贴身保存，但此刻无物可供布施，而且要为先帝修后世菩提，只好含泪送予上人。上人接过，无言以对，泪湿墨染法袖，啜泣而出。后来听说他将先帝直衣缝制为帐幔，悬于长乐寺佛前。

女院十五岁时大内宣旨下，封为女御；十六岁升后妃之位，常侍天皇身侧，晨间助理朝政，夜暮欢宴专宠。二十二岁时诞下皇子，旋即立为皇太子。皇太子登基后，恩赐院号“建礼门院”。她既是入道相国之女，又是天子之母，母仪天下，万民仰慕，世所敬重。到今年也不过二十九岁，依旧美艳似桃李、娇柔若芙蓉，姿色未衰。只可惜将一头墨玉光泽的黑发，剃削无遗；厌弃浮世、以身入道，令人悲叹。亲人战败沉海的模样，先帝、二位殿的面容，一生都难忘怀。自己命如微露，虽侥幸活到今日，但每每念及阖族遭遇之惨，便不禁泪迸肠绝。五月夜短，却感绵长无尽，天色难明；昏昏沉沉不得入眠，欲在梦中追寻往事亦不能够。诗云：

"耿耿残灯背壁影，萧萧暗雨打窗声。"[①]那上阳宫中的白发宫女，满腔幽怨伤悲，怕也不过如此。僧房的前主人，为纪念亡妻而移栽的橘花，在清风吹拂下，从檐下飘来阵阵香气，山中也传来郭公的二三声鸣叫。女院见此情景，想起一首古歌，遂在砚盖上写下此歌：

橘花香飘郭公鸣，为念故人泪悲啼。[②]

平家的诸位女眷，都极有勇气，二位殿、越前三位夫人，皆慨然自沉海底。有被源氏武士活捉而遣归家乡的，不管老少，一概出家。形容枯槁，残喘苟活，由朝至暮，于谷底岩间艰难度日。华屋俱为烟尘，空留废墟残迹，野草荒茂，无人理会。那心情便如刘、阮自仙界归来，遇到七世之孙[③]般，至为可哀。

七月九日大地震，房屋倾塌，女院隐居的荒宅也被震毁，再不能居住。此宿所自无绿衣监使把守宫门，从粗篱笆和茂密草丛中传来的声声虫鸣，令人倍感可哀。长夜漫漫，不能成眠，唯有睁眼直待天明。相思无尽，于深秋更添悲愁。世事变迁，己心虽始终如一，但故友尽弃，几乎没有谁来拜访了。

二、移居大原

尽管如此，冷泉大纳言隆房的夫人、七条修理大夫信隆的夫人[④]仍

---

① 出自白居易诗《上阳白发人》。"上阳"是唐宫名，在洛阳皇宫内苑的东面。

② 原歌出自《新古今和歌集·卷第三·夏歌》。

③ 据《幽明录》载：汉明帝永平五年，刘晨、阮肇共入天台山采药，迷途不得返。后遇二仙女，结为夫妻。留住半年后，出山归家，山下竟已历七世数百年。

④ 这两位夫人都是平清盛的女儿，建礼门院的妹妹。

然绕开监视，偷偷前来拜会。女院流泪道：“真没想到如今要靠她们来关照啊！”身旁的女官听了，人人泪下湿襟。

女院现居地点，距京都颇近，玉鉾道上人来人往，口多眼杂。女院命如微露，随时都可能被风吹落。所以她想找个清静的地方隐居，哪怕是在深山中，不过一直未得其便。后来有位女官告诉她：“大原深山中有一座寂光院，十分幽静。”女院心想：“山里虽然孤清冷寂，但不闻世事，免去忧心烦恼，倒是颇好的选择。”于是决定移居大原。肩舆等悉由隆房的夫人预备妥帖。文治元年长月①末，正式启程迁往寂光院。沿路秋色满梢，饱览四周风景，日暮时到达山阴。野寺晚钟，声韵悠悠；草叶露珠，重重密密，湿透了女院的衣袖。山风烈烈，吹飞树叶；空中乌云密布，阴雨绵绵；鹿鸣呦呦，虫鸣不绝；眼中所见，耳中所闻，无不令人自哀自怜。昔时颠沛于浦岛海湾，心境尚不至如此悲伤；而今要在这岩苔苍苍、凄清孤寂的地方长期定居，想来便觉愁苦。庭中结露之萩已被霜枯，篱下菊花也已凋零，女院触景伤情，益发愁肠百结。每当于佛前参拜，祈求“天子圣灵，成等正觉，顿证菩提”时，先帝的面容便浮现眼前，生生世世永难忘怀。她在寂光院旁结一庵室，仅方丈大，内有两间，一间供己安寝、一间奉养佛像。昼夜朝夕勤修，长时不断念佛，日复一日，不敢懈怠。

神无月②十五日暮，忽闻庭中传来散落满地的楢树叶被踩踏的声音。女院心想：“此避世之地，怎会有人来访？待我看一看，倘是不妥之人须当立刻回避。”遂向庭中张望，原来是只小鹿缓缓步来。女院道：“这鹿怎么来的？”大纳言佐殿含泪作歌道：

---

① 长月：阴历九月的别称。

② 神无月：日本历的十月。因日本民间认为八百万天神于十月在出云聚集，除出云外，日本各地都没有神灵，所以叫“神无月”。相应地，出云则称十月为“神有月”。

无人垂顾隐山岩，鹿穿竹篱踏叶来。

女院听了，心中哀戚，便将此歌抄在窗纸上。

索居乏味，女院常将身边所见景物比拟为佛迹，聊寄心事。檐前并立之树，比拟为七重宝树①；岩间积水，比拟为八功德水②；春花随风飘落，比为无常之世；秋月隐于云翳，比为有涯之生。昭阳殿中朝赏花，风来香飘；长秋宫③中夕咏月，云掩光藏。昔时玉楼金殿，锦褥铺陈，富贵繁华何等荣耀；如今草庵茅庐，见者无不引袂拭泪。

三、御幸大原

文治二年春，后白河法皇得知建礼门院在大原闲居，欲起驾亲往探视。但二三月春寒料峭、山风猛烈，岭上白雪未消、谷间坚冰未融，所以一直拖到春去夏来，贺茂大祭之后，法皇方于某日清晨御幸大原深山。此行虽在暗中，避开幕府耳目，但随侍之人也有德大寺实定、花山院兼雅、土御门源通亲等公卿六名，以及殿上人八名、北面武士数人。途经鞍马大道，顺便拜访了清原深养父④兴建的补陀落寺、小野的皇太后宫旧迹。远山白云飘浮，如花开留念；树梢绿叶惜春，似春晖不舍。此时正是卯月下旬，足踏茂密夏草步入寂光院，只因御驾初临，映入眼帘的景物无不新奇。深山人迹罕至，愈发添了几分趣致。

---

① 七重宝树：极乐净土有宝树，树皆高八千由旬，行列七重。分别是金树、银树、琉璃树、玻璃树、珊瑚树、玛瑙树、砗磲树。

② 八功德水：具有八种殊胜功德的水。所谓八种殊胜，即：澄净、清冷、甘美、轻软、润泽、安和、除饥渴、长养诸根。

③ “昭阳殿”是汉成帝宠妃赵飞燕的寝宫，比喻为最受皇帝宠爱的人；“长秋宫”是汉宫殿名，因系皇后所居，所以成为皇后的代称。

④ 清原深养父：生卒年不详，平安中期著名歌人，中古三十六歌仙之一。晚年兴建了补陀落寺，在此隐居。

西山之麓，有一宇佛堂，正是寂光院所在。山泉林木俱都古朴风雅，望去便知历史悠远。诚所谓“甍破而烧香之雾不断，枢落而挑灯之月常住。”[①]庭中夏草茂盛，青柳飘拂；池上浮萍泛游，恍是绿锦铺陈。小岛上松枝藤蔓，藤上开出薄紫之花。绿叶与晚樱彼此映衬，比那刚开放的花朵更加美丽。岸上山吹花盛开，八重云间郭公声声啼鸣，仿佛在恭迎御驾。法皇眼见美景当前，乃御制和歌一首，云：

樱花飘散水岸边，浪花盛放山池中。

那岩石断缝间飞落的水声，听来似有妙韵。绿萝之垣、翠黛之山，皆笔墨难以描绘万一。又见女院幽居的庵室，檐下牵牛花缠绕，萱草与勿忘草交杂丛生，真如古书所言：“颜渊在陋巷，箪瓢屡空[②]；原宪揉桑枢，杖藜应门。”[③]屋顶用杉皮覆盖，残破简陋，雨露寒霜，与月光一起泄入屋中，难以分别。如此模样实在难御风雨。庵后是山，庵前田野，风吹矮竹，竹叶沙沙。避世幽居者，大抵都住在这种环境中吧！烦心悲伤之事比竹柱还多；京都传来的消息，却比庵前的柴垣还要稀少。能听到的，仅有在山岭大树间攀爬的猿啼声，以及樵夫的利斧伐木声。除了冬青和青葛攀援而上，来访者真是十分稀有。

法皇近前问道：“可有人在？”庵内半晌无人答话。这时从远处慢慢走来一位老尼。法皇问她道：“可知女院现在何处？”答说：“她上山摘花去了。”法皇讶异道：“这些事也须她亲自动手么？看来她出家

---

① 此句的意思是：甍宇破败，室内炊烟从破处飘出，似烧香之雾不断；户枢朽落，月光从门缝窗隙透入，就像是彻夜挑灯。

② “箪瓢屡空”出自《五柳先生传》，引用《论语·雍也》中的典故：“一箪食，一瓢饮，在陋巷，人不堪其忧，回也不改其乐。”

③ 典出《庄子·让王》。原宪是孔子的弟子，一生安贫乐道。其居室以草盖屋顶、用蓬编成门、用瓦罐口当窗户、把桑树条子做门轴，十分简陋。子贡来拜访他时，他拄着用藜杆做成的拐杖见客。

后十分辛苦啊！”老尼叹道：“五戒十善之果报已然享尽，所以有此遭际。既已舍身求道，便不能顾惜凡躯。《因果经》有云：‘欲知过去因，见其现在果；欲知未来果，见其现在因。’若能领悟过去未来之因果，便不会哀叹惊讶了。悉达太子十九岁出伽耶城①，来到檀特山麓，缀叶蔽体、上岭伐薪、下谷汲水，积苦修难行之功德，遂成等正觉。”法皇细观此尼模样，见她身穿绢布粗衣，竟能说出这般大道理，真是不可思议，便问道：“你究竟是什么人？”老尼啜泣无语，少顷拭泪道：“贫尼若说出身份，不免冒昧唐突。其实贫尼正是故少纳言入道信西之女阿波内侍，母亲乃纪伊二位。当年十分受宠，如今年老色衰，您竟认不出贫尼了。”言罢以袖掩面，凄凄惨惨，令人不忍目视。法皇流泪道：“没想到你竟是阿波内侍呀？方才还真是认不出。唉，这一切恍惚如在梦中啊！”伴驾的公卿、殿上人都道：“怪不得这老尼让人觉得与众不同，原来来头还不小呢！”

法皇在寂光院中来回巡视一遍，见庭中草深露重、篱倒垣颓，篱外畦水漫溢，充满田隙。步入庵室，拉开纸门，见一间屋中供奉着来迎三尊②，中尊阿弥陀佛手缠五色丝；左首供着普贤菩萨画像，右首供着善导和尚③与先帝的御像，旁边放着八轴妙文，并有九卷善导所撰著作。兰麝流香、香烟缭绕，就像往昔净名居士④在方丈之室中，置三万二千座位，奉请十方诸佛一般。窗上贴着写在彩纸上的诸经要文，其中

① 伽耶城：古代中印度摩竭陀国的都城。

② 佛教徒将命终时，阿弥陀如来、观世音菩萨、大势至菩萨皆来迎其去往极乐净土，称为“来迎三尊”。

③ 善导和尚（613～681）：唐朝一代高僧，净土宗的实际创始人，被尊为净土宗第二代祖师。据《天竺往生略传》云，善导是阿弥陀佛的化身。他在念佛时，常有光明随口而出。

④ 净名居士：音译维摩诘，意译为净名、无垢，佛教著名居士、在家菩萨。

有大江定基[1]法师在清凉山[2]所咏之诗："笙歌遥闻孤云上，圣众来迎落日前。"旁边还贴着女院所作之歌：

自思幽居深山奥，何须观咏云间月。

法皇又到另一间屋探视，这是女院的寝室。但见竹竿上挂着麻衣、床上铺着粗布衾枕，往日里本朝与汉土的绫罗锦绣享之不尽，而今都已成梦幻泡影。法皇心酸流泪，伴驾的公卿、殿上人见此凄景，也尽皆泪下沾襟。

过得片刻，从山上下来两名缁衣女尼，顺山路艰难行来，岩间碎石不时被她们踩中滑落。法皇见了，问道："来的是何人？"老尼垂泪道："肘间挽着花篮，手持岩踯躅[3]的那位，便是女院。抱着薪柴蕨菜的那位，则是鸟饲中纳言维实之女、五条大纳言邦纲的养女、先帝的乳母大纳言佐殿。"法皇闻听，哀伤难抑，老泪纵横。女院道："贫尼舍身入道，避世于此。垢面残躯，难入法皇御眼，真是惭愧万分。只想就此了断一生。"她既立志如此，他人便不能勉强。夜来阏伽之水，湿透衣袂；晨起山径露珠，浸染襟袖。上山难行归来迟，入得庵室已薄暮。她泪流哽咽，呆立着默想心事。内侍女尼见状，忙上前接过了花篮。

---

① 大江定基（962～1034）：日本天台宗高僧寂照，俗名大江定基，因痛失爱妻而出家为僧。1003 年渡海入宋，参谒真宗，蒙赐紫衣。又至天台山参访礼拜，后欲归返日本，为宋朝僧界所挽留。宋真宗赐其"圆通大师"之号。

② 中国有多处清凉山，此处指四大佛教名山之首的山西五台山。

③ 岩踯躅：即踯躅花，特指黄色的野生杜鹃。这种黄色杜鹃有毒，羊误食它的花和叶后会踯躅蹒跚，步履不稳，故名"踯躅花"。因其生长在山岩间，所以加个"岩"字。中国俗称映山红、山石榴。

四、六　道

女院醒过神来，道："这些苦，不过是避世修行者常有之事，又何苦可言？快些见过法皇，好让他早点还驾。"言罢，步入庵室，泣拜于法皇尊前道："一念倚窗前，摄取光明期；十念启柴扉，来迎待圣众。法皇御幸敝庵，实出意料之外。"

法皇眼瞅她形容憔悴，安慰道："非想天①有八万劫之寿，犹有必灭之愁；欲界六天，尚不免五衰之悲。善见城中胜妙之乐，中间禅之高台阁②，以及梦中之果报、幻中之乐趣，如车轮滚滚，流转无穷。天人五衰之悲，人间更是难以逃避。"顿了顿，又问道："可有故旧来探望吗？会经常想起往事吗？"女院答道："故旧几乎都断了音信，只有隆房、信隆的夫人来拜访过一两次。以前可绝没料到会受她们的关照。"言罢流泪不止，陪伴的女官也涕泪交下。女院含泪道："贫尼遭际若此，固然不免一时悲叹，但想到后世菩提，心中又欢悦起来。转眼间位列释迦门下，由弥陀本愿引导，脱却五障三从③之苦，清净三时六根之垢，得遂往生九品净土之愿。故而时时虔诚祈一门菩提，常期三尊来迎。生生世世不忘先帝面容，深映脑海，绝难忘怀。世间再无比母子亲情更令人动容，为了给我儿祈菩提之福，贫尼朝夕勤勉修行，这或许便是我的善知识吧。"法皇道："吾国乃粟散边土，吾赖十善之余荫得为万乘之主，凡事莫不随心所欲。兼且生于佛法流布之世，立志修行佛

---

① 非想天：全称"非想非非想处天"，乃无色界之第四天，三界之最高天。此天没有欲望与物质，仅有微妙的思想存在。

② 中间禅之高台阁："中间禅"又名中间定、中间静虑，是三界中的色界的主宰大梵天王所得之禅定。"高台阁"是他常住修禅的宫殿。

③ 五障三从：女性的五种障碍与三种忍从。"五障"指女性不能成为梵天王、帝释、魔王、转轮圣王、佛等五者。"三从"指女性幼年从父、婚后从夫、夫死从子。

道，往生后必入净土，确然无疑。而今人情淡薄，已到了令人吃惊的地步。见你这般模样，我心中实是不忍。”女院道：“贫尼身为平相国之女、天子之母，一天四海皆在掌控中。每年自新春拜礼开始，屡易诸色礼服，直至年暮唱诵佛名大典，摄政关白及大臣公卿，人人毕恭毕敬，仿佛置身六欲四禅之云上，八万诸天围绕身畔一般，百官悉数敬仰朝拜。清凉殿、紫宸殿上，玉帘低垂，春于南殿赏樱，怡然自得；九夏三伏酷暑，汲清泉凉肤，身心舒爽；秋季邀一众云卿饮宴赏月；玄冬素雪寒夜，重衣和暖。又祈长生不老之术，寻蓬莱不死之药，唯愿长存久视。由朝至暮，一味享乐，当真是用尽了上天的庇佑，果报已至极限。所以从寿永之秋起，因畏惧木曾义仲，一门离京出奔。阖族于云天之遥，远眺久居京城，回首故乡，已尽成焦土。那须磨明石浦，往日仅是耳闻，而今渡海远赴，令人倍觉可哀。白昼冲开漫天波涛，泪洒衣袖；夜晚与洲崎千鸟共泣，期盼天明。沿途虽见各浦各岛风光，但故乡又岂能轻易忘却？飘零无定，寄身何处？五衰必灭之悲，也不过如此。人间爱别离苦、怨憎会苦，吾身都已尽尝。四苦八苦[1]，一体悉知。此后于筑前国太宰府，又遭维义逐出九州，山野广阔，立身却无一处。彼时适逢秋末，往昔此刻，正在九重宫阙中赏月，而今只能在八重海路上遥望京畿。艰危倍历，到得神无月时，清经中将叹道：‘京都已陷于源氏，维义又逐我等出镇西，平家一门就如落网之鱼，无处可遁，大势尽去矣。’终于沉海自尽。此乃平家灭亡之始。波上盼日暮，舟中待天明，贡物全无，膳食缺乏。即便偶奉膳食，又缺淡水吞咽。浮于大海之上，海水咸涩难饮，饥渴之苦真如陷身饿鬼道一般。所幸室山、水岛合战，平家连战皆捷，族人才稍微缓过一口气来。哪知一之谷大战，一门伤亡惨重。直衣束带，铁甲缠身，由朝至暮，奋勇拼杀，那场面好似阿修罗

① 四苦八苦：“四苦”指生老病死。“八苦”是生苦、老苦、病苦、死苦，再加上怨憎会苦、爱别离苦、求不得苦、五蕴盛苦。

与帝释天恶战。一之谷遭敌攻落后，父子失散、夫妻别离，风声鹤唳，将海湾停泊的渔船当成敌船，魂飞胆落；把松林栖息的鹭群看作源氏白旗，心惊肉跳。之后在门司、赤间关迎来最终决战。二位尼嘱咐道：‘兵凶战危，男子能活命的，只怕是万中无一。纵有残存者，若是疏远之人，定不会为吾等祈后世福缘。古往今来，兵祸不及女子，已成惯例。故而你等无论如何都要活下去，为主上祈福缘，也为吾等来生修菩提。’此话听毕，伤心恍惚，如坠梦中。继而狂风骤起、浮云蔽日，登时军心涣散，都道平家气运已尽，人力绝难挽回了。眼见大势已去，二位尼怀抱先帝走到船端，先帝惊问：‘尼殿，携朕何去？’二位尼泪似雨落，面向幼帝，哀道：‘陛下有所不知，因你前世勤修十善戒行之功德，故今生得为万乘之主；哪知恶缘进迫，遂致命蹇运尽。请陛下先面向东方，诀别伊势大神宫；而后面向西方，心诵佛号，祈祷神佛来迎，去往西方净土。此国乃粟散边地、秽土之境，老尼此刻便携陛下同赴极乐世界！’说着泣不成声，为幼帝换上山鸠色御衣，梳好童髻。幼帝含泪，小手合十，先面东而拜，诀别伊势大神宫；而后面向西方，口诵佛号。当时二位尼怀抱幼帝纵身沉海的情景，我至今想起仍心如刀割，永世难忘。残留的人们见幼帝投海，纷纷痛苦号嚷，仿佛在叫唤、大叫唤地狱①中受刑的罪人一般。后来我被源氏武士抓住，押送入京，走到播磨国明石浦时，合眼入梦，恍恍惚惚间竟见先帝与平家一门公卿、殿上人坐于大殿上，那殿宇金碧辉煌，远胜昔日的大内宫阙。我自离京之后，从未见过如此宏伟壮观的琼台玉阁，便问道：‘此是何处？’二位尼答道：‘龙宫城。’我又问：‘看上去真是个福地，住在这儿永无艰难愁苦了吧？’二位尼道：‘《龙畜经》中已叙述得极为清楚，你快来

① “叫唤、大叫唤”分别是八热地狱的第四、第五狱。“叫唤地狱”又作啼哭地狱、号叫地狱，堕于此地狱受苦者，痛苦不堪，号泣叫唤。“大叫唤地狱”又作大号叫地狱、大叫地狱、大唤地狱，狱中罪人受尽残酷刑罚，痛苦不堪而大号叫。

修后世菩提吧。’我听完后，登时醒来。此后便虔心读经念佛，为彼等求后世福缘。以上种种经历，令我恍似遍历六道一般。”法皇闻言，道：“异国之玄奘三藏，于开悟前曾见六道；本朝之日藏上人，依藏王权现[1]之力也曾见过六道。你以凡躯得见六道，当真难能可贵。”说着泪下哽咽，伴驾的公卿、殿上人也尽皆泪洒衣袖。女院更是泪下如雨，侍奉的各位女官也全都涕泪交垂。

五、女院往生

寂光院钟声响起，时辰已至日暮。夕阳西倾，法皇虽不舍分别，也只能拭泪还御。女院愈发追念往事，泪下盈袖，拭之不尽。她目送法皇回宫，返身入庵，向本尊泣拜祷告道：“先帝圣灵，一门亡魂，成等正觉，顿证菩提。”昔日面东祈祝：“伊势大神宫，正八幡大菩萨，天子宝祚，千秋万岁。”而今却朝西合十祷告：“故去圣灵，悉入一佛净土。”真是可悲啊！女院有感而发，在寝室窗纸上写下两首歌：

我心日来多忧思，追念宫人难忘怀。

又：

愁苦往事如梦去，柴扉草庵难久长。

---

① 藏王权现：又作藏王菩萨、金刚藏王菩萨、金峰山权现等，相传为日本修验道鼻祖役小角在金峰山修行时所感得名。本尊安置于奈良县吉野郡金峰山藏王堂。

随法皇同来的德大寺左大臣实定公，在庵室的柱子上留歌一首云：

昔时伴君明月辉，今隐深山光尽敛。

女院见了，勾起伤心往事，泪水又潸然而下。这时山中传来郭公啼鸣声，遂作歌云：

泪下千行郭公鸣，忧此浮生泣不停。

于坛之浦合战中被生擒的平家族党，在京师大道游街示众后，或斩首，或与妻子别离，被流放远国。除池大纳言外，殆无孑遗。但四十余名女眷全都按惯例免予惩罚，或投亲靠友，或自回娘家。境遇好的仍居于玉堂中，但也并非风平浪静；遭际差的只能宿于草屋内，蒙尘染垢。往日共枕之夫妇，而今遥隔云天；昔时情深之父子，只能伤心别离。阻隔两地，思念无尽，在长吁短叹中日复一日。怪只怪当年入道相国掌握一天四海，上不敬天皇、下不顾万民；死罪流刑，任意妄为；待世待人，肆无忌惮。于是父祖罪业，报之子孙。此确凿无疑之事。

流年似水、光阴似箭，女院每日忧伤度日，渐至病入膏肓。她将中尊阿弥陀佛手缠的五色丝牵引在手，祷告道："南无西方极乐世界教主弥陀如来，请来接引我吧！"大纳言佐殿与阿波内侍分侍左右，见她已到临终之期，心中大悲，禁不住放声痛哭。慢慢地，女院念佛声渐趋微弱，西方紫云叆叇，异香满室，天空中传来妙乐仙音。女院大限终至，于建久二年二月中旬往生极乐。两位随侍的女官在女院还是中宫时，便片刻不离身畔。此际女院与世长辞，她们的悲伤，是言语所无法形容的。两位女官皆无亲友可以投靠，丧事期间辛苦奔忙，为女院做法事祭吊，种种劳累令人哀叹。丧事结束后，她们效法龙女正觉①之例、韦提希夫人②之事迹，终遂往生净土之宿愿。

---

① 龙女是“二十诸天”中第十九天娑竭罗龙王的女儿，聪明伶俐，八岁时偶听文殊菩萨在龙宫说《法华经》，豁然觉悟，通达佛法，发菩提心，往灵鹫山参拜佛陀，以龙身成就佛道。

② 韦提希夫人：印度摩竭提国国王频婆娑罗的王后。其子阿阇世受恶友挑拨，将父王囚禁在七重室中。韦提希密献食物给国王，保得国王不被饿死。阿阇世大怒，将母后囚入深宫中。被囚的韦提希遥拜耆阇崛山，祈求佛陀拯救自己。释迦牟尼佛遂亲自现身王宫的空中，以深妙佛理点拨韦提希。韦提希夫人豁然大悟，欢喜赞叹，证得了“无生忍”。

附录

附一　平家谱系图

- **高望王**(賜平姓)～(六代略)～**忠盛** 刑部卿
  - **清盛** 平相国
  - **家盛**
  - **経盛**
    - **経正** 皇后宮亮
    - **経俊** 若狭守
    - **敦盛** 無官大夫
  - **教盛** 門脇宰相
    - **通盛** 越前守
    - **教経** 能登守
    - **業盛** 蔵人大夫
    - **忠快** 中納言律師
  - **頼盛** 池中納言
    - **保盛**
    - **光盛**
  - **忠度** 薩摩守

- **高棟王**(賜平姓)～(八代略)～**時信**
  - **時忠** 平大納言
    - **時実**
    - **時家**
    - **女子** (源義経室)
  - **親宗**
  - **時子** 二位尼
  - **滋子** 建春門院
  - **女子** 宗盛妻
  - **女子** 重盛妻

- **重盛** 小松殿
  - **維盛** 三位中将
    - **六代** 法名如覚
    - **女子**
  - **資盛** 新三位中将
  - **清経** 左中将
  - **有盛** 小松少将
  - **師盛** 備中守
  - **忠房** 丹後侍従
  - **宗実** 土佐守 藤原経宗の養子
- **基盛**
  - **行盛** 左馬頭
- **宗盛** 内大臣
  - **清宗** 右衛門督
  - **能宗** 副将
  - **宗親**
- **知盛** 新中納言
  - **知章** 武蔵守
  - **知忠** 伊賀大夫
- **重衡** 本三位中将
- **知度** 三河守
- **清房**
- **清貞** 中原師元の子
- **清邦** 藤原邦綱の子
- **女子** 花山院兼雅妻
- **徳子** 建礼門院
  - **安徳天皇**
- **盛子** 白河殿・近衛基実妻
- **女子** 冷泉隆房妻
- **女子** 近衛基通妻
- **女子** 坊門信隆妻
- **女子** 御子姫君・後白河院女房
- **女子** 廊御方・花山院兼雅女房
- **女子** （宇佐公通室）

附二　源氏谱系图

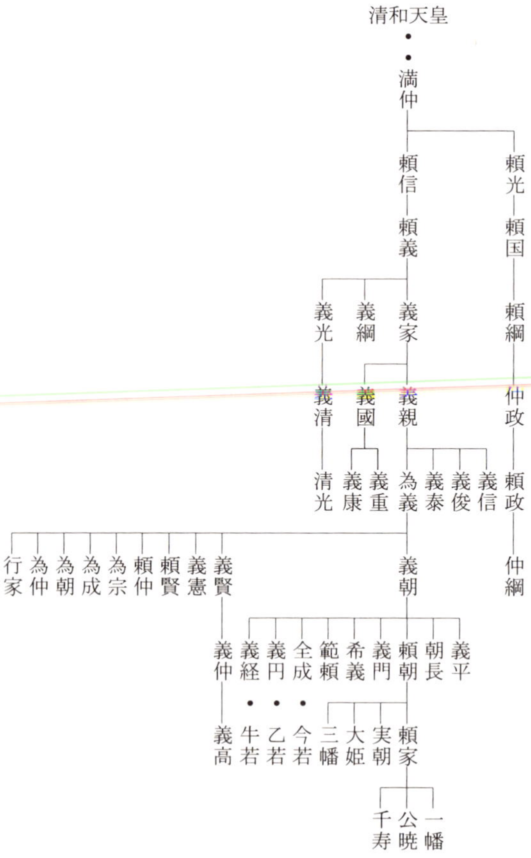
清和天皇
満仲
頼信
頼光
頼義
頼国
義光
義綱
義家
頼綱
義清
義國
義親
仲政
清光
義康
義重
為義
義泰
義俊
義信
頼政
行家
為仲
為朝
為成
為宗
頼仲
頼賢
義憲
義賢
義朝
仲綱
義仲
義経
義円
全成
範頼
希義
義門
頼朝
朝長
義平
義高
牛若
乙若
今若
三幡
大姫
実朝
頼家
千寿
公暁
一幡

附三　平安时代日本年号与西历对照表

延曆	782－806	大同	806－810	弘仁	810－824	天長	824－834	承和	834－848
嘉祥	848－851	仁寿	851－854	斉衡	854－857	天安	857－859	貞観	859－877
元慶	877－885	仁名	885－889	寛平	889－898	昌泰	898－901	延喜	901－923
延長	923－931	承平	931－938	天慶	938－947	天暦	947－957	天徳	957－961
応和	961－964	康保	964－968	安和	968－970	天禄	970－973	天延	973－976
貞元	976－978	天元	978－983	永観	983－985	寛和	985－987	永延	987－989
永祚	989－990	正暦	990－995	長徳	995－999	長保	999－1004	寛弘	1004－1012
長和	1012－1017	寛仁	1017－1021	治安	1021－1024	万寿	1024－1028	長元	1028－1037
長暦	1037－1040	長久	1040－1044	寛徳	1044－1046	永承	1046－1053	天喜	1053－1058
康平	1058－1065	治暦	1065－1069	延久	1069－1074	承保	1074－1077	承暦	1077－1081
永保	1081－1084	応徳	1084－1087	寛治	1087－1094	嘉保	1094－1096	永長	1096－1097
承徳	1097－1099	康和	1099－1104	長治	1104－1106	嘉承	1106－1108	天仁	1108－1110
天永	1110－1113	永久	1113－1118	元永	1118－1120	保安	1120－1124	天治	1124－1126
大治	1126－1131	天承	1131－1132	長承	1132－1135	保延	1135－1141	永治	1141－1142
康治	1142－1144	天養	1144－1145	久安	1145－1151	仁平	1151－1154	久寿	1154－1156
保元	1156－1159	平治	1159－1160	永暦	1160－1161	応保	1161－1163	長寛	1163－1165
永万	1165－1166	仁安	1166－1169	嘉応	1169－1171	承安	1171－1175	安元	1175－1177
治承	1177－1181	養和	1181－1182	寿永	1182－1185	元暦	1184－1185	文治	1185－1190

附四 平安京大内图

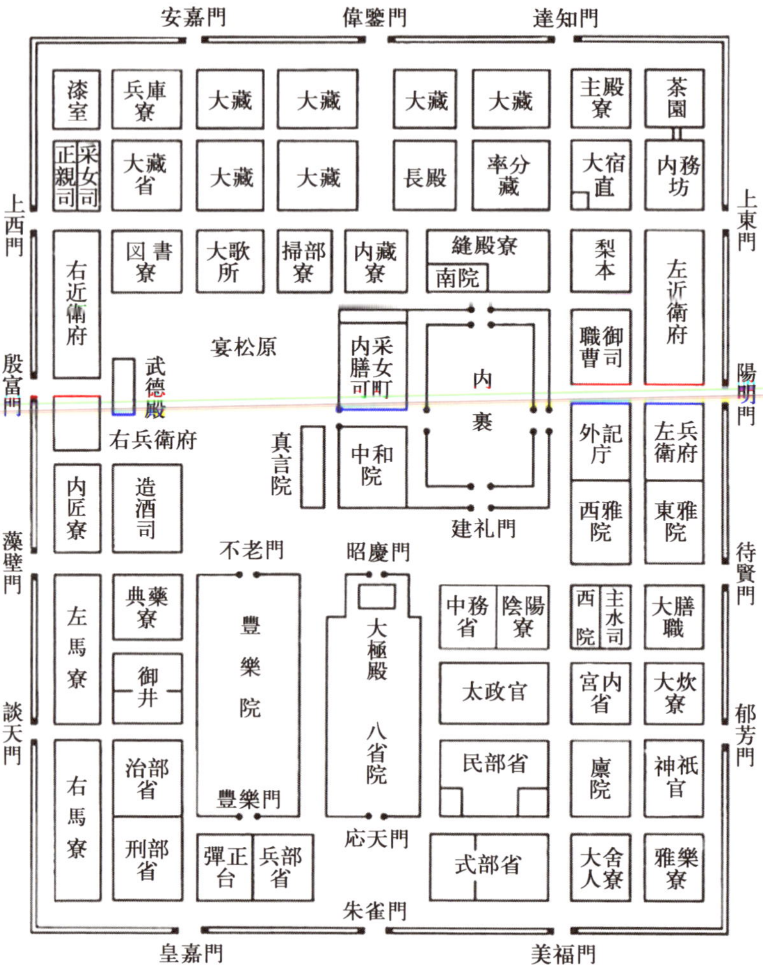
安嘉門
偉鑒門
達知門
漆室
兵庫寮
大藏
大藏
大藏
大藏
主殿寮
茶園
正親司
采女司
大藏省
大藏
大藏
長殿
率分藏
大宿直
内務坊
上西門
上東門
右近衛府
図書寮
大歌所
掃部寮
内藏寮
縫殿寮
南院
梨本
左近衛府
宴松原
内膳司
采女町
内裏
職御曹司
殷富門
武德殿
陽明門
右兵衛府
外記庁
左兵衛府
真言院
中和院
内匠寮
造酒司
建礼門
西雅院
東雅院
藻壁門
不老門
昭慶門
待賢門
左馬寮
典藥寮
豊樂院
大極殿
中務省
陰陽寮
西院
主水司
大膳職
御井
太政官
宮内省
大炊寮
談天門
八省院
郁芳門
右馬寮
治部省
民部省
廪院
神祇官
豊樂門
応天門
刑部省
彈正台
兵部省
式部省
大舍人寮
雅樂寮
朱雀門
皇嘉門
美福門

图书在版编目(CIP)数据

平家物语/(日)佚名著;王新禧译.—上海:
上海译文出版社,2011.12(2025.7重印)
ISBN 978-7-5327-5407-6

Ⅰ.①平… Ⅱ.①佚… ②王… Ⅲ.①历史小说—日
本—中世纪 Ⅳ.①I313.423

中国版本图书馆CIP数据核字(2011)第039470号

平家物语
[日]佚名/**著** 王新禧/**译**
责任编辑/姚东敏 **装帧设计**/张志全工作室

上海译文出版社有限公司出版、发行
网址:www.yiwen.com.cn
201101 上海市闵行区号景路159弄B座
浙江新华数码印务有限公司印刷

开本890×1240 1/32 印张17.75 插页9 字数365,000
2011年12月第1版 2025年7月第8次印刷
印数:19,201-20,200册

ISBN 978-7-5327-5407-6
定价:75.00元